琼瑶作品
19
如烟辑

华语世界
深具影响力作家

琼瑶

著

苍天有泪

下·人间有天堂

湖南文艺出版社
HUNAN LITERATURE AND ART PUBLISHING HOUSE

博集天卷
CS-BOOKY

我為愛而生，我為愛而寫

文字裡度過多少春夏秋冬

文字裡留下多少青春浪漫

人世間雖然沒有天長地久

故事裡火花燃燒熱情依舊

瓊瑤

浴火重生的新全集

我生于战乱，长于忧患。我了解人事时，正是抗战尾期，我和两个弟弟，跟着父母，从湖南家乡，一路"逃难"到四川。六岁时，别的孩子可能正在捉迷藏，玩游戏。我却赤着伤痕累累的双脚，走在湘桂铁路上。眼见路边受伤的军人，被抛弃在那儿流血至死。也目睹难民争先恐后，要从挤满了人的难民火车外，从车窗爬进车内。车内的人，为了防止有人拥入，竟然拔刀砍在车窗外的难民手臂上。我们也曾遭遇日军，差点把母亲抢走。还曾骨肉分离，导致父母带着我投河自尽……这些惨痛的经历，有的我写在《我的故事》里，有的深藏在我的内心里。在那兵荒马乱的时代，我已经尝尽颠沛流离之苦，也看尽人性的善良面和丑陋面。这使我早熟而敏感，坚强也脆弱。

抗战胜利后，我又跟着父母，住过重庆、上海，最后因内战，又回到湖南衡阳，然后到广州，一九四九年，到了台湾。那年我十一岁，童年结束。父亲在师范大学教书，收入微薄。我和弟妹们，开始了另一段艰苦的生活。我也在这时，疯狂地吞咽着让我着迷的"文字"。《西游记》《三国演义》《水浒传》……都是这时看的。同时，也迷上了唐诗宋词，母亲在家务忙完后，会教我唐诗，我在抗战时期，就陆续跟着母亲学了唐诗，这时，成为十一二岁时的主要嗜好。

十四岁，我读初二时，又迷上了翻译小说。那年暑假，在父亲安排下，我整天待在师大图书馆，带着便当去，从早上图书馆开门，看到图书馆下班。看遍所有翻译小说，直到图书馆长对我说："我没有书可以借给你看了！这些远远超过你年龄的书，你通通看完了！"

爱看书的我，爱文字的我，也很早就开始写作。早期的作品是幼稚的，模仿意味也很重。但是，我投稿的运气还不错，十四岁就陆续有作品在报章杂志上发表，成为家里唯一有"收入"的孩子。这鼓励了我，尤其，那小小稿费，对我有大大的用处，我买书，看书，还迷上了电影。电影和写作也是密不可分的，很早，我就知道，我这一生可能什么事业都没有，但是，我会成为一个"作者"！

这个愿望，在我的成长过程里，逐渐实现。我的成长，一直是坎坷的，我的心灵，经常是破碎的，我的遭遇，几乎都是戏剧化的。我的初恋，后来成为我第一部小说《窗外》。发表在当时的《皇冠杂志》，那时，我帮《皇冠杂志》已经写了两年的短篇和中篇小说，和发行人平鑫涛也通过两年信。我完全没有料到，我这部《窗外》会改变我一生的命运，我和这位出版人，也会结下不解的渊源。我会在以后的人生里，陆续帮他写出六十五本书，而且和他结为夫妻。

这世界上有千千万万的人，每个人都有自己的一本小说，或是好几本小说。我的人生也一样。帮皇冠写稿在一九六一年，《窗外》出版在一九六三年。也在那年，我第一次见到鑫涛，后来，他告诉我，他一生贫苦，立志要成功，所以工作得像一头牛，"牛"不知道什么诗情画意，更不知道人生里有"轰轰烈烈的爱情"。直到他见到我，这头"牛"突然发现了他的"织女"，颠覆了他的生命。至于我这"织女"，从此也在他的安排下，用文字纺织出一部又一部的小说。

很少有人能在有生之年，写出六十五本书，十五部电影剧本，二十五部电视剧本（共有一千多集。每集剧本大概是一万三千字，虽有助理帮助，仍然大部分出自我手。算算我写了多少字？）我却做到了！对我而言，写作从来不容易，只是我没有到处敲锣打鼓，告诉大家我写作时的痛苦和艰难。"投入"是我最重要的事，我早期的作品，因为受到童年、少年、青年时期的影响，大多是悲剧。**写一部小说，我没有自我，工作的时候，只有小说里的人物。我化为女主角，化为男主角，化为各种配角。写到悲伤处，也把自己写得"春蚕到死丝方尽"。**

写作，就没有时间见人，没有时间应酬和玩乐。我也不喜欢接受采访和宣传。于是，我发现大家对我的认识，是："被平鑫涛呵护备至的，温室里的花朵。一个不食人间烟火的女子！"我听了，笑笑而已。如何告诉别人，假若你不一直坐在书桌前写作，你就不可能写出那么多作品！当你日夜写作时，确实常常"不食人间烟火"，因为写到不能停，会忘了吃饭！**我一直不是"温室里的花朵"，我是"书房里的痴人"！因为我坚信人间有爱，我为情而写，为爱而写，写尽各种人生悲欢，也写到"蜡炬成灰泪始干"。**

当两岸交流之后，我才发现大陆早已有了我的小说，因为没有授权，出版得十分混乱。一九八九年，我开始整理我的"全集"，分别授权给大陆的出版社。台湾方面，仍然是鑫涛主导着我的全部作品。爱不需要签约，不需要授权，我和他之间也从没签约和授权。从那年开始，我的小说，分别有繁体字版（台湾）和简体字版（大陆）之分。因为大陆有十三亿人口，我的读者甚多，这更加鼓励了我的写作兴趣，我继续写作，继续做一个"文字的织女"。

时光匆匆，我从少女时期，一直写作到老年。鑫涛晚年多病，出版社也很早就移交给他的儿女。我照顾鑫涛，变成生活的重心，尽管如此，我也没有停止写作。我的书一部一部地增加，直到出版了六十五部书，还有许多散落在外的随笔和作品，不曾收入全集。当鑫涛失智失能又大中风后，我的心情跌落谷底。鑫涛靠插管延长生命之后，我几乎崩溃。然后，我又发现，我的六十五部繁体字版小说，早已不知何时开始，已经陆续绝版了！简体字版，也不尽如人意，盗版猖獗，网络上更是凌乱。

我的笔下，充满了青春、浪漫、离奇、真情……各种故事，这些故事曾经绞尽我的脑汁，费尽我的时间，写得我心力交瘁。我的六十五部书，每一部都有如我亲生的儿女，从孕育到生产到长大，是多少朝朝暮暮和岁岁年年！到了此时，我才恍然大悟，我可以为了爱，牺牲一切，受尽委屈，奉献所有，无须授权……却不能让我这些儿女，凭空消失！我必须振作起来，让这六十几部书获得重生！这是我的使命。

所以，在我已进入晚年的时候，我的全集，再度重新整理出版。在各大出版社争取之下，最后繁体版花落"城邦"，交由春光出版，简体版是"博集天卷"胜出。两家出版社所出的书，都非常精致和考究，深得我心。这套新的经典全集，非常浩大，经过讨论，我们决定分批出版，第一批是"影剧精华版"，两家出版社选的书略有不同，都是被电影、电视剧一再拍摄，脍炙人口的作品。然后，我们会陆续把六十多本出全。看小说和戏剧不同，文字有文字的魅力，有读者的想象力。希望我的读者们，能够阅读、收藏、珍惜我这套好不容易"浴火重生"的书，它们都是经过千锤百炼、呕心沥血而生的精华！那样，我这一生，才没有遗憾！

琼瑶

写于可园

二〇一七年十一月十日

苍天有泪，因为苍天，也有无奈。

人间有情，所以人间，会有天堂。

目 录
Contents

苍天有泪【下·人间有天堂】

苍天有泪

拾陆

SIXTEEN

"路很长，慢慢走！走急了会摔跤，知道吗？"

　　雨凤和雨鹃并不知道梦娴卧病，云飞一时分不开身，没办法赶来。也不知道云飞已经摆平了"封口"的事。姐妹两个等来等去，也没等到云飞来回信，倒是郑老板得到消息，就和金银花一起过来了。

　　"这件事，给你姐妹两个一个教训，尤其是雨鹃，做事总是顾前不顾后，现在吃亏了吧！"郑老板看着雨鹃说。

　　雨鹃气呼呼地喊："反正，我跟那个展夜鸮的仇是越结越深了，总有一天，我会跟他算总账的！"

　　"瞧！你还是这样说，上一次当都没办法学一次乖！"金银花说，看郑老板，"你看，要怎么办呢？"

　　"怎么办？只好我出面来摆平呀！"

　　雨鹃看着郑老板，一脸的愤愤不平，嚷着："他们展家，欺负我们两个弱女子也就算了！可是现在，已经欺负到你郑老板的头上来了！全世界都知道，我们姐妹两个是你在保护的！待月楼是你在支持的！他们居然让警察厅来贴告示，分明不把你郑老板看在眼睛里！简直是欺人太甚！"

　　郑老板微笑地看她，哼了一声，问："你想要'借刀杀人'，是不是？"

　　"你说什么？我听不懂！"雨鹃装糊涂。

　　郑老板瞅着她，直点头。

　　"雨鹃，雨鹃！聪明啊！咱们这桐城'展城南，郑城北'，相安无事了几十年，看样子现在为了你们这两个丫头，要大伤和气了！"

金银花立刻不安地插嘴："我想，咱们开酒楼靠的是朋友，还是不要伤和气比较好！"她转头问雨凤，"你想，那个展云飞能不能说服他爹，把这告示揭了呢？"

"我不知道。我想，他会拼命去说服的，可是他回家也有大半天了，如果有消息他一定会马上通知我们，最起码阿超也会来的！现在都没来，我就没什么把握了！"

"我早就听说了，展祖望只在乎小儿子，跟这个大儿子根本不对牌！"郑老板说，"如果是小儿子去说，恐怕还有点用！"

雨鹃的眼睛一直看着郑老板，挑挑眉。

"是不是'北边'的势力没有'南边'大？是不是你很怕得罪展家？"

"你这说的什么话？"郑老板变色了。

"那……警察厅怎么会被他们控制，不被你控制呢？"

"谁说被他控制？"

"那……你还不去把那张告示揭了！贴在那儿，不是丢你的脸吗？"

"你懂不懂规矩？警察厅贴的告示，只有等警察厅来揭，要不然再得罪一个警察厅，大家在桐城不要混了！"他在室内走了两圈，站定，看着姐妹二人，"好了！这件事你们就不要伤脑筋了！目前，你们姐妹两个先休息几天，过一阵子我让你们重新登台，而且还给你们大做宣传，让你们扳回面子，好不好？"

雨鹃大喜，对郑老板嫣然一笑。

"我就知道你一定有办法嘛！要不然，怎么会称为'郑城北'呢？"她走过去，挽住郑老板的胳臂，撒娇地说，"你给他们一点颜色看看，让他们知道你不是好欺负的！行不行？最好，把他们的钱庄啦粮庄啦杂货庄啦，管他什么庄……都给封了，好不好？"

郑老板瞅着她，又好气，又好笑，用手捏捏她的下巴。

"你这个鬼灵精怪的丫头，说穿了，就想我帮你报仇，是不是？"

雨鹃一笑抽身。

"我的仇报不报是小事，别人看不起你郑老板就是大事了！他们展家，在'南边'嚣张，也就算了，现在嚣张到'北边'来，嚣张到待月楼来，你真的不在乎吗？"她的大眼睛盈盈然地看着他，"如果我是你，我不会这样忍气吞声的！"

金银花敲了她一记。

"你少说两句吧！你心里有几个弯几个转，大家都看得清清楚楚！你挑起一场南北大战，对你有什么好处？你以为郑老板被你一煽火，就会跑去跟人拼命吗？门都没有！"

郑老板挑挑眉毛，微微一笑。

"不过，雨鹃的话，确实有几分道理！"他深深地看着雨鹃，话中有话地说，"路很长，慢慢走！走急了会摔跤，知道吗？我忙着呢，不聊了！"走到门口，回头又说，"警察厅只说你们不能表演，没说你们不能出现在待月楼！雨鹃，不唱曲就来陪我赌钱吧！你是我的福将！"

"是！"雨鹃清脆地应着。

郑老板和金银花走了。

他们一走，雨凤就对雨鹃不以为然地摇摇头，雨鹃瞪大了眼。

"你有什么话要说？"

"小心一点，别玩火！"

"太迟了！自从寄傲山庄火烧以后，到处都是火，不玩都不行！"雨鹃顽强地答着，"我看，你那个'苏相公'有点靠不住，如果不抓住郑老板，我们全家只好去喝西北风了！"

雨凤默然不语。真的，那个"苏相公"，在做什么呢？

云飞一直守着梦娴，不敢离开。

一场父子决裂的争端在梦娴的生死关头紧急刹车，对祖望和云飞而言，都是再一次给了对方机会，彼此都有容忍，也有感伤。但是，对云翔来说，却怄得不得了。好不容易可以把云飞赶出门去，看样子又功败垂成了。

天尧也很怄，气冲冲地说："太太这一招苦肉计还真管用，大夫来、大夫去地闹了半天，云飞也不走了，老爷居然还去云飞房里挽留他！刚刚，老爷把我爹叫去说，过个几天就撤掉待月楼'封口'的案子！你看，给太太这样一闹，云飞搞不好来个败部复活！"

天虹一面冲茶，一面专注地听着。

云翔气坏了。

"怎么会这样呢？简直气死我！爹怎么这样软弱？已经亲口叫他滚，居然又去挽留他，什么意思嘛！害我们功亏一篑！"

天虹倒了一杯茶给云翔，又倒了一杯茶给天尧，忍不住轻声说："大娘的身体真的很不好，不是什么苦肉计。哥，我们大家从小一起长大的，现在一定要分成两派，斗得你死我活吗？为什么不能平安相处呢？云飞不是一个很难相处的人呀！你对他一分好，他就会还十分……"

天虹话没说完，云翔就暴跳如雷地吼起来了："你听听这是什么话？下午在书房里，我还没有清算你，听到云飞要走，你那一双眼睛就跟着人家转，大娘做个姿态昏倒，你扶得比谁都快！到底谁是你真正的婆婆，你弄得清楚还是弄不清楚？这会儿，你又胳膊肘向外弯，口口声声说他好！他好，我和你哥都是浑蛋，是不是？"

天尧连忙站起身劝阻。

"怎么说说话也会吵起来？天虹，你也真是的，哪壶不开提哪壶！你该知道云翔现在一肚子气，你就不能少说两句吗？"

天虹不敢相信地看着天尧。

"哥！你也怪我？你们……你们已经把云飞整得无路可走了，把大娘急得病倒了，你们还不满意？哥，你记不记得我们小时候，大娘有好吃的有好玩的，只要云飞云翔有，就绝对不忘记给我们一份！我们不感恩也算了，这样整他们，不会太过分了吗？"

云翔暴跳起来。

"天尧！你自己听听，她说的是什么话？每次你们都怪我，说我对她不好，现在你看到了吧？听到了吧？她心里只有那个伪君子！一天到晚想的是他，帮的是他，你叫我怎样忍这口气？"

天虹悲哀地说："不是这样！我今天实在忍不住了才说。人，不能活得毫无格调……"

云翔扑过去，一把就抓起天虹的胳臂。

"什么叫活得没格调！你跟我解释解释！我怎么没格调？你说说清楚！"

天虹手腕被扭着，痛得直吸气，却勇敢地说："你心里明白！如果你活得很有格调，人品非常高贵，你就会宽大为怀，就会对身边的每个人都好！你有一颗仁慈的心，你的孩子才能跟你学呀！"

"什么孩子？"云翔一怔。

天尧听出端倪来了，往前一冲，盯着天虹问："你有孩子了？是不是？是不是？"

天虹轻轻地点了点头，不知是悲是喜地说："我想，大概是的。"

天尧慌忙把云翔抓着天虹的手拉开，紧张地叫："云翔！你还不快松手！"

云翔急忙松手，一瞬也不瞬地看着她。

"你'有了'？你'怀孕'了？"

天虹可怜兮兮地点点头。天尧慌忙小心翼翼地把她扶到椅子上坐下。然后，他抬头看着云翔，看了半天，两人这才兴奋地一击掌。

"哇！恭喜恭喜！恭喜恭喜！"天尧大叫。

云翔一乐，仰天狂叫起来："哇！天助我也！天助我也！我去告诉爹，我去告诉娘……"

"等明天看过大夫再说，好不好呢？还没确定呢！"天虹急忙拉住他。

"等什么等？你说有了，就一定有了！"

他就急冲冲地冲出门去，冲到花园里，一路奔着，一路大喊："爹！娘！你们要当爷爷奶奶了！天虹有孕了！纪叔！你要当外公了！天虹有孕了！爹！娘……大家都出来呀！有好消息啊！"

云翔这样大声一叫，祖望、品慧、纪总管和丫头们、家丁们都被惊动了，从各个角落奔出来，大家围绕着他。

"你说什么？是真的吗？天虹有喜了？"祖望兴奋地问。

"真的！真的！"

品慧立即眉开眼笑，一迭连声地喊："锦绣呀！赶快去请周大夫来诊断诊断！小莲呀！叫厨房炖个鸡汤！张嫂，去库房里把那个上好的当归人参都给我拿来！"

丫头、仆人一阵忙忙碌碌。

纪总管又惊又喜，拉着天尧，不太放心地问："这消息确定吗？不要让大家空欢喜呀！"

"是天虹自己说的，大概没错了！她那个脾气，没有百分之百的把握，会说吗？"

祖望一听，更是欢喜，拉着纪总管的手，亲热地拍着。

"亲家！这真是天大的好消息，我都五十五岁了，这才抱第一个孙子呀！我等得头发都白了！等得心里急死了！云飞连媳妇都还没有，幸好云翔娶了天虹……亲家，我要摆酒席，我要摆酒席！"

云翔踌躇志满，得意非凡，狂笑地喊着："爹，抱孙子有什么难？我每年让你抱一个！你不用指望云飞了，指望我就行了！"

品慧笑得合不拢嘴。

"是啊！是啊！明年生一个，后年再生一个！"

祖望乐不可支，笑逐颜开。

"总算家里也有一点好消息，让我的烦恼消除了一大半！"

"爹！你不要烦恼了，你有我呀！让我帮你光大门楣，让我帮你传宗接代！"云翔叫得更加嚣张了。

院子里，一片喧哗。用人、丫头、家丁也都跑来道喜。整个花园沸沸扬扬。云飞被惊动了，站在梦娴的窗前，看着窗外的热闹景象。

齐妈扶着梦娴走了过来，也看着。

云飞一回头，看到梦娴，吓了一跳。

"娘！你怎么下床了？"

梦娴软弱地微笑着。

"我已经没事了！你不用为我担心！"她看着云飞，眼中闪着渴盼，"好希望……你也能让我抱孙子。只怕我……看不到了。"

云飞怔住，想到梦娴来日无多，自己和雨凤又前途茫茫，这个"孙子"真的是遥遥无期。可怜的母亲，可怜她那微小的却不能实现的梦！他的心中，就被哀愁和无奈的情绪紧紧地捉住了。

云飞直到第三天，梦娴的病情稳定了，才有时间去萧家小院看雨凤。

雨凤看到他来，就惊喜交集了。

"这么一早你跑来做什么？昨晚阿超已经来过，把你家的情况都告诉我了！你爹答应揭掉告示已经很不容易了，我们多休息几天，没有关系的！金银花说不扣我们的薪水。你娘生病，你怎么不在家里陪着她，还跑出来干什么？她不是病得挺重吗？"

"不亲自来看你一趟，心里是千千万万个放不下。我娘……她需要休息，需要放宽心，我陪在旁边她反而不自在。齐妈拼命把我赶出来，说我愁眉苦脸会让她更加难过。"

"到底是什么病呢？"雨凤关心地问。

"西医说，肾脏里长了一个恶性肿瘤。中医说，肚子里有个'痞块'，总之，就是身体里有不好的东西。"

"没办法治吗？"

云飞默默摇头。

小四背着书包，在院落一角跟阿超一阵嘀嘀咕咕。这时，小四要去上学了，阿超追在他后面，对他嚷嚷着："你不要一直让他，让来让去就让成习惯了，别人还以为你是孬种！跟他打，没有关系！"

雨鹃从房里追出来。

"阿超，你怎么尽教他跟人打架！我们送他去念书，不是打架的！"

"可是，同学欺负他，不打不行！"阿超生气地说。

雨鹃一惊，拉住小四。

"同学欺负你吗？怎么欺负你？"

"没有！没有啦！"小四一边挣扎，一边掩饰。

"怎么欺负你？哪一个欺负你？有人打你吗？骂你吗？"雨凤也追着问。

"没有！没有！我说没有，就是没有嘛！"

"你好奇怪，有话只跟阿超说，不跟我们说！"雨鹃瞪着他。

"因为阿超是男人，你们都是女人嘛！"

"可见确实有人欺负你！你不要让我们着急，说嘛！"雨鹃喊。

"到底怎么回事？"云飞看阿超。

阿超看着小四不说话。小四隐瞒不住了，一跺脚。

"就是有几个同学，一直说……一直说……"

"说什么？"雨鹃问。

"说你们的坏话嘛！说唱曲的姑娘都是不干不净的……"

雨鹃一气，拉着小四就走。

"哪一个说的？我跟你去学校，我找他理论去！"

"你去不如我去！"阿超一拦。

"你有什么立场去？"

"我是小四的大哥！我是你们的朋友！"

小四着急，喊："你们都不要去，我可以对付他们！我不怕，阿超已经教了我好多招数了，要打架，我会把他们打得落花流水！你们去了，我会被人笑死！"

"小四说得对！"云飞点点头，"学校里的世界，就是一个小小的社会，有它温馨的地方，也有它残酷的地方！不论是好是坏，小四都只能自己去面对！"

小四挺挺背脊，把书包带子拉了拉，一副要赴战场的样子。

"我走了！"

雨凤雨鹃都情不自禁地追到门口，两人都是一脸的难过和一脸的不放心。

"你们的老师也不管吗？"雨凤喊。

"告诉老师的人是'没种'！我才不会那么低级！"说完，他昂头挺胸，大步走了。

阿超等小四走远了，对姐妹俩说："我跟着去！你们放心，我远远地看着，如果他能应付也就算了，要不然，我不能让他吃亏！"说完，就追着小四去了。

雨鹃心里很不舒服，一甩头进屋去生气。

云飞低头看着雨凤，她垂着头，一脸的萧索。他急忙安慰。

"不要被这种小事打倒，不管别人说什么，你的人品和气质丝毫都不会受影响！"

雨凤仍然低着头，轻声地说："人生是很残酷的，大部分的人，和小四的同学一样，早就给我们定位了！"

云飞怔了怔，知道她说的是实情，就无言可答了。

雨凤的哀愁，很快就被阿超给打断了。他去追小四，没多久就回来了，带着满脸的光彩，满眼睛的笑，一进门就比手画脚，夸张地说："小四好了不起！他就这样一挥拳，一劈腿，再用脑袋一撞，三个同学全被他震了开去，打得他们个个鼻青脸肿，哇哇大叫。当然，小四也挨了好几下，不过，绝对没让那三个占到便宜！打得漂亮极了！真是我的好徒弟，这些日子没有白教他，将来一定是练武的料子！"

云飞、雨凤、雨鹃、小三、小五全听得目瞪口呆。

"哇！四哥那么厉害呀？"小五崇拜地说。

"你有没有太夸张？他一个打三个怎么可能不吃亏？"雨鹃很怀疑。

"我跟在后面，会让他吃亏吗？如果他打不过，我一定出去帮忙了！"

"可是，他这样和同学结下梁子，以后怎么办？天天打架吗？"雨凤很着急。

阿超心悦诚服地喊着："你们真的不用操心小四了，他适应得非常好！你们没看到，打完了架，老师出来了，拼命追问打架的原因，小四居然一肩扛下所有责任，不肯说同学欺负他，反而说是大家练功夫，真是又义气、又豪放、又机警！那些同学都被他收服了，我可以打包票，以后没有人敢欺负他了！"

"听你这样侃侃而谈，大概，你也被他收服了！"雨鹃说。

阿超眉飞色舞，开心地喊："小四吗？他只有十岁耶，我佩服他，我崇拜他！"

雨鹃看着阿超，有着真心的感动。

"你和小四，如此投缘，我就把他交给你了！你好好照顾他！"

阿超也看着雨鹃，笑嘻嘻地问："这是不是表示，你对我们的敌意，也一笔勾销了？"

"我没有办法去恨一个照顾我弟弟的人！"雨鹃叹口气。

云飞立刻接口，诚恳地说："那么，对一个深爱你姐姐的人，你能恨吗？"

雨鹃一怔，抬眼看看云飞，又看看雨凤。

"我早就投降了！我斗不过你们！"她就盯着云飞说，"我只认苏慕白，不认展云飞！如果有一天，你对不起雨凤，我会再捅你一刀，我力气大，绝对不会像雨凤那样不痛不痒！至于你怎样可以只做苏慕白，不做展云飞，那就是你的问题了！"

云飞头痛地看雨凤。雨凤微微一笑。

"我昨天学到一句话，觉得很好！'路很长，要慢慢走，走急了，会摔跤！'"

云飞听了，怔着，若有所悟。

雨鹃听了，也怔住了，若有所思。

这晚，云翔带着天尧和随从到了待月楼门口，嚣张地吆喝着："金银花！雨鹃！雨凤！我来解救你们了！这'封口'的事嘛，到此为止！你们还不出来谢我，幸亏我跟老爷子求情……"

云翔喊了一半，抬头一看，待月楼门前的告示早就揭掉了，不禁一愣。

云翔再一注意，就听到楼内传来雨凤和雨鹃的歌声。他呆了呆，看天尧。

"谁把这告示揭了？好大的胆子！谁许她们姐妹两个又开唱的？纪叔不是说，今晚才可以取消禁令吗？"

天尧好诧异，抓抓头。

"嘿！这事我也搞不清楚！大概金银花急了，听说这两个妞儿不唱，待月楼的生意就一落千丈，所以，她们就豁出去，不管警察厅的命令了吧？"

"岂有此理！那怎么成？警察厅的告示，是随便可以揭掉的吗？这金银花也太大胆了！"他对着大门乱喊，"金银花！出来出来……"

这样一阵喧嚣，早就有人进去通报了。

金银花急急赶出来，身后还跟着郑老板。金银花看到云翔就眉开眼笑地说："哎哟！展二少爷，你可来了！我还以为咱们待月楼得罪了你，你就再也不上门了呢！来得好，以前的不愉快，大家都别放在心上！两个丫头已经尝到滋味了，不敢再冒犯了！来来来！快进来坐……"

云翔盛气凌人地问："金银花，我问你！是谁揭了门口的告示？"

金银花还没说话，郑老板好整以暇地开口了："那个告示吗？是警察厅李厅长亲自揭掉的！已经揭了三天了，怎么展二爷还不知道啊？"

云翔一愣，瞪着郑老板，不相信地。

"李厅长亲自揭的？"

金银花笑嘻嘻地说："是呀！昨晚待月楼才热闹呢，李厅长和孙县长都来捧两个丫头的场，黄队长和卢局长他们全体到齐，几乎把待月楼给包了！好可惜，你们展家怎么不来凑凑热闹呢？"

云翔傻了，回头看天尧。天尧想想，机警地对郑老板一笑。

"哦，原来是这样！郑老板您好大面子！不愧是'郑城北'啊！"

"哈哈！好说好说！"郑老板笑着。

云翔脸色十分难看，金银花忙上前招呼。

"大家不要站在这门口说话，里面坐！"

郑老板看着云翔。

"雨凤和雨鹃刚表演完，我呢，正和高老板赌得火热，你要不要加入我们玩玩？至于两个丫头上次得罪的事，已经罚过了，也就算了，你说是不是？"

"是啊！是啊！好歹，你们都是男子汉，还跟这小姐儿认真吗？宰相肚里能撑船嘛！"金银花笑着接口。

"不过今晚牌风蛮大的！"郑老板说。

"今晚，咱们好像没带什么钱！"天尧暗暗地拉了拉云翔的衣服。

云翔大笑。

"没带钱来没关系，能带钱走就好了！"

"展二爷，这郑老板的牌最邪门，手气又旺，我劝你还是不要跟他赌！高老板已经输得冒汗了！"金银花警告着。

云翔一听，埋头就往大厅走去。

"来来来！看看这天九王，是不是也是'北边'的？"

他们大步走进待月楼，大厅中和以往一样，热热闹闹，喧喧哗哗。他们三个一落座，珍珠、月娥、小范就忙着上茶上酒。

金银花进入后台，带着雨凤和雨鹃出来。两姐妹已经换了便装，两人都已做好心理准备，带着满脸的笑走了过来。

郑老板洗着牌，问云翔："我们玩大牌九，还是小牌九？"

"小牌九就好！一翻两瞪眼，简单明快！大牌九配来配去，太麻烦了！"

"好极！我也喜欢简单的！我们两个赌，还是大家一起来？"

"大家一起来吧！"高老板说。

"是啊！赌得正起劲！"许老板也说。

"你坐庄？还是我坐庄？"郑老板再问云翔。

"我来坐庄！欢迎大家押！押越大越好！"云翔意兴风发。

"好！你坐庄，我坐'天门'！雨鹃！准备筹码！"郑老板把牌推给云翔。

雨鹃捧了一盒筹码，走到云翔面前，嫣然一笑。

"展二爷，你要多少钱的筹码？"

云翔抬眼看她。

"哟！什么时候这么客气，居然叫我展二爷？今晚有没有编什么曲儿来骂人呀？"

"被你吓坏了，以后不敢了，你大人不记小人过！"雨鹃娇笑着说。

"你是真道歉，还是假道歉呢？"云翔斜睨着她，"我看你是'吓不坏'的，反正有郑老板给你撑腰，还有什么可怕呢？是不是？"

"不不不！你可怕，不管有谁给我撑腰，你永远是最'可恶'的，说错了，是最'可怕'的！好了，少爷，大家等着你开始呢，你要两百块？还是五百块？"

"云翔！别赌那么大！"天尧着急，低声说。

云翔有气，大声说："拿一千来！"

郑老板笑而不语。

大家开始热热闹闹发筹码，接着就开始热热闹闹地赌钱。

云翔第一把就拿了一副对子，通吃，他好得意，大笑不止。筹码全体扫到他面前。第二把，他又赢了。他更是笑得张狂，笑着笑着，一抬头看到雨凤。他忽然对雨凤感兴趣起来了："雨凤！你坐我身边，我赢了给你吃红！"

雨凤面有难色，金银花瞪她一眼，她只好坐到云翔身边来。云翔对她低声说："我跟你说实话，我对你一直非常非常好奇，你对我们家那个老大是真心呢，还是玩游戏？"

"我对你才很好奇！你是不是从小喝了好多墨水？"雨凤也低声说。

"啊？你觉得我学问好？"云翔听不懂。

"我觉得你的五脏六腑，心肝肠子，全是黑的！"

"骂人啊？"云翔好纳闷，"能唱着骂，能说着骂，还能拐弯骂！厉害厉害！"

谈笑间，云翔又赢了。他的心情太好，大笑着说："大家押呀！押呀！多押一点！不要客气！"

郑老板下了一个大注，其他两家跟进。

云翔狂笑着掷骰子、砌牌、发牌，嚣张之至。三家牌都不大好，高老板叹气，许老板毛躁，郑老板拿了一张一点，一张两点，云翔大乐。

"哇！今晚庄家的牌太旺了！金银花，雨凤！雨鹃！天尧！你们怎么都不插花？放着赢钱的机会都不会把握！笨啦！"

云翔一张牌是四点，开第二张牌。

高老板、许老板嘴里都吆喝着："六点！六点！"

云翔兴奋地叫着：

"对子！板凳！对子！板凳……"

云翔捣着牌，开上面一半，赫然是个两个红点。这副牌极有可能是板凳对，也极有可能是六点。如果是板凳对，又是通吃。如果是六点，两张牌加起来就是十点，称为瘪十，瘪十是最小的牌，会通赔。大家紧张得不得了，天尧的眼珠瞪着云翔手里的牌。云翔嘴里喊得震天价响，再开下面一半，赫然是六点，竟是瘪十，通赔。

大家哗然，云翔大骂："岂有此理！是谁给我把瘪十喊来的？小心一点！别触我霉头！来来来，再押！再押……"

从这一把牌开始，云翔一路背了下去。桌上筹码，推来推去，总是推到别人面前。郑老板不愠不火，沉着应战。金银花笑容满面，从容观战。雨鹃不住给郑老板助威。雨凤静静坐着，不大说话。天尧代云翔紧张，不住扼腕叹气。

客人们逐渐散去，只剩下了这一桌。窗外的万家灯火，都已陆续熄灭。云翔输得面红耳赤，桌上的筹码全部集中到郑老板面前。

高老板退出了，许老板也走了。桌上，剩下郑老板和云翔对赌。云翔不停地拿筹码付筹码，天尧不住地擦汗。雨凤雨鹃对看，乐在心头，心照不宣。珍珠、月娥在一边打瞌睡。

最后，云翔又拿了一个瘪十，丢下牌，跳起身大骂："真是活见鬼！

我简直不相信有这种事！太离谱了！怎么可能这么背呢！"

天尧脸色铁青。

雨凤打了一个哈欠。

郑老板推开牌，站起身来。

"太晚了！耽误待月楼打烊了！展二爷，如果你兴致不减，我们明晚再来！"

"一言为定！"云翔大声说，看筹码，"我输了多少？"

"不到一千！八百二十！"金银花算着。

"郑老板，我先欠着！来，账本拿来！我画个押！"云翔喊。

"不急，不急！尽管欠着！还没赌完呢，明晚再来！"郑老板笑着。

金银花拿过账本和笔墨，云翔龙飞凤舞地签上名字。

账本"啪"的一声合上了。

从这一天开始，云翔成了待月楼的常客，他来这儿，不再是为了和雨凤雨鹊斗法，而是为了和郑老板赌钱。赌，是一样奇怪的东西，它会让人陷进一种莫名的兴奋里，取代你所有的兴趣，让你血脉偾张，越陷越深，乐此不疲。

云翔就掉进这份血脉偾张的刺激里去了。

和云翔相反，云飞却很少再到待月楼来了。他宁可在萧家小屋里见雨凤，宁愿把她带到山前水畔去，而避免在待月楼和云翔相见的尴尬场面。

这兄弟两个，和这姐妹两个，就这样度过了一段比较相安无事的日子。

苍天有泪

拾柒

SEVENTEEN

"我不得不承认了你的看法，爱，确实比恨快乐！"

对萧家姐弟来说，接下来的这段日子，真是难得那么平静。小三、小四、小五不用再去"恨"云飞和阿超，都如释重负，快乐极了。

这天，云飞和阿超带了一辆崭新的脚踏车，走进萧家小院。阿超把车子往院内一放，咧着大嘴，向拥到院中来看的五个兄弟姐妹笑。

云飞站在旁边解释："我一直觉得，你们五个缺乏一件交通工具！不论到哪儿，都是走路，实在有点没效率，所以，我买了一辆自行车来，你们可以轮流着用，上街买个东西，出门办点儿事，就不会那么不方便！"

"你又变着花样给我们送东西来就不对了！我不是说过不要这样子吗？这自行车好贵好贵，根本是个奢侈品嘛！"雨凤说。

"食衣住行，它是其中一项，怎么能算是奢侈品呢？"云飞辩着。

小三、小四、小五早就跑过去，摸摸这儿，摸摸那儿，对那辆车子兴趣浓厚。雨鹃兴趣也大极了，走过去按了按车铃。

"可是，我们五个，没有一个会骑车啊！"

"那个吗？包在我身上了！"阿超笑得更开心了。

结果，那天，全体都跑到郊外去学骑车。因为只有一辆车，不能同时学，大家干脆把风筝也带去了，算是郊游。当阿超在教雨鹃骑车的时候，小四和小五就在山坡上抢着放风筝，大家嘻嘻哈哈，笑得好高兴。雨凤和云飞好久没有听到这样的笑声，看到这样欢乐的画面了，两

人看着看着，想到这些日子以来经历的种种事情，就都觉得已经再世为
人了。

雨鹃骑在车上，骑得危危险险，歪歪倒倒，险象环生。阿超努力地
当教练，推着车子跑，跑得满头大汗，紧紧张张。

"你扶稳了把手，不要摇摇晃晃的，身子要平衡，脚用力踩，对了，
对了！越来越好！大有进步！"阿超一面跑着，一面教着。

小三在一边看，拼命给雨鹃加油。

"努力！努力！骑快一点儿！快一点儿！二姐，等你学会了，就轮到
我了！阿超，是不是下面就轮到我了？"

"是啊！下面轮到你！"

小四从山坡上回头大叫："不行！下面要先轮到我！我学会了比较有
用，每次帮你们跑腿买东西，就不会那么慢了！"

"我才比较有用，你现在都在上学，都是我在跑腿！"小三喊。

阿超扶着车，跑着，喊着："没关系！没关系！一个一个来，保证全
体教会你们……"

正说着，车子到了一个下坡，向下飞快滑去，阿超只得松手。

"我松手了！你自己控制车子……"阿超喊着。

"什么？你松手了？"雨鹃大叫，回头看了一眼，"不得了！阿超……
阿超……你怎么能松手呢？怎么办？怎么办……"她尖叫起来。

"扶稳龙头，踩脚刹车，按手刹车……"阿超大喊着，看看情况不
对，又冲上前去追车子。

"脚刹车在哪里？手刹车在哪里？不得了……不得了！阿超……前
面有一棵树呀！树……树……树……"她急着按手刹车，慌乱中按成了
车铃。

"转开手龙头！往右转！往右转……"阿超急喊。

雨鹃急转手龙头，却偏偏转成左方，于是车子就一面丁零丁零地响，一面对着那棵树笔直地冲过去。

雨凤、云飞、小三、小四、小五全都回过头来，雨凤惊喊："小心呀！雨鹃……"

就在这千钧一发的时候，阿超飞跃上前，一把拉住车子的后座。岂知，车子骤然一停，雨鹃的身子就飞跌出去。阿超抛下车子，腾身而起，蹿到车子前方，伸手一接。她不偏不倚，正好滚进他的怀里，这股冲力把两人都撞到地下。他本能地抱紧她，护着她的头。两人在斜坡上连续滚了好几滚，"刺啦"一声，阿超的衣袖被荆棘扯破了。总算，两人停住了，没有继续下滑。雨鹃惊魂未定，抬眼和阿超灼灼然的眸子四目相接，两人都有一刹那的怔忡。

雨凤、云飞、小三、小四、小五全都追了过来。云飞喊："摔着没有？阿超！你怎么不照顾好雨鹃？"

"雨鹃？你怎样？站得起来吗？"雨凤跟着喊。

雨鹃这才醒觉，自己还躺在阿超怀里，急忙跳起来，脸红了。

"我没事！我没事！"她喊着，低头看阿超，"有没有撞到你？"

阿超从地上弹了起来。笑着说："撞是没撞到，不过，给树枝刮了一下！"

"哪儿？哪儿？给我看看！"雨鹃一看，才发现阿超的袖子扯破了一大片，手臂上刮了一条伤口。

小三跑过来看。

"二姐，你真笨，骑个车，自己摔跤不说，还让老师受伤！"

"你敢骂我笨，等你自己学的时候就知道了！"雨鹃对小三掀眉瞪眼。

"还真有点笨，我跟你说往右转，你怎么偏偏往左转？"阿超笑着问。

雨鹃瞪大眼睛，也笑着，嚷："那么紧张，哪里还分得清左呀右呀，手刹车、脚刹车的！最气人的是那棵树！它居然待在那儿不动，看到本姑娘来了，听到车铃叮叮当当响，也不让让！"

这一说，大家全都笑开了。

小五一手拖着风筝，一手抱着小兔子，笑得好开心，崇拜地说："二姐，你摔得好漂亮，就这样'咻'的一声飞出去，好像箭一样！"

小四不服气地大声接口："是阿超接得漂亮！先蹿过去接车子，再一伸手接人，好像在表演功夫！"

阿超和雨鹃对看一眼，笑了。雨凤和云飞对看一眼，也笑了。小三、小四、小五通通都笑了。

云飞看到大家这么快乐，这么温馨，心里充满了安慰和感动。雨凤也是如此。悄悄地，两人离开了大伙，走到山林深处。站在绿树浓荫下，面对浮云白日，万树千山，两人都有好深好深的感慨。

"在经过了那么多灾难以后，我简直不敢相信，会有这样温馨的一天！我娘的身体状况稳住了，我的伤口也完全好了，你对我的恨……"云飞凝视她，"慢慢地淡了，连雨鹃，似乎都从仇恨中醒过来了。这一切，使我对未来又充满了希望。你瞧，我们大家不去恨，只去爱，可以过得好快乐，不是吗？"

雨凤沉思，似乎没有云飞那么乐观。

"你不要被雨鹃暂时的平静骗住，我知道，她最近心情好，是另有原因。"

"什么原因？"

"你也看到了，你那个弟弟最近很倒霉！输了好多钱给郑老板和高老板他们，已经快变成待月楼的散财童子了！只要展夜鸮倒霉，雨鹃就会很快乐！但是，她心里的恨，还是波涛汹涌，不会消失的！"

"云翔输了很多吗？有多少？"云飞不能不关心。

"我不清楚。他每次好像都是赢小的，输大的！反正是越赌越大就对了！我想，你家有万贯家财，才不在乎输钱，可是，那些数字常常会吓坏我！人生真不公平，有人一个晚上千儿八百地输，有人辛辛苦苦，一辈子都看不到那么多钱！"

"他赌那么大，拿什么来付呢？我家虽然有钱，什么开销都要入账的，他怎么报账呢？"云飞很惊异。

"那就是你家的事了！好像他一直在欠账，画了好多押！"

云飞想想，有些惊心。再看雨凤，临风而立、倩影翩翩，实在不想让云翔的话题来破坏这种美好的气氛，就用力地甩甩头，把云翔的影子甩走。

"我们不要管云翔了，随他去吧！"他抓住她的手，看进她眼睛深处去。心里有句话，已经萦绕了好久，不能不说了，"你愿不愿意离开待月楼？你知道吗？这种日子对我来说，很痛苦！我每晚看着那些对你垂涎欲滴的男人，心里七上八下。看着会怄，不看，好担心！这种日子实在是一种煎熬！"

雨凤一听，就激动起来。

"说穿了，你就是很在乎我的职业！其实，你和你的家人一样，对我们这个工作，是心存轻视的！"

"不是轻视，是心痛！"

"说得好听，事实上还是轻视！如果我是个女大夫什么的，即使也要和男人打交道，你就不会'心痛'了！"

"我承认，我确实不舒服！难道，你认为我应该很坦然吗？当那个高老板色眯眯地看着你，当许老板有事没事就去拉拉你的小手，当金银花要你去应酬这桌、应酬那桌，当客人吵着闹着要你喝酒……你真认为我应该无动于衷吗？"

她抬眼，幽幽地看着他。

"我知道，我和你之间，问题还是很多很多，一样都没有解决！基本上，我对展家的排斥，并没有减轻一丝一毫。我和以前一样坚决，我不会嫁到展家，去做展家的儿媳妇，我爹在天上看着我呢！既然对未来没把握，我宁愿在待月楼自食其力，也不愿意被你'金屋藏娇'，我说得够明白了吗？"

他震动地盯着她，是的，她说得好明白。"金屋藏娇"对她来说，是比唱曲为生更大的辱没，这就是她自幼承继的"尊严"。他还来不及说什么，雨凤又正色地，诚挚地说："不过，让我郑重地告诉你，我虽然在那个恶劣的环境里生存着，但我仍然洁身自爱，是清清白白、干干净净的！"

云飞心中猛然抽痛，他着急地把她的手紧紧一握，拉在胸前，激动地说："我不是这个意思，如果我有怀疑这个，让我被天打雷劈！"

她深深地凝视他。

"我跟你保证，如果有一天，我真的嫁给了你，我交给你的，一定是个白璧无瑕的身子！"

"雨凤！"他低喊。

"所以，你不要再挑剔我的职业了，我好无能，除了唱小曲，也不会做别的！"

"我不说了！我再也不说了，我尊重你的意志！但是，你什么时候才要嫁我呢？嫁了我，就不算被我'金屋藏娇'了，是不是？"

"你身上的伤口已经好了，我们一家五口心上的伤口都没好！直到现在，我们每个人都会从噩梦中惊醒，看到我们浑身着火的爹……请你不要勉强我，给我时间去复元。何况，你的爹娘也没准备好接受我！我们双方都有太多的阻力……如果你愿意等我，你就等，如果你不愿意等我，你随时可以娶别人！"

"你又来了！说这句话，真比拿刀捅我，还让我痛！"他紧紧地看着她，看得深深切切，"我等！我等！我不再逼你了，能够有今天，和你这样愉快地在一起，听着小三、小四、小五，甚至雨鹃的笑声……在以前，我连这样的梦都不敢做！所以，我不该再苛求了，应该全心来珍惜现在所拥有的！"

雨凤点头，两人都深情地看着对方，他轻轻一拉，她就偎进了他的怀里。他们就这样静静地站着，听着风声，听着鸟鸣。野地里有一棵七里香，散发着清幽幽的香气，空气里荡漾着醉人的秋意，他们不由自主就觉得醺然如醉了。

那天，大家都玩得好开心，笑得好过瘾，学骑车学得个个兴高采烈。

学完了骑车，回到萧家小屋，雨鹃不由分说，就把阿超拉到里间房的通铺上，忙着帮他上药。阿超褪下了衣袖，坐在那儿，好不自然，手脚都不知道往哪儿放。雨鹃上药，小三、小四、小五全围在旁边帮忙。房间太小，人挤不下，雨凤和云飞站在通外间屋的门口，笑嘻嘻地看着这一幕。小五不住口地吹着伤口，心痛地喊："阿超大哥，我帮你吹吹，就不痛了，我知道上药好痛！"

"二姐，你给他上什么药？"小三问。

"这个吗？是上次医院给小五治烫伤的药，剩下好多，还没用完！"小四很怀疑，眼睛一瞪。

"治烫伤的药？二姐，你不如拿红药水给他擦擦就算了！这烫伤药可以治伤口吗？不要越治越糟啊！"

阿超笑嘻嘻地说："只要不用毒老鼠的药，什么药都没关系！其实，我这一点点擦伤，根本就不用上药，你们实在太小题大做了！"说着，就要穿衣服。

雨鹃把他的身子用力拉下来。

"你别动，衣服也脱下来，我帮你缝缝！"

"那怎么敢当！"

"什么敢当不敢当的！说这种见外的话！喂喂，你可不可以不要动，让我把药上完呢？"她忽然发现了什么，看着阿超的肩膀，"你肩膀上这个疤是怎么弄的？不是上次被展夜鸮打的，这像是个旧伤痕了！"

"那个啊？小时候去山里砍柴，被野狼咬了一口！"阿超毫不在意地说。

"真的还是假的？"雨鹃瞪大眼睛问。

"野狼啊？你跟野狼打架吗？"小三惊喊。

"野狼长什么样子？"小五问。

"它咬你，那你怎么办呢？"小四急问。

"它咬我，我咬它！"

"真的还是假的？"雨鹃又问。

小三、小四、小五的眼睛都睁得滴溜滚圆，不敢相信地看着他。

"是真的！当时我只有八岁，跟小五差不多大，跟着我叔叔过日子，婶婶一天到晚让我做苦差事，冬天下大雪，要我去山里砍柴，结果就遇到了那匹狼！"他挣开雨鹃上药的手，比手画脚地说了起来，"它对我这样扑过来，我眼睛一花，看都没看清楚，就被它一口咬在肩上，我一痛，当时什么都顾不得了，张开嘴，也给它一口，也没弄清楚是咬在它哪里，反正是咬了一嘴的毛就对了！谁知，那只狼居然被我咬痛了，松了口嗷嗷叫，我慌忙抓起身边的柴火，没头没脑地就给了它一阵乱打，打得它逃之夭夭了！"

小三、小四、小五听得都发呆了。

"哇！你好勇敢！"小五叫。

"简直太神勇了！"小四叫。

站在门边的云飞笑了。

"好极了，你们大家爱听故事，就让阿超把他身上每个伤痕的故事都讲一遍，管保让你们听不完！而且，每一个都很精彩！"

"好啊！好啊！阿超大哥，你讲给我们听！我最爱听故事！"小五拍手。

雨鹃凝视阿超，目光里盛满了怜恤。

"你身上有好多伤痕吗？在哪里？给我看！"她不由分说，就去脱他的上衣。

阿超大窘，急忙扯住衣服不让她看，着急地喊："雨鹃姑娘，别看了，几个伤痕有什么好看的？"

雨鹃抬眼看他，眼光幽柔。

"阿超，我跟你说，以后，你可不可以把对我的称呼省两个字？每次叫四个字，啰不啰唆呢？我的名字只有两个字，你偏要叫得那么复杂！"

阿超一愣。

"什么四个字两个字的？"他糊里糊涂地问。

"叫雨鹃就够了！姑娘两个字可以省了！"雨鹃大声说。

阿超愣了愣，抬眼看雨鹃，眼神里有怀疑，有惊喜，有不信，有震动。雨鹃迎视着他，被他这样的眼光搅得耳热心跳了。

门口的雨凤，看看云飞，眼中闪耀着意外之喜。

接下来，日子几乎是"甜蜜"地流逝。

秋天的时候，萧家五个姐弟都学会了骑车，人人都是骑车的高手。以前，大家驾着马车出游，现在，常常分骑三辆自行车，大的载小的，跑遍了桐城的山前水畔。

这晚，姐妹俩从待月楼回到家里。两人换了睡衣，上了床。雨鹃嘴里，一直不自禁地哼着歌。

"雨鹃，你最近好开心，是不是？"雨凤忍不住问。

"是呀！"雨鹃兴高采烈地看雨凤，"我告诉你一件事，郑老板说，展家在大庙口的那家当铺，已经转手了！"

"谁说的？是郑老板吗？是赢来的？"

"大概不完全是赢来的，他们商场的事，我搞不清楚！但是，郑老板确实在削弱'南边'的势力！我已经有一点明白郑老板的做法了，他要一点一滴地把南边给蚕食掉！再过几年，大概就没有'展城南'了！"

"你的高兴，就只为了展夜鸮的倒霉吗？"

"是呀！他每次大输，我都想去放鞭炮！"

"有没有其他原因呢？我觉得，可能还有其他原因，你自己都不知道！"

"有什么其他原因？"

雨凤看了她一眼。

"雨鹃，我好喜欢最近的你！"

"哦？最近的我有什么不同吗？"

"好多不同！你快乐，你爱笑，你不生气，你对每个人都好……自从爹去世以后，这段时间，你是最'正常'的！你不知道，这样一个快乐的你，让我们每一个人都好快乐！原来，快乐或者是悲哀，都有传染性！"

"是吗？"

"是！最主要的，是你最近不说'报仇'两个字了！"

雨鹃沉思不语。

"你看！我以前就说过，如果我们可以摆脱仇恨，说不定我们可以活得比较快乐！现在就证实了我这句话！"

雨鹃倒上枕头，睁大眼，看着天花板。雨凤低下头，深深地看她。

"实在忍不住想问你一句话，你心里是不是喜欢了一个人？"

"谁？"雨鹃装糊涂。

"我也不知道，我要你告诉我！"

"哪儿有什么人？"雨鹃逃避地说，打个哈欠，翻身滚向床里，"好困！我要睡觉了！"她把眼睛闭上了。

雨凤推着她。

"不许睡！不许睡！"她伸手呵雨鹃的痒，"起来！起来！人家有心事都告诉你！你就藏着不说！起来！我闹得你不能睡！"

雨鹃怕痒，满床乱滚，笑得咯咯咯的。她被呵急了，反手也来呵雨凤的痒。姐妹两人就开始了一场"呵痒大战"，两人都笑得喘不过气来，把一张床压得吱吱呀呀。好半天，两人才停了手，彼此互看，都感到一份失落已久的温馨。

雨鹃不禁叹口气，低低地说："我不知道我心里有什么人，只觉得有种满足，有种快乐，是好久好久都没有的，我不得不承认了你的看法，爱，确实比恨快乐！"

雨凤微笑，太高兴了，心里竟然萌生出一种朦胧的幸福感来。

天气渐渐凉了。这天，雨鹃骑着自行车去买衣料。家里五个人都需要准备冬衣了。她走进一家绸缎庄，把脚踏车停在门口。挑好了衣料。

"这个料子给我九尺！那块白色的给我五尺！"

"是！"老板介绍，"这块新到的织锦缎要不要？花色好，颜色多，是今年最流行的料子，你摸摸看！感觉就不一样！"

雨鹃看着，心里好喜欢，低头看看钱袋，就犹豫起来。

"好看是好看，就是太贵了，算了吧！"

一个声音忽然在她身后响起。

"老魏！给她一丈二，是我送的！"

雨鹃一回头，就看到云翔挺立在门口，正对她笑嘻嘻地看着。

她一惊，喊："谁要你送！我自己买！"

"到展家的店里来买东西，被我碰到了，就没办法收钱了！"云翔笑着说。

"这是你家的店？"

"是啊！"

雨鹃把所有的绸缎，往桌上一扔，掉头就走。

"不买了！"

她去推车子，还没上车，云翔追了过来。

"怎么？每天晚上在待月楼见面，你都有说有笑，这会儿你又变得不理人了？难道，我们之间的仇恨到现在都还没消吗？你要记多久呢？"

"记一辈子！消不了的！"

"别忘了，我们还有一吻之情啊！"云翔嬉皮笑脸。

雨鹃脸色一板，心中有气。

"那个啊！不代表什么！"

"什么叫作'不代表什么'？对我而言，代表的事情可多了！"

"代表什么？"

"代表你在我身上用尽心机！为了报仇无所不用其极，连'美人计'都施出来了！"

"你知道自己有几两重就好了！如果误以为我对你有意思，那我才要恼死！"

"可是，自从那天起，说实话，我对你还真的念念难忘！就连你编着歌词骂我，我听起来，都有一股'打情骂俏'的味道！"

"是吗？所有的'贱骨头'都是这样！"

"奇怪，你们姐妹两个都会用各种稀奇古怪的方法骂人！"

"反正是'打情骂俏'，你尽量去享受吧！"雨鹃说完，准备上车。

"你要去哪里？"他一拦。

"你管我去哪里？"

他不怀好意地笑："我要管！我已经跟了你老半天了，就是想把那天那个'荒郊野外'的游戏玩完，我们找个地方继续玩去！你要报仇，欢迎来报！"

雨鹃扶住车子，往旁边一退："今天本姑娘不想玩！"

"今天本少爷就想玩！"云翔往她面前一挡。

雨鹃往左，云翔往左，雨鹃往右，云翔往右，雨鹃倒退，云翔跟进。雨鹃始终无法上车。她发现有点麻烦，就站定了，对他展开一个非常动人的笑。

"你家有娇妻，你不在家里守着你那个得来不易的老婆，每天晚上在待月楼混，白天还到外面闲逛，你就不怕你那个老婆'旧情复燃'吗？"

云翔大惊失色，雨鹃这几句话可歪打正着，刺中了他心里最大的隐痛。他的脸色倏然变白。

"你说什么？谁在你面前多嘴了？那个伪君子是吗？他说些什么？"他对她一吼，"他怎么说的？"

她知道刺到他了，不禁得意起来。

"慕白吗？他才不会去说这些无聊的事呢！不过，整个桐城谁不知道你展二少爷的故事呢？谁不知道你娶了纪天尧的妹妹，这个妹妹心里的情哥哥，可不是你哟！"

"是谁这样胡说八道，我宰了他！"他咬牙切齿。

"你要宰谁？宰全桐城的人吗？别说笑话了！反正，美人不是已经到手了吗？"她眼珠一转，再接了几句话，"小心小心啊！那个'情哥哥'可比你有格调多了！只怕流水无情，落花还是有意啊！"

雨鹃这几句话，可把他刺得天旋地转，头昏眼花。尤其，她用了"格调"两个字，竟和天虹批评他的话一模一样，他就更加疑心生暗鬼，怒气腾腾了。他咆哮起来："谁说我没格调？"

"你本来就没格调！这样拦着我的路就是没格调！其实，你大可做得有格调一点，你就是不会！"

"什么意思？"

"征服我！"

"什么？"

雨鹃瞪着他，郑重地说："你毁了我的家，害死我的爹，我恨你恨入骨髓，这一点，我相信是你知我知天知地知。如果你有种，征服我！让我的恨化为爱，让我诚心诚意为你付出！那么，你才是一个真正的男子汉！"

云翔死瞪着她，打鼻子里哼了一声，不住摇头。

"那种'征服'，我没什么把握，你太难缠！而且，你这种'激将法'对我没什么大用，既然说我没格调，就没格调！我今天跟你耗上了！"

雨鹃发现情况不妙了，推着车子不动声色地往人多的地方走。云翔亦步亦趋，紧跟过去。走到了人群之中，她忽然放声大叫："救命啊！有小偷！有强盗！抢我的钱袋呀！救命啊……"

街上熙来攘往的人群都惊动了，一大群人奔过来支援，叫着："哪里？小偷在哪里？"

雨鹃对云翔一指："就是他！就是他！"

路人全都围过去，有的喊打，有的喊捉贼，云翔立刻陷入重围，脱身不得。雨鹃乘乱，骑上脚踏车飞驰而去。

云翔陷在人群中，跟路人纠缠不清，急呼："我不是小偷，我不是贼！你们看看清楚，我像是贼吗？"

路人七嘴八舌喊："那可说不定！搜搜看，有没有偷了什么！别让他逃了……"

云翔抻长脖子，眼见雨鹃脱身而去，恨得咬牙切齿，跺脚挥拳。

雨鹃摆脱了云翔的纠缠，生怕他追过来，拼命踩着脚踏车逃回家里。车子冲进小四合院，才发现家里有客人。

原来这天，梦娴和齐妈出门去上香，上完了香，时辰还早，梦娴心里一直有个念头，压抑好久了，这时候心血来潮，怎么都压抑不住了。就带着齐妈，找到了萧家小院，成了萧家的不速之客。

梦娴和齐妈敲门的时候，雨凤正在教小三弹月琴。听到门声，她抱着月琴去开门。门一开，雍容华贵的梦娴和慈祥温和的齐妈，就出现在她眼前。

"请问，你是不是萧雨凤萧姑娘？"梦娴凝视着雨凤问，看到雨凤明艳照人，心里已经有了数。

雨凤又惊奇又困惑，急忙回答："我就是！你们是……"

"我是齐妈……"齐妈连忙介绍，"这是我们家太太！"

"我是云飞的娘！"梦娴温柔地接口。

雨凤手里的月琴，"叮咚"一声，掉到地上去了。

接着，雨凤好慌乱，小三和小五知道这是"慕白大哥"的娘，也跟着雨凤忙忙乱乱。雨凤把梦娴和齐妈迎进房里，侍候坐定，就去倒茶倒水。小三端着一盘花生，小五端着一盘瓜子出来。雨凤紧紧张张地把茶奉上，再把瓜子花生挪到两人面前，勉强地笑着说："家里没什么东西好待客，吃点瓜子吧！"回头看小三、小五，"过来，喊伯母呀！"又对梦娴解释，"这是小三和小五，小四上学去了！"

小三带着小五，恭恭敬敬地一鞠躬。

"两位伯母好！"

"好好好！好乖巧的两个孩子，长得这么白白净净，真是漂亮！"梦娴说。

小五看到梦娴慈祥，忍不住亲切地说："我很丑，我头上有个疤，是被火烧的！"她拂起刘海给梦娴、齐妈看。

雨凤赶紧说明："她从小就是我爹的宝贝，爹常说，她是我们家最漂亮的女儿。寄傲山庄被火烧那晚，她陷在火里，受了伤。额上留了疤，她就耿耿于怀。我想，这个疤在她心里烙下的伤痕，更大过表面的伤痕！"

梦娴听雨凤谈吐不凡，气质高雅，不禁深深凝视她。心里，就有些欢喜起来。

齐妈忍不住怜爱地看小五，用手梳梳她的刘海，安慰着："不丑！不丑！根本看不出来，你知道，就连如来佛额上，还有个包呢！对了……你那个小兔儿怎么样？"

"每天我都带它睡觉，因为它有的时候会做噩梦！我要陪着才行！"

雨凤对齐妈感激至深地看了一眼："谢谢你！那个小兔儿，让你费心了！"

"哪儿的话？喜欢，我再做别的！"齐妈慌忙说。

雨凤知道梦娴一定是有备而来，有话要说，就转头对小三说："小三，你带小五去外面玩，让大姐和伯母说说话！"

小三就牵着小五出去了。

雨凤抬头看着梦娴，定了定心，最初的紧张已经消除了大半。

"前一阵子，听慕白说伯母的身体不大好，现在都复元了吗？"

梦娴听到"慕白"二字，微微一愣，更深刻地看她。

"我的身子没什么，人老了，总有些病病痛痛，倒是和你家小五一样，心里总焐着一个疙瘩，时时刻刻都放不下，所以今天就这样冒冒失失地来了！"她顿了顿，直率地问，"我刚刚听到你喊云飞为'慕白'？"

雨凤立即武装起来，接口说："他的名字没有关系，是不是？就像小三、小四、小五，我爹都给他们取了名字，我们还是叫他们小三、小四、小五。"

梦娴盯着她，看了好一会儿，忽然问："你真的爱他吗？真的要跟他过一辈子吗？"

雨凤一惊，没料到梦娴这样直接地问出来，整个人都怔了。

"我可能问得太直率了，可是，对一个亲娘来说，这是一个很重要的问题，不问清楚，我夜里连觉都睡不着！最近一病，人就更加脆弱了！好想了解云飞的事，好想帮助他！生怕许多事，现在不做，将来就晚了。你可以很坦白地回答我，这儿，就我们三个，没有什么不能说的！"梦娴真挚地说着。

雨凤抬头直视着梦娴，深吸口气："伯母，我真的爱他，我很想跟他过一辈子！如果人不只一生，我甚至愿意跟他共度来生！"

梦娴震撼极了，看着雨凤。只见她冰肌玉肤，明眸皓齿。眼睛，是两泓深不可测的深潭，唇边，是无尽无尽的温柔。梦娴心里，就涌上了无法遏止的欣喜。

"雨凤啊，这话你说出口了，我的心也定了！可是，当你爱一个人的时候，你一定要爱他所有的一切！你不能只爱他某一部分，而去恨他另一部分，那样，你会好痛苦，他也会好痛苦！"

"我知道！所以，有的时候，我宁愿我们两个都很勇敢，可以拔慧剑斩情丝！"雨凤苦恼地说。

"你的意思是……"梦娴不解。

"我不会进展家的大门！他对我而言，姓苏，不姓展！"雨凤冲口而出。

"那么，如果你们结婚了，我是你的苏伯母吗？你们将来生了孩子，姓苏吗？孩子不叫我奶奶，不叫祖望爷爷吗？你们家里供的祖宗牌位，是苏某某人吗？清明节的时候，你们去给不存在的苏家祖坟扫墓吗？"

一连串的问题，把雨凤问倒了。她睁大眼睛，愕然着。

"你看，现实就是现实，跟想象完全不一样。云飞有根有家，不是一个从空中变出来的人物，他摆脱不掉'展'家的印记，永远永远摆脱不掉！他有爹有娘，还有一个让所有人头痛的弟弟！不管是好的，还是坏的，都是他生命的一部分，你无法把他切成好几片，选择你要的，排除你不要的！"

雨凤猛地站起来，脸色苍白。

"伯母，我懂了！你的意思是……要我离开慕白？"

梦娴也站起身来，诚挚地说："听我说！我不是来拆散你们的！你误会了！我本来只是想看看你，看看这个捅了云飞一刀，却仍然让云飞爱得神魂颠倒的姑娘，到底是怎样一个人。今天见到了你，你完全出乎我的意料，这么冰雪聪明，纤尘不染！我不知不觉地就喜欢你了！也终于明白云飞为什么这样爱你了！"

雨凤震撼了，深深地看着她。梦娴吸口气，继续说："所以，我才说这些话，雨凤啊！我的意思正相反，我要你放弃对'展家'的怨恨，嫁给'云飞'！我的岁月已经不多，没有时间浪费了！你是云飞的'最爱'，也是我的'最爱'了！即使你有任何我不能接受的事，我也会一起包容！你，难道不是这样吗？"

这样一篇话，使雨凤整个憾动了。她目不转睛地看着梦娴，感动而痛楚着。半晌，才挣扎地说："伯母，你让我好感动！我一直以为，像你们那样的家庭，是根本不可能接受我的！我一直想，你会歧视我，反对我！今天听到你对我的肯定，对我的包容，我觉得，这太珍贵了！"说着，眼泪就掉下来了。

梦娴一见到她落泪，更是感动得一塌糊涂，冲过去就把她的手紧紧地握在胸前。

"孩子啊，我知道你爱得好辛苦，我也知道云飞爱得好痛苦，我真的不忍心看着你们这样挣扎而矛盾地爱着，把应该朝夕相守的时间全部浪费掉！雨凤，我今天坦白地告诉你，我已经不再排斥你了！你呢？还排斥我吗？"

"伯母，我从来没有排斥过你！我好感激你生了慕白，让我的人生，有了这么丰富的收获，如果没有他，我这一生都白活了！"

梦娴听到她如此坦白的话，心里一片热烘烘，眼里一阵湿漉漉。

"可是，我是展家的夫人啊！没有祖望，也同样没有你的'慕白'！"

雨凤又愣住了。梦娴深深地看她，发自肺腑地说："不要再恨了！不要再抗拒展家了！好不好？只要你肯接受'展家'，我有把握让祖望也接受你！"

雨凤更痛苦，更感动，低喊着说："谢谢你肯定我，谢谢你接受我！你这么宽宏大量，难怪慕白有一颗热情的心！今天见了你，我才知道慕白真正的'富有'是什么！我好希望能够成为你的媳妇，和你共同生活，共同去爱慕白！但是，伯母，你不了解……"她的泪珠滚滚而下，声音哽咽，"我做不到！我爹死的那个晚上，一直鲜明如昨日！"

梦娴叹口气，温柔地说："好了好了，我现在不勉强你！能爱自己的爹，才能爱别人的爹！我不给你压力，只想让你明白，你，已经是我心里的媳妇了！"

雨凤感动极了，喊了一声伯母，就扑进她怀中。

梦娴紧拥着她，两人都泪汪汪。齐妈也感动得一塌糊涂，拭了拭湿润的眼角。

就在这充满感性的时刻，雨鹃气急败坏地回来了。她一冲进大门，就急声大喊："小三！赶快把门闩上！快！快！外面有个瘟神追来了！"

雨凤、梦娴和齐妈都惊动了，慌忙跑到门口去看。只见雨鹃脸孔红红的，满头大汗，把车子扔在一边，立即去闩上大门。雨凤惊奇地问：

"你干什么？"

雨鹃紧张地喊："快快！找个东西来把门顶上！"

这时，大门已经被拍得震天价响，门外，云翔的声音气呼呼地喊着："雨鹃！你别以为你这样一跑，就脱身了！赶快开门，不开，我就撞进来了！大门撞坏了，我可不管！"

雨凤大惊，问雨鹃："你怎么又惹上他了？"

"谁惹他了？我买料子，他跟在我后面，拦住我的车子不许我走，怎样都甩不掉！"

梦娴和齐妈面面相觑，震惊极了。梦娴走过来，问："是谁？难道是云翔吗？"

雨鹃惊奇地看梦娴和齐妈，雨凤赶紧介绍："这是慕白的娘，还有齐妈！这是我妹妹雨鹃！"

雨鹃还没从惊奇中醒觉，门外的云翔，已经在嚣张地拍门、撞门、踢门、捶门……快把大门给拆下来了，嘴里大喊大叫个不停："雨鹃！你就是逃到天上去，我也可以把你抓下来，别说这个小院子了！你如果不乖乖给我出来，我就不客气了……"

雨鹃看着梦娴和齐妈，突然明白了！这是慕白的娘，也就是展家的"夫人"了。她心里一喜，急忙说："好极了，你既然是展家的夫人，就拜托帮我一个忙，快把外面那个疯子打发掉！拜托！拜托！"

梦娴还没闹清楚是怎么回事，雨鹃就一下子打开了大门。

云翔差点跌进门来，大骂："你这个小荡妇，小妖精，狐狸精……"一抬头，发现自己面对着梦娴和齐妈，不禁吓了一大跳，"怎么？是你们？"

梦娴惊愕极了，皱了皱眉头。

"你为什么这样撞人家的大门？太奇怪了！"

云翔也惊愕极了。

"嘿嘿！你们在这儿，才是太奇怪了！"想想，明白了，对院子里扫了一眼，有点忌讳，"是不是老大也在？阿超也在？原来你们大家在'家庭聚会'啊！真是太巧了，我们跟这萧家姐妹还真有缘，大家都会撞在一堆！算了，你们既然要'会亲'，我先走了！"

云翔说完，一溜烟地去了。

雨鹃急忙将门关上。小三已经冲上前来，抓着雨鹃，激动地问："这个'大坏人'怎么又出现了？他居然敢来敲我们的大门，不是太可怕了吗？"

小五吓得脸色苍白，奔过来投进雨凤怀里，发着抖说："大姐，我记得他！他把我们的房子烧了，他打爹，打你们，他就是那天晚上那个人，那个骑着大马的魔鬼啊！"她害怕地惊喊，"他会不会再烧我们的房子？会不会？会不会……"

雨凤紧紧抱着她。

"不怕不怕！小五不怕！没有人会再烧我们的房子，不会的，不会的……"

梦娴震惊地看着，这才体会到那晚的悲剧，怎样深刻地烙印在这几个姐妹的身上。亲眼看到云翔的拍门、踹门，这才体会到云翔的嚣张和肆无忌惮。她看着，体会着，想着云飞说的种种……不禁代这姐妹几个心惊胆战，也代展家忧心忡忡了。

苍天有泪

拾捌

EIGHTEEN

雨鹃大叫："你累死我了！气死我了！"

阿超一急，也大叫："可我爱死你了！"

就在梦娴去萧家的时候，云飞被祖望叫进了书房。把一本账册往他面前一放，祖望脸色阴沉地说："你给我好好解释一下，这是怎么一回事？虎头街的钱去了哪里？"

云飞沉不住气了。

"爹！你的意思是说，我把虎头街的钱用掉了是不是？虎头街那个地区的账，你到底有多久没管了？这些年，都是纪总管、天尧和云翔在管，是不是？"

"你不用管他以前怎样！只说你经手之后怎样，为什么亏空那么多，你给我说个道理出来！"祖望生气地说。

"当你有时间的时候，应该去这些负债的家庭看看！他们一家家都有几百种无法解决的问题，生活的情况更是惨不忍睹！他们最大的错误，就是误以为'盛兴钱庄'可以帮助他们，而抵押了所有值钱的东西，结果利滚利，债务越来越多，只好再借再押，弄得倾家荡产，一无所有！现在，我们钱庄有很多借据，有很多抵押，就是收不到钱！"

"收不到钱？可是，账本上清清楚楚，好多钱你都收到了！"

"那不是'收到'了，那是我把它'注销'了！"

"什么意思？"

"好像冯谖为孟尝君所做的事一样，就是'长铗归来者也'那个故事。冯谖为孟尝君'市义'，爹，我也为你'市义'！"

祖望跳起身子，不可思议地瞪着他。

"你干什么？你把那些借据和抵押怎样了？"

"借据毁了，反正那些钱，你几辈子也收不回来！"

"你把它做人情了？你把它毁了？这样经营钱庄？怪不得亏损累累！你还有脸跟我提什么'孟尝君'！"他把桌子一拍，气坏了，"你活在今天这个社会，做些古人的事情，你要气死我，还是把我当傻瓜？你不是什么'冯谖'，你根本就精神不正常，要不，就是标准的'败家子'！幸亏我没把全部钱庄交给你，要不然，你全体把它变成了'义'，我们都喝西北风去！"

"你不要激动，我并不是全体这么做的，我觉得，我们应该把钱庄的账目彻底整顿一下，收不回来的呆账，做一个了结，收得回来的，打个对折……"

祖望挥着袖子，大怒："我不要听了！我对你已经失望透顶了！纪总管说得对，你根本不是经营钱庄的料！我看，这些钱除了送掉以外，还有一大笔是进了待月楼，一大笔是进了萧家两个姑娘的口袋，对不对？"

云飞惊跳起来，一股热血直往脑门里冲去。他拼命压抑着自己，瞪着父亲。

"纪叔跟你说的？你都听进去了？我跟你说的，你都听不进去！我们之间真的好悲哀！我承认，我确实不是经营钱庄的料，虎头街的业务我确实做得乱七八糟！至于你说，我把钱用到待月楼或是萧家两个姑娘身上，就太冤了！我是用了，在我的薪水范围之内用的，而我的薪水只有天尧的一半！我觉得，我对得起你！"

"你对得起我，就应该和萧家断掉！一天到晚往人家那儿跑，说什么对得起我？你根本没把我放在眼睛里！"

云飞听到这句话，心灰意冷，废然长叹。

"算了，我们不要谈了，永远不可能沟通！"

"不谈就不谈，越谈我越气！"祖望喊。

云飞冲出了父亲的书房，心里满溢着悲哀，四年前，那种"非走不可"的情绪又把他紧紧地攫住了。他埋着头往前疾走，忍不住摇头叹气。走到长廊里，迎面碰到了天虹，她抱着一个针线篮，正要去找齐妈。两人相遇，就站住了，看着对方。

"你，好不好？"天虹微笑地问。

"这正是我想问你的问题！"云飞勉强地笑笑。

天虹看看院中的亭子。

"去亭子里坐一下，好吗？"

云飞点头，两人就走到亭子里坐下，天虹看到他的脸色不佳，又是从祖望的房间出来，就了解地问："跟爹谈得不愉快吗？"

他长叹一声。

"唉！经过了四年，这个家给我的压力比以前更大了！"

她同情地点点头。他振作了一下。

"算了，别谈那个了！"他凝视她，"有好多话一直没机会跟你说。上次救阿超，真是谢谢了！你有了好消息，我也没有跟你贺喜！要当娘了，要好好保重身体！"

"我会的！"她轻声说，眼光柔和地看着他，脸上一直带着微笑。

"你……快乐吗？"他忍不住问。觉得她有些奇怪，她脸上那个微笑，几乎是"安详"的。这太少见了。

她想了想，坦率地说："云飞，好多话，我一直压在心里，我真怀念以前，我可以和你聊天，把所有的心事都告诉你，你从来都不会笑我。

坦白说，我的婚姻几乎已经走到绝路了……"

云飞一震，下意识地看看四周。

"你不怕隔墙有耳吗？"

"这种怕来怕去的日子，我过得已经不耐烦了！今天难得和你遇到，我就说了。除了你我也不能跟任何人说！说完了，我想我会轻松很多。我刚刚说到我的婚姻，本来，我好想离开展家，好想找一个方法逃开这个牢笼！可是现在，这个孩子救了我！你问我快乐吗？我就想告诉你，我好快乐！因为，我身体里有一个小生命在慢慢长大，我孕育着他，一天比一天爱他！这种感觉好奇妙！"

"我了解，以前映华就是这样。"

"对不起，又勾起你的伤心事了！"她歉然地说。

"还好，总算可以去谈，可以去想，夜里不会被痛苦折磨得不能睡了。"

"是雨凤解救了你！"

"对！是她和时间联手解救了我。"他凝视她，"那么，这个孩子解救了你！"

她脸上浮起一个美丽而祥和的笑。

"是的！我本来对云翔，已经从失望到痛恨，觉得再也撑不下去了。但是现在，想着他是我孩子的爹，想着我们会共有一份不能取代的爱，我就觉得不再恨他了！只想跟他好好地过日子、好好地相处，甚至，有点贪心地想着，我会和他变成恩爱夫妻，我要包容他、原谅他、感化他！让他成为我儿子的骄傲！"

他听得好感动，目不转睛地看着她。

"天虹，听你这样说，我觉得好高兴，好安慰。我不必再为你担心了！你像是拨开云雾的星星，破茧而出的蝴蝶，好漂亮！真的好漂亮！"

她喜悦地笑了，眼里闪着光彩。

"现在，你可以恭喜我了！"

他笑着，诚心诚意地说："恭喜恭喜！"

他们两个谈得那么专注，谁都没有注意到，云翔已经回来了。云翔是从萧家小屋铩羽而归的，怎么都没想到会在小院里碰到梦娴和齐妈，真是出师不利！他带着一肚子的气回家，走进长廊，就一眼看到坐在亭子里有说有笑的云飞和天虹，他脑子里轰然一响，雨鹃那些"情哥哥""旧情复燃""落花有意"的话种种全部在他耳边像焦雷一样爆响。他无声无息地掩了过去，正好听到云飞一大串的赞美词句，他顿时气得发晕，怒发如狂。

"哈！给我听到了！什么星星，什么蝴蝶，什么漂亮不漂亮？"他对云飞跳脚大叫，"你怎么不在你老婆那里，跑到我老婆这儿来做什么？那些星星蝴蝶的句子，你去骗雨凤就好了，跑来对我老婆说，你是什么意思？"

云飞和天虹大惊失色，双双跳起。云飞急急地解释："不是你想象的那样！我们在谈孩子……"

云翔更是气不打一处来。

"我的孩子，要你来谈什么？你有什么资格谈？"

"不是的！云翔，你根本没弄清楚……"天虹喊。

"怎样才算'清楚'？我已听得清清楚楚了！"他扑过去抓住云飞的衣襟，"你浑蛋！你下流！你无耻！你卑鄙！对着我老婆灌迷汤……你跟她做了什么？你说！你说！怪不得全桐城都把我当笑话！"

云飞用双手震开云翔的手，又气又恨，咬牙切齿地说："你说这些莫名其妙的话，你真配不上天虹，你真辜负了天虹！"

云翔更加暴跳如雷，大声地怪叫："我配不上天虹，你配得上，是不是？你要天虹，你老早就可以娶了去，你偏偏不要，这会儿，她成了我的老婆，你又来招惹她！你简直是个大色狼！我恨不得把你给宰了！"

天虹怕把众人吵来，拼命去拉云翔。

"你误会了！你真的完完全全误会了，不要这样吵，我们回房间去说！"

云翔一把推开她，推得那么用力，她站不稳，差点摔倒。

云飞大惊，顾不得忌讳，伸手就去扶住她。云翔一看，更加怒不可遏。

"你还敢动手扶她，她是我老婆耶，要你来怜香惜玉！"

这样一闹，丫头家丁都跑出来看，阿超奔来，品慧也出来了。

"哎哟！又怎么了？云翔，你又和老大吵架了吗？别在那儿拉拉扯扯了，你不怕碰到天虹吗？人家肚子里有孩子呀！"品慧惊喊。

天虹慌忙遮掩。

"没事！没事！"她拉住云翔，"走！我们进屋去谈！这样多难看呢？给人家听到，算什么呢？"

云翔也不愿意吵得尽人皆知，毕竟有关颜面，气冲冲地对云飞挥拳踢腿地作势，嘴里喃喃怒骂着，被天虹拉走了。

品慧疑惑地瞪了云飞一眼，忙对丫头家丁们挥手。

"没事！没事！都干活去！看什么看！"

丫头家丁散去了。

云飞气得脸色发青，又担心天虹的安危，低着头往前急走。阿超跟在他身边，着急地问："你有没有吃亏？有没有被他打到？"

"怎么没被他打到？每次跟他'过招'，我都被他的'气人'招打得天旋地转，头昏眼花！现在，我没关系，最担心的还是天虹，不知道解释得清，还是解释不清！"云飞恨恨地说。

　　天虹是解释不清了。如果云翔那天没有在街上碰到雨鹃，没有听到雨鹃那句"谁不知道你娶了纪天尧的妹妹，这个妹妹心里的情哥哥，可不是你"，以及什么"那个'情哥哥'可比你有格调多了……"诸如此类的话，还不至于发那么大的脾气。现在，是所有的疑心病、猜忌病、自卑病、妒嫉病……诸症齐发，来势汹汹。他把天虹推进房，就重重地掼上房门，对她挥舞着拳头大喊："你这个荡妇！你简直不要脸！"

　　"云翔！你讲理一点好不好？不要让嫉妒把你冲昏头好不好？你用大脑想一想，光天化日之下，我们坐在一个人来人往的亭子里，会说什么不能让人听的话？你听到两句，就在那儿断章取义，实在太过分了！"

　　"我过分，还是你过分？你们太高段了！故意选一个人来人往的地方谈恋爱，好掩人耳目！我亲耳听到的话，你还想赖！什么星星蝴蝶，肉麻兮兮，让我的汗毛都全体竖立！哪有一个大伯会对弟媳妇说，她漂亮得像星星像蝴蝶？你不要耍我了，难道我是白痴？我是傻子？"

　　"他不是那个意思！"

　　"他是哪个意思？你说！你说！"

　　"他指的是一种蜕变，用来比喻的！因为我们在说，我好期待这个孩子，他带给我无限的希望和快乐，所以，云飞比喻我是破茧而出的蝴蝶……"

　　天虹话没说完，他就暴跳着大喊："什么叫'破茧而出'？你有什么'茧'？难道我是你的'茧'？我困住了你还是锁住了你？为什么有了这个孩子，你就变成'星星''蝴蝶'了？我听不懂！"他突然扑过去，揪起她胸前的衣服，压低声音问，"你，给我戴绿帽子了吗？这个孩子是我的吗？"

天虹大惊，睁大眼睛，不敢相信地瞪着他。

"你说这话，不怕天打雷劈吗？你不在乎侮辱我，侮辱云飞，侮辱你自己，也不在乎侮辱到你的孩子吗？"她气得发抖，"你好卑鄙！"

"我卑鄙，他呢？好伟大，好神圣，是不是？你这个无耻的女人！"

云飞用力一甩，天虹的身子就飞了出去。她急忙用手护着肚子，摔跌在地上。

他张着双手，像一只大鸟一样，对她飞扑过去："你就是我的耻辱！你公然在花园里和他卿卿我我，谈情说爱！你已经成为我的笑柄，大家都知道我娶了云飞的破鞋，你还不知道收敛……还不知道自爱……你是我这一生最大的失败……"

天虹眼看他恶狠狠扑来，吓得魂飞魄散。她奋力爬起身子，带着满脸的泪，奔过去打开房门逃了出去，边哭边跑边喊："爹！爹！救我！救我……"

她哭着奔过花园，穿过月洞门，往纪家飞奔。

云翔像凶神恶煞一般紧追在后面，大声地嚷："你要跑到哪里去？去娘家告状吗？你以为逃到你爹那儿，我就拿你没办法了？你给我滚回来！回来……"

两人这样一跑一追，又把全家惊动了。

"云翔！你疯了吗？"品慧惊叫，"你这样追她干什么？万一动了胎气，怎么得了？"

祖望一跺脚，抬头看到阿超，大喊："阿超！你给我把他拦住！"

阿超一个箭步上前，拦住了云翔。云翔一看是阿超，气得更是暴跳如雷。

"你敢拦我，你是他妈的哪根葱……"

祖望大步向前，拦在他面前。

"我这根葱，够不够资格拦你？"

"爹，我管老婆，你也要插手？"

"她现在不单单是你老婆，她肚子里有我的孙子，你敢随随便便欺负她，万一伤到胎儿，我会打断你的腿！"

纪总管和天尧气急败坏地奔来。

"怎么了？怎么了？天虹……发生什么事了……"

天虹一看到父亲和哥哥，就哭着扑上前去。

"爹……你救我……救我……"

纪总管和天尧，看到她哭成这样，心里实在有气，两人怒扫了云翔一眼，急忙一边一个扶住她。

"好了，爹来了！别跑，别跑！跟爹回家去！有话回去说！"

云翔还在那儿跺脚挥拳。

"肚子里有孩子有什么了不起？大家就这样护着她？她一个人能生吗？"

品慧跑过去，拉着他就走。

"不要说了，不要说了，到我屋里去！"

转眼间，云翔和天虹都被拉走了，祖望摇摇头，唉声叹气回书房。

云飞满脸凝重，心烦意乱地对阿超说："误会是解释不清了，怎么办？"

"你只能保持距离，一点办法都没有！"

"怎么会有这样的人呢？这个样子，谈什么包容、原谅和感化？对自己的老婆可以这样，对没出世的孩子也可以这样！我实在弄不明白，云翔心里，到底有没有一点点柔软的地方？他的生命里，到底有没有什么人，是他真正'爱'的，真正'尊重'的？如果都没有，这样的人生，不是也很悲哀吗？"

"你不要为他操心了，他是没救了！"阿超说。

云飞重重地甩了甩头，想掉甩云翔的影子。

"我们去萧家吧！"他说，"只有在那儿，我才能看到人性的光辉！"

阿超急忙点头称是。近来，萧家的诱惑力绝对不是只对云飞有，对他也有。提到萧家，他整个人就精神抖擞起来。

但是，萧家这时并不平静，因为，金银花来了。她带来了一个让人震惊的讯息。她的脸上堆满了笑，眼神里带着一抹神秘，盯着雨鹃看来看去。看得姐妹两个都有些紧张起来，她才抿着嘴角，笑着说："雨鹃，我奉命而来，要帮你做个媒！我想对方是谁，你心里也有数了！"

"做媒？"雨鹃睁大眼睛，心里七上八下，"我不知道是谁。"

"当然是郑老板啦！他喜欢你已经很久了！你那么聪明，怎么会不知道呢？"

"他不是有太太，又有姨太太了吗？"雨凤忍不住插嘴。

"是！一个大太太，两个姨太太！"金银花看着雨鹃，"你进了门，是四姨太。虽然不是正室，但以后可就荣华富贵都享受不完了！郑老板说，如果你不愿意进去当老四，在外面住也成，反正，他就是要了你了！只要你跟了他，就不必再唱曲了，弟弟妹妹都是他的事，他保证让你们五个兄弟姐妹全都过得舒舒服服！"

雨鹃心里顿时一团混乱，她怔怔地看着金银花。

"金大姐，我以为……你……你……"雨凤代雨鹃着急，吞吞吐吐地说着。

"你以为我怎样？"金银花看雨凤。

"我以为你……大家都说，待月楼是郑老板支持的，都说……"

"都说我也是他的人？"金银花直率地挑明了问。

雨凤不语，默认了。金银花就凝视着姐妹两个，长长一叹，有些伤感有些无奈地说："所以，你们好奇怪，我居然会帮郑老板来做媒、来牵线，是吧？雨凤雨鹃，我跟你们明说吧！不错，我也是他的人，一个半明半暗的人，一个靠他支持养活的人，没有他，待月楼早就垮了。所以，我很感激他，很想报答他。这么久，他一直把对雨鹃的喜欢藏在心里，今天，还是通过我来跟雨鹃提，已经非常够意思了！"

"我不了解……我还是不了解，你为什么要帮他呢？"雨鹃问。

"为什么要帮他？"金银花有一分沧桑中的豁达，"今天没有你，还是会有别的姑娘出现！你们看看我，眼角的皱纹都看得出来了，老了！与其他去找一个我不认得的姑娘，还不如找一个和我投缘的姑娘！雨鹃，我早就说过，你好像二十年前的我！我相信，你跟了郑老板，还是会记得我们之间的一段缘分，不会和我作对的！换了别人，我就不敢说了！"

"可是……可是……"雨鹃心乱如麻了。这个媒，如果早一段日子提出来，可能她会另有想法，跟了郑老板，最起码报仇有望。但是现在，她心里正朦胧地酝酿着另一份感情，对金银花的提议，就充满矛盾和抗拒了。

雨凤看看雨鹃，心急地代她说出来："可是，我们家好歹是读书人，我爹虽然穷，我们姐妹都是捧在手心里养大的，现在给人做小，恐怕太委屈了！我爹在天之灵，会不答应的！"

雨鹃连忙点头，表示"就是这样"。

金银花想了一下，从容地说："这个事情，你们就放在心里，好好地想一想，好好地考虑几天，你们姐妹两个也研究研究。过个十天半月，再答复他也不迟。只是，每天晚上要见面，现在挑明了，雨鹃，你心里就有个谱吧！对别的客人，保持一点距离才好。好了，我先走了！"

她走到门口，又站住了，回头说："你们登了台，在酒楼里唱了小曲，端着酒杯侍候了客人……等于一只脚踩进了风尘，不论你们自己心里怎么想，在别人眼里，我们这个身份就不是藏在家里的'闺女'了！想要嫁进好人家去当'正室'，也是难了！并不是每个人都像雨凤一样，会碰上展云飞那种有情人，又刚好没太太！即使碰上了，要进门也不是那么容易的事！你们……好好地想清楚吧！"

小三和小五在院子中擦灯罩。金银花看着两个孩子，又说："跟了郑老板，她们两个也有老妈子侍候着了。"

姐妹两个送到门口，两人心里都有一肚子事，不知道该说什么才好。金银花的话，软的硬的，可以说面面俱到。那种压迫的力量，两人都深深感受到了。

到了门口，院门一开，正好云飞和阿超骑着两辆脚踏车过来。金银花打了个招呼，一笑。

"说曹操，曹操就到！"她回头，对姐妹俩叮嘱，"你们好好地想一想，一定要考虑清楚，我走了！"

金银花一走，小三就急急地奔过去，抓住雨鹃的手喊着："我都听到了！二姐，你真的要嫁给郑老板做四姨太吗？"

小五也着急地嚷嚷着："四姨太是什么？二姐，你要离开我们吗？"

云飞大惊，还来不及说什么，正在停车的阿超整个人一震，不知怎的，一阵乒乒乓乓，把三辆车子全体碰翻了。

雨鹃不由自主地跑过去看阿超。

"你怎么了？"

阿超扶起车子，头也不抬，闷着声音说："没怎么了！我不进来了……我想……我得……我出去遛遛！"他乱七八糟地说着，就跳上车子逃也似的向门外骑去了。

雨鹃怔了怔，慌忙跳上另一辆车子，对愕然的雨凤和云飞抛下一句："我也出去遛遛！"就飞快地追出去。

阿超没办法分析自己，一听到雨鹃要嫁给郑老板，他就心绪大乱了。他埋着头，心里像烧着一盆火，滚锅油煎一样。他拼命地踩着脚踏车，想赶快逃走，逃到世界的尽头去。

雨鹃紧追而来，一面追一面喊："阿超！你骑那么快干什么？你等我一下！阿超……阿超……"

阿超听到雨鹃的喊声，不知怎的，心里那盆火就烧得更猛了。烧得他心也痛，头也痛。他不敢回头，不敢理她，只是加快了速度，使劲地踩着踏板。他穿过大街小巷，一直向郊外骑去。雨鹃追过大街小巷，拼命用力骑，追得满头大汗。

"阿超……阿超……"

他不能停下，停了，会原形毕露。他逃得更快了，忽然间，听到身后雨鹃一声惨叫："哎哟！不好了……救命啊……"

他急忙回头，只见雨鹃已经四仰八叉地躺在山坡上，车子摔在一边，轮子兀自转着。他吓了一大跳，赶紧骑回来，跳下车子查看，急喊："雨鹃姑娘！雨鹃姑娘！怎么会摔呢？摔到哪儿了？"

雨鹃躺在地上，动也不动，竟是晕过去了。

阿超这一下，急得心惊胆战。他扑跪在她身旁，一把扶起她的头，查看有没有撞伤。她软软地倒在他臂弯中，眼睛闭着，了无生气。他吓得魂飞魄散了。

"雨鹃姑娘！你醒醒！醒醒！雨鹃姑娘……"他四面张望，方寸大乱，"你先在这儿躺一躺，我去找水……不知道哪儿有水……不行不行，你一个人躺在这儿，坏人来了怎么办？我……我……"他嘴里喃喃自语，小心地抱着她的头，不知道该怎么办才好。

雨鹃再也忍不住，一唿地从地上跳了起来。大声地喊："阿超！我正式通知你，你再要喊我'雨鹃姑娘'，我就跟你绝交！"

他惊喜交加地瞪着她，不敢相信地瞪大眼。

"你没有厥过去？没有摔伤？"

"谁厥过去了？谁摔伤了？你少触我霉头！"她气呼呼地嚷。

他愣愣地看着她。

"没厥过去，你怎么躺在那儿不动呢？好端端的，你怎么会摔跤呢？怎么会到地上去呢？"

雨鹃扬着眉毛，瞅着他。

"如果不摔，你是不是要和我比赛骑脚踏车？我在后面那样直着脖子喊你，你就不理我！"她瞪着他，"我告诉你！我不喜欢这样！以后不可以这样！"

"你不喜欢哪样？不可以哪样？"

"不喜欢你掉头就跑，不喜欢你不理我，不喜欢你让我拼命追，不喜欢你一直喊我'雨鹃姑娘'！"

他睁大眼睛，一瞬也不瞬地看着她。

她也睁大眼睛，一瞬也不瞬地看着他。

两人就这样对看了好一会儿。

雨鹃看到他一直傻不愣登的，心中一酸，用力一甩头。"算了！算我对牛弹琴！不说了，你去你的，我去我的！"

　　她弯身去扶车子，他飞快地一拦，哑声地说："我是个粗人，没念过多少书，我是十岁就被卖给展家的，是大少爷的跟班，我没有大房子、大煤矿、大商店、大酒楼……我什么都没有！"

　　雨鹃对他一凶。"奇怪，你告诉我这些做什么？"

　　阿超怔了怔，顿时窘得满脸通红，狼狈地说："你骑你的车，我骑我的车，你去你的！我去我的！你骑好了，别再摔跤！"就去扶自己的车。

　　这次，是雨鹃迅速地一拦。

　　"你除了告诉我，你这个也没有，那个也没有之外，就没有其他的话要对我说吗？"

　　"其他的话不敢说！"他摇摇头。

　　"说说看！"

　　"不敢！"

　　"你说！"她命令地喊。

　　"不敢说！不敢说！"他拼命摇头。

　　雨鹃一气，一脚踩在他脚背上，大声喊："一直以为你是个铁铮铮的汉子，怎么这么婆婆妈妈，气死我了！你说不说？"

　　"那我就说了，我喜欢温温柔柔的姑娘，不喜欢凶巴巴的！"他瞪大眼说。

　　"啊？"雨鹃大惊，原来他还看不上她呢！这次，轮到她窘得满脸通红了，"哦！"她哦了一声，就飞快地跳上车。

　　阿超扑过去，从她身后一把抱住了她，在她耳边说："我什么都没有！可我会教你骑车，会为你卖力，会做苦工，会为你拼命，会照顾小

三、小四、小五……我请求你，不要嫁给郑老板！要不然，我会骑着车子一直跑，跑到你永远看不到的地方去！"

雨鹃心里一阵激荡，眼里就湿了。她回过身子，两眼亮晶晶地看着他，喉咙里哽哽的，声音哑哑的。

"我懂了，可是，你这样说，还不够！"

"还不够？"他又愣住了。

她盯着他。

"你到底有没有一点喜欢我？有没有一点'爱我'？"

他涨得脸红脖子粗。

"你怎么不去问大少爷，有没有一点喜欢雨凤姑娘？有没有一点爱雨凤姑娘？"

"我服了你了，我想，打死你，你也说不出那三个字！"

"哪三个字？"

雨鹃大叫："你累死我了！气死我了！"

阿超一急，也大叫："可我爱死你了！"

话一出口，两人都大大地震住。阿超是涨红着脸，一头的汗。雨鹃是张大眼睛，一脸的惊喜。然后，她就掰着手指头数了数，大笑说："六个字！我跟你要三个字，你给了我六个字！哇！"她把他一抱，"你多给了我一倍！你多给了我一倍！我还能不满意吗？"她忽然想到什么，在他耳边哽咽地问，"阿超，你姓什么？我到现在，还不知道你姓什么。"

"我姓吕，双口吕，单名一个超字。"

雨鹃喃喃地念着："吕超，吕超，吕超。我喜欢这个名字。"她抬头凝视他，柔情万缕地说，"怎么不告诉我？"

"不告诉你什么？"他讷讷地问。

"不告诉我你'爱死'我了？如果没有郑老板提亲，你是不是预备一辈子不说呢？如果我不拼了命来'追你'，你是不是就看着我嫁郑老板呢？"

他凝视她。"那……你现在还要不要嫁郑老板呢？"

"我考虑一下！"

"你还要'考虑'什么？我跟你说，雨鹃姑娘……"

"是！吕超少爷！"

他一愣，这才明白，喊："雨鹃！"

雨鹃摇摇头，叹了口气。

"好不容易才把一个称呼搞定。好了，你要跟我说什么？"

"被你一搅和，忘了！"

她瞪大眼。

"真拿你没办法，怎么这样一下子就忘了？"

"因为，我鼓了半天的勇气才要说，话到嘴边，给你一堵，就堵回去了！"

"你说！你说！"她急着要听这"鼓了半天的勇气"的话。

阿超这才正色，诚挚地说："我终于知道什么叫'心痛'了！听到你要嫁郑老板，我像是被一剑刺个正着，痛得头昏眼花，只好逃出你们那个院子！这是我这一生，第一次有这么强烈的感觉，如果你真的在乎我，请你不要再用郑老板来折腾我了！"

雨鹃听了大为感动，闭上眼睛偎紧在他怀中，含泪而笑了。

阿超虔诚地拥住了她，好像拥住了全世界，什么话都说不出来了。

阿超和雨鹃相继一跑，竟然"失踪"了一个下午。雨凤和云飞已经把这一整天的事都谈完了，包括梦娴的来访，云翔的大闹，金银花的提亲种种。事实上，梦娴已经和云飞谈过了，对雨凤，她说了十六个字的评语：空谷幽兰，高雅脱俗，一往情深，我见犹怜。这十六个字，把雨凤听得眼眶都湿了。两人震动在梦娴这次来访的事情里，对其他的事都没有深谈。等到雨鹃和阿超回来，已经是万家灯火的时候了。雨鹃糊里糊涂把待月楼唱曲的时间也耽误了。两人走进房，雨凤和云飞盯着他们看，看得两人脸红心跳，一脸的尴尬。

"你们大家在商量什么？"雨鹃掩饰地问，"我听到有人提到八宝饭，哪儿有八宝饭？我饿了！"

雨凤目不转睛地盯着她看。

"我叫小三去向金银花请假，我们今天不唱曲了，出去吃一顿，大家乐一乐，庆祝庆祝！"

"庆祝什么？"阿超问。

"庆祝雨鹃红鸾星动，有人来提亲了……"云飞也目不转睛地盯着阿超。

"那有什么好庆祝的？动她脑筋的人，桐城大概有好几百！"阿超脸色一沉。

"那……庆祝她在这好几百人里，只为一个人动心！怎样？"云飞问。

阿超愕然地看云飞，云飞对他若有所思地挑着眉毛。他的脸一红，还没说什么，小三奔了进来。

"请好假了！金银花说，她都了解，让你们两个好好休息，好好考虑！如果今天不够，明天也可以不唱！"

小四丢下功课，大叫："万岁！我们去吃烤鸭，烤鸭万岁！"

"酱肉烧饼万岁！八宝饭万岁！"小五接口。

一行人就欢欢喜喜出门去，大家尽兴地吃了一顿，人人笑得心花怒放。

这天晚上，在回家的路上，云飞开始审阿超。

"今天你和雨鹃骑车去哪里了？失踪了大半天，你们去做什么了？你最好对我从实招来！"

阿超好狼狈，不知道云飞心里怎么想，迟疑不决，用手抓抓头。

"没什么啦！就是骑车到郊外走走！"

"哦？走了那么久？只是走走？怎么回来的时候两个人的脸色都不大对呢？"

"哪有什么不大对？"

"好啊，你不说，明天我就去告诉雨鹃，说你什么都告诉我了！"

"告诉你什么了？你别去胡说八道，这个雨鹃凶得很，发起脾气来要人命！你可别去给我惹麻烦！"

"好好！那我就去告诉她，你说她的脾气坏得要命，叫她改善改善！"

阿超急得满头大汗。

"你千万别说，她会当真。然后就生气了！"

"嗯，这种坏脾气，以后就让郑老板去伤脑筋吧！"

阿超看云飞，脸上的笑意全部隐去，僵硬地说："她说她不嫁郑老板！"

"哦？那她要嫁谁？"云飞凝视他，"好了！阿超，你还不说吗？真要我一句句问，你一句句答呀，累不累呢？"

这一下，阿超再也忍不住，说了："我哪里敢问她要嫁谁？她说不嫁郑老板，我已经快飞上天了，其他的话放在心里，一句也不敢问……我想，雨凤姑娘跟了你，我有什么资格去喜欢雨鹃？人家是姐妹呀！所以，我就告诉她，我是十岁卖到你家的，让她心里有个谱！"

云飞瞪着他，又好气，又好笑。

"你这个二愣子，你说这些干什么？"

"不说不行呀！她一直逼我……我总得让她了解呀！"

"那她了解了没有？"

阿超直擦汗。

"好了，大少爷，如果你是问我喜不喜欢雨鹃，我当然喜欢！如果你问我，她喜不喜欢我，我想……八九不离十！只是，我没忘记自己的地位……"

云飞脸色一正。

"雨鹃有没有告诉你，她不喜欢你叫她'雨鹃姑娘'？"

"是！"

"我也正式通知你，我不喜欢你叫我'大少爷'！"

"那我叫你什么？"阿超一怔。

"叫'慕白'吧！"

"这多别扭！怎么叫得惯？"

"你记不记得，在你十八岁那年，我就把你的卖身契撕掉了！"

"我记得，那时候你就告诉我，我随时可以离开展家，去做自己想做的事！"

云飞笑了起来，深深地看着他，充满感性地说："对！做你想做的事，爱你想爱的人！人活着才有意义！阿超，我们不是主仆，是一对情投意合的兄弟，我们一起走过了天南地北，你也陪着我渡过许多难关，我重视你远远超过一个朋友，超过任何亲人！我们的地位是平等的！人与人之间，本来就不该有阶级地位之分的，大家生而平等！你不要再跟雨鹃说那些多余的话，你只要堂而皇之地告诉她三个字就够了！"

"你怎么跟她说一样的话？"阿超好感动，好惊讶。

"她也说了这些话？"云飞乐了。

"一部分啦！"

"哪一部分！"

"三个字那一部分！"

"哈哈！"云飞大笑，"太好了！如果有一天，我们成了连襟，我们一定要住在一起，带着小三、小四、小五，哇！已经是一个热热闹闹的大家庭了！"

阿超看着喜滋滋的云飞，忍不住也喜滋滋起来。

"这……好像你常说的一句话！"

"哪一句？"

"梦，人人都会做，人人都能做，对'梦'而言，众生平等！"

云飞定定地看着阿超，笑着说："搞不好，再过十年，你会当作家！"

主仆二人，不禁相视而笑。两人的眼睛都闪着光，对未来充满了憧憬和希望。

拾玖

NINETEEN

"我们是不是又没有家了？那个'魔鬼'一出现，我们就没有家了！"

云飞和阿超，各有各的梦，各有各的希望，各有各的快乐，各有各的爱。尽管展家给他们的压力重重，他们的生命里，这时却充满了阳光。但是，云翔可不然，云翔的生命里从来没有这么低潮过！

和天虹的一场吵闹，被父亲骂，母亲骂，还引发了纪总管父子的大怒，居然把他拖到郊外，修理了他一顿。逼着他又赌咒又发誓，才让天虹回家。其实，他才不在乎天虹回不回家，可是，一屋子都是敌人的滋味太难受了，他只好压抑着满腔怒气，勉勉强强把她接回来。天虹虽然回了家，却一直眼泪汪汪，闷闷不乐。看样子，她的笑容只有面对云飞的时候才会出现。他看着她就有气，实在没办法和这个"眼泪缸"面面相对。所以这天一大早，他就出了门。出门后，想到几度从手里溜走的雨鹃，更是恨得牙痒痒。当下就决定去找雨鹃，见机行事，把那个"荒郊野外"的游戏给玩完。走到巷子口，一眼看到小四出门去上学，雨鹃送到大门口，他就站住了，先观望一下再说！

小四背着书包向前走，雨鹃追在他后面喊："下课早点儿回来，不要在外面贪玩！阿超说，你下课早，带你去骑马！"

"你不要和阿超玩'失踪'的游戏，我才有希望骑马！"小四笑着说。

"去！去！精得跟猴儿一样！快上学去！"雨鹃又笑又骂。

小四回头，仰着满是希望的脸庞，认真地看雨鹃。

"二姐，你是不是喜欢阿超？你会选择阿超吧！不会去做郑老板的四姨太吧！我跟你说，阿超是个英雄，是个男子汉，选他没错的啦！"

"赶快上课去，要迟到了！"雨鹃红着脸挥手。

小四一溜烟地跑了。

云翔听得震惊极了，怎么？雨鹃要嫁郑老板？而且和阿超都有一腿？连阿超她都要，却拒他于千里之外，简直可恨！他正想冲出去，小范、珍珠、月娥又结伴出来，和雨鹃在小院门口一阵嘻嘻哈哈。

"雨鹃，晚上还休假吗？"

"可能吧！"

"好羡慕你们，可以休息，我觉得累死了！每天一清早上班，深更半夜才下班！"珍珠说。

月娥敲着珍珠的肩。

"你要能唱得和雨凤雨鹃一样好，金银花也会让你三分！"

"一样好没有用，还得一样漂亮！"珍珠接口。

"希望展夜鸮今天晚上不出现，免得你们又要加班！"雨鹃声音清脆。

"那可不太容易，那是'夜鸮'啊！"珍珠说。

"他来送钱，大家可以分红，也不错啊！'展夜鸮'快变成'输夜鸮'了！原来，他们家真有一个姓'苏'的！"雨鹃笑得好灿烂。

云翔一听，气得眼冒金星。满肚子的怒火，像一连串的炸弹在胸中轰然炸开。

珍珠、小范、月娥走远了。雨鹃回了四合院，还来不及关门，大门"砰"的一声被撞开了。她抬头看到云翔，大惊失色，急忙想拦阻，哪里拦得住！他一把推开她，狂怒地冲进门来，反手将大门"咣啷"一声闩住。雨鹃看到他脸色不善，立即紧张地喊："你来做什么？"

"来告诉你，'夜鸮'也可以在白天活动！"

他一面说着，一面攥住她的手腕，连拖带拉地把她拉进房去。

房里，雨凤、小三和小五正围桌吃早餐。忽然之间，房门被撞开，云翔把雨鹃重重地摔进房来。雨鹃站立不稳，跌到早餐桌上，桌子垮了，杯子盘子被扑到地上，碎了一地。雨凤和小三、小五抬头一看，大家都心惊胆战。

小五吓得"哇"的一声就哭了。小三急忙把小五搂在怀里，惊慌失措。雨凤冲上前去，像母鸡保护小鸡似的，把小三、小五都挡在后面。

"有话好说！你这样拉拉扯扯干什么？"雨凤喊。

雨鹃从地上爬了起来，破口大骂："展云翔！你有种没种？是人是鬼？哪有一个大男人，一清早跑来吓唬几个姑娘的！"

云翔阴森森地看着雨鹃，大声说："我'有种没种'，你要不要试一试？试了，你就知道了！不会比你的阿超没种，也不会比你的郑老板没种！你是这样饥不择食吗？奴才也要，老头也要！那么，何不跟了我呢？我让你知道什么才叫真正的男人！"说着，就伸手去抓雨鹃。

雨凤一急，把雨鹃也往身后一推，拦在前面，急呼："不得无礼！你好歹是展家的二少爷，出了门，代表的是你们展家的风范，不要把你们的家声败坏到一点余地都没有！你出去！"她指着门，"马上出去！待会儿，云飞和阿超都会来，撞见了，你有什么面子！"

云翔一听到云飞和阿超，更是怒发如狂，仰头大笑了。

"哈哈！我吓死了！云飞和阿超会来，他们会把我吃掉！哈哈，我吓得魂飞魄散了！"他大步走上前去，一把捏住雨凤的下巴，阴沉沉地盯着她问，"老大身上有什么东西，是我没有的？你爱他哪一点？他是男子汉吗？他有展家的风范吗？他比我漂亮吗？他比我'有种'吗？"

小五大哭，喊着："大姐！大姐！这就是那个'魔鬼'啊！快把'魔鬼'赶出去啊！"

雨鹃看到他对雨凤毛手毛脚，大怒，抓起餐桌上一个饭碗，就对着他砸过去。

他一偏身，躲过了饭碗，怒不可遏，瞪着雨鹃。"你还对我摔东西？抱也被我抱过了，亲也被我亲过了，你还装什么蒜？"他大步上前，捉住雨鹃，一抱入怀，"今天，我们把那天没有玩完的游戏，可以玩完了！让你的姐姐妹妹们旁观吧！"

雨鹃扬起手来，就给了他一耳光。他正忙着紧抓她的胳臂，闪避不及，被她打了一个正着，更加暴怒了。

"好！我今天跟你干上了！"

刺啦一声，雨鹃的衣服被撕破了一大片。雨鹃回头大喊："雨凤！赶快带小三、小五出去！让我来对付他！"

这时，小三看到雨鹃危急，奋不顾身，冲上前去，一口就咬在云翔手背上。雨凤趁机，奔上前去，捞起桌上的砚台，对着他一砸。

云翔顾此失彼，捉住了雨鹃，没有躲过砚台，砚台砸在背上。那石砚又重又硬，打得他痛彻心肺。这一下，他豁出去了，大吼了一声。他放开雨鹃，反身一手抓起小五，一手抓起小三。

两个孩子尖叫起来，拼命挣扎。小三狂叫："魔鬼！放开我！放开我……"

"大姐……大姐……二姐……二姐……"小五吓得大哭。

雨凤、雨鹃看到两个小妹妹落进了云翔手里，就惊慌失措了。她们没命地扑上前去，想救两个妹妹。

雨鹃尖叫着："不要伤害我的妹妹！你把她们放下来，我跟你走！"

雨凤哭了，哀求地喊："放开她们，我求求你，她们还小，没有得罪过你，请你放掉她们吧！"

云翔挟持着两个小的，对两个大的厉声喊："你们两个，给我站住！"

雨凤和雨鹃听命站住。云翔用脚踢了两张椅子在面前。

"坐下！"

雨凤和雨鹃乖乖地坐下。

"你们家什么地方有绳子？"云翔问雨凤。

"没有……没有绳子！"

"胡说八道！"

"真的没有绳子，平常用不着！"

云翔四面看看，丢下两个孩子，把窗帘一把扯下。雨鹃急忙喊："小三！逃呀！"

小三往门外冲，云翔一步过来，把她捉住。他回头怒视雨鹃，走过去，一拳对她的脑袋重重挥去。雨鹃眼前一黑，立即晕过去了，倒在地上。

雨凤吓呆了，喊着："不要！不要不要！求求你不要伤害我的妹妹们！求求你！求求你……"她泣不成声了。

云翔看到雨鹃已经晕过去，就走过去把房门锁住。

"你……你……你要干什么？"雨凤站起身来。

"坐下！不要动，再动一动，我把你的三个妹妹全体杀掉！"

雨凤坐回椅子里，脸色苍白如纸，不敢动。

云翔把窗帘撕碎，把小三、小五绑住，丢进里间房，关上房门。

小三和小五在里面不停地哭叫："救命啊……救命啊……"

云翔充耳不闻，再用布条把雨鹃的手和脚绑了个结结实实。雨凤趁他在绑雨鹃的时候，跳起身子往门口跑。他伸腿一绊，雨凤摔跌在地上的碗盘碎片中，手脚都被割破了。

他吼着："你再不给我安安静静待着，你想要雨鹃送命吗？"

雨凤从地上爬了起来，害怕极了，哀恳地看着他。

"我们知道你厉害，我们怕了你了，饶了我们吧！你到底要干什么？要证明什么？我们已经家破人亡了，你为什么还不肯放过我们？"

云翔把昏迷的雨鹃绑好，再用布条塞住嘴，推在墙角，走过来把雨凤一把抱起。

"放开我！放开我……"雨凤心知不妙，尖声大叫。

"你还不知道我要干什么吗？我要占有你！我最恨的一种人，就是害了'云飞迷恋症'的那种人！你偏偏就是其中之一！我早就对你兴趣浓厚，你想知道我要证明什么吗？证明云飞要的东西，我永远可以到手！我要让你比较比较，是你的云飞强，还是我强！我要索回他欠我的债！"他一面怒喊着，一面把她抛上床。

雨凤大惊，狂喊："你不可以！你不可以！只要你是一个人，你就不可以做这种事……"

"哈哈哈哈！在你们姐妹'歌功颂德'下，我早就不是'人'了！我是'夜枭'，我是'魔鬼'，不是吗？现在，我让你领教领教什么叫'夜枭'，什么叫'魔鬼'……免得让我浪得虚名！"他大笑着说。

刺啦一声，雨凤的上衣被撕破了。

这时，雨鹃悠悠醒转，睁眼一看，手脚都被绑住，无法动弹。再一看，云翔正在非礼雨凤，不禁魂飞魄散。张口要叫，才发现自己的嘴中塞着布条，叫不出来。她嘴里咿咿唔唔，手脚拼命挣扎。

云翔回头看了她一眼："你不要急，等我跟雨凤玩完了，就轮到你了！"

雨鹃口不能言，目眦尽裂，倒在地上拼命滚着，往床前蹭过去想救雨凤。

雨凤已经肝胆俱裂，泪如雨下，在床上挣扎哀求："放掉我，求求你，放掉我！我以后再也不敢跟你作对了，再也不敢骂你了！你饶了我吧……"

"太晚了！"他一把扯下她的内衣，她只剩一件肚兜，他再去扯肚兜。雨凤眼看贞洁不保，痛不欲生，仰头向天，发出一声力竭声嘶的狂喊："啊……爹……救我……救我……"

她一面狂喊，一面猛然从枕头下面抽出以前藏的匕首，她使出全力，向他疯狂般地刺去。

变生仓促，云翔猝不及防，虽然跃身去躲，匕首仍然刺破衣袖，在手臂上划下一道血痕。他怎样都没料到她会有匕首，大惊之下，慌忙跳下地。

雨凤已经如疯如狂，红着双眼，握着匕首，追杀过来。她再一刀刺去，划破了他的裤管，又留下一道血痕。云翔虽想反扑，但是，雨凤势如拼命，也不知道她从哪儿来的力气和勇气，再一刀，又划破了他背部的衣服，一阵刺痛。他竟然被她逼得手忙脚乱，破口大骂："你当心！给我捉住了你就没命！我会杀了你……"

雨凤早已神志昏乱，脑子里什么意识都没有，眼睛里只有云翔那张脸，那个毁了她的家，烧死她的爹，逼得她爱不能爱恨不能恨，还要欺侮她的弟妹，污辱她的贞洁……她要杀了他！她要砍碎他！她追着云翔，绕室狂奔。她踩到地上的碎片，脚底划破了，整个人就颠踬了一下。云翔乘此机会反扑，大叫一声，转身来捉她。不料雨鹃已经蹭到他的脚下，她手脚都不能动，只能用脑袋狠狠地去撞他的腿，他一个站不住，就摔了一跤。雨凤握着匕首，直扑而下。

云翔大惊，危急间奋力一滚，雨凤的匕首就插进桌脚。她用力拔刀，拔不出来，他掌握这个时机，扑过来给了她重重的一拳，把她打倒在地。

这时，云飞和阿超骑着自行车，到了小院门外，按按车铃，没人开门。忽然听到门内，传来隐隐约约的呼救声。

"救命啊！救命啊……谁来救我们啊……"小三在狂喊着。

云飞和阿超面面相觑。两人倏然变色，同时翻身下车，飞身撞门。

屋里，雨凤的匕首，已经落进云翔手里，云翔举着匕首，怒叫："我今天不毁掉你们姐妹两个，我就不是展云翔！"

他持刀对雨凤扑去。雨凤的力气已经全部用尽，躺在地上，只能引颈待戮。

就在这时，房门飞开，云飞和阿超扑了进来。

阿超一见室内情况，眼睛都涨红了，大叫："我杀了你！我杀了你！"

阿超对云翔扑去，云翔举起匕首一阵挥舞，阿超奋不顾身，拿起一根断裂的桌脚，对他当头打下，他闪避不及，被打得惨叫。扬起匕首，他大吼着对阿超刺来，阿超闪了闪，他就夺门而去。

云飞看着室内的情形，看到衣不蔽体的雨凤，感到天崩地裂。他大喊："阿超！先救人要紧！"

阿超奔回。只见满室狼狈，雨鹃和雨凤都是伤痕累累，半裸着身子，躺在满地碎片中呻吟。云飞和阿超不敢相信地看着这一切。两人的眼中几乎都喷出火来。两人的脸色都惨白如纸。

云飞从床上抓起一床棉被，把半裸的雨凤裹住，一把抱了起来。抱得好紧好紧，只觉得自己的五脏六腑全部迸裂。

阿超扑过去，拉出雨鹃嘴中的布条，解开了她的绳子。她喘息着，咳着。

"咳咳！小三、小五在里面！去救她们！快去……咳咳……"

阿超奔进里间去救两个小的。

云飞抱着雨凤，低头看着她。他的心已经被愤怒和剧痛撕扯成了无数的碎片，一片一片，都在滴血。他痛极地低喊："雨凤，雨凤……"

雨凤睁大眼看着他，浑身簌簌发抖，牙齿和牙齿打着战。

"我……我……我……"她抖得太厉害，语不成声。

云飞眼睛一闭，泪水夺眶而出。

"嘘！别说话，先休息一下！"

雨凤身子一挺，厥过去了。云飞直着喉咙大叫："雨凤！雨凤！雨凤……"

雨凤这一生，碰到过许多的挫折，面对过许多的悲剧。母亲的死，父亲的死，失去寄傲山庄……以至自己那悲剧性的恋爱和挣扎。她一件一件地挨过去了，但是这次，她被打倒了，她挨不过去了。在接下来的一段时间里，她一直陷在昏迷中，几乎什么感觉都没有。她唯一的潜意识，就是退缩。她想把自己藏起来，藏到一个洁白的，干净的，没有纷争，没有丑陋的地方去。对人生，对人性，她似乎失去了所有的信心和勇气。她甚至不想醒过来，就想这样沉沉睡去。

时间不知道过去了多久，她终于醒了，她慢慢地睁开眼睛，茫然地看着天花板上的吊灯，转开头，茫然地看着那陌生的房间，然后，她接触到云飞那着急炙热的凝视。她一个惊跳，从床上直弹起来，惊喊："啊……"

云飞急忙将她一把抱住。

"没事了！没事了！不要怕！是我！是我！"

她在他怀中簌簌发抖。他紧紧地、紧紧地搂着她，哑声说："雨凤，不要怕，你现在已经安全了！"

她喘息，发抖，不能言语。云飞凝视她，解释着："我把你们全家，暂时搬到客栈里来，那个小屋不能再住了！我开了两个房间，阿超陪雨鹃和小三、小四、小五，在另外一间，我们已经去学校，把小四接回来了！你身上好多伤，有的是割到的，有的是被打的！我已经找大夫给你治疗过，帮你包扎过了，但是，我想，你还是会很痛……"说到这儿，他的声音就哽住了，半天，才继续说，"我比你更痛……我明知道你们好危险，就是一直没有采取保护行动，是我的拖拖拉拉害了你，我真该死！"

她仍然发抖，一语不发。他低头看着她。看到她脸上，青青紫紫的伤痕，心如刀绞。他就低下头去，热烈地，心痛地吻着她的眉，她的伤，她的眼，她的唇。

她一直到他的唇碾过她的唇，才蓦然惊觉。她挣扎开去，滚倒在床，抓了棉被，把自己紧紧裹住。

"怎样？你哪里不舒服，你告诉我！"他着急地喊。

她把脸埋进枕头里，似乎不愿见到他。

他去扳转她的身子，用手捧住她的面颊，痛楚地问："为什么不看我？为什么不说话？你在跟我生气？怪我没有保护你？怪我有那样一个魔鬼弟弟？怪我姓展？怪我不能给你一个好的生存空间？怪我没有给你一个家……我知道，我都知道，我坐在这儿，看着遍体鳞伤的你，我已经把自己恨了千千万万遍了！骂了千千万万遍了！"

她闭住眼睛，不言不语。

他感到摧心摧肝的痛，哀求地说："不要这样子，不要不理我！你说说话，好不好？"

她的脸色惨白，神志飘忽。

他皱紧眉头，藏不住自己的伤痛，凄楚地看了她好一会儿。

"难道……你认为自己已经不干净了？不纯洁了？"

这句话终于引起了反应，她一阵战栗，把脸转向床里面。

云飞睁大眼睛，忽然把她的上身，整个拉起来，紧紧地搂在怀中。他激动地、痛苦地、热烈地、真挚地喊："雨凤！今天你碰到的事，是我想都想不到的！我知道，它对你的打击有多么严重！你也该知道，它对我的打击有多么严重！我完全了解，这样的羞辱是你不能承受的！我还记得你那天告诉我，你嫁给我的时候，一定会给我一个白璧无瑕的身子！那时候，我就深深地明白了，你看重自己的身体和看重自己的心是一样的！雨凤，这样的你，在我心里永远都是白璧无瑕的！别说今天云翔并没有得手，就算他得手了，我对你也只有心痛！你的纯洁，你的纯真，都不会受这件事的影响，你懂了吗？懂了吗？"

她被动地靠在他怀里，依旧不动也不说话。他的心分崩离析，片片碎裂。他几乎没有办法安慰自己了。他哀求地说："跟我说话，我求求你！"

她瑟缩着，了无生气。

"你再不跟我说话我会急死！我已经心痛得不知道该如何是好，愤怒得不知道该如何是好，也自责得不知道该如何是好！你不要再吓我……"他抱着她，盯着她的眼睛，发自肺腑地低语，"雨凤，我爱你，我好爱好爱你！让你受到这样的伤害，我比你更痛苦！如果你再不理我，那像是一种无声的谴责，是对我的惩罚！雨凤，我和你一样脆弱，我受不了……请你原谅我，原谅我吧！"他紧抱着她，头垂在她肩上，痛楚得浑身颤抖。这种痛楚似乎震动了她，她的手动了动，想去抚摸他的头发，却又无力地垂了下来，依然无法开口说话。

半晌，他抬起头来，看到她的眼角滚下两行泪。他立刻痛楚地吻着那泪痕。

"如果你不生我的气了，叫我一声，让我知道！"

她不吭声。他摇着她，心在泣血。

"你不要叫我？不要看我？不要说话？好好，我不逼你了，你就什么都不说，我在这儿陪着你！守着你！等你愿意说的时候，你再说！"

他把她的身子轻轻放下。她立即把自己蜷缩得像个虾子一般，把脸埋进枕头里，似乎恨不得把自己藏得无影无踪。

他看着她，感到巨大的痛楚排山倒海般卷来，将他淹没。

在客栈的另一间房间里，雨鹃坐在梳妆台前，小三拿着药瓶，在帮她的嘴角上药。阿超脸色苍白，神情阴郁，在室内走来走去，沉思不语。

小四怒气冲冲，跟着阿超走来走去，说："如果我在家，我会拼命保护姐姐的！那个魔鬼太坏了，他故意等到我去上学才出现，家里一个男人都没有……他只会欺负女人，他这个王八蛋！"

小五坐在床上，可怜兮兮地看着大家。

"我们是不是又没有家了？那个'魔鬼'一出现，我们就没有家了！阿超大哥，我好害怕，他还会不会再来？"

阿超一个站定，眼神坚决地看小五。

"你不要怕！我知道我该怎么做了！"

雨鹃蓦然抬头看他。

"你要怎么做？"

"你不用管！那是我们男人的事！"

小四义愤填膺地跟着说："对！那是我们男人的事！阿超，你告诉我！我一定要加入！”

雨鹃一急起身，牵动身上伤口，痛得咧嘴吸气。

阿超心中一痛，瞪着她说："你为什么不去床上躺着，身上割破那么多地方，头上肿个大包，大夫说你要躺在床上休息，你怎么不听呢？"

雨鹃用手在胸口重重地一敲。

"我这里面烧着一盆火，烧得那么凶，火苗都快要从我的每个毛孔里蹿出来了，我怎么躺得住？"

阿超拼命点头，眼里冒着寒光。

"我知道，我知道！你放心！你放心！"

"你这样说，我怎么能放心？你那个样子，就是要去拼命！"雨鹃喊着，奔过去，抬眼盯着他，"在以前，你如果要去拼命，我或者求之不得！但是现在，我不能让你拼命，我舍不得！"

阿超大大一震，盯着她。

"我的念头已经定了，不能动摇！我会很快就解决这件事！"

雨鹃咽了口气，沉痛地说："我了解，杀他对你来说，太容易了！但是，展家不会放过你！我已经受到教训了，就因为我是这么冲动，为了想报仇，什么方法都用，这才会引狼入室，把自己也越陷越深，还害惨了雨凤！我现在不要你轻举妄动，因为你对我们全家都太重要！你要保护我的姐姐、弟弟、妹妹！还有慕白！你是我们唯一的阿超，我们损失不起！"

"只要把那个夜枭除掉，谁都不需要保护了！所有的恐怖，所有的罪恶，只有一个来源，等我把他除了，你们就可以平平安安过日子了！雨鹃，你不要管我，现在，天王老子也没办法让我咽下这口气，我非杀他不可！"

雨鹃咬咬牙，闭了闭眼睛。

"好！你决心已经下了，不可动摇，我就不劝你了！但是，现在的状况一团乱，雨凤和我都浑身是伤，家没有家，房子没有房子，待月楼的工作没有交代……你可不可以把我们安顿好了，再去除害？"

"大少爷已经说了，明天就去找房子，给你们搬家！"

"好！搬完家，我们再说！"

小五坐在床上抽抽噎噎地哭起来了。小三急忙上床，用手臂紧紧地圈着她。

"小五！不要怕，我们都在这儿！都在这儿！"小三安慰地说。

"为什么又要搬家？我要回家，我要回寄傲山庄去！我要……找爹！"

雨鹃脸色惨然。小三紧搂着小五，摇着，晃着，哼着歌抚慰她。

这时，房门被敲了敲，云飞打开房门，满脸憔悴地站在门口。

"雨鹃，她醒了。可是，她一句话也不说，随我说什么，她就是不开口。我想，或者，她看到你们会好一点儿！"

雨鹃急忙往外走，三个弟妹跟着，大家都跑了出去。

大家来到雨凤的床前，看到她蜷缩在床上，紧闭着眼睛，一动也不动。

雨鹃就跪在床前面，伸手紧紧地抱住她的头，激动地说："你好勇敢！你让我太佩服了，我没想到你还记得床垫下面的匕首……你那么拼命……保全了我们的清白！雨凤，他没有得手，他没有成功……我们还是干干净净的！"

雨凤仍然不动，也不说话。她的神思缥缈，整个人像是腾云驾雾，正轻飘飘地向天飞去。弟妹们的声音，云飞的声音，都离她很遥远。不要听，不要看，不要感觉……这种"无感觉状态"几乎是舒适的。她不要醒来，她要沉沉睡去。

雨鹃被她的沉默吓住了，放开她，凝视她。伸手拨开她面颊上的头发，她立即受惊地往床里一缩。雨鹃大急，去扳她的肩。

"雨凤，你打我吧！你骂我吧！都是我不好，老早就该听你的话，不要去惹他！都是我想报仇才引狼入室，是我的错！我的错！我的错！"她哭了起来，"我知道你有多难过，我知道你觉得多羞辱，你一向那么洁身自爱，连别人拉拉你的手，你都会难过好半天……我知道，我都知道！"

小三和小五都爬上了床，小五伸手去抱雨凤，啜泣地喊："大姐！你好痛，是不是？我帮你'呼呼'！"就对着雨凤头上、手臂上的伤吹气，一边吹，一边眼泪滴滴答答，掉在伤口上。

小三也抱住雨凤。

"大姐，你不要难过了，你拼了命保护了我们大家。你看，我们都还好，只有你和二姐受伤最多，你好伟大！你不是常常说，只要我们五个都在一起，就什么都好了！现在，我们五个都在一起呀！"说着说着，也哭了。

小四眼眶红红的，伸手去摸雨凤的手。

"大姐，阿超说了，我们明天就搬家，搬到一个安全的地方去，你不要再担心了！然后，报仇的事交给我们男人去做！"

雨凤抽回了自己的手，把身子蜷缩起来。

云飞凝视着她，心里涨满了恐惧。雨凤，雨凤！不要藏起来，你还有我啊！不要这样惩罚我！他冲上前，摇着她，喊着："雨凤！你听到你弟弟妹妹的呼叫了吗？你还有他们四个要照顾，他们需要你，我也需要你，为了我们大家，你不要被打倒，你不可以被打倒，睁开眼睛，看看我们大家吧！”

雨凤更深地蜷缩了一下，把脸孔也埋进枕头里去了。

阿超看不下去了，一跺脚，往门外冲去。

“大少爷，这儿就交给你了！我去找那个浑蛋算账！”

云飞跳起身子，拦住他，沉痛至极地说：“他不是你一个人的事，他是我们两个人的事！可是现在，首先要料理的，是他们五个的生活，要治疗的是他们受创的身心！还要保护雨凤和雨鹃的名节，要辞去待月楼的工作，还有郑老板的求亲……我们有一大堆的事要做，你走了，谁来帮我？今天，就算我们已经到了最后关头，我们暂时还得忍耐，头不可抛，血不可洒，因为……还有他们五个！”

阿超被点醒了，瞪大眼，无可奈何至极。

萧家四个姐弟，围绕着雨凤，吹的吹，喊的喊，摇的摇。五个人抱在一起，显得那么脆弱，那么无助，那么孤苦……阿超眼睛一红，泪湿眼眶。知道云飞的话很对，现在最重要的事，是给五个姐弟找一个家。找一个可以安身养病的地方，找一个安全温暖的地方。他一分钟都不想耽搁，对云飞说：“我马上去找房子！大少爷，这儿交给你了！”

云飞点点头，阿超就出门去了。

整个下午，阿超马不停蹄地奔波，总算有了结果。当他回到客栈的时候，已经是晚上了。客栈里，灯火半明半暗地照射着走廊，有一种冷冷的苍凉之感。他走进走廊，就看到雨鹃一个人坐在客房门口掉眼泪。

“雨鹃，你怎么一个人待在门外？”他惊问，“怎么？情况不好吗？”

雨鹃看到他，站起身来，眼泪滴滴答答往下掉，拼命摇头。

“不好，不好，一点儿都不好！一整天了，她不吃东西也不说话，大夫开的药熬好了，怎样都喂不进去。她就一直把自己缩在那里，好像

隔绝在另外一个世界里，好像她不要面对这个世界，也不要面对我们
了……我觉得，她现在恨每一个人，恨这个世界，也恨我怪我……我好
怕她会一直这个样子，再也醒不过来，那怎么办？"她掩面抽噎。

阿超着急地看着她。

"你自己呢？有没有吃药？"

"她不吃，我也不吃！"

"你这是什么话？一个人病成那样，我们已经手忙脚乱了，你也要那
样吗？你要帮雨凤姑娘，就先要让自己振作起来呀！要不然，大家都会
撑不下去的！你也没有睡一下吗？"

她摇头。

阿超更急："那……大少爷呢？小三、小四、小五呢？"

她拼命摇头。

"唉唉，这怎么是好？你们会全体崩溃的！"

房门打开，云飞听到声音走出来。见到阿超，就急急地问："怎么
样？有没有找到合适的房子？"

"找到了！就是上次你把利息打对折的那个顾先生，他介绍了一个
独门独院的房子，房东去北京了，整座房子空了出来。我看过了，房子
干干净净的，家具都是现成的！还有院子和小花园，客厅厨房卧室一应
俱全。当然不能和家里比，但是比他们原来住的那个，就强太多了！反
正，没什么选择的机会，我就做主租下来了！租金也不贵，人家顾先生
帮忙，一个月只收两块钱！"

"离城里远吗？在哪儿？"

"不远，就在塘口！"

"好！阿超，办得好！我们明天就搬！住在这儿太不方便了，药冷了

也没办法热！想给她煮个汤，也没办法煮，真急！"

雨鹃急忙抬头问云飞："药，她吃了吗？"

云飞摇摇头。

"我再去试试！"雨鹃说着，冲进房去。

云飞看着阿超。

"阿超，你还不能休息，你得回家一趟！"

阿超的眼神立刻变得凌厉起来。

云飞盯着他。"如果碰到云翔，你什么都不要做，听到了吗？在目前这个状况下，我们不能轻举妄动，不能再出任何差错，你答应我！"

阿超郑重地点了点头。

雨鹃来到雨凤的病床前，看到她还是那样躺着，昏昏沉沉的，额上冒着冷汗。小三、小四、小五都围在床前。小三端着药碗，无助地看着雨凤，眼泪汪汪。

雨鹃接过了小三手里的药碗，坐在床前，哀求地说："雨凤，一整天，你什么都没吃，饭不吃，药也不吃，你要我们怎么办呢？你身上那么多伤，大夫说，一定要吃药。你看，我们四个这样围着你，求着你，你为什么不吃呢？你是跟自己怄气，还是跟我怄气呢？你再不吃，我们四个全体都要崩溃了！"说着，就拿汤匙盛了药，小心地喂过去。

雨凤皱眉，闭紧眼睛，就是不肯张嘴。

云飞走进门来，痛楚地看着。

小三一急，从床上滑下地，"扑通"一声跪落地，伤心地痛喊："大姐，你如果不吃，我就给你跪着！"

"大姐！我也给你跪着！"小五跟着跪落地。

雨鹃"扑通"一声，也跪下了。

"我们都给你跪着，求你听听我们，求你可怜我们！"雨鹃哭着喊。

小四很生气，充满了困惑和不解，冲口而出地喊："大姐，你是怎么回事嘛？这一切，不是我们的错呀！你现在不吃东西不吃药，惩罚的是我们，难过的是我们，那个展夜鸮才不会在乎，他还是过他的快活日子……"

云飞急忙捂住了小四的嘴，哑声地说："不要提，提都不要提！"

小四一咬牙。

"好吧！要跪大家一起跪！"

小四也跪下了。

雨鹃再用汤匙盛了药，颤抖着去喂她。

"雨凤，我们都跪在这儿，求求你吃药！"

雨凤眼角滑下泪珠，转身向床里。面对着墙，头也不回。

四个兄弟姐妹全都沮丧极了，大家你看我，我看你，泪眼相对。

半响，云飞接过药碗，放在桌上，对雨鹃说："喂药的事，让我来吧！雨鹃，你带弟弟妹妹们去那间房里休息，我刚刚让店小二买了一些蒸饺包子馒头……等会儿会送到你们房里去，大家都要设法吃一点东西，睡一下，雨凤需要你们，请你们帮个忙，谁都不能倒下，知道吗？"

雨鹃含泪点头，伸手去拉弟妹。

"我们听慕白大哥的话，就是帮大姐的忙了！我们走吧！"

小三、小四、小五就乖乖地、顺从地、默默无语地跟着雨鹃走到房门口。到了门口，雨鹃站住了，抬头看着云飞："我心里憋着一句话，想对你说！"

"是，你说！"

"那句话就是……对不起！"雨鹃眼泪一掉。

"为什么要这样说……"

"想到我曾经反对过你，千方百计阻挠你接近雨凤，甚至破坏你，骂你……我觉得，我欠你许多'抱歉'！现在，看到你对雨凤这样，才知道'情到深处'是什么境界！对不起！好多个对不起！请你原谅我以前的无知！"

她说完，带着弟弟妹妹们去了。

云飞震动地站着，鼻中酸楚，眼中潮湿。然后，他吸了口气，走过去把雨凤的枕头垫高，再把她的头用枕头棉被固定着，伸手捧住了她的脸，坚决地、低柔地说："雨凤，来！我们来吃药，我不允许你消沉，不允许你退缩，不允许你被云翔打倒，更不允许你从我生命里隐退，我会守着你、看着你，逼着你好好地活下去！"

雨凤眉头微微地一皱，睫毛颤抖着。云飞坚定地端起药碗，拿起汤匙开始喂药。但是，她的嘴巴紧闭着，不吞也不咽，药汁都从嘴角溢了出来。

他用毛巾拭去她嘴角的药汁，继续专注地、固执地、耐心地喂着。

苍天有泪

贰拾

TWENTY

"苍天有泪!"他低语,全心震撼。

云翔从萧家小屋跑出去之后，生怕阿超追来，就像一只被追逐的野兽，拼命狂奔，一口气跑到郊外。

他站在旷野中，冷飕飕的秋风，迎面一吹，他就清醒过来了。他迷糊地看看手臂上的伤痕，想想发生过的事，突然明白自己闯了大祸！云飞和阿超不会放过他，他眼前闪过云飞狂怒的眼神，阿超杀气腾腾的嘴脸，他激灵灵地打了个寒战。

怎么会发生这种事呢？干吗去招惹雨凤呢？他有些后悔，现在要怎么办？他苦思对策，越想越恐慌。

没办法了！只好去找纪总管和天尧，不管怎样，他还是纪总管的女婿！

当他衣衫不整，身上带伤，跛着脚狼狈地出现在纪总管面前的时候，纪总管和天尧吓了好大一跳，父子二人惊愕地瞪着他。

"你是怎么弄的？你跟谁打架了？"纪总管问。

天尧急忙跑过去，查看他手脚的伤势。

"只是划破了，伤口不深，应该没大碍！谁干的？"

他看着他们，双手合十，拜了拜。

"你们两个赶快救我，老大和阿超这次一定会杀了我！"

"是云飞和阿超？他们居然对你动了刀？你为什么吓成这样子？到底是怎么回事？"纪总管太惊讶了。

"你们一定要想办法救我，要不然我什么都不说！我要收拾东西，离开桐城，我要走了！天虹我也顾不得了！"

"你要走到哪里去？"

"和老大四年前一样，走到天涯海角去，免得被他们杀掉！"

"你到底闯了什么祸？快说！"纪总管变色了。

"老大和阿超……抓到我……我在雨凤床上！"

"啊？"天尧大惊。

纪总管睁大了眼睛，简直不敢相信自己的耳朵。

云翔急忙辩解，说："那两个妞儿，根本就是人尽可夫嘛！她们每天晚上都在待月楼里诱惑我！天尧，你也亲眼看到的，是不是？那个雨鹃还把我约出去，投怀送抱，热火得不得了！逗得我心痒痒的，又不让我上手！你们也知道，天虹怀孕了，我已经好久没碰过她了，所以……所以……"

纪总管听到这儿已经听不下去了，举起手来就想给他一耳光。

云翔迅速一退，警告地喊："你们不可以再碰我，我已经浑身是伤了！昨天被你们修理，今天又被砍了好多刀！我就是背！"他跺脚，一跺之下，好痛，不禁连声哎哟，"如果在家里，你们动不动就修理我，老大他动不动就想杀我，天虹动不动就给我上课，还动不动就禁止我出门赌钱……这种生活我过得也没什么味道，不如一走了之！你们另外给天虹找个婆家嫁了算了！我什么都不管了！"

纪总管指着云翔，咬牙切齿。

"兔子都知道不吃窝边草！你连兔子都不如！嘴里讲的话，更没有一句是人话，我真后悔把天虹嫁给你！你欺负天虹的账，我还没跟你算完，你居然还去欺负别家的闺女！你到底有没有把天虹放在眼里？"他走过去，翻翻他的衣袖，翻翻他的衣领，看看他的伤处，厉声问，"你去强暴人家了？是不是？"

纪总管这一吼，声色俱厉，云翔吓了一跳，冲口而出："其实，根本没有到手嘛！谁知道这两个妞儿那么凶，枕头底下还藏着匕首，差点儿没被她们杀了！真是羊肉没吃着，惹了一身臊！我根本不是存心要去占她们的便宜，我是想把雨鹃约出来玩玩，谁知在门口就听到她损我骂我，一气之下，就无法控制了！"

"原来，这些刀伤是她们刺的！真遗憾，怎么没刺中要害呢？"

"纪叔！你真的宁愿天虹当寡妇，是不是？"

"爹，让他自己去对付吧！男子汉敢做敢当！我们只当不知道，云飞和阿超爱把他怎么样就怎么样！"天尧愤愤地说。

"好！"云翔掉头就走，"那我走了！天虹和孩子就交给你们了！"

纪总管一拍桌子，大吼："你给我站住！"

云翔站住，可怜兮兮地看着纪总管。

"纪叔，你赶快帮我想办法，等会儿云飞他们回来了，不知道会对爹怎么说。"

"你干下这种伤天害理的事，还怕人知道吗？你逼得云飞无路可走，非杀你不可！你想，云飞怎会把这事告诉你爹？怎会把这事宣扬出去？为了雨凤和雨鹃的名誉，他们只能打落牙齿和血吞！所以，他们会直接找你算账！"

"那么，我要怎么办？那个阿超，被我们打了之后，每次看我的眼光都好像要把我吃下去，现在新仇旧恨加起来，我逃得了今天也逃不了明天！"

天尧瞪着他说："不用想了，这件事，你的祸闯大了，你死定了！

云飞对这个雨凤，爱到极点，早已昭告天下，那是他的人，你居然敢去碰！你看那待月楼，多少人喜欢雨凤，谁敢碰她一下？你以为云飞平常好欺负，为了雨凤，他会拼命！"

云翔哭丧着脸。

"我知道啊！要不然，这么丢脸的事，我来告诉你们干吗？你们父子是天下最聪明的人，每次我出了事，你们都能帮我解决，现在，赶快帮我解决吧！我以后一定好好地爱天虹，好好地做个爹，从此收心，不胡闹、不赌钱了！"

纪总管瞪着他，又恨又气又充满无可奈何。想到天虹，心中一惨。不禁跌坐在椅子里，长长一叹。

"唉！天虹怎么这么命苦？"他抬头，对云翔大吼，"还不坐下来，把前后经过，跟我仔细说说！"

云翔知道纪家父子已经决定帮忙了，一喜，急忙坐下。这一坐，碰到伤处，不免又"哼哼唉唉"个不停。

纪总管凝视着他，若有所思。

那天下午，云翔躺在一个担架上，被四个家丁抬着，两个大夫陪着，纪总管和天尧两边扶着，若干丫头簇拥着，急急忙忙地穿过展家庭院、长廊，往云翔卧室奔去。云翔头上缠着绷带，手腕上、腿上全包扎得厚厚的，整个人缠得像个木乃伊，嘴里不断呻吟。纪总管大声喊："小心小心！不要颠着他！当心头上的伤！"

这样惊心动魄的队伍惊动了丫头家丁，大家奔出来看，喊成一片："不得了！老爷太太慧姨娘……二少爷受伤了！二少爷受伤了……"

祖望、品慧、梦娴、齐妈、天虹……都被惊动了，从各个房间奔出来。"小心小心！"纪总管嚷着，"大夫说，伤到脑子，你们千万不要震动他呀！"

品慧伸头一看，尖叫着差点儿晕倒，锦绣慌忙扶着。

"天啊！怎么会伤成这样？碰到什么事情了？天啊……天啊……我可只有这一个儿子啊……如果有个三长两短，我也不要活了……"品慧哭了起来。

天虹见到这种情况，手脚都软了。

"怎会这样？早上还是好好的，怎会这样？"

天尧急忙冲过去扶住她，在她耳边低语："你先不要慌，大夫说，没有生命危险。"

天虹惊惧地看着天尧，直觉有什么难言之隐，不敢多问。

祖望奔到担架边，魂飞魄散，颤抖地问："大夫，他是怎么了？"

"头上打破了，手上脚上背上，都是刀伤，胸口和腹部，全有内伤，流了好多血……最严重的还是头部的伤，大概是棍子打的，很重，就怕伤到骨头和脑子！这几天，让他好好躺着，别移动他，也别吵着他！"大夫严肃地说。

"是是！"祖望听到有这么多伤，惊惧交加，忙对家丁喊，"小心一点儿！小心一点儿！"

大家浩浩荡荡把云翔抬进房去。梦娴和齐妈没有进去，两人惊愕地互视。

云翔躺上床，闭着眼睛哼哼："哎哟，哎哟……痛……好痛……"

品慧扑在床前，痛哭失声。

"云翔！娘在这里，你睁开眼睛看看！"她要摸他的头，又不敢摸，"你到底得罪谁了？怎么会被打成这样子？你可别丢下娘啊……"

云翔听到品慧哭得伤心，忍不住睁开眼睛看了看她，低语："娘……"

我死不了……"

纪总管悄悄死命掐了他一下，他"哎哟"叫出声。

大夫赶紧对大家说："没事的人都出去，不要吵他！让他休息。也别围着床，他需要新鲜空气！我已经开了药，快去抓药煎药，要紧要紧！"

"药抓了没有？"祖望急呼。

"我已经叫人去抓了，大概马上就来了！"纪总管就对丫头家丁们喊，"出去出去，都出去！"

"我也告退了，明天再来看！"大夫对纪总管说，"有什么事，通知我！我马上赶来！"

大夫转身出门，祖望担心极了，看纪总管。

"要不要把大夫留下来？这么多伤，怎么办？"

"老爷，你放心，我自有分寸。云翔是你的儿子，是我的半子，我也不能让他出一点点差错。大夫说他要静养，我们就让他静养。反正，大夫家就在对街，随时可以请来！"纪总管安慰地说。

天虹看看云翔，看看纪总管，又是担心，又是疑惑。

"爹，你确定他没问题吗？看起来好像很严重啊！"

"满身是伤，当然严重！好在，都是皮肉伤，云翔年轻，会好的！让他休息几天，也好！"

祖望低问纪总管："谁干的？知道吗？有什么深仇大恨，要下这样的毒手？"

纪总管拉了拉他的衣袖。

"我们出去说话吧！"

纪总管的眼神那么严肃，祖望的心就"咚"地一沉，感到脊梁上一阵凉意。他一句话都不说，就跟着纪总管走进书房。

　　纪总管把房门关上，看着他，沉重地开了口："老爷！你必须做一个决定了，两个儿子里你只能留一个！要不然你就留云飞，让云翔离开！要不然，你就留云翔，让云飞走！否则，会出大事的！"

　　祖望心惊肉跳，整个人都大大地震动了。

　　"什么？你的意思是说，是云飞下的手？云飞把他打成这样？"他瞪大眼睛，拼命摇头，"不可能的，云飞不会这样！这一定有错！"

　　"你不要激动，你听我说！事情不能怪云飞，云翔确实该打！"

　　"为什么？"

　　"老爷，这件事你知我知，不能再给别人知道，毕竟，家丑不可外扬！说出去大家都没面子，都很难听！"纪总管盯着他，一脸的沉痛和诚恳。

　　"到底是怎么回事？"

　　"云翔占了雨凤的便宜！"

　　"你说什么？"祖望惊跳起来。

　　"真的！我不会骗你！你对你自己的两个儿子一定非常了解！云翔是个暴躁小子，一天到晚就想和云飞争！争表现争事业争父亲也争女人！我常常想，他当初会那么拼命追求天虹，除了天虹什么人都不娶，主要是因为天虹心里有个云飞！他要的不是天虹，是属于云飞的天虹！"纪总管说到这儿，就情不自禁眼中充泪了，这时，倒是真情流露，"天虹是个苦命的孩子，她爱了一个人，嫁了一个人，她谁也没得到！她是欠了展家的债，来还债的！"

　　"亲家，你怎么这样讲？"祖望颤声说。

　　纪总管拭了拭泪。

　　"这是真的！总之，云翔就是这样，有时实在很气人！云飞热情而不能干，是个书呆子，也是个痴情种子！以前对映华，你是亲眼目睹的，这次对雨凤，你也亲自体验过，他一爱起来就昏天黑地，什么事情都没有他的爱情重要！结果，云翔又跟他拼上了。所以，最近云翔常常去待月楼，还输了不少钱给郑老板，就为了跟云飞争雨凤！我因为怕你生气，都不敢告诉你！"

"你为什么要瞒着我呢？怪不得，我就听说云翔经常在待月楼赌钱，原来是真的！"

"今天就出事了，云翔说，云飞和阿超逮着他了……他满身的血跑来找我，说是云飞和阿超要杀了他！"

纪总管那么真情毕露，说得合情合理，祖望不得不相信了。他震惊极了，恨极了，心痛极了，也伤心极了，咬牙说："为了一个江湖女子，他们兄弟居然要拼命，我太失望了！哥哥把弟弟打成重伤……这太荒唐了！太让人痛心了！"

"唉！江湖女子，才是男人的克星！以前吴三桂为一个陈圆圆，闹得天翻地覆，江山社稷都管不着了！老爷，现在的情况是真的很危险，你得派人保护云翔！云飞的个性我太了解，阿超身手又好，云翔不是对手，就算是对手，家里真闹到兄弟相残，那岂不是大大的不幸吗？"

祖望凝视纪总管，知道他不是危言耸听，心惊胆战。

"现在，云飞忙着去照顾萧家的几个姑娘，大概一时三刻不会回来，等他回来的时候，云翔恐怕就危险了！老爷，这个家庭悲剧，你要阻止呀！"

"云翔也太不争气了！太气人了！太可恶了！"

"确实！如果不是他已经受了重伤，连我都想揍他！你想想，闹出这么丢人的事，他把天虹置于何地？何况，天虹还有孕在身呀！"

祖望眼中湿了，痛定思痛。

"两个逆子，都气死我了！"

纪总管沉痛地再加了一句："两个逆子里，你只能要一个了！你想清楚吧！"

祖望跌坐在椅子里，被这样的两个儿子彻底打败了。

晚上，纪总管好不容易才劝着品慧和祖望回房休息了。

房间里，剩下了纪家父子三个。

云翔的伤虽然瞒过了展家每一个人，但是瞒不了天虹。她所有的直觉，都认为这事有些邪门有些蹊跷。现在，看到房里没有人了，这才急急地问父亲："好了，现在，爹和娘都走了，丫头用人我也都打发掉了，现在屋子里只有我们几个，到底云翔怎会伤成这样？你们可不可以告诉我了呢？"

云翔听了，就"呼"的一声，掀开棉被，从床上坐起来，伸头去看。

"真的走了？我快憋死了！"

纪总管一巴掌拍在他肩上，恼怒地说："你最好乖乖躺着，十天之内不许下床，三个月之内不许出门！"

"那我不如死了算了！谁要杀我，就让他杀吧！"云翔一阵毛躁。

天虹惊奇地看他，困惑极了。

"你的伤……你还能动？你还能坐起来？"

"你希望我已经死了，是不是？"云翔没好气地嚷。

天尧忙去窗前，把窗子全部关上。天虹狐疑地看着他们。

"你们在演戏吗？云翔受伤是假的吗？你们要骗爹和娘，要骗大家，是不是？为什么？我有权知道真相吧！"

"什么假的受伤，差点被人杀死了，胳臂上、腿上、背上全是刀伤，不信，你来看看！脑袋也被阿超打了一棍，现在痛得好像都裂开了！"云翔叽哩咕噜。

"阿超？"天虹大惊失色，"你跟云飞打架了？怎会和阿超有关？"她抬头，锐利地看纪总管，"爹，你也不告诉我吗？你们不把真实情况告诉我，还希望我配合你们演戏吗？"

天尧看云翔。

"我可得说了！别人瞒得了，天虹瞒不了！"

云翔往床上一倒。

"啊，我管不着了！随你们纪家人去说吧，反正我所有的小辫子都在你们手上！以后一定会被你们大家拖着走！"

"你还敢说这些莫名其妙的话！是不是要我们去告诉你爹，你根本没什么事，就是欠揍！"纪总管恨恨地问。

云翔翻身睡向床里，不说话了。于是，纪总管把他所知道的事都说了。

天虹睁大眼睛，在震惊已极中完全傻住了。她什么都不能想了，看着云翔，她像在看一个完全陌生的人！天啊，她到底嫁了怎样一个丈夫呢？

晚上，阿超回来了。

阿超走进大门，就发现整个展家都笼罩在一种怪异的气氛里。老罗和家丁们看到了他，个个都神情古怪，慌张奔走。他实在没有情绪问什么，也很怕碰到云翔，生怕自己会控制不住做出什么惊天动地的事来。云飞说的话很对，就算到了最后关头，头不可抛，血不可洒，因为还有萧家五个！他要忍耐，他必须忍耐！他咬着牙，直奔梦娴的房间，找到了梦娴。

"太太，大少爷要我告诉您，他暂时不能回家……"

梦娴还没听完，就激动地喊了出来："什么叫作他暂时不能回家？为什么不能回家？"她紧盯着阿超，哑声地问，"你们是不是打伤了云翔？闯下了大祸，所以不敢回家？"

阿超瞪大眼睛，又惊又怒。

"什么？我们打伤他？我们还来不及打呢……"他蓦然住口，狐疑地看梦娴，"他又恶人先告状是不是？他说我们打他了？他怎么说的？"

齐妈在一边，插口说："我们不知道他怎么说的，也没有人跟我们说什么！下午，二少爷被担架抬回家，浑身包得像个粽子一样，好像伤得好严重，纪总管、天尧、天虹、老爷、慧姨娘……都急得快发疯了，可是怎么受伤的，大家都好神秘，传来传去，就没有人能证实什么……你和大少爷又一直没出现，老爷晚饭也没吃，看我们的脸色怪怪的，所以，我们就猜会不会是你们两个打他了？"

"是你？对不对？是你在报仇吗？"梦娴盯着他。

阿超惊愕极了，看看齐妈，又看看梦娴，不敢相信。

"他受了重伤？怎么会受了重伤？太奇怪了！"

"那么，不是你们闯的祸了！"梦娴松了一口气，"只要不是你们打的，我就安心了！"

阿超疑虑重重，但是，也没有时间多问。

"太太！大少爷要我告诉你，等他忙完了，他就会回来！要你千万不要担心！"

"我怎么可能不担心呢？大家都神神秘秘的，把我搅得糊里糊涂。他在忙什么？你为什么不坦白告诉我呢！"

阿超有口难言，闪避地说："大少爷说，等他回来的时候，他会跟你说的！反正，你别担心，他没有打二少爷，他的身体也很好，没被打，只是……"

"只是什么？"

"只是……一时之间，无法脱身！"

"跟雨凤有关吗？"梦娴追问，一肚子疑惑。

"好像……有关。"他支支吾吾。

"什么叫好像有关？你到底要不要说？"

"我不能说！"

梦娴看了他好一会儿，打开抽屉，拿了一个钱袋，塞进他手里。

"带点钱给他！既然暂时不能回家，一定会需要钱用！你还要拿什么吗？"

"是！我还要帮大少爷拿一点换洗衣服！要把家里的马车驾走，还有，齐妈，库房里还有没有当归人参红枣什么的？"

梦娴惊跳起来。

"谁生病了？你还说他没事……"

阿超无奈，叹口气。

"是雨凤姑娘！"

"雨凤？不是昨天还好好的吗？"梦娴一呆。

"昨天好，今天就不好……可能是太累了，吃住的条件太差了，大少爷在忙着给他们搬个家！就是这样！"

梦娴看阿超，见他一副有苦说不出的样子，想想云翔受伤的情形，实在有些心惊肉跳。但是，她知道阿超的忠实，如果云飞不让他说，就不用问了。

"齐妈,你快去给他准备!既然要搬家,家里要用的东西,锅碗瓢盆,清洁用具,都给他们准备一套!"

这时,老罗匆匆地奔来。

"阿超!老爷要你去书房,有话跟你说!"

阿超一震。梦娴、齐妈双双变色,不禁更加惊疑。

阿超来到书房,只见祖望在房间里走来走去,烦躁不安。阿超不知道他要说什么,可是,感觉到他有种阴郁和愤怒,就直挺挺地站在房里,等待着。祖望一个站定,抬头问:"云飞在哪里?"

阿超僵硬地回答:"他心情不好,不想回家。可能又犯了老毛病,不愿意家里的人知道他在哪里,刚刚太太问了半天,我也没说。我想,现在最好不要去烦他,过个两三天他就会回来了!"

祖望听了,反而松了一口气,低头沉思,片刻不语。

阿超满腹疑惑,又不能问。祖望沉思了好一会儿,抬起头来。

"他心情不好,不想回家?也罢,就让他在外面多待几天吧!你们做了些什么,我现在都不问,发生过什么,有什么不愉快,我都不想追究!你告诉他,等他忙完了,我再跟他好好谈!既然他在外面,你就别在这儿耽搁了,最好快点儿去陪着他!"

"是。那我去了!"阿超意外极了。

"等一下!"

祖望开抽屉,拿出一沓钞票。

"这个带给他!他身边大概没什么现款。"

阿超更加意外,收下了。

祖望突然觉得乏力极了,心里壅塞着着悲哀,还想说什么,心里太难过了，说不出口，化为一声叹息，把头转开去。

"那么，你去吧！好好照顾他！"

阿超带着一肚子的困惑，出门去了。

房门一关，祖望就倒进椅子里。

"怎么会弄成这样呢？连一个阿超回来，都会让我心惊肉跳，就怕他去杀害云翔！一个家，怎么会弄得这么你死我活、誓不两立呢？难道，两个儿子我真的只能留一个吗？世间，怎么会有如此残忍的事呢？"

绝望的情绪从他心底升起，迅速地扩散到他的四肢百骸。

阿超回到客栈，见到云飞，立即把展家的情形都说了。

"经过就是这样，怪极了！你看，会不会雨凤姑娘那几刀刺得很深，像上次捅你一样？我给他头上的那一棍可能不轻，但是并没有让他倒下呀！难道他离开了萧家，还有别人教训了他不成？总之，全家都怪怪的，看到我就紧张兮兮的，连老爷都是这样！真的不知道是怎么回事！你看，这之中会不会有诈？"

云飞沉思，困惑极了。

"确实很奇怪，尤其是我爹，没有大叫大骂地要我马上回家，还要你带钱给我，实在太稀奇了！"他摇摇头，"不过，说实话，我现在根本没有情绪去分析这些想这些！"

阿超看了看躺在床上的雨凤。

"有没有吃药呢？有没有吃一点东西呢？"

云飞痛楚地摇了摇头，已经心力交瘁。

"那雨鹃呢？"

"不知道有没有吃。我要她带小三、小四、小五去那间休息。我看，她也不大好。”

“那我看她去！”

云飞点点头。阿超就急急忙忙地去了。

雨凤忽然从梦中惊醒，大叫：“救命啊……啊……”

云飞扑到床边，一把抱住她，把她的头紧紧地揽在怀中，急喊："我在！我在！我一步也没离开你！别怕，你有我，有我啊！”

她睁眼看了看，又乏力地闭上了，满头冷汗。云飞低头看她，心痛已极。

“雨凤啊雨凤，我要怎样才能治好你的创伤？到了这种时候，我才知道我是多么无能，又多么无助！你像一只受伤的蜗牛，躲进自己的壳里，却治不好自己的伤口！而我，眼睁睁看着你缩进壳里，却无法把你从壳里拖出来，也无法帮你上药！我已经束手无策了！你帮帮我吧！好不好？好不好？”

他一边说着，一边不断地拭着她额上的汗。

她偎在他怀中，瘦弱、苍白、瑟缩。

他吻着她的发丝，心中，是天崩地裂般的痛。

第二天，一清早就开始下雨。云飞和阿超不想再在那个冷冷清清的客栈里停留，虽然下雨，仍然带着萧家五个搬进了塘口的新家。

大雨一直哗啦啦地倾盆而下。马车在大雨中驶进庭院。

阿超撑着伞，跳下驾驶座，打开车门，嚷着：“大少爷，赶快抱她进去，别淋湿了！”

云飞抱着雨凤下车，阿超撑伞，匆匆忙忙奔进室内。

雨鹃带着小三、小四、小五纷纷跳下车，冒雨奔进大厅。雨鹃放眼一看，大厅中，陈设着红木家具，颇有气势。窗格都是刻花的，显示着原来主人的身份。只是，房子空荡荡，显得有些寂寞。四个姐弟的心都在雨凤身上，没有情绪细看。

"我来带路！"阿超说，"我已经把你们大家的棉被衣服都搬来了，这儿有七八间卧房，我暂时把雨凤姑娘的卧室安排在这边！"

云飞抱着仍然昏昏沉沉的雨凤，跟着阿超往卧室走去。几个弟妹全都跟了进来。

卧室非常雅致简单。有张雕花的床，垂着白色的帐幔。有梳妆台，有小书桌。

云飞把雨凤放上床。雨鹃、小三、小四、小五都围过来。小五伸手拉着雨凤的衣袖，有些兴奋地喊着："大姐，你看，我们搬家啦，好漂亮的房间！还有小花园呢！"

雨凤睁开眼睛，看看小五。

大家看到雨凤睁开眼睛，就兴奋起来，雨鹃急切地问："雨凤！你醒了吗？要不要吃什么？现在有厨房了，我马上给你去做！"

"大姐，你要不要起来走一走？看看我们的新房子？"小三问。

"大姐！醒过来，不要再睡了！"小四嚷。

"雨凤！雨凤！你怎样？有什么话要跟我说吗？"云飞喊。

大家同时呼唤，七嘴八舌，声音交叠地响着。雨凤的眼光扫过众人，却视若无睹，眼光移向窗子。

雨哗啦啦地从窗檐往下滴落。雨凤看了一会儿，眼睛又闭上了。

大家失望极了，难过极了。云飞叹了一口气，看阿超。

"我陪着她，你带他们大家去看房间，该买什么东西，缺什么东西，就去办。最主要的是赶快把药再熬起来，煮点稀饭什么的，万一她饿了，有东西可吃！"

"我也这么想！"阿超回头喊，"雨鹃，我们先去厨房看看吧！最起码烧壶开水，泡壶茶！我们大家自从昨天起就没吃过什么东西，这样也不成，必须弄点儿东西吃！把每个人都饿坏了、累垮了，对雨凤一点帮助都没有！"

"我去烧开水！"小三说。

"我来找茶叶！"小五说。

阿超带着大家出去了。

房内剩下云飞和雨凤。云飞拉开棉被给她盖好，再拉了一张椅子，坐在她的床前。他就凝视着她，定定地凝视着她，心里一片悲凉。

"她就像我当初失去映华一样，把自己整个封闭起来了！经过这么多苦难的日子，她都熬了过来，但是，这个世界实在太丑陋太残酷，让她彻底绝望了！不只对人生绝望，也对我绝望了，要不然，她不会听不到我的呼唤，感觉不到我的心痛！她把这件事看得如此严重，真让人心碎。我有什么办法能让她了解，她的玉洁冰清，没有任何东西可以污染！我有什么办法呢？"他想着，感到无助极了。

她的眼睛忽然睁开了。

他看到了，一阵震动，却不敢抱任何希望，小小声地呼唤着："雨凤？雨凤？"

她看了他一眼，被雨声吸引着，看向窗子。他顺着她的视线，也看看窗子。于是，她的嘴唇动了动，轻轻地吐出一个字："雨。"

他好激动，没听清楚，急忙匍匐着身子，眼光炙热而渴求地看着她。

"你说什么？再说！再说！我没听清楚，告诉我！什么？"

她又说了，哑哑地、轻轻地："雨。"

他听清楚了。

"雨？是啊！天在下雨！你想看雨？"

她轻轻点头。

他全心震动，整个人都亢奋了。急忙奔到窗前，把窗子整个打开。

她掀开棉被，想坐起来。

"你想起来？"他问。

他奔到床前扶起她，她摸索着想下床。他用热烈的眸子炙热地看着她，拼命揣摩她的意思。

"你要看雨？你要到窗子前面去看雨？好好，我抱你过去，你太虚弱了，我抱你过去！"

她摇摇头，赤脚走下床，身子摇摇晃晃的。他慌忙扶住她，在巨大的惊喜和期待中，根本不敢去违拗她。她脚步蹒跚地往窗前走，他一步一搀扶。到了窗前，她站定了，看着窗外。

窗外，小小的庭院，小小的回廊，小小的花园都浴在一片雨雾中。

她定睛看了一会儿，缓缓地、清晰地、低声地说："爹说，我出生的时候，天下着大雨，所以我的名字叫'雨凤'。后来，妹妹弟弟就都跟随了我的'雨'字，成为排名。"

她讲了这么一大串话，云飞欢喜得眼眶都湿了。他小心翼翼，不敢打断她的思绪，哑声说："是吗？原来是这样。你喜欢雨？"

"爹说，'雨'是最干净的水，因为它从天上来。可是，娘去世以后，他好伤心。他说，'雨'是老天为人们落泪，因为人间有太多的悲哀。"

"苍天有泪！"他低语，全心震撼。

她不再说话，出神地看着窗外的雨，片刻无言。他出神地看着她，不敢惊扰。

忽然，她一个转身，要奔出门去。由于虚弱，差点儿摔倒。他急忙扶住她。

"你要去哪里？"

她痴痴地看着窗外。

"外面。可是，外面在下雨啊！好吧，我们到门口去！"

她挣开他，跌跌撞撞地奔向门外。他急喊："雨凤！雨凤！你要干什么？"

她踉踉跄跄地穿过大厅，一直跑进庭院。

大雨滂沱而下。她奔进雨中，仰头向天。雨水淋着她的面颊，她身子摇摇欲坠，支撑不住，只得跪落于地。

云飞拿着伞追出来，用伞遮着她，喊着："进去，好不好？你这么衰弱，怎么禁得起再淋雨？"

她推开他，推开那把伞。他拼命揣摩她的心思，心里一阵酸楚。

"你要淋雨？你不要伞？好，我陪你，我们不要伞！"

他松手放掉了伞，伞落地，随即被风吹去。

他跪了下去，用手扶着她的身子，看着她。

她仰着头，雨水冲刷着她，泪和着雨从她面颊上纷纷滚落。

雨鹃、阿超、小三、小四、小五全都奔到门口来，惊愕地看着在雨中的两个人。

"你们在做什么？雨凤！快进来！不要淋雨啊！"雨鹃喊着。

"大姐！你满身都是伤，再被雨水泡一泡，不是会更痛吗？"小三跟着喊。

阿超奔出来，拾起那把伞遮住了两个人，急得不得了。

"你们不把自己弄得病倒是不会甘心的，是不是？不是好端端躺在床上吗？怎么跑到雨里来了呢？"他看云飞，大惑不解，"大少爷，雨凤姑娘病糊涂了，你也跟着糊涂吗？还不赶快进去！"

雨凤躲着那把伞。云飞急呼："阿超，把伞拿开，让她淋雨！雨是最干净的水，可以把所有不快的记忆，所有的污秽全体洗刷掉！雨是苍天的眼泪，它帮我们哭过了，我们就擦干眼泪，再也不哭！"

雨凤回头，热烈地看云飞，拼命点头。

阿超看到雨凤这种表情，恍若从遥远的地方重新回到人间，不禁又惊又喜。收了伞，他狂喜地奔向雨鹃姐弟，狂喜地大喊："她醒了，她要淋雨，她活过来了！她醒了！"

雨鹃的泪立即稀里哗啦地落下。

"她要淋雨？那……我去陪她淋雨！"

雨鹃说着，奔进雨中，跪倒在雨凤身边，大喊："雨凤，我来了！让这场雨，把我们所有的悲哀，所有的屈辱，一起冲走吧！"

小三哭着，也奔了过来。

"我来陪你们！"

小四和小五也奔过来了，全体跪落地，围绕着雨凤。

"要淋雨一起淋！"小四喊。

"还有我，还有我，我跟你们一样，我要陪大姐淋雨！"小五嚷着。

阿超拿着伞，又奔过来，不知道把大家怎么办才好，遮了这个遮不了那个。

"你们怎么回事？都疯了吗？我只有一把伞，要遮谁呢？"

雨凤看着纷纷奔来的弟妹，眼泪不停地掉。当小五跪到她身边时，她再也控制不住，将小五一把抱住，用自己的身子拼命为她遮雨。嘴里痛喊出声："小五啊！大姐好没用，让你一直生活在风风雨雨里！当初答应爹的话，全体食言了！"她搂着小五的头，哭了。

几个兄弟姐妹全都痛哭失声了，大家伸长了手，你抱我，我抱你，紧拥在一片雨雾里。

云飞和阿超带着全心的震动，陪着他们五个，一起淋雨，一起掉泪。

苍天有泪

贰拾壹

TWENTY-ONE

"善良和柔软绝对不是罪恶！请你为我软弱一点儿吧！"

雨凤被这一场雨彻底地清洗过了。她回复了神志，完全醒过来，也重新活过来了。回到房里，换上了干净的衣服，她就乖乖吃了药，而且，觉得饿了。雨鹃捧了刚熬好的鸡汤过来，她也顺从地吃了。大家含泪看着她吃，个个都激动不已。每个人这才都觉得饿了。

晚上，雨停了。

雨凤坐在窗前的一张躺椅里，身上盖着夹被，依然憔悴苍白，可是，眼神却是那么清明，神志那么清楚。云飞看着，心里就被失而复得的喜悦涨满了。他细心地照顾着她，一会儿倒茶，一会儿披衣，一会儿切水果。

她看着窗外出神。窗外，天边悬着一弯明月。

"雨停了，天就晴了，居然有这么好的月亮。"她说。

他走过来，在她身边坐下，深深地凝视她。

"对我而言，这就是'守得云开见月明'！"

她转头看他，对他软弱地笑了笑。

"看到你又能笑了，我心里的欢喜真是说都说不出来。"

她握住他的手，充满歉意地说："让你这么辛苦，对不起。"

他心中一痛，情不自禁把她的手用力握住。

"干吗？好痛！"

"我要让你痛，让你知道，你的'对不起'是三把刀，插在我心里，我太痛了，就顾不得你痛不痛！"

她眼中涌上泪雾。他立即说："不许哭，眼泪已经流得太多了！不能再哭了！"

她慌忙拭去泪痕，又勉强地笑了。看看四周，轻声说："结果，我还是被你'金屋藏娇'了！"

他注视她，不知道是否冒犯了她。然后，他握起她的双手，深深地、深深地、深深地看着她。温柔而低沉地说："雨凤，我要告诉你我的一段遭遇。因为那是我心里最大的伤痛，所以我一直不愿意提起。以前虽然跟你说过，也只是轻描淡写。"

她迎视着他的眼光，神情专注。

"我说过，我二十岁那年，就奉父母之命结婚了。映华和你完全不一样，她是个养在深闺不解人间世事的姑娘。非常温柔，非常美丽。那时的我，刚刚了解男女之情，像是发现了一个无法想象的新世界，太美妙了！我爱她，非常非常爱她，发誓要和她天长地久，发誓这一生除了她，再也不要别的女人！"

她听得出神了。

"她怀孕了，全家欣喜如狂，我也高兴得不得了。我怎样都没有想到，有人会因为'生'而'死'。幸福会被一个'喜悦'结束掉！映华难产，拖了三天，终于死了，我那出生才一天的儿子跟着去了。在那一瞬间，生命对于我，全部变成零！"

他的陈述，勾动往日的伤痛，眼神中，充满痛楚。

她震动了，不自觉地握住他的手，轻轻搓揉着，想给他安慰，想减轻他的痛楚。

"你不一定要告诉我这个！"她低柔地说。

"你应该知道的，你应该了解我的全部！我今天告诉你这些，主要是想让你知道，当你抗拒整个世界，把自己封闭退缩起来的那种感觉，我了解得多么深刻！因为，我经历过更加惨痛的事！映华死了，我有七天不吃不喝的纪录，我守在映华的灵前，让自责把我一点一滴地杀死！因为映华死于难产，我把所有的过错都归于自己，是我让她怀孕的，换言之，是我杀死她的！"

她睁大了眼睛，看着痛楚的云飞。

"七天七夜！你能想象吗？我就这样坐在那儿，拒绝任何人的接近，不理任何人的哀求！最后，我娘崩溃了！她端了一碗汤，到我面前来，对我跪下，说：'你失去了你的妻子和儿子，你就痛不欲生了，这种痛你比谁都了解！那么，你还忍心让失去媳妇和孙子的我，再失去一个儿子吗？'"

云飞说着，眼中含泪，雨凤听得也含泪了。

"我娘唤醒了我。那时，我才明白，生命的意义不在于金钱，不在于权势，只在于'爱'，当有人爱你的时候，你根本没有权利放弃自己！你有责任和义务，为爱你的人而活！这也是后来，我会写《生命之歌》的原因！"

雨凤热烈地看着他，感动而震动了。

"我懂了！我知道你为什么讲这个给我听，我好心痛，你曾经经历过这样悲惨的事，我还要让你再痛一次！我以后不会了，一定不再让你痛了！"她忏悔地说。

他把她拉进了自己的怀里，轻轻地拥住她。

"你知道吗？当你拒绝全世界的时候，我有多么恐惧和害怕吗？我以为，我会再'失去'一次！只要想到这个，我就不寒而栗了！"

"你不会失去我了，不会了！不会了！"她拼命摇头。

"你答应我！"

"我答应你！"

云飞这才抬头凝视她，小心地问："那么，还介意被我'金屋藏娇'吗？"

她情不自禁，冲口而出："藏吧！用'金屋'，用'银屋'，用'木屋'，用'茅草屋'都可以，随你怎么藏，随你藏多久！"

他把她的头，紧压在胸前。

"我'藏'你，主要是想保护你，等你身体好了，我一定要跟你举行一个盛大的婚礼，告诉全天下我娶了你！在结婚之前，我绝不会冒犯你，我知道你心中有一把道德标尺，我会非常非常尊重你！"

她不说话，只是紧紧地依偎着他，深思着。半晌，她小小声地开了口："慕白……"

"怎样？"

"我没有映华那么好，怎么办？你会不会拿我跟她比，然后就对我失望了？你还在继续爱她，是不是？"

"我就猜到你可能会有这种反应，所以一直不说！"

"我知道我不该跟她吃醋，就是有点情不自禁。"

他用手托起她的下巴，一瞬也不瞬地，看进她内心深处去。

"她是我的过去，你是我的现在和未来，在我被我娘唤醒的那一刻，我也同时明白了一个道理，人，不能活在过去里，要活在现在和未来里！"他虔诚地吻了吻她的眉她的眼，低低地说，"谢谢你吃醋，这表示，我在你心里真的生根了！"

他的唇，从她的眉她的眼，滑落到她的唇上。

雨凤回到人间,雨鹃的心定了。跟着要解决的问题就是郑老板的求亲。她没有办法再拖延下去,必须面对现实,给金银花一个交代了。

这天,她到了待月楼。见到金银花,她期期艾艾地开了口。

"金大姐,我今天来这儿跟你辞职,我和雨凤都决定以后不登台,不唱曲了……"

她的话还没说完,金银花已经满腹怀疑,气急败坏地瞪着她,问:"到底发生了什么事?你们姐弟五个忽然之间连夜搬家!现在,你又说以后不唱曲了,难道我金银花有什么地方亏待了你们吗?还是提亲的事,把你们吓跑了?还有,你脸上的伤是怎么回事?谁那么大的胆子,敢伤你的脸?"

雨鹃咽了口气,发生在自己身上的事关系到女儿家的名节,尤其是雨凤,她那么在乎,自己一个字都不能泄露。她退了一步,说:"你不要胡思乱想,你对我们姐妹的恩情,我们会深深地记在心底,一辈子都不会忘记的!这次匆匆忙忙搬家,没有先通知你,实在是有其他的原因!不唱曲也是临时决定的,雨凤生病了,我们一定要休息,而且,你也是知道的,雨凤注定是苏慕白的人了,慕白一直不希望她唱,现在,她已经决心跟他了,就会尊重他的决定!"

"苏慕白,你是说展云飞!"

"我是说苏慕白,就是你说的展云飞!"雨鹃对于"展云飞"三个字,仍然充满排斥和痛苦。

"好!我懂了。雨凤跟了展云飞,从此退出江湖。那么,你们已经搬去跟他一起住了?是不是?"

"应该是说,他帮我们找了一个房子,我们就搬进去了!"

"不管怎么说,就是这么一回事就对了!那么,你呢?"

"我怎么？"

金银花着急，一跺脚："你跟我打什么马虎眼呢？雨凤不唱，你也不唱了！那么，雨凤跟了展云飞，你不会也跟了展云飞吧？"

"哪儿有这种事？"雨鹃涨红了脸。

"这种事可多着呢，娥皇女英就是例子！好，那你的意思是说不是！那么，郑老板的事怎么说？你想明白了吗？"

雨鹃对房门看了一眼。阿超正在外面等着，她应该一口回绝了郑老板才是。可是，她心里千回百转萦绕着许多念头，真是千头万绪，剪不断，理还乱。

"金大姐，请你再多给我一点时间考虑，好不好？"

"我觉得你是一个很爽快的人，怎么变得这样不干不脆？"金银花仔细打量她，率直地问，"你们是不是碰到麻烦了？你坦白告诉我，你脸上有伤，雨凤又生病，你们连夜搬家，所有的事拼起来，不那么简单。珍珠他们说，早上他们来上班，你还有说有笑。你不要把我当成傻瓜！到底是什么事？需不需要郑老板来解决？你要知道，如果你们被人欺负了，那个人就是在太岁头上动土！"

雨鹃瞪大眼看着金银花，震动了一下。

"我们好像一直有麻烦，从来没有断过！你猜对了，我们是碰到了麻烦，可是，我现在不想说，请你不要勉强我。我想，等过几天，我想清楚了，我会再来跟你谈。现在，我的脑子糊里糊涂，好多事都没理清楚……总之，这些日子以来，你照顾我们，帮助我们，真是谢谢了！现在，你正缺人，我们又不能登台，真是对不起！"

"别说得那么客气，好像忽然变得生疏了！"金银花皱皱眉头，"你说还要时间考虑，你就好好地考虑！这两天，待月楼好安静，没有你们姐妹两个唱曲，没有展家兄弟两个来斗法，连郑老板都是满肚子心事……好像整个待月楼都变了。说实在的，我还真舍不得你们两个！我想……大家的缘分，应该还没结束吧！"

雨鹃点头。金银花就一甩头说："好了！我等你的消息！"

"那我走了！"

雨鹃往门口走。金银花忽然喊住："雨鹃！"

雨鹃站住，回头看她。金银花锐利地盯着她，话中有话地说："你们那个苏慕白和展夜鸮是亲兄弟，不会为你们姐妹演出'大义灭亲'这种戏码！真演出了，雨凤会被桐城的口水淹死！所以，如果有人让你们受了委屈，例如你脸上的伤……你用不着咽下去，你心里有数，有个人肯管，会管，要管，也有办法管！再说，雨凤把云飞带出展家，自立门户，你们和展家的梁子就结大了！这桐城嘛，就这么两股势力，你可不要弄得'两边不是人'！"

金银花这一篇话，惊心动魄，把雨鹃震得天旋地转。一直觉得郑老板的求婚不是一个"不"字可以解决，现在，就更加明白了。一个展云翔，已经把萧家整得七零八落，再加上郑老板，全家五口要何去何从呢？至于郑老板的"肯管，会管，要管，也有办法管……"依然诱惑着她，父亲的血海深仇，自己和雨凤的屈辱，怎么咽得下去？她心绪紊乱，矛盾极了。

从待月楼出来，她真的是满腹心事。阿超研究地看看她，问："你说了吗？"

"什么？"

"你讲清楚了没有？"

"讲清楚了，我告诉她我们不再登台了！"她支吾着说。

"那……郑老板的事呢？也讲清楚了吗？"

"那个呀……我……还没时间讲！"

"怎么没时间讲呢？那么简单的一句话，怎么会没时间讲？"他着急地瞪她。

她低着头，看着脚下，默默地走着，半晌不说话。

他更急："雨鹃，你在想什么？你心里有什么打算？你告诉我！"

雨鹃忽然站定了，抬头一瞬也不瞬地看着他，哑声地说："昨天晚上，我听到你和慕白在花园里谈话，你们是不是准备回去找那个夜鸮算账？"

"对！等你们两个身体好了，我们一定要讨还这笔债！他已经让人忍无可忍了，如果今天不处理这件事，他还会继续害人，说不定以为你们好欺负，还会再来！这种事发生过一次，绝对不能发生第二次！"

"你们预备把他怎样？杀了他，还是废了他？"

"我想，你最好不要管！"

"我怎么能不管？万一你们失手，万一像上次那样被他暗算了！那怎么办？"

"上次是完全没有防备，这次是有备而去！情况完全不一样，怎么可能失手呢？你放心吧！你不是心心念念要报仇吗？我帮你报！"

雨鹃瞪着他，心里愁肠百折。

"我不要你帮我报仇，我要你帮我照顾大家！你答应过我，你会照顾小四，他好崇拜你，你要守着他，让他变成一个顶天立地的男子汉！雨凤和慕白，他们爱得那么刻骨铭心，雨凤不能失去慕白！你也要保护他们，让他们远离伤害！小三、小五都好脆弱，未来的路还那么长，这些，都是你的责任！"

"你说这些干什么？好像你不跟我们在一起似的！"阿超惊愕地看她。

"我不要你们两个受伤，不要你们陷于危险！我宁可你们放他一马，不要去招惹他了！"雨鹃的语气里带着哀恳。

"你要放掉他？你不要报仇了？你甘心吗？"

"我不甘心！可是，如果你们两个有任何闪失，我们五个要怎么办？"

阿超挺直背脊，意志坚决地说："雨鹃！跟展夜鸮算账，是我一定要做的事，如果我不做，我就不是一个男人！因为他侵犯了你，对大少爷而言，是一样的！他鞭打我，暗算大少爷，我们都可以忍下去，伤害到你们，他就死定了！他明明知道这一点，可是，他还是胆大包天敢去做，他就是看准了大少爷会顾及兄弟之情，不敢动手！如果我再不动手，谁能制得了他？"

"你动手之后，会怎样？你们想过后果没有？一命要还一命！"

"这个……我想过了。大少爷是个文人，从来就不跟人动手，真正动手的是我！如果必须一命还一命，我保证让大少爷不被牵连，我会抵命！"

"你抵命，那……我呢？"

"你……"他怔了怔，"情况不会那么坏，万一如此，你多珍重！"

她瞅着他，点点头，明白了。在他心里，受辱事大，爱情事小。在自己心里难道不是这样吗？一直认为报仇事大，其他的事都不重要。什么时候，自己竟然变了？她低下头去，默默地走着，不再说话，心里是一片苍凉。

第二天早上，大家吃完了早餐，小四背着书包上学去了。云飞看到雨凤已经完全恢复了健康，生活也已经上了轨道，就回头看了阿超一眼，阿超很有默契地点了点头。云飞就对雨凤叮嘱："我和阿超出去一趟，会尽快赶回来。书桌抽屉里有钱，如果我有事耽误，你拿去用！"

雨凤和雨鹃都紧张起来。雨凤急急地问："什么叫有事耽误？你要去哪里？"

"放心！我有了你这份牵挂，不会让自己出事的！"云飞说。

雨鹃奔到阿超面前，喊："你记着！你也不是无牵无挂的人，你也'不许'让自己出事！"

阿超点点头，什么话都不说。两人再深深地看了姐妹二人一眼，就一起出门去了。

雨凤眼睁睁看着他们走出大门，心脏跳得好厉害，她跌坐在一张椅子里，心慌意乱地说："我应该阻止他，我应该拦住他……"

"我试过了，没有用！"雨鹃说，"我想，这次的事件，他们比我们受到的伤害更大！再说，我们也不能因为自己的儿女情长，就让他们英雄气短！"

"我不在乎他们做不做英雄，我只在乎他们能不能长命百岁，和我们天长地久！"雨凤冲口而出，"只有珍惜自己，才是珍惜我们呀！"

雨鹃困惑而迷惘，她是不会苟且偷生的，能和敌人"同归于尽"，也是一份"壮烈的凄美"！但是，她现在不要壮烈，不要凄美，她竟然和雨凤一样，那么渴望"天长地久"，她就对这样的自己深深地迷惑起来。

云飞和阿超终于回到了展家。

他们两个一进门，老罗就紧张地对家丁们喊着："快去通知老爷太太，大少爷回来了！快去……快去……"

家丁们就一路嚷嚷着飞奔进去。"大少爷回来了……大少爷回来了……"

　　云飞和阿超对看一眼，知道家里已经有了防备，两人就快步向内冲去。一直冲到云翔的房门口，阿超提起脚来对着房门用力一端，房门"砰"的一声被冲开。云飞就大踏步往门里一跨，气势凌人地大吼："展云翔！你给我滚出来！我今天要帮展家清理门户！"

　　云翔正在房里闲荡，百无聊赖，心烦意乱。眼看云飞和阿超杀气腾腾地冲进来，他立刻跳上床，拉着棉被就盖住装睡。

　　天虹吓了一跳，急急忙忙拦门而立，哀声喊："云飞！你要干什么？"

　　阿超蹿到床前，一把就扯住云翔的衣服，把他拉下床来。云翔大叫："你是什么东西？敢跟我动手动脚！"

　　阿超咬牙切齿，恨恨地喊："我让你知道我是什么东西！"

　　他双手举起云翔，用力往地上一摔。云翔跌在地上，大喊："哎哟！哎哟！奴才杀人啊……"

　　阿超扑上去，新仇旧恨全体爆发，抓住他就拳打脚踢。

　　这时，祖望、梦娴、品慧、纪总管、齐妈、老罗以及丫头家丁纷纷赶到。一片呼叫声。祖望气急败坏地喊："云飞！他是你的弟弟呀！他已经遍体鳞伤，你怎么还下得了手？难道你就全然不顾兄弟之情了吗？"

　　云飞目眦尽裂。

　　"爹！你问问这个魔鬼，他有没有顾念兄弟之情？我今天来这儿是帮你除害！你再袒护他，你再纵容他，有一天，他会让整个展家死无葬身之地！"

　　品慧尖叫着扑了过来："阿超……你敢再碰他一下，我把你关进大牢，让你一辈子出不来……"

　　梦娴就合身扑向云飞，急切地喊："云飞！有话好好说，你一向反对暴力，反对战争，怎么会这样沉不住气？不可以……绝对不可以！"

阿超一把推开了品慧，把云翔从地上提了起来，用胳膊紧勒着他的脖子，手腕用力收紧。云翔无法呼吸了，无法说话了，涨红了脸，一直咳个不停。阿超就声色俱厉地喊："大少爷！你说一句话，是杀了他还是废了他？"

云飞还来不及说话，天虹冲上前来，"扑通"一声给阿超跪下了，凄然大喊："阿超，你高抬贵手！"

她这样一跪，阿超大震，手下略松。喊着："天虹小姐！你不要跪我！"

"我不只跪你，我给你磕头了！"天虹说着，就磕下头去。

"天虹小姐，你不要为难我，这个人根本不是人……"

天虹见阿超始终不放云翔，便膝行至云飞面前，哭着拜倒下去。

"云飞，我从来没有求过你什么，我也知道，云翔犯下大错，天理不容！我知道你有多恨，有多气，我绝对比你更恨更气，可是，他是你的弟弟，是我孩子的爹，我什么都没有，连尊严都没有了，我只想让我的孩子有爹有娘……请你可怜我，成全了我吧！"

云飞听了，心为之碎。一伸手，要搀扶她。

"你起来！不要糟蹋你自己，你这样说是逼我放手，可是他没有心，没有感情，他不值得你跪！他做了太多伤天害理的事，实在不可原谅……"

天虹跪着，不肯起来。

祖望大喊："云飞！不管云翔有多么荒唐，有多么混账，他和你有血脉之亲，如果你能狠下心杀他，你不是比他更加无情，更加冷血吗？"

"现在，我才知道什么叫'恨之入骨'，什么叫'切肤之痛'！他能把我逼到对他用武力，你得佩服他，那不是我的功力，那是他的功力……"

这时，门外传来一阵吼声，天尧带着展家的"夜鸮队"气势汹汹地冲进来，个个都是全副武装，手里有的持刀，有的拿棍，迅速排成一排。天尧就往前一冲，手里的一把尖刀，立刻抵在云飞的喉咙上，他大笑着说："阿超，你动手吧！我们一命抵一命！"

阿超大惊，不知道是去救云飞好，还是继续挟持云翔好。

云飞仰天大笑了。一面笑着，一面凄厉地喊："爹！你这样对我？这个出了名的夜鸮队，今天居然用在我的身上？你们早已严阵以待，等我好多天了！是不是？好极了，我今天就和他同归于尽！阿超……"

天虹本来跪在云飞面前，这时，一看情况不对，又对着天尧磕下头去。她泪流满面，凄然大喊："哥！我求你，赶快松手！我给你磕头……我给你磕头……"就磕头如捣蒜。

"天虹……"天尧着急，"你到底在帮谁？"

天虹再膝行到纪总管面前，又磕下头去。

"爹……我也给你磕头了！请你们不要伤害云飞……我磕……我磕……"她磕得额头都肿了。

纪总管看着这个女儿，简直不知道该怎么办才好，想着她还有身孕，心碎了。

"罢了罢了！"他抬头大声喊，"天尧！放掉云飞！"

天尧只得松手。他一松手，天虹就转向阿超，再拜于地。

"阿超……我求你！我给你磕头……求求你……求求你……请你放掉云翔吧！"她连连磕头。

阿超再也受不了这个，长叹一声，用力推开云翔。他跳起身子，对云飞说："大少爷，对不起！我没办法让天虹小姐跪我！让天虹小姐给我磕头！"

云翔躺在地上哼哼。品慧、天尧、丫头们慌忙去扶。

云飞见情势如此，只得认了。但是，心里的怒火怎样都无法平息，那些愤恨怎样都咽不下去。他指着云翔斩钉截铁、一字一字、清清楚楚地说："展云翔！我告诉你，今天饶你一命！如果你再敢欺负任何老百姓，伤害任何弱小，只要给我知道了，你绝对活不成！你最好相信我的话！你不能一辈子躲在老婆和父母的怀里！未来的日子还长得很，你小心！你当心！"

云飞说完，掉头就走。阿超紧跟着他。

祖望看得心惊胆战，对这样的云飞，不只失望，而且害怕。他不自禁地追到庭院里，心念已定，喊着："云飞！别走！我还有话要说，我们去书房！"

云飞一震，回头看着祖望，点点头。于是，父子二人就进了书房。

"为了一个江湖女子，你们兄弟如此反目成仇，我实在无法忍受了！"祖望说。

"爹，你不知道云翔做的事，你根本不认识这个儿子……"

"我知道云翔对雨凤做了什么……"

云飞大震抬头，愕然地看着祖望，惊问："什么？爹？你说你知道云翔做了什么事？"

"是！他跟我坦白了，他也后悔了！我知道这事对任何一个男人而言，都是无法忍受的事！现在，你打也打了，骂也骂了，他也受到教训，浑身是伤，你是不是可以适可而止了？"

云飞无法置信地看着父亲，喃喃地说："原来你知道真相！你认为我应该适可而止？"

"反正雨凤并没有损失什么，大家就不要再提了！为了一个女人，兄弟两个拼得你死我活，传出去像话吗？这萧家跟展家实在犯冲，真弄不明白，为什么她们像糨糊一样，黏着我们不放，一直跟我们家这样纠缠不清？"

"她跟我们纠缠不清，还是我们一直去纠缠人家？"云飞怒极，拼命压抑着。

"反正，好人家的女儿绝不会让兄弟反目，也绝不会到处留情！"

云飞一口气憋在胸口，差点没晕倒。

"好好好！你这样说，我就明白了！云翔没错，错的是萧家的女儿……好好好，我现在才知道，人类多么残忍，'是'与'非'的观念多么可笑！"

"小心你的措辞！好歹我是你爹！"

"你知道吗？所有的父母都有一个毛病，当'理'字站不住的时候，就会把身份搬出来！"

祖望大怒，心里对云飞仅存的感情也被他的咄咄逼人赶走了，他一拍桌子，怒气冲冲地大喊："你放肆！我对你那么疼爱，那么信赖，你只会让我伤心失望！你一天到晚批评云翔，骂得他一无是处！可是，你呢？对长辈不尊敬，对兄弟不友爱，对事业不能干，只在女人身上用功夫！你写了一本《生命之歌》，字字句句谈的是爱，可是，你的行为完全相反！你不爱家庭，不爱父母，不爱兄弟，只爱女人！你口口声声反对暴力，歌颂和平，你却带着阿超来杀你的弟弟！这样一个口是心非的你，你自己认为是'无缺点'的吗？"

云飞也大怒，心里对父亲最后的敬爱也在瓦解。他气到极点，脸色惨白。"我从没有认为自己'无缺点'，但是，现在我知道，我在你眼里，是'无优点'！你这样的评价，使我完全了解，我在你心里的地位了！

你把我说得如此不堪，好好好，好好好……"

祖望深抽口气，努力平定自己激动的情绪。

"好了！我们不要谈这个！听说你在塘口已经和萧家姑娘同居了……"

"你们对我的一举一动，倒是清楚得很！"

祖望不理他，带着沉痛和伤感，狠心地说了出来："我想，你就暂时住在塘口吧！我老了，实在禁不起你们兄弟两个动不动就演出流血事件！过几天，我会把展家的财产，做一个分配，看哪一些可以分给你。我不会让你缺钱用，你喜欢什么也可以告诉我，例如银楼、当铺、绸缎庄……你要什么？"

云飞震动极了，深深地看着父亲，几乎不相信自己的耳朵，哑声说："爹，你在两个儿子中做了一个选择！"他深吸口气，沉痛已极，"以前，都是我闹着要离家出走，这次，是你要我走！我明白了！"他凝视祖望，悲痛地摇摇头，"不要给我任何财产，我用不着！我留下溪口的地和虎头街那个已经收不到钱的钱庄！至于那些银楼、当铺、绸缎庄，你通通留给云翔吧！我想，在没有利害关系之后，他大概可以对我放手了！"

祖望难过起来。

"我不是不要你，是……自从你回家，家里就三天两头出事……"

云飞很激动，打断了他。

"你的意思已经非常明白，不用多说了！你既然赶我走，我一天都不会停留，今天就走！我们父子的缘分到此为止！我走了之后，不会再姓展，我有另外一个名字，苏慕白！以后，展家的荣辱与我无关，展家的财产也与我无关！展家的是是非非都与我无关！只是，如果展家有人再敢伤害我的家人，我一定不饶！反正，我也没有弟弟了！什么兄弟之情，我再也不必顾虑了！"

祖望听到这些话，知道他已经受到重大伤害，毕竟是自己心爱的儿子，他就心痛起来。

"云飞，我不是这个意思，你何必说得这么绝情！"

云飞仰天大笑，泪盈于眶。

"绝情？今天你对我说的每一个字，每一个指责，每一个结论，以至你的决定，加起来的分量，岂止一个'绝情'？是几千几万个'绝情'！是你斩断了父子之情，是你斩断了我对展家最后的眷恋！我早就说过，我并不在乎姓展！现在，我们两个都可以解脱了！谢谢你！我走了！"

云飞转身就走，祖望的心痛被他这种态度刺激，完全消失了。取而代之的，是气不打一处来。

"你这是什么态度？你回来！我话还没有说完……"

云飞站住，回身，眼神凄厉。

"你没有说完的话，还是保留起来比较好，免得我们彼此伤害更深！再见了！你有云翔'承欢膝下'，最好多多珍重！"

云飞说完，打开房门，头也不回地大步而去。

祖望大怒："哪儿有你这样的儿子，连一句好听的话都没有！简直个冷血动物！你有种，就永远别说你姓展！"

云飞怔了一下，一甩头，走了。

云飞直接回到自己的房间，开始收拾自己的东西。梦娴追着他，一伸手抓住他的手腕，急急地说："到底是怎么回事？我有一肚子的话要问你，为什么和云翔闹得这样严重？这些天，你人在那里？听说雨凤搬家了，搬到哪里去了？是不是和云翔有关？"

云飞带着悲愤，激动地一回头，说："娘，对不起，我又让你操心了！云翔的事，你了解我的，只要我能忍，我一定忍了！可是，他那么坏，坏到骨子里，实在让人没办法忍下去。我本来不想说，但是你一定会不安心……娘，他去萧家捆绑了雨鹃和两个小的，打伤两个大的，还差点强暴了雨凤！"

梦娴和齐妈，双双大惊失色。

"幸亏雨凤枕头下面藏着一把匕首，她拼了命，保全了她和雨鹃的清白……可是，在挣扎打斗中，弄得全身都是伤，割破二十几个地方，被打得满脸青青紫紫，雨鹃也是。两个小的吓得魂飞魄散！"他看着梦娴，涨红了眼眶，"我真的想杀掉云翔！如果他再敢碰她们，我绝对杀掉他！即使我要因此坐牢、上断头台，我都认了！"

梦娴心惊胆战，感到匪夷所思。

"云翔……他为什么要这样做呢？他有天虹，他要姑娘，什么样的都可以要得到，他为什么要这样做？"

"他根本就是一个疯子，完全不能以常理去推测！就像他要天虹一样！他不爱天虹，就因为天虹心里有我，他不服气，就非娶到不可！娶了，他也不珍惜了！欺负雨凤，明明就是冲着我来的！最可恶的就是这一点！哪儿有这样的弟弟呢？爹居然还维护着他，在两个儿子里做了一个选择，赶我走！娘，请你原谅我，我和展家已经恩断义绝了！"就回头喊，"阿超，你去把我的书、字画、抽屉里的文稿，通通收拾起来！再去检查一下，有什么我的私人物品，全部给我打包！"

"是！"阿超就去书桌前，收拾东西。

梦娴急得心神大乱，追在云飞后面喊："怎么会这样呢？云飞，你不要这样激动嘛，你等一下，我去跟你爹谈，你们父子之间一定有误会，你爹不可能要赶你走！我绝对不相信，你们两个就是这样，每次都是越说越僵！齐妈……把他的衣服挂回去！"

齐妈走过去，拉住云飞手里的衣服。

"大少爷，你不要又让你娘着急！"

云飞夺下齐妈手里的衣服，丢进皮箱里。

"齐妈，以后不要叫我大少爷，我姓苏，叫慕白，你喊我慕白就可以了！大少爷在我生命里已经不存在了，在你们生命里也不存在了！"他转头深深地看梦娴，沉痛而真挚地说，"娘！在爹跟我说过那些话之后，我绝对不可能再留下来了！但是，你并没有失去我，我还是你的儿子！"他走到书桌前，写了一个地址交给她，"这是我塘口的地址，房子虽然不豪华，但是很温暖。现在一切乱糟糟的，还没就绪，等到就绪了，我接你一起住！我跟你保证，你会有一个比现在强一百倍的家！"

梦娴眼泪汪汪。

"但是，我是展家人啊！我怎么离得开展家呢？"

云飞握住她的双臂，用力地摇了摇，坚定地说："不要难过，坚强一点儿！如果你难过，会让我走得好痛苦！我的生命里，痛苦已经太多，我不要再痛苦下去！娘，为我高兴一点儿吧！这一走，解决了我所有的问题，不用再和云翔共处，不用去继承爹那些事业，对我真的是一种解脱。何况，我还有心爱的人朝夕相伴……你仔细想一想，就不会难过了！你应该欢喜才是！"

梦娴凝视他，眼泪滚了出来。

"我懂了。这次，我不留你了！"她握紧手里的地址，"答应我，在我有生之日，你不离开桐城！让我在想见你的时候，随时可以去看你！"

云飞郑重地点头。

"我答应！"

　　母子深深互视，千言万语都在无言中了。

　　就这样，云飞和阿超带着一车子的箱子、字画、书籍、杂物回到塘口的新家。

　　雨凤、雨鹃、小三、小五都奔出来。雨凤看到他们两个就惊喜交集，不住看云飞的脸、云飞的手。

　　"你回来了！好好的吗？有没有跟人打架？怎么去了那么久？我担心得不得了！"

　　阿超往雨鹃面前一站，惭愧地、抱歉地说："雨鹃，对不起，我没能帮你报仇，因为，天虹小姐给我跪下来了，她一直磕头一直拜我，我受不了这个！天虹小姐对我有恩，以前冒险偷钥匙救我，她一跪，我就没辙了！"

　　雨鹃明白了，大大地松了一口气，竟然欢呼起来："你们全身而回，我们就谢天谢地了！那个仇暂时搁下吧！"

　　小三好奇地看着那些箱子。

　　"慕白大哥！你们以后都住这儿，不会离开了，是不是？"

　　"是！"云飞看看雨凤和雨鹃，"我现在只有一个家，就是这儿！我现在只有一个名字，就是苏慕白！我不离开这儿，除非跟你们一起离开！"

　　小五跑过去，把他一抱，兴奋地大叫："哇！我好高兴啊！以后，再也不怕那个魔鬼了！"

　　雨凤疑惑地看着他，心里有些明白了。云飞带着沉痛，带着自责，说："我想为你们讨回一点公道，但是我发现，在展家根本没有'公道'这两个字！我想给那个夜鸮一点惩罚，结果，我发现，我实在很软弱，我不是一个狠角色，心狠手辣的事我就是做不下去！我觉得很沮丧，对不起你！”

雨凤眼眶一热，泪盈于眶，喊着："别傻了！我只要你好好的，别无所求！你的命跟展夜鸮的命怎么能相提并论？如果你杀了他，我也不会有什么好处，但是，你有一丁点儿的伤痛，我就会有很大很大的伤痛！请你为了我，不要受到伤害，就是你宠我疼我了！”

"是吗？”

雨凤拼命点头。

"你出门的时候，我知道你会回去找他算账，我就想拦你，想阻止你！可是，我知道那是你的家，你迟早要回去，也迟早要面对他！我无法把你从那个家庭里连根拔起，我也没办法阻止你去找他！可是，从你离开，我就心惊肉跳！现在看到你平安回来，我已经太感恩了！你所谓的软弱，正是你最难能可贵的地方，善良和柔软绝对不是罪恶！请你为我软弱一点儿吧！”

云飞激动地握住了她的手。

"上苍给了我一个你，这么知我解我，我还有什么可怨可恨呢？从此，为你死心塌地当苏慕白！再也没有展云飞了！”

苍天有泪

贰拾贰

TWENTY-TWO

云飞和雨凤相对凝视，都有"终于有这一天"的感觉，幸福已经握在手里了。

　　云飞带回来的东西里，百分之八十都是书。还好，这新租的房子里有一间现成的书房。这天下午，阿超忙着把云飞的书本搬进房。雨鹃帮忙，把大沓大沓的书拿到书架上去。两人一边收拾，一边谈话："这么说，慕白和展家是恩断义绝了！"

　　"是！大少爷说……"

　　"你这声大少爷也可以省省了吧！"

　　"我真的会给你们弄疯掉，叫了十几年的称呼，怎么改？"阿超抓抓头。

　　"好了，他说什么？"

　　"他说，要出去找工作。我觉得，我找工作还比他容易一点！什么劳力的事，体力的事，我都能做。他最好还是写他的文章，念他的书比较好！"

　　雨鹃愣了愣，深思起来。

　　"我们现在加起来，有七个人要吃饭呢！从今天起，要节省用钱了！不能再随便浪费了！你看，我就说不要那么快辞掉待月楼的工作，你们就逼着我马上去说！"

　　"如果我们两个大男人，养活不了你们，还要你们去唱曲为生的话，我和大少爷就去跳河算了！"

　　雨鹃低头，若有所思。心里一直萦绕着的念头已经成了"决定"。

"阿超，我有话跟你说！"

"你说！"

雨鹃正视着他，看到他一脸的正直，满眼的信赖，心里一酸。

"我想……我想……"她支支吾吾，说不出口。

"你想什么？快说呀！我可是个急脾气！"他着急地喊，有些担心了。

雨鹃心一横，坚定地说出来："我想，我还是嫁给郑老板！"

阿超大震，抬头看她，瞪大眼睛叫："什么？"

她注视着他，婉转地，柔声地说："你听我说，自从我们被展夜鸮欺负，雨凤又差点儿病得糊涂掉，我就觉得，我们这个家真的需要有力的人来照顾！现在，慕白和展家决裂了，等于也和展家对立了！如果我再拒绝郑老板，我们就是把'城南''城北'一起得罪了！想我们小小的一个萧家，在桐城树下这么庞大的两个敌人，以后的日子要怎么过？我绝对不能让雨凤、小三、小四、小五再经历任何打击！现在，只要牺牲我自己，就可以换得全家的平安和保护……我，决定这么做了！"

"你说你'决定'了？"

"是！我想来想去，别无选择！"

阿超呆了片刻，把手里的一摞书用力地掷在地上，发出好大的响声。然后，他一甩头，往房外就走。

雨鹃跑过去，飞快地拦住他，柔肠寸断，委屈地说："不要发脾气，你想一想我说得有没有道理？这样的决定，我的心也很痛，也很无可奈何，我们真的不能再得罪郑老板……再说，我跟了他，你们要找工作要生存，就容易多了！他是敌还是友，对我们太重要了！我是顾全大局不得已呀，你要体谅我！"

阿超大受打击，雨鹃这个决定粉碎了他所有梦想，打碎了他男性的自尊。他哑声地、愤怒地喊："反正，你的意思就是说，我没有力量保护你们，我不是'有力'的人，我没权没势又没钱，你宁愿做他的小老婆也不愿意跟我！既然如此，何必招惹我，何必开我的玩笑呢？我早就知道自己'配不上'嘛！本来，根本不会做这种梦！"

阿超说完，把她用力一推，她站不稳，跌坐于地。他看也不看，夺门而去了。

雨鹃怔住，满眼泪水，满心伤痛。

然后，她听到后院里，传来劈柴的声音，一声又一声，急急促促，乒乒乓乓。她关着房门，关不掉那个劈柴的声音。她躲在房里，思前想后，心碎肠断。当那劈柴的声音持续了一个小时，她再也忍不住了，跑到后院里一看，满院子都是劈好的柴，阿超光着胳臂，还在用力地劈，劈得满头大汗。他头也不抬，好像要把全身的力气都劈碎在那堆木柴里。她看着，内心绞痛，大叫："阿超！"

他继续劈柴，完全不理。

她再喊："阿超！你劈这么多柴干什么？够用一年了！"

他还是不理，劈得更加用力了。她一急，委屈地喊："你预备这一辈子都不理我了，是不是？"

他不抬头，不说话，只是拼命地劈柴，斧头越举越高，落下越重越狠。

她再用力大喊："阿超！"

他只当听不见。

她没辙了，心里又急又痛，跑过去一屁股坐在木桩上。阿超的斧头正劈下来，一看，大惊，硬生生把斧头歪向一边，险险地劈在她身边的那堆木柴上。阿超这一下吓坏了，苍白着脸，抬起头来。

"你不要命了吗？"

"你既然不理我，你就劈死我算了！"

他瞪着她，汗水滴落，呼吸急促。

"你要我怎么理你？当你'决定'一件事情的时候，你就这么'决定'了，好像我跟这个'决定'完全无关！你根本没有把我放在眼睛里！没有把我放在心里！你说了一大堆理由，就是说我太没用，太没分量！我本来就没有'城南'，又没有'城北'，连'城角落''城边边'都没有！你堵得我一句话都说不出来！还叫我怎么理你？"

雨鹃含泪而笑。

"你现在不是说了一大堆吗？"

阿超一气，又去拿斧头。

"你走开！"

她坐在那儿，纹丝不动。

"我不走！你劈我好了！"

阿超把斧头用力一摔，气得大吼："你到底要干什么？"

她奔过去，把他拦腰一抱，把面颊紧贴在他汗湿的胸口，热情奔放地喊着："阿超！我要告诉你！我这一生除了你，没有爱过任何男人！我好想好想跟你在一起，像雨凤跟慕白一样！我从来没有跟你开过玩笑，我的心事天知地知！对我来说，和你在一起，代表的是和雨凤、小三、小四、小五、慕白都在一起，这种梦、这种画面、这种生活，有什么东西可以取代呢？"

"既然如此，你为什么还要做那个荒唐的'决定'？你宁可舍弃你的幸福，去向强权低头吗？"

"今天，我做这样的决定，实在有千千万万个不得已！你心平气和的时候，想想我说的话吧！我们现在，是生活在一个强权的社会里！不低头就要付出惨痛的代价！一个展夜鸦，已经把我们全家弄得凄凄惨惨，你还要加一个郑老板吗？我们真的得罪不起。"她痛苦地说。

阿超咽了口气。

"我去跟大少爷说，我们全体逃走吧，离开桐城，我们到南方去！以前，我和大少爷在那边，即使受过苦，从来没有受过伤！"

"我这番心事，只告诉你，你千万不要告诉雨凤和慕白，否则，他们拼了命也不会让我嫁郑老板！我跟你说，去南方这条路我已经想过，那是行不通的！"

"怎么行不通？为什么行不通？"

"那会拖垮慕白的！我们这么多人，一大家子，在桐城生活都很难了，去了南方，万一活不下去要怎么办？现在，不是四五年前那样，只有你们两个，可以到处流浪，四海为家！我们需要安定的生活，小四要上学，小五自从烧伤后身体就不好，禁不起车啊船啊的折腾！再说，这儿到底是我们生长的地方，要我们走，可能大家都舍不得！何况，清明节的时候，谁给爹娘扫墓呢？"

"那……我去跟郑老板说，让他放掉你！"

她吓了一大跳，急忙喊："不要不要！你不要再树敌了，你有什么立场去找郑老板呢？你会把事情弄得更加复杂……再说，这是我跟郑老板的事，你不要插手！"

他一咬牙，生气地嚷："这么说，你是嫁定了郑老板？"

她的泪，扑簌滚落。

"不管我嫁谁，我会爱你一辈子！"

她说完，放开他，奔进房里去了。

阿超呆呆地站着，半晌不动。然后大吼一声，对着那堆木柴，又踢又端，木柴给他踢得满院都是，乒乒乓乓。然后，他抓起斧头，继续劈柴。

吃晚饭的时候，雨鹃和阿超一个从卧室出来，一个从后院过来，两人的神色都不对。雨鹃眼圈红红的，阿超满头满身的汗。

云飞奇怪地看着阿超："怎么一个下午都听到你在劈柴，你干吗劈那么多柴？"

"是啊！我放学回来，看到整个后院堆满了柴！你准备过冬了吗？"小四问。

"反正每天要用，多劈一点儿！"阿超闷闷地说。

雨鹃看他一眼，低着头扒饭。

阿超端起饭碗，心中一阵烦躁，把碗一放，站起身说："你们吃，我不饿！我还是劈柴去！"说完，转身就回到后院去了。

雨凤和云飞面面相觑，小三、小四、小五惊奇不已。劈柴的声音一下一下地传来。

"他哪里找来这么多的柴？劈不完吗？"云飞问。

"他劈完了，就跑出去买！已经买了三趟，大概把这附近所有的柴火都买来了！"小三说。

雨凤不解，看雨鹃。

"他发疯了吗？今天是'劈柴日'还是怎么的？"

雨鹃把饭碗往桌上一放，站起身来，眼圈一红，哽咽地说："他跟我怄气，不能劈我，只好劈柴！我也不吃了！"

"他为什么跟你怄气呢？"雨凤惊问。

雨鹃大声地喊："因为我告诉他，我已经决定嫁郑老板了！"喊完，就奔进卧室去了。

满屋子的人全体呆住了，大家你看我我看你。雨凤就跳起身子，追着雨鹃跑进去，她一把拉住她，急急地、激动地问："什么叫作你已经决定嫁给郑老板了？你为什么这样骗他？"

"我没有骗他，我真的决定了！"雨鹃瞪大眼，痛楚地说。

"为什么？你不是爱阿超吗？"

"爱一个人并不一定要嫁这个人！"

"你这说的是什么话？怎么回事？你为什么突然做这样的决定？阿超得罪你了吗？你们闹别扭吗？"雨凤好着急。

"没有！我们没有闹别扭，我也不是负气，我已经想了好多天才做的决定！就是这样了，我放弃阿超，决定嫁郑老板！"

雨凤越听越急，气急败坏。

"你不要傻！婚姻是终身大事，那个郑老板已经有好多太太了，还有一个金银花！这么复杂，你根本应付不了的！阿超对你是真心真意的，你这样选择，会让我们大家都太失望、太难过了！不可以！雨鹃，真的不可以！我不同意！我想，小三、小四、小五都不会同意，你赶快打消这个念头吧！"

"婚姻是我自己的事，你们谁也管不着我！"

"你不是真心要嫁郑老板，你一定有什么原因！"雨凤绕室徘徊，想了想，"我知道了，你还是为了报仇！你看到阿超和慕白从展家回来，没有杀掉展夜枭，你就不平衡了！你认为，只有郑老板才能报这个仇！"

雨鹃垂着眼帘，僵硬地回答："或者吧！"

雨凤往她面前一站，盯着她的眼睛，仔细看了她片刻，体会出来了，哑声地说："我懂了！你想保护我们大家！你怕再得罪一个郑老板，我们大家就无路可走了，是不是？那天你去待月楼辞掉工作，金银花一定跟你说了什么。如果你想牺牲自己来保护我们，你就大错特错了！你想，你做这样痛苦的选择，我们六个人还能安心过日子吗？"

雨鹃被说中心事，头一撇，掉头就去看窗子，冷冷地说："不要乱猜，根本不是这样！我只是受够了，我不想再过这种苦日子，郑老板可以给我荣华富贵，我就是要荣华富贵！你们谁也别劝我，生命是我自己的，婚姻更是我自己的！我高兴嫁谁就嫁谁！"

雨凤瞪着她，难过极了，闷声不吭。

这天晚上，家里没有人笑得出来，小三、小四、小五都在生气。雨鹃闭门不出，云飞和雨凤相对无言。而阿超，居然劈了一整夜的柴。

第二天，雨鹃和郑老板，在待月楼的后台见面了。

金银花放下茶，满面春风地对郑老板和雨鹃一笑，说："你们慢慢谈，我已经关照过了，没有人会来打搅你们的！"

郑老板对金银花微微一笑，金银花就转身出去了。

雨鹃坐在椅子里，十分局促，手脚都不知道该往哪儿放，一副心事重重的样子。郑老板眼光深沉而锐利地看着她。

"你都考虑好了？答案怎样？是愿意还是不愿意？"他开门见山地问。

雨鹃抬眼看他，真是愁肠百结。

"如果我跟了你，你会照顾我们全家，包括慕白在内？慕白为了雨凤，已经被展祖望赶出大门，断绝了父子关系，他现在是苏慕白，不是展云飞了！你会保护他们，是不是？你不会让展夜鸮再欺负他们，是不是？"她问。

郑老板仔细看她，眼神深邃而锐利。

"哦？展祖望和云飞断绝了父子关系？"

雨鹃点头。

郑老板就郑重地承诺了："是！我会保护他们，照顾他们！绝对不让展家再伤害他们！至于展夜鸮，我知道你的心事，我们慢慢处理，一定让你满意！"

"那么，你答应了我！"她盯着他。

"我答应了你！"他也盯着她。

雨鹃眼泪掉落下来，哽咽地说："那么，我也答应了你！"

郑老板用手托起她的下巴，深深地注视着她的眼睛。那炯炯的眸子，似乎要穿透她，看进她灵魂深处去。

"你是第一个答应嫁我，却在掉眼泪的女人！"他沉吟地说。

她把头一歪，挣脱了他的手，要擦眼泪，眼泪却掉得更多了。

他静静地看着她，很从容地问："你为什么答应嫁我？你喜欢我吗？"

她擦擦泪，整理着自己凌乱的思绪，说："我很喜欢你，自从认识你，就很崇拜你、尊敬你，觉得你很了不起，是个英雄，是个'人物'！真的！"

郑老板深为动容，更加深思起来。

"你说得很好听！"他忽然神色一正，"好吧！告诉我，你心里是不是已经有别人了？那个人是谁？"

雨鹃一惊。

"我没有说……我心里有别人……"

他沉着地看着她，冷静地问："和雨凤一样，你们都喜欢了同一个人，是不是？"

"不是不是，绝对不是！"她急忙喊。

"那么，是谁？"他盯着她，"不要告诉我根本没有这个人，我不喜欢被欺骗！我对于我要娶的女人，一定要弄得清清楚楚！说吧！"

她摇摇头，不敢说。

他命令地："说吧！不用怕我！我眼里的雨鹃是天不怕地不怕的！"

"现在的我不是这样，现在的我怕很多东西！"

"也怕我？"

"是。"

他看了她好一会儿，温和地说："不用怕我，说吧！"

她不得不说了，嗫嚅片刻，才说出口："是……是……是阿超！"

他一个震动，满脸的恍然大悟。好半天他都没有说话。然后，他站起身，在室内来回踱步，不住地看她，深思着。

她有点着急，有点害怕，后悔自己说出口，轻声地说："你不能对他不利，他已经是我们家的一分子，你答应要保护我的家人，就包括他在内！"

他停在她面前，双眼灼灼有神，凝视着她。

"你刚刚说你崇拜我，尊敬我，说我是个'英雄''人物'什么的！说得我心里好舒服。你想，我被你这样'尊敬'着，我还能夺人所爱吗？"

她震动极了，抬起头来，睁大眼睛看着他，简直不相信自己听到的。

他微笑起来。"我真的好喜欢你，好想把你娶回家当老婆，但是，我不能娶一个心里有别人的女人，我有三个老婆，她们心里都只有我！我喜欢这种'唯一'的感觉！既然如此，我的提议就作罢了！"

她的眼睛睁得更大了，不知道他有没有生气，怀疑地看着他。

"你……你……生气了？"

他哈哈大笑了。

"你放心！那么容易生气，还算什么男人！至于我承诺你的那些保护，那些照顾，也一定实行！你和雨凤，在待月楼唱了这么久的曲，我早就把你们当成自己人，谁要招惹你们就是招惹我！你们的事，我是管定了！"

雨鹃喜出望外，喊："真的？你不会生我气？不会对我们不利……"

他眉头一皱，沉声说："你以为，每个人都是展云翔吗？"

她大喜，眼泪又涌出眼眶。

他摇摇头。

"这么爱哭，真不像我认识的雨鹃！让我坦白告诉你吧，今天早上，你那个阿超来找我，对我说，要娶你的话，应该弄清楚你真正爱的是谁！否则，搞不好你睡梦里会叫别人的名字！撂下这句话，人就走了！我当时还真有点儿糊涂，现在，全明白了！你回去告诉他，我敬他是条汉子，敢来对我说这句话，所以我把你让给他了！将来他如果让你受委屈，我一定不饶他！"

雨鹃惊愕极了，看着他，小小声地问："他来找过你？"

"是啊！当时，我还以为他是为展云飞来出头呢！"

她惊喜地凝视他。半晌，才激动地跳起身，对他一躬到地，大喊："我就知道你好伟大！是个英雄，是个人物！谢谢你成全！"

他看着欣喜若狂的她，虽然若有所失，却潇洒地笑了。

"好说好说！大帽子扣得我动都动不了！想想我比你大了二十几岁，当不成夫妻，就收你们两个做干女儿吧！"

雨鹃心服口服，立刻往他面前一跪，大声喊："干爹！我会永远感激你，孝顺你！"

"这声干爹，倒叫得挺干脆！"他笑着说。忽然，脸色一正，神态变得严肃了，"现在，好好地坐下来，你们为什么匆匆忙忙搬家，受了什么委屈？现在是什么情况？雨凤和云飞，你和阿超，以后预备怎么办？所有的事情，都跟我仔细说说！把我当成真正的自己人吧！"

她又是感激，又是感动，心悦诚服地回答："是！"

和郑老板见完面，雨鹃骑着脚踏车，飞快地回到家里。停好车子，她从花园里直奔进客厅，大声地喊："阿超！阿超……阿超……你给我出来！我有话问你！"

全家人都惊动了，大家都跑了出来，阿超跟在最后面，一副爱理不理的样子。雨鹃就一直冲到他面前站住，故意鼓着腮帮子，气呼呼地嚷："你早上出去干了什么好事？你说！"

阿超恨恨地回答："我干什么事要跟你报备吗？你管不着！"

雨鹃瞪大眼，对他大喊："什么叫我管不着？如果你这样说，以后，我就什么事都不管你，你别后悔！"

"奇怪了，以后，我还要劳驾你郑家四姨太来管我，我是犯贱还是有病？你放心，我还不至于那么没出息！"阿超越想越气，大声说。

雨鹃的眼睛瞪得更大，骂着说："什么郑家四姨太？郑家四姨太已经被你破坏得干干净净了！你跑去跟人家说，要人家弄清楚我心里有谁，免得娶回去夜里做梦叫别人的名字！你好大胆子！好有把握！你怎么知道我夜里会叫别人的名字？你说你说！"

云飞大惊，看阿超，问："你去找了郑老板？"

阿超气呼呼地瞪大眼，咬牙说："我找了！怎么样？我说了！怎么样？毙了我吗？"

雨鹃目不转睛地盯着他。

"你找了，你说了！你就要负责任！"

阿超气极了，一挺背脊。

"负什么责任？怎么负责任？反正话是我说的，你要怎么样？"

雨鹃不忍再逗他了，挑着眉毛，带着笑大喊："现在人家不要我了，四姨太也当不成了，你再不负我的责任，谁负？我现在只好赖定你了！"

阿超听得糊里糊涂，一时间还弄不清楚状况，愕然地说："啊？"

雨凤听出名堂来了，奔过去抓住雨鹃的手，摇着，叫着："你不嫁郑老板了，是不是？你跟郑老板谈过了，他怎么说？难道他放过了你？赶快告诉我们是怎么回事？别卖关子了！"

雨鹃又是笑又含泪，指着阿超，对雨凤和云飞说："这个疯子把我的底牌都掀了，人家郑老板是何等人物，还会要一个另有所爱的女人吗？所以，郑老板要我告诉阿超，他不要我了，他把我让给他了！"

雨凤还来不及说话，小三跑过去抱住雨鹃，大声地欢呼："万岁！"

小五跟着跑过去，也抱着雨鹃大叫："万万岁！"

云飞笑了，一巴掌拍在阿超肩上。

"阿超，发什么愣？你没话可说吗？"

阿超瞪着雨鹃，看了好一会儿，忽然，一掉头就对后院冲去。

"他去哪里？"雨凤惊愕地问。

后院，传来一声声劈柴的声音。

云飞又好气，又好笑，说："这个疯子，失意的时候要劈柴，得意的时候也要劈柴，以后，我们家里的柴，大概用几辈子都用不完！"

"他这种表达感情的方式，你怎么受得了？"雨凤笑着看雨鹃。

雨鹃笑了，追着阿超奔进后院去。后院，已经有了堆积如山的木柴。阿超还在那儿劈柴，一面劈，一面情不自禁地傻笑。她站住，瞅着他。

"人家生气，都关着房门生闷气。你生气，劈了一夜的柴，闹得要死！人家高兴，总会说几句好听的，你又在这儿劈柴，还是闹得要死！你怎么跟别人都不一样？"她问。

他把斧头一丢，转身把她一把抱住。

"都跟别人不一样，你干吗单单喜欢我？"

她急忙挣扎。

"你做什么？等会儿给小三、小四、小五看见！多不好意思，赶快放手！"

"管他好不好意思，顾不得了！"他抱紧她，不肯松手。

小三、小四和小五早就站在房间通后院的门口看，这时，大家笑嘻嘻地齐声念："阿超哥，骑白马，一骑骑到丈人家，大姨子扯，二姨子拉，拉拉扯扯忙坐下，风吹帘，看见了她，白白的牙儿黑头发，歪歪地戴朵玫瑰花，罢罢罢，回家卖田卖地，娶了她吧！"

阿超放开雨鹃，对三个孩子大吼一声："你们没事做吗？"

小三、小四、小五笑成一团。

雨鹃笑了，阿超笑了，站在窗口看的雨凤和云飞也笑了。

这天晚上，几个小的睡着了，雨凤、云飞、雨鹃、阿超还在灯下谈心。

雨鹃看着大家，带着一脸的感动，正经地说："今天，我和郑老板谈了很多，我把什么事都告诉他了。我现在才知道真正做大事业的人，是怎样的。不是比权势，而是比胸襟！'城北'和'城南'真的不可同日而语！"说着，看了云飞一眼，"抱歉！不得不说！"

云飞苦笑。

"不用跟我抱歉，'城南'和我一点关系都没有，我姓苏！"

雨鹃看着雨凤，又继续说："郑老板说，我们姐妹两个在待月楼唱了这么久的歌，等于是自己人了。他知道你要和慕白结婚，马上把金银花找来，翻着黄历帮你们挑日子！最接近的好日子是下个月初六！郑老板问你们两个的意思怎样？因为我们现在没娘家，郑老板说，待月楼就是娘家，要把你从待月楼嫁出去，他说，所有费用是他的，要给你一个风风光光的婚礼！白天迎娶，晚上，他要你们'脱俗'一下，新郎新娘全体出席，在待月楼大宴宾客！"

雨凤怔着，云飞一阵愕然。

"这样好吗？"云飞看雨凤，"我们会不会欠下一个大人情？将来用什么还？"

"郑老板说了，雨凤既然嫁到苏家，和展家无关！"雨鹃接口，看云飞，"他希望你不要见外！他说，我们受了很多委屈，结婚，不能再委屈了！"

雨凤看雨鹃。

"那么你呢？要不然，我们就同一天结婚好了！难道还要办两次？"

阿超急忙说："不不不！我跟雨鹃马马虎虎就好了！选一个日子，拜一下堂就结了，千万不要同一天！雨鹃是妹妹，你是姐姐，不一样！"

雨鹃瞪了阿超一眼。

"我看，我们干脆连拜堂都免了吧！多麻烦！"

"是啊，这样最好……"阿超看到雨鹃脸色不对，慌忙改口，"那……你要怎样？也要吹吹打打吗？"

"那当然！"雨鹃大声说，"一辈子就这么一次，可以坐花轿，吹吹打打，热热闹闹，我连和雨凤同一天都觉得不过瘾，我就要办两次！"

"我累了！"阿超抓抓头。

雨鹃一笑，看向雨凤。

"我本来也说办一次，郑老板和金银花都说不好，又不是外国，办集体结婚！我也觉得，你们两个应该有一个单独而盛大的婚礼，主要是让桐城'南南北北'都知道你们结婚了！郑老板还说，不能因为慕白离开了展家，就让婚礼逊色了！一定要办得风风光光，有声有色。所以，我就晚一点儿吧！何况，这个阿超，我看他对我挺没耐心的，我要不要嫁，还是一个问题！"

"我真的累了！"阿超叽咕着。

雨凤心动了，看云飞。

"你怎么说呢？觉得不好吗？我以你的意见为意见！"

云飞深深地看雨凤，看了半晌，郑重地一点头。

"人家为我们想得如此周到，我的处境、你的名誉，都考虑进去了！我还有什么话可说？就这么办吧！"

雨鹃高兴地笑开了。

"好了，要办喜事了！我们明天起，就要把这个房子整理整理、布置布置，要做新房，总要弄得像样一点儿！阿超，我们恐怕有一大堆事要忙呢！"

阿超对雨鹃笑，此时此刻，对雨鹃是真的心悦诚服、又敬又爱，大声地说："你交代，我做事，就对了！"

云飞和雨凤相对凝视，都有"终于有这一天"的感觉，幸福已经握在手里了。两人唇边，都漾起"有些辛酸，无限甜蜜"的微笑。雨凤把手伸给云飞，云飞就紧紧地握住了。

苍天有泪

贰拾叁

TWENTY-THREE

这个家，到底是怎么回事？怎么会这样分崩离析，问题重重呢？

这天，梦娴带着齐妈，还有一大车的衣服器皿、食物药材来到云飞那塘口的新家。最让云飞和萧家姐妹意外的，是还有一个人同来，那人竟是天虹！

云飞和雨凤双双奔到门口来迎接，云飞看着母亲激动不已，看到天虹惊奇不已，一迭连声地说："真是太意外了！天虹，你怎么也来了？"

"我知道大娘要来看你们，就苦苦哀求她带我来，她没办法，只好带我来了！"天虹说，眼光不由自主地看向雨凤。

"伯母！"雨凤忙对梦娴行礼。

云飞介绍着："雨凤，这就是天虹！"又对天虹说，"这是雨凤！"

天虹和雨凤，彼此深深地看了一眼。这一眼，只有她们两个，才知道里面有多少的含意，超过了语言，超过了任何交会。

大家进到客厅，客厅里已经布置得喜气洋洋。所有的墙角都挂着红色的彩球，所有的窗棂都挂满彩带。到处悬着红色的剪纸，贴着"囍"字。梦娴和天虹看着，不能不深刻地感染了那份喜气。

雨鹃带着两个妹妹忙着奉茶。

大家一坐定，云飞就忍不住，急急地说："娘！你来得正好！我和雨凤，下个月初六结婚。新房就在这里，待月楼算是雨凤的娘家，我去待月楼迎娶。我希望，你能够来一趟，让我们拜见高堂。"

梦娴震动极了。

“初六结婚？太好了！”她看着两人问，“我可以来吗？”

“娘！你说的什么话？”

“我看到你们门口，挂着'苏寓'的牌子，不知道你们要不要我来？”

云飞激动地说：“不管我姓什么，你都是我的娘！你如果不来，我和雨凤都会很难过很失望，我们全心全意祈求你来！我就怕你有顾虑，不愿意来！或者有人不让你来！”

“不管别人让不让我来，儿子总是儿子！媳妇总是媳妇！”

雨凤听到梦娴这样一说，眼眶里立刻盛满了泪，对梦娴歉然地说：“我好抱歉，把状况弄得这么复杂！我知道，一个有教养的媳妇，绝对不应该造成丈夫跟家庭的对立，可是，我就造成了！不知道是天意，还是命运，我注定是个不孝的媳妇！请您原谅我！”

梦娴把她的手紧紧一握，热情奔放地喊：“雨凤！别这样说，你已经够苦了！想到你的种种委屈，我心痛都来不及，你还这样说！”

雨凤一听，眼泪就落了下来。雨凤一落泪，梦娴就跟着落泪了。她们两个这样一落泪，云飞、齐妈、天虹、雨鹃都感动得一塌糊涂。

这时，阿超走进来，说：“东西搬完了！嚯，那么多，够我们吃一年、用一年！”

云飞就对梦娴正色地说：“娘，以后不要再给我送东西来，已经被赶出家门，不能再用家里的东西，免得别人说闲话！”

梦娴几乎是哀恳地看着他。

“你有你的骄傲，我有我的情不自禁呀！”

云飞无语了。

天虹看到阿超进来，就站起身子，对云飞和阿超深深一鞠躬。

“云飞，阿超，我特地来道谢！谢谢你们那天的仁慈！”她看雨凤，看雨鹃，忽然对大家跪下，诚挚已极地说："今天，我是一个不速之客，带着一百万个歉意和谢意来这里！我知道自己可能不受欢迎，可是，不来一趟，我睡都睡不安稳……"

雨凤大惊失色，急忙喊："起来，请起来！你是有喜的人，不要跪！"

云飞也急喊："天虹，这是干吗？你不需要为别人的过失动不动就下跪道歉！"

雨鹃忍不住插嘴了："我听阿超说过你怎样冒险救他，你的名字，在我们这儿，老早就是个熟悉的名字了！今天，展夜鹗的太太来我家，我会倒茶给你喝，把你当成朋友，是因为……所有'受害人'里，可能，你是最大的一个！"

天虹一个震动，深深地看了雨鹃一眼，低低地说："你们已经这么了解了，我相信，我要说的话，你们也都体会了！我不敢要求你们放下所有的仇恨，只希望，给他一个改过迁善的机会！以后，大家碰面的机会还很多……"她转头看云飞，看阿超，"还要请你们慈悲为怀！"

云飞叹了口气。

"天虹，你放心吧！只要他不再犯我们，我们也不会犯他了！你起来吧，好不好？"

齐妈走过去，扶起她。

云飞看着她。"我一直有一个疑问，非问你不可，他怎么会伤得那么严重？"

"哪儿有什么伤，那是骗爹的！"天虹坦白地回答。

"我就说有诈吧！那天，应该把他的绷带撕开的！"阿超击掌。

"总之，过去了，也就算了！天虹，你自己好好照顾自己吧！"云飞说。

天虹点点头，转眼看雨凤，忽然问："我可不可以单独跟你谈几句话？"

雨凤好惊讶。

"当然可以！"

雨凤就带着天虹走进卧室。

房门一关，两个女人就深深互视，彼此打量。然后，天虹就好诚恳好诚恳地说："我老早就想见你一面，一直没有机会。我出门不容易，今天见这一面，再见不知道是什么时候了！有一句心里的话，要跟你说！"

"请说！"

天虹的眼光诚挚温柔，声音真切，字字句句，充满感情。

"雨凤，你嫁了一个世界上最好的男人，他值得你终身付出，值得你依赖，你好好珍惜啊！"

"我会的！"雨凤十分震动，她盯着天虹，见她温婉美丽，高雅脱俗，不禁看呆了，"我听阿超说……"她停住，觉得有些碍口，改变了原先要说的话，"你们几个，是从小一块儿长大的……"

"阿超说，我喜欢云飞？"天虹坦率地接了口。

雨凤一怔，不知道该如何回答。

"不错！我好喜欢他！"天虹说，"我对他的感情，在展家不是秘密，几乎尽人皆知！今天坦白告诉你，只因为我好羡慕你！诚心诚意地恭喜你！他的一生，为感情受够了苦，我好高兴，这些苦难终于结束了！好高兴他在人海中寻寻觅觅终于找到了你！我想，我大概没有办法参加你们的婚礼，所以，请你接受我最诚恳的祝福！"

雨凤又惊讶又感动，不能不用另一种眼光看她。

"谢谢你！"

"如果是正常状态，我们算是妯娌。但是，现在，我是你们仇人的老婆！这种关系一天不结束，我们就不能往来。所以，虽然是第一次见

面，我也不怕你笑我，我就把内心深处的话全体说出来了！雨凤，好好
爱他，好好照顾他，他在感情上其实是很脆弱的！"

雨凤震撼极了，深深地凝视着她。

"你今天来对我说这些，我知道你鼓了多大的勇气，知道你来这一
趟，有多么艰难！我更加知道，你爱他有多么深刻！我不会辜负你的托
付，不会让你白跑这一趟！慕白每次提到你，都会叹气，充满了担忧和
无可奈何！你也要为了我们大家，照顾自己！你放心，不管我们多恨那
个人，恨到什么程度，我们已经学会不再迁怒别人，你瞧，我连慕白都
肯嫁了，不是吗？"天虹点头，仔细看雨凤。雨凤忍不住，也仔细看天
虹。两个女人之间，有种奇异的感情在流转。

"雨凤，我再说一句话，不知道你会不会把我当成疯子？"

"你尽管说！"

天虹眼中闪耀着光彩和期待，带着一种梦似的温柔，说："若干年以
后，会不会有这样一天？云翔已经改头换面，重新做人！云飞和他，兄弟
团圆。你带着你的孩子，我带着我的孩子，孩子们在花园里一起玩着，我
们在一起喝茶聊天，我们可以回忆很多事！可以笑谈今日的一切！"

雨凤看了她好一会儿。

"你这个想法，确实有一点天真！因为那个人，在我们姐妹身上，犯
下最不可原谅的错！几乎断绝了所有和解的可能！你说'改头换面'，
那是你的梦。不过……慕白在《生命之歌》里写了一句话：'人生因为有
爱，才变得美丽。人生因为有梦，才变得有希望。'我们，或许可以有这
样的梦吧！"

天虹热切地看她，低喊着："我没有白来这一趟，我没有白认识你！
让我们两个，为我们的下一代，努力让这个梦变为真实吧！"

雨凤不说话，带着巨大的震撼和巨大的感动，凝视着她。

当梦娴、齐妈、天虹离去以后，云飞实在按捺不住，好奇地问雨凤："你和天虹，关着房门，说些什么？"

"那是两个女人之间的谈话，不能告诉你！"

"哦？天虹骂我了吗？"

"你明知道天虹不会骂你，她那么崇拜你，你是她心目中最完美的偶像，她赞美你都来不及，怎么会骂你呢？"

"她赞美我吗？她说什么？"云飞更好奇。

雨凤看了他好一会儿，没说话。

他感觉有点奇怪："怎么了？为什么用这样的眼光看我？"

"你跟我说了映华的故事，为什么没有说天虹？"

"天虹是云翔的太太，没有什么好说的！"

"我觉得有点担心了。"她低低地说。

"担心什么？"

"从跟你交往以来，我都很自信，觉得自己挺了不起似的！后来听到映华的故事，知道在你生命里，曾有一个那样刻骨铭心的女人，让我深深地受到震撼。现在看到天虹，这么温婉动人，对你赞不绝口……我又震撼了！"她注视他，"你怎会让她从你生命里滑过去，让她嫁给别人，而没有把握住她？"

他认真地想了想，说："天虹对我的好，我不是没有感觉，起先，她对我而言，太小！后来，映华占去我整颗心，然后我离家出走，一去四年，她和我来不及发生任何故事，就这样擦肩而过……我想，上天一定对我的际遇另有安排。大概都是因为你吧！"

"我？"她惊愕地说，"我才认识你多久，怎么会影响到你以前的感情生活？"

"虽然我还没有遇到你，你却早已存在了！老天对我说，我必须等你长大，不能随便留情。我就这样等到今天，把好多机会，都一个个地错过了！"

"好多机会？你生命里还有其他的女人吗？你在南方的时候，有别的女人爱死你吗？"雨凤越听越惊。

他把她轻轻拥住。

"事实上，确实有。"

"哦？"

他对她微微一笑："好喜欢看你吃醋的样子！"他收起笑，"不开玩笑了！你问我天虹的事，我应该坦白答复你。天虹，是我辜负了她！如果我早知道我的辜负，会造成她嫁给云翔，造成她这么不幸的生活，当初，我大概会做其他的选择吧！总之，人没有办法战胜命运。她像是一个命定的悲剧，每次想到她的未来，我都会不寒而栗！幸好，她现在有孩子了，为了这个孩子，她变得又勇敢又坚强，她的难关大概已经渡过了！母爱，实在是一件好神奇，好伟大的东西！"

雨凤好感动，依偎着他。

"虽然我恨死了展夜鸮，可是，我却好喜欢天虹！我希望展夜鸮不幸，却希望天虹幸福，实在太矛盾了！"

云飞点头不语，深有同感。

雨凤想着天虹的"梦"，心里深深叹息。可怜的天虹，那个"梦"实在太难太难实现了。怪不得有"痴人说梦"这种成语，天虹，她真的是个"痴人"。

天虹并不知道，她去了一趟塘口，家里已经是"山雨欲来风满楼"了。

原来，云翔这一阵子心情实在烂透了。在家里装病装得快要真病了，憋得快要死掉了。这天，好不容易总算"病好了"，就穿了一件簇新的长袍，把头发梳得整整齐齐，兴匆匆准备出门去。谁知到了大门口，就被老罗拦住了。

"老爷交代，二少爷伤势还没全好，不能出门！"

云翔烦躁地挥挥手。

"我没事啦！都好了，你看！"他又动手又动脚，"哪儿有伤？好得很！你别拦着我的路，我快闷死了，出去走走！"

老罗没让，阿文过来了。

"二少爷，你还是回房休息吧！纪总管交代，要咱们保护着你！"

云翔抬眼一看，随从家丁们在面前站了一大排。他知道被软禁了，又气又无奈，跺着脚大骂："什么名堂嘛，简直小题大做，气死我了！"

他恨恨地折回房间，毛焦火辣地大呼小叫："天虹！天虹！天虹……死到哪里去了？"

丫头锦绣奔来。

"二少奶奶和太太一起去庙里上香了！她说很快就会回来！"

他一听，更是气不打一处来。

"和太太一起去的吗？"

"还有齐妈。"锦绣说。

"好了，知道了，出去吧！"

锦绣一出门，云翔就一脚对桌子踹去，差点把桌子踹翻。

"什么意思嘛！谁是她婆婆，永远弄不清楚！"他一屁股坐在桌前，生闷气，"居然软禁我！纪总管，你给我记着！总有一天，连你一起算账……"

门外，有轻轻的敲门声。丫头小莲捧着一个布包袱，走了进来。一副讨好的、神秘的样子，对他说："我找到一件东西，不知道该不该拿给二少爷看？也不知道该不该跟二少爷说！"

"什么事情鬼鬼祟祟？要说就说！"他没好气地嚷。

"今天，纪总管要我去大少爷房里，找找看有没有什么留下的单据账本……所以，太太她们出去以后，我就去了大少爷房里，结果，别的东西没找着，倒找到了这个……"她举举手里的包袱，"我想，这个不能拿去给纪总管看，就拿到您这儿来了……"

"什么东西？"云翔疑云顿起。

小莲打开包袱。

"是二少奶奶的披风，丢了好一阵子了！"

云翔一个箭步上前，抓起那件披风。是的，这是天虹的披风！他瞪大了眼睛看那件披风。

"天虹的披风！天虹的披风！居然在云飞房里！"他仰天大叫，"啊……"

小莲吓得跟跄后退。

天虹完全不知道，家里有一场暴风雨正等着她。她从塘口那个温馨的小天地，回到家里时，心里还涨满了感动和酸楚。一进大门，老罗就急匆匆地报告："二少奶奶，二少爷正到处找你呢！不知道干什么，急得不得了！"

天虹一听，丢下梦娴和齐妈，就急急忙忙进房来。

云翔阴沉沉地坐在桌子旁边，眼睛直直地瞪着房门口，看到她进来，那眼光就像两把锐利冰冷的利剑，对她直刺过来。她被这样的眼光逼得一退，慌张地说："对不起，上完香，陪大娘散散步，回来晚了！"

"你们去哪一个庙里上香？"他阴恻恻地问。

她没料到有此一问，就有些紧张起来。

"就是……就是常去的那个碧云寺。"

"碧云寺？怎么锦绣说是观音庙？"他提高了声音。

她一怔，张口结舌地说："观音庙？是……本来要去观音庙，后来……大娘说想去碧云寺，就……去了碧云寺。"

他瞪着她，突然之间，砰的一声，在桌上重重一锤。

"你为什么吞吞吐吐？你到底去了哪里？你老老实实告诉我！"

她吓了一大跳，又是心虚，又是害怕，勉强地解释："我跟大娘出去，能去哪里？你为什么要这样？"

他跳起身子，冲到她面前，大吼："大娘！大娘！你口口声声的大娘！你的婆婆不是'大娘'，是'小娘'！你一天到晚，不去我娘面前孝顺孝顺，跟着别人的娘转来转去！你是哪一根筋不对？还是故意要气我？"他伸手一把抓住她的手腕，压低声音，阴沉地问，"你去了哪里？"

"就是碧云寺嘛，你不信去问大娘！"

"还是'大娘'！你那个'大娘'当然帮着你！你们一条阵线，联合起来给我戴绿帽子，是不是？大娘掩饰你，让你去跟云飞私会，是不是？"

天虹大惊失色。

"你怎么可以说得这么难听？想得这么下流？你把我看成什么了？把大娘看成什么了？经过了这么多事情，你还说这种话，存着这种念头，将来，你让咱们的孩子怎么做人？"

"哦？你又抬出孩子来了！"他怪叫着，"自从怀了这个孩子，你就不可一世了！动不动就把孩子搬出来！孩子！孩子！"他对着她的脸大吼，"是谁的孩子，还搞不清楚！上次我抓到你跟云飞在一起，就知道有问题，让你们一阵狡赖给唬弄过去，现在，我绝对不会饶过你！你先说，今天去了哪里？"

"你又来了！你放开我！"她开始挣扎。

"放开你，让你好跑回娘家去求救吗？"他摇头，冷笑，"嘿嘿！我不会再犯同样的错误了！"

她着急、哀求地看着他：

"我没有对不起你！我没有做任何不守妇道的事，你一定要相信我！"

"你满嘴谎言，我为什么要相信你？老实告诉你，碧云寺、观音庙、天竺寺、兰若寺……我都叫锦绣和小莲去找过了！你们什么庙都没去过！"就对着她的脸大声一吼，"你是不是去见云飞了？你再不说，我就动手了！"

她害怕极了，逼不得已，招了。

"我是去看了云飞，但是，不是你想的那样……"

云翔一听此话，顿时怒发如狂，用力把她一摔，撕裂般地吼着："果然如此！果然如此！我已经变成全天下的笑话了！整个展家，大概只有我一个人还蒙在鼓里！你们居然如此明目张胆，简直不要脸！"

"我是去谢谢云飞和阿超，那天对你的宽容！我怕以后，你们免不了还会见面，希望他们答应我，不跟你为敌……"她急忙解释。

云翔听了，仰天狂笑。

"哈哈哈哈！说得真好听，原来都是为了我，去谢他们不杀之恩！去求他们手下留情！你以为我的生死大权，真的握在他们手里！好好好！就算我是白痴，脑袋瓜子有问题，会相信你这一套！那么，这是什么？"他打开抽屉，拿出那件披风，送到她的鼻子前面去，"你的披风，怎么会在云飞房里？"

她看着披风，有点迷惑。想了想，才想起来，这是救阿超那天，给阿超披的。但是，这话不能说！说了，他会把她杀死！她惊惶地抬头看他，只见他眼中杀气腾腾，顿时明白了，无论自己怎么解释，也解释不清了。于是，她跳起身子，就往门外逃。她这一逃，更加坐实了他的推断。他飞快地上前，咔啦一声把房门锁上了，两眼锐利如刀，寒冷如冰，身子向她逼近。

"我看你再往哪里逃？你这样不知羞耻，把我玩得团团转！和大娘她们结为一党，做些见不得人的事！你卑鄙，下流！你太可恶了！"

天虹看他逼过来，就一直退，退到屋角，退无可退。她看到他眼里的凶光，害怕极了，扑通一声跪下了，仰着脸含着泪发着抖说："云翔，我知道无论我怎么解释，你都不会相信我！虽然我清清白白，天地可表！但是，你的内心已经给我定了罪，我百口莫辩！现在，我不敢求你看在我的面子上，请看在我爹、我哥的面子上，放我一条生路！"她用双手护着肚子，"请你不要伤害孩子，我要他！我爱他……"

"真奇怪，你明明恨我，却这么爱这个孩子，为了他，你可以一再求我，下跪、磕头，无所不用其极！你这么爱这个孩子？啊？"他喊着，感到绿云罩顶，已经再无疑问了，心里的怒火，就熊熊地燃烧起来。

天虹泪流满面了。

"是！我的生命一点价值都没有，死不足惜！但是，孩子是你的骨肉啊！"

他突然爆发出一声撕裂般的狂叫："啊……我的骨肉！你还敢说这是我的骨肉！啊……"

他一面狂叫着，一面对她飞扑而下。她魂飞魄散，惨叫着："救命啊……"

她一把推开他，想逃，却哪里逃得掉？他涨红了脸，眼睛血红，额上青筋暴露，扑过来抓住她，就一阵疯狂地摇晃，继而拳打脚踢。她把自己缩成了一团，努力试着保护肚子里的胎儿，嘴里惨烈地哀号："爹……救命啊……救命啊……"

门外，祖望、纪总管、品慧、天尧、梦娴、齐妈……听到声音，分别从各个角落，飞奔而来。品慧尖声喊着："云翔！你别发疯啊！天虹肚子有我们展家的命根啊！你千万不要伤到她呀……"

天虹听到有人来了，就哭号着大喊："爹……救命啊！救命啊……"

门外，纪总管脸色惨白，扑在门上狂喊："云翔！你开门！请你千万不要伤害天虹……我求求你了……"

天尧用肩膀撞门，喊着："天虹！保护你自己，我们来了！"

天尧撞不开门，急死了。

祖望回头对家丁们吼："快把房门撞开！一起来！快！"

家丁们便冲上前去，合力撞门，房门砰然而开。

大家冲进门去，只见一屋子零乱，茶几倒了，花瓶茶杯，碎了一地。天虹蜷缩在一堆碎片之中，像个虾子一般，拼命用手抱着肚子。云翔伸着脚，还在往她身上踹。天尧一看，目眦尽裂，大吼："啊……你这个浑蛋！"

天尧扑过去，一拳打倒了云翔。云翔倒在地上喘气，天尧骑在他身上，用手勒住他的脖子，愤恨已极，大叫："我掐死你！我掐死你……"

品慧扑过去摇着天尧，尖叫："天尧！放手呀！你要勒死他了……"

纪总管冲到天虹身边，弯腰抱起她。只见她的脸色雪白如纸，而裙摆上，是一片殷红。纪总管肝胆俱裂，魂飞魄散。天虹还睁着一对惊恐至极的眼睛，看着他，衰弱地、小小声地、伤心地说："爹……孩子恐怕伤到了……"

纪总管心如刀绞，老泪一掉。

"我带你回家，马上请大夫！说不定……保得住……"他回头看天尧，急喊，"天尧！还不去请大夫……"

天尧放掉云翔，一跃而起。

"我去请大夫！我去请大夫……"他飞奔而去。

祖望跌跌撞撞地走上前去看天虹。

"天虹怎样……"

纪总管身子急急一退，怨恨地看了祖望一眼。

"我的女儿，我带走了！不用你们费心！"

梦娴忍不住上前，对纪总管急切地说："抱到我屋里去吧！我屋比较近！"

纪总管再一退。

"不用！我带走！"

齐妈往前迈了一步，拦住纪总管，着急地说："纪总管，冷静一点，你家里没有女眷，现在，天虹小姐一定动了胎气，需要女人来照顾啊！你相信太太和老齐妈吧！"

纪总管一怔，心中酸楚，点了点头，就抱着天虹一步一步地往梦娴房里走，眼泪不停地掉。

那天，天虹失去了她的孩子。

当大夫向大家宣布这个消息的时候，纪总管快要疯了，他抓着大夫喊："你没有保住那个孩子，他是天虹的命啊！"

"孩子可以再生，现在，还是调养大人要紧！"大夫安慰着。

祖望和品慧，都难过得无力说话了。

天虹昏昏沉沉地躺在床上，由于失血过多，一直昏睡。到了晚上，她才逐渐清醒了。睁开眼睛，她看到梦娴慈祥而带泪的眸子，接触到齐妈难过而怜惜的注视，她的心猛地狂跳，伸手就按在肚子上，颤声问："大娘，孩子……孩子……保住了，是不是？是不是？"

梦娴的眼泪，夺眶而出了。

齐妈立刻握住她的手："天虹小姐，孩子，明年还可以再生！现在身体要紧！"

天虹大震，不敢相信孩子没有了，伸手一把紧紧地攥住梦娴的手，尖声地问："孩子还在，是不是？保住了，是不是？大娘！告诉我！告诉我……"

梦娴无法骗她，握紧她的手，含泪地说："孩子没保住，已经没有了！"

她发出一声凄厉的惨叫："啊……不要！不要！不要……"

她痛哭失声，在枕上绝望地摇头。齐妈和梦娴，慌忙一边一个，紧紧地扶着她。

"天虹小姐！身子要紧啊！"齐妈劝着。

天虹心已粉碎，万念俱灰，哭着喊："他杀掉了我的孩子！他杀掉了我的孩子……"

梦娴一把抱住她的头，心痛地喊："天虹！勇敢一点！这个孩子虽然没保住，但是，还会有下一个的！上天给女人好多的机会……你一定会再有的！"

"不会再有了，这是唯一的！失去了孩子，我的生命还有什么意义呢？"

"千万不要这样说！你还这么年轻，未来的生命还那么长，说不定还有好多美好的事物，正在前面等着你呢！"梦娴说。

"我生命里最珍贵的就是这个孩子，如今孩子没有了，剩下的就是那样一个丈夫和暗无天日的生活！以后除了愁云惨雾，还有什么？还有什么？"她哭着喊，字字带血，声声带泪。

门外的纪总管，老泪纵横了。

天虹失去了孩子，云翔最后一个才知道。自从天虹被纪总管带走，他就坐在房间一角的地上，缩在那儿，用双手抱着头，痛苦得不得了。他知道全家都在忙碌，知道自己又闯了大祸，但是他无力去面对，也不想去面对。他的世界老早就被云飞打碎了。童年，天虹像个小天使，美得让他不能喘气。好想，只是拉拉她的小手。但是，她会躲开他，用她那双美丽的手，为云飞磨墨，为云飞裁纸，为云飞翻书，为云飞倒茶倒水……只要云飞对她一笑，她就满脸的光彩。这些光彩，即使他们做了夫妻，她也从来没有为他绽放过。直到云飞归来那一天，他才重新在她眼里发现，那些光彩都为云飞，不为他！

他蜷缩在那儿，整晚没有出房间，觉得自己是世界上最痛苦的人。他不知道坐了多久，直到祖望大步冲进来，品慧跟在后面。祖望对他大吼一声："你这个混账！你给我站起来！"

他抬头看了祖望一眼，仍然不动。祖望指着他，气得发抖，怒骂着："你是受过高等教育的人，念过书，出身在我们这样的家庭，你怎么可能混账到这种程度？天虹有孕，你居然对她拳打脚踢，你有没有一点点天良？有没有一点点爱心？那是你的妻子和你的儿子呀！你怎么下得了手？"

云翔的身子缩了缩，抱着头不说话。

品慧忙过去拉他："云翔！起来吧！赶快去看你老婆，安慰安慰她，跟她道个歉……她现在伤心得不得了，孩子已经掉了！"

云翔一个震动，心脏猛烈地抽搐，这才感到锥心的痛楚。

"孩子……掉了？"他失神地，讷讷地问。

"是啊！大夫救了好半天，还是没保住，好可惜，是个男孩……大家都难过得不得了……你赶快去安慰你老婆吧！"品慧说。

"孩子掉了？孩子掉了？"他喃喃自语，心神恍惚。

祖望越看他越生气，一跺脚。

"你还缩在那儿做什么？起来！你有种打老婆，你就面对现实！去对你岳父道歉，去对天尧道歉，去对你老婆道歉……然后，去给我跪在祖宗牌位前面忏悔！你把我好好的一个孙子，就这么弄掉了！"

他勉勉强强地站起身，振作了一下，色厉内荏地说："哪儿有那么多的歉要道？孩子没了，明年再生就是了！"

祖望瞪着他，气得直喘气，举起手来，就想揍他。

"你去不去道歉？你把天虹折腾得快死掉了，你知道吗？"

他心中一紧，难过起来。

"去就去嘛！天虹在哪里？"

"在你大娘那儿！"

他一听到这话，满肚子的疑心，又排山倒海一样地卷了过来，再也无法控制，他瞪着品慧，就大吼大叫起来："她为什么在'大娘'那里？她为什么不在你那里？你才是她的婆婆，掉了的孩子是你的孙子，又不是大娘的！为什么她去'大娘'那里？你们看，这根本就有问题，根本就是欺负我一个人嘛！"

品慧愕然，被云翔骂得接不上口。祖望莫名其妙地问："她为什么不可以在梦娴房里？梦娴是看着她长大的呀！"

云翔绕着房间疾走，振臂狂呼。

"啊……我要疯了！你们只会骂我，什么都不知道！今天，大娘把天虹带出去，说是去庙里上香！结果她们什么庙都没有去，大娘带她去见了云飞！回来之后还跟我撒谎，被我逼急了，才说真话！还有这个……"

他跑去抓起那件披风，"她的衣服居然在云飞房里！今天才被小莲找到！你们懂吗？我的绿帽子已经快碰到天了！这个孩子，你们敢说是我的吗？如果是我的，要大娘来招呼来心痛吗？"

品慧震惊地后退，不敢相信地自言自语："不可能的！不可能的……"

云翔对品慧再一吼："什么不可能？天虹爱云飞，连展家的蚂蚁都知道！你一天到晚好像很厉害，实际就是老实，被人骗得乱七八糟，还在这儿不清不楚！"

祖望一退，瞪着他。

"我不相信你！我一个字也不相信你！天虹是个好姑娘，知书达礼，优娴贞静！她绝不可能做越轨的事！你疯了！"

云翔像一只受伤的野兽，发出一阵狂啸："你为什么不去问一问大娘？优娴贞静的老婆会欺骗丈夫吗？优娴贞静的老婆会背着丈夫和男人私会吗？"他对祖望大吼，"你不知道老婆心里爱着别人的滋味！你不知道戴绿帽子的滋味！你不知道老婆怀孕，你却不能肯定谁是孩子父亲的滋味！我疯了，我是疯了，我被这个家逼疯了，我被这样的老婆兄弟逼疯了！"

祖望瞪着云翔，震惊后退，嘴里虽然振振有词，心里却惊慌失措了。他从云翔的房里逃了出来，立刻叫丫头把梦娴找到书房里来细问，梦娴一听，惊得目瞪口呆。

"云翔这样说？你也相信吗？不错，今天我带天虹去了塘口，见到云飞阿超，还有萧家的一大家子，那么多人在场，能有任何不轨的事吗？天虹求我带她去，完全是为云翔着想啊！云翔不能一辈子躲在家里，总会出门，天虹怕云飞再对云翔报复，是去求云飞放手，她是一片好心呀！"

祖望满屋子走来走去，一脸的烦躁。

"那么，天虹的衣服，怎么跑到云飞房里去了？"

梦娴一怔，回忆着，痛苦起来。

"那是我的疏忽，早就该给她送回去了！大家住在一个院子里，一件衣服放哪里值得这样小题大做吗？那件衣服……"她懒得说了，说也说不清！她看着祖望，满脸的不可思议，"天虹的孩子，就为了这些莫名其妙的理由，失去了？是我害了她，不该带她去塘口，不该忘了归还那件衣服……天虹实在太冤了！如果连你都怀疑她，这个家对她而言，真的只剩下愁云惨雾了！"

祖望听得糊里糊涂，心存疑惑，看着她，气呼呼地说："你最好不要再去塘口！那个逆子已经气死我了，你是展家的夫人，应该和我同一阵线！我不要认那个儿子，你也不要再糊涂了！你看，都是你带天虹出去，闯下这样的大祸！"

梦娴听了，心中一痛。挺了挺背脊，她眼神凄厉地看着他，义正词严地说："我嫁给你三十几年，没有对你说过一句重话！现在，我已经来日无多，我珍惜我能和儿子相聚的每一刻！你不认他，并不表示我不认他，他永远是我的儿子！如果你对这一点不满意，可以把我一起赶出门去！"

她说完，傲然地昂着头，出门去了。

祖望震动极了，不能相信地瞪着她的背影，怔住了。这个家，到底是怎么回事？怎么会这样分崩离析，问题重重呢？

苍天有泪

贰拾肆

TWENTY-FOUR

"人，为'爱'和'被爱'而活，为'尊敬'和'体谅'而活，
不是为单纯的血缘关系而活！"

　　几天后，梦娴去塘口，才有机会告诉云飞关于天虹的遭遇。

　　所有的人都震动极了，这简直是一件不可思议的事！云飞想到天虹对这个孩子的期盼、渴望和热爱。顿时了解到，对天虹来说，人间至悲的事莫过于此了。

　　"好惨！她伤心得不得了，在我房里住了好多天，现在纪总管把她接回去了！我觉得，孩子没有了，天虹的心也跟着死了！自从失去了孩子，她就不大开口说话，无论我们劝她什么，她都是呆呆的，整个人都失魂落魄了！"梦娴含着泪说。

　　"娘！你得帮她忙！她是因为这个孩子才对生命重新燃起希望的！她所有的爱，都贯注在这个孩子身上，失去了孩子，她等于失去了一切！你们要多陪陪她，帮她，跟她说话才好！"云飞急切地说。

　　"怎么没说呢？早也劝，晚也劝，她就是听不进去。整个人像个游魂一样！"

　　阿超气愤极了，恨恨地说："哪儿有这种人？只会欺负女人！这个也打，那个也打，老婆怀了孕，他还是打！太可恶了！我真后悔上次饶他一命，如果那天要了他的命，他就不能欺负天虹小姐了！偏偏那天，还是天虹帮他求情！"

　　"云翔呢？难道一点都不后悔吗？怎么我听郑老板说，他这些天每晚都在待月楼豪赌！越赌越大，输得好惨！没有人管他吗？纪总管和天尧呢？"云飞问。

"天虹出事以后，纪总管的心也冷了。最近，他们父子都在照顾天虹，根本就不管云翔了。云翔大概也想逃避问题，每天跑出去，不知道做些什么！我看，天虹这个婚姻，是彻底失败了！"

云飞好难过，萧家姐妹也跟着难过。雨凤想起天虹的"梦"，没想到这么快就幻灭了。大家垂着头，人人情绪低落。梦娴急忙振作了一下，提起兴致看着大家。

"算了，不要谈这个扫兴的话题了！你们怎样？还有三天就结婚了……"四面看看，"你们把房子布置得好漂亮，到处都挂着花球和灯笼，真是喜庆极了！"

阿超兴奋起来。

"你们知道吗？那些花球和灯笼，都是虎头街那些居民送来的！他们现在都知道我们的事了，热情得不得了，一会儿送花，一会儿送灯笼，一会儿送吃的，一会儿送衣服……有一个贺伯庭，带着老婆和九个孩子来帮我们打扫，再加我们家的几个孩子，简直热闹得'鸡飞狗跳'！"

"真的呀？"梦娴听得欢喜起来。

云飞点点头，非常感动地说："我现在才知道，一般老百姓这么单纯、善良和热情！娘，我们家以钱庄起家，真的很残忍，放高利贷这个行业，不能再做了！家里赚够了钱，应该收手，不要再剥削他们了！"

梦娴深深地看了他一眼。

"就是你这种论调，把你爹吓得什么都不敢给你做了！"

云飞一听到"你爹"两个字，就头痛了，急忙转变话题。

"我们也不要谈这个！娘，你看，这是我们的喜帖，我们把你的名字，印在喜帖上，没有关系吧？"他把喜帖递给梦娴。

"有什么关系呢？难道我不是你娘吗？"她低头看着喜帖，看着看着，心里不能不涌上无限的感慨，"实在委屈你们两个了！这样的喜帖，开了桐城的先例，是前所未有的！这样的喜帖，说了一个好长的故事！"

"是！"云飞低语，"一个好长好长的故事！"

雨凤低着头，心里真是百味杂陈。

这张喜帖，当天就被云翔拿到了，他冲进祖望的书房，把喜帖往桌上一放，气急败坏地喊："爹！你看看这个！"

祖望拿起请帖，就看到下面的内容：

谨订于民国八年十月初六，为小儿苏慕白，义女萧雨凤举行婚礼。早上十时在待月楼，敬请

合第光临

男方家长　魏梦娴
　　　　　　　　　　　敬上
女方家长　郑士遠

祖望大惊，一连看了好几遍才弄明白是什么意思。他把请帖啪的一声摔在桌子上。大怒。

"岂有此理！"

云翔在一边火上加油，愤愤不平地喊："爹！你还不知道吗？现在整个桐城，都把这件事当一个大笑话，大家传来传去，议论纷纷！桐城所有的达官贵人、知名人士，都收到了这张请帖，郑老板像撒雪片一样地发帖子！大家都说'展城南'已经被'郑城北'吞并了，连展家的儿子都改名换姓，投效郑老板了！最奇怪的是，大娘居然具名帮云飞出面！我们这个脸可丢大了，我在外面简直没法做人！"

"云飞居然这样做！他气死我了！我叫他不要娶雨凤，他非娶不可，偷偷摸摸娶也就算了，这样大张旗鼓，还要郑老板出面，简直存心让我下不来台！什么意思？太可恶了！"祖望怒不可遏。

"而且，这个郑老板和她们姐妹不干不净，前一阵子还盛传要娶雨鹃做四姨太，现在摇身一变，成了义父，名字和大娘的名字排在一起，主持婚礼！这种笑话，你受得了吗……"

云翔话没说完，祖望抓起请帖，大踏步冲出门去，一口气冲到梦娴房里，把那张请帖重重地掷在桌上，愤怒地喊："你给我解释一下，这是什么东西？"

梦娴抬头，很冷静地看着他。

"这是我儿子的结婚请帖！"

"你儿子？你儿子？云飞叛变，连你也造反吗？"他吼着。

梦娴挺直背脊，盯着他。

"你好奇怪！儿子是你不要了，你完全不管他的感觉、他的自尊，把他贬得一文不值，叫他不要回家！你侮辱他的妻子，伤透他的心，你还希望他顾及你的面子吗？"

祖望一听，更气，喊着："人人都知道，他是我的儿子，他却弄了一个不伦不类的名字苏慕白，昭告全天下他再也不姓展！我不许他娶雨凤，他偏要娶，还要娶得这么轰轰烈烈！他简直冲着我来，哪儿有这样不孝的儿子？"

"他已经不是你的儿子了，也就谈不上对你孝不孝！他知道你对他所有的行为全体不同意，只好姓苏，免得丢你展家的脸！这样委屈，依然不行，你要他怎么办？"

"好好好！他不是我的儿子了，我拿他没有办法，但是，你还是我的老婆，这个姓苏的结婚，要你凑什么热闹？"

"没办法，这个姓苏的，是我儿子！"

"你存心跟我作对，是不是？"

梦娴看着他，悲哀地说："我好希望今天这张请帖上，男方家长是你的名字！你以为这张请帖，云飞很得意吗？他也很悲哀，很无可奈何呀！哪儿有一个儿子要结婚，不能用自己的真名，不能拜见父母爹娘，不能把媳妇迎娶回家！何况是我们这样显赫的家庭！你逼得他无路可走，只能这样选择！"

"什么叫无路可走？他可以不要结婚！就是要结婚，也不用如此招摇啊！你去告诉他，这样做叫作'大逆不道'！让他马上停止这个婚礼！"

梦娴身子一退，不相信地看着他。

"停止婚礼？全桐城都知道这个婚礼了，怎么可能停止？现在停止，你让云飞和雨凤怎么做人？"

"这场婚礼举行了，你要我怎么做人？"

"你还是做你的展祖望，不会损失什么的！"

"你说的是什么话？你就这样护着他！帮着他来打击我！那个雨凤这么嚣张，什么叫红颜祸水，就是这种女人！哪儿有一个好女人，会让云飞和家庭决裂到这个地步！"

"我劝你千万不要说这种话，如果你心里还有这个儿子，他们塘口的地址你一定知道，去看看他们，接受雨凤做你的媳妇，参加他的婚礼，大大方方地和他们一起庆贺……这是一个最好的机会，说不定你可以收回一个儿子！"梦娴深刻地说。

祖望觉得梦娴匪夷所思，不敢相信地瞪着她。

"你要我去和云飞讲和？你要我同意这个婚礼，还参加这个婚礼？你还要我接受雨凤？你想教我做一个'圣人'吗？"

"我不想教你做一个'圣人'，只想教你做一个'父亲'！"

祖望对梦娴一甩袖子。

"你先教云飞怎么做'儿子'吧！你莫名其妙，你疯了！你自己也学一学怎样做一个'妻子'和'母亲'吧！"

祖望说完，拂袖而去了。梦娴看着他的背影，满心伤痛和失望。

婚礼的前一天，塘口的新房已经布置得美轮美奂。大家的兴致都很高昂，计划这个，计划那个。雨凤的卧室是新房，床上挂着红帐子，铺着簇新的红被子，镜子上打着红绸结，墙上贴着红囍字……一屋子的喜气洋洋。

雨凤和云飞站在房里，预支着结婚的喜悦，东张西望，看看还缺什么。

门外有一阵骚动声，接着，雨鹃就冲到房门口来，喊："慕白，你爹来了！他说要跟雨凤讲话！"

云飞和雨凤都大吃一惊。

雨鹃就看着雨凤说："见还是不见？如果你不想见，我就去挡掉他！"

云飞急忙说："这样不好！他可能是带着祝福而来的！我们马上要办喜事，让大家分享我们的喜悦，不要做得太绝情吧！"他问雨鹃，"谁跟他一起来？"

"就他一个人！"

"一个人？我去吧！"云飞一愣，慌忙跑了出去。

雨凤镇定了一下纷乱的情绪，对雨鹃说："既然他点名找我，不见大概不好，你把弟妹们留在后面，我还是出去吧！"

雨鹃点头。雨凤就急急忙忙奔出去。

云飞到了客厅，见到挺立在那儿的父亲，他有些心慌有些期待，恭敬地说："爹！没想到您会来，太意外了！"

祖望锐利地看着他。

"你还叫我爹？"

云飞苦笑了一下，在这结婚前夕，心情非常柔软，就充满感情地说："人家说'一日为师，终身为父'，师都如此，何况你还是我真正的爹呢！来，这儿坐！"

"我不坐，说几句话就走！"

雨凤端着茶盘出来，由于紧张，手都发抖。阿超过来，接过托盘端了出去。

"老爷，请喝茶！"

祖望看着阿超，气不打一处来。

"阿超，你好！今天叫我老爷，明天会不会又打进家门来呢？"

阿超一怔，还没说话，云飞对他摇摇头，他就退了下去。

雨凤忐忑地走上前，怯怯地说："展伯伯，请坐！"

祖望盯着雨凤，仔细地看她，再掉头看云飞，说："我已经看到你们的结婚喜帖了！你真的改姓苏，不姓展了？"

云飞愣了愣，带着一分感伤和无奈说："展家，没有我容身之处啊！"

祖望再看向雨凤，眼光锐利。他沉着而有力地说："雨凤，听云飞说，你念过书，有极好的修养，有极高的情操！我相信云飞的眼光，不会看走眼！"

雨凤被动地站着，不知道他的真意如何，不敢接口。

他定定看她："你认为一个有教养，有品德，有情操的女子，对翁姑应该如何？"

她怔住，一时之间答不出来。

云飞觉得情况有点不妙，急忙插嘴："爹，你要干什么？如果你是来祝福我们，我们衷心感谢，如果你是来责问我们，我们已经没有必要听你教训了！"

祖望对云飞厉声说："你住口！我今天是来跟雨凤谈话的，不是跟你！"他再转向雨凤，"你教唆云飞脱离家庭，改名换姓，不认自己的亲生父亲，再策划一个不伦不类的婚礼，准备招摇过市，满足你的虚荣，破坏云飞的孝心和名誉，这是一个有教养、有情操的女子会做的事、应该做的事吗？"

雨凤听了，脸色立即惨变，踉跄一退，整个人都呆住了。

云飞大惊，气坏了，脸色也转为惨白，往前一站，激动地说："你太过分了！我以为你带着祝福而来，满心欢喜地接待你，喊你一声爹！你居然对雨凤说这种话！我改名换姓是我的事！如果展家是我的骄傲，是我的荣耀，我为什么要改名换姓？如果我能够得到你的支持和欣赏，我又何至于走到今天这一步？我那一大堆的无可奈何全与你有关，你从来不检讨自己，只会责备别人，我受够了！这儿是苏家，请你回去吧！"

祖望根本不理他，眼睛专注地瞪着雨凤。

"我今天来要你一句话！我知道你交游广阔，请得动郑某人为你撑腰，你就不怕你未来的丈夫成为桐城的笑柄，被万人唾骂吗？如果，你真的念过书，真的是个有修养的姑娘，真的了解中国人的传统观念，真的为大局着想……停止吧！停止这个荒唐的婚礼，停止这场闹剧！如果你真心爱云飞，就该化解他和家庭的裂痕，到那时候你才有资格和云飞论及婚嫁！"

雨鹃和阿超一直站在门外倾听。这时，雨鹃忍无可忍，冲了出来。

往祖望面前一站，气势汹汹地喊："你不要欺负我姐姐老实，对她这样侮辱责骂！你凭什么来这里骂人？我给你开门是对你的客气！今天，又不是展家娶媳妇，跟你一点儿关系都没有！你管不了我们！"

祖望啧啧称奇地看云飞。

"这就是有修养、有品德、有情操的女子，你真让我大开眼界！"

云飞又气又急，他深知雨凤纤细敏感，这条感情的路又走得特别坎坷。她那份脆弱的自尊心好容易受伤。这个婚事，自己是拼了命争取到的，两人都已受尽苦难，实在得来不易！在这结婚前夕，如果再有变化，恐怕谁都受不了！他生怕雨凤又退缩了，心里急得不得了，就往前一站，沉痛地说："你够了没有？你一定要破坏我的婚礼吗？一定要砍断我的幸福吗？你对我没有了解没有欣赏，但是，也没有同情吗？"

雨鹃看到雨凤脸色惨白，浑身发抖，就推着她往里面走："进去，进去！我们没有必要听这些！"

"雨凤！你就这样走了？没有一句答复给我吗？"祖望喊。

雨凤被推着走了两步，听到祖望这一喊，怔了怔。忽然，她挣开了雨鹃，折回到祖望面前来。她先看看云飞和雨鹃，满脸肃穆地说："你们不要说话！展伯伯来这儿要我的回话，我想，我应该把我的话说清楚！"

云飞好紧张、好着急。雨鹃好生气。

雨凤就抬头直视着祖望，眼神坚定，不再发抖了，她一字一字清清楚楚地说："展伯伯，听了你的一篇话，我终于了解慕白为什么改名换姓了！为了我造成他的父子不和，我一直深深懊恼深深自责。现在，懊恼没有了，自责也没有了！你刚刚那些话刻薄恶毒，对我的操守品德极尽挖苦之能事。对一个这样怀疑我的人，误解我的人，否决我的人，我不屑于解释！我只有几句话要告诉你！我爱慕白，我要嫁慕白！不管你怎么破坏，不管你用什么身份来这儿，都无法转变我的意志！我曾经把慕白当成我的杀父仇人，那种不共戴天的仇恨，都瓦解在这份感情里，就再也没有力量来动摇我了！"

祖望简直没有想到她会说出这样一篇话，不禁睁大眼睛看着她。

云飞也没有想到她会说出这样一篇话，也睁大眼睛看着她。

雨鹃和阿超全都睁大眼睛看着她。

雨凤咽了口气，继续说："你跟慕白有三十年的渊源，我跟他只有短短的一年！可是，我要好骄傲地告诉你，我比你了解他，我比你尊重他，我比你爱他！他在我心里几乎是完美的，在你心里却一无是处！人，为'爱'和'被爱'而活，为'尊敬'和'体谅'而活，不是为单纯的血缘关系而活！我认为，我值得他做若干牺牲，值得他爱，更值得他娶！你不用挖苦我，不用侮辱我，那些对我都不发生作用了！随你怎么阻挠，你都不能达到目的，我一定会成为他的新娘！和他共度这一生！"

云飞听得热血沸腾，呼吸急促，眼光热烈地盯着她。

祖望脸色铁青，瞪着她，大声说："你执意这么做，你会后悔的！"

雨凤眼中闪着光彩，字字清脆，掷地有声地说："哦！我不会的！我永远不会后悔的！现在我才知道，在你这么强大的敌视下，慕白为了娶我，付出了多大的代价！我太感动了，我会永远和他在一起，不论前途多么艰辛，我会勇敢地走下去！我会用我整个生命来报答他的深情！"她吸了口气，"好了，你要我的话，我已经给你了！再见！"她说完，就转过身子，昂首阔步，走进里面去了。

云飞情不自禁，撂下祖望，追着她而去。

祖望呆呆地站着，有巨大的愤怒、巨大的挫败感，也有巨大的震撼。

雨凤出了客厅，就一口气奔进卧房，云飞追来把她一把抱住，热烈地喊着："你从来没有说过这些话！你让我太感动、太激动了！"

她依偎着他，把手放进他的手中。

"你摸摸我的手！"

云飞握住她的手，一惊。

"你的手怎么冰冰凉？"

她大大地喘了口气。

"我又紧张、又激动，自己都不知道在说什么！我每次一紧张，浑身都会发冷！从来没说过那么多话，觉得自己词不达意，我只有一个念头，我不能被打倒，我不能失去你！"

云飞用双手握着她的手，试图把她的手温暖起来。他凝视着她的眼睛，发自肺腑地说："你完全达意，说得太好太好了！每一个字都让我震撼！我这一生风风雨雨，但是，绝对没有白活，因为上苍把你赐给了我！"他顿了顿，再说，"我要借用你的话，因为我无法说得更好——我会用我整个生命，来报答你的深情！"

她投进他的怀里，伸出双手紧紧地环抱住他。再也没有迟疑，再也没有退缩，再也没有抗拒，再也没有矛盾……这个男人，是她生命的主宰！是她的梦，是她的现实，是她的命运，是她的未来，是她一切的一切。

终于，终于，到了这一天。

云飞穿着红衣，骑着大马，神采焕发，带着阿超和一队青年，组成一支迎亲队伍，吹吹打打地到了待月楼前面。

待月楼门口，停着一顶金碧辉煌的花轿。围观群众早已挤得水泄不通。

云飞一到，鞭炮就噼里啪啦响起来，吹鼓手更加卖力地吹吹打打，喜乐喧天。然后，就有十二个花童，身穿红衣，撒着彩纸，从门内出来。

花童后面，雨凤凤冠霞帔，一身的红。在四个喜娘、金银花、雨鹃、小三、小四、小五、珍珠、月娥、小范及全身簇新的郑老板的簇拥下，走出大门。围观群众一见新娘出门，就报以热烈的掌声，吼声如雷地喊："雨凤姑娘，恭喜了！"

雨凤低眉敛目，只看得到自己那描金绣凤的大红裙摆。她款款而行，耳边充满了鞭炮声、喜乐声、欢呼声、恭喜声……她的整颗心就随着那些声音跃动着。一阵风来，喜帕微微扬起，群众立刻爆发出如雷的喊声："好美的新娘子！好美的新娘子！"

司仪大声高唱："上轿！"

四个喜娘扶着雨凤上轿，群众又爆发出如雷的掌声。

云飞骑在马背上，看着雨凤上轿，心里的欢喜像浪潮一样滚滚而来。终于，终于，等到了这一天！终于，终于，她成了他的新娘！

"起轿！"

八个轿夫抬起大花轿。

鞭炮和喜乐齐鸣。队伍开始前进。

吹鼓手走在前面，后面是云飞，再后面是马队，再后面是花童，再后面是花轿，再后面是萧家四姐弟，再后面是仪仗队，再后面，是跟着自愿加入队伍的群众……整个队伍前呼后拥、浩浩荡荡地走向街头。这是桐城有史以来最大的婚礼！

当婚礼开始的时候，云翔正气急败坏地冲进纪家的小院，大呼小叫："天尧！今天云飞要成亲，我们快带马队闹他们去！阻止不了婚礼，最起码给他弄个人仰马翻！"

天尧冷冷地看着他，恨恨地说："这种事我不做了！你找别人吧！"

云翔一呆，愕然地说："你们还在生我的气吗？可以了吧？我不是已经又道歉又认错了吗？不要这样嘛，等天虹身体好了，我管保再给她一个孩子就是了！"

纪总管嫌恶地看了他一眼，哼了一声，转头就要进屋。

云翔急忙喊："纪叔，你不去就不去，我带阿文他们去，天尧，我们快走吧！"

天尧瞪着他，大声说："我说话你听不懂吗？我再也不帮你做那些无聊事了！你自己去吧！"

云翔大怒，气冲冲地喊："算了！神气什么？我找阿文去！"转身就跑。

纪总管在他身后，冷冰冰地说："你不用找阿文他们了！郑老板给了比你高三倍的待遇，已经把他们全体挖走！今天都去帮云飞成亲维持秩序去了！你的'夜鸮队'，从此变成历史了！"

云翔站住，大惊失色，猛地回身看纪总管。

"你骗人！怎么可能？"

纪总管挑着眉毛。

"怎么不可能？你认为他们跟着你，是因为你肯花钱，还是因为你够义气、够朋友？大家早就对你不满意了，只是敢怒而不敢言！今天碰到一个比你更肯花钱的人，你就毫无价值了！你和云飞这场战争，你是输定了！你手下的人现在等于是云飞的人了，你还想搅什么局？"

云翔大受打击，跟跄一退，瞪大眼睛。

这时，天虹扶着房门，颤巍巍地站在房门口，看着他。她形容枯槁，憔悴得不成人形，眼睛深幽，恨极地瞪着他。

云翔被她这样的眼光逼得一颤，急忙说："天虹，你别怪我！谁教你背着我去见云飞，你明知道这犯了我最大的忌讳！孩子掉了没有关系，我们再接再厉！"

天虹走到他的面前，死死地看着他，咬牙切齿地说："让我清清楚楚地告诉你！你赶不上云飞的一根汗毛，我宁愿去当云飞的小老婆、丫头、用人，也不愿意跟你！此生此世，你想跟云飞比，你是门儿都没有！"

云翔大大地震动了，看着恨他入骨的天虹，再看冷冰冰的纪总管，再看愤恨的天尧，忽然感到众叛亲离，不禁又惊又骇又怒又恨，大叫："你们都去投效云飞吧！去呀！去呀……"

他掉转身子，像一头负伤的野兽向门外冲去。

同一时间浩浩荡荡的迎亲队伍，在群众夹道欢呼下缓缓前进。

鼓乐齐鸣，吹吹打打。云飞骑在马上踌躇志满。连阿超都左顾右盼，感染着这份喜悦。

群众挤满了街道两旁，不停地鼓掌欢呼："苏慕白先生，恭喜恭喜！雨凤姑娘！恭喜恭喜！"

沿途，不时有人拜倒下去，一家大小齐声欢呼："苏慕白先生，百年好合，天长地久！"

在人群中，有个人戴着一顶毡帽，遮着脸孔，围着围巾，遮着下巴，杂在一堆路人中，看着这个盛大的婚礼。这人不是别人，正是祖望。他虽然口口声声责备这个婚礼，但是，却无法抑制自己的好奇心，倒要看看，被"郑城北"主持的婚礼，到底隆重到什么地步。看到这样盛大的排场，他就呆住了。再看到围观群众密密麻麻，他就更加觉得惊心动魄。等到看到居然有人跪拜，他就完全糊涂了，纳闷起来。在他身边，正好有一家大小数人，跪倒于地。高喊着："苏慕白先生，大恩大德永远不忘！祝你幸福美满，天长地久！"

他实在忍不住了，问一个刚刚起身的老者："你们为什么拜他？"

老者不认识他，热心地说："他是一个伟大的人，我们虎头街的居民，都受过他的好处，说都说不完！"

他震动了，不敢相信地看着那些人和骑在马上的云飞。心里模糊地想起，云飞曾经说过的有关冯谖的故事。

迎亲队伍，鼓乐喧天，迤迤逦逦……从他面前过去了。

谁都不知道，这时，云翔骑着一匹快马，正向着这条街飞驰而来。他带着满心的狂怒，立誓要破坏这个婚礼。这萧家姐妹简直是他的梦魇！而展云飞，是他与生俱来的"天敌"！他不能让他们这样嚣张，不能让他们称心如愿，不能！不能！不能！

他催着马，策马狂奔，狂叫："驾！驾！驾"

马蹄翻腾，踹着地面如飞而去。他疾驰着，听到吹吹打打的音乐逐渐传来。这音乐刺激着他，他更快地挥舞马鞭。

"驾！驾！驾……"

突然间，路边蹿出好多个壮汉，拦马而立。大叫："停下来！停下来！"

云翔急忙勒马，马儿受惊，蓦然止步。接着，那匹马就人立而起，昂首狂嘶。

云翔坐不牢，竟从马背上跌下来。

几个大汉立刻扑上前来，三下两下就捉住了他的手脚，把他压在地上。他大惊，一面挣扎，一面怒骂："你们是强盗还是土匪？哪一条道上的？没长眼睛吗？我是展云翔啊！展家的二少爷啊！"

他才喊完，就一眼看到警察厅的黄队长率领着好多警察一拥而上。他还没弄清楚是怎么回事，就听咔嗒咔嗒两声，他的双手居然被一副冷冰冰的手铐牢牢地铐住了。

他暴跳如雷，又踢又骂："你们疯了？黄队长，你看清楚了没有？我是谁？"

黄队长根本不答话，把他拖向路边的警车。一个大汉迅速地将那匹马牵走了。其他大汉们向黄队长施礼，说："黄队长，人交给你了，你负责啊！"

黄队长大声应着："告诉郑老板，放心！"

吹吹打打的声音已经渐行渐近，黄队长连忙对警察们说："赶快押走，不要惊动新人！"

云翔就被拖进警车，他一路吼着叫着："黄队长，你给我当心了！你得罪了我们展家，我管保让你活不成！你疯了吗？为什么要抓我？"

黄队长这才慢条斯理地回答："我们已经恭候多时了！厅长交代，今天要捣乱婚礼的人，一概抓起来，特别是你展二爷！我们沿途都设了岗哨，不会让你接近新人的！走吧！"

警车开动了，云翔狂怒地大喊："你们都没命了！我警告你们！今天谁碰了我，我会一个一个记住的！你们全体死定了……还不放开我……放开我……"

警车在他的吼声叫声中开走了。

他被直接带进了警察厅的拘留所。警察把他推进牢房，推得那么用力，他站立不稳，倒在地上。牢门就哗啦啦合上，铁锁立即咔嗒一声锁上。他从地上爬起来，扑在栅栏上，抓着栏杆，一阵摇晃，大吼大叫："黄队长！你凭什么把我关起来？我又没犯法，又没杀人放火，不过骑个马上街，有什么理由关起来？你这样乱抓老百姓，你当心你的脑袋……"

黄队长隔着牢门，对他好整以暇地说："你慢慢吼，慢慢叫吧！今天我们整个警察厅都要去喝喜酒，没有人在，你叫到明天天亮，也没人听到！你喜欢叫，你就尽管叫吧！我走了！"挥手对另外两个警察说，"走吧！这个铁栅栏牢得不得了，用不着守着！大家再去街上维持秩序吧！"

两个警察应着，三个人潇潇洒洒出门去。

他大惊大急，抓着栅栏狂吼："警察舞弊啊！警察贪污啊！官商勾结，迫害老百姓啊……"

黄队长折回牢房，瞪着他说："展二爷！你省点儿力气吧！这些话给咱们厅长听到，你就永远出不了这道门了！"

他知道情势不妙，见风转舵，急喊："黄队长！你放我出去，我一定重重谢你！我好歹是展家的二少爷呀！"

"二少爷没用了！要出去，让大少爷来说吧！"黄队长说完，走了。

云翔扑在栅栏上，拼命摇着，喊着："黄队长！你最起码去告诉我爹一声呀！黄队长……黄队长……"

他正在狂喊狂叫，忽然觉得有一只手摸上自己的胸口，他大惊。低头一看，有个衣不蔽体、浑身肮脏的犯人不知从哪儿跑出来，正摸着他的衣服。咧着一张缺牙的嘴直笑，好像中了大奖。

"好漂亮的衣服……"

他尖叫，急急一退。

"你不要碰我……"

他这一退，脚下竟碰到另一个犯人，低头一看，这个比前一个更脏更狼狈，这时摸着他的裤管说："好漂亮的裤子……"

云翔这一生哪里经历过这样的事情，吓得魂飞魄散，浑身冷汗。定睛一看，屋角还有好几个蓬头垢面的人纷纷冒出来，个个对着他不怀好意地笑。他尖叫失声了："救命啊……救命啊……"

回答他的，是外面吹吹打打的喜乐，和不绝于耳的鞭炮声。

苍
天
有
泪

贰拾伍

TWENTY–FIVE

红烛高高地烧着，爆出无数的灯花。

雨凤坐在床上，他坐在她身边，两人痴痴对看，浑然忘我。

　　婚礼隆重而盛大地完成了。迎娶之后，梦娴在塘口的新房接受了新郎新娘的三跪九叩。看着一对璧人终于拜了天地，梦娴的心被喜悦涨得满满的。想到祖望的敌意、父子的决裂，难免又有一番伤痛。可是，在这欢喜的时刻，她把所有的感伤都咽下了，带着一脸的笑，迎接了她的新媳妇。

　　晚上，待月楼中张灯结彩，挂满喜帐，插满鲜花，喜气洋洋。客人们都是携眷光临，女眷们个个盛装，衣香鬓影，笑语喧哗。把所有座位坐得满满的，觥筹交错，热闹得不得了。

　　郑老板、梦娴、雨凤、云飞、金银花坐在主桌。郑老板的夫人们、德高望重的士绅、地方长官相陪。雨鹃、小三、小四、小五、阿超、齐妈等和别的客人坐在隔壁一桌。但是，小三、小四、小五实在太兴奋了，哪里坐得住，不断跑前跑后，东张西望，议论纷纷。雨鹃和阿超忙得不得了，一会儿要照顾孩子们，一会儿要招待嘉宾。

　　客人们不断挤上前来，向新郎新娘敬酒道贺，恭喜之声，不绝于耳。

　　郑老板忍不住，站起身子，为这场婚礼说了几句话："各位各位！今天是雨凤和慕白大喜的日子！大家对雨凤一定都很熟悉了，也都知道她有一段痛苦的遭遇！慕白的故事更加复杂。他们两个走了一条非常辛苦而漫长的路，其中的曲折、奋斗和种种过程，可以写一本书！他们能够冲破各种障碍，结为夫妻，证明天下无难事，有情人必成眷属！今天的嘉宾，都是一个见证！希望大家给他们最深切的祝福！"

所有宾客，都站起身来鼓掌，吼声震天："新郎新娘！恭喜恭喜！"

雨凤和云飞双双起身，举起酒杯答谢宾客。大家起哄，鼓掌，吼着："新郎，讲话！新郎，讲话！新郎，讲话！"

云飞脸红红的，被这样浓郁的幸福和欢乐涨满了，举着酒杯不知该说什么好。半天，才勉强平定了自己激动的情绪，对宾客们诚挚地说："谢谢各位给我们的祝福！坦白说，我现在已经被幸福灌醉了，脑子里昏昏沉沉的，简直不知道该说什么好！就像郑先生说的，这条路我们走得很辛苦，也付出很惨痛的代价才换得今天！我终于证明了我自己常说的话，'这个世界因为爱，才变得美丽！'但愿各位都有这么美丽的人生，都能分享我们的喜悦！谢谢！谢谢！让我和雨凤，诚心诚意地敬各位一杯酒！"

云飞和雨凤双双举杯，爽气地一口干了杯。

宾客掌声雷动，久久不绝。

雨凤和云飞，刚刚坐定。忽然间，一个高亢的声音响了起来："喂……叫一声哥哥喂，叫一声郎喂……"

全体宾客惊奇不已，大家又站起身来看。雨凤和云飞也惊奇地睁大眼睛。只见雨鹃带着小三、小四、小五，全部穿着红衣，列队走向雨凤。雨鹃唱着歌："郎对花，妹对花，一对对到小桥下，只见前面个人……"

三个弟妹就合唱："前面来的什么人？"

"前面来的是长人！"雨鹃唱。

"又见后面来个人……"弟妹合唱。

"后面来的什么人？"雨鹃唱。

"后面来的是矮人！"弟妹合唱。

"左边又来一个人！"雨鹃唱。

"左边来的什么人？"弟妹合唱。

"来个扭扭捏捏，一步一蹭的大婶婶……"雨鹃唱。

"哦，大婶是什么人？"弟妹合唱。

"不知她是什么人？"雨鹃唱。

雨鹃就唱到一对新人面前去："妹妹喂……她是我俩的媒人……要给我俩说婚配，选个日子配成对！"

四个人欢声地合唱："呀得呀得儿喂，得儿喂，得儿喂……呀得呀得儿喂，得儿喂，得儿喂……"

这个节目太特殊了，宾客如疯如狂，拼命地拍掌叫好。

云飞和雨凤太意外了，又惊又喜，根本不知道他们是什么时候练的，感动得一塌糊涂。梦娴、齐妈从来没有看过这样的节目，又是稀奇又是感动。金银花和郑老板也笑得合不拢嘴，拼命鼓掌。

掌声中，雨鹃带着弟妹们，歌声一转，变为合唱。齐声唱起《祝福曲》。

> 恭喜恭喜恭喜，恭喜恭喜恭喜！恭喜一对璧人，今日喜结连理！
> 多少狂风暴雨，且喜都已过去，多少甜甜蜜蜜，种在大家心底！
> 恭喜恭喜恭喜，恭喜恭喜恭喜，我们齐聚一堂，高唱祝福歌曲，
> 愿你天长地久，直到生生世世，没有痛苦别离，永远欢天喜地！
> 恭喜恭喜恭喜，恭喜恭喜恭喜，恭喜恭喜恭喜，恭喜恭喜恭喜……

歌声在一片重复的恭喜中结束。

雨凤激动得眼圈都红了，低喊着："不行，我要哭了！我顾不得什么形象了！"

雨凤就离席，奔上前去，将弟妹们一拥入怀，喊着："谢谢你们！谢谢你们！谢谢你们……"

全体宾客都早已知道这五个兄弟姐妹家破人亡的故事，全部站起来热烈鼓掌。

梦娴、齐妈、阿超、郑老板、月娥、珍珠、小范……个个感动。

欢乐的气氛，高涨在整个大厅里。

同一时间，云翔正在警察厅的拘留所里大呼小叫。

"来人啊……来人啊……"

昏黄暗淡的光线下，云翔被剥得只剩下白色的里衣里裤，脸上被揍得青一块，紫一块，白色里衣上也是污渍处处，整个人狼狈无比。他扒在铁栏杆上，不断喊着："喂！喂！有谁在外面？来人啊……"

那些脏兮兮的犯人有的穿着他的上衣，有的穿着他的裤子，有的穿着他的背心，连他的怀表都在一个犯人胸前晃荡。

"来人啊！来人啊……赶快把我弄出去呀！黄队长……只要你去告诉我爹，我给你大大的好处！听到没有？"他嘶哑地大叫，"我是展家二少爷啊！谁去给我家报个信，我出一百块……两百块……三百块……"

一个犯人恶狠狠地扑过来，大吼着："你有完没完？吵得大家都不能睡觉！你再吵，我把你内衣都给扒了！"

立刻，群情激愤，个个起而攻之。

"你是展家二少爷，我还是展家大少爷呢！"

"真倒霉，怎么关了一个疯子进来……吵死了！闭口！再吵我们就不客气了！"

犯人们向他逼近，他大骇，放声惨叫："你们不能把我关在这儿不理呀！快去告诉我爹呀……"

一个犯人伸出一只脏手去摸他的面颊："儿子，别叫了，爹来了……"

云翔急遽后退，缩进墙角。

"别碰我，别碰我……啊……"他快发疯了，仰头狂叫，"展云飞！我跟你誓不两立……誓不两立……"

云飞一点儿也不知道云翔的事，他沉浸在他的幸福里，脑子里除了雨凤，还是雨凤。

经过一整天的热闹，一对新人终于进了洞房。

红烛高高地烧着，爆出无数的灯花。

雨凤坐在床上，他坐在她身边，两人痴痴对看，浑然忘我。

半晌，他情不自禁地握住她的双手，虔诚地、真挚地、深情地说："你这么美丽，浑身都焕发着光彩。今天掀开喜帕那一刹那，我看着你，眼前闪过了所有我们从相识以来的画面：初相见的你，落水的你，唱曲的你，刺我一刀的你，生病的你，淋雨的你……直到现在这个你！我觉得简直有点儿像做梦，不相信这个新娘真的是我的！我想，我这一生，永远会记得每一个刹那的你，尤其是今天的你！我的新娘，你会一辈子是我的新娘，当我们老的时候，当我们鸡皮鹤发的时候，当我们子孙满堂的时候，你还是我的新娘！"

雨凤感动极了，一瞬也不瞬地看着他。两人依偎片刻，他怜惜地说："好漫长的一天，终于只有我们两个人了！累不累？"

"很累，可是，很兴奋。"她凝视他，眼中漾着醉意，"人，可以这样幸福吗？可以这样快乐吗？会不会太多了？"

他拥住她。

"傻姑娘，幸福和快乐永远不嫌多！"

"可是，它太多了呀！我整个人都装不下了！人家有钱人常常对穷人施米、施药、施钱什么的，我们可不可以去'施幸福''施快乐'，让那些不知道什么是幸福和快乐的'穷人'，都能分享我们的幸福！"

"今晚在待月楼，我们不是拼命在'施'吗？"

她的唇边漾起一个梦似的微笑。

"是啊！我们在'施'，就不知道他们收到没有？"她深深地吸了一口气，满足地说，"此时此刻，我希望全天下的人都快乐！"

他看着这样的她，不禁动情。好不容易，她是他的了。他心中荡起一阵温柔，一阵激动，就俯下头去，吻住了她的唇。

她微微颤动了一下，就情不自禁地回应着他。

他的唇，从她的唇上滑到她的头颈，吻着她后颈上细细的发丝，双手轻轻地、温柔地解开她的上衣。

她的衣服滑下肩头。他在她耳边低语："你完完全全是我的了！"

她羞涩地垂下头去，吐气如兰。

"是。"

云飞忽然一阵战栗。有个阴影猛地袭上心头，他帮她把衣服拉上，从床上站起来，很快地走开去。

她吃了一惊，抬头悄眼看他。只见他站在窗前，望着窗外的月亮出神。她一阵心慌意乱，想着，思索着。

红烛高烧。这是洞房花烛夜啊！

她忍不住滑下床，轻轻地走到他身边，在他耳畔低语："不可以把今天晚上和你生命中的另一个晚上联想在一起，我会吃醋的！"

他回头，凝视她。

"不是你想的那样！而是我……太爱你！这么爱你，这么珍惜，所以我有些害怕……我现在才知道，我心底埋着一个深深的恐惧，好怕幸福会……会……"

他说不下去，只是痴痴地看着她。

她明白了，轻声地、温柔地说："不会的！我们的幸福不会随随便便飞走！我要帮你生儿育女！我很健康，从小就在田野里跑来跑去，不是一个脆弱的女人！我的娘，生了五个孩子，没有因为生产出现过困难。我好感激我的爹娘，生了我们五个，让我们凝聚成一股力量，这种友爱真是一种幸福！如果没有弟弟妹妹，我一定没有这么坚强！我也要给你生好多孩子，让我们的孩子享有这种幸福！你放心，我不是映华，我不会那么脆弱，我跟你保证！所以，不要害怕！尽管爱我！"

他盯着她，没想到她说得那么坦白。他摇头叹息："雨凤啊！你实在太聪明了！我不知道怎样才能少爱你一点儿，你把我看得这么透，让我这么神魂颠倒，我要怎么办呢？"

她就主动地抱住了他，热烈地低喊："占有我吧！拥有我吧！我拼了命保存我的清白，就为了今天晚上，能够把我的人，连同我的心，一起完整地交给你！"

他被她这样的热情燃烧着、鼓动着，心醉神驰，再难遏止，一把抱起她。

两人的眼光紧紧相缠，他抱着她走向床前。

两人就缠缠绵绵滚上床。

他们在卿卿我我的时候，雨鹃和阿超也没闲着，两人坐在客厅里感染着婚礼的喜悦。夜深了，两人都了无睡意，谈这个谈那个，谈个没完。雨鹃感动地说："好美啊！我从来没有看过这么隆重、这么盛大又这么美丽的婚礼，我感动得不得了，你呢？"

"我也是！"

雨鹃凝视他，想了想，说："阿超，我告诉你，我一直说我要一个和雨凤一样的婚礼，那是逗你的！我们两个不要这么铺张了，简简单单就可以了！雨凤毕竟是大姐，而且慕白身份特殊，这才需要隆重一点！我们两个不能让郑老板再来一次，这个人情会欠得太大！"

阿超仔细看她，说："你说的是真话吗？如果没有这样的排场你会失望的！感觉上，你不如雨凤，好像是你'下嫁'了！"

雨鹃笑着，甜甜地看着他。

"不要把我想得太平凡了！如果我要排场，嫁给郑老板就好了！选择了你，就准备跟你过简单而幸福的生活。你就是我的排场，真的！"

阿超听得好高兴，心里被热情烧得热烘烘的，看着她一直笑。

"你笑什么？笑得怪怪的。"

他把她一抱，大胆地说："那我们沾他们的喜气，今晚就'洞房'好不好？"

她跳起身，又笑又跑。

"你想得好！我也不至于'平凡'到那个地步！"

他笑容一收，忽然正色说："不跟你开玩笑了！雨鹃，我这一生能够得到你，好像瞎猫捉到死老鼠，真是误打误撞的运气……"

她一听，好生气。

"你这个人会不会讲话？"

"怎么了？哪一句不对？"

"如果慕白这样追雨凤，一定结不了婚！你就算不把我比成花啊月亮啊，也别把我比成死老鼠呀！"

"我是在说我自己像瞎猫……那么，是'瞎猫捉到活老鼠'，好不好？我是瞎猫，你是活老鼠！行了吧？"

她气得哇哇大叫："活老鼠比死老鼠也强不了多少！何况，这只'活老鼠'会被'瞎猫'逮到，看样子一定是一只'笨老鼠'！"

他瞪着她，鼓着腮帮子说："你看，我准备了一肚子的甜言蜜语，被你这样一搅和，全部都给堵回去了！"

"哦？你准备了一肚子的'甜言蜜语'，那你说来听听看！"她稀奇极了。

"每次你堵我的话，我就忘了要说什么！现在，又都忘啦！"

雨鹃又好气，又好笑，又无奈。

"我看，我有点儿苦命！"

阿超热烈地盯着她，心里热情奔放，嘴里居然一连串地说了出来："你不会苦命，虽然我说的甜言蜜语不怎么甜，不怎么动听，对你的心是火热的！以后，生活里有苦我先去尝，有辛劳我先去做！拼了我的命，我也不会让你受苦！我顶在那儿，不能成为你的'天'，最起码，成为你的'伞'，下雨天我挡着，太阳天我遮着！"

雨鹃睁大了眼睛，大出意料之外，半晌才回过神来，感动得一塌糊涂，大叫："哇！这是我听过的最美的话了！我这只'笨老鼠'只好认栽，栽进你这只'瞎猫'的怀里去了！"

她说完，就一头栽进他的怀里。

他笑着抱住她。两人紧紧相拥，融化在一片幸福中。

塘口的新房里浓情如酒，醉意盎然。展家的庭院里，却是人去楼空，满目萧条。

祖望过了一个寂寞的晚上，云飞离家了，连云翔也不见了。纪家父女三个，根本不肯露面。展家，从来没有这样冷冷清清过，他被一种失落的感觉牢牢地捉住了。

婚礼第二天，祖望才知道云翔竟然关在牢里！来报信的是黄队长。

"咱们厅长交代，只要有人去闹婚礼，不管是城南还是城北的人，一概抓起来！展二爷一早就骑了马要冲进迎亲队伍里去，没办法，只好抓起来了！"

祖望惊得目瞪口呆，品慧已经尖叫起来："怪不得一个晚上都没回家！黄队长，我们和你们厅长是什么交情，你居然把云翔给关了一夜？哪里有这个道理？现在人呢？"

黄队长慢条斯理地说："现在，人还在拘留所里，等你们去签个字、立个保，我们才能放人！"

祖望气急败坏地喊："什么叫签个字？立个保？要签什么字？立什么保？"

"要签你展老爷子的名字，人是你保出去，你要负责！要保证他以后不会再去苏家捣乱，否则，我们不能放人！"

"什么苏家？哪一个苏家？"品慧气糊涂了。

"就是苏慕白先生的家啊！说苏慕白你们搞不清楚，说展云飞你们总知道是谁了吧！我们奉命，对苏慕白全家大大小小做'重点保护'！"

品慧气得快厥过去，急喊："老爷子！这是什么荒唐事儿？怎么会有这种事？你还不快去把云翔保出来，他从小到大哪里受过这样的委屈？"

"老罗！老罗！去请纪总管！让他赶快去办一下！"祖望回头急喊。

黄队长一拦，对祖望笑了笑。

"还是麻烦您亲自跑一趟吧！您老得亲自签字，我们才能放人！纪总管恐怕没这个分量！没办法，我们也是公事公办！"

"老爷子呀！你快去吧！"品慧喊得天摇地动，"云翔在牢里，怎么受得了呀！会出人命的呀……"

祖望被品慧喊得心慌意乱，再也不敢耽搁，跟着黄队长就直奔拘留所。

到了拘留所，只见云翔穿着内衣内裤，满脸淤伤，缩在墙角。

云翔听到人声，他一抬头，看到祖望，好像看到了救星。他跳起身子，合身扑在栏杆上，嘶哑地大喊："爹！快把我弄出去，快把我弄出去！这儿关着好多疯子，我快要被他们撕成好多片了！爹……"

祖望看到他这么狼狈，大惊失色，回头看黄队长。

"怎么会这样？你们打他了？"

"哪儿有打他？不过把他跟几个流浪汉关在一起罢了！"

黄队长开锁，牢门哗啦一声打开。

云翔蹿了出来，一反手就抓住黄队长胸前的衣服，咆哮地喊："你把我和这些土匪流氓关在一起，他们扒了我的衣服，抢了我的钱袋，你这儿还有王法没有……"

"他们都是无家可归的穷人，你展二少爷有钱有势，就当是救济贫民吧！还好我把你跟他们关在一起，不过扒了你的衣服，如果真正跟犯人关在一起，你这么吵闹，大概早就扒了你的皮！"

云翔气疯了，对黄队长大吼："我要告你！你吃里爬外，你这个卑鄙小人！"

黄队长大怒，回头喊："来人呀！把他关回去！"

警察们大声应着一拥而上。祖望急忙上前拦住，忍气吞声地赔笑。

"好了，好了！他关了一夜，难免脾气暴躁，你们不要跟他一般见识，让我带他回家吧！"连忙对云翔使眼色，"云翔，不要放肆！有话，回家再说！"

云翔看到警察上前，再看那间牢房，早已吓得魂飞魄散，不敢多说。

"好了！展老爷子，人呢，交给你带回去！你签的字、立的保可别忘了！这次，我们只不过留了他一夜，下一次就没有这么便宜了！"

祖望憋着气，拼命按捺着自己，拉着云翔回家去。

云翔这口气怎么咽得下去，走进家门，一路上咬牙切齿地大骂："云飞在那儿神气活现地迎亲，马队搞了一大群，我不过骑匹马过去，就这样对付我！黄队长他们现在全部胳臂肘向外弯，什么意思？爹！我今天败在云飞手里、栽在云飞手里，受到这样的奇耻大辱，不是我一个人输，是你跟我一起输！云飞假如没有郑老板撑腰，哪儿有这么嚣张！今天抓我，说不定明天就抓你！我非报这个仇不可……"

祖望的情绪跌进谷底，在失落之余，还有苍凉。没想到一场"家变"演变成"南北斗法"，而自己已经兵败如山倒！他思前想后，心灰意冷。

"我劝你算了，别再去惹他们了，我是签了字把你保出来的，再出问题，恐怕大家的日子都不好过！就算我从没生过那个儿子，让他们去自生自灭吧！"

"爹！你这说的是什么话！他把我在监牢里关了一夜，还被那些流浪汉欺负，我怎么忍这口气！我们展家，真正的夜鸮不是我，是云飞，他真的心狠手辣，什么父母兄弟一概不认，只认郑老板和他那个能够居中穿线的'老婆'！哇……"他狂怒地暴跳着，"我受不了！受不了！"

品慧心痛得快死掉了，跟在旁边也火上加油。

"老爷子，这实在太过分了！云飞不把云翔放在眼里也就算了，他现在根本就是在跟你'宣战'，你当作没有生他，他并不是就不存在了！
他投靠了郑老板，动用官方势力抓云翔，我们以后还有太平日子可过
吗？只怕下一步，就是要把你给'吃了'！你怎么能不管？"

祖望脸色灰暗，郁闷已极。

"这个状况，实在让我想都想不到！我看，要把纪总管和天尧找来，
大家商议商议！"就直着脖子喊，"小莲！小莲！"

小莲奔来。

"去请纪总管和天尧过来一下！"

"我想……他们忙着，恐怕过不来！"小莲嗫嚅着。

"什么叫过不来？"

"老爷，二少奶奶的病好像很严重，他们心情坏得不得了，真的过
不来。"

祖望一惊，回头看品慧。

"天虹怎样了？你没有天天过去看吗？"

品慧没好气地说："有你的'大老婆'天天过去看，还不够吗？"

云翔听到'天虹'二字，气又往上冲。

"她哪儿有什么毛病？昨天我出去的时候，她跑出来骂我，骂得顺
溜得不得了！她说我……"想到天虹的措辞，气更大了，痛喊出声，"天
啊，我真是世界上最倒霉的人了！"

天虹的情况真的不好。孩子失去了，她的心也跟着失去了。她的意
志、思想、魂魄、精神……全部都陷进了混乱里。不发病的时候，她就
陷在极度的消沉里，思念着孩子，简直痛不欲生。发病的时候，她就神
志昏乱，不清不楚。

这天，她又在发病。梦娴和齐妈得到消息，都过来看她。

梦娴走进她的卧房，就看到她形容憔悴、弱不禁风地站在桌子前面。桌子上堆满了衣料，她拿着剪刀和尺，在那儿忙忙碌碌地裁衣服，忙得不得了。桌上，已经有好几件做好的衣服，春夏秋冬都有，全是婴儿的衣服。

纪总管一脸的沉重和心痛，站在旁边看，束手无策。

天虹看见梦娴和齐妈，眼中立刻闪出了光彩，急忙跑过来，把手中针线拿给她们看。

"大娘，齐妈，你们来得正好，帮我看看，这小棉袄我做得对还是不对？棉花是不是铺得太厚了？我怕天气冷，孩子会冻着，多铺了一点儿棉花，怎么看起来怪怪的？"

齐妈和梦娴交换了一个眼色，都感到心酸极了。纪总管忙对梦娴鞠躬。

"太太，又要麻烦你了！你看她这样子，要怎么办？"

"先别急，我们跟她谈谈！"

齐妈握着那件小棉袄，难过地看了看。

"天虹，你的手好巧，工做得那么细！"

天虹对齐妈笑。

"你看！"她翻着棉袄，"我怕线疙瘩会让孩子不舒服，每个线疙瘩，我都把它藏在里面！你摸摸看，整件衣服没有一个线疙瘩！"

梦娴看得好担心，转头低问纪总管："她这个样子多久了？"

"从昨天中午到现在，就没有停过手，没吃东西，也没睡觉。"

"大夫瞧过了吗？"

"换了三个大夫了，大家都说没办法，心病还要心药医！可这'心药’，我哪儿去找？”

天虹对他们的谈话听而不闻，这时，又拿了另一件，急急地给齐妈看。

"齐妈，这件，会不会做得太小了？孩子明年三月生，算算，三个月大的时候，天气就热了，对不对？"

天尧实在忍不住了，往她面前一冲，抓住她的胳臂，摇着喊着："天虹！你醒一醒！醒一醒！没有孩子了，你拼命做小衣服干什么？你要把大家急死吗？一个小孩没有那么重要！"

天虹大震，急遽后退，惊慌失措地看着天尧。

"有的！有的！你为什么要这样说？"她急忙抬头看梦娴，求救地、害怕地喊，"大娘……你告诉他，他弄不清楚！"

"你才弄不清楚！你的孩子已经掉了，被云翔一场大闹弄掉了！你记得吗？记得吗？"天尧激动地大喊。

"大娘！大娘！"她求救地扑向梦娴。

梦娴忙奔上前去，抱住了她，对天尧摇摇头。

"不要那么激烈，跟她好好说呀！"

纪总管眼中含泪了。

"怎么没有好好说，说得嘴唇都干了！她根本听不进去！"

天虹瑟缩在梦娴怀里，浑身发抖，睁大眼睛对梦娴说："等孩子出世了，我搬去跟你一起住，好不好？我爹和我哥，对孩子的事都一窍不通。你和齐妈可以教着我，我们一起带他，好不好？我和雨凤有一个约定，将来，她要带着她的孩子，我带着我的孩子，我们要在一起玩儿！把所有的仇恨通通忘掉！雨凤说，我们可以有这样的梦！"

梦娴心中一痛，把她紧拥在怀中。

"天虹啊！你要给自己机会才能有那一天呀！你还可以有下一个

呀！让我们把所有的希望放在以后吧！你要面对现实，这个孩子已经失去了！"

天虹一个寒战，倏然醒觉。

"孩子没有了？"她清醒了，看梦娴，需要肯定地，"真的没有了？失去了？"

"没有了！但是，你可以再怀再生呀！"梦娴含泪说。

她蓦地抬头，眼神凄绝。

"再怀再生？再怀再生？"她凄厉地大喊，"怎么再怀再生？我恨死他！恨死他！恨死他！我这么恨他，怎么会再有孩子？他连自己的孩子都杀……他不配有孩子！他不配有孩子！"

她一面喊着，一面挣开梦娴，忽然向门外冲去。

"天虹！你要去哪里？"梦娴惊喊。

天尧奔过去，一把抱住天虹。她极力挣扎，大吼："我要去找他！我要杀掉他！那个魔鬼！凶手……"她挣扎着，痛哭着，"他知道我有多爱这个孩子，他故意杀掉我的孩子，我求他，我跪他，我拜他，我给他磕头……他就是不听，他存心杀掉他！怎么会有这样的爹？怎么会给我遇到？"

纪总管心都碎了，过来揽住她，颤声说："你心里的苦，爹都明白……"

天虹泣不成声，喊着："你不明白……我要我的孩子，我要我的孩子，我要我的孩子……"她喊着喊着，没力气了，倒在父亲怀里啜泣着，"上苍已经给了我希望，为什么又要剥夺掉？我什么都没有，所有属于我的幸福一样样都失去了。我只有这个孩子，为什么也留不住？为什么？为什么？"

梦娴、齐妈、纪总管、天尧都听得泪盈于眶了。

苍
天
有
泪

贰拾陆

TWENTY-SIX

"我已经在展家和你们之间做了一个选择，就选择到底吧！"

　　展家虽然已经陷在一片愁云惨雾里，塘口的云飞新家却是浓情蜜意
的。云飞和雨凤沉浸在新婚的甜蜜中，如痴如醉。每个崭新的日子，都
是一首崭新的诗。他们早上起床，会为日出而笑。到了黄昏，会为日落
而歌。没有太阳的日子，他们把天空的阴霾当成一幅泼墨画。下雨的时
候，更是"画堂人静雨蒙蒙，屏山半掩余香袅"。至于月夜，那是无数
无数的诗。是"云破月来花弄影"，是"情高意真，眉长鬓青，小楼明
月调筝，写春风数声"，是"月上柳梢头，人约黄昏后"，是"明月几
时有，把酒问青天"。云飞喜欢看雨凤的每个动作，每个表情。觉得她
的每个凝眸，每个微笑，每个举手投足，都优美如画，动人如诗。他就
陶醉在这诗情画意里，浑然忘却人间的烦恼和忧愁。不只他这样，家里
每一个人都是这样。雨鹃和阿超也被这种幸福传染了，常常看着一对新
人笑，笑着笑着，就会彼此也傻笑起来，好像什么事情都能让人笑。小
三、小四、小五更是这样，有事没事，都会开怀大笑起来，把那欢乐的
笑声，银铃般抖落在整个房子里。

　　这种忘忧的日子持续了一段时间，直到郑老板来访。

　　郑老板把一些几乎尘封的仇恨又唤醒了，把一些几乎已经忘怀的痛
苦又带到了眼前。他坐在那间仍然喜气洋洋的客厅里，看着雨鹃和雨
凤，郑重地说："雨鹃，我答应你的事，一直没有忘记。你们姐妹的深
仇大恨，我也一直放在心里。现在，时机已经成熟了，你们还要不要

报仇？"

雨鹃眼睛一亮，和展夜鸮的仇恨，像隐藏的火苗，一经点火，就立刻燃烧起来。她兴奋地喊："你有报仇的方法了？什么方法？快告诉我！"

雨凤、云飞、阿超都紧张起来。

"本来，早就要跟你们说，但是，慕白和雨凤正在新婚，让你们先过几天平静的日子！现在，你们可以研究一下，这个仇到底要报还是不要报？"郑老板看着云飞，"如果你还有顾虑，或是已经不愿追究了，我也是可以理解的！"

云飞愣了愣，还没回答，雨鹃已经急切地追问："怎么报呢？"

"你们大概还不知道，我把阿文他们全体弄过来了！展家的夜鸮队现在都在我这儿！"

"我知道了，那天在喝喜酒的时候看到阿文，他都跟我说了！"阿超说。

"好，削弱展家的势力，必须一步一步地做。这件事我已经进行了一段时间。基本上我反对用暴力。如果来个南北大械斗，一定伤亡惨重，而且私人之间的仇恨会越结越深，绝对不是大家的福气。但是，这个展夜鸮的种种行为，实在已经到了让人忍无可忍的地步！我用了一些时间，找到原来在溪口居住的二十一户人家，他们大部分都是欠了展家的钱，被展夜鸮半夜骚扰，实在住不下去，很多人都被打伤，这才纷纷搬家。大家的情形都和寄傲山庄差不多，只是，寄傲山庄闹到失火死人，是最严重的一个例子！"

大家都聚精会神地听着。

"你们也知道，桐城的法律实在不怎么公平，像在比势力，不是比道理！可是，天下不是只有桐城一个地方，而且，现在也不是无政府状态！我已经说服了这二十一户人家，联名控告展夜鸦！"

"大家都同意了吗？"雨鹃问。

"大家都同意了！但是，你们萧家是第一户，你们五个兄弟姐妹必须全部署名！这张状子，我经过部署，可以很快地通过地方到达北京！我有把握，马上把展夜鸦送进大牢！整个夜鸦队，都愿意为当初杀人放火的行为作证！所以，这个案子一定会赢。这样，我们用法律和道义来制裁他，无论如何比用暴力好！你们觉得怎么样？"

雨风看云飞，雨鹃看雨风，云飞看阿超，大家看来看去。

"你确定告得起来吗？是不是还要请律师什么的？"雨风问。

"请律师是我的事，你们不用管！这不是一个律师的事，而是一个律师团的事！你们要做的就是在状子上签名，到时候，可能要去北京出庭。我会把一切都安排好，如果告不起来，我今天也不会来这一趟，也不会跟你们说了！"

"如果我们赢了，展夜鸦会判多少年？"雨风再问。

"我不知道，我想，十年以上是跑不掉的！等他关了十年再出来，锐气就磨光了，展家的势力也瓦解了，那时候，他再也构不成威胁了！"

云飞听到这儿，脸色一惨，身子就不自禁地打了个寒战。

雨鹃却兴奋极了，越想越高兴，看着雨风，大声地说："我觉得太好了！可以把展夜鸦关进牢里去，我夜里做梦都会笑！这样，不但我们的仇报了，以后也不用担心害怕了！我们签名吧！就这么办！"她再看郑老板，"状子呢？"

"状子已经写好了，你们愿意签字，我明天就送来！"

雨风有些犹疑，眼光不断地看向云飞。

"慕白，你的意思怎样？"

云飞低下头，想了好半天。在这个幸福的时刻，来计划如何削弱展家、如何囚禁云翔，他实在没有办法让自己同仇敌忾。他心有隐痛，神情哀戚，对郑老板说："我们再考虑一下好不好？"

"好啊！你们考虑完了，给我一个答复！"郑老板看看大家，"你们心里一定有一个疑问，做这件事对我有什么好处？我坦白告诉你们，我最受不了欺负女人的男人，还有欺负弱小的人！我没有任何利害关系，只是路见不平，想主持一下正义！"

"我知道，你已经一再对'城南'警告过了，他们好像根本没有感觉，依然强行霸道！你这口气不出也憋不下去了！"雨鹃说。

"雨鹃真是聪明！"郑老板一笑，看着雨鹃和阿超，"正事谈完了，该研究研究你们两个的婚事了！日子选定没有？"

阿超急忙说："我和雨鹃决定简简单单地办，不要那么铺张了！"

"再怎么简单，这迎娶是免不了的！我这个女方家长还是当定了！"他对阿超直笑，"这是我最大的让步，除非，你让我当别的！"

阿超急忙对他深深一鞠躬，一迭连声地说："我迎娶！我迎娶！我一定迎娶！"

雨鹃笑了，大家也都笑了。

云飞的笑容里，带着几分勉强和萧索。雨凤悄眼看他，就为他的萧索而难过起来。

郑老板告辞之后，云飞就一语不发地回到卧室里。雨凤看他心事重重，身不由己也追进卧室。只见云飞走到窗前，站在那儿，望着窗外的天空默默地出着神。雨凤走到他的身边，柔声问："你在想什么？"

"我在跟你爹'谈话'！"

雨凤怔了怔，看看天空，又看看他。

"我爹跟你说'得饶人处且饶人'吗？"

"你连你爹说什么都知道？"

"我不知道我爹说了什么，我知道你希望他说什么。"她凝视他，深思地说，"郑老板的方法确实是面面俱到！你曾经想杀他，这比杀他温和多了！一个作恶多端的人，我们拿他没办法，如果王法拿他也没办法，这个世界就太灰暗了！"

"你说得很有理。"他闷闷地说。

"如果我们由于不忍心，或者你还顾虑兄弟之情，再放他一马，就是把这个隐形杀手，放回这个社会，你能保证他不再做坏事吗？"

他沉吟不语，只是看着她。他眼神中的愁苦，使她明白了。

"你不希望告他？"

他好矛盾，叹了一口长气。

"我恨他！真的恨之入骨！尤其想到他欺负你那次，我真的恨不得杀掉他！可是，我们现在好幸福。在这种幸福中，想到整个展家的未来，我实在心有不忍！这个案子，绝不是单纯地告云翔，我爹也会牵连！如果你签了这个字，对我爹来说是媳妇具名控告他，他的处境实在可怜！在桐城，先有我大张旗鼓地改名换姓，再有你告云翔一状，他怎么做人？"

"我以为……你已经姓苏了！"

"我也以为这样！想到云翔的可恶，想到我爹的绝情，我对展家真是又气又恨！可是，真要告他们，事到临头还是有许多的不忍！郑老板那么有把握，这件事一定会闹得轰轰烈烈，尽人皆知！如果云翔因为你告他而判刑，我爹怎么活下去？还有天虹呢？她要怎么办？"

雨凤被问住了，正在寻思，雨鹃冲开了房门，直奔进来，往云飞面前一站，坚决而果断地说："慕白！你不要三心二意，优柔寡断！我知道，当我们要告展家的时候，你身体里那股展家的血液就又冒出来了！自从我爹死后，我也经历过许许多多事情，我也承认爱比恨幸福！可是，展夜鸮坏得不可思议、不可原谅！如果今天我们必须杀他才能报仇，我就同意放手了！现在，我们不必杀他，不必跟他拼命，而是绳之以法，你实在没有道理反对！如果你真的爱雨凤，不要勉强她做圣人！姑息一个坏蛋，就是作践自己！因为你实在不知道，他还会不会再来欺负我们！"

云飞看着坚决的雨鹃，心里愁肠百折、忧心忡忡，他抬眼看了看跟着雨鹃进门的阿超。

阿超和云飞眼光一接触，已经心领神会，就慌忙对雨鹃说："雨鹃，我们先不要这么快做决定！大家都冷静一点，想一想！"

雨鹃掉头对阿超一凶："还想什么想？你下不了手杀他，我们一大群人一次又一次被他整得遍体鳞伤，拿他就是无可奈何！现在这么好的机会我们再放掉，以后被欺负了，就是自作自受！"

"我发誓，不会让你们再被欺负！"阿超说。

雨鹃瞪着阿超，大声说："你的意思是，不要告他了！"

"我的意思是大家研究研究再说！"

雨鹃再掉头看云飞，逼问："你的意思呢？告还是不告！"

云飞叹了口气。

"你已经知道了，当这个时候，我展家的血液就冒出来了！"

雨鹃气坏了，掉头再看雨凤。

"雨凤，你呢？你怎么说？"

雨凤不说话，只是看云飞。

雨鹃一气，用双手抱住头，大喊："你们会把我弄疯掉！这种妇人之仁毫无道理！雨凤，你不告，我带着小三、小四、小五告！你不能剥夺掉弟妹报仇的机会！"她看着云飞和雨凤，越想越气，大声说，"雨凤，什么苏慕白，不要自欺欺人，你还是嫁进展家了！再见！展先生，展太太！"说完，她转身就冲出门去了。

雨凤大震，立刻喊着，追出门去。

"雨鹃！不要这样子！你不要生气！雨鹃……雨鹃……"

阿超跟着追出去，喊着："雨鹃！大家好好研究呀！不要跑呀……"

云飞见大家转瞬间都跑了，心里一急，身不由己也跟着追出门去。

雨鹃奔进院子，跳上一辆脚踏车，打开大门就往外面飞快地骑去。雨凤看到她骑车走了，急忙也跳上一辆脚踏车，飞快地追了上去。

小三、小五跑出来，惊奇地大叫："大姐！二姐！你们去哪里？"

雨鹃充耳不闻，一口气骑到公园里，来到湖边。

雨凤已经追了过来，不住口地喊："不要这样！我们好好谈嘛！"

雨鹃跳下脚踏车，把车子往树下一推。雨凤也停了下来。

姐妹俩站在湖边，雨鹃就气呼呼地说："我早就跟你说，不管他改不改名字，不管他和家里断不断绝关系，他就是展家人，逃都逃不掉！你不信！你看，现在你嫁了他，自己的立场也没有了！郑老板这样用尽心机，筹划那么久部署那么久，才想出这么好的办法，结果，我们自己要打退堂鼓，这算什么嘛？"

"我并没有说我不告呀！只是说，大家再想想清楚！"

"这么单纯的问题，有什么好想？"

两人正谈着，阿超骑着家里仅剩的一辆脚踏车，车上载着云飞、小

三、小五三个人，像表演特技一样，丁零丁零地赶来了。阿超骑得气喘吁吁，小三、小五以为又是什么新鲜游戏，乐得嘻嘻哈哈。大家追上了两姐妹，跳下车。

阿超不住挥汗，喊："哇！要累死我！你们姐妹两个，以后只许用一辆车，留两辆给我们！要生气跑出门，最好用脚跑，免得我们追不上，大家下不了台！"

小三和小五莫名其妙地看着大家。

"你们不是出来玩呀！"小三问。

雨鹃把小三一拉，大声问："小三！你说，你还要不要报杀父之仇？如果有办法把那个展夜鸮关进牢里去，我们要不要关他？"

"当然要啦！他关进牢里，我们就再也不用害怕了！"小三叫着。

"小五！你说呢？要不要把那个魔鬼关起来？"

"要要要！"小五拼命点头。

云飞皱了皱眉头，上前一步，看着雨鹃，诚恳地说："雨鹃，你不用表决，我知道，你们的心念和意志有多么坚定！今天，是我一票对你们六票，连阿超，我知道他也站在你们那边，主张让那个夜鸮受到应有的惩罚！我今天的'不忍'确实毫无理智！甚至，是对不起你们姐弟五个的！所以，我并不坚持，如果你们都主张告，那就告吧！不要生气了，就这么办吧！"

雨鹃不说话了。

雨凤仔细地看他，问："可是，你会很痛苦，是不是？"

云飞悲哀地回答："我现在知道了，我注定是要痛苦的！告，我想到展家要面对的种种问题，我会痛苦！不告，你们会恨我，我更痛苦！我已经在展家和你们之间做了一个选择，就选择到底吧！"

"可是，如果你很痛苦，我也会很痛苦！"雨凤呆呆地说。

云飞对她歉然地苦笑。

"似乎你也无可奈何了！已经嫁了我，承受双边的痛苦，就成了必经之路！"

雨鹃听着看着，又气起来。

"你们不要这样'痛苦'好不好？我们要做的，是一件大快人心的事呀！大家应该很起劲，很团结，很开心地去做才对！"

阿超拍拍雨鹃的肩，说："你的立场一定是这样，可是，大少爷……"

阿超话没说完，雨鹃就迁怒地对他大喊出声："就是这三个字——大少爷！"她指着云飞，"阿超忘不了你是他的大少爷，对你只有服从！你自己也忘不掉你是展家的大少爷，还想维护那个家庭的荣誉和声望！问题就出在这三个字上面！'大少爷'！"

阿超看到雨鹃那么凶，又堵他的口，又骂云飞，他受不了这个！难得生气的他突然大怒了，对雨鹃吼着说："我笨！嘴老是改不过来，你也犯不着抓住我的语病，就大做文章！我以为你这个凶巴巴的毛病已经改好了，结果还是这样！你这么凶，大家怎么过日子？"

雨鹃这一下气更大了，对阿超跳着脚喊："我就是这么凶，改不了，你要怎么样？还没结婚！你还来得及后悔！"

雨凤急忙插进来喊："怎么回事嘛！大家讨论问题，你们两个怎么吵起来了？还说得这么严重！雨鹃，你就是太容易激动，你不要这样嘛！"

雨鹃恨恨地对雨凤说："你不知道，在阿超心里，他的'大少爷'永远放在第一位，我放在第二位！如果有一天，他的大少爷要杀我，他大概就忠心耿耿地把我杀了！"

阿超气坏了，涨红了脸喊："你说的什么鬼话？这样没有默契，还结什么婚！"

雨鹃眼圈一红，跳脚喊："你说的！好极了，算我瞎了眼认错人，不结就不结，难道我还会求你娶我吗？"

小五帮着阿超，推了雨鹃一下。

"二姐！你不可以骂阿超大哥！他是我们大家的'阿超大哥'，你再骂他，我就不理你了！"

雨鹃更气，对小五吼："我看，让他等你长大，娶你好了！"

云飞见二人闹得不可收拾，急忙喊："雨鹃，阿超！你们不要再吵了！这些日子以来，我们生活在一起，团聚在一起，我们七个人已经是一个密不可分的家庭了！我从一个'分裂'的、'仇恨'的家庭里，走到这个'团结'的、'相爱'的家庭里，对这种'家'的感觉，对这种团结和相爱的感觉，珍惜到了极点！现在最重要的，是我们不能'分裂'！不管为了什么，我们都不可以恶言相向！不可以让我们的感情受到丝毫伤害！大家讲和吧！"云飞说着，就一手拉住阿超，一手拉住雨鹃，"对不起！让你们发生这么大的误会，都是我的错！"他看着雨鹃，"我已经投降了，你也不要把对我的气迁怒到阿超头上去吧！好不好？"

雨鹃不说话，仍然气呼呼。阿超的脸色也不好。

雨凤过来，抓住雨鹃的手。

"好了好了！雨鹃，你不要再生气了！如果你再气下去，我们大家今天晚上又惨了，一定整晚要听那个劈柴的声音！后院的柴已经快堆不下了！"

雨凤这句话一出口，雨鹃忍不住扑哧一笑。

阿超瞪她一眼，也讪讪地笑了。

小三终于透了一口气，欢喜地叫："好啦！都笑了！二姐不生气，阿超也不用劈柴了！我们大家也可以回家了吧？"

四个大人都笑了。但是，每个人的笑容都有些勉强。

那天晚上，雨鹃心神不宁，一个人在房间里走来走去。对于下午和阿超的一场吵架，心里实在有点后悔，可是，从小她就脾气刚烈，受不了一点儿委屈。现在要她去和阿超低声下气，她也做不出来。正在懊恼中，房门一开，阿超推门进来。她回头看到他，心里有些七上八下。

阿超把房门合上，背靠在门上，看着她，正色地说："我们应该谈谈清楚！"

"你说！"

"今天在公园里，我们都说了一些很严重的话。这些话如果不谈清楚，以后我们的婚姻一定有问题！我宁愿要痛，让我痛一次，不愿意将来要痛好多次！"

雨鹃凝视他，默然不语。

"从我们认识那天开始，你就知道我的身份，是你让我排除了我的自卑来接受这份感情，但是，我对……"他好用力才说出那个别扭的称呼，"慕白的忠心，是我的一种本能和习惯，其中，还有对他的崇拜在内。我认为，这种感情和我对你的感情没有冲突，你今天实在不应该把它们混在一起，一棍子打下来，又打我又打他，这是不对的！你会伤了我的感情，也伤了慕白！这是第一点！"

雨鹃一惊，憋着气说："你还有第二点、第三点吗？"

"是！"

"请说！"

"你的这个脾气说发作就发作，动不动就说一些不该出口的话，实在太过分了！你知道吗？话说出来是收不回去的！就像不要结婚这种话！"

"难道你没有说吗？"她忍耐地问。

"那是被你气的！"

"好！这是第二点，那么第三点呢？"

阿超就板着脸，一字一字地说："现在还没有结婚，你要后悔，真的还来得及！"

雨鹃心里一痛，整个人都傻住了。

"第四点……"

她重重地吸了一口气。

"还有第四点？"

他郑重地点点头，眼睛炯炯地看着她。

"是！第四点只有三个字，就是我说不出口的那三个字！"

她的心扑通扑通地跳着，两眼紧紧地盯着他看。

"你说完了？"

"是！"

她板着脸说："好吧！我会考虑考虑再答复你，看我们还要不要结婚！"

他的眼神中闪过了一抹痛楚，点点头，转身要出门去。

她立即飞快地奔过来，拦住门，喊："你敢走！全世界都没人敢跟我说这么严重的话！以前，连我爹都要让我三分！你难道就不能对我甜一点，让我一点？我就是脾气坏嘛，就是改不好嘛！以后，我的脾气一定还是很坏，那你要怎么办嘛？我看你也好不到哪里去，我吼你也吼，我叫你也叫，还没结婚先给我上课！你就那么有把握我不会被你气走？"

他屏住呼吸，凝视她的眼睛，冲口而出："我哪里有把握，心都快从喉咙口跳出来了！"

"那你不能不说吗？"

"忍不住，不能不说！"

她的脑袋往后一仰，在房门上撞得砰地一响，大叫："我就知道，我好苦命啊！哎哟！"头撞痛了，她抱住脑袋直跳。

阿超一急，慌忙去看，抱住她的头又揉又吹。

"怎么回事？说说话，脑袋也会撞到？"

她用力一挣。

"不要你来心痛！"

"来不及了！已经心痛了！"

她睁大眼睛瞪着他，大叫："我总有一天会被你气死！"接着，就大大一叹，"算了！为了你那个第四点，我只好什么都忍了！"想想，眼圈一红，"可是……"

阿超把她的头用力往胸口一压，她那声"可是"就堵回去了。他柔声地说："不要说'可是'了！好好地嫁我就对了！不过……我的第五点还没说！"

她吓了好大一跳，推开他，惊喊："哦？还有第五点，你是存心考验我还是怎么的？不要欺人太甚啊！"

他一脸的严肃，诚恳地说："第五点是……关于我们告还是不告，大家先仔细地分析分析，不要那么快回答郑老板！这里面还有一个真正苦命的人，我们能不能帮她想一想，就是天虹！"

雨鹃怔住了，眼前立刻浮起天虹那张楚楚可怜的脸庞和那对哀哀切切的眼睛，她不禁深思起来，无言以答了。

天虹确实很苦命。雨凤和雨鹃都已经苦尽甘来，但是，天虹却深陷在她的悲剧里，完全无法自拔。当萧家正为要不要告云翔而挣扎时，她正寻寻觅觅，在天上人间找寻她失落的孩子和失落的世界。

这天，她又发病了。手里握着一顶刚完工的虎头帽，急急地从屋里跑出来，满院子东张西望。纪总管和天尧追在后面喊："天虹！天虹！你要到哪里去？"

她站住了，回头看着父亲，神思恍惚地说："我要去找云飞！"

纪总管大惊，慌忙拦住。

"你不可以去找云飞！"

她哀恳地看着纪总管，急切地说："可是，我有好多话要告诉云飞，他说我是破茧而出的蝴蝶，他错了！我的茧已经越结越厚，我出不去了！只有他才能救我！爹，你们不要囚禁我，我已经被囚禁好久好久了，你让我去找云飞吧！"

纪总管听得心中酸楚，看她说得头头是道，有些迷糊，问："天虹，你到底是清楚还是不清楚？你真的要去找云飞吗？为什么？"

天虹迷惘地一笑。

"因为他要吃菱角，我剥好了，给他送去！"

纪总管和天尧对看，都抽了一口冷气。天尧说："爹！拉她进去吧！"

父子二人就过来拉她。她被二人一拉，就激烈地挣扎起来。

"不要！不要！不要拉我！放开我呀！为什么要这样对我呢？为什么不让我出门呢？"她哀求地看着父亲，心碎地说，"爹！云飞走的时候，我答应过云飞，我会等他一辈子，结果我没等，我依你的意思嫁给云翔了！"

纪总管心里一痛，凄然地说："爹错了！爹错了！你饶了爹吧！快跟爹进去！"就拼命去拉她。

天虹叫了起来："不！不！不！放开我呀……放开我呀……"

三个人正拉拉扯扯中，云翔过来了，看到这个状况就不解地问："你们在干什么？"

纪总管见到云翔，手下一松，天虹就挣开了。她抬起头来看到云翔，顿时怒发如狂，大叫："你不要碰我！你不要过来！"

云翔又是惊愕又是愤怒，对着她喊："我才不要碰你呢！我又不是来找你的！我来找你爹和你哥，你别弄不清楚状况，还在这儿神气！"

天尧生气地喊："你不要说了，她现在脑筋不清楚，你还在这儿刺激她！"

"什么脑筋不清楚，我看她清楚得很，骂起人来头头是道！"云翔说着，就对天虹大吼，"我赶不上云飞的一根汗毛，是不是？"

她被这声大吼吓住了，浑身发抖，用手急急地护着肚子，哀声喊："请你不要伤到孩子！我求求你！"

"你在搞什么鬼？"云翔更大声地吼。

她一吓，拔脚就逃，没命地往大门外飞奔，嘴里惨叫着："谁来救我啊……云翔要杀我的孩子啊！谁来救我啊……"

天尧和纪总管拔脚就追，云翔错愕地拦住，喊："这是干什么？装疯卖傻吗？"

天尧忍无可忍，一拳打在他下巴上，云翔措手不及，被打得跌倒在地。

这样一耽搁，天虹已夺门而去。纪总管急喊："天尧！不要管云翔了，快去追天虹啊！"

天虹也不知道哪儿来的力气，跑得飞快，转眼间已经跑出大门，在街上没命地狂奔。一路上惊动了路人，大家躲避的躲避，观看的观看。

天尧、纪总管、老罗、云翔……都陆续追了出来。天尧大喊："天虹！你快回来，你要去哪里，我们驾车送你去！"

纪总管跑得气喘吁吁，满头大汗，喊着："天虹！你别折腾你爹了！天虹……"

云翔惊愕地看着急跑的天虹，觉得丢脸已极，在后面大吼大叫："天虹！你这样满街跑，成何体统？还不给我马上滚回来！"

天虹回头见云翔追来，就魂飞魄散了，哭着喊："让我保住孩子！求求你不要伤害我的孩子……"

"什么孩子？你已经没有孩子了！"云翔怒喊。

"不不不！不……不……"她大受刺激，狂叫，狂奔。

她奔到一个路口，斜刺里忽然蹿出一辆马车。车夫突然看到有人奔来，大惊，急忙勒马。但是，已经闪避不及，车门钩到天虹的衣服，她就倒在了地上。马儿受惊，一声狂嘶，人立而起，双蹄一踹，正好踹在她的胸口。

天尧奔来，只见她一松手，婴儿帽滚落地，随风飞去。

"天虹！"天尧惨叫，扑跪落地。

天虹的脸色白得像纸，唇角溢出一丝血迹。天尧吓得魂飞魄散，抱起她。

纪总管、老罗、云翔、车夫、路人都围了过来。

天虹睁开眼睛，看到好多人围着自己，看到惶急的天尧，又看到焦灼的纪总管，神志忽然清醒过来。她困惑地、害怕地、怯怯地说："爹，怎么回事？我是不是闯祸了？对不起！"

纪总管的泪泉涌而出，悲痛欲绝地说："孩子，该我说对不起！太多太多个对不起！我们快回去请大夫！你会好的，等你好了，我们重新开始，重新来过……"

天尧抱着天虹，往家里疾走。

云翔直到这时，才受到极大的震撼。他呆站在街头，一时之间不知道自己身在何在，眼前只有天虹那张惨白惨白的脸。他感到血液凝结了，思想停顿了，他挺立在那儿动也不能动。

接着，展家又是一阵忙乱。所有的人都赶到了天虹身边。只有云翔没有去，他把自己关在卧房里，独自缩在墙角，痛苦得不得了。

大家围绕在天虹床前，看着大夫紧张地诊视。半响，大夫站起身，祖望、纪总管、天尧都跟着出房，天尧急急地说："大夫，这边请，笔墨都准备好了，请赶快开方子！"

大夫面容凝重地看着祖望和纪总管，沉痛地说："我很抱歉！不用开方子了。药，救得了病，救不了命。您接受事实吧！她的胸骨已经碎了，内脏破裂……怎样都熬不过今天了！"

纪总管、天尧、祖望全体大震。纪总管一个跟跄，身子摇摇欲坠。

祖望急忙扶住他，痛喊着："亲家！冷静一点！"

"如果送到圣心医院，找外国大夫，有没有用？"天尧喊。

"我想，什么大夫都没用了！而且，她现在不能搬动，只要一动，就马上会过去了！你们还是把握时间，跟她话别吧！"大夫诚挚而同情地说。

纪总管站立不住，跌坐在一张椅子里。这时，小莲急急来报："纪总管，二少奶奶说，要跟您说一句话！"

纪总管仓皇站起，跌跌撞撞地奔进天虹的卧室，只见她脸色惨白，气若游丝，奄奄一息地躺在床上。那双长得玲珑剔透的大眼睛，仍然闪

耀着对人世的依恋和热盼。梦娴、齐妈、品慧、锦绣等人围绕床前，人
人神态悲切。看到纪总管走来，大家就默默地让开了身子，让他们父女
话别。

纪总管俯身看着天虹。这时的天虹，大概是回光返照，显得神志清
明，眼光热切。她在父亲耳边低声说："爹，让我见一见云飞，好不好？"

纪总管心中一抽，说不出来有多痛。可怜的天虹，可怜的女儿啊！
他知道时间不多，握了握她的手，含泪急说："你等着！爹去安排！"

纪总管反身冲出房，冲到祖望面前，扑通一声跪落地。

"亲家！你这是做什么？快起来！"祖望大惊。

纪总管跪着，泪落如雨，说："我要去把云飞接过来，和她见最后一
面！请你成全！"说完，就磕下头去。

祖望眼眶一湿，伸手去扶："我知道了，我会把云翔绊住！你……争
取时间，快去吧！"

贰拾柒

TWENTY-SEVEN

"像万流归宗，汇成唯一的一股，就是雨凤！"

纪总管驾着马车飞驰到塘口。

他拼命地打门，来开门的正是云飞。纪总管一见到他，就双膝一软跪了下去，老泪纵横了。

"云飞，天虹快死了，请你去见她最后一面！"

"什么叫作天虹快死了？她怎么会快死了？"云飞惊喊。

阿超、雨凤、雨鹃、小三、小五全都跑到门口来，震惊地听着看着。

纪总管满面憔悴，泪落如雨，急促地说："云飞，她想见你。这是她最后的要求，你就成全她吧！马车在门口等着，我……对你，有诸多对不起……请你看在天虹的分儿上，不要计较，去见她最后一面！我谢谢你了！这是我唯一能为她做的事……再不去，可能就晚了！"

云飞太震惊了，完全不能相信。他瞪着纪总管发呆，神思恍惚。

雨凤急忙推着云飞。

"你不要发呆了！快去呀！"

阿超在巨大的震惊中，还维持一些理智。

"这恰当吗？云翔会怎样？老爷会怎样？"

"我已经跟老爷说好了，他和慧姨娘、云翔都不过来，天虹床边只有太太和齐妈！"纪总管急急地、低声下气地说。

"老爷同意这样做？"阿超怀疑，"是真的吗？不会把我们骗回去吧？"

纪总管一急，对着云飞，磕下头去。

"我会拿天虹的命来开玩笑吗？我知道我做了很多让你们无法信任的事，但是如果不是最后关头，我也不会来这一趟了！我求你了……我给你磕头了……"

云飞听到天虹生命垂危，已经心碎，再看到纪总管这样，更是心如刀绞。他抓住纪总管的胳臂，就一迭连声说："我跟你去！我马上去！你快起来！"

雨鹃当机立断，说："阿超，你还是跟着去！"

云飞和阿超就急急忙忙地上了马车。

云飞赶到纪家，天虹躺在床上，仅有一息尚存。梦娴、齐妈、天尧围在旁边落泪。大家一见到云飞，就急忙站起身来。梦娴过去握了握他的手，流泪说："她留着一口气，就为了见你一面！"

云飞扑到床前，一眼看到濒死的天虹，脸上已经毫无血色，眼睛合着，呼吸困难。他这才知道，她真的已到最后关头，心都碎了。

梦娴就对大家说："我们到门口去守着，让他们两个单独谈谈吧！"

大家就悲戚地悄悄地退出房去。

云飞在天虹床前坐下，凝视着她，悲切地喊："天虹！我来了！"

天虹听到他的声音，努力地睁开眼睛。看到了他，惊喜交集。她抬了抬手，又无力地垂下；双眼痴痴地看着他，似乎只有这对眸子，还凝聚着对人生最后的依恋。她微笑起来。

"云飞，你肯来这一趟，我死而无憾了。"

云飞一句话都说不出来，泪水立即夺眶而出。

天虹看到他落泪，十分震动。

"好抱歉，要让你哭。"她低声地说。

他情绪激动，不能自已。

她衰弱已极地低语："原谅我！我答应过你要勇敢地活着，我失信了……我先走了！"

他心痛如绞，盯着她哑声说："我不原谅你！我们还有好多事情没有做，你怎么可以先走？"

她虚弱地笑着。

"对不起！我有好多承诺自己都做不到！那天，还和雨凤有一个约定，现在也要失约了！"

他的热泪夺眶而出，情绪奔腾，激动不已。许多往事，像电光石火般从他眼前闪过。那个等了他许多年的女孩！那个一直追随在他身后的女孩！那个为了留在展家，只好嫁进展家的女孩！那个欠了展家的债，最后要用生命来还的女孩！

"是我对不起你，当初，不该那么任性离家四年。如果我不走，一切都不会这样了。想到你所有的痛苦和灾难都因我而起，我好难过。"

她依然微笑，凝视着他。

"不要难过，上苍为雨凤保留了你！你身边的女子都是过客，最后，像万流归宗，汇成唯一的一股，就是雨凤！"

这句话让云飞震动到了极点。他深深地、悲切地看着她。

她抬抬手想做什么，却力不从心，手无力地抬起又无力地落下。

他急忙问："你要做什么？"

"我……我脖子上有根项链，我要……我要取下来！"

"我来取！你别动！"

云飞就小心翼翼地扶着她的头，取下项链，再扶她躺好。他低头一看，取下来的是一条朴素的金项链，下面坠着一个简单的、小小的金鸡心。他有些困惑，只觉得这样东西似曾相识。

"这是……我十二岁那年，你送我的生日礼物，你说……东西是从自己家的银楼里挑的，没什么了不起。可是……我好喜欢。从此……就没有摘下来过……"

他听着，握着项链的手不禁颤抖。从不知道，这条项链她竟贴身戴了这么多年。

她的力气已快用尽，看着他，努力地说："帮我……帮我把它送给雨凤！"

他拼命点头，把项链郑重地收进怀里，泪眼看她。

她挣扎地说："云飞……请你握住我的手！"

他急忙握住她，发现那双手在逐渐冷去。

她低低地说："我走了！你和雨凤……珍重！"

他大震，心慌意乱，急喊："天虹！天虹！天虹……请不要走！请不要走……"

纪总管、天尧、梦娴、齐妈、阿超听到喊声，大家一拥而入。

天虹睁大眼睛，眼光十分不舍地扫过大家，终于眼睛一闭，头一歪，死了。

云飞泪不可止，把天虹的双手合在她的胸前，哽咽地说："她去了！"

纪总管急扑过去，大恸。泪水疯狂般地涌出，他痛喊出声："天虹！天虹！爹还有话没跟你说，你再睁开眼看看，爹对不起你呀！爹要告诉你……要告诉你……爹一错再错，误了你一生……你原谅爹，你原谅爹……"他扑倒在天虹身上，说不下去，放声痛哭了。

梦娴落着泪，不忍看天虹，扑在齐妈身上。

"她还那么年轻……我以为，我会走在大家的前面……怎么天虹会走在我前面呢？她出世那天还像昨天一样，你记得吗？"

齐妈哭着点头。

"是我和产婆把她接来的，没想到，我还要送她走！"

大家泪如雨下，相拥而泣。

云飞受不了了，他站了起来，把位子让给纪总管和天尧，踉跄地奔出门去。他到了门外，扑跌在一块假山石上，摸索着坐下。用手支着额，忍声地啜泣。

阿超走来，用手握住他的肩，眼眶红着，哑声说："她走了也好，活着，什么快乐都没有，整天在拳头底下过日子，担惊害怕的……死了，也是一种解脱！"

他点头，却泪不可止。

阿超也心痛如绞，知道此时此刻，没有言语可以安慰他，甚至没有言语可以安慰自己，只能默默地看着他，陪着他。

就在这时，云翔大步冲进来，祖望和品慧拼命想拦住他。祖望喊着："你不要过去！让他们一家三口，安安静静地道别吧！"

云翔眼睛血红，脸色苍白，激动地喊："为什么不让我看天虹？她好歹是我的老婆呀……我也要跟她告别呀！我没想到她会死，她怎么会死呢？你们一定骗我……一定骗我……"

云飞从假山石上直跳起来，狼狈地想隐藏住泪。

阿超一个震动，立即严阵以待。

云翔一见到云飞，整个人都震住了。

祖望盯着云飞，默然无语。品慧也呆呆地站着。

两路人马互峙着，彼此对看，有片刻无言。

终于，云飞长叹，拭了拭泪，低低地不知道是要说给谁听："天虹……刚刚过世了！"

祖望、品慧大大一震。而云翔惊得一个踉跄，心中立刻涌起巨大的痛和巨大的震动。他盯着云飞，好半天都无法思想，接着就大受刺激地爆发了。

"你怎么在这儿？我老婆过世，居然要你来通知我？"他掉头看祖望和品慧，不可思议地说，"你们大家拦着我，不让我过来，原来就是要掩护云飞和天虹话别！"他对着云飞一头冲去，"你这个浑蛋！你这个狗东西！你把我当成什么了？你不是发誓不进展家大门吗？为什么天虹临死在她床边的是你，不是我！"他在剧痛钻心下，快要疯狂了，"你们这一对奸夫淫妇！你们欺人太甚了！"

阿超怒不可遏，看到云翔恶狠狠地扑来，立刻挡在云飞前面，一把就抓住了云翔胸前的衣服，把他用力往假山上一压，怒吼着："你已经把天虹逼死了害死了，你还不够吗？天虹还没冷呢，你就这样侮辱她，你嘴里再说一个不干不净的字，我绝对让你终身不能说话！"

品慧大叫："阿超！你放手！"回头急喊，"老爷子！你快管一管呀！"

祖望还来不及说什么，云飞已经红着眼，对云翔愤怒地、痛楚地、哑声地吼了起来："展云翔！让我清清楚楚地告诉你，我和天虹之间干干净净！我如果早知道天虹会被你折磨至死，我应该给你几百顶绿帽子，我应该什么道德伦理都不顾，让天虹不至于走得这么冤枉！可惜我没想到，没料到你可以坏到这个地步！对，天虹爱了我一生！可是她告诉过我，当她嫁给你的时候，她已经决心忘了我！是你不许她忘！她那么善良，只要你对她稍微好一点，她就会感激涕零，会死心塌地地待你！可是，你就是想尽办法折磨她，一天到晚怀疑自己戴绿帽子！用完全不存在的罪名去一刀一刀地杀死她！你好残忍！你好恶毒！"

　　云翔被压得不能动，踢着脚大骂："你还有话可说！如果你跟她干干净净，现在你跑来做什么？我老婆过世，要你来掉眼泪……"

　　阿超胳臂往上一抬，胳臂肘抵住云翔的下巴，把他的头抵在假山上。吼着："你再说，你再说我就帮天虹小姐报仇！帮我们每一个人报仇！你身上有多少血债，你自己心里有数！"

　　祖望忍不住，一迈上前，悲哀已极地看着两个儿子。

　　"云飞，你放手吧！该说的话你也说了，该送的人你也送了！家里有人去世，正在伤痛的时刻，我没办法再来面对你们两个的仇恨了！"

　　云飞看了祖望一眼，恨极地说："今天天虹死了，我不是只有伤心，我是恨到极点！恨这样一个美好的、年轻的生命，会这样无辜地被剥夺掉！"他盯着云翔，"你怎么忍心？不念着她是你的妻子，不念着她肚子里有你的孩子，就算回忆一下我们的童年，大家怎样一起走过，想想她曾经是我们一群男孩的小妹妹！你竟然让她这样莫名其妙地死去了？"他定定地看着他，沉痛已极，"你逼走了我，逼死了天虹，连你身边的人都一个个离你远去！现在，你认为纪叔和天尧对你不恨之入骨吗？还能忠心耿耿对你吗？你已经众叛亲离了，你还不清不楚！难道，你真要弄到进监牢，用你十年或二十年的时间来后悔，才满意吗？"

　　云翔挣脱了阿超，跳脚大骂："监牢！什么监牢！我就知道上次是你把我弄进牢里去的！你这个不仁不义的浑蛋……"

　　云飞摇头，心灰意冷，对阿超说："放开他！我对他已经无话可说了！"

　　阿超把云翔用力一推，放手。

　　云翔踉跄了几步才站稳，怒视着云飞，一时之间，竟被云飞那种悲壮的气势压制住，说不出话来。

云飞这才回头看着祖望，伤痛已极地说："爹！'一叶落而知秋'，现在，落叶已经飘了满地，你还不收拾残局吗？要走到怎样一个地步，才算是'家破人亡'呢？"

祖望被云飞这几句话，惊得一退。

云飞回头看阿超，两人很有默契地一点头，就双双大踏步而去。

祖望呆呆地站着，心碎神伤。一阵风过，草木萧萧。身旁的大树落叶飘坠，他低头一看，但见满地落叶随风飞舞。他不禁浑身惊颤，冷汗涔涔了。

云飞回到家里，心中的痛像海浪般卷了过来，简直不能遏止。他进了房间，跌坐在桌前的椅子里，用手支着额头。

雨凤奔过来，把他的头紧紧一抱，哑声地说："如果你想哭，你就哭吧！在我面前，你不用隐藏你的感情！"说着，自己的泪水忍不住落下，"没想到，我跟天虹只有一面之缘！"

云飞抱住她，把面孔埋在她的裙褶里。片刻，他轻轻推开她，从口袋里掏出那条项链。

"这是天虹要我转送给你的！"

雨凤惊奇地看着项链。

"很普通的一条项链，刚刚从她脖子上解下来。她说，是她十二岁那年我送给她的！"他凝视雨凤，痛心地说，"你知道吗？当她要求我把链子解下来，我看着链子，几乎没有什么印象，记不得是哪年哪月送给她的，她却戴到现在！她……"他说不下去了。

雨凤珍惜地握住项链，震动极了，满怀感动。

"这么深刻的感情！太让我震撼了！现在，我才了解她那天为什么要和我单独谈话！好像她已经预知自己要走了，竟然把你'托付'给我，当时我觉得她对我讲那些话有些奇怪，可是她让我好感动。如今想来，她是要走得安心，走得放心！"她紧紧地握住他的手，"我们让她安心吧！让她放心吧！好不好？"

他点头，哽咽难言，半晌，才说："那条链子，你收起来吧，不要戴了。"

"为什么不要戴？我要戴着，也戴到我咽气那天！"

云飞一个寒战。

雨凤慌忙抱紧他，急切地喊："那是六十年以后的事情！我们两个会长命百岁，你放心吧！"把链子交给云飞，蹲下身子，拉开衣领，"来！你帮我戴上，让我代替她戴一辈子！也代替她爱你一辈子！"

他用颤抖的手，为她戴上项链。

她仰头看着他，热烈地喊："我会把她的爱、映华的爱，通通延续下去！她们死了，而我活着！我相信，她们都会希望我能代替她们来陪伴你！我把她们的爱和我的爱全部合并在一起给你！请你也把你欠下的债汇合起来还给我吧！别伤心了，走的人虽然走了，可是，我却近在眼前啊！"

云飞不禁喃喃地重复着天虹的话："像万流归宗，汇成唯一的一股，就是雨凤！"

"你说什么？"

他把她紧紧抱住。

"不要管我说什么，陪着我！永远！"

她虔诚地接口："是！永远永远！"

十天后，天虹下葬了。

天虹入了土，云翔在无数失眠的长夜里也有数不清的悔恨。天虹，真的是他心中最大的痛。她怎么会死了呢？她这一死，他什么机会都没有了！她带着对他的恨去死，带着对云飞的爱去死，他连再赢得她的机会都没有了！他说不出自己的感觉，只感到深深的、深深的绝望。

这种绝望压迫着他，让他夜夜无眠，感到自己已经被云飞彻底打败了。

但是，日子还是要过下去。这天，祖望和品慧带着他来向纪总管道歉。

他对纪总管深深一揖，说的倒是肺腑之言："纪叔，天尧，我知道我有千错万错，错得离谱，错得混账，错得不可原谅！这些日子，我也天天在后悔，天天在自己骂自己！可是，大错已经造成，连弥补的机会都没有，我的日子也好痛苦！每天对着天虹睡过的床，看着她用过的东西，想着她的好，我真的好痛苦！如果我能重来一遍，我一定不会让这些事情发生！可是，我没办法重来一遍！没办法让已经发生的事消失掉！不骗你们，我真的好痛苦呀！你们不要再不理我了，原谅我吧！"

纪总管脸色冷冰冰，已经心如止水，无动于衷。

天尧也是阴沉沉的，一语不发。

祖望忍不住接口："亲家，云翔是真的忏悔了！造成这样大的遗憾，我对你们父子也有说不出来的抱歉。现在天虹已经去了，再也无法回来，以后你就把云翔当成你的儿子，让他代天虹为你尽孝！好不好呢？"

纪总管这才抬起头来，冷冷地开了口："不敢当！我没有那个福气，也没有那个胆子敢要云翔做儿子，你还是留给自己吧！"

祖望被这个硬钉子，撞得一头包。品慧站在一旁，忍无可忍地插口了："我说，纪总管呀！你再怎么生气也不能打笑脸人呀！云翔是诚心诚意来跟你认错，我和老爷子也是诚心诚意来跟你道歉！总之，大家是三十几年的交情，你等于是咱们展家的人，看在祖望的分儿上，你也不能再生气了吧！日子还是要过，你这个'总管'还是要做下去，对不对？"

纪总管听到品慧这种语气，气得脸色发白，还没说话，天尧已经按捺不住，愤愤地大声说："展家的这碗饭，我们纪家吃到家破人亡的地步，还敢再吃吗？天虹不是一样东西，弄丢了就丢了，弄坏了就坏了！她是一个活生生的人呀！今天，你们来说一声道歉，说一声你们有多痛苦多痛苦……你们根本不知道什么叫痛苦，什么叫后悔！尤其是云翔！如果他会后悔，他根本就不会走到这一步！痛苦的是我们，后悔的是我们，当初把天虹卖掉，也比嫁给云翔好！"

云翔一抬头，再也沉不住气，对天尧吼了起来："你这是什么态度？我今天来道歉，已经很够意思了，你们不要敬酒不吃吃罚酒！天虹是自己跑出去，被马车撞死的，又不是我杀死的！你们要怪，也只能怪那个马车夫！再说天虹自己难道是完美无缺的吗？我真的'娶到'一个完整的老婆吗？她对我是完全忠实的吗？她心里没有别人吗？我不痛苦？我怎么不痛苦，我娶了天虹，只是娶了她的躯壳，她的心早就嫁给别人了！直到她弥留的时刻，她见的是那个人不是我！你们以为这滋味好受吗？"

纪总管接口："看样子，受委屈的人是你，该道歉的人是我们！天虹已经死了，再来讨论这些还有什么意义呢？你请回吧！我们没有资格接受你的道歉，也没有心情听你的痛苦！"

品慧生气了，大声喊："我说，纪总管呀，你不要说得这么硬，大家难道以后不见面，不来往吗？你们父子两个好歹还拿展家……"

祖望急忙往前一步拦住了品慧的话，赔笑地对纪总管说："亲家，你今天心情还是那么坏，我叫云翔回去，改天再来跟你请罪！总之，千错万错都是云翔的错！你看在我的面子上多多包涵了！"

云翔一肚子的绝望全体爆发了，喊着："爹！该说的我都说了，不该说的我也说了，他们还是又臭又硬，我受够了！为什么千错万错都是我错？难道天虹一点错都没有……"

祖望抓住云翔的胳臂，就往外拉，对他大声一吼："混账！你什么时候才能醒悟？什么时候才能长大？你给我滚回家去吧！"

他拉着云翔就走，品慧瞪了纪总管一眼，匆匆跟去。

三个人心情恶劣地从纪家院落走到展家院落。品慧一路叽咕着："这个纪总管也实在太过分了！住的是我家的屋子，吃的是我家饭，说穿了，一家三口都是我家养的人。天虹死了，我们也很难过。这样去给他们赔小心，还是不领情，那要咱们怎么办？我看，他这个总管当糊涂了，还以为他是'主子'呢！"

"人家死了女儿，心情一定不好！"祖望难过地说。

"他们死了女儿，我们还死了媳妇呢！不是一样吗？"

正说着，迎面碰到梦娴带着齐妈，手里拿着一个托盘，提着食篮，正往纪家走去。看到他们，梦娴就关心地问："你们从纪家过来吗？他们在不在家？"

"在，可是脾气大得很，我看，你们不用过去了！"祖望说。

品慧看梦娴带着食篮，酸溜溜地说："他们脾气大，也要看是对谁。大概你们两个过去，他们才会当作是'主子'来了吧！纪总管现在左一句后悔右一句后悔，不就是后悔没把天虹嫁给云飞吗？看到梦娴姐，这才真的等于看到亲家了吧！"

梦娴实在有些生气，喊："品慧！他们正在伤心的时候，你就积点口德吧！"

品慧立刻翻脸。

"这是什么话？我哪一句话没有口德？难道我说的不是'实情'吗？如果我说一说都叫作'没口德'，那么，你们这些偷偷摸摸做的人，是没有什么'德'呢？"

梦娴一怔，气得脸色发青了。

"什么'偷偷摸摸'，你夹枪带棒说些什么？你说明白一点！"

云翔正一肚子气没地方出，这时往前一冲，对梦娴叫了起来："你不要欺负我娘老实！动不动就摆出一副'大太太'的样子来！你们和云飞串通起来，做了一大堆见不得人的事，现在还想赖得干干净净！如果没有云飞，天虹怎么会死？后来丫头们都告诉我了，她会去撞马车，是因为她要跑出去找云飞！杀死天虹的凶手不是我，是云飞！现在，你们反而做出一副被害者的样子来，简直可恶极了！"

梦娴瞪着云翔，被他气得发抖，掉头看祖望。

"你就由着他这样胡说八道吗？由着他对长辈嚣张无理，对死者毫不尊敬？一天到晚大呼小叫吗？"

祖望还没说话，品慧已飞快地接了口，尖酸地说："这个儿子再不中用，也是展家唯一的儿子了！你要管儿子，恐怕应该去苏家管！就不知道，怎么你生的儿子会姓了苏！"

"祖望……"梦娴惊喊。

祖望看着梦娴，长叹一声，被品慧的话勾起心中最深的痛，懊恼地说："品慧说的也是实情！怎么你生的儿子会姓了苏？我头都痛了，没有心情听你们吵架了！"

祖望说完，就埋头向前走。

梦娴呆了呆，心里的灰心和绝望排山倒海一样地涌了上来。她终于了解到，云飞为什么要逃出这个家了！她拦住了祖望，抬着头，清清楚楚地、温和坚定地说："祖望，我嫁给你三十二年，到今天做一个结束。我的生命大概只有短短的几个月了，我愿意选择一个有爱、有尊严的地方去死。我生了一个姓苏的儿子，不能见容于姓展的丈夫，我只好追随儿子去！再见了！"

祖望大大一震，张口结舌。

梦娴已一拉齐妈的手，说："我们先把饭菜给纪总管送过去，免得凉了！"

梦娴和齐妈，就往前走去。祖望震动之余，大喊："站住！"

梦娴头也不回，傲然前行。

品慧就笑着说："只怕你这个姓展的丈夫，叫不住苏家的夫人了！"

祖望大受刺激，对梦娴的背影大吼："走了，你就永远不要回来！"

梦娴站住，回头悲哀地一笑，说："我的'永远'没有多久了，你的'永远'还很长！你好自为之吧！珍重！"说完，她掉头去了。

祖望震住，站在那儿，动也不能动。只见风吹树梢，落叶飞满地。

梦娴和齐妈当天就到了云飞那儿。

阿超开的大门，他看到两人，了解到是怎么一回事，就拎起两人的皮箱往里面走，一路喊进来："慕白！雨凤！雨鹃……你们快出来呀！太太和齐妈搬来跟我们一起住了！"

阿超这声"慕白"，终于练得很顺口了。

云飞、雨凤、雨鹃、小三、小五大家都跑了过来。云飞看看皮箱，看看梦娴，惊喜交加。

"娘！你终于来了！"

梦娴眼中含泪，凝视他。

"我和你一样，面临到一个必须选择的局面，我做了选择，我投奔你们来了！"

梦娴没有讲出的原委，云飞完全体会到了，紧握了一下她的手。

"娘！我让你受委屈了！"

梦娴痛楚地说："真到选择的时候，才知道割舍的痛。云飞，你所承受的，我终于了解了！"她苦笑了一下，"不过，在我的潜意识里，我大概一直想这样做！一旦决定了，也有如释重负、完全解脱的感觉。"

雨凤上前，诚挚地、温柔地、热烈地拥住她。

"娘！欢迎你'回家'！我跟你保证，你永远不会后悔你的选择！因为，这儿不是只有你的一个儿子在迎接你，这儿有七个儿女在迎接你！你是我们大家的娘！"就回头对小三、小五喊，"以后不要叫伯母了，叫'娘'吧！"

小三、小五就扑上来，热烈地喊："娘！"

梦娴感动得一塌糊涂，紧紧地拥住两个孩子。

阿超高兴地对梦娴说："我和雨鹃已经挑好日子，二十八日结婚。我们两个都是孤儿，正在发愁，不知道你肯不肯再来一趟，让我们可以拜见高堂。现在你们搬来了，就是我们'名正言顺'的'高堂'了！"

梦娴惊喜地看雨鹃和阿超。

"是吗？那太好了，阿超、雨鹃，恭喜恭喜！"

齐妈也急忙上前，跟两人道喜："阿超，你好运气，娶到这样的好姑娘！"对雨鹃笑着说，"如果阿超欺负你，你告诉我，我会帮你出气！"

"算啦！她不欺负我，我就谢天谢地了！"阿超喊。

"算算日子只有五天了！来得及吗？"梦娴问。

雨鹃急忙回答："本来想再晚一点，可是，慕白说，最好快一点，把该办的事都办完！"

云飞看着母亲，解释地说："最近大家都被天虹的死影响着，气压好低。我觉得，快点儿办一场喜事，或者可以把这种悲剧的气氛冲淡，我们都需要振作起来，面对我们以后的人生！"

梦娴和齐妈拼命点头，深表同意。

齐妈看着大家，说："不知道你们这儿够不够住？因为，我跟着太太，也不准备离开了！"

雨鹃欢声大叫："怎么会不够住？正好还有两个房间空着！哇！我们这个'家'越来越大，已经是九口之家了！太好了！我们快去布置房间吧！我来铺床！"

"我来挂衣服！"小三喊。

"我会折被子！"小五喊。

大家争先恐后要去为梦娴布置房间。阿超和云飞拎起箱子，大家便簇拥着梦娴往里面走去。

梦娴看着这一屋子的人，看着这一张张温馨喜悦的脸庞，听着满耳的软语呢喃……这才发现，这个地方和展家根本是两个截然不同的世界！展家充满了萧索和绝望，这儿却充满了温暖和生机！原来，幸福是由爱堆砌而成的，她已经觉得，自己被那种幸福的感觉，包围得满满的了。

贰拾捌

TWENTY–EIGHT

"寄傲山庄是个天堂，从那时起，我就发誓要把这个天堂还给你们！"

阿超和雨鹃，在那个月的二十八日，顺利地完成了婚礼。在郑老板的坚持下，照样迎娶，照样游行，照样在待月楼大宴宾客。几乎云飞和雨凤有的排场，阿超和雨鹃全部再来一遍。阿超这一生，何时经历过这么大的场面，何时扮演过这么吃重的角色，每一个礼节都战战兢兢、如临大敌。

好不容易所有的节目都"演完"了。终于到了"洞房花烛"的时候，阿超一整天穿着新郎官的衣服，手脚都不知道该往哪儿放。现在看到已入洞房，就大大地呼出一口气来，如释重负。

"哇！可把我累坏了！就算骑一天马、赶几百里路也不会这么累！这是什么衣服嘛，害我一直抟着手、抟着脚，可真别扭！还要戴这么大一个花球，简直像在唱戏！还好，只折腾我一天……"他一面说，一面把长衣服脱下。

雨鹃对着镜子，取下簪环，笑嘻嘻地接口："谁说只有一天？明天还有一天！"

"什么叫还有一天？"他大惊。

雨鹃慢条斯理地说："郑老板说，明天是新姑爷回门，还有一天的节目！你最好把那些规矩练习练习，免得临时给我出状况！"

他立刻抗拒起来。

"怎么雨凤没有回门，你要回门？"

"郑老板说，我是他亲口认的干女儿，不一样！一定要给足我面子，热闹它一天，弄得轰轰烈烈的！郑家所有的族长、亲戚、长辈、朋友……全部集合到郑家去，你早上要穿戴整齐，先拜见族长，再拜见长辈，然后是平辈，然后是晚辈，然后是朋友，然后是女眷……"

阿超越听越惊，越听越急。

"你怎么早不跟我说，现在才告诉我！"

"没办法，如果我早说，恐怕你就不肯娶我啦！好不容易才把你骗到手，哄得你肯成亲，如果弄个'回门'，把你吓走，我不是太冤了吗？"她甜甜地笑着说。

"你明知道我怕这些规规矩矩，你怎么不帮我挡掉？"

"没办法，人家郑老板一片好意，却之不恭！何况，你当初把我从他手里抢走，我对他有那么一份歉意，不能说'不'。再加上好多人都知道你这段'横刀夺爱'的故事，大家就是要看看你是何方神圣，我只好让你去'展览'一下！"

阿超往床上一倒，大叫："我完了！我惨了！"

她扑过来，去蒙他的嘴巴。

"喂喂！今晚是洞房花烛夜呀，你嘴里说些什么？总要讨点儿吉祥，是不是？"

他握住她的双手，头痛地喊："想到明天我还要耍一天的猴儿戏，我今晚连洞房花烛的兴趣都没有了！"

她瞅着他，瞅了好半天，扑哧一声笑了。

"你笑什么？"他莫名其妙地问。

"我就知道你是这种反应！你有几两重我全摸清了！你想想看，知你如我，还会让你去受那种罪吗？我早就推得一干二净啦！现在是逗你的啦!"

阿超怔了怔,还有些不大相信,问:"那么,明天不用'回门'了?"

"不用'回门'了!"

"你确定吗?"

"我确定!"

这一下,阿超喜出望外,大为高兴,从床上直跳起来,伸手把她热烈地抱住。

"哇!那还等什么?我们赶快'洞房花烛'吧!"

她又笑又躲,嚷着说:"你也稍微有情调一点儿,温柔一点儿,诗意一点儿,浪漫一点儿……好不好?"

"那么多点之后,天都亮了!我们不要浪费时间了嘛,不是春宵一刻值千金吗?"

她跳下床,躲到门边去,笑着说:"你不说一点儿好听的,我就不要过去!"

"你怎么那么麻烦,洞房花烛夜还要考我!什么好听的嘛!现在哪儿想得起来?"

"那……只有三个字的!"

"天啊,那种肉麻兮兮的话,你怎么会爱听呢?"

"你说不说?"

他飞扑过来一把攫住她,把她紧紧地搂进怀里。

"与其坐在那儿说空话,不如站起来行动!"

他说完,就把头埋在她脖子里,一阵乱揉。雨鹃怕痒,笑得花枝乱颤。她的笑声和那女性的胴体,使他热情高涨。他就动情地解着她的衣纽,谁知那衣纽很紧,扣子又小,解来解去解不开。

"你这个衣纽怎么那么复杂？"他解得满头大汗，问。

雨鹃直跺脚。

"你真笨哪！你气死我了！"

阿超一面和那个纽扣奋斗，一面赔笑说："经验不够嘛，下次就不会这么手忙脚乱了！"

雨鹃看他粗手粗脚，就拿一粒小纽扣没办法，又好气又好笑。好不容易解开了衣领。他已经弄得狼狈不堪，问："一共有多少个纽扣？"

"我穿了三层衣服，一共一百零八个！"她慢吞吞地说。

阿超脱口惊呼："我的天啊！"

阿超这一叫不要紧，房门却忽然被一冲而开，小四、小三、小五跌了进来。小四大喊着："我就知道二姐会欺负阿超！阿超，你别怕，我们来救你啦！"

"我们可以帮什么忙？"小三急急地问。

小五天真地接嘴："那个纽扣啦！一百零八个！我们来帮忙解！"

阿超和雨鹃大惊，慌忙手忙脚乱地分开身子，双双涨红了脸。再一看，雨凤和云飞笑吟吟地站在门口。梦娴和齐妈也站在后面直笑。这一惊非同小可。

阿超狼狈极了，对云飞大喊："你真不够意思，你洞房的时候，我和雨鹃把三个小的带到房里，跟他们讲故事，千方百计绊住他们，让他们不会去吵你们！你们就这样对我！"

雨凤急忙笑着说："一点办法都没有，你人缘太好了！三个小的就怕你吃亏，非在门口守着不可。你们也真闹，一会儿喊天，一会儿喊地，弄得他们三个好紧张……好了，我现在就把他们带去关起来！"她转头对弟妹们笑着喊，"走了！走了！别耽误人家了，春宵一刻值千金呢！"

云飞把阿超袖子一拉，低低地说："那个纽扣……解不开，扯掉总会吧！"

雨凤也在阿超耳边，飞快地说了一句："没有一百零八个，只有几个而已！"

雨鹃又羞又窘，抱着头大喊："哇！我要疯了！"

云飞笑着，重重地拍了阿超一下："快去！革命尚未成功，同志仍需努力！"

云飞说完，就带着大伙出去，把房门关上。回过头来，他看着雨凤，两人相视而笑。牵着弟妹们，大家向里面走。齐妈和梦娴跟在后面，也笑个不停。

新房内又传出咯咯的笑声。小三、小四、小五也格格地笑着，彼此说悄悄话。

雨凤对云飞轻声说："听到了吗？幸福是有声音的，你听得到！"她抬眼看窗外的天空，"希望天虹在天上，能够分享我们的幸福！"

云飞感动地一笑，点头，紧紧地揽住了雨凤。

两对新人的终身大事都已经办完了。

对云飞来说，这是一个崭新的开始。他一下子就拥有了一个庞大的家庭，从今以后，这个家庭的未来，这个家庭的生活，这个家庭的幸福，全在他的肩上了。他每天看着全家大大小小，心里深深明白，维持这一家人的欢笑就是他最大最大的责任，也是他今后人生最重要的事了。

这天晚上，九个人围着桌子吃晚餐，热闹得不得了。

齐妈习惯性地帮每个人布菜，尤其照顾着小四、小五，一会儿帮他们夹菜，一会儿帮他们盛汤，始终不肯坐下。

雨鹃忍不住，跳起身子，把她按进椅子里。

"齐妈，你坐下来好好吃吧！不要尽顾着大家，你明知道我们这儿没大没小，也没规矩，所有的人一概平等！这么久了，你还是这样！你不坐下好好吃，我们大家都吃不下去！"

齐妈不安地看了梦娴一眼，说："我高兴照顾呀！我看着你们大家吃，心里就喜欢，你们让我照顾嘛！"

梦娴笑看齐妈，温和地说："你就不要那么别扭了，每个家有每个家的规矩，你就依了大家吧！"

齐妈这才坐定，她一坐下，七八双筷子不约而同地夹了七八种菜，往她碗里堆去。她又惊又喜，叫："哎哎！你们要撑死我吗？"

大家互看，都忍不住笑了。

温馨的气氛笼罩着整个餐桌。云飞看着大家，就微笑地说："我有一件事情，要征求大家的意见！"

"告状的事吗？"雨鹃立刻问。

"不！那件事我们再谈！先谈另外一件！"云飞看看雨鹃，又看看雨凤，"我们这个家已经很大了，一定还会越来越大，人口也一定会越来越多，我和阿超都仔细研究过，我们应该从事哪一行才能维持这个家！昨天我去贺家，跟一些虎头街的老朋友谈了谈，大家热心得不得了……我们现在有木工，有泥水匠，有油漆匠，有砖瓦工……然后，我手里有一块地，我想，重建'寄傲山庄'！"

云飞这一个宣布，整个餐桌顿时鸦雀无声。萧家五个兄弟姐妹，个个瞪大了眼睛，不敢相信地看着他。他就继续说："我和我娘手上还有一些钱，如果我们不找工作，没两年就会坐吃山空。要我去上班，我好像也不是那块料！阿超也自由惯了，更不是上班的料！我们正好拿这些钱投资一个牧场！养牛、养羊、养马……养什么都可以，只要经营管理得好，牧场是个最自由，最接近自然的行业，对阿超来说好容易！对你们五个兄弟姐妹来说好熟悉！而我，还可以继续我的写作！"

他说完，只见萧家姐弟默不作声，不禁困惑起来。

"怎么样？你们姐弟五个，不赞成吗？"

阿超也着急地说："虎头街那些邻居，已经纷纷自告奋勇，有的出木工，有的出水泥工……大家都不肯算工钱，要免费帮我们重建寄傲山庄了！"

雨凤终于有了一点真实感，回头看雨鹃，小小声地说："重建寄傲山庄？"

雨鹃也小小声地回答："重建寄傲山庄？"

小三抬头看两个姐姐："重建寄傲山庄？"

小四和小五不禁同声一问："重建寄傲山庄？"

雨凤跳下饭桌，雨鹃跟着跳下，姐妹两个双手一握，齐声欢呼："重建寄傲山庄！"

小三、小四、小五跟着跳下饭桌，跑过去拥住两个姐姐。五个兄弟姐妹就狂喜地，手牵手地大吼大叫起来："重建寄傲山庄！重建寄傲山庄！重建寄傲山庄……"

云飞、阿超、梦娴、齐妈看到反应如此强烈的姐弟五个，简直愣住了。云飞被这样的狂喜感染着，对阿超使了一个眼色。阿超会意，离席，奔进里面去。一会儿，他拿了一个包着牛皮纸的横匾进来。他把牛皮纸哗地撕开，大家定睛一看，居然是"寄傲山庄"的横匾！

雨鹃惊喜地大叫："爹写的字！是原来的横匾！怎么在你们这儿？"

"慕白收着它，就等这一天！"阿超说。

雨凤用手揉眼睛。

"哇！不行，我想哭！"

云飞看着雨凤，深情地说："一直记得你告诉我的话，你爹说，寄傲山庄是个天堂，从那时起，我就发誓要把这个天堂还给你们！"

雨凤用热烈的眸子看了云飞一眼，就跑到梦娴身边，紧紧地抱了她一下。

"娘！谢谢你！"

"这件事可是他和阿超两个人的点子，我根本没出力！"梦娴急忙说。

雨凤凝视梦娴。

"我谢谢你，因为你生了慕白！如果这世界上没有他，我不知道我的生活会多么贫乏！"

不能有更好的赞美了，云飞感动地笑着。

小四大声问："哪一天开工？我可以不上学，去参加工作吗？"

"如果你们不反对，三天以后就开工了！"

雨鹃两只手往天空一伸，大喊："万岁！"

小三、小四、小五同声响应，大叫："万万岁！"

整个房间里欢声雷动。

齐妈和梦娴笑着看着，感动得一塌糊涂。

寄傲山庄在三天以后就开工了。参加重建的人全是虎头街的老百姓，无数男男女女都兴高采烈地来盖山庄。有的锯木材，有的钉钉子，有的砌砖头，有的搬东西。搬运东西时，各种运输工具都有，驴车、板车、牛车、马车……全体出动，好生热闹。

云飞和阿超忙得不亦乐乎。云飞不住地画图给工作人员看，阿超是什么活儿都做，跑前跑后。雨凤、雨鹃和其他女眷架着大锅子，煮饭给大伙吃。小三、小五和其他女孩，兴匆匆给大家送茶、送菜、送饭、送汤。

小四和其他男孩忙着帮大人们打下手，照顾驴啊牛啊马啊……

工地上一片和乐融融，大家一面工作，一面聊天，一面唱歌……雨凤雨鹃太快乐了，情不自禁，就高唱着那首《人间有天堂》。小三、小四、小五也跟着唱。几天下来，人人会唱这首歌。大家只要一开工，就情不自禁地唱起来：

在那高高的天上，阳光射出万道光芒，当太阳缓缓西下，黑暗便笼罩四方。可是那黑暗不久长，因为月儿会悄悄东上，把光明洒下穹苍。即使没有太阳也没有月亮，孩子啊，你们不要悲伤，因为细雨会点点飘下，滋润着万物生长。这个世界就是这样，只要你心里充满希望，人间处处，会有天堂！

大家工作的时候唱着，休息的时候唱着，连荷锄归去的时候也唱着。把重建寄傲山庄的过程，变成了一首歌：人间处处，会有天堂！

云飞忙着在重建寄傲山庄，展家的风风雨雨却没有停止！

这天，展家经营的几家银楼，突然在一夜之间换了老板！几个掌柜气急败坏地来到展家追问真相。老罗带着他们去找纪总管，到了纪家小院，才发现纪总管父子已经人去楼空！房子里所有财物全部搬走！只在桌子上留下一张信笺和一本账册。老罗大惊失色，带着信笺账册和银楼掌柜冲进祖望房里。

"老爷！老爷！出事了！出事了！纪总管和天尧跑掉了！"

"什么？你说什么？"祖望大叫。

老罗把信笺递上，祖望一把抓过信笺，看到纪总管的笔迹，龙飞凤舞地写着：

祖望：

我三十五年的岁月，天虹二十四岁的生命，一起埋葬在展家，换不到一丝一毫的代价！我们走了！我们拿走我们应该拿的报酬，那是展家欠我们的！至于绸缎庄和粮食店，早就被云翔豪赌输掉了！账册一本，请清查。

祖望急着翻了翻账册，越看越惊。他脸色惨变，大叫："不可能的！不可能的……"

几个掌柜哭丧着脸，走上前来。

"老爷，我们几个是不是以后就换老板了？郑老板说要我们继续做，老爷，您的意思呢？"

"郑老板？郑老板？"祖望惊得张口结舌。

"是啊，现在三家银楼说是都被郑老板接收了！到底是不是呢？"掌柜问。

祖望快昏倒了，抓着账册直奔纪总管家，四面一看，连古董架上的古董和墙上的字画全部一扫而空！他无须细查，已经知道损失惨重。这些年来，纪总管既是总管又是亲家，所有展家的财产几乎全部由他操控。他心中一片冰冷，额上冷汗涔涔，转身奔进云翔房间，大叫："云翔！云翔！云翔……"看到了云翔，他激动地把账册摔在他脸上，大吼，"你输掉了四家店！你把绸缎庄、粮食店全体输掉了！你疯了吗？你要败家，也等我死了再败呀！"

品慧和云翔正在谈话，这时，母子双双变色，云翔跳起身就大骂："纪叔出卖我！说好他帮我挪补的！哪里用得着卖店？不过是几万块钱罢了！"

祖望眼冒金星，觉得天旋地转。

"不过是'几万'块钱？你哪里去挪补几万块钱？你真的输掉几万块钱？"他蹒跚后退，"我的天啊！"

品慧又惊又惧，急急地去拉云翔的衣袖："怎么回事？不可能的！你怎么会输掉几万块？你是不是中了别人的圈套？这太不可思议了！你赶快跟你爹好好解释……"

"我去找纪叔理论！他应该处理好……"云翔往门外就冲。

"纪总管和天尧早就跑了！这账册上写得清清楚楚，五家钱庄里的现款、三家银楼的首饰他们全部带走，还把店面都卖给郑老板了！其他的损失我还来不及算！你输掉的还不包括在内！"祖望大吼。

云翔像是挨了当头一棒，眼睛睁得好大好大，狂喊："不可能！纪叔不会这样，天尧不会这样……他们是我的死党呀，他们不能这样对我……"他一面喊，一面无法置信地冲出门去。

祖望跌坐在椅子里呻吟。

"三代的经营，一生的劳累，全部毁之一旦！"

"老爷子，你快想办法，去警察厅报案，把纪总管他们捉回来！还有绸缎庄什么的，一定是人家算计了云翔，你快想办法救回来呀！"品慧急得泪落如雨，喊着。

祖望对品慧听而不闻，视而不见。他凝视着窗外，但见寒风瑟瑟，落木萧萧。他神思恍惚自言自语："一叶落而知秋，现在，是真的落叶飞满地了！"

云飞很快就知道纪总管卷款逃逸的事了，毕竟，桐城是个小地方，消息传得很快。这天晚上，大家齐聚在客厅里，为这个消息震动着。

"损失大不大呢？纪总管带走些什么东西呢？"云飞问齐妈。

"据说，是把展家的根都挖走了！三家银楼、五家钱庄，所有现款首饰，全体没有了！连店面都卖给了郑老板，卖店的钱也带走了！"

"纪总管……他怎么会做得这么绝？"

梦娴难过极了，回忆起来，痛定思痛。

"我想，从天虹流产，他就开始行动了，可惜展家没有一个人有警觉，等到天虹一死，纪总管更是铁了心，再加上云翔一点悔意都没有……最后就造成这样的结果！"

"我已经警告了爹，我一再跟他说，云翔这样荒唐下去，后果会无法收拾！爹宁可把我赶出门，也不要相信我！现在怎么办呢？云翔能够扛起来吗？"云飞问。

"他扛什么起来？他外面还有一大堆欠债呢！"梦娴说。

"是啊！听说，这两天要债的人都上门了！老爷一报案，大家都知道展家垮了，钱庄里、家里，全是要债的人！"齐妈接口。

云飞眉头一皱，毕竟是自己的家，心中有说不出的痛楚。梦娴看他，心里也有说不出的痛楚。她犹豫地说："你想，这种时候，我们是不是该回家呢？"

云飞打了一个寒战，抗拒起来。

"不！我早已说过，那个家庭的荣与辱、成与败，和我都没有关系了！"

"或者，你能不能跟郑老板商量商量，听说现在最大的债主，就是郑老板！"梦娴恳求地看着他，"郑老板那么爱惜雨凤雨鹃，或许可以网开一面！"

云飞好痛苦，思前想后，不禁抽了一口冷气。他抬眼看雨凤、雨鹃，眼神里满溢着悲哀，苦涩地说："这一盘棋，我眼看你们慢慢布局，眼看郑老板慢慢行动，眼看展家兵败如山倒！整个故事，从火烧寄傲山庄开始，演变成今天这样……雨凤，雨鹃，你们已经赢了，你们的仇还要继续报下去吗？"

雨鹃一个震动，立刻备战。

"你不是在怪我们吧？"

"我怎么会怪你们，我只是想到那张状子！云翔有今天，可以说完全是他自己造成的！因为烧掉了寄傲山庄，你们才会去待月楼唱曲，因为唱曲，才会认识郑老板！因为郑老板路见不平，才会插手'城南'的事业！这是一连串的连锁反应。至于纪总管，跟你们完全无关，是云翔另一个'杰作'！今天这种后果，其实只是几句老话，'天网恢恢，疏而不漏！种瓜得瓜，种豆得豆'，我知道，我应该对展家的下场无动于衷，只是……"

"你身体里那股展家的血液又冒出来了！"雨鹃接口。

云飞凄然苦笑，笑得真是辛酸极了。

阿超一个冲动，对雨鹃激动地说："到此为止吧！不要为难慕白了！他本来身体里就有展家的血，这是他毫无办法的事！我们放那个夜鸮一马，让他去自生自灭吧！"

雨凤看着雨鹃，因云飞的痛苦而痛苦，因梦娴的难过而难过，急急地说："想想看，我们正在欢欢喜喜地重建寄傲山庄，慕白说得好，要帮我们找回那个失去的天堂，我们失去的正慢慢找回来！我们因此也都得到了好姻缘，上苍对我们是很公平的！展夜鸮虽然把我们害得很惨，但他已经自食其果了！我们与其再费尽心机去告他，不如把这个精神用在重建我们的幸福上！像慕白说的，这盘棋我们已经赢了，何必再赶尽杀绝呢！雨鹃，我们放手吧！"

雨鹃的心已经活了，看小三、小四、小五。

"这件事还有三票，你们三个的意思如何？我们还要不要告展夜鸮，要不要让他坐牢？"

小三看着阿超。

"我听阿超大哥的！"

"我也听阿超大哥的！"小四说。

"我也是！我也是！"小五接口。

雨鹃叹了口长气，说："现在，是我一票对六票，我投降了！此时此刻，我不能不承认，爱的力量比恨来得大，我被你们这一群人同化了！好吧，就不告了，希望我们大家的决定是对的！"

梦娴不解地看大家。

"什么状子？什么告不告？"

云飞长叹一声，如释重负。

"娘！我刚刚化解了展家最大的一场灾难！钱，失去了还赚得回来！青春、生命和荣誉，失去了就永远回不来了！"

梦娴虽然不甚了解，但，看到大家的神情，也明白了七八成。

云飞感激地看看萧家五个姐弟，再掉头看着梦娴，郑重地说："我不反对你回去看看，可是，我和雨凤他们同一立场！"他伸手揽住雨凤、小三、小四、小五，"在他们如此支持我的情况下，我不能再让他们伤心失望，我那股展家的血液只好深深掩藏起来！"

梦娴叹息，完全体会出云飞的苦衷。可是想想，心有不忍，伸手按在他的手上，几乎是恳求地说："那么，算是你陪我回去走一趟，行吗？"

云飞很为难，心里非常矛盾。

雨凤抬眼，凝视着他。

"你就陪娘回去一趟吧！我想，你也很想了解展家到底是怎样一个情况，现在展家有难，和展家得意的时候毕竟不一样！患难之中，你仍然置身事外，你也会很不安心的！所以，就让那股展家的血液再冒一次吧！"

梦娴感激地看着雨凤。

云飞也看着她，轻声低语："知我者，雨凤也！"

云飞、梦娴带着阿超和齐妈，当天就回了家。

他们走进展家的庭院，立刻引起了一阵骚动。老罗看到云飞和梦娴喜出望外，激动地一路喊进去："太太回来了！大少爷回来了！"

祖望听到他们来了，就身不由己地迎了出来。

夫妻俩一见面，就情不自禁地奔向彼此。梦娴把所有的不快都忘记了，现在只有关心和痛心，急切地说："祖望，我都知道了！现在情形怎么样？李厅长那儿有没有消息？可不可能追回纪总管？我记得纪总管是济南人，要不要派人到他济南老家去看看？"

祖望好像见到最亲密的人，伤心已极地说："你以为我没想到这一点吗？已经连夜派人去找过了！他济南老家早就没人了！李厅长说，案子收不收都一样，要在全中国找人，像是大海捞针！而且，我们太信任纪总管，现在居然没有证据可以说他是'卷逃'，所有的账册他都弄得清清楚楚，好像都是我们欠他们的，我就是无可奈何呀！"

品慧和云翔听到声音也出来了。

品慧一看到四人结伴而来，就气不打一处来，立刻提高嗓门，尖酸地喊："哎哟！这苏家的夫人少爷，怎么肯来倒霉的展家呢？"她对梦娴冲过来嚷，"纪总管平常跟你们亲近得不得了，一定什么话都谈！这事也实在奇怪，你离开展家没几天，纪总管就跑了！难道你没有得到任何消息吗？搞不好就是你们串通一气，玩出来的花样！"

梦娴大惊，顿时气得说不出话来。

云飞大怒，往前一冲，义正词严地说："慧姨娘！你这说的什么话？我娘今天是一片好心，听说家里出了事要赶回来看看，看有没有可以帮忙的地方？就算在实际上帮不了忙，在心态上是抱着'同舟共济'的心态来的！你这样胡说八道，还想嫁祸给我们，你实在太过分，太莫名其妙了！"

品慧还没回答，云翔已经冲上前来，一肚子怨气和愤怒全部爆炸，对云飞、梦娴等人咆哮地大叫："我娘说得对极了！搞不好就是你们母子玩出来的花样！"他对云飞伸了伸拳头，"那个郑老板不是你老婆的'干爹'吗？他一步一步地计划好，一步一步地陷害我，让我中了他的圈套，把展家的产业全部'侵占'！如果没有他跟纪总管合作，那些银楼商店哪里会这么容易脱手！我想来想去，这根本就是你的杰作！你要帮萧家那几个妞儿报仇，联合郑老板、联合纪总管，把我们家吃得干干净净！我看，展家失去的财产，说不定都在你们那里！现在，你们跑回来干什么？验收成果吗？要看看我们展家有多惨吗……"

云飞这一下，真是气得快晕倒，回头看梦娴。

"娘！你一定要回来看看，现在你看到了！他们母子永远不可能进步，永远不会从失败中学到教训！我早就说过，他们已经不可救药！现在我们看够了吧！可以走了！"

云飞回头就走，云翔气冲冲地一拦，越来越觉得自己的分析对极了，大吼："你还想赖！你这个欺世盗名的伪君子！我今天要把你所有的假面具都揭开！"回头大喊，"爹！你看看这个名叫苏慕白的人，他偷了我的老婆，偷了你的财产，娶了我们的仇人，投效了我们的敌人，害得我们家倾家荡产！他步步为营，阴险极了！我们今天会弄成这样，全是这个姓苏的人一手造成的……"

阿超忍无可忍，怒吼出声："慕白！你受得了，我受不了！要不我现在就废了他，要不我们赶快离开这儿，回去找郑老板，把那张状子拿来签字！"

云翔听到"郑老板"三字，更加肯定了自己的推测，怪叫着："爹！你听到了！他们要回去找郑老板，想办法再对付我们！不把我们赶尽杀绝，他们不会放手的！你总算亲耳听到了吧，现在你知道你真正的敌人是谁了吧？你知道为什么我们家的财产会到郑家去了吧……"

梦娴已经气得脸色发白，浑身颤抖，看着祖望说："祖望，算我多事，白来这一趟，你好好珍重吧！我走了！"

梦娴转身想走，云翔大叫："我话还没说完，你们就想逃走了吗？"

阿超大吼一声，对云翔挥着拳头喊："你在考验我的忍耐力是不是？如果我不痛痛快快地打你一顿，你会浑身不舒服！是不是？"

品慧就撒泼似的尖叫起来："家已经败了，钱已经没了，你们还要回来打人！云翔呀！我看我们母子也走吧！我娘家虽然是个破落户，养活我们母子还不成问题，留在这里，迟早会被这个姓苏的打死，你跟娘一起走吧！"

祖望听到云翔一席话，觉得不无道理。想到云飞和郑老板的关系，想到云飞的"不孝"和种种，心里更是痛定思痛；又见阿超以一个家仆的身份，气势汹汹，反感越深。他往前拦住阿超，悲切地喊："事已至此，你们适可而止吧！"

这句"适可而止"像是一个焦雷，直劈到云飞头顶。他跟跄一退，不敢相信地看看祖望，痛心已极地喊："爹！什么叫适可而止？"

梦娴绝望地看着祖望，问："你相信他的话？你也认为今天展家所有的悲剧，都是云飞造成的？"

祖望以一种十分悲哀、十分无助的眼光看着云飞和梦娴，叹了一口长气，无力地说："展家就像云飞说的，是'家破人亡'了！"他抬起憔悴的眸子，看着云飞，"我不知道你在这个悲剧里扮演的是怎样的角色，但是我知道，如果没有你，展家绝不会弄到今天这个地步！"

云飞眼睛一闭，心中剧痛，脸色惨白。

"我知道了！今天跑这一趟，对我唯一的收获就是，我身体里那股展家的血液，终于可以不再冒出来了！"

云飞就扶着梦娴往大门走，一面走一面凄然地说："娘！我们走吧！这儿实在没有什么值得留恋的了！你也帮不了任何忙。天要让一个人灭亡，必先让他疯狂！现在，想救展家，只有苍天了！只怕苍天对这样的家庭，也欲哭无泪了！"

云飞、梦娴等人就沉痛地走了。在他们身后，云翔涨红着眼睛，挥舞着拳头，振臂狂呼："什么疯狂？什么灭亡？你还有什么诡计，你都用出来好了！反正，人啊钱啊，都给你拐跑了！我只有一条命，了不起跟你拼个同归于尽……"

云飞和梦娴就在这样的大呼小叫下走了。

回到塘口，母子二人实在非常沮丧，非常悲哀。

梦娴一进门，就乏力地跌坐在椅子里，忍不住落泪了。云飞在她身边坐下，拍了拍她的手，努力安慰着她。

"娘！你不要难过了。展家气数已尽，我们和展家的缘分也尽了！云翔说的那些话，固然可恶到了极点，不过，我们知道云翔根本就是个疯子，也就罢了！可是，爹到了这个地步仍然相信他，把家破人亡的责任居然归在我身上，好像中邪一样！实在让我觉得匪夷所思！他一次又一次砍断我身上的展家的根！我真的是哀莫大于心死，彻底绝望了！命中注定我没有爹，没有兄弟，我认了，你也认了吧！"

"你爹，他看起来那么累，那么苍老，到现在还糊里糊涂！明明有一个你近在眼前，他却拼了老命把你赶出门去，推得远远的！他的身边，现在剩下的是品慧和云翔，我想想都会害怕，他的老年到底要靠谁呢？"梦娴拭着泪，伤心地说。

云飞一呆。

"娘！他这么误解我们，排挤我们，甚至恨我们，而你还在为他想，为他担心？"他抬头，一叹，"雨凤，你曾经对我说，善良和柔软不是罪恶，让我告诉你，那是罪恶！是对自己'有罪'，对自己'有恶'，太虐待自己了！"

雨凤看他们的样子，已经心知肚明。她走过去，提高了声音，振作着大家，说："你们去过展家了，显然帮不上忙，显然也没有人领情！那么，你们已经仁至义尽了！既然对展家所有的事都无能为力，那么就不要再难过了，把他们全体抛开吧！展家虽然损失很大，但依然有房产，有丫头用人，不愁吃不愁穿！和穷人家比起来强太多了，想想贺家的一家子，想想罗家的一家子，想想虎头街那些人家，他们一无所有，照样可以活得快快乐乐！所以，展家只要退一步想，也是海阔天空的！"

"雨凤说得对！如果展夜鸮从此改邪归正，化恨为爱，照样可以得到幸福！我们唯一能做的，就是不再雪上加霜，不告他们了！你们大家也快乐一点吧！不要让展家的乌云，再来影响我们家的欢乐吧！"雨鹃大声地接口。

阿超不禁大有同感，大声地说："对！雨凤雨鹃说得对！"

云飞也有同感，振作了一下，大声说："对！再也不能让展家的乌云，来遮蔽我们的天空！我们还是专心去重建寄傲山庄吧！"

苍天有泪

贰拾玖

TWENTY-NINE

"是大家把他唤回来了！这么美丽的人生，他怎么舍得死？"

不管祖望多么痛心，多么绝望，展家的残局还是要他来面对。他悲哀地体会到，云飞已经投效了敌人，离他远去，不可信任。云翔是个暴躁小子，成事不足，败事有余。现在，只有老将出马了。他压制了自己所有的自尊和所有的骄傲，去了一趟大风煤矿，见了郑老板。这是桐城数代以来第一次，"展城南"和"郑城北"两大巨头正式交谈。没有人知道这两个"名人"到底谈了一些什么。但是，祖望在郑老板的办公厅里足足逗留了四个小时。

祖望回到家里，直接就去找云翔，把手中的一沓借据摔在他面前。

"你这个畜生！你这个败家精！这些借据全是你亲笔画押！我刚刚去看了郑老板，人家把你的借据全体拿来给我看，粮食店和绸缎庄还不够还你的赌债！人家一副已经网开一面的样子……想我展祖望和他是平分秋色的呀，现在竟落魄到这个地步！你不如拿一把刀，把爹给杀了算了！"

云翔红着眼睛，自从天虹去世、夜鹨队叛变、纪总管卷逃……这一连串的打击，已经让他陷进一种歇斯底里的疯狂状态。他大叫着说："那不是我输的！是我中了圈套！那个雨鹃，她对我用美人计把我困在待月楼，然后，郑老板和他的徒子徒孙，就在那儿摇旗呐喊，让我中计！云飞在后面出点子！我所有的弱点云飞全知道，他就这样出卖我、陷害我！都是云飞，都是云飞，不是我！都是云飞……"

祖望沉痛已极地看着云翔，像在看一个陌生人。

"你不要再把责任推给云飞了！今天，郑老板给我看了一样东西，我才知道，云飞对你已经仁至义尽了！"

"什么东西？郑老板能拿出什么好东西来给你看？"

"一张状子！一张二十一家联名控告你杀人放火的状子！原来，你把溪口那些老百姓这样赶走，你真是心狠手辣！现在，人家二十一户人家，要把你告到北京去！这张状子递出去，不但你死定了，我也会跟着你陪葬！二十一户人家里，萧家排第一户！"

"我就知道！我就知道云飞一定要弄死我，他才满意！"

"是云飞撤掉了这张状子！"祖望大声说，"人家郑老板已经清清楚楚告诉我了，如果不是云飞极力周旋，极力化解萧家姐妹的仇恨，你根本已经被关进大牢里去了！"

云翔暴跳起来，跳着脚大嚷："你相信这些鬼话？你相信这张状子不会递出去？云飞那么阴险，萧家姐妹那么恶毒，郑老板更是老奸巨猾，你居然去相信他们？"

"是！"祖望眼中有泪，"我相信他！他的气度让我相信他，他的诚恳让我相信他……最重要的，是所有的事实让我相信他！我真是糊涂，才被你牵着鼻子走！"

云翔又惊又气又绝望，他已经一无所有，只有祖望的信任和爱。现在，眼看这仅有的东西也在消失也被云飞夺去，他就怒发如狂了，大喊着："云飞在报仇，他利用郑老板来收服你！他一定还有目的，他一定不会放过我的！只有你才会相信他们，他们是一群魔鬼，一心一意要把我逼得走投无路！说不定明天警察就会来抓我，他们已经关过我一次了，什么坏事做不出来？说不定他们还想要展家这栋房子，要把我弄得无家可归……"

"他已经在重建寄傲山庄了，怎么会要这栋房子？"

云翔大震，如遭雷殛，大吼："他在重建寄傲山庄？那块地是我辛辛苦苦弄到手的，他有什么权利重建寄傲山庄？他有什么权利霸占我的土地？"

"你别说梦话了！"祖望看到他这样狂吼狂叫，心都冷了，"那块地我早就给了云飞！那是云飞的地，严格说是萧家的地！当初，如果你不去放火，不去抢人家的土地，说不定今天展家的悲剧都可以避免！可惜，我觉悟得太晚了！"

云翔听到祖望口口声声，倒向云飞，不禁急怒攻心。

"你又中计了！郑老板灌输你这些思想，你就相信了！哇……"他仰天大叫，"我和云飞誓不两立！誓不两立……"

祖望看着他，觉得他简直像个疯子，耳边就不由自主地，响起云飞的话："天要让一个人灭亡，必先让他疯狂！"

祖望一甩头，长叹一声，出门去了。

云翔瞪大了眼睛，眼里布满了血丝，整个人都陷进绝望的狂怒里。

云翔几乎陷入疯狂，云飞却在全力重建寄傲山庄。

云飞已经想清楚，他必须把展家的悲剧彻底摆脱，才能解救自己。为了不让自己再去想展家，他就把全副精力都用在重建寄傲山庄的工作上。

这天，重建的寄傲山庄已经完成了八成，巍峨地耸立着。云飞带着阿超和无数的男男女女兴高采烈地工作着，大家唱着歌，热热闹闹。

云飞和阿超比任何人都忙碌，建筑图是云飞画的，各种问题都要管，前后奔跑。阿超监工，一下子爬到屋顶上，一下子爬到鹰架上，要确定各部分的建筑，都是坚固耐用的。雨凤、雨鹃照样在煮饭烧菜，唱着歌，小三、小四、小五在人群中穿梭。整个工作是充满欢乐的，敲敲打打的声音此起彼落，歌唱的声音也是此起彼落，笑声更是此起彼落。

黄队长带着他的警队，也在人群里走来走去。他们是奉厅长的命令，来"保护"和"支持"山庄的重建工作。可是，连日以来，山庄都建得顺顺利利。他们没事可干，就在那儿喝茶聊天，东张西望。

冬天已经来临了，北风一阵阵地吹过，带着凉意。雨凤端了一碗热汤，走到云飞面前，体贴地说："来！喝碗热汤吧！今天好像有点冷！"

"是吗？我觉得热得很呢！大概心里暖和，人也跟着暖和起来！"云飞接过汤，一面喝着，一面得意地看着那快建好的山庄，"看样子，不到一个月，我们就可以搬进来住！你觉得，这比原来的寄傲山庄如何？"

"比原来的大，比原来的精致！哇，我等不及要看它盖好的样子！等不及想搬进来！我真没有想到，我的梦会一个一个地实现！"

云飞看着山庄，回忆着，微笑起来。

"我还记得，你在这儿捅了我一刀！"

雨凤脸一热，前尘往事，如在目前。

"如果那天你没赶来，我已经死在这儿了！"

云飞深情地看着她。

"后来，我一直想，冥冥中是你爹把我带来的！他知道他心爱的女儿有生命危险，引我来这儿替你挨一刀！"

雨凤震撼着，回忆着。

"我喜欢你这个说法！后来，雨鹃也说过，可能是爹的意思，要我'报仇'！现在回想，爹从来没有要我们报仇，他只要我们活得快乐！"她就抬头看天，小小声地问，"爹，是吗？"

云飞最喜欢看她和"爹"商量谈话的样子，就也看天，搂住她说："爹，你还满意我吗？"

"我爹怎么说？"她笑着问。

"他说：满意，满意，满意。"

雨凤灿烂地一笑，那个笑容，那么温柔，那么美丽。他的眼光就无法从她的脸庞上移开了，他感动地说："以前，我总觉得，人活到老年，什么都衰退了，就很悲哀。所以，我一直希望自己不要活得太老。可是自从有了你，我就不怕老了。我要和你一起老，甚至比你活得更老，好照顾你一生一世。"

她看着寄傲山庄，神往地接口："我可以想象一个画面，我们在寄傲山庄里。那是冬天，外面下大雪，我们七个人都已经很老了，在大厅里围着火炉，一面烤火，一面把我们的故事，寄傲山庄的故事，讲给我们的孙子们听！嗯，好美！"

雨鹃奔过来，笑着问："什么东西好美？"

雨凤心情好得不得了，笑看云飞，说："当我们都老到需要拄拐杖的时候，雨鹃不知道脾气改好没有？如果还是脾气坏得不得了，说不定拿着拐杖，指着阿超说这说那，阿超一生气，结果我们就都没有拐杖用了！"

雨鹃听得一愣一愣的，问："为什么没有拐杖用呢？"

"都给阿超劈掉了！"

云飞大笑。

雨鹃一跺脚，鼓着腮帮子。"好嘛！我就知道，会被你们笑一辈子！"

三个人嘻嘻哈哈，阿超远远地看着，忍不住也跑过来了。

"你们说什么说得这么开心？也说给我听一听！"

云飞笑着说："从过去，到未来，说不完的故事，说不完的梦！"

四个人正在谈着，忽然间，远方烟尘滚滚，一队人马正快速奔来。

雨鹃一凛，把手遮在额上看。

"有马队！怎么这个画面好熟悉！"

云飞也看了看，不经意地说："郑老板说，今天会派一队人来帮忙，大概郑老板的人到了！你们不要紧张，谁都知道黄队长驻守在这儿，不会有事的！"

雨鹃就笑着提醒雨凤："我们也赶快去工作吧！别人做事，我们聊天，太对不起大家了！"

"是！"姐妹俩就快快乐乐地跑去工作了。

马队越跑越近，阿超觉得有点不对，凝视着马队。云飞也觉得有点奇怪，也凝视着马队。阿超喃喃自语："不可能吧！夜鸮队已经解散了！"

"我觉得不太对劲……"云飞说，"夜鸮队虽然解散了，云翔要组织一个马队，还是轻而易举的事！你最好去通知一下黄队长，让他们防范一下！"阿超立刻奔去找黄队长。

云飞的推测完全正确。来的不是别人，正是陷进疯狂状态的云翔！

云翔带着人马，怒气腾腾，全速冲来。远远地他就看到那栋已经快要建好的寄傲山庄，巍峨地耸立在冬日的阳光里！比以前的山庄更加壮观，更加耀眼。他这一看，简直是气冲牛斗，怒不可遏。这样明目张胆地重建寄傲山庄，根本就是对他示威，对他炫耀，对他宣战！真是欺人太甚！他回头大喊："点火！"

十几支火把燃了起来。云翔高举着火把，大吼："冲啊！去烧掉它！烧得它片瓦不存！冲啊……"

于是，云翔就带着马队快马冲来。他来得好快，转眼间就冲进了工地，他掠过云飞身边，如同魔鬼附身般狂叫："烧啊！冲啊！谁都不许重建寄傲山庄！烧啊！冲啊！冲垮它！烧掉它……"

马队冲进工地，十几支火把丢向正在营造的屋子。

一堆建材着火了，火舌四窜。

工地顿时陷入一片混乱，骡子、马、牛、孩子、妇人……四散奔窜。

小五大惊，往日的噩梦全回来了，在人群中奔逃尖叫："魔鬼又来了，魔鬼又来放火了！大姐！二姐……阿超大哥……救命啊！"

孩子们受到感染，纷纷尖叫，四散奔逃。

雨鹃、雨凤奔进人群，雨鹃救小五，雨凤抱住另一个孩子跑开。妇人们跑过来，抱着自己的孩子奔逃。混乱中，阿超一声大叫："大家不要乱！女人救孩子，男人救火！"

大家立刻行动，救孩子的救孩子，救火的救火。

黄队长精神大震，总算英雄有用武之地了，他举起长枪，对着天空连鸣三枪，大吼："警察厅有人驻守，谁这么大胆子，来这儿捣乱放火，全给我抓起来！抓起来！"

枪声使马队里的人全体吓住了，大家勒马观望。

云飞急忙把握机会，登高一呼："各位赶快停下来！都是自己人，为什么要做这种事！"他看到熟面孔，大叫，"老赵！阿旺！你们看看清楚……一个夜鸮队都改邪归正了，你们还要糊涂吗？"

马队里的人面面相觑，看到黄队长，又看到云飞，觉得情况不对，老赵就翻身下马，对云飞拜倒："大少爷！对不起，我们糊里糊涂，根本不知道是怎么一回事。"

其他随从跟着倒戈，纷纷跳下马，对云飞拜倒，喊着："咱们不知道是大少爷在盖房子，真的不知道！"

云飞就对随从们大喊："还不快去救火！"

随从立刻响应，有的去救火，有的去拉回四散的牲口。阿超带头把刚刚引燃的火头，一一扑灭。

云翔骑着马，还在疯狂奔驰，疯狂践踏。他回头，看见家丁们竟然全部臣服于云飞，放火的变成了救火，更是怒发如狂，完全丧失了理智。一面策马狂奔，对着云飞直冲而来，一面大喊："展云飞，我和你誓不两立！我和你誓不两立……"

阿超一见情况不对，丢下手中的水桶，对云飞狂奔过来。

雨凤抬头，看见云翔像个凶神恶煞，挥舞着马鞭冲向云飞，不禁魂飞魄散，尖叫着也跌跌撞撞地奔过来。

雨鹃、小四、小三、小五全部奔来。

眼见马蹄就要踹到云飞头上，危急中，黄队长举枪瞄准，枪口轰然发射。云翔绝对没有想到有人会对他放枪，根本没有防备，正在横冲直撞之际，只觉得腿部一阵火辣辣地剧痛，已经中弹，从马背上直直地跌落下来。正好跌落在云飞脚下。云飞看着他，大惊失色。

黄队长一不做二不休，举起枪来，瞄准云翔头部，大吼着说："慕白兄，我今天为桐城除害！让桐城永绝后患！"

枪口再度轰然一响。

云飞魂飞魄散，大吼："不可以……"

他一面喊着，一面纵身一跃，飞身去撞开云翔。

云翔被云飞的身子撞得滚了开去。但是，子弹没有停止，竟然直接射进云飞的前胸。

阿超狂叫："慕白……"

雨凤狂叫："不要……慕白……不要……"

黄队长抛下了枪，脸色惨白，骇然大叫："你为什么要过来，我杀了他一劳永逸，你们谁都不用负责任呀！"

云飞中了枪，支持不住。他愕然跪倒，自己也没料到会这样。他挣扎了两下，就倒在地上。

阿超扑奔过来，抱住他的头："慕白！你怎样？你怎样……"

雨凤连滚带爬地冲了过来，扑跪在地。她盯着他，泪落如雨，哭着喊："慕白！你怎么可以这样对我？"

云飞用手压着伤口，血流如注，他看着雨凤，歉疚地说："雨凤，对不起……事到临头，我展家的血液又冒出来了……我不能让他死，他……毕竟是我兄弟！"

他说完，一口气提不上来，晕死过去。

雨凤仰天，哀声狂叫："慕白……慕白……慕白……"

雨凤的喊声那么凄厉高亢，声音穿云透天而去，似乎直达天庭。

云翔滚在一边，整个人都傻了。睁大了眼睛看着这一幕，他的思想意识全部停顿了。好像在刹那间，天地万物全部静止。

云飞和云翔都被送进了圣心医院。

由于路上有二十里，到达医院的时候，云翔的情况还好，只有腿上受伤，神志非常清醒。但是，他一路上什么话都没有说。所有的人也没有一个跟他说话。云飞的情况却非常不好，始终没有醒来过，一路流着血，到达医院时已经奄奄一息。医生护士不敢再耽误，医院里只有一间手术室，兄弟两个就一齐推进了手术室。

手术室房门一合，雨凤就情不自禁整个人扑在手术室的房门上。凄然喊着："慕白！请你为我活下去！请你为我活下去……因为，如果没有你，我不知道要怎么办！请你可怜可怜我，为我好起来……"

她哭倒在手术室门上。雨鹃带着弟妹们上前搀扶她。雨鹃落泪说："让我们祷告，这是教会医院，信仰外国的神。不管是中国的神，还是外国的神，我们全体祷告，求他们保佑慕白！我不相信所有的神都听不见我们！"

小五就跑到窗前，对着窗子跪下，双手合十，对窗外喊着："天上的神仙，请你保佑我们的慕白大哥！"

小三、小四也加入，奔过去跪下。诚心诚意地喊着："所有的神仙，请你们保佑我们的慕白大哥！"

雨凤仍然扑在手术室的门上，所有的神志，所有的思想，所有的感情，所有的意识……全部跟着云飞飞进了手术室。

在医院外面，那些建造寄傲山庄的朋友，全体聚集在门外不肯散去。黄队长带着若干警察，也在门外焦急地等候。

大家推派了虎头街的老住户贺伯庭为代表，去手术室门口等候。因为医院里没有办法容纳那么多的人。天色逐渐暗淡下来了，贺伯庭才从医院出来，大家立即七嘴八舌着急地询问："苏先生的情况怎样？手术动完没有？救活了吗？"

贺伯庭站在台阶上，对大家沉重地说："苏先生的情况非常危险，大夫说，伤到内脏，活命的希望不大！可能还要两小时，手术才能动完，天快黑了，各位请先回家吧！"

"我们不回去，我们要在这儿守着！"

"我们要在这里，给苏慕白打气！"

"我们要一直等到他脱离危险，才会散去！"

大家你一言我一语地喊着，没有人肯走。

黄队长难过地说："我也在这儿守着，我会维持秩序，我们给慕白兄祈福吧！"

"苏慕白！加油！"有人高亢地大喊。

群众立刻齐声响应，吼声震天："苏慕白！加油！"

一位修女看得好感动，从医院走出来，对大家说："上帝听得到你们的声音，请大家为他祷告吧！"

于是，群众都双手合十，各求各的神灵。

接着，梦娴和齐妈匆匆地赶来了。雨凤看到了梦娴，一句话也说不出来，就扑进她的怀里痛哭。梦娴颤巍巍地扶着她，却显得比她勇敢，她拭着泪，也为雨凤拭着泪，坚定地说："孩子，不要急，老天会照顾他的！大夫会救他的！一定会治好，要不然就太没有天理了！上苍不会这样对我们，一定不会！老天不会这么残酷！一定不会！"

雨凤只是啜泣，什么话都说不出来。

祖望和品慧也气急败坏地赶来了。看到梦娴和萧家姐弟，祖望心情复杂，简直不知道说什么好，尴尬而焦急地站在那儿，想问两个儿子的情况，但是面对的是一群不知是"亲"还是"非亲"的人，看到的是一张张悲苦愤怒的脸庞，他就整个人都退缩了。品慧见祖望这样，也不敢说话了。还是齐妈，顾及主仆之情，过去低声说："二少爷只是皮肉伤，不严重。大少爷情况很危险，大夫说，只能尽人事听天命！"

祖望脚一软，跌坐在椅子里，泪就潸潸而下了。

终于，手术室房门一开，护士推着云翔的病床出来。

病房外的人全体惊动，大家围上前去，一看是云翔，所有的人像看到鬼魅，大家全部后退，只有祖望和品慧迎上前去。品慧立刻握住云翔的手，落泪喊："云翔！"

云翔看着父母，恍如隔世，喉头哽着，无法说话。

护士对祖望和品慧说："这一位只是腿部受伤，子弹已经取出来了，没有什么严重的！现在要推去病房！详细情形大夫会跟你们说！"

祖望急急地问："还有一个呢？"

"那一位伤得很严重，大夫还在尽力抢救，恐怕有危险！还要一段时间才能出来！"

雨凤脚下一个颠踬，站立不稳。雨鹃急忙扶住她。

云翔的眼光不由自主地扫过手术室外面的人群，只见梦娴苍白如死，眼泪簌簌掉落，齐妈坐在她身边，不停地帮她拭泪。小三、小四、小五挤在一起，个个哭得眼睛红肿。小三不住用手抱着小五，自己哭，又去给小五擦眼泪。阿超挺立在那儿，一脸悲愤地瞪着他，那样恨之入骨的眼神，逼得他不得不转开视线。

医院外，传来群众的吼声："苏慕白，请为大家加油！我们在这儿支持你！"

云翔震动极了。心里像滚锅油煎一样，许多说不出来的感觉，在那儿挤着、炸着、煎着、熬着、沸腾着。他无法分析自己，也无力分析自己，不知道这种感觉是悔是恨，是悲是苦，只知道，那种"煎熬"带来的是前所未有的痛！他的暴戾之气到这时已经全消。眼神里带着悲苦。他看向众人，只见所有的人都用恨极的眼光瞪着他。他迎视着这些眼光，生平第一次觉得自己会在乎这些眼光。觉得这每一道眼光都锐利如刀，正对他一刀刀刺下。每一刀都直刺到内心深处。

祖望感到大家的敌意和那种对峙的尴尬，对品慧说："你陪他去病房，我要在这儿等云飞！"

品慧点头，不敢看大家，扶着病床匆匆而去。

雨凤见云翔离去了，就悲愤地冲向窗前，凝视窗外的穹苍。雨鹃跟过去，用手搂着她的肩，无法安慰，泪盈于眶。

阿超走来，嘴里念念有词："一次挡不了刀，一次挡不了枪，阿超！你这个笨蛋！有什么脸站在这儿，有什么脸面对雨凤雨鹃？"

雨凤看着窗外的天空，喃喃地对雨鹃说："你不知道，当马队来的时候，他正在跟我说，他要活得比我老，照顾我一生一世……他不能这样对我，如果他死了，我绝对不会原谅他，我会……恨他一辈子！"她吸了口气，看着雨鹃，困惑已极地说，"我就是想不明白呀，他怎么可以拿身子去挡子弹呢？他不要我了吗？所有的誓言和承诺，所有的天长地久，在那一刹那，他都忘了吗？"

人人听得鼻酸，梦娴更是泪不可止。

祖望最是震动，忍不住也老泪纵横了。他看着梦娴，千言万语，化为一句："梦娴，对不起！我……我好糊涂，我错怪云飞了！"

梦娴泪水更加涌出，抬头看雨凤。

"不要对我说，去对雨凤说吧！"

祖望抬头，泪眼看雨凤。要他向雨凤道歉，碍难出口。

雨凤听而不闻，只是看着窗外的天空。落日已经西沉，归鸟成群掠过。

天黑了。终于，手术室的门豁然而开。

全体的人一震，大家急忙起立，迎上前去。

云飞躺在病床上面，脸色比被单还白，眼睛紧紧地闭着，眼眶凹陷。仅仅半日时间，他就消瘦了。整个人像脱水一样，好像只剩下一具骨骼。好几个护士和大夫小心翼翼地推着病床，推出门来。

雨凤踉跄地扑过去，护士急忙阻止。

"不要碰到病床！病人刚动过大手术，绝对不能碰！"

雨凤止步，眼光痴痴地看着云飞。

几个医生，都筋疲力尽。梦婳急问："大夫，他会好起来，是不是？"

"他已经度过危险了？他会活下去，对不对？"祖望哑声地跟着问。

大夫沉重地说："我们已经尽了全力了！现在，要看他自己的造化了！如果能够挨过十二小时，人能够清醒过来，就有希望活下去！我们现在要把他送进特别病房，免得细菌感染。你们家属只能有一个陪着他，是谁要陪？"

雨凤一步上前。大家就哀伤地退后。

护士推动病床，每双眼睛都盯着云飞。

梦婳上前去，紧紧地抱了雨凤一下。说："他对你有誓言，有承诺，有责任……他从小就是一个守信用、重义气的孩子，他答应过的事从不食言！请你帮我们大家唤回他！"

雨凤拼命点头，目不转睛地看着云飞。看到他一息尚存，她的勇气又回来了。云飞，你还有我，你在人世的责任未了！你得为我而活！她扶着病床，向前坚定地走去，步子不再蹒跚了。

大家全神贯注地目送着。每个人的心都跟着两人而去。

这天晚上，因为云飞没有脱离险境，医院内外守候的朋友也没有任何一个人离去。在医院里的人还有凳子坐，医院外的人就只有席地而坐。

医院里的两位修女，从来没有看过这种情形，一个病人竟然有这么多的朋友为他等待！她们感动极了，拿了好多的蜡烛出来，发给大家，说："点上蜡烛，给他祈福吧！"

虽然点蜡烛祈福，是西方的方式，但是，大家已经顾不得东方西方，中国神还是外国神。大家点燃了蜡烛，手持烛火虔诚祝祷。

郑老板和金银花匆匆赶到。看到这种情形，不禁一愣。黄队长见到郑老板，又是惭愧又是抱歉，急急地迎上前去。

"怎样了？救得活吗？"郑老板着急地问。

黄队长难过地说："对不起，祸是我闯的！真没想到会变成这样！我就是有十八个脑袋也没有一个脑袋会料到，慕白居然会扑过去救那只夜鸮！"

郑老板深深点头，伸手按住黄队长的肩："不怪你，他们是兄弟！"

"到底手术动完没有？"金银花问。

"手术已经完了，可是人还在昏迷状态！大夫说非常非常危险！"

这时，群众中，有一个人开始唱歌，唱着萧家姐妹常唱的《人间有天堂》。

这歌声立刻引起大家的响应。大家就手持烛火，像唱圣诗一般地唱起歌来：

在那高高的天上，阳光射出万道光芒，当太阳缓缓西下，黑暗便笼罩四方，可是那黑暗不久长，因为月儿会悄悄东上，把光明洒下穹苍。即使没有太阳也没有月亮，朋友啊，你们不要悲伤，因为细雨会点点飘下，滋润着万物生长。这个世界就是这样，只要你心里充满希望，人间处处，会有天堂……

郑老板心里涌上一股热浪，有说不出的震动和感动，对金银花说："金银花，你去买一些包子馒头来发给大家吃……这样吧，干脆让待月楼加班，煮一些热汤热饭，送来给大家吃！"

金银花立刻应着："好！我马上去办！"

一整夜，雨凤守着云飞。

天色渐渐亮了，云飞仍然昏迷。

大夫不停地过来诊视着他，脸色沉重，似乎越来越没有把握了。

"麻醉药的效力应该过去了，他应该要醒了！"大夫担忧地说。

雨凤看着大夫的神色，鼓起勇气问："他是不是也有可能从此不醒了？"

大夫轻轻地点了点头，没办法欺骗雨凤，他诚实地说："这种情况确实不乐观，你最好要有心理准备……你试试看跟他说说话！不要摇动他，但是，跟他说话，他说不定听得见！到了这种时候，精神的力量和奇迹，都是我们需要的！"

雨凤明白了。

她在云飞床前的椅子里坐下，用热切的眸子定定地看着他。然后，她把他的手紧紧一握，开始跟他说话。她有力地说："云飞，你听我说！我要说的话很简短，而且不说第二遍！你一定要好好地听！而且非听不可！"

云飞的眉梢，似乎轻轻一动。

"从我们相遇到现在，你跟我说了无数的甜言蜜语，也向我发了许许多多的山盟海誓！我相信你的每一句话，这才克服了各种困难，克服了我心里的障碍，和你成为夫妻！现在，寄傲山庄已经快要建好了，我们的未来才刚刚开始，我绝对、绝对、绝对不允许你做一个逃兵！你一定要醒过来面对我！要不然，你就毁掉了我对整个人生的希望！你那本

《生命之歌》也完全成为虚话！你不能这样！不可以这样！"

云飞躺着，毫无反应。她看了他一会儿，叹了口气。

"不过，如果你已经决定不再醒来，我心里也没有恐惧，因为我早已决定了！生，一起生，死，一起死！现在，有阿超帮着雨鹃照顾弟弟妹妹，还有郑老板帮忙，我比以前放心多了！所以，如果你决定离去，我会天上地下地追着你，向你问个清楚，你千方百计把我骗到手，就为了这短短的两个月吗？世界上，有像你这样不负责任的男人吗？"

云飞的眉梢，似乎又轻轻一动。

"你说过，你要活得比我老，你要照顾我一生一世！你说过，你会用你的一生来报答我的深情！你还说过，我会一辈子是你的新娘，当我们老的时候，当我们鸡皮鹤发的时候，当我们子孙满堂的时候，我还是你的新娘！你说了那么多的话，把我感动得一塌糊涂！难道，你的'一生'只是这么短暂，只是一个'骗局'吗？"她低头，把嘴唇贴在他的耳边，低而坚决地说，"慕白，当我病得昏昏沉沉的时候，你对我说过几句话，我现在要说给你听！"

云飞的眉头，明显地皱了皱。

她就稳定而热烈地低喊："我不允许你消沉，不允许你退缩，不允许你被打倒，更不允许你从我生命里隐退，我会守着你、看着你，逼着你好好地活下去！"

这次，云飞眉头再一皱，皱得好清楚。

窗外，群众的呼叫和歌声传来。

雨凤两眼发光地盯着他。

"你听到了吗？大家都在为你的生命祈祷，大家都在为你守候，为你加油！你听！这种呼唤不是我一个人的，是好多好多人的！你'一定'

要活过来！你这么热情，你爱每一个人，甚至展夜鸮！这样的你，不能让大家失望，不能让大家伤心，你知道吗？你知道吗？"

云飞像是沉没在一个深不见底的大海里，一直不能自主地往下沉，往下沉，往下沉……可是，就在这一次次的沉没中，他却一直听到一个最亲切、最热情的声音在喊着他、唤着他、缠着他……这个声音逐渐变成一股好大的力量，像一条钢缆绕住了他，把他拼命地拖出水面。他挣扎着，心里模糊地喊着：不能沉没！不能沉没！终于，他奋力一跃，跃出水面，张着嘴，他大大地呼吸，他脱困了！他不再沉没了，他可以呼吸了……他的身子动了动，努力地睁开了眼睛。

"雨凤……雨凤？"他喃喃地喊。

雨凤惊跳起来，睁大眼睛看着他，扑下去，迫切地问："云飞？你听到我说的话了吗？你听到了我，看到了我吗？"

他努力集中视线，雨凤的影子像水雾中的倒影，由模糊而转为清晰。雨凤……那条钢缆，那条把他拖出水面的钢缆！他的眼睛潮湿，里面凝聚着他对生命的热爱和力量，他轻声说："我一直看到你，一直听到了你……"

雨凤呼吸急促，又悲又喜，简直不能相信，热切地喊："云飞！你真的醒了吗？你认得我吗？"

他盯着她，努力地看她，衰弱地笑了："你化成灰，我也认得你！"

雨凤的泪，顿时稀里哗啦地流下，嘴边带着笑，大喊："大夫！大夫！他醒了！他醒了！"

大夫和护士们奔来。急急忙忙诊视他，查看瞳孔，又听心跳。大夫要确定云飞的清醒度，问他："你叫什么名字？"

"这是我最头痛的问题！好复杂！"云飞衰弱地说。

大夫困惑极了，以为云飞神志不清，仔细看他。

"我……好像有两世，一世名叫展云飞，一世名叫苏慕白……"他解释着。

雨凤按捺不住，在旁边又哭又笑地喊："大夫！你不用再怀疑了，他活过来了！他的前世、这世、来世……都活过来了！管他叫什么名字，只要他活着，每个名字都好！"

窗外，传来群众的歌声、加油的吼声。

雨凤奔向窗口，扑身到窗外，拿出手帕对窗外挥舞，大叫："他活过来了！他活过来了！他活过来了……"

医院外，群众欢腾。大家掏出手帕也对雨凤挥舞，吼声震天："苏慕白，欢迎回到人间！"

云飞听着，啊！这个世界实在美丽！

雨凤对窗外的人，报完佳音，就想起在病房外守候的梦娴和家人了，她转身奔出病房，对大家跑过去，又哭又笑地喊着："他醒了！大夫说他会好！他度过了危险期，他活过来了！他活过来了！"

阿超一击掌，跳起身子忘形地大叫："我就知道他会好！他从来不认输，永远不放弃！这样的人怎么会那么容易死！"

金银花眉开眼笑，连忙上前去跟雨凤道贺："恭喜恭喜！我从来没有这样激动过！咱们家刚刚嫁出的女儿，怎么可能没有长命百岁的婚姻呢？"

雨鹃一脸的泪，抱着小三、小四、小五跳。

"他活了！他活了！神仙听到我们了！"

齐妈扶着梦娴，跑过去抓着雨凤的手。

"雨凤啊！你不负众望！你把他唤回来了！"梦娴说。

雨凤含着泪，笑着摇头。

"是大家把他唤回来了！这么美丽的人生，他怎么舍得死？"

祖望含泪站着，心里充满了感恩。他热烈地看着雨凤，好想对她说话，好想跟她说一声谢谢，却生怕会被排斥，就傻傻地站着。

郑老板大步走向他，伸手压在他的肩上，哈哈笑着："展先生，你知道吗？我实在有点嫉妒你！虽然你失去了一些金钱，但是你得回了一个好儿子！我这一生，如果说曾经佩服过什么人，那个人就是云飞了！假若我能够有一个这样的儿子，什么钱庄煤矿我都不要了！"

祖望迎视着郑老板，这几句话像醍醐灌顶，把他整个唤醒了。

郑老板说完，就回头看看金银花。

"慕白活了，我们也不用再在医院守候了，干活去吧！"

说着，就把手臂伸给金银花，不知怎的，突然珍惜起她这一份感情来了。人生聚散不定，生死无常，该把握手里的幸福。金银花在他眼中，看到了许多没说出口的话，心里充满了惊喜。她就昂头挺胸，满眼光彩地挽住郑老板走出医院。推开门，医院外亮得耀眼的阳光迎面洒了过来。她抬眼看天，嫣然一笑，扭着腰肢，清脆地说："哟！这白花花的太阳，闪得我眼睛都睁不开！真是一个好晴天呢！冬天的太阳，是老天爷给的恩赐，不晒可白不晒！我得晒晒太阳去！"

"我跟你一起，晒晒太阳去！反正……不晒白不晒！"郑老板笑着接口，揽紧了她。

苍天有泪

叁拾

THIRTY

苍天有泪，因为苍天，也有无奈。

人间有情，所以人间，会有天堂。

云飞活过来了，整个萧家就也活过来了。大家把云飞那间病房变成了俱乐部一样，吃的、喝的、用的、穿的……都搬来了。每天，房间里充满了歌声、笑声、喊声、谈话声……热闹得不得了。

相反，在云翔的病房里，却是死一样地沉寂。云翔自从进了医院就变了一个人，他几乎不说话，从早到晚只是看着窗外的天空出神，尽管品慧拼命跟他说这个说那个，祖望也小心地不去责备他刺激他。他就是默默无语。

这天，云飞神清气爽地坐在床上。雨凤、雨鹃、梦娴、齐妈、小三、小四、小五全部围绕在病床前面，有的削水果，有的倒茶，有的拿饼干，有的端着汤……都要喂给云飞吃。小五拿着一个削好的苹果，嚷着："我刚刚削好的，我一个人削的，都没有人帮忙耶！你快吃！"

小三拿着梨，也嚷着："不不！先吃我削的梨！"

"还是先把这猪肝汤喝了，这个补血！"梦娴说。

"我觉得还是先喝那个人参鸡汤比较好，中西合璧地治，恢复得才快！"齐妈说。

"要不然，就先吃这红枣桂圆粥！"雨凤说。

云飞忍不住大喊："你们饶了我吧！再这样吃下去，等我出院的时候，一定会变成一个大胖子！雨凤，你不在乎我'脑满肠肥'吗？"

雨凤笑得好灿烂："只要你再不开这种'血溅寄傲山庄'的玩笑，我随你脑怎么满肠怎么肥，我都不在乎了！"

阿超纳闷地说："这也是奇怪，一次会挨刀子，一次会挨枪子，这寄傲山庄是不是有点不吉利？应该看看风水！"

雨鹃推了他一把。

"你算了吧！什么寄傲山庄不吉利，就是你太不伶俐，才是真的！"

阿超立刻引咎自责起来："就是嘛，我已经把自己骂了几千几万遍了！"

小四不服气了，代阿超辩护。

"这可不能怪阿超，隔了那么远，飞过去也来不及呀！"

齐妈笑着，对雨鹃说："你可别随便骂阿超，小四是最忠实的'阿超拥护者'，你骂他会引起家庭战争的！"

阿超心情太好了，有点得意忘形，又接口了："就是嘛！其实我娶雨鹃，都是看在小三、小四、小五的分儿上，他们对我太好了，舍不得他们，这才……"

雨鹃重重地咳嗽了一声："嗯哼！别说得太高兴哟！"

小三急忙敲了敲阿超的手，提醒说："当心她又弄一百零八颗扣子来整你！"

"一百零八颗扣子也就算了，还要什么诗意、情调、浪漫、好听……那些，才麻烦呢！"小四大声说。

雨鹃慌忙赔笑地嚷嚷："我们换个话题好不好？"

大家笑得东倒西歪。就在这一片笑声中，有人敲了敲房门。

大家回头去看，一看，就全体呆住了。原来，门外赫然站着云翔！他撑着拐杖，祖望和品慧一边一个扶着，颤巍巍地站在那儿。

房里，所有的笑声和谈话声都戛然而止。每一个人都瞪大了眼睛看着门外。

双方对峙着，有片刻时间，大家一点声音都没有。

祖望终于打破沉寂，软弱地笑着。

"云飞，云翔说想来看看你！"

阿超一个箭步往门口一冲，拦门而立，板着脸激动地说："你不用看了，被你看两眼都会倒霉的！你让大家多活几年吧！"

小四跟着冲到门口去，瞪着云翔，大声地说："你不要再欺负我的姐姐妹妹，也不要再去烧寄傲山庄！我跟你定一个十年的约会，你有种就等我长大，我和你单挑！"

品慧看到一屋子敌意，对云翔低声说："算了，什么都别说了，回去吧！"

云翔挺了挺背脊，不肯回头。

祖望就对云飞低声说："云飞，他是好意，他……想来跟你道歉！"

雨鹃瞪着云翔，目眦尽裂恨恨地说："算了吧！免了吧！黄鼠狼给鸡拜年，不安好心！我们用不着他道歉，谁知道是真的还是假的？只要他进了这屋子，搞不好又弄得血流成河，够了！"

云飞不由自主抬眼去凝视云翔。兄弟两个眼光一接触，云翔眼中立刻充泪了。云飞心里怦然一跳，他终于看到了"云翔"，那个比他小了四岁，在童稚时期曾经牵着他的衣袖，寸步不离喊着"哥哥"的小男孩！他深深地注视云翔，云翔也深深地注视他。在这电光石火间，兄弟两个的眼光已经交换了千言万语。

云飞感到热血往心中一冲，有无比的震动。他说："阿超，你让开！让他进来！"

阿超不得已，让了让。

云翔拄杖往房间里跛行了几步。阿超紧张兮兮地喊："可以了！就在这儿，有话就说吧！保持一点距离比较好！要不然又会掐他一把撞他一下，简直防不胜防！"

云翔不再往前，停在房间正中，离床还有一段距离。看着云飞。

云飞就温和地说："有什么话？你说吧！"

云翔突然丢下拐杖，扑通一声对云飞跪了下去。

大家都吓了一大跳。

品慧弯腰想去扶他，他立即推开了她。他的眼光一直凝视着云飞，哑声地、清楚地开口了："云飞，我这一生，一直把你当成我的'天敌'，跟你作战成为我生命中最重要的事，就这样浑浑噩噩地过了二十六年！现在回想，像是害了一场大病，病中的种种疯狂行为，种种胡思乱想，简直不可思议！如今大梦初醒，不知道应该对你说什么，也不知道该怎样才能让你了解我的震撼！在你为我挡子弹的那一刹那，我想，你根本没有经过思想，那是你的本能，这个'本能'把我彻底唤醒了！现在，我不想对你说'谢谢'，那两个字太渺小了，不足以代表我此时此刻的心情！我只想告诉你，你的血没有白流！因为，'展夜鸮'从此不存在了！"

云翔说完，就对云飞恭恭敬敬地磕了一个头。

云飞那么震动，那么感动，心里竟然涌起一种狂喜的情绪。他热切地凝视着云翔，眼里充满了怜惜之情，那是所有哥哥对弟弟的眼光；嘴里，却一个字也说不出来。

云翔磕完头，艰难地起立。品慧流着泪，慌忙扶着他。

他转身，什么话都不再说了，在品慧的搀扶下，拄杖而去。

所有的人都呆住了，大家都震动着，安静着，不敢相信地怔着。

半晌，祖望才走到云飞床前，看看梦娴又看看云飞，迟疑地没把握地说："云飞，你出院以后，愿不愿意回家？"他又看梦娴，"还有你？"

梦娴和云飞对看，双双无语。祖望好失望好难过，低低一叹。

"我知道，不能勉强。"就对梦娴说，"不过，我还是要告诉你，谢谢你为我生了一个好儿子！"

好不容易，母子二人才得到祖望的肯定，两人都有无比的震撼和辛酸。梦娴就低低地说："过去的不快都过去了，我相信云飞和我一样，什么都不再介意了。只是，我好想跟他们……"她搂住小三、小五，"在一起，请你谅解我！"

云飞也充满感情地接口："爹，回不回去只是一个形式，重要的是我们不再敌对了！现在我有一个好大的家，家里有九个人！我好想住在寄傲山庄，那是我们这一大家子的梦，希望你能体会我的心情！"

祖望点点头，看到萧家五个孩子的姐弟情深，他终于对云飞有些了解了，却藏不住自己的落寞。他看了雨凤一眼，许多话哽在喉咙口，还是说不出口，转身默默地走了。

萧家五姐弟静悄悄地站着，彼此看着彼此。大家同时体会到一件最重要的事，他们和展夜鸮的深仇大恨，在此时此刻终于烟消云散了。

故事写到这儿，应该结束了。可是，展家和寄傲山庄还有一些事情是值得一提的。为了让读者有更清楚的了解，我依先后秩序，记载如下：

三个月后，正是春暖花开的时节。

这天，展家大门口，来了一个老和尚。他一面敲打木鱼一面念着经。云翔听到木鱼声，就微跛着腿从里面跑出来。看到老和尚觉得似曾相识，再一听，和尚正喃喃地念着："一花一世界，一木一菩提，回头才是岸，去去莫迟疑！"

云翔心里怦然狂跳，整个人像被电流通过，从发尖到脚趾都闪过了战栗。他悚然而惊，目不转睛地盯着老和尚看。和尚就对他从容地说："我来接你了，去吧！"

云翔如醍醐灌顶，顿时间大彻大悟。他脸色一正，恭恭敬敬地应了一句："是！请让我去拜别父母！"

他转身，一口气跑到祖望和品慧面前，一跪落地，对父母恭恭敬敬地磕了三个头，说："爹！娘！我一身罪孽，几世都还不清，如今孽障已满，尘缘已尽。我去了！请原谅我如此不孝！"

说完，他站起身来往外就走。祖望大震，品慧惊疑不定，喊着："云翔，你这是做什么？不可以呀！你要去哪里？"

云翔什么都不回答，径自走出房间。祖望和品慧觉得不对，追了出来。追到大门口，只见云翔对那个和尚干脆而坚定地说："俗事已了，走吧！"

品慧冲上前去，拉住他，惊叫出声："你不能走，你还有老父老母，你走了我们靠谁去？"

和尚敲着木鱼，喃喃地念："冤冤相报何时了？劫劫相缠岂偶然？一花一世界，一木一菩提，回头才是岸，去去莫迟疑！"

祖望睁大眼睛看着和尚，心里一片清明，他醒悟了。伸手拉住了品慧，他含泪说："孽障已满，尘缘已尽。让他去吧！"

云翔就跟着和尚，头也不回地去了。

从此，没有人再见到过他。

那个春天，寄傲山庄里是一片欢娱。

这晚，一家九口在大厅内欢聚。灯火辉煌。雨凤弹着月琴，小三拉着胡琴，小四吹着笛子，大家高唱着《问云儿》。

梦娴靠在一张躺椅中，微笑地看着围绕着她的人群。

羊群在羊栏里咩咩地叫着。小五说："阿超大哥，是不是那只小花羊快要当娘了？"

"对，它快要当娘了！"

雨鹃笑着说："只怕……快当娘的不只小花羊吧！"

梦娴一听，喜出望外，急忙问："雨凤，你已经有好消息了吗？"

雨凤丢下月琴，跑开去倒茶，脸一红，说："雨鹃真多嘴，还没确定呢！"

云飞一惊，看着雨凤，突然心慌意乱起来，跑过去小心翼翼地拉住她问："那是有迹象了吗？你怎么不跟我说？你赶快给我坐下！坐下！"

雨凤红着脸，一甩手。

"你看嘛，影子还没有呢，你就开始紧张了！说不定雨鹃比我快呢！"

这下，轮到阿超来紧张了。

"雨鹃，你也有了吗？"

雨鹃一脸神秘，笑而不答。

云飞被搅得糊里糊涂，紧张地问雨凤："到底你有了还是没有？"

"不告诉你！"雨凤笑着说。

梦娴伸手拉住齐妈，两人相视而笑。梦娴说不出心中的欢喜，喊着："齐妈！我等到了！齐妈……我等到了呀！"

齐妈摇着梦娴的手，笑得合不拢嘴："我知道，我有的忙了！小衣服、小被子，雨凤和雨鹃的我一起准备！"

云飞看着雨凤，映华的悲剧忽然从眼前一闪而过。他心慌意乱，急促地问："什么时候要生？"

"到时候你就知道了！"她了解地看他，给他稳定的一笑，"你放心！"

"放心？怎么可能放心呢？"云飞瞪大眼，自言自语。

阿超也弄得糊里糊涂，说："雨鹃，你到底怎样？不要跟我打哑谜呀，我也很紧张呀！"

雨鹃学着雨凤的声音说："不告诉你！到时候你就知道了！"

阿超跟云飞对看，两个人都紧张兮兮。阿超叫着说："哇！你们两个通通给我坐下来，谁都不要动了！坐下！坐下！"

"你们两个大男人，不要发神经好不好？"雨鹃啼笑皆非地喊。

小四白了阿超一眼，笑着嚷："阿超，你不要笨了，你看看，那只小花羊有坐在那儿等生宝宝，坐几个月不动吗？"

雨鹃追着小四就打。

"什么话嘛！把你两个姐姐比成小花羊！"

一屋子大笑声。

梦娴拉着雨凤的手，笑着左看右看，越看越欢喜。

"雨凤啊！我觉得好幸福！谢谢你让我有这样温暖的一段日子！"她深深地靠进躺椅中，"好想听你唱那首《问云儿》！"

雨凤就去坐下，抱起月琴。

"那么，我就唱给你听！这首歌，是我和云飞第一次见面那天唱的！"

小三拉胡琴，小四吹笛子，雨凤开始唱着《问云儿》。

齐妈拿了一条毯子来，给梦娴盖上。

雨凤那美妙的歌声，飘散在夜色里。

　　问云儿，你为何流浪？

　　问云儿，你为何飘荡？

　　问云儿，你来自何处？

　　问云儿，你去向何方？

> 问云儿，你翻山越岭的时候，
>
> 可曾经过我思念的地方？
>
> 见过我梦里的脸庞？
>
> 问云儿，你回去的时候，
>
> 可否把我的柔情万丈，
>
> 带到她身旁，
>
> 告诉她，告诉她，告诉她……
>
> 唯有她停留的地方，
>
> 才是我的天堂……

梦娴就在这歌声中，沉沉睡去。不再醒来了。

云飞后来在他的著作中，这样写着：

> 第一次，我发觉"死亡"也可以这么安详，这么温暖，这么美丽。

梦娴葬进了展家祖坟。

这天，云飞和祖望站在梦娴的墓前。父子两个好久没有这样诚恳地谈话。

"真没想到，短短的半年之间会有这么大的变化，你娘走了，云翔出家了，展家也没落了……"祖望无限伤感地说，"正像你说的，转眼间，就落叶飘满地了！"

云飞凝视着父亲，伤痛之余仍然乐观。

"爹！不要太难过了，退一步想，娘走得很平静很安详，也是一种幸福！云翔大彻大悟，放下屠刀，立地成佛，也是一件好事！至于展家，还有祖产足以度日。几家钱庄只要降低利息，抱着服务大众的心态来经营，还是大有可为的！何况还有一些田产，并没有到山穷水尽的地步！"

祖望看着他，期期艾艾地说："云飞，你……你回来吧！"

云飞震动了一下，默然不语。

"自从你代云翔挨了一枪，我心里有千千万万句话想对你说，可是，我们父子之间误会已深，我几次想说，几次都开不了口。"

云飞充满感性地接口："爹，你不要说了，我都了解！"

"现在，我要你回家，你可能也无法接受。好像我在有云翔的时候排斥你，失去云翔的时候再要你，我自己也觉得好自私。可是，我真的好希望你回来呀！"

云飞低头，沉吟片刻，叹了一口长气。

"不是我不肯回去，而是我也有我的为难。现在，我的家庭，是一个好大的家庭，我不再是一个没有羁绊的人，我必须顾虑雨凤他们的感觉！直到现在，雨凤从没有说过，她愿意做展家的媳妇！正像你也从来没对雨凤说过，你愿意接受她作为媳妇一样！我已经死里逃生，对于雨凤和那个家十分珍惜。我想，要她进展家的大门，仍然难如登天。何况，我现在养牛养羊，过着田园生活，一面继续我的写作，这种生活是我一生梦寐以求的，你要我放弃这种生活，我实在舍不得！"

祖望看着他，在悔恨之余，也终于了解他了。

"我懂了。我现在已经可以为你设身处地去想了，我不会也不忍让你放弃你的幸福……可是，有一句话一定要对你说！"

"是！"

"到了今天，我不能不承认，你是我最大的骄傲！"

云飞震动极了，盯着祖望。

"有一句话，我也一定要对你说！"

祖望看着他。

"你知道寄傲山庄，坐马车一会儿就到了！寄傲山庄的大门永远开着，那儿有一大家子人。如果有一天，你厌倦了城市的繁华，想回归山林的时候，也愿意接受他们作为你的家人的时候，来找我们！"

转眼间，春去冬来。

这天，寄傲山庄里，所有的人都好紧张。齐妈带着产婆，跑出跑进，热水一壶一壶地提到雨凤房里去。

"哎哟……好痛啊……"雨凤的声音，从卧室里传出来。

云飞站在大厅里，听得心惊肉跳，用脑袋不断地去撞着窗棂，撞得砰砰作响，嘴里痛苦地喊："为什么要让她怀孕？为什么要生孩子？为什么要让她这么痛苦？老天，救救雨凤，救救我们吧！"

阿超走过去，拍着他的肩，嚷着："你不要弄得每个人都神经兮兮，紧张兮兮好不好？产婆和齐妈都说，这是正常的！这叫作'阵痛'！"

"可是，我不要她痛嘛……为什么要让她这样痛嘛……"

小三、小四、小五都在大厅里焦急地等待。比起云飞来，他们镇定多了。

雨鹃大腹便便，匆匆地跑出来。喊："阿超！你赶快再去多烧一点热水！"

"是！"阿超急忙应着。

云飞脸色惨变，抓住雨鹃问："她怎样了，情况不好？是不是……"他转身就往里面冲，"我要去陪着她！我要去陪着她……"

雨鹃用力拉住他。

"你不要紧张！一切都很顺利，雨凤不要你进去，你就在外面等着，你进去了，雨凤还要担心你，她会更痛的……"

雨鹃话没说完，又传来一声雨凤的痛喊声："哎哟……哎啊……好痛……齐妈……"

云飞心惊胆战，急得快发疯了，丢下雨鹃往里面冲去。他跌跌撞撞地奔进房里，嘴里急切地喊着："雨凤，雨凤，我真该死……你原谅我……"

齐妈跳起身子，把他拼命往外推。

"快出去！快出去！这是产房，你男人家不要进来……"

雨鹃也跑过来拉云飞，生气地说："你气死我了！雨凤都没有你麻烦……我们照顾雨凤都来不及了，还要照顾你……"

就在拉拉扯扯中，一声响亮的儿啼传来。产婆喜悦地大叫："是个男孩子！一个胖小子！"

齐妈眉开眼笑，忙对云飞说："生了，生了！恭喜恭喜！"

云飞再也顾不得避讳，冲到雨凤身边，俯头去看她，着急地喊："雨凤，你好吗？你怎样？你怎样？"

雨凤对他展开一个灿烂的笑："好得不得了！我生了一个孩子，好有成就感啊！"

云飞低头，用唇吻着她汗湿的额头，惊魂未定地说："我吓得魂飞魄散了，我再也不要你受这种苦！一个孩子就够了！"

"胡说八道！我还要生，我要让寄傲山庄里充满孩子的笑声！"雨凤笑着说，伸手握住他的手，"你说的，'生命就是爱'！我们的爱，多多益善！"

这时，齐妈抱着已经清洗干净，包裹着的婴儿上前。

"来！让爹和娘看看！"

雨凤坐起，抱着孩子，云飞坐在他身边，用一种崭新的、感动的眼光，凝视着那张小脸蛋。雨凤几乎是崇拜地赞叹着："天啊！他好漂亮啊！"

门口，挤来挤去的小三、小四、小五一拥而入。

大家挤在床边，看新生的婴儿。

"哇，他好小啊！下巴像我！"小三说。

"脸庞像我！"小五说。

"你们别臭美了，人家说外甥多似舅，像我！"小四说。

大家嘻嘻哈哈，围着婴儿，赞叹不已。

后来，云飞在他的著作中这样写着：

> 原来，"生"的喜悦，是这么强烈而美好！怪不得这个世界，生生不息！

是的，生生不息。这个孩子才满月，雨鹃生了小阿超。寄傲山庄里更加热闹了。真是笑声歌声儿啼声此起彼落、无止无休。

这天黄昏，彩霞满天。

寄傲山庄在落日余晖下，冒着袅袅炊烟。

这时，一个苍老而伛偻、脚步蹒跚的老人走到山庄前，就呆呆地站住了，痴痴地看着山庄内的窗子。这老人不是别人，正是祖望。

笑声，歌声，婴儿嬉笑声……不断传来，祖望倾听着，渴望地对窗子里看去，但见人影穿梭，笑语喧哗，他受不了这种诱惑，举手想敲门。但是手到门边，不由得想起自己曾经对雨凤说过的话："你教唆云飞脱离家庭，改名换姓，不认自己的亲生父亲，再策划一个不伦不类的婚礼，准备招摇过市，满足你的虚荣，破坏云飞的孝心和名誉，这是一个有教养、有情操的女子会做的事、应该做的事吗？"

他失去了敲门的勇气，手无力地垂了下来，就站在那儿，默默地看着，听着。

云飞和阿超正带着羊群回家。小四拿着鞭子跑来跑去地帮忙，小五跟着阿超，手里拿着鞭子，吆喝着、挥打着，嘴里高声唱着牧羊曲：

> 小羊儿哟，快回家哟，红太阳哟，已西落！红太阳哟，照在你身上，好像一条金河！我手拿着，一条神鞭，好像是女王！轻轻打在，你的身上，叫你轻轻歌唱……

祖望听到歌声回头一看，见到云飞和阿超归来，有些狼狈，想要藏住自己。

阿超眼尖，一眼看到了，大叫着："慕白！慕白！你爹来了！"

云飞看到祖望，大为震动，慌忙奔上前去。

"爹！你什么时候来的？怎么不敲门呢？"就扬着声音急喊，"雨凤！雨凤！我爹来了！"

寄傲山庄的大门哗啦一声打开了。雨凤抱着婴儿，立即跑出门来。

小三、齐妈、雨鹃也跟着跑出来。雨鹃怀里也抱着小阿超。

祖望看见大家都出来了，更加狼狈了，拼命想掩藏自己的渴盼，却掩藏不住。

"我……我……"他颤抖地开了口。

雨凤急喊："小三！赶快去绞一把热毛巾来！"

齐妈跟着喊："再倒杯热茶来！"

雨凤凝视祖望，温柔地说："别站在这儿吹风，赶快进来坐！"

祖望看着她怀里的婴儿，眼睛里涨满了泪水。他往后退了一步，迟疑地说："我不进去了，我只是过来……看看！"

云飞看着父亲，看到他鬓发皆白、神情憔悴，心里一痛，问："爹，你怎么来的？怎么没看到马车？"

祖望接触到云飞的眼光，再也无法掩饰了，苍凉地说："品慧受不了家里的冷清，已经搬回娘家去了。家里一个人都没有了，我好……寂寞。我想出来散散步，走着走着，就走到这儿来了……"

"二十里路，你是走过来的吗？马车没来吗？你来多久了？"云飞大惊。

"来了好一会儿，不知道你们是不是欢迎我。"

云飞激动地喊："爹，我不是早就跟你说了吗？寄傲山庄永远为你开着大门呀！"

祖望看着雨凤，迟疑地说："可是……可是……"

雨凤了解了，抱着孩子走过去。

祖望抬头看着她，毫无把握地说："雨凤，我……以前对你有好多误会，说过许多不该说的话，你……会不会原谅一个昏庸的老人呢？"

雨凤的眼泪，夺眶而出。她诚心诚意地说："爹……我等了好久，可以喊你一声'爹'！这是你的孙子！"就对孩子说，"叫爷爷！叫爷爷！"

祖望感动得一塌糊涂，泪眼模糊，伸手握住孩子的小手，哽咽问雨凤："他叫什么名字？"

"他叫苏……"雨凤犹豫了一下，就坦然地更正说，"他叫展天华。

天是天虹的天，华是映华的华……"又充满感情地加了一句，"展，就是您那个展！"

云飞好震动，心里热烘烘的，不禁目不转睛深深地看着雨凤。这是第一次，雨凤承认了那个"展"字。

祖望也好震动，心里也是热烘烘的，也深深地看雨凤。

所有的人全部激动着，看着祖望、云飞、雨凤和婴儿。

祖望眼泪一掉，伸手去抱孩子。雨凤立刻把孩子放进他的怀中，他一接触到那柔柔嫩嫩、软软乎乎的婴儿，整个人都悸动起来。他紧紧地抱着孩子，如获至宝。

羊群咩咩地叫着，小四、小五、阿超忙着把羊群赶进羊栏。

雨鹃就欢声地喊："连小羊儿都回家了！大家赶快进来吧！"

云飞扶着祖望："爹！进去吧！这儿，是你的'家'呀！"

"对！"雨凤扶着祖望另一边，"我们快回家吧！"

祖望的热泪滴滴答答落在婴儿的襁褓里。

于是，在落日下，在彩霞中，在炊烟里，一群人簇拥着祖望进门去。

后来，在云飞的著作中，他写了这样两句话：

苍天有泪，因为苍天，也有无奈。

人间有情，所以人间，会有天堂。

——全书完——

一九九七年十月十四日完稿于台北可园

一九九七年十一月五日修正于台北可园

《苍天有泪》这个故事，是三年前就开始动笔的。那时，我写完了《烟锁重楼》，很想写一系列的民初小说，《苍天有泪》就是计划中的一部。这部小说写得有些艰苦，写写停停，始终不曾完稿。在这期间，我又对清代小说发生了兴趣，中途，停止了《苍天有泪》，去写《还珠格格》。直到《还珠格格》写完，我才定下心来，几乎是不眠不休地把这部五十几万字的小说，一口气写完了。

我从事写作已经数不清有多少岁月了。随着年龄的增长，对人生的看法也有了一些改变。我常常在自我分析，也常常在自我检讨，总觉得我一直是个非常理想化的人。尽管在生命里，也有无数坎坷，也受过许多挫折，我依然相信"爱"，相信"美"。述说人类的"真情"，一直是我写作的主题。我这种固执，是带着一点"天真"的。可是，世界毕竟不像我的小说那么美好，人性也有它丑陋的一面。这些年来，我已经体会到，"善"与"恶"像是同胞兄弟，有着相同的"血缘"，并存在我们的生命里，主宰着我们。人性的战争，因而无休无止。

就是这个概念，引发了《苍天有泪》这个故事。造就了"云飞"和"云翔"这一对兄弟。在这本书里，我写了善，也写了恶；写了生，也写了死；写了爱，也写了恨。许多地方，我自己带着感动的情绪去写，就是不知道是不是也能感动读者。

　　我一向不喜欢解释自己的作品，因为，那些"解释"，应该在小说里已经传达得很清楚了。如果传达得不够，是作品的失败。现在，我的看法还是这样。所以，我不再赘言了。

　　一部长篇小说，是一个"巨大"的工程。对我来说，写作从来没有"容易"过。对这部小说，我自己也有许多地方不满意，总觉得，文字不够用，词汇不够用。"写作"没有因为熟练而变得容易，反而越来越难了。希望我的读者们，能够带着一颗包容的心，来看这部小说！

琼瑶

一九九七年十一月十七日

图书在版编目（CIP）数据

苍天有泪：全二册 / 琼瑶著 . —长沙：湖南文艺出版社，2018.6
ISBN 978-7-5404-8640-2

Ⅰ . ①苍… Ⅱ . ①琼… Ⅲ . ①言情小说—中国—当代 Ⅳ . ① I247.5

中国版本图书馆 CIP 数据核字（2018）第 068559 号

上架建议：畅销·小说

CANGTIAN YOU LEI：QUAN ER CE
苍天有泪：全二册

作　　者：琼　瑶
出 版 人：曾赛丰
责任编辑：薛　健　刘诗哲
监　　制：毛闽峰　李　娜
特约监制：何琇琼
版权支持：戴　玲
特约策划：李　颖　张园园　赵中嫒　张　璐　杨　祎
特约编辑：王　静
营销编辑：杨　帆　周怡文
装帧设计：利　锐
封面插画：季智清
出版发行：湖南文艺出版社
　　　　　（长沙市雨花区东二环一段 508 号　邮编：410014）
网　　址：www.hnwy.net
印　　刷：北京鹏润伟业印刷有限公司
经　　销：新华书店
开　　本：860mm×1200mm　1/32
字　　数：478 千字
印　　张：20
版　　次：2018 年 6 月第 1 版
印　　次：2018 年 6 月第 1 次印刷
书　　号：ISBN 978-7-5404-8640-2
定　　价：90.00 元（全二册）

若有质量问题，请致电质量监督电话：010-59096394
团购电话：010-59320018

琼瑶作品
18
如烟辑

华语世界
深具影响力作家

琼瑶

著

苍天有泪

上·无语问苍天

湖南文艺出版社
HUNAN LITERATURE AND ART PUBLISHING HOUSE

博集天卷
CS·BOOKY

我为爱而生，我为爱而写
文字里度过多少春夏秋冬
文字里留下多少青春浪漫
人世间虽然没有天长地久
故事里火花燃烧热情依旧

琼瑶

浴火重生的新全集

我生于战乱，长于忧患。我了解人事时，正是抗战尾期，我和两个弟弟，跟着父母，从湖南家乡，一路"逃难"到四川。六岁时，别的孩子可能正在捉迷藏，玩游戏。我却赤着伤痕累累的双脚，走在湘桂铁路上。眼见路边受伤的军人，被抛弃在那儿流血至死。也目睹难民争先恐后，要从挤满了人的难民火车外，从车窗爬进车内。车内的人，为了防止有人拥入，竟然拔刀砍在车窗外的难民手臂上。我们也曾遭遇日军，差点把母亲抢走。还曾骨肉分离，导致父母带着我投河自尽……这些惨痛的经历，有的我写在《我的故事》里，有的深藏在我的内心里。在那兵荒马乱的时代，我已经尝尽颠沛流离之苦，也看尽人性的善良面和丑陋面。这使我早熟而敏感，坚强也脆弱。

抗战胜利后，我又跟着父母，住过重庆、上海，最后因内战，又回到湖南衡阳，然后到广州，一九四九年，到了台湾。那年我十一岁，童年结束。父亲在师范大学教书，收入微薄。我和弟妹们，开始了另一段艰苦的生活。我也在这时，疯狂地吞咽着让我着迷的"文字"。《西游记》《三国演义》《水浒传》……都是这时看的。同时，也迷上了唐诗宋词，母亲在家务忙完后，会教我唐诗，我在抗战时期，就陆续跟着母亲学了唐诗，这时，成为十一二岁时的主要嗜好。

十四岁，我读初二时，又迷上了翻译小说。那年暑假，在父亲安排下，我整天待在师大图书馆，带着便当去，从早上图书馆开门，看到图书馆下班。看遍所有翻译小说，直到图书馆长对我说："我没书可以借给你看了！这些远远超过你年龄的书，你通通看完了！"

爱看书的我，爱文字的我，也很早就开始写作。早期的作品是幼稚的，模仿意味也很重。但是，我投稿的运气还不错，十四岁就陆续有作品在报章杂志上发表，成为家里唯一有"收入"的孩子。这鼓励了我，尤其，那小小稿费，对我有大大的用处，我买书，看书，还迷上了电影。电影和写作也是密不可分的，很早，我就知道，我这一生可能什么事业都没有，但是，我会成为一个"作者"！

这个愿望，在我的成长过程里，逐渐实现。我的成长，一直是坎坷的，我的心灵，经常是破碎的，我的遭遇，几乎都是戏剧化的。我的初恋，后来成为我第一部小说《窗外》。发表在当时的《皇冠杂志》，那时，我帮《皇冠杂志》已经写了两年的短篇和中篇小说，和发行人平鑫涛也通过两年信。我完全没有料到，我这部《窗外》会改变我一生的命运，我和这位出版人，也会结下不解的渊源。我会在以后的人生里，陆续帮他写出六十五本书，而且和他结为夫妻。

这世界上有千千万万的人，每个人都有自己的一本小说，或是好几本小说。我的人生也一样。帮皇冠写稿在一九六一年，《窗外》出版在一九六三年。也在那年，我第一次见到鑫涛，后来，他告诉我，他一生贫苦，立志要成功，所以工作得像一头牛，"牛"不知道什么诗情画意，更不知道人生里有"轰轰烈烈的爱情"。直到他见到我，这头"牛"突然发现了他的"织女"，颠覆了他的生命。至于我这"织女"，从此也在他的安排下，用文字纺织出一部又一部的小说。

很少有人能在有生之年，写出六十五本书，十五部电影剧本，二十五部电视剧本（共有一千多集。每集剧本大概是一万三千字，虽有助理帮助，仍然大部分出自我手。算算我写了多少字？）。我却做到了！对我而言，写作从来不容易，只是我没有到处敲锣打鼓，告诉大家我写作时的痛苦和艰难。"投入"是我最重要的事，我早期的作品，因为受到童年、少年、青年时期的影响，大多是悲剧。**写一部小说，我没有自我，工作的时候，只有小说里的人物。我化为女主角，化为男主角，化为各种配角。写到悲伤处，也把自己写得"春蚕到死丝方尽"。**

写作，就没有时间见人，没有时间应酬和玩乐。我也不喜欢接受采访和宣传。于是，我发现大家对我的认识，是："被平鑫涛呵护备至的，温室里的花朵。一个不食人间烟火的女子！"我听了，笑笑而已。如何告诉别人，假若你不一直坐在书桌前写作，你就不可能写出那么多作品！当你日夜写作时，确实常常"不食人间烟火"，因为写到不能停，会忘了吃饭！**我一直不是"温室里的花朵"，我是"书房里的痴人"！因为我坚信人间有爱，我为情而写，为爱而写，写尽各种人生悲欢，也写到"蜡炬成灰泪始干"。**

当两岸交流之后，我才发现大陆早已有了我的小说，因为没有授权，出版得十分混乱。一九八九年，我开始整理我的"全集"，分别授权给大陆的出版社。台湾方面，仍然是鑫涛主导我的全部作品。爱不需要签约，不需要授权，我和他之间也从没签约和授权。从那年开始，我的小说，分别有繁体字版（台湾）和简体字版（大陆）之分。因为大陆有十三亿人口，我的读者甚多，这更加鼓励了我的写作兴趣，我继续写作，继续做一个"文字的织女"。

时光匆匆，我从少女时期，一直写作到老年。鑫涛晚年多病，出版社也很早就移交给他的儿女。我照顾鑫涛，变成生活的重心，尽管如此，我也没有停止写作。我的书一部一部地增加，直到出版了六十五部书，还有许多散落在外的随笔和作品，不曾收入全集。当鑫涛失智失能又大中风后，我的心情跌落谷底。鑫涛靠插管延长生命之后，我几乎崩溃。然后，我又发现，我的六十五部繁体字版小说，早已不知何时开始，已经陆续绝版了！简体字版，也不尽如人意，盗版猖獗，网络上更是凌乱。

我的笔下，充满了青春、浪漫、离奇、真情……各种故事，这些故事曾经绞尽我的脑汁，费尽我的时间，写得我心力交瘁。我的六十五部书，每一部都有如我亲生的儿女，从孕育到生产到长大，是多少朝朝暮暮和岁岁年年！到了此时，我才恍然大悟，我可以为了爱，牺牲一切，受尽委屈，奉献所有，无须授权……却不能让我这些儿女，凭空消失！我必须振作起来，让这六十几部书获得重生！这是我的使命。

所以，在我已进入晚年的时候，我的全集，再度重新整理出版。在各大出版社争取之下，最后繁体版花落"城邦"，交由春光出版，简体版是"博集天卷"胜出。两家出版社所出的书，都非常精致和考究，深得我心。这套新的经典全集，非常浩大，经过讨论，我们决定分批出版，第一批是"影剧精华版"，两家出版社选的书略有不同，都是被电影、电视剧一再拍摄，脍炙人口的作品。然后，我们会陆续把六十多本出全。看小说和戏剧不同，文字有文字的魅力，有读者的想象力。希望我的读者们，能够阅读、收藏、珍惜我这套好不容易"浴火重生"的书，它们都是经过千锤百炼、呕心沥血而生的精华！那样，我这一生，才没有遗憾！

瓊瑤

写于可园

二〇一七年十一月十日

问云儿，你为何流浪？

问云儿，你为何飘荡？

问云儿，你来自何处？

问云儿，你去向何方？

目　录

Contents

壹

ONE

她蓦然抬头，和云飞的眼光接个正着。

她那么惊惶、那么愕然，发现自己正面对着一个英姿飒飒的年轻男子！

这是一九一九年的暮春。

天气很好，天空高而澄净，云层薄薄地飘在天空，如丝如絮，几乎是半透明的。太阳晒在人身上，有种懒洋洋的温馨。微风轻轻地吹过，空气里漾着野栀子花和松针混合的香味。正是"春色将阑，莺声渐老，红英落尽青梅小"的时节。

云飞带着随从阿超，骑着两匹马，仆仆风尘地穿过了崇山峻岭，往山脚下的桐城走去。

离家已经四年了，四年来，云飞没有和家里通过任何讯息。当初，等于是逃出了那个家庭。走的时候，几乎抱定不再归来的念头。四年的飘泊和流浪，虽然让他身上脸上布满了沧桑，但是，他的内心，却充满了平和。他觉得，自己真正的长成，真正的独立，就在这四年之中。这四年，让他忘了自己是展家的大少爷，让他从映华的悲剧中走出来，让他做了许多自己想做的事，也让他摆脱了云翔的噩梦……如果不是连续几个晚上，午夜梦回，总是看到母亲的脸孔，他或者根本不会回来。现在，离家渐渐近了，他才感到"近乡情怯"的压力。中国的文字实在很有意义，一个"怯"字，把游子回家的心情写尽了。家？再回那个家，他依然充满了"怯意"。

翻过了山，地势开始低了，蜿蜒的山路，曲曲折折地向山下盘旋。桐城实在是个非常美丽的地方，四面有群山环峙，还有一条玉带溪绕着城而过，像天然的护城河一样。云飞已经听到流水的淙淙声了。

忽然，有个清越的、嘹亮的、女性的歌声，如天籁般响起，打破了四周的岑寂。那歌声高亢而甜美，穿透云层，穿越山峰，绵绵邈邈，柔柔袅袅，在群山万壑中回荡。云飞惊异极了，转眼看阿超。

"咦，这乡下地方，怎么会有这么美妙的歌声？"

阿超，那个和他形影不离的伙伴，已经像是他生命的一部分。从童年时代开始，阿超就跟随着他，将近二十年，不曾分离。虽然阿超是典型的北方汉子，耿直忠厚热情，心思不多，肚子里一根肠子直到底。但是，和云飞这么长久地相处，阿超早已被他"同化"了。虽然不会像他那样，把每件事情"文学化"，却和他一样，常常把事情"美化"。对于云飞的爱好、心事，阿超是这世界上最了解的人了。歌声，吸引了云飞，也同样吸引了他。

"是啊，这首歌还从来没听过，不像是农村里的小调儿。听得清吗，她在唱些什么？"

云飞就专注地倾听着那歌词，歌声清脆，咬字非常清楚，依稀唱着：

> 问云儿，你为何流浪？
>
> 问云儿，你为何飘荡？
>
> 问云儿，你来自何处？
>
> 问云儿，你去向何方？
>
> 问云儿，你翻山越岭的时候，
>
> 可曾经过我思念的地方？
>
> 见过我梦里的脸庞？
>
> 问云儿，你回去的时候，

可否把我的柔情万丈，

带到她身旁，

告诉她，告诉她，告诉她……

唯有她停留的地方，

才是我的天堂……

云飞越听越惊奇，忍不住一拉马缰，往前急奔。

"我倒要去看看，这是谁在唱歌？"

对雨凤而言，那天是她生命中的"猝变"，简直是一个"水深火热"的日子。雨凤是萧鸣远的长女，是"寄傲山庄"五个孩子中的老大，今年才十九岁。萧鸣远是在二十年前，带着新婚的妻子，从北京搬到这儿来定居的。他建造了一座很有田园味道，又很有书卷味的"寄傲山庄"，陆续生了五个粉妆玉琢的儿女。老大雨凤十九，雨鹃十八，小三十四，小四是唯一的男孩，十岁，小五才七岁。可惜，妻子在两年前去世了。整个家庭工作，和抚养弟妹的工作，都落到长女雨凤和次女雨鹃的身上。所幸，雨凤安详恬静，雨鹃活泼开朗，大家同心协力，五个孩子，彼此安慰，彼此照顾，才度过了丧母的悲痛期。

每天这个时候，带着弟妹来瀑布下洗衣，是雨凤固定的工作。今天，小五很乖，一直趴在水中那块大石头上，手里抱着她那个从不离身的小兔儿，两眼崇拜地看着她，不住口地央求着："大姐，你唱歌给我听，你唱《问云儿》！"

可怜的小五，母亲死后，她已经很自然地把雨凤当成母亲了。雨凤是不能拒绝小五的，何况唱歌又是她最大的享受。她就站在溪边，引吭高歌起来。小四一听到她唱歌，就从口袋里掏出他的笛子，为她伴奏。这是母亲的歌，父亲的曲，雨凤唱着唱着，就怀念起母亲来。可惜她唱不出母亲的韵味！

这个地方，是桐城的郊区，地名叫"溪口"。玉带溪从山上下来，从这儿转入平地，由于落差的关系，形成小小的瀑布。瀑布下面，巨石嵯峨，水流急湍而清澈。瀑布溅出无数水珠，在阳光下璀璨着。

雨凤唱完一段，看到小三正秀秀气气地绞衣服，就忘记唱歌了。

"小三，你用点力气，你这样斯文，衣服根本绞不干……"

"哎，我已经使出全身的力气了！"小三拼命绞着衣服。

"大姐，你再唱，你再唱呀！你唱娘每天晚上唱的那首歌！"小五喊。

雨凤怜惜地看了小五一眼，娘！她心里还记着娘！雨凤什么话都没说，又接着唱了起来：

在那高高的天上，

阳光射出万道光芒，

当太阳缓缓西下，

黑暗便笼罩四方，

可是那黑暗不久长，

因为月儿会悄悄东上，

把光明洒下穹苍……

云飞走下了山，简直不敢相信眼前所见到的美景：

瀑布像一条流动的云，云的下方，雨凤临风而立，穿着一身飘逸的粉色衣裳，垂着两条乌黑的大辫子，清丽的脸庞上，黑亮的眸子在阳光下闪闪发光。她带着一种毫不造作的自由自在，无拘无束地引吭高歌，衣袂翩翩，飘然若仙。三个孩子，一男两女，围绕着她，吹笛的吹笛，洗衣的洗衣，听歌的听歌，像是三个仙童，簇拥着一个仙女……时间似乎停止在这一刻了，这种静谧，这种安详，这种美丽，这种温馨……简直是带着"震撼力"的。

云飞呆住了。他对阿超做了一个"安静"的手势，不敢惊扰这天籁之声，两人悄悄地勒马停在河对岸。

雨凤浑然不觉有人在看她，继续唱着：

> 即使没有太阳也没有月亮，朋友啊，你们不要悲伤，因为细雨会点点飘下，滋润着万物生长……

忽然，云飞的马一声长嘶，划破了宁静的空气。

雨凤的歌声戛然而止，她蓦然抬头，和云飞的眼光接个正着。她那么惊惶、那么愕然，发现自己正面对着一个英姿飒飒的年轻男子！

小五被马嘶声吓了一跳，大叫着："啊……"手里的小兔子，一个握不牢，就骨碌碌地滚落水中。"啊……"她更加尖叫起来，"小兔儿！我的小兔儿……"她伸手去抓小兔子，砰的一声，就整个人掉进水里，水流很急，小小的身子立刻被水冲走。

"小五……"雨凤转眼看到小五落水，失声尖叫。

小三丢掉手中的衣服，往水里就跳，嘴里喊着："小五，抓住石头，抓住树枝，我来救你了！"

雨凤大惊失色，拼命喊："小三，你不会游泳啊……小三！你给我回来……"

小三没回来，小四大喊着："小五！小三！你们不要怕，我来了……"就跟着一跳，也砰然入水。

雨凤魂飞魄散，惨叫着："小四！你们都不会游泳呀……小三、小四、小五……啊呀……"什么都顾不得了，她也纵身一跃，跳进水中。

刹那间，雨凤和三个孩子全部跳进了水里。这个变化，使云飞惊得目瞪口呆。他连忙对着溪水看去，只见姐弟四人，在水中狼狈地载沉载浮，又喊又叫，显然没有一个会游泳，不禁大惊。

"阿超！快！快下水救人！"

云飞喊着，就一跃下马，跳进水中。阿超跟着也跳下了水。

阿超的游泳技术很好，转眼间，就抱住了小五，把她拖上了岸。云飞也游向小三，连拖带拉地把她拉上岸。

云飞没有停留，反身再跃回水里去救小四。

小四上了岸，云飞才发现小五动也不动，阿超正着急地伏在小五身边，摇着她，拍打着她的面颊，喊着："喂喂！小妹妹，快把水吐出来……"

"她怎样？"云飞焦急地问。

"看样子，喝了不少水……"

"赶快把水给她控出来！"

云飞四面一看，不见雨凤，再看向水中，雨凤正惊险万状地被水冲走。

"天啊！"

云飞大叫，再度一跃入水。

岸上，小三、小四连滚带爬地扑向小五，围绕着小五大叫："小五，你可别死……"小三大喊。

小四一巴掌打在小三肩上。

"你胡说八道些什么？小五！睁开眼睛看我，我是四哥呀！"

"小五！我是三姐呀！"

阿超为小五压着胃部，小五吐出水来，哇的一声哭了。

"大姐……大姐……"小五哭着喊。

"不得了，大姐还在水里啊……"小四惊喊，往水边就跑。

小三和小五跳了起来，跟着小四跑。

阿超急坏了，跑过去拦住他们，吼着："谁都不许再下水！你们的大姐有人在救，一定可以救起来！"

水中，雨凤已经不能呼吸了，在水里胡乱地挣扎着。身子随着水流一直往下游冲去。云飞没命地游过来，伸手一抓，没有抓住，她又被水流带到另一边，前面有块大石头，她的脑袋，就直直地向大石头上撞去，云飞拼了全身的力量，往前飞扑，在千钧一发的当儿，拉住了她的衣角，终于抱住了她。

云飞游向岸边，将雨凤拖上岸，阿超急忙上前帮忙，三个孩子跌跌冲冲，奔的奔、爬的爬，扑向她，纷纷大喊："大姐！大姐！大姐……"

雨凤躺在草地上，已经失去知觉。云飞埋着头，拼命给她控水。她吐了不少水出来，可是，仍然不曾醒转。

三个孩子见雨凤昏迷不醒，吓得傻住了，全都瞪着她，连喊都喊不出声音了。

"姑娘，你快醒过来！醒过来！"云飞叫着，抬头看到三个弟妹，喊："你们都来帮忙，搓她的手，搓她的脚！快！"

弟妹们急忙帮忙，搓手的搓手，搓脚的搓脚，雨凤还是不动，云飞一急，此时此刻，顾不得男女之嫌了，一把推开了三个弟妹。

"对不起，我必须给她做人工呼吸！"

云飞就扑在她身上，捏住她的鼻子，给她施行人工呼吸。

雨凤悠然醒转了，随着醒转，听到的是弟妹在呼天抢地地喊"大姐"，她心里一急，就睁开了眼睛。眼睛才睁开，就陡然接触到云飞的炯炯双瞳，正对自己的面孔压下，感觉到一个湿淋淋的年轻男子，扑在自己身上，这一惊真是非同小可。

"啊……"她大喊一声，用力推开云飞，连滚带爬地向后退，"你……你……你……要做什么？做什么……"

云飞这才吐出一口长气来，慌忙给了她一个安抚的微笑。

"不要惊慌，我是想救你，不是要害你！"他站起身来，关心地看着她，"你现在觉得怎样？有没有呼吸困难？头晕不晕？最好站起来走一走看！"他伸手去搀扶她。

雨凤更加惊吓，急忙躲开。

"你不要过来！不要过来！"她爬了两步，坐在地上，睁大眼睛看着他。

云飞立刻站住了。

"我不过来，我不过来，你不要害怕！"他深深地注视她，看到她惊慌的大眼中，黑白分明，清明如水，知道她已经清醒，放心了。"我看你是没事了！真吓了我一跳！好险！"他对她又一笑，说："欢迎回到人间！"

雨凤这才完全清醒了，立即一阵着急，转眼找寻弟妹，急切地喊："小五！小四！小三！你们……"

三个孩子看到姐姐醒转，惊喜交集。

"大姐……"小五扑进她怀里，把头埋在她肩上，不知是哭还是笑，"大姐，大姐，我以为你死了！"就紧紧地搂着她的脖子，不肯放手。

雨凤惊魂未定，心有余悸。也紧紧地搂着小五。

"哦！谢谢天，你们都没事……不要怕，不要怕，大姐在这儿！"

小五突然想到了什么，抬头紧张地喊："我的小兔儿，还有我的小兔儿！"

小四生气地嚷："还提你的小兔儿，就是为了那个小兔儿，差点全体都淹死了！"

小五哽咽起来，心痛已极地说："可是，小兔儿是娘亲手做的……"

一句话堵了小四的口，小四不说话了，姐弟四个都难过起来。

云飞一语不发，就转身向溪水看去，真巧，那个小兔子正卡在两块岩石之间，并没有被水冲走。云飞想也不想，再度跃进水中。

一会儿，云飞湿淋淋地、笑吟吟地拿着那个小兔子，走向雨凤和小五。"瞧！小兔儿跟大家一样，没缺胳臂没缺腿，只是湿了！"

"哇！小兔儿！"小五欢呼着，就一把抢过小兔子，紧紧地搂在怀中，立刻破涕为笑了。

雨凤拉着小五，站起身来，看看大家，小三的鞋子没有了，小四的衣服撕破了，小五的辫子散开了，大家湿淋淋。至于云飞和阿超，虽然都是笑脸迎人，一副满不在乎的样子，但是，头发衣角，全在滴水，真是各有各的狼狈。雨凤突然羞涩起来，摸摸头发，又摸摸衣服，对云飞低语了一句："谢谢。"

"是我不好，吓到你们……"云飞慌忙说。

雨凤伸手去拉小四、小三、小五。"快向这两位大哥道谢！"

小三、小四、小五就一排站着，非常有礼貌地对云飞和阿超一鞠躬，齐声说："谢谢两位大哥！"

云飞非常惊讶，这乡下地方，怎么有这么好的教养？完全像是书香门第的孩子。心里惊讶，嘴里说着："不谢不谢，请问姑娘，你家住在哪儿，要不要我们骑马送你们？"

雨凤还来不及回答，雨鹃出现了。

雨鹃和雨凤只差一岁，看起来几乎一般大。姐妹两个长得并不像，雨凤像娘，文文静静、秀秀气气。雨鹃像爹，虽然也是明眸皓齿，就是多了一股英气。萧鸣远常说，他的五个孩子，是"大女儿娇，二女儿俏，小三最爱笑，小四雄赳赳，小五是个宝"。可见萧鸣远对自己的儿女，是多么自豪了。确实，五个孩子各有可爱之处。但是，雨凤的美和雨鹃的俏，真是萧家的一对明珠！

雨鹃穿过草地，向大家跑了过来，喊着："大姐！小三……你们在做什么呀……爹在到处找你们！"她一个站定，惊愕地看着湿淋淋的大家，睁大了眼睛，"天啊！你们发生什么事了？"

雨凤急忙跑过去，跟她摇摇头。"没事，什么事都没有，拜托拜托，千万别告诉爹，咱们快回去换衣服吧！"一面说，一面拉着她就走。

雨鹃诧异极了，不肯就走，一直对着云飞和阿超看。哪儿跑来这样两个年轻人？一个长得洵洵儒雅，一个长得英气勃勃，实在不像是附近的乡下人。怎么两个人和雨凤一样，都是湿答答？她心中好奇，眼光就毫无忌惮地扫向两人。云飞接触到一对好生动、好有神的眸子，不禁一怔，怎么，还有一个？喊"大姐"，一定是这家的"二姐"了！怎么，天地的钟灵毓秀，都在这五个姐弟的身上？

就在云飞闪神的时候，雨凤已经推着雨鹃，拉着弟妹，急急地跑走了。

阿超拾起溪边的洗衣篮，急忙追去。

"哎哎……你们的衣服！"

阿超追到雨凤，送上洗衣篮。雨凤慌张地接过衣服，就低着头往前急走。雨鹃情不自禁，回头又看了好几眼。

转眼间，五个人绕过山脚，就消失了踪影。

云飞走到阿超身边，急切地问："你有没有问问她，是哪家的姑娘，住在什么地方？"

阿超被云飞那种急切震动了，抬眼看他，跌脚大叹："哎，我怎么那么笨！"想了想，对云飞一笑，机灵地说："不过，一家有五个兄弟姐妹，大姐会唱歌……这附近，可能只有一家，大少爷，咱们先把湿淋淋的衣服换掉，不要四年不回家，一回家就吓坏了老爷！至于其他的事，好办！交给我阿超，我一定给你办好！"

云飞被阿超这样一说，竟然有些赧然起来，讪讪地说："谁要你办什么事！"

阿超悄眼看云飞，心里实在欢喜。八年了，映华死去已经八年，这是第一次，他看到云飞又能动心了，好难啊！他一声呼啸，两匹马就嘚儿嘚儿地奔了过来。

终于，到家了！

"展园"依然如故，屋宇连云，庭院深深。亭台楼阁，画栋雕梁，耸立在桐城的南区，占据了几乎半条大林街。

云飞带着阿超一进门，就被老罗他们给包围了。那些家丁，用狂喜的声音，从大门口一直喊进大厅，简直是惊天动地。

"老爷啊！太太啊！大少爷回来了！大少爷和阿超一起回来了！老爷啊……"

展家的老爷名叫展祖望。在桐城，是个鼎鼎大名的人物。对桐城的经济和繁荣，祖望实在颇有贡献。虽然，他的动机只是赚钱。展家二代经营的是钱庄，到了祖望这一代，他扩而大之，开始做生意。如果没有他把南方的许多东西运到桐城来卖，说不定桐城还是一个土土的小山城。现在桐城什么都有，南北货、绸缎庄、金饰店、粮食厂……什么都和展家有关。

当老罗高喊着"大少爷回来了"的时候，祖望正在书房里和纪总管核对账簿，一听到这种呼喊，震动得脸色都变了。纪总管同样地震动，两人丢开账簿，就往外面跑。跑出书房，大太太梦娴已经颤巍巍地奔出来了，二太太品慧带着天虹、天尧、云翔……都陆续奔出来。

祖望虽然家业很大，却只有两个儿子。云飞今年二十九岁，是大太太梦娴所生。小儿子二十五岁，是姨太品慧所生。祖望这一生，最大的遗憾，就是儿女太少。这仅有的两个儿子，就是他的命根。可是，这两个命根，也是他最大的心痛！云飞个性执拗，云翔脾气暴躁，兄弟两个，只要在一起就如同水火。四年前，云飞在一次家庭战争后，居然不告而别，一去四年，渺无音信。他以为，这一生，可能再也看不到云飞了。现在，惊闻云飞归来，他怎能不激动呢？冲出房间，他直奔大厅。

云飞也直奔大厅。他才走进大厅，就看到父亲迎面而来。在父亲后面，一大群的人跟着，母亲是头一个，脚步踉踉跄跄，发丝已经飘白。一看到老父老母，后面的人，他就看不清了，眼中只有父母了。丫头仆人，也从各个角落奔了出来，挤在大厅门口，不相信地看着他……嘴里喃喃地喊着："大少爷！"

家！这就是"家"了。

祖望走在众人之前，定睛看着云飞。眼里，全是"不相信"。

"云飞？是你！真的是你？"他颤声地问。

云飞热烈地握住祖望的胳臂，用力地摇了摇。

"爹……是我，我回来了！"

祖望上上下下地看他，激动得不能自已。

"你就这样，四年来音信全无，说回来就回来了？"

"是！一旦决定回来，就分秒必争，等不及写信了！"

祖望重重地点着头，是！这是云飞，他毕竟回来了。他定定地看着他，心里有惊有喜，还有伤痛，百感交集，忽然间就生气了。

"你！你居然知道回来，一走就是四年，你心里还有这个老家没有？还有爹娘没有？我发过几百次誓，如果你敢回家，我……"

祖望的话没有说完，梦娴已经迫不及待地扑了过来。一见到云飞，泪水便冲进眼眶，她急切地抓住云飞的手，打断了祖望的话。

"谢谢老天！我早烧香，晚烧香，总算皇天不负苦心人，让我把你给盼回来了！"说着，就回头看祖望，又悲又急地喊："你敢再说他一个字，如果再把他骂走了，我和你没完没了，我等了四年才把他等回来，我再也没有第二个四年好等了！"

云飞仔细地看梦娴，见母亲苍老憔悴，心中有痛，急忙说："娘！是我不好，早就该回家了！对不起，让您牵挂了！"

梦娴目不转睛地看着云飞。伸手去摸他的头发，又摸他的面颊，惊喜得不知道要怎样才好。

"你瘦了，黑了，好像也长高了……"

云飞唇边，闪过一个微笑。

"长高？我这个年龄，已经不会再长高了。"

"你……和以前好像不一样了，眼睛都凹下去了，在外面，一定吃了好多苦吧！"梦娴看着这张带着风霜的脸，难掩自己的心痛。

"不不，我没吃苦，只是走过很多地方，多了很多经验……"

品慧在旁边已经忍耐了半天，此时再也忍不住，提高音量开口了。

"哎哟！我以为咱们家的大少爷，是一辈子不会回来了呢！怎么？还是丢不开这个老家啊！想当初走的时候，好像说过什么……"

祖望一回头，喝阻地喊："品慧！云飞回来，是个天大的喜事，过去的事，谁都不许再提了！你少说几句！云翔呢？"

云翔已经在后面站了好久，听说云飞回来了，他实在半信半疑，走到大厅，看到了云飞，他才知道，这件自己最不希望的事，居然发生了！最不想见到的人，居然又出现了！他冷眼看着父亲和大娘在那儿惊惊喜喜，自己是满心的惊惊怒怒。现在，听到祖望点名叫自己，只得排众而出，脸上虽然带着笑，声音里却全是敌意和挑衅，他高声地喊着："我在这儿排队，没轮到我，我还不敢说话呢！"他走上前去，一巴掌拍到云飞的肩上，"你真是个厉害的角色，我服了你了！这四年，你到哪里享福去了？你走了没有关系，把这样一个家全推给我！上上下下，里里外外，又是钱庄，又是店铺……你知道展家这几年多辛苦吗？你知道我快要累垮了吗？可是，哈哈，展家可没有因为你大少爷不在，有任何差错！你走的时候，是家大业大；你回来的时候，是家更大，业更大！你可以回来捡现成了！哈哈哈哈！"

云飞看着咋呼的云翔，苦笑了一下，话中有刺地顶了回去。

"我看展家是一切如故，家大业大，气焰更大！至于你……"他瞪着云翔看了一会儿，"倒有些变了！"

"哦？我什么地方变了？"云翔挑着眉毛。

"我走的时候，你是个'狂妄'的二少爷，我回来的时候，你已经变成一个'嚣张'的二少爷了！"

云翔脸色一沉，一股火气往脑门里冲，他伸手揪住云飞胸前的衣襟。

"你不要以为过了四年，我就不敢跟你动手……"

"住手！你们兄弟两个，就不能有一点点兄弟的样子吗？谁敢动手，今天别叫我爹！云翔，你给我收敛一点！听到了吗？"祖望大喝。

云翔用力地把云飞一放，嘴里重重地哼了一声。

品慧就尖声地叫了起来："哎哟！老爷子，你可不要有了老大，就欺负老二！虽然云翔是我这个姨太太生的，可没有丢你老爷子的脸！人家守着你的事业，帮你做牛做马，从来没有偷过半天懒，没有闹一个脾气就走人……"

家？这就是家！别来无恙的家！依然如故的家！一样的慧姨娘，一样的云翔！云飞废然一叹："算了，算了，考虑过几千几万次要不要回来，看样子，回来，还是错了！"带着愠怒，他转身就想走。

梦娴立刻冲到门边去，拦门而立，凄厉地抬头看他，喊："云飞，你想再走，你得踩着我的尸体走出去！"

"娘！你怎么说这种话！"云飞吃了一惊，凝视母亲，在母亲眼底，看出了这四年的寂寞与煎熬。一股怆恻的情绪立即抓住了他。他早就知道，一旦回来，就不能不妥协在母亲的哀愁里。"放心，我既然回来了，就不会再轻易地离开了！"

梦娴这才如释重负，透出了一口长气。

在大厅一角，天虹静悄悄地站在那儿，像一个幽灵。天虹，是纪总管的女儿，比云飞小六岁，比云翔小两岁。她和哥哥天尧，都等于是展家养大的。天虹自幼丧母，梦娴待她像待亲生女儿一样。她曾经是云飞的"小影子"，而现在，她只能远远地看着他。自从跟着大家冲进大厅，一眼看到他，依旧翩然儒雅，依旧玉树临风，她整个人就痴了。她怔怔地凝视着他，在满屋子的人声喊声中，一语不发。这时，听到云飞一句"不会再轻易地离开了"，她才轻轻地吐出一口气。

云翔没有忽略她的这口气，眼光骤然凌厉地扫向她。突然间，云翔冲了过去，一把握住她的手腕，把她用力地拉到云飞面前来。

"差点忘了给你介绍一个人！云飞，这是纪天虹，相信你没有忘记她！不过，她也变了！你走的时候，她是纪天虹小姐，现在，她是展云翔夫人了！"

云飞走进家门以后，给他最大的震撼，就是这句话了。他大大地震动了，深深地凝视天虹，眼神里充满了震惊、疑问和无法置信。没想到，这个小影子，竟然嫁给了云翔！怎么会？怎么可能？

天虹被动地仰着头，看着云飞，眼里盛着祈谅，盛着哀伤，盛着千言万语，却一句话也说不出口。

纪总管有些紧张，带着天尧，急忙插了进来。

"云飞，欢迎回家！"

云飞看看纪总管，看看天尧。

"纪叔，天尧！你们好！"

祖望也觉得气氛有点紧张，用力地拍了拍手。转头对女仆们喊："大家快来见过大少爷，不要都挤在那儿探头探脑！"

于是，齐妈带着锦绣、小莲和女仆们一拥而上。齐妈喊着："大少爷，欢迎回家！"

仆人、家丁，也都喊着："大少爷！欢迎回家！"

云飞走向齐妈，握住她的手。

"齐妈，你还在这儿！"

齐妈眼中含泪。

"大少爷不回来，老齐妈是不会离开的！"

阿超到了这个时候，才有机会来向祖望和梦娴行礼。

"老爷、太太！"

"阿超，你一直都跟着大少爷？"梦娴问。

"是！四年以来，从来没有离开过！"

祖望好感动，欣慰地拍着阿超的肩。

"好！阿超，好！"

云翔看到大家围绕着云飞，连阿超都被另眼相看，心中有气，夸张地笑起来。

"哈哈！早知道出走四年，再回家可以受到英雄式的欢迎，我也应该学习学习，出走一下才对！"

祖望生怕兄弟二人再起争执，急忙打岔，大声地说："纪总管，今天晚上，我要大宴宾客，你马上通知所有的亲朋好友，一个都不要漏！店铺里的掌柜，所有的员工，通通给我请来！"

"是！"纪总管连忙应着。

"爹……"云飞惊讶，想阻止。

祖望知道他的抗拒，挥挥手说："不要再说了，让我们父子，好好地醉一场吧！"

云翔更不是滋味，咬了咬嘴唇，挑了挑眉毛，叫着说："哇！家里要开流水席了，不知道是不是还要找戏班子来唱戏，简直比我结婚还隆重！"他再对云飞肩上重重一拍，"对不起，今晚，我就不奉陪了！我和天尧，还有比迎接你这位大少爷，更重要几百倍的正事要办！"

云翔说完，掉头就走，走到门口，发现仍然痴立着的天虹，心里更气，就伸手一把握住她的手腕，咬牙说："你跟我一起走吧，别在这儿戳着，当心站久了变成化石！”

云翔拉着天虹，就扬长而去了。

云飞看着云翔和天虹的背影，心里在深深叹息。家，这就是家了。

见面后的激动过去了，云飞才和梦娴、齐妈来到自己以前的卧室，他惊异地四看，房间纤尘不染，书架上的书、桌上的茶杯、自己的笔墨，床上的棉被枕头，全都收拾得整整齐齐，好像自己从来没有离开过一样。他抬头看梦娴，心里沉甸甸地压着感动和心痛。齐妈含泪解释：“太太每天都进来收拾好几遍！晚上常常坐在这儿，一坐就是好几小时！”

云飞什么话都说不出来。梦娴就欢喜地看齐妈。

“齐妈！你等会儿告诉厨房，大少爷爱吃的新鲜菱角、莲子、百合……还有那个狮子头、木樨肉、珍珠丸子……都给他准备起来！”

“还等您这会儿来说吗？我刚刚就去厨房说过了！不过，今晚老爷要开酒席，这些家常菜，就只能等到明天吃了！”

梦娴看云飞。

“你现在饿不饿？要不然，现在当点心吃，我去厨房看看！”

“娘！你不要忙好不好？我……”云飞不安地喊。

“我不忙不忙，我最大的享受，就是看着你高高兴兴地吃东西！你就满足了我这一点儿享受吧！”梦娴说着，就急急地跑出房去了，云飞拦都拦不住。梦娴一走，云飞就着急地看着齐妈，忍不住脱口追问：“齐妈，你告诉我，天虹怎么会嫁给云翔了？怎么可能呢？”

“那就说来话长了。总之，是给二少爷骗到手了。”齐妈叹了一口气。

“听你的口气，她过得不好？”云飞有些着急。

“跟二少爷在一起，谁能过得好？”

“那……纪总管跟天尧呢？他们会眼睁睁看着天虹受委屈吗？”

"纪总管攀到了这门亲，已经高兴都来不及了，他跟了你爹一辈子，还不是什么都听你爹的，至于天尧……他和二少爷是死党，什么坏事，都有他一份！他是不会帮天虹的！就是想帮，大概也没有力量帮，只能睁一只眼闭一只眼罢了。"齐妈抬眼看他，关心地问："你……不是为了天虹小姐回来的吧？"云飞一愣。

"当然不是！我猜到她一定结婚了，就没想到她会嫁给云翔！"

"这是债！天虹小姐大概前生欠了二少爷，这辈子来还债的！"齐妈突然小声地说，"你这一路回来，有没有听到大家提起……'夜鸮队'这个词？"

"夜鸮队？那是什么东西？"他愕然地问。

齐妈一咬牙。

"那……不是东西！反正，你回来了，什么都可以亲眼看到了！"她突然激动起来，"大少爷呀……这个家，你得回来撑呀！要不然，将来大家都会上刀山下油锅的！"

"这话怎么说？"

"我有一句话一定要问你！"

"什么话？"

"你这次回来，是长住呢？还是短住呢？"

他皱了皱眉头，想了想，坦白地说："看娘那样高兴，我都不知道怎样开口，刚刚在大厅，只好说不会离开……事实上，我只是回家看看，预备停留两三个月的样子！我在广州，已经有一份自己的事业了！"

"你娶亲了吗？"

"这倒没有。"

齐妈左右看看，飞快地对他说："我告诉你一个秘密，你可别让太太知道我说了，你娘……她没多久好活了！"

"你说什么？"云飞大惊。

"你娘，她有病，从你走了之后，她的日子很不好过，身体就一天比一天差，看中医，吃了好多药都没用，后来去天主教外国人办的圣心医院检查，外国大夫说，她腰子里长了一个东西，大概只有一两年的寿命了！"

云飞睁大眼睛。

"你说真的？没有骗我？"

"大少爷，我几时骗过你！"

云飞大受打击，脸色灰白，一屁股跌坐在椅子上，一句话也说不出来了。他这才知道，午夜梦回，为什么总是看到母亲的脸。家，对他而言，就是母亲的期盼，母亲的哀愁。他抬眼看着窗外，一股恻恻之情，就源源涌来，把他牢牢包围住了。

苍
天
有
泪

贰

TWO

"天上的神仙，你们都给我听着，我萧雨鹃对天发誓！

我要报仇！我要报仇……我要报仇……"

"寄傲山庄"这个名字，是鸣远自己题的，那块匾，也是自己写的。这座山庄，依山面水，环境好得不得了。当初淑涵一走到这儿，就舍不得离开了。建造这个山庄，他花了不少心血，尽量让它在实用以外，还能兼顾典雅。二十年来，也陆续加盖了一些房间，给逐渐报到的孩子住。这儿，是淑涵和他的天堂，是萧家全家的堡垒，代表着温馨、安详，满足和爱。

可是，鸣远现在心事重重，只怕这个"天堂"，会在转瞬间失去。

晚上，鸣远提着一盏风灯出门去。雨凤拿着一件外套，追了出来。

"爹，这么晚了，你要去哪里？"

"我出去散散步，马上就回来，你照顾着弟弟妹妹！"

"那……你加一件衣服，看样子会变天，别着凉！"雨凤帮鸣远披上衣服。

鸣远披好衣服，转身要走。

"爹！"雨凤喊。

"什么事？"

"你……你不要在外面待太久，现在早晚天气都很凉，山口那儿，风又特别大，我知道你有好多话要跟娘说，可是，自己的身子还是要保重啊！"

鸣远一震，看雨凤。

"你……你怎么知道我要去你娘那儿？"

"你的心事，我都知道。你每晚去哪儿，我也知道。"雨凤解人地、温柔地说，"你不要太担心，我想，展家那笔借款，一定会有办法解决的，你不是常说，人间永远有希望，天无绝人之路吗？"

鸣远苦笑。

"以前，我对人生的看法比现在乐观多了。自从你娘去世之后，我已经无法那样乐观了……"说着，不禁怜惜地看雨凤，"你实在是个体贴懂事的好孩子，这些年来，爹耽误你了。应该给你找个好婆家的，我的许多心事里，你和雨鹃的终身大事，也一直是我的牵挂啊！不知道你自己，有没有见到什么合意的人呢？如果见到了，别害羞，要跟爹说啊，你知道你爹很多事都处理不好……"

雨凤脸一红，嘴一嘬，眼一热。

"你今天是怎么了？说这些干吗？"

鸣远笑笑，挥了挥手。

"好好，我不说不说了！"他转身去了。

鸣远出门去了，雨凤就带着弟妹，挤在一张通铺上面"说故事"。

"故事"是已经说了几百遍，可是小五永远听不倦的那个。

雨凤背靠着墙坐着，小五怀抱小兔子，躺在她的膝上。雨鹃坐在另一端，手里拿着一本书在看。小四仰卧着，伸长了手和腿，小三努力要把他压在自己身上的手脚搬开。雨凤看着弟妹们，心里漾着温柔。她静静地、熟练地述说着："从前，在热闹的北京城，有一个王府里，有个很会唱歌的格格。格格的爹娘，请了一个很会写歌的乐师，到王府里来教格格唱歌。格格一见到这位乐师，就知道她遇见了这一生最重要的人。他们在一起唱歌，一起写歌。那乐师写了好多歌给格格……"

小五仰望着雨凤，接口："像是《问云儿》《问燕儿》。"

"对！像是《问云儿》《问燕儿》。于是，格格和那个年轻人，就彼此相爱了，觉得再也不能分开了，他们好想成为夫妻。可是，格格是许过人家的，不可以和乐师在一起，格格的爹不允许发生这种事……"

"可是，他们那么相爱，就像诗里的句子，'生死相许'。"这次，接口的是小三。

"是的，他们已经生死相许了，怎么可能再分开呢？他们这份感情，终于感动了格格的娘，她拿出她的积蓄，交给格格和乐师，要他们拿去成家立业，条件是，永远不许再回到北京……"

小四翻了个身，睁大眼睛，原来他并没有睡着，也接口了："所以，他们就到了桐城，发现有个地方，山明水秀，像个天堂，他们就买了一块地，建造了一个寄傲山庄，过着神仙一样的生活。"

雨凤点头，想起神仙也有离散的时候，就怆恻起来。有些难过地，轻声说："是的，神仙一样的生活……然后，生了五个孩子……"

"那就是我们五个！"小五欢声地喊。

"是，那就是我们五个。爹和娘说，我们是五只快乐的小鸟儿，所以，我们的名字里，都有一个'鸟'字……"

雨鹃忽然把书往身边一丢，一唬地站起身来。

"你听到了吗？"

雨凤吓了一跳，吃惊地问："听到什么？"

雨鹃奔到窗前，对外观望。

窗外，远远的有无数火把，正迅速地向这儿移近。隐隐约约还伴着马蹄杂沓，隆隆而至。

雨鹃变色，大叫："马队！有一队马队，正向我们这儿过来！"

五个姐弟全体扑到窗前去看。

这个时候，鸣远正提着风灯，站在亡妻的墓前，对着墓地说话："淑涵，实在是对不起你，你走了两年，我把一个家弄得乱七八糟，现在已经债台高筑，不知道要怎么善后才好。五个孩子，一个赛一个地乖巧可爱……只是，雨凤和雨鹃，都已经到了结婚的年龄，却被这个家拖累了，至今没有许配人家，小四十岁了，是唯一的男孩，当初我答应过你，一定好好地栽培他，桐城就那么两所小学，离家二十里，实在没办法去啊，所以我就在家里教他……"鸣远停止自言自语，忽然听到了什么，抬起头来，但见山下的原野上，火把点点，马队正在飞驰。

鸣远一阵惊愕。

"马队？这半夜三更，怎有马队？"他再定睛细看，手里的风灯砰然落地。"天啊！他们是去寄傲山庄！天啊……是'夜鸮队'！"

鸣远拔脚便向寄傲山庄狂奔而去，一面狂奔，一面没命地喊着："孩子们不要怕，爹来了……爹来了……"

如果不是因为云飞突然回家，云翔那晚不会去大闹寄傲山庄的。虽然寄傲山庄迟早要出问题，但是，说不定可以逃过一劫。

云飞回来，祖望居然大宴宾客，云翔的一肚子气，简直没有地方可以发泄。再加上天虹那种魂都没了的样子，把云翔怄得快要吐血。云飞这个敌人，怎么永远不会消失？怎么阴魂不散？云翔带着马队出发的时候，偏偏天尧又不识相，还要劝阻他，一直对他说："云翔，你就忍一忍，今晚不要出去了！寄傲山庄迟早是咱们的，改一天再去不行吗？"

"为什么今晚我不能出去？我又不是出去饮酒作乐，我是去办正事耶！"

"我的意思是说，你爹在大宴宾客，我们是不是好歹应该去敷衍一下？"

"敷衍什么？敷衍个鬼！我以为，云飞早就死在外面了，没想到他还会回来，而老头子居然为他回来大张旗鼓地请客！气死我了，今晚，谁招惹到我谁倒霉！你这样想参加云飞的接风宴，是不是你也后悔，没当成云飞的小舅子，当成了我的？"

"你这是什么话？"天尧脸色都绿了，"好吧！咱们走！"

于是，云翔带着马队和他那些随从，打着火把，浩浩荡荡地奔向寄傲山庄。

马队迅速到了山庄前面，马蹄杂沓，吼声震天，火把闪闪，马儿狂嘶。一行人直冲到寄傲山庄的院子外。

"大家冲进去，不要跟他们客气！"云翔喊。

马匹就从四面八方冲进篱笆院，篱笆哗啦啦地响着，纷纷倒下。

雨凤、雨鹃带着弟妹，在窗内看得目瞪口呆，小五吓得簌簌发抖。

雨鹃往外就冲，一面回头对雨凤喊："你看着几个小的，不要让他们出来，我去看看是哪里来的土匪！"

"你不要出去，会送命的呀！我们把房门闩起来吧！"雨凤急喊。

云翔已经冲进院子，骑在马背上大喊："萧鸣远！你给我出来！"

随从们就扬着火把，吼声震天地跟着喊："萧鸣远！出来！出来！快滚出来！萧鸣远……萧鸣远……萧鸣远……"

雨凤和雨鹃相对一怔，雨鹃立即对外就冲，嘴里嚷着："是冲着爹来的，我不去，谁去？"

"我不能让你一个人去，小三，你守着他们……"雨凤大急，追着雨鹃，也往外冲去。

"我跟你们一起去！"小四大叫。

"我也去！"小三跟着跑。

"还有我！还有我……"小五尖叫。

于是，三个小孩紧追着雨鹃雨凤，全都奔了出去。

院子里面，火把映得整个院子红光闪闪，云翔那一行人凶神恶煞般在院子里咆哮，马匹奔跑践踏，到处黑影幢幢，把羊栏里的羊和牛群惊得狂鸣不已。云翔勒着马大叫："萧鸣远，你躲到哪儿去了！再不出来，我们就不客气了！"

"萧鸣远，杀人偿命，欠债还钱，你的时辰到了！跑也跑不了，躲也躲不掉，干脆一点，出来解决，别做缩头乌龟！"天尧也跟着喊。

叫骂喧闹中，雨鹃从门内冲了出来，勇敢地昂着头，火光照射在她脸上，自有一股不凡的美丽和气势。

"你们是些什么人？半夜三更在这儿狼嚎鬼叫？我爹出门去了，不在家！你们有事，白天再来！"

云翔瞪着雨鹃，仰头哈哈大笑了。

"天尧，你听到了吗？叫我们白天再来呢！"

"哈哈！姓萧的居然不在家，大概出门看戏去了，云翔，你看我们是在这儿等呢，还是乖乖地听话，明天再来呢！"天尧嚷着。

雨鹃还没说话，雨凤奔上前来，用清脆的声音，语气铿然地问："请问你们是不是展家的人？哪一位是展二爷？"

云翔一怔，火把照射之下，只见雨凤美丽绝伦，立刻起了轻薄之心。他跳下马来，马鞭一扬，不轻不重地绕住了雨凤的脖子，勾起了雨凤的下巴，往上一拉，雨凤就不得不整个面庞都仰向了他。

"哦？你也知道我是展二爷，那么，就让你看一个够！对，不错，我是展二爷，你要怎样？"他的眼光，上上下下地看着她。

雨凤被马鞭一缠，大惊，挣扎地喊："放开我！有话好好说！大家都是文明人！你这是要干什么？咳咳……咳咳……"马鞭在收紧，雨凤快要窒息了。

雨鹃一看，气得浑身发抖，想也没想，伸手就抢那条马鞭，云翔猝不及防，马鞭竟然脱手飞去。

云翔又惊又怒，立即一反手，抓回马鞭，顺手一鞭抽在雨鹃身上。

"反了！居然敢抢你二爷的马鞭！你以为你是个姑娘，我就会对你怜香惜玉吗？"

雨鹃挨了一鞭，脸上立刻显出一道血痕。她气极地一仰头，双眸似乎要喷出火来，在火把照射下，两眼闪闪发光地死瞪着云翔，怒喊："姓展的！你不要因为家里财大势大，就在这儿作威作福！我们家不过是欠了你几个臭钱，没有欠你们命！不像你们展家，浑身血债，满手血腥……总有一天，会被天打雷劈……"

云翔大笑。

"哈哈哈哈！带种！这样的妞儿我喜欢！"马鞭一钩，这次钩的是雨鹃的脖子，把她的脸庞往上拉，"天尧！火把拿过来，给我照照，让我看个清楚……"

十几支火把全伸过来，照着雨鹃那张怒不可遏的脸庞。云翔看到一张健康的、年轻的、帅气的脸庞，那对燃烧着怒火的大眼睛，明亮夺人，几乎让人不能逼视。云翔惊奇极了，怎么不知道萧老头有两个这么美丽的女儿？

雨凤急坏了，也快气疯了。

"你们怎么可以这样？难道桐城已经没有法律了吗？你们放手，快放手……"就伸手去拉扯马鞭。

这时，小四像着火的火箭般直冲而来，一头撞在云翔的肚子上，尖声怒骂着："你们这些强盗，土匪！你们敢打我姐姐，我跟你们拼命！"说完，又抓住云翔的胳臂，一口死命地咬下去。

"浑蛋！"云翔大怒，他抓住小四，用力摔在地上，"来人呀！给我打！狠狠地打！"

随从奔来，无数马鞭抽向小四。小三就尖叫着冲上前来。

"不可以！"她合身扑在小四身上，要保护小四。

"怎么还有一个！管他的！一起打！"云翔惊愕极了。

马鞭雨点般抽向小三、小四，两个孩子痛得满地打滚。小五吓得"哇"的一声，放声大哭了。

雨凤和雨鹃看到小三、小四挨打，就没命地扑过来，拼命去挡那些马鞭，可怜怎么挡得住，因而，两人浑身上下，手上脸上，都挨了鞭子。

雨鹃就凄厉地、愤怒地大喊："你们一个个雄赳赳的大男人，骑着大马，跑到老百姓家里来鞭打几个手无寸铁的孩子！你们算是英雄好汉吗？做这样伤天害理的事，不怕老天有眼吗？不怕绝子绝孙吗？"

"好厉害的一张嘴！天尧！"云翔抬头盼咐，"我看这萧老头是不准备露面了，故意派些孩子出来搅和，以为就可以过关！他也太小看我展某人了！"就扬声对大家喊，"大伙儿给我进去搜人！"

一声令下，众人响应，顿时间，一阵稀里哗啦，乒乒乓乓，房门飞开，鸡栏羊圈散开，鸡飞狗跳。大家进屋的进屋，去牛棚的去牛棚；两头乳牛被火把惊得飞奔而出，羊群四散，一时间，乱成一团。

"找不到萧老头！"随从报告。

"看看是不是躲在柴房里，去用烟熏他出来！"云翔大声说。

一个随从奔向柴房，一支火炬摔在柴房顶上，刹那间，柴房就陷入火海之中。

这时，鸣远连滚带爬地从外面飞奔回来，见到如此景象，魂飞魄散，哀声大喊："展二爷，手下留情啊！"

"萧老头来了！萧老头来了！"大家七嘴八舌地喊。

小四、小三浑身是伤地从地上爬起，哭喊着"爹！"奔向鸣远。

鸣远喘息地看着五个孩子，见个个带伤，小五躲在雨凤怀中，吓得面无人色，再看燃烧的柴房，狂奔的鸡牛，不禁痛不欲生。对云翔愤怒地狂喊："你怎么可以这样？我欠了你的钱，我在努力地筹，努力地工作，要还给你呀！你怎么可以到我家里来杀人放火？他们五个和你无仇无恨，没有招你惹你，你怎么下得了手？你简直不是人，你是一个魔鬼！"

"我对你们这一家子，已经完全失去耐心了！"云翔用马鞭的柄指着鸣远的鼻子，斩钉截铁地说，"让我清清楚楚地告诉你，这儿早已不是你的家，不是什么狗屁寄傲山庄了！它是我的！去年你就把它卖给我了！我现在是来收回被你霸占的房产地产，老子自己的房子，爱拆就拆，爱烧就烧，你们几个，从现在开始，就给我滚出去！"

"我什么时候把房子卖给你了？我不过是借了你的钱而已！"鸣远又惊又怒。

"天尧！把他自己写的字据拿给他看！我就知道这些没品的东西，管他念过书还是没念过书，赖起账来全是一个样子！"

天尧下马，走上前去，从怀里掏出一张字据，远远地扬起。

"你看！你看！上面写得清清楚楚，如果去年八月十五不还钱，整个寄傲山庄的房舍、田地、牲口全归展云翔所有！去年八月就到期了，我们已经对你一延再延，你还有什么话可说？"

"那是逼不得已才写上去的呀……"鸣远悲愤地喊。

雨鹃站在天尧身边，看着那张字据，突然不顾一切地纵身一跃，居然抢到了字据。刺啦一声，字据撕破了，天尧急忙去抢回，雨鹃慌忙把字据塞进嘴巴里，嚼也不嚼，就生吞活咽地吃下肚去了。天尧惊喊："哈！居然有这一招！"

云翔一伸手，掐住雨鹃的面颊，让她面对自己。

"哈哈！带种！这个妞儿我喜欢！"就掉头对鸣远说，"萧老头，我们办个交涉，你把这个女儿给我做小老婆，我再宽限你一年如何？"

鸣远一口口水，对着云翔脸上啐去，大喊："放开你的脏手，你敢碰我的女儿，我跟你拼了！"他扑上前去抓云翔。

"你这死老头，敬酒不吃吃罚酒，来人呀！给我打！重重地打！"

随从们应着，一拥而上，拳头、马鞭齐下，立即把鸣远打倒在地。云翔不甘心，走过去又对他死命地踹，边踹边骂："我早就说过，今天晚上，谁招惹我谁就倒霉！你不怕死，你就试试看！"五个孩子看得心惊胆战，狂叫着爹。雨鹃抬头看着云翔，咬牙切齿地大喊："姓展的！你已经没有字据了，这儿是我们的寄傲山庄，请你带着你的狐群狗党滚出去！"

云翔仰天大笑，从怀里再掏出一张字据来，扬了扬又揣回怀里。

"你看看这是什么？你爹这种字据，我有十几张，你毁了一张，我还有得是呢！何况，这寄傲山庄的房契、地契，老早就被你爹押给我了……"这时，火已经从柴房延烧到正房，火势越来越大，火光烛天。

"爹！我们的房子全着火了！爹！"小三惊呼着。

雨凤惨叫："娘的月琴，爹的胡琴，全在里面呀……"她推开小五，就往火场奔去。

雨鹃一看，火势好猛，整个山庄都陷在火海里了，就一把抱住雨凤："你疯了吗？这个时候还往里面跑！"

马群被火光刺激，仰首狂嘶，牛栏被牛冲开了，两头受惊的乳牛在人群中奔窜，随从们拉马的拉马，赶牛的赶牛，一片混乱。雨凤、雨鹃、小三、小四都赶去扶起鸣远，鸣远挣扎着站起身来，忽然发现身边没有小五。

"小五！小五在哪里？"鸣远大喊。

只听到火焰深处，传来小五的呼唤："小兔儿！我来救你了！"

鸣远吓得魂飞魄散："天啊！她跑进去了……"他想也不想，就对着火场直冲进去。

雨凤、雨鹃、小三、小四一起放声狂叫："爹……小五……爹……"

鸣远早已没命地钻进火场，消失无踪。

雨凤和雨鹃就要跟着冲进去，天尧带着随从迅速地拦住。

"不要再进去！"天尧喊，"没看到房子就要塌了吗？"

雨凤、雨鹃、小三、小四瞪着那熊熊大火，个个惊吓得面无人色。不会哭，也不会叫了，只是瞪着那火焰，似乎要用眼光和灵魂，来救出鸣远和小五。

如此一个转变，使所有的人都震住了，连云翔和天尧也都震慑了，大家都安静下来，不约而同地对火场看去。

火焰越烧越旺，一阵稀里哗啦，屋顶崩塌了，火苗蹿升到空中，无数飞窜的火星像焰火般散开。火光照射下，雨凤、雨鹃、小三、小四是四张惊吓过度、悲痛欲绝的脸孔。

云翔没有想到会这样，他再狠，也不至于要置人于死地。天尧默然无语，随从们都鸦雀无声，个个瞪着那无情的大火。

忽然，从那火焰中，鸣远全身着火地抱着小五，狂奔而出。

大家惊动，一个随从大喊："哥儿们！大家救人呀！"

随从们就奔上前去，纷纷脱下上衣，对鸣远挥打着。

鸣远倒在地上翻滚，小五从他手中跌落，滚向另一边。雨凤、雨鹃、小三、小四哭奔过去，叫爹的叫爹，叫小五的叫小五。小五滚进雨凤的怀里，身上的火焰已经被扑灭，头发衣服都在冒烟，脸上全是黑的，也不知道有多少烧伤，看起来好生凄惨。她嘴里，还在呻吟着："小兔儿，小兔儿……"

雨凤的泪水顿时滚滚而下，紧搂着小五，哽咽不成声地喊："谢谢老天，你能说话，你还活着！"

鸣远却没有小五那么运气，他全身是伤，头发都烧焦了。当身上的火扑灭以后，他已奄奄一息。睁开眼睛，他四面找寻，哑声低喊："雨凤……雨鹃……小三……小四……小五……"

五个孩子簇拥在鸣远身边，拼命掉着眼泪，不知道要怎样才能挽救父亲。雨鹃抬头对众人凄厉地喊："赶快做个担架啊，赶快送他去看大夫啊……"

鸣远继续呻吟着："雨凤……"

雨凤泣不成声地搂着小五，跪坐在鸣远身边。

"爹，我在这儿，爹……"

鸣远努力睁大眼睛，看着雨凤："照顾他们！"

雨凤泪落如雨："爹！我会的，我会的……"

雨鹃边哭边说："爹，你撑着点儿，我们马上送你去看大夫……"

鸣远的眼光，十分不舍地扫过五个子女，声音嘶哑而苍凉。

"我以为这儿是个天堂，是你们可以生长的地方，谁知道，天堂已经失火了……孩子们，爹对不起你们……以后，靠你们自己了。"

鸣远说完，身子一阵抽搐，头就颓然而倒，带着无数的牵挂，与世长辞了。

雨凤和小三、小四，惨烈地狂喊出声："爹……"

雨鹃跳起身子，对众人疯狂地尖叫："快送他去看大夫呀……快呀……快呀……"

天尧俯下身子，摸了摸鸣远的鼻息和颈项。抬起头来看着五个兄弟姐妹，黯然地说："你们的爹，已经去世了。"

这一声宣告，打破了最后的希望。雨凤、雨鹃、小三、小四就茫然失措地，痛不欲生地发出人间最凄厉的哀号："爹……"

四人的声音，那样惨烈，那样高亢……似乎喊到了天地的尽头。

大家都震慑住了，没人说话。只有熊熊的火，发出不断的爆裂声。

片刻，云翔回过神来，振作了一下。他的眼神阴暗，面无表情，走上前来，掏出一个钱袋，丢在五人身边，说："我只想收回我的房产，并不希望闹出人命，你爹是自己跑到火场里去烧死的，这可完全是个意外！这些钱拿去给你爹办个丧事，给你们小妹请个大夫，自己找个地方去住……至于这寄傲山庄呢，反正已经是一片焦土了，我还是要收回，不会因为你爹的去世有任何改变，话说完了，大家走！"

云翔一挥手，那些随从就跃上了马背。五个孩子跪在鸣远身边，都傻在那儿，一个个如同化石，不敢相信鸣远已死的事实。

骤然间，雨鹃拾起那个钱袋，奔向云翔，将那钱袋用力扔到云翔脸上去。她抬起满是泪痕的脸孔，眼里的怒火，和寄傲山庄的余火相辉映。她嘶吼着："收回你的臭钱，这每块钱上，都沾着你杀人的血迹，我可以饿死，我可以穷死，不会要你这个血腥钱，带着你的钱和满身血债，你滚！你滚……"逼近一步，她用力狂喊，"你滚……"

云翔老羞成怒，把钱袋一把抓住，怒声说："和你那个死老头一样，又臭又硬，不要就不要，谁在乎？我们走！"

一阵马嘶，马蹄杂沓，大队人马，就绝尘而去了。

雨凤、小三、小四、小五仍然围着鸣远的尸体，动也不动。

寄傲山庄继续崩塌，屋子已经烧焦，火势渐渐弱了。若干地方仍然冒着火舌，余火不断，烟雾满天。

雨鹃站在火焰的前面，突然仰首向天，对天空用力伸出双手，发出凄厉的大喊："天上的神仙，你们都给我听着，我萧雨鹃对天发誓！我要报仇！我要报仇……我要报仇……"

雨鹃的喊声穿透云层，直入云霄。

寄傲山庄的火星依旧飞窜，和满天星斗共灿烂，一起做了雨鹃血誓的见证。

苍天有泪

叁

THREE

她们将近二十年的生命，都太幸福了。

……根本不知道什么叫"世态炎凉"，什么叫"走投无路"。

晓雾迷蒙，晨光初露，展家的楼台亭阁、绮窗朱户都掩映在雾色苍茫里。

大地还是静悄悄的，沉睡未醒。

展家的回廊深院，也是静悄悄的。

忽然，天虹从回廊深处转了出来，像一只猫一样，脚步轻柔无声，神态机警而紧张，她不时回头张望，脚下却毫不停歇，快步向前走着。她经过一棵树下，一只鸟突然飞起，引起群鸟惊飞。她吃了一惊，立即站住了，四面看看，见整个庭院仍是一片沉寂，她才按捺下急促跳动的心，继续向前走去。

她来到云飞的窗前，停住了，深吸了一口气，镇定了一下自己，伸手轻叩窗棂。

云飞正躺在床上，用手枕着头，睁大眼睛看着天花板。这是一个漫长的夜，太多的事压在他的心头，母亲的病、天虹的嫁、父亲的喜出望外、云翔的跋扈嚣张……他几乎彻夜无眠。

听到窗子上的响声，他立刻翻身下床。

"谁？"他问。

"是我，天虹。"天虹轻声回答。

云飞急忙走到窗前，打开窗子。立刻，他接触到天虹那炙热的眼光。

"我马上要去厨房，帮张嫂弄早餐，我利用这个时间，来跟你讲两句话，讲完，我就走！"

云飞震动着，深深看她。

"哦？"

天虹盯着他，心里激荡着千言万语。可是，没有办法慢慢谈，她的时间不多。她很快地开了口，长话短说，把整夜未眠整理出来的话，一股脑儿倾倒而出："这些年来，我最不能忘记的，就是你走的前一天晚上，你谁都没告诉，就只有告诉我，你要走了！记得那天晚上，我曾经说过，我会等你一辈子……"

他不安地打断她。

"不要再提那些了，当时我就告诉过你，不要等我，绝对不要等我……"他咽口气，摇摇头，"我不会怪你的！"

她心里掠过一抹痛楚，极力压抑着自己激动的情绪。

"我知道你不会怪我，虽然，我好希望……你有一点怪我……我没办法跟你长谈，以后，我们虽然住在一个围墙里，一个屋檐下，但是，我们能够说话的机会恐怕等于零。所以，我必须告诉你，我嫁给云翔，有两个理由……"

"你不需要跟我解释……"

"需要！"她固执地说，回头张望，"我这样冒险前来，你最起码听一听吧！"

"是。"云飞屈服了。

"第一个理由，是我真的被他感动了，这些年来，他在我身上下了不知道多少功夫，使我终于相信，他如果没有我简直活不下去！所以，我嫁给他的时候很真诚，想为他而忘掉你！"

他点头不语。

"第二个理由,是……我的年龄已经不小,除了嫁入展家,我不知道还有什么理由,可以让我名正言顺地在展家继续住下去,永远住下去。所以……我嫁了!"

云飞心中一震,知道她说的,句句是实话,心里就涌起一股巨大的歉疚。她咬咬嘴唇,抽了口气,继续说:"我知道,我们现在的地位,实在不方便单独见面。别说云翔是这样忌讳着你,就算他不忌讳,我也不能出一丁点儿的错!更不能让你出一丁点儿的错!所以,言尽于此。我必须走了!以后,我想,我也不会再来打搅你了!"她抬眼再看他,又加了一句,"有一句话放在心里一天一夜,居然没机会对你说:'欢迎回家!'真的……"她的眼眶红了,诚挚地,发自内心地又重复了一次,"欢迎回家!"说完,她匆匆转身,"我去了!"

"天虹!"他忍不住低喊了一声。

她回过头来。

他想说什么,又咽住了,只说:"你……自己保重啊!"

她点点头,眼圈一红,快步地跑走了。

他目送她那瘦弱的身子,消失在花木扶疏的园林深处,他才关上窗子。转过身来,他情不自禁地往窗子上重重一靠,心里沉甸甸地压着悲哀。唉!家,这就是属于"家"的无奈,才回家第一天,就这样把他层层包裹了。

早餐桌上,云飞才再一次见到云翔。

一屋子的人,已经围着餐桌坐下了,纪总管也过来一起吃早餐。纪总管在展家已经当了三十几年的总管,掌管着展家所有的事业。早在二十几年前,祖望就把东跨院拨给纪家住,所以,纪总管等于住在展家。

祖望只要高兴，就把他们找来一起吃饭。

天虹和丫头们侍候着，天虹真像个"小媳妇"，闷不吭声的，轻悄地摆着碗筷，云飞进门，她连眼帘都不敢抬。祖望兴致很好，看着云飞，打心眼儿里高兴着，一直对纪总管说："好不容易，云飞回来了，你要安排安排，哪些事归云飞管，哪些事归云翔管，要分清楚！你是总管，可别因为云翔是你的女婿，就偏了云翔，知道吗？"又掉头看云飞，"家里这些事业，你想做什么，管什么，你尽管说！"

云飞不安极了，很想说明自己什么都不想管，又怕伤了祖望的感情，看到梦娴那样安慰的眼神，就更加说不出来了。纪总管一迭连声地应着："一定的，一定的！云飞是大哥，当然以云飞为主！"

品慧哼了一声，满脸的醋意。还来不及说什么，云翔大步走进餐厅来，一进门就夸张地对每个人打招呼："爹早！娘早！纪叔早！大家早！"

祖望有气。"还早？我们都来了，你最后一个才到！昨晚……"

云翔飞快地接口："别提昨晚了！昨晚你们舒舒服服地在家里吃酒席，我和天尧累得像龟孙子一样，差点儿连命都送掉了！如果你们还有人怪我，我也会翻脸走人哦！"

"你昨晚忙什么去了？"祖望问。

云翔面不改色地回答："救火呀！"

品慧立刻惊呼起来："救火？你到哪里去救火了？别给火烫到，我跟你说过几百次，危险的地方不要去！我只有你这一个儿子啊！"

云翔走到祖望面前，对父亲一抱拳："爹，恭喜恭喜！"

"恭喜我什么？"祖望被搅得一头雾水，忽然想起，"是啊！你哥回来，大家都该觉得高兴才是！"

"爹！你不要满脑子都想着云飞好不好？我恭喜你，是因为溪口那块地，终于解决了，我们的纺织工厂，下个月就可以开工兴建了！"

纪总管惊喜地看着他。"这可真是一件天大的喜事，这块地已经拖了两年了！那萧老头搬了？"

"搬了！"云翔一屁股坐进位子里，夸张地喊着，"我快饿死了！"

天虹急忙端上饭来。云翔忽然伸手把她的手腕一扣，冷冷地说："家里有丫头老妈子一大群，用得着你一大早跑厨房，再站着侍候大家吃饭吗？"

"我……不是每天都这样做的吗？"天虹一愣，有点心虚地嗫嚅着。

"从今天起，不要做这种表面文章了，是我的老婆，就拿出老婆的谱来！坐下！"云翔用力一拉，天虹砰然一声落座。

纪总管抬头看看天虹，不敢有任何反应。

云飞暗中咬咬牙，不能说什么。

云翔稀里呼噜地扒了一口稀饭，抬头对云飞说："纺织工厂，原来是你的构想，可惜你这个人，永远只有理想，没有行动。做任何事，都顾虑这个，顾虑那个，最后就不了了之！"

云飞皱皱眉头："我知道你是心狠手辣，无所顾忌的，想必，你已经做得轰轰烈烈了！"

"轰轰烈烈倒未必，但是，你走的时候，它是八字没一撇，现在，已经有模有样了！我不知道你是未卜先知呢，还是回来得太凑巧？不过，我有句话要说在前面，对于我经手的事情，你最好少过问！"

云飞心中有气，瞪着云翔，清晰有力地说："让我清清楚楚地告诉你！我这次回来，不是要跟你争家产，不是要跟你抢地盘！如果我在乎展家的万贯家财，我当初就不会走！既然能走，就是什么都可以抛开！

你不要用你那个狭窄的心思去扭曲每一个人！你放心吧，你做的那些事，我一样都不会插手！"

"哈哈！好极了！我就要你这句话！"云翔抬头，大笑，环视满桌的人，"爹！娘！大娘，还有我的老婆，和我的老丈人，你们大家都听见了！你们都是见证！"他再掉头，锐利地看云飞，"自己说出口的话，可别反悔，今天是四月五日早晨……"他掏出一个怀表看，"八点四十分！大家帮忙记着！如果以后有人赖账……"

祖望情绪大坏，把筷子重重往桌上一放，说："你们兄弟两个就不能让我有一点点高兴的时候吗？就算是在我面前演演戏，行不行？为什么一见面就像仇人一样呢？"

祖望这一发怒，餐厅里顿时鸦雀无声。

梦娴急忙给云飞使眼色，示意他不要再说。天虹面无表情，纪总管赔着笑脸，品慧斜睨着云飞，一副不屑的样子。云飞心里大大一叹，唉！家！这就是家了！

寄傲山庄烧毁之后的第三天，萧鸣远就草草地下了葬。

下葬那天，是凄凄凉凉的。参加葬礼的，除了雨凤、雨鹃、小三、小四以外，就只有杜爷爷和杜奶奶这一对老邻居了。事实上，这对老夫妻，也是溪口仅有的住户了，在鸣远死后，是他们两夫妻收留了雨凤姐弟。要不然，这几天，他们都不知道要住到哪儿去才好。寄傲山庄付之一炬，他们不只失去了家和父亲，是失去了一切。身上连一件换洗衣服都没有，是杜奶奶找出几件她女儿的旧衣裳，连夜改给几个孩子穿。杜奶奶的女儿早已嫁到远地去了。

在"爱妻安淑涵之墓"的旧坟旁边，新掘了一个大洞。雨凤雨鹃姐妹，决定让父亲长眠在母亲的身边。

没有人诵经，没有仪式，棺木就这样落入墓穴中。工人们收了绳索，一铲一铲的泥土盖了上去。

雨凤、雨鹃、小三、小四穿着麻衣，站在坟前，个个形容憔悴，眼睛红肿。呆呆地看着那泥土把棺木掩盖。

杜爷爷拈了一炷香过来，虔诚地对墓穴说话："鸣远老弟，那天晚上，我看到火光，赶到寄傲山庄的时候，你已经去了，我没能见你最后一面，真是痛心极了！你那几只牲口，我就做了主，给你卖了，得的钱刚刚够给你办个丧事……小老弟，我知道你最放心不下的，就是你这五个孩子！可惜我们邻居，都已经被展家逼走了，剩下我和老太婆，苦巴巴的，不知道怎样才能帮你的忙……"

杜奶奶也拈着香，接口说："可是，雨凤雨鹃是那么聪明伶俐，一定会照顾好弟弟妹妹，鸣远，你就安心去吧！"

雨凤听到杜爷爷和杜奶奶的话，心里一阵绞痛，再也忍不住，含泪看着墓穴，凄楚地开了口："爹，你现在终于可以和娘在一起了！希望你们在天之灵，保佑我们，给我们力量，因为……爹……"她的泪水滚落下来，"我不像你想象的那样坚强，我好害怕……小五从火灾以后到现在，都是昏昏沉沉的，所以不能来给你送终，你知道，她从小身体就不好，现在，身上又是伤，又受了惊吓，我真怕她撑不下去……爹，娘，请你们保佑小五，让她好起来！请你们给我力量，让我坚强，更请你们给我一点指示，这以后，我该怎么办？"

小四倔强地忍着，不让眼泪掉下来，这时，一挺肩膀，抬头说："大姐，你不要担心，我是家里唯一的男孩，我已经十岁，可以做很多事了，我会挑起担子，做活养活你们！听说大风煤矿在招人手，我明天就去矿场工作！"

雨鹃一听这个话，气就来了，走上前去抓着小四一阵乱摇，厉声说："把你刚刚说的那些蠢话，全体收回去！"

小四被抓痛了，挣扎地喊："你干吗？"

雨鹃眼睛红红的，大声地说："对！你是我们家唯一的男孩，是萧家的命脉！爹平常是如何器重你，为了你，我常常和爹吵，说他重男轻女！他一天到晚念叨着，要让你受最好的教育，将来能去北京念大学！现在，爹身子还没冷呢，你就想去当矿工了，你就这么一点儿出息吗？你给我向爹认错！"就压着小四的后脑，要他向墓穴低头，"告诉爹，你会努力念书，为他争一口气！"

小四倔强地挺直了脖子，就是不肯低头，恨恨地说："念书有什么用，像爹，念了那么多书，最后给人活活烧死……"

雨鹃一气，伸手就给了小四一巴掌，小四一躲，打在肩膀上。

"雨鹃！"雨凤惊喊，"你怎么了？"

小四挨了打，又惊又气又痛，抬头对雨鹃大叫："你打我？爹活着的时候，从没有打过我，现在爹才刚死，你就打我！"小四喊完，一转身就跑。

雨凤飞快地拦住他，一把将他死死抱住，哽咽地喊："你去哪里？我们五个，现在是相依为命，谁也不能离开谁！"她蹲下身子，握紧小四的双臂，含泪说，"二姐打你，是因为她心里积压了太多的伤心，说不出口。你是萧家唯一的男孩，她看着你，想着爹，她是代替爹，在这儿'望子成龙'啊！"

雨鹃听到雨凤这话，正是说中她的心坎。她的泪就再也忍不住，稀里哗啦地流了下来。她扑过去，跪在地上，紧紧地抱住小四，哭着喊：

"小四！原谅我，原谅我……"

小四一反身，什么话都没说，也紧紧地拥住雨鹃。

小三忍不住，跑了过来，伸手抱住大家。

"我想哭，我好想哭啊！"小三哽咽着。

雨凤把弟妹全体紧拥在怀，沉痛地说："大家哭吧！让我们好好地哭一场吧！"

于是，四个兄弟姐妹抱在一起，哭成一团。

旁边的杜爷爷和杜奶奶，也不能不跟着掉泪了。

鸣远总算入土为安了。

晚上，萧家五姐弟挤在杜爷爷家的一个小房间里，一筹莫展。桌上，桐油灯忽明忽暗的光线，照射着躺在床上的小五。小五额上，烧伤的地方又红又肿，起了一溜水泡，手上脚上全是烫伤。雨凤和小三，拿着杜奶奶给的药膏，不停地给她擦。但是，小五一直昏昏沉沉，嘴里喃喃呓语。

雨鹃在室内像困兽般地走来走去。

雨凤好担心，目不转睛地看着小五，着急地说："雨鹃，你看小五这个伤……我已经给她上了药，怎么还是起水泡了？不知道会不会留疤？小五最爱漂亮，如果留了疤，怎么办？"

雨鹃低着头，只是一个劲儿地走来走去，似乎根本没有听到雨凤的话。小五低喃地喊着："小兔儿，小兔儿……"

"可怜的小五，为了那个小兔儿，一次掉到水里，一次冲进火里，最后还是失去了那个小兔子！"雨凤难过极了，她弯下腰去摸着小五的头，发现额头烧得滚烫，害怕起来，哀声地喊，"小五，睁开眼睛看看大姐，跟大姐说说话，好不好？"

小五转动着头，痛苦地呻吟着："爹，爹！小兔儿……救救小兔儿……"

小三看着小五，恐惧地问雨凤："大姐，小五会不会……会不会……"

站在窗边的小四，激动地喊了起来："不会！她会好起来！明天就又活蹦乱跳了！"他就冲到床前，摇着小五，大声地说："小五！你起来，我给你当马骑，带你去看庙会！我扮小狗狗给你看！扮孙悟空给你看！随你要做什么，我都陪你去，而且永远不跟你发脾气了！醒来！小五！醒来！"

小三也扑到小五床头，急忙跟着说："我也是，我也是！小五，只要你醒过来，我陪你跳房子、玩泥娃娃、扮家家酒……你要玩什么就玩什么，我不会不耐烦了！"

雨凤心中一酸，低头抚摸小五。"小五，你听到了吗？你要为我们争气啊！娘去了，爹又走了，我们不能再失去你！小五，睁开眼睛看看我们吧！"

小五似乎听到兄姐们的呼唤，睁开眼睛看了看，虚弱地笑了笑："大姐，大姐……"

"大姐在这儿，你要什么？"雨凤急忙扑下身子去。

"好多鸟鸟啊！"小五神志不清地说。

"鸟鸟？哪儿有鸟鸟？"雨凤一愣。

小五的眼睛又闭上了，雨凤才知道她根本没有清醒，她急切地伸手摸着小五的脑袋和身子，着急地站起身来。对雨鹃说："她在发烧，她浑身滚烫！我们应该送她去城里看大夫，这样拖下去不是办法！可是，我们一块钱都没有，怎么办呢？现在住在杜爷爷家，也不是办法，我们五个人要吃，杜爷爷和杜奶奶已经够辛苦了，我们不能老让别人养着，怎么办呢?"

雨鹃站定,"啪"的一声,在自己脑袋上狠狠敲了一记,恨恨地说:"我就是笨嘛!连一点大脑都没有!骄傲是什么东西?能够换饭吃吗?能够给小五请大夫吗?能够买衣服鞋子吗?能够换到可住的地方吗?什么都不会!为什么要把钱袋还给那个王八蛋呢?不用白不用!"

"现在懊恼这个也没有用,事实上,我也不会收那个钱的!爹的山庄,叫'寄傲山庄',不是吗?"

"寄傲山庄?寄傲山庄已经变成灰烬了!还有什么'傲'不'傲'?"雨鹃拼命在那个窄小的房间里兜圈子,脚步越走越急,"我已经想破了脑袋,就是想不出办法,不知道怎样才可以混进他们展家,一把火把他们家给烧得干干净净!"

雨凤瞪着雨鹃,忍不住冲到她面前,抓住她的双臂摇着她,喊着:"雨鹃,你醒一醒!小五躺在那儿,病得人事不知,你不想办法救救小五,却在那儿想些做不到的事!你疯了吗?我需要你和我同心协力照顾弟弟妹妹!求求你,先从报仇的念头里醒过来吧!现在,我们最需要做的事,不是报仇,是怎样活下去!你听到了吗?"

雨鹃被唤醒了,她睁大眼睛看着雨凤。然后,她一转身,往门口就走。"你去哪儿?"

"去桐城想办法!"

"你是存心和我怄气还是鬼迷心窍了?这儿离桐城还有二十里,半夜三更,你怎么去桐城?到了桐城,全城的人都在睡觉,你怎么想办法?"

雨鹃一阵烦躁,大声起来:"总之,坐在这儿是一点办法都没有的,我去城里再说!"

雨凤的声音也大了:"你现在毫无头绪,一个人摸黑进城去乱闯,如果再出事，我不如一头撞死算了！"

雨鹃脚一跺，眼眶红了。"你到底要我怎么办？"

这时，一声门响，杜爷爷和杜奶奶走了进来。杜奶奶走到雨凤身边，手里紧握着两块大洋，塞进她手里，慈祥地说："雨凤雨鹃，你们姐妹两个不要再吵了，我知道你们心里有多急，这儿是两块大洋……是我们家里所有的钱了，本来，是留着做棺材本的……可是，活着才是最重要……快拿去给小五治病吧！明天一早，用我们那个板车，推她去城里吧！"

雨凤一愣。"杜奶奶……我……我怎么能拿你们这个钱？"

杜爷爷诚挚地接了口："拿去吧！救小五要紧，城里有中医又有西医，还有外国人开的医院，外国医生好像对烧伤很有办法，上次张家的阿牛在工厂里被烫伤，就是去那儿治好的！连疤都没有留！"

雨凤眼里燃起了希望："是吗？连疤都没有留吗？"

"没错！我看小五这情况，是不能再耽搁了。"

雨凤手里握着那两块大洋，心里矛盾极了："可是……可是……"

杜奶奶把她的手紧紧一合，让她握住那两块大洋。

"这个节骨眼，你就别再说可是了！等你们有钱的时候，再还我，嗯？我和老头子身子骨还挺硬朗的，这个钱可能好几年都用不着！"

雨凤握紧了那个救命的钱，不再说话了。

雨鹃走过来，扑通一声，就给杜爷爷和杜奶奶跪下了。

雨鹃这一跪，雨凤也跪下了。

雨凤这一跪，小三和小四上前，也一溜跪下了。

杜爷爷和杜奶奶又惊又慌，伸出手去，不知道该拉哪一个才好。

第二天一早，小五就躺在一个手推板车上，被兄姐们推到桐城，送进了圣心医院。这家医院是教会办的，医生护士都很和气，立刻诊治了小五。诊治的结果，让姐妹两个全都心惊胆战了："你们送来太晚，她的烧伤，本来不严重，可是她现在已经受到细菌感染，必须住院治疗，什么时候能出院，要看她恢复的情况！你们一定要有心理准备，她的存活率只有百分之五十！"医生说。

雨凤站不稳，跌坐在一张椅子里。

"百分之五十……这么说，她有生命危险……"

"确实，她有生命危险！"

"那……住院要多少钱？"雨鹃问。

"我们是教会医院，住院的费用会尽量算得低！但是，她必须用最新的消炎药治疗，药费很高，当然，你们也可以用普通的药来治，治得好治不好，就要碰运气了！"

雨凤还来不及说话，雨鹃斩钉断铁地、坚定有力地说："大夫，请你救救我妹妹，不管多贵的药，你尽管用，医药费我们会付出来的！"

小五住进了一间大病房，病房里有好多人，像个难民营一样。小五躺在那张洁白的大床里，显得又瘦又小，那脆弱的生命，似乎随时可以消失。雨凤、雨鹃没办法在病床前面照顾，要出去找钱。只得叮嘱小三、小四，守在病床前面照顾妹妹，把缴住院费剩下的钱，大部分都交给了小三。姐妹两个看着人事不知的小五，看着茫然失措的小三和小四，真是千不放心万不放心。但是，医药费没有，住处没有，食衣住行样样没有……她们只得搁下那颗惴惴不安的心，出了医院，去想办法了。

桐城，是个很繁荣的城市。市中心也是商店林立，车水马龙的。

姐妹两个不认得任何人，没有背景，没有关系，也没有丝毫谋职的经验。两人开始了好几天的"盲目求职"。这才知道，她们将近二十年的生命，都太幸福了。像是刚孵出的小鸡，一直生活在父母温暖的大翅膀下，根本不知道什么叫"世态炎凉"，什么叫"走投无路"。

她们几乎去了每一家店铺，一家又一家地问：你们需要店员吗？你们需要人手吗？你们需要丫头吗……得到的答案，全是摇头，看到的脸孔，都是冷漠的。

连续两天，她们走得脚底都磨出了水泡，筋疲力尽，仍然一点头绪都没有。

这天，有个好心的老板娘，同情地看着她们说："这年头，大家都是自己的活自己干，找工作可不容易。除非你们去'绮翠院'！"

"绮翠院在哪条街？"雨鹃慌忙问。

"就在布袋胡同！"

两人也没细问，就到了"绮翠院"，立刻被带进一间布置得还很雅致的花厅，来了一个穿得很华丽的中年妇人，对她们两个很感兴趣地、上上下下地打量。

"找工作啊？缺钱用是不是？家里有人生病吗？"妇人和颜悦色地问。

"是啊！是啊！我们姐妹粗活细活都可以干！"雨凤连忙点头。

"我可以让你们马上赚到钱！你们需要多少？"妇人问。

雨凤一呆，觉得不太对头。"我们的工作是什么呢？"

"你们到我绮翠院里来找工作，居然不知道我们绮翠院是干什么的吗？"妇人笑了，"大家打开窗子说亮话，如果不是没路走了，你们也不会来找我！我呢，是专门给大家解决困难的，你们来找我，就找对人了！我们这儿，就是赚钱多，赚钱快……"

"怎么个赚法？有多快？"雨鹃急急地问。

"我可以马上付给你们一人五块银元!"

"马上吗?"

"马上! 而且,你们以后每个月的收入肯定在五块钱以上,只要你们肯干活!"

"我们肯干,一定肯干……"雨鹃一个劲儿地点头。

"那么,你们要写个字据给我们,保证三年之内,都在我们绮翠院做事,不转行!"说着,就推了一张字据到两人的面前。

"大婶……这工作的性质到底是……"

雨凤话没问完,房门砰然一响,一个年轻的女子披头散发,衣衫不整地冲进门来,嘴里尖叫着:"大婶! 救我……大姐……"

在女子背后,一个面貌狰狞的男子正狂怒地追来,怒骂着:"妈的! 你以为你还是贞洁大姑娘吗? 这样也不干,那样也不干! 我今天就给你一点颜色看看……你给我滚回来!"

男子伸手一抓,女子逃避不及,"刺啦"一声,上衣被撕破,女子用手拼命护着肚兜,哭着喊:"大婶! 救命啊……我不干了,我不干了……"

妇人正在和雨凤姐妹谈话,被这样一搅局,气坏了,抓住女子的胳膊一吼:"不干? 不干就把钱还来,你以为我绮翠院是什么地方? 由得你这样说来就来,说走就走?"

男子一蹿就蹿上前来,像老鹰抓小鸡似的捉住女子,往门外拖去,女子一路高叫着"救命"。门口,莺莺燕燕都伸头进来看热闹。

雨凤、雨鹃相对一看。雨鹃一把拉住雨凤的手,大喊:"快跑啊!"

两人转身,夺门而去。一口气跑到街上,还继续奔跑了好一段路才站定。两人拍着胸口,惊魂未定。

"好险,差一点把自己给卖了!"雨凤说。

"吓得我一身冷汗！马上给钱，简直是个陷阱嘛！以后不能这么鲁莽，找工作一定要先弄清楚是什么地方！"

雨凤叹口气，又累又沮丧。

"出来又是一整天，一点收获都没有，累得筋疲力尽，饿得头昏眼花，还被吓得三魂去了两魂半，现在，怎么办？"

怎么办？真的是一点办法都没有。

"不知道小五怎样了，我们还是先回医院吧！明天再继续努力！"雨鹃说。

两人疲倦地、沮丧地彼此搀扶着回到医院。才走到病房门口，小三就满面愁容地从里面迎了出来。

"你们怎么这么久才回来？"

"小五怎样了？"雨凤心惊肉跳地问。

"小五很好，大夫说有很大的进步，烧也退了，现在睡得很香……"小三急忙说，"可是，小四不见了！"

"你说小四不见了是什么意思？他不是一直跟你在医院吗？"雨鹃惊问。"今天你们刚走，小四就说他在医院里待不下去，他说，他出去逛逛就回来！然后，他就走了！到现在都没回来！"

雨鹃怔了怔，又急又气。

"这就是男孩子的毛病，一点耐心都没有！要他在医院里陪陪妹妹，他都待不住，气死我了！"

"可是，他去哪里了？这桐城他一共也没来过几次，人生地不熟的，他能逛到哪里去呢？"雨凤看小三，"你是不是把钱都交给他了？"

"没有啊，钱都在我这里！"

雨鹃越想越气。

"叫他不要离开小五，他居然跑出去逛街！等他回来，我非打断他的腿不可！"

正说着，小四回来了。他看来十分狼狈，衣服上全是黑灰，脸上也是东一块黑，西一块黑，脚一跛一跛的。他一抬头，看到三个姐姐，有点心慌，努力掩饰自己的跛腿，若无其事地喊："大姐，二姐，你们找到工作了吗？"

雨凤惊愕地看着他。

"你怎么了？遇到坏人了吗？你身上又没钱，总不会被抢劫吧？"

"你跑出去跟人打架了，是不是？我一看你的样子就知道！你不在医院里陪小五，跑到外面去闹事，你想把我气死是不是？"雨鹃看到他就生气。

"我没闹事……"

"给我看你的腿是怎么回事？"雨鹃伸手去拉他。

小四忙着去躲。

"我没事，没事，只是摔了一跤，你们女人，就是会大惊小怪！"

"你这说的什么话？我们女人，个个忙得头昏脑涨，你一个人出去逛街，还被打伤了回来！你不在乎我们的辛苦，也不怕我们担心吗？"

"谁说我被打伤了回来？"

"没被打伤，你的腿是怎么了？"雨鹃伸手一把抓牢了他，就去掀他的裤管。小四被雨鹃这样用力一拉，不禁"哎哟哎哟"叫出声。

"别抓我，好疼！"

雨鹃掀开裤管一看，不禁吓了一跳，只见小四膝盖上血迹斑斑，破了好大一块。

"哎呀！怎么伤成这样？还好现在是在医院，我们赶快去找个护士小姐，给你上药包扎一下……"雨凤喊着。

"不要了！根本没怎样，上个药又要钱，我才不要上呢！"小四拼命挣扎。

"你知道什么都要钱，你为什么不安安静静地待在医院里……"雨鹃吼他。小四实在忍不住了，突然从口袋里掏出一串铜板，往雨鹃手里一塞："喏！这个给你们，付小五的医药费，我知道不够，明天再去赚！"

雨凤、雨鹃、小三全部一呆。雨凤立即蹲下身子，拉住小四的手，扳开他的手指一看。只见他的手掌上，都磨破了皮，沁着血丝。雨凤脸色发白了。

"你去哪里了？"

小四低头不语。

"你去了矿场，你去做童工？"雨凤明白了。

小四看到瞒不过去了，只好说了："本来以为天黑以前一定赶得回来，谁知道矿场在山上，好远，来回就走了好久。那个推煤渣的车，看起来没什么，推起来好重，不小心就摔了一跤，不过没关系，一回生，二回熟，明天有经验了，就会好多了！"

雨凤把小四紧紧一抱，泪水就夺眶而出。

雨鹃这才知道冤枉了小四，又是后悔，又是心痛，话都说不出来了。

小四努力做出一副无所谓的样子来，安慰着两个姐姐。

"没关系！矿场那儿，比我小的人还有呢，人家都做得好好的！我明天就不会再摔了！"

"还说明天！你明天敢再去……"雨凤哽咽着喊。

"与其你去矿场推煤车，不如我去绮翠院算了！"雨鹃脱口而出。

雨凤大惊，放开小四，抓住雨鹃一阵乱摇。

"雨鹃，你怎么说这种话，你不要吓我！你想都不能想！答应我，你想都不要想！我们好歹还是萧鸣远的女儿啊！"

"可是，我们要怎么办？"

雨凤挺了挺背脊，努力振作自己。

"我们明天再去努力！我们拼命拼命地找工作，我不相信在这个桐城，没有我们生存的地方！"她抓住小四，严重地警告他，"小四！你已经浑身都是伤，不许再去矿场了！如果你再去矿场，我……我……"她说不下去，哭了。

"大姐，你别哭嘛！我最怕看到你哭，我不去，不去就好了，你不要哭呀！"

雨凤的泪，更是潸潸而下了。

小三、雨鹃的眼眶都湿了，四人紧紧靠在一起，彼此泪眼相看，都是满腹伤心，千般无奈。

肆

FOUR

雨凤惊愕地一回头，眼光和云飞接了个正着。

心脏顿时怦地一跳，脸孔蓦然一热，心里讶然惊呼："怎么？是他？"

第二天，雨凤雨鹃又继续找工作。奔波了一整天，依旧毫无进展。

黄昏时分，两人拖着疲倦的脚步，来到一家很气派的餐馆面前。两人抬头一看，店面非常体面，虽然不是吃饭时间，已有客人陆续入内。餐馆大门上面，挂着一个招牌，上面写着"待月楼"三个大字，招牌是金字雕刻，在落日的光芒下闪闪发光。

姐妹俩彼此互看。雨鹃说："这家餐馆好气派，这个时间已经有客人出出入入了，生意一定挺好！"

"看样子很正派，和那个什么院不一样。"雨凤说。

"你不要一朝被蛇咬，十年怕草绳好不好？一看就知道不一样嘛！"

"说不定他们会要用人端茶上菜！"

"说不定他们会要厨子！"

"说不定他们需要人洗洗碗，扫扫地……"

雨鹃就一挺背脊，往前迈步。

"进去问问看！"

雨凤急忙伸手拉住她："我们还是绕到后门去问吧！别妨碍人家做生意……"

姐妹两个就绕道，来到待月楼的后门，看见后门半合半开，里面隐隐有笑语传出。雨鹃就鼓勇上前，她伸出手去，正要打门，孰料那门竟"哗啦"一声开了，接着，一盆污水"哗"地泼过来，正好泼了她一头一脸。

雨鹃大惊，一面退后，一面又急又气地开口大骂："神经病！你眼睛瞎了？泼水也不看看有没有人在外面？"

门内，一个长得相当美丽的中年女子，带着几分慵懒，几分娇媚，一扭腰走出来。眼光对姐妹两个一瞟，就拉开嗓门，指手画脚地抢白起来："哎哟，这桐城上上下下，大街小巷几十条，你哪一条不好去，要到咱们家的巷子里来站着？你看这左左右右，前前后后，街坊邻居一大堆，你哪一家的门口不好站，要到我家门口来站着？给泼了一身水，也是你自找的，骂什么人？"

雨鹃气得脸色都绿了，雨凤慌忙掏出小手绢，给她胡乱地擦着说："算了，雨鹃，咱们走吧！别跟人家吵架了，小五还在医院里等我们呢！"

自从寄傲山庄烧毁，鸣远去世，两姐妹找工作又处处碰壁，雨鹃早已积压了一肚子的痛楚。这时，所有的痛楚，像是被引燃的炸弹，突然爆炸，无法控制了。她指着那个女子，怒骂出声："你莫名其妙！你知不知道这是公共地方，门口是给人站的，不是水沟，不是河，不是给你倒水的！你今天住的，是房子，不是船！这是桐城，不是苏州，你要倒水就是不可以往门外倒！"

女子一听，惊愕得挑高了眉毛。"哟！骂起人来还挺顺溜的嘛！"就对雨鹃腰一扭，下巴一抬，不慌不忙，不疾不徐地说，"我已经倒了，你要怎样？这唱本里不是有这样一句吗？嫁出门的女儿，像泼出门的水……可见，水嘛，就是给人'泼出门'的，要不然，怎么老早就有这种词儿呢！"

"你……"雨鹃气得发抖，身子往前冲，恨不得跟她去打架。

雨凤拼命拉住她，心灰意冷地喊："算了算了，不要计较了，我们的麻烦还不够多吗？已经家破人亡了，你还有心情跟人吵架！"

雨鹃跺着脚，气呼呼地大嚷："人要倒起霉来，喝水会呛死，睡觉会闷死，走路会摔死，住在家里会烧死，敲个门都会被淹死！"

雨凤不想再停留，死命拉着雨鹃走。雨鹃一面被拖走，嘴里还在说："怎么那么倒霉？怎么可能那么倒霉……简直是虎落平阳被犬欺……"

身后，忽然响起那个女子清脆的声音："喂！你们两个！给我回来，回来！"

雨鹃霍地一回身，气冲冲地喊："你到底要怎样？水也给你泼了，人也给你骂了，我们也自认倒霉走人了……你还要怎样？"

那个女子笑了，有一股妩媚的风韵。

"哈！火气可真不小！我只是想问问，你们为什么要敲我的门？为什么说家破人亡？再有呢，水是我泼的，衣裳没给你弄干，我还有点儿不安心呢！回来，我找件衣裳给你换换，你有什么事，也跟我说说！"

雨鹃和雨凤相对一怔，雨凤急忙抬头，眼里绽出希望的光芒，把所有的骄傲都摒诸脑后，急切地说："这位大姐，我们是想找个工作，不论什么事，我们都愿意干！烧火、煮饭、洗衣、端茶、送水……什么什么都可以……"

女子眼光锐利地打量两人。

"原来你们想找工作，这么凶，谁敢给你们工作？"

雨鹃脸色一僵，拉着雨凤就走。

"别理她了！"

"回来！"女子又喊，清脆有力。

两姐妹再度站住。

"你们会唱歌吗？"

雨凤满脸光彩，拼命点头。

"唱歌？会会会！我们会唱歌！"

女子再上上下下地看二人。

"如果你们说的是真话呢，你们就敲对门了！"她一转身往里走，一面扬着声音喊，"珍珠！月娥！都来帮忙……"

就有两个丫头大声应着："是！金大姐！"

姐妹俩不大相信地站着，以为自己听错了，站在那儿发愣。

女子回头嚷："还发什么呆？还不赶快进来！"

姐妹俩这才如大梦初醒般，慌忙跟着向内走。

雨凤、雨鹃的转机就这样开始了。她们终于遇到了她们生命里的贵人，金银花。金银花是"待月楼"的女老板，见过世面，经过风霜，混过江湖。在桐城，名气不小，达官贵人，几乎都要买她的账，因为，在她背后，还有一个有权有势的人在撑腰，那个人，是拥有大风煤矿的郑老板。这家待月楼，表面是金银花的，实际是郑老板的。是桐城最有规模的餐馆。可以吃饭，可以看戏，还可以赌钱。一年到头，生意鼎盛，是城北的"活动中心"。在桐城，有两大势力，一个是城南的展家，一个就是城北的郑家。

雨凤、雨鹃两姐妹对于桐城的情形，一无所知。她们熟悉的地方，只有溪口和寄傲山庄。她们并不知道，她们歪打正着，进入了城北的活动中心。

金银花用了半盏茶的时间，就听完了姐妹俩的故事。展家！那展家的孽，越造越多了。她不动声色，把姐妹俩带进后台的一间化妆间，

"呼"的一声，掀开门帘，领先走了进去。雨凤、雨鹃跟了进来，珍珠、月娥也跟在后面。

"你们姐妹的故事呢，我也知道一个大概了！有句话先说明白，你们的遭遇虽然可怜，但我可不开救济院！你们有本领干活，我就把你们姐妹留下，没有本领干活，就马上离开待月楼！我不缺烧饭洗碗上菜跑堂的，就缺两个可以表演、唱曲儿、帮我吸引客人的人！"

雨凤、雨鹃不断对看，有些紧张，有些惶恐。

"这位大姐……"

金银花一回头道："我的名字不叫'这位大姐'，我是'金银花'！年轻的时候，也登过台，唱过花旦！这待月楼呢，是我开的，大家都叫我金银花，或是金大姐，你们，就叫我金大姐吧！"

雨凤立刻顺从地喊："是！金大姐！"

金银花走向一排挂着的戏装，解释说："本来我们有个小小的戏班子，上个月解散了。这儿还有现成的衣裳，你们马上选两套换上！珍珠，月娥，帮她们两个打扮打扮，胭脂水粉这儿都有……"指着化妆桌上的瓶瓶罐罐，"我给你们两个小时来准备，时辰到了，你们两个就给我出场表演！"拿起桌上一个座钟，往两人面前一放，"现在是五点半，七点半出场！"

雨鹃一惊，睁大了眼睛。

"你是说今晚？两个小时以后要出去表演？"

金银花锐利地看向雨鹃。

"怎么？不行吗？你做不到吗？如果做不到，趁早告诉我，别浪费了我的胭脂花粉！"就打鼻子里哼了一声，"哼！我还以为你们真是'虎落平阳'呢！看样子，也不过是小犬两只罢了！"

雨鹃被刺激了，一挺背脊，大声说："行！给我们两小时，我们会准时出去表演！"

雨凤顿时心慌意乱起来，毫无把握，着急地喊："雨鹃……"

雨鹃抬头看她，眼神坚定，声音有力："想想在医院的小五，想想没吃没穿的小三、小四，你就什么都做得到了！"

金银花挑挑眉毛。"好！就看你们的了！我还要去忙呢……"转身喊，"龚师傅！带着你的胡琴进来吧！"就有一个五十余岁的老者，抱着胡琴走来。

金银花对龚师傅交代说："马上跟这两个姑娘练练！看她们要唱什么，你就给拉什么！"

"是！"龚师傅恭敬地回答。

金银花往门口走，走到门口，又倏然回头，盯着雨凤雨鹃说："你们唱得好，别说妹妹的医药费有了着落，我还可以拨两间屋子给你们兄弟姐妹住！唱得不好呢……我就不客气了！再有，我们这儿是喝酒吃饭的地方，你们别给我唱什么《满江红》《浪淘沙》的！大家是来找乐子的，懂了吗？"

雨凤咽了一口气，睁大眼睛，拼命点头。

金银花一掀门帘，走了。

珍珠、月娥已经急急忙忙地打了两盆水来，催促着："快来洗个脸，打扮打扮！金大姐可是说一是一，说二是二，没价可还的啊！"

龚师傅拉张椅子坐下，胡琴声"咿咿呀呀"地响起。龚师傅看着两人："两位姑娘，你们要唱什么？"

表演？要上台表演？这一生，连"表演"都没看过，是什么都弄不清楚，怎么表演？而且，连练习的时间都没有，怎么表演？雨凤急得冷汗直冒，脸色发青，说："我快要昏倒了！"

雨鹃一把握住她的双臂，用力地摇了摇，两眼发光、有力地说："你听到了吗？有医药费，还有地方住！快打起精神来，我们做得到的！"

"但是，我们唱什么？《问燕儿》《问云儿》吗？"

雨鹃想了想，眼睛一亮。

"有了！你记得爹有一次，把南方的小曲儿教给娘唱，逗得我们全体笑翻了，记得吗？我们还跟着学了一阵，我记得有个曲子叫《对花》！"

这天晚上，待月楼的生意很好，宾客满堂。

这是一座两层楼的建筑，楼上有雅座，楼下是敞开的大厅。大厅前面有个小小的戏台。戏台之外，就是一桌桌的酒席。

这正是宾客最多的时候，高朋满座，笑语喧哗，觥筹交错，十分热闹。有的人在喝酒，也有一两桌在掷骰子、推牌九。

珍珠、月娥穿梭在客人中，倒茶倒水，上菜上酒。

小范是待月楼的跑堂，有十八九岁，被叫过来又叫过去，忙碌地应付着点菜的客人们。

金银花穿着艳丽的服装，像花蝴蝶一般周旋在每一桌客人之间。

台前正中的一桌上，坐着郑老板。这一桌永远为郑老板保留，他来，是他专有，他不来就空着。他是个身材颀长，长得相当体面的中年人，有深邃的眼睛，和让人永远看不透的深沉。这时，他正和他的几个好友在推牌九，赌得热乎。

龚师傅不引人注意地走到台上一隅，开始拉琴。

没有人注意这琴声，客人们自顾自地聊天、喝酒、猜拳、赌钱。

忽然，从后台响起一声高亢悦耳的歌声，压住了整个大厅的嘈杂。

一个女声，清脆嘹亮地唱着："喂……"声音拉得很长，绵绵袅袅，余音不断，绕室回响，"叫一声哥哥喂……叫一声郎喂……"

所有的客人都愣住了，大家不约而同地安静下来，看着台上。

金银花不禁一怔，这比她预期的效果高太多了，她身不由己，在郑老板的身边坐下，凝神观看。郑老板听到这样的歌声，完全被吸引住了，停止赌钱，眼睛也瞪着台上。他的客人们也都惊讶地睁大了眼睛。

小范正写菜单，竟然忘了写下去，讶然回头看台上。

随着歌声，雨鹃出场了。她穿着大古装，扮成了一个翩翩美少年，手持折扇，顾盼生辉。一面出场，一面唱："叫一声妹妹喂……叫一声姑娘喂……"

雨凤跟着出场，也是古装扮相，扮成一个娇媚女子。柳腰款摆，莲步轻摇，一对水灵灵的大眼睛，半带羞涩半带娇。

两个姐妹这一男一女的扮相，出色极了，立刻引起满座的惊叹。

姐妹俩就一人一句地唱了起来："郎对花，妹对花，一对对到田埂下，丢下一粒子……"雨凤唱。

"发了一棵芽……"雨鹃对台下扫了一眼。

台下立刻爆出如雷的掌声。

"什么杆子什么叶？"雨凤唱。

"红杆子绿叶……"雨鹃唱。

"开的是什么花？"雨凤唱。

"开的是小白花……"雨鹃唱。

"结的是什么果呀？"雨凤唱。

"结的是黑色果呀……"雨鹃唱。

"磨的是什么粉？"雨凤唱。

"磨出白色的粉!"雨鹃唱。

"磨出那白的粉呀……"雨凤唱。

"给我妹妹搽!给我妹妹搽!"雨鹃唱。

下面是"过门",雨凤做娇羞不依状,用袖子遮着脸满场跑。雨鹃一副情意绵绵的样子,满场追雨凤。

客人们再度响起如雷的掌声,并纷纷站起来叫好。

郑老板惊讶极了,回头看金银花。

"你从哪里找来这样一对美人?又唱得这么好!你太有本领了!事先也没告诉我一声,要给我一个意外吗?"

金银花又惊又喜,不禁眉开眼笑。

"不瞒你,这对我来说,也是个大大的意外呢!就是要我打着灯笼,全桐城找,我也不见得会把这一对姐妹给找出来!今天她们会来我这里唱歌,完全是展夜鸮的杰作!是他给咱们送了一份礼!"

"展家?这事怎么跟展家有关系?"郑老板惊奇地问。

"哗!我看,我们桐城,要找跟展家没关系的,就只有你郑老板的'大风煤矿',和我这个'待月楼'了!"金银花说。

过门完毕,雨凤、雨鹃继续唱了起来。

"郎对花,妹对花,一对对到小桥下,只见前面来个人……"

"前面来的什么人?"

"前面来的是长人!"

"又见后面来个人……"

"后面来的什么人?"

"后面来的是矮人!"

"左边又来一个人!"

"左边来的什么人？"

"来个扭扭捏捏，一步一蹭的大婶婶……"

"哦，大婶是什么人？"

"不知她是什么人？"

雨鹃两眼瞅着雨凤，眼波流转，风情万种，唱着："妹妹喂……她是我俩的媒人……要给我俩说婚配，选个日子配成对！呀得呀得儿喂，得儿喂，得儿喂……"

雨凤一羞，用袖子把脸一遮，奔进后台去了。

雨鹃在一片哄然叫好声中，也奔进去了。

客人们疯狂地、忘形地鼓着掌。

金银花听着这满堂彩，看着兴奋的人群，笑得心花怒放。

奔进后台的雨凤和雨鹃，手拉着手看着彼此。听着身后如雷的掌声和叫好声，她们惊喜着，两人的眼睛里，都闪耀着光华。她们知道，这掌声代表的是：住的地方有了，小五的医药费有了！

当天晚上，金银花就拨了两间房子给萧家姐弟住。房子很破旧，可喜的是还算干净，房子在一个四合院里，这儿等于是待月楼的员工宿舍。小范、珍珠、月娥都住在同一个院子里，彼此也有个照应。房间是两间相连，外面一个大间，里面一个小间，中间有门可通。雨凤和雨鹃站在房间里，惊喜莫名。

金银花看着姐妹俩，说："那么，就这么说定了，每天晚上给我唱两场，如果生意好，客人不散，就唱三场！白天都空给你们，让你们去医院照顾妹妹，可是，不要每天晚上就唱那两首，找时间练唱，是你们自己的事！"

雨鹃急忙说："我们会好多曲子，必要的时候，自己还可以编，一定不会让你失望！"

　　金银花似笑非笑地瞅着雨鹃。

　　"现在，不骂我是神经病，泼了你一身水了？"

　　雨鹃嫣然一笑。

　　"谢谢你泼水，如果泼水就有生机，多泼几次，我心甘情愿！"

　　金银花扑哧一声笑了。

　　萧家的五个兄弟姐妹，终于有了落脚的地方。

　　云飞回家转眼就半个月了，每天忙来忙去，要应酬祖望的客人，要陪伴寂寞的梦娴，又被祖望拉着去"了解"展家的事业，逼着问他到底要管哪一样，所有的亲朋，知道云飞回来了，争着前来示好，筵席不断。他简直没有时间做自己想做的事。在记忆深处，有个人影一直反复出现，脑海里经常漾起雨凤的歌声："问云儿，你为何流浪？问云儿，你为何飘荡？"好奇怪，自己名叫"云飞"，这首歌好像为他而唱。那个唱歌的女孩，大概正带着弟妹在瀑布下享受着阳光，享受着爱吧！自从见到雨凤那天开始，他就知道，幸福，在那五个姐弟的脸上身上，不在这荣华富贵的展家！

　　这天，阿超带来一个天大的消息。

　　"我都打听清楚了，那萧家的寄傲山庄，已经被二少爷放火烧掉了！"

　　云飞大惊地看着阿超。

　　"什么？放火？"

　　"是！小朱已经对我招了，那天晚上，他跟着去的！萧家被烧得一干二净，萧老头也被活活烧死了……他家有五个兄弟姐妹，个个会唱歌，大姐，就是你从河里救出来的姑娘，名字叫萧雨凤！"

云飞太震惊了，根本不敢相信这是事实。抓起桌上的马鞭，急促地说："我们看看去！把你打听到的事情，全体告诉我！"

当云飞带着阿超，赶到寄傲山庄的时候，云翔和纪总管、天尧正率领着工人，在清除寄傲山庄烧焦的断壁残垣。

云飞和阿超快马冲进，两人翻身下马。云翔看到他们来了，惊愕得一塌糊涂。云飞四面打量，看着那焦黑的断壁残垣，也惊愕得一塌糊涂。

"嗄！这是什么风，会把你这位大少爷吹到我的工地上来了？"云翔怪叫着。

云飞眼前，一再浮现着雨凤那甜美的脸，响起小五欢呼的声音，看到五个恩爱快乐的脸庞。而今，那洋溢着欢乐和幸福的五姐弟不知道流落何方？他四面环视，但见满眼焦土，一片苍凉，心里就被一种悲愤的情绪涨满了，他怒气冲冲地盯着云翔。

"你的工地？你为了要夺得这块地，放火烧了他们的房子，还烧出一条人命！现在，你在这儿盖工厂，你就不怕阴魂不散，天网恢恢，会带给我们全家不幸吗？"

云翔立刻大怒起来，暴跳着喊："你这说的是什么话？这块地老早就属于我们展家了，什么叫'夺得'？那晚，这儿会失火，完全是个意外，我只是想用烟把萧老头给熏出来！谁知道会整个儿烧起来呢？再说，那萧老头会烧死，与我毫无关系……"就大叫，"天尧！你过来做证！"

天尧走过来，说："真的！本来大家都在院子里，没有一个会受伤，可是，有个小孩跑进火里去，萧老头为了救那个孩子……"

天尧的话还没说完，云翔一个不耐烦，把他推开，气冲冲地对云飞吼："我根本用不着跟你解释，不管我有没有放火，有没有把人烧死，都和你这个伪君子无关！你早就对这个家弃权了，这些年来，是我在为这个家鞠躬尽瘁，奉养父母，你！你根本是个逃兵！你没有资格跟我说话，更没有资格过问我的事！"

云飞沉重地呼吸着，死死地盯着他。

"我知道，这些年你辛苦极了！这才博得一个'展夜鸮'的外号！听说，你常常带着马队，晚上出动，专吓老百姓，逼得这附近所有的人家没有一个住得下去，因而，大家叫你们'夜鸮队'！夜鸮！多光彩的封号！你知道什么是夜鸮吗？那是一种半夜出动，专吃腐尸的鸟！这就是桐城对你展二少爷的评价！就是你为爹娘争得的荣耀！"

云翔暴怒，喊："我是不是夜鸮，关你什么事？那些无知老百姓的胡说八道，只有你这种婆婆妈妈的人才在乎！我根本不在乎！"

云飞抬头看天尧，眼光里盛满了沉痛。

"天尧！你、我、云翔，还有天虹，几乎是一块儿长大的！小时候，我们都有很多理想，我想当个作家，你想当个大夫，没想到今天，你不当大夫也罢了，居然帮着云翔做这些伤天害理的事！"他再抬头看纪总管，更沉痛地，"纪叔，你也是？"

纪总管脸色一沉，按捺着不说话。

天尧有些恼羞成怒了，也涨红了脸。

"你不能这么说，我们从没有做过什么伤天害理的事！别人欠了债，我们当然要他还钱，要不然，你家里开什么钱庄？"

"对！"云翔大声接口，"你以为你吃的奶水就比较干净了吗？你也是被展家钱庄养大的！别在这儿唱高调，故作清高了！简直恶心！"

云飞气得脸色发青。

"我看，你们是彻底没救了！"他突然走到工人前面，大喊，"停止！大家停止！不要再弄了！"

工人们愕然地停下来。

云翔追过来，又惊又怒地喊："你干吗？"

云飞对工人们挥手，嚷着："通通散掉！通通回家去！我是展云飞！你们大家看清楚了，我说的，这里目前不需要整理，听到没有？"

工人们面面相觑，不知道该怎么做。

云翔这一下，气得面红耳赤，走过去对云飞重重地一推。

"你有什么资格在这儿发号施令？"也对工人们挥手，"别听他的，快做工！"

"不许做！"云飞喊。

"快做！快做！"云翔喊。

工人们更加没有主张了。

"纪叔！"云飞喊了一声。

"是！"纪总管应着。

"我爹有没有交代你，展家的事业中，只要我喜欢，就交给我管？"

"是，是……有的，有的！"纪总管不能不点头。

云飞傲然地一仰头。

"那么，你回去告诉他，我要了这块地！我今天就会跟他亲自说！所以，你管一管这些工人，谁再敢碰这儿的一砖一瓦，就是和我过不去！也就是纪叔您督导不周了。"

"是，是，是。"纪总管喃喃地说。

云翔一把抓住了云飞的衣服，大叫："你说过，你不是来和我争财产，抢地盘的！你说过，你不在乎展家的万贯家财，你根本不屑于和我争……那是那是……四月五日，早上几点？"他气得头脑不清，"大家吃早饭的时候，你亲口说的……"

"那些话吗？口说无凭，算我没说过！"

"你浑蛋！你无赖！"云翔气得快发疯了，大吼。

"这一招可是跟你学的！"云飞说。

云翔忍无可忍，一拳就对他挥去。云飞一闪身躲过。云翔的第二拳又挥了过来。阿超及时飞跃过来，轻轻松松地接住了云翔的拳头，抬头笑看他。

"我劝二少爷，最好不要跟大少爷动手，不管是谁挂了彩，回去见着老爷，都不好交代！"

纪总管连忙应着："阿超说得是！云翔，有话好说，千万别动手！"

云翔愤愤地抽回了手，对阿超咬牙切齿地大骂："我忘了，云飞身边还有你这个狗腿子！"又对云飞怒喊，"你连打个架，都要旁人帮你出手吗？"再掉头对纪总管怒吼，"你除了说'是是是'，还会不会说别的？"

云翔这一吼，把纪总管、阿超、天尧全都得罪了。天尧对云翔一皱眉头："我爹好歹是你的岳父，你客气一点！"

"岳父？我看他自从云飞回来，心里就只有云飞，没有我了！说不定已经后悔这门亲事了……"

纪总管的眼神充满了愠怒，脸色阴沉，不理云翔，对工人们挥手说："大家听到大少爷的吩咐了？通通回去！今天不要做了，等到要做的时候，我再通知你们！"

工人们应着，大家收拾工具散去。

云翔惊看纪总管，愤愤地嚷："你真的帮着他？"

"我没有帮着谁！"纪总管声音里带着隐忍，带着沧桑，带着无奈，"我是展家的总管！三十年来，我听老爷差遣！现在，还是听老爷差遣！我根本没有立场说帮谁或不帮谁！既然这块地现在有争执，我回去问过老爷再说!"纪总管说完,回身就走。天尧瞪了云翔一眼,也跟着离去。

云翔怔了怔,对云飞匆匆地挥了挥拳头,恨恨地说:"好!我们走着瞧!"

说完,也追着纪总管和天尧而去。

阿超看着三人的背影,回头问云飞:"我们是不是应该赶回家,抢在二少爷前面,去跟老爷谈谈?"

云飞摇摇头。

"让他去吧!除非我能找到萧家的五个子女,否则,我要这块地做什么?"他一弯腰,从地上拾起"寄傲山庄"的横匾,看了看,"好字!应该是个怀才不遇的读书人吧!"

云飞走入废墟,四面观望,不胜怆恻,忽然看到废墟中有一样东西,再弯腰拾起,是那个已经烧掉一半的小兔儿,眼前不禁浮起小五欢呼"小兔儿"破涕为笑的模样。

"唉!"他长叹一声,抬头看阿超,"你不是说这附近还有一家姓杜的老夫妻吗?我们问问去!我发誓,要找到这五个兄弟姐妹!"

云飞很快地找到了杜爷爷和杜奶奶,也知道了寄傲山庄烧毁之后的情形。没有耽搁,他们回到桐城,直奔圣心医院,就在那间像难民营一样的大病房里,看到了小三、小四和小五。

小五坐在病床上,手腕和额头都包着纱布,但是,已经恢复了精神。小三和小四,围着病床,跟她说东说西,指手画脚,逗她高兴。

云飞和阿超快步来到病床前。云飞看着三个孩子,不胜怆恻。

"小三,小四,小五,还记得我吗?"云飞问。

小五眼睛一亮,高兴地大喊:"大哥!会游泳的大哥!"

"我记得，当然记得！"小三跟着喊。

小四好兴奋。

"你们怎么知道我们在这儿？"

"好不容易！找了好久……"云飞凝视着三个孩子，"你们的事我都知道了！"

小三立即伸手，把云飞的衣袖一拉，云飞偏过头去，小三在他耳边飞快地说："小五还不知道爹已经……那个了，不要说出来！"

云飞怔了怔，心里一惨。四面看看。

"你们的两个姐姐呢？怎么没看见？"

小三和小四就异口同声地说："在待月楼！"

待月楼又是宾客盈门，觥筹交错的时候。

云飞和阿超挤了进来，小范一边带位，一边说："两位先生这边坐，对不起，只有旁边这个小桌子了，请凑合凑合！这几天生意实在太好了。"

云飞和阿超在一个角落坐下。

"两位要喝点酒吗？"

云飞看着一屋子的笑语喧哗，好奇地问："你们生意一直这么好吗？"

"多亏萧家姐妹……"小范笑着，打量云飞和阿超，"二位好像是第一次来待月楼，是不是也听说了，来看看热闹的？"忍不住就由衷地赞美，"她们真的不简单，真的好，值得二位来一趟……"

云飞来不及回答，金银花远远地拉长声音喊："小范！给你薪水不是让你来聊天的！赶快过来招呼周先生！"

小范急忙把菜单往阿超手里一塞。

"两位先研究一下要吃什么，我去去就来！"就急匆匆地走了。

阿超惊愕地看云飞。

"这是怎么回事？好像全桐城的人，都挤到这待月楼里来了！"

云飞看看那座无虚席的大厅，也是一脸的惊奇。

龚师傅拎着他的胡琴出场了，他这一出场，客人已经报以热烈的掌声。龚师傅走到台前，对客人一鞠躬，大家再度鼓掌。龚师傅坐定，开始拉琴。早有另外数人，弹着乐器，组成一个小乐队。这种排场，云飞和阿超都见所未见，更是惊奇。

喝酒作乐赌钱的客人们都安静下来。谈天的停止谈天，赌钱的停止赌钱。

接着，雨凤那熟悉的嗓音，就甜甜地响了起来，唱着："当家的哥哥等候我，梳个头，洗个脸，梳头洗脸看花灯……"

雨凤一边唱着，一边从后台奔出，她穿着红色的绣花短衣，葱花绿的裤子，纤腰一握；头上环佩叮当，脸上薄施脂粉，眼一抬，秋波乍转，简直是艳惊四座。

雨鹃跟着出场，依然是男装打扮，俊俏无比，唱着："叫老婆别啰唆，梳什么头？洗什么脸？换一件衣裳就算嗳！"

客人们哄然叫好，又是掌声，又是彩声。

云飞和阿超看得目瞪口呆。

台上的雨凤和雨鹃，已经不像上次那样生硬，她们有了经验，有了金银花的训练，现在知道什么是表演了，知道观众要什么了。有着璞玉般的纯真，又有着青春和美丽，再加上那份天赋的好歌喉，她们一举手一投足，一抬眼一微笑，一声唱一声和，都博得满堂喝彩。雨凤继续唱："适才打开梳头盒，乌木梳子发上梳，红花绿花戴两朵，胭脂水粉脸上抹。红褂子绣蓝花，红绣鞋绿叶拔，走三走，压三压，见了当家的把礼下……"对雨鹃弯腰施礼,"去看灯喽!"

"去看灯喽!"

两人手携着手,做观灯状,合唱:"东也是灯,西也是灯,南也是灯来北也是灯,四面八方全是灯……"

又分开唱:"这班灯刚刚过了身,那边又来一班灯!观长的……"

"是龙灯!"

"观短的……"

"狮子灯!"

"虾子灯……"

"犁弯形!"

"螃蟹灯……"

"横爬行!"

"鲤鱼灯……"

"跳龙门!"

"乌龟灯……"

又合唱:"头一缩,头一伸,不笑人来也笑人,笑得我夫妻肚子疼!"

合唱完了,雨鹃唱:"冲天炮,放得高,火老鼠,满地跑!哟!哟!不好了,老婆的裤脚烧着了……"

雨凤接着唱:"急忙看来我急忙找,我的裤脚没烧着!砍头的你笑什么?不看灯你尽瞎吵,险些把我的魂吓掉……"

唱得告一段落,客人们掌声雷动。

云飞和阿超,也忘形地拼命鼓掌。

金银花在一片喧闹声中上了台,左手拉雨凤,右手拉雨鹃,对客人介绍:"这是萧雨凤姑娘,这是萧雨鹃姑娘,她们是一对姊妹花!"

客人报以欢呼，掌声不断。金银花等掌声稍歇，对大家继续说："萧家姐妹念过书，学过曲，是大户人家的女儿，因为生活困难才出来唱小曲，大家觉得她们唱得好，就不要小气，台前的小篮子里，随便给点赏！不方便给赏，待月楼还是谢谢大家捧场！下面，让萧家姑娘继续唱给大家听！"金银花说完，满面春风地走下台。

郑老板首先走上前去，在篮子里放下一张纸钞。

一时间，好多客人走上前去，在小篮子里放下一些零钱。

雨凤、雨鹃又继续唱《夫妻观灯》。

云飞伸手掏出了钱袋，看也不看，就想把整个钱袋拿出去。阿超伸手一拦："我劝你不要一上来就把人家给吓跑了！听曲儿给小费也有规矩，给太多会让人以为你别有居心……"

云飞立刻激动起来。

"我是别有居心，我不知道怎样才能还人家一个寄傲山庄，还人家一个爹，还人家一个健康的妹妹，和一个温暖的家！再有……能够让她们回到瀑布下面去唱，而不是在酒楼里唱！"

"我知道，可是……"阿超不知道该怎么措辞，不说了。

云飞想想，点头："你说得有理。"

他沉吟了一下，仍然舍不得少给，斟酌着拿出两块银元，走上前去，放进篮子里。两块银元"叮当"一响，落进篮子里，实在数字太大了，引来前面客人一阵惊叹。大家抻长脖子看，是哪一位阔少的手笔。

台上，雨凤、雨鹃也惊动了，看了看那两块钱，再彼此互看一眼。

雨凤惊愕地一回头，眼光和云飞接了个正着。心脏顿时怦地一跳，脸孔蓦然一热，心里讶然惊呼："怎么？是他？"

伍

FIVE

他不由自主地，就醉在这个笑容里了。

心里朦胧地想着：真想，真想……永远留住这个微笑，不让它消失！

　　姐妹俩唱完了《夫妻观灯》，两人奔进后台化妆间。雨鹃一反身就抓住雨凤的手，兴奋地喊："你看到了吗？居然有人一出手就是两块钱的小费！"

　　雨凤不能掩饰自己的激动，低声说："我……认识他！"

　　雨鹃好惊讶，对当初匆匆一见的云飞，早已记忆模糊了。

　　"你认识他？你怎么会认识一个这样阔气的人？什么时候认识的？怎么没有告诉我？"

　　"事实上，你也见过他的……"

　　雨凤话还没说完，有人敲了敲房门，接着，金银花推门而入，她手里拿着那个装小费的篮子，身后，赫然跟着云飞和阿超。

　　"哎！雨凤雨鹃！这两位先生说，和你们是认识的，想要见见你们，我就给你们带来了！"金银花说着，把小篮子放在化妆桌上，用征询的眼光看雨凤。

　　雨凤忙对金银花点点头，金银花就一笑说："不要聊太久，客人还等着你们唱下一支歌呢！让你们休息半小时，够不够？"

　　雨凤又连忙点头，金银花就一掀门帘出去了。

　　房内，云飞凝视雨凤，千言万语，不知从何说起。

　　"还记得我吗？"半天，他才问。

　　雨凤拼命点头，睁大眼睛盯着他。

"记得，你……怎么这么巧？你们到这儿来吃饭吗？"

"我是特地到这儿来找你们的！"云飞坦白地说。

"哦？"雨凤更加惊奇了，"你怎么知道我们在这儿？"

"那天，在水边遇到之后，我就一直想去看看你们，不知道你们好不好。但是，因为我自己也刚到桐城，好多事要办，耽误到现在，等我打听你们的时候，才知道你家出了事！"云飞的眼光温柔而诚恳，"我到寄傲山庄去看过，我也见过了杜老先生，知道小五受伤，然后，我去了圣心医院，见到小三、小四和小五，这才知道你们两个在这儿唱歌！"

雨凤又困惑，又感动，问："为什么要这样费事地找我们？"

云飞没料到雨凤有此一问，怔了怔，说："因为……我没有办法忘记那一天！人与人能够相遇，是一种缘分，经过在水里的那种惊险场面，更有一种共过生死患难的感觉，这感觉让我念念难忘！再加上……我对你们姐弟情深，都不会游泳，却相继下水的一幕，更是记忆深刻！"

雨凤听着云飞的话，看着他真挚诚恳的神情，想到那个难忘的日子，心里一阵激荡，声音里带着难以克制的痛楚。

"那一天是四月四日，也是我这一生中，永远无法忘记的日子！我后来常想，那天，是我们家命中无法逃避的'灾难日'，简直是'水深火热'。早上，差点淹死，晚上，寄傲山庄就失火了！"

云飞想着云翔的恶劣，想着展家手上的血腥，冲口而出："我好抱歉，真对不起！"

雨凤怔怔地看着他。

"为什么要这样说？你已经从水里把我们都救起来了，还抱歉什么？"

云飞一愣，才想起雨凤根本不知道他是展家的大少爷。他立刻掩饰地说："我是说你们家失火的事，我真的非常懊恼，非常难过……如果我当天就找寻你，如果我那晚不参加宴会，如果我积极一点，如果……人生的事，都是只要加上几个'如果'，整个的'后果'就都不一样了！如果那样……可能你家的悲剧不会发生！"

一直站在旁边，好奇地倾听着的雨鹃，实在忍不住了，就激动地插口说："你根本不知道那天晚上发生了些什么事。我们家不是'失火'，是被人放了一把火，就算有你那些'如果'，我们还是逃不过这场劫难的！只要那个祸害一日不除，桐城的灾难还会继续下去！谁都阻止不了！所以，你不用在这儿说抱歉了！我不知道那天早上，你对我姐姐妹妹们做了些什么，但是，我铁定晚上的事，你是无能为力的！"说着，就咬牙切齿起来，"但是，总有一天，我们会讨还这笔血债！"

雨鹃眼中的怒火，和那种深深切切的仇恨，使云飞的心脏，猛地抽搐了一下。

"雨鹃！你……少说几句！"雨凤阻止地说。

雨鹃回过神来，立即压制住自己的激动，对云飞勉强一笑。

"对不起，打断你跟我姐姐的谈话了。雨凤最不喜欢我在陌生人面前，表露我们的心事……不过，你是陌生人吗？"她看着这个出手豪阔、洵洵儒雅的男人，心里涌上一股好感，"我们该怎么称呼你呢？"

云飞一震，这么简单的问题，竟使他慌张起来。他犹豫一下，很快地说："我……我……我姓苏！"

阿超忍不住瞪了他一眼，他只当没看见。

"原来是苏先生！"雨鹃再问，"苏……什么呢？"

"苏……慕白，我的名字叫慕白，羡慕的慕，李白的白。"

雨凤微笑接口："苏轼的苏？"

云飞又怔了一下，看着雨凤，点了点头："对！苏轼的苏！"

"好名字!"雨凤笑着说。

阿超就走上前来,看了云飞一眼,对姐妹二人自我介绍:"我是阿超!叫我阿超就可以了!我跟着我们……苏少爷,跟了十几年了!"

云飞跟着解释:"他等于是我的兄弟,知己,和朋友!"

金银花在外面敲门了。

"要准备上场啰!"

雨凤就急忙对云飞说:"对不起,苏先生,我们要换衣服了!不能跟你多谈了……"忽然抓起篮子里的两块钱,往云飞面前一放,"这个请收回去,好不好?"

云飞迅速一退。

"为什么?难道我不可以为你们尽一点心意?何必这样见外呢?"

"你给这么多的小费,我觉得不大好!我们姐妹可以自食其力,虽然房子烧了,虽然父亲死了,我们还有自尊和骄傲……如果你看得起我们,常常来听我们的歌就好了!"

云飞急了。

"请你不要把我当成一般的客人好不好?请你把我看成朋友好不好?难道朋友之间,不能互相帮助吗?我绝对不想冒犯你,只是真心真意地想为你们做一点事!如果你退回,我会很难过,也很尴尬的!"

雨凤想了想,叹口气。

"那……我就收下了,但是,以后,请再也不要这样做了!"

"好,就这么说定!我走了,我到外面去听你唱歌!"云飞说完,就带着阿超,急急地走了。

云飞和阿超一走,雨鹃就对雨凤挑起眉毛,眨巴眼睛。

"唔,我闻到一股'浪漫'的味道……"就对着雨凤,唱了起来,

"郎对花，妹对花，一对对到田埂下，丢下一粒子，发了一棵芽……"

雨凤脸一红。

"你别闹了，赶快换衣服吧！"

"是！外面还有人等着看，等着听呢！"雨鹃应着。

雨凤一窘，掉头跑去找衣服了。心里却漾着一种异样的情绪，苏慕白，苏慕白！这个名字和这个人，已经深深地镌刻在她心上了。

第二天，雨凤提着一个食篮，雨鹃抱着许多水果，到医院来照顾小五。两人一走进那间"难民营"，就呆住了。只见小五的病床，空空如也，被单也收拾得干干净净。

姐妹俩惶惑四顾，也不见小三、小四踪影。雨凤心脏咚地一跳，害怕起来。

"小五呢？怎么不见了？"

"小三和小四呢？他们去哪里了？"雨鹃急忙问隔壁的病人，"对不起，你看到我的妹妹了吗？那个被烫伤的小姑娘？"

"昨天还在，今天不见了！"

"怎么会不见呢？我们没有办出院，钱也没有缴，怎么会不见……"雨鹃着急。

这时，有个护士急急走来。

"两位萧姑娘不要着急，你们的妹妹已经搬到楼上的头等病房里去了！在二零三号病房，上楼右转就是！"

雨凤、雨鹃惊愕地相对一看。

"头等病房？"

两人赶紧冲上楼去，找到二零三病房，打开房门，小三、小四就兴奋地叫着，迎上前来，小四高兴地说："大姐，二姐，我们搬到这么漂亮的房间里来了！晚上，不用再被别的病人哼啊哎啊的闹得整夜不能睡了！"

小三也忙着报告："你们看，这里还有一张帆布床，护士说，晚上我们陪小五的时候，可以拉开来睡！这样，我们就不会半夜从椅子上摔下来了！"

小五坐在床上，看来神清气爽，精神很好，也着急地插嘴："护士姐姐今天给我送鸡汤来了！好好吃啊！"

"我也跟着喝了一大碗！"小四说。

"我也是！"小三说。

雨凤把手里的东西放在桌上，四面看看，太惊讶了。

"这是怎么一回事？"她看着雨鹃，"我们不是还欠医院好多钱吗？医药费没付，他们怎会给我们换头等病房？"

雨鹃也放下东西，不可思议地接口："还喝鸡汤？难道他们未卜先知，知道我们今天终于筹到医药费了？"

小三欢声地喊："你们不要着急了，小五的医药费，已经有人帮我们付掉了！"

"什么？"雨凤一呆。

"那两个大哥呀！就是在瀑布底下救我们的……"小四解释。

"慕白大哥和阿超大哥！"小五笑着喊，一脸的崇拜。

姐妹俩面面相觑。雨鹃瞪着雨凤，怀疑地问："我觉得……这件事有点离谱了！你到底跟他怎样？落水那天不是第一次见面，对不对？"

"这是什么话？"雨凤一急，"我哪有跟他怎样？我发誓，落水那天才第一次见面，昨晚他来的时候，你不是在旁边听得清清楚楚的吗？根本等于不认得嘛！”

雨鹃不信地看她。

“这不是太奇怪了！一个不认得的人，会到处打听我们的消息，到待月楼来听我们唱歌，到医院帮小五搬病房，付医药费，还订鸡汤给小五喝，花钱像流水……”她越想越疑惑，对雨凤摇头，“你骗我，我不相信！”

“真的真的！”雨凤急得不得了，“我也不知道他是怎么回事，可是，我用爹娘的名誉发誓，我真的不认得他们，真的是落水那天第一次见面……到昨天晚上，才第二次见到他……”

雨鹃一脸的不以为然，打断了她。

“其实，只要你自己知道你在做什么，我无所谓！老实告诉你，如果金银花不收留我们，那天，我已经做了最坏的打算……”

“什么打算？”

“我准备把自己卖了！如果不卖到绮翠院去，就卖给人家做丫头，做小老婆，做什么都可以！”

雨凤愣了愣才会过意来，不禁大大地受伤了。

“你的意思是说，我已经把自己卖给他了！你……未免太小看我了，昨晚，那两块钱的小费，我就一直要退还给人家……”想想，一阵委屈，眼泪就滚落出来，“就是想到今天要付医药费，不能再拖了，这才没有坚持下去……人，就是不能穷嘛，不能走投无路嘛，要不然，连自己的亲妹妹都会看不起你……”

雨鹃在自己脑袋上狠狠地敲了一记，沮丧地喊：“我笨嘛！话都不会说！我不是那个意思，我怎么会小看你？我只是想弄清楚是怎么一回事，你跟我解释明白就好了！我举那个例，举得不伦不类，你知道我说话就是这样不经过大脑的！其实……我对这个苏先生印象好得不得了，长得漂亮，说话斯文，难得他对我们全家又这么有心……你就是把自己卖给他，我觉得也还值得，你根本不必瞒我……"

雨凤脚一跺，百口莫辩，气坏了。

"你看你！你就是咬定我跟他不干不净，咬定我把自己卖给他了！你……你气死我了……"

小三急忙插到两个姐姐中间来。

"大姐，二姐，你们怎么了嘛？有人帮我们是好事，你们为什么要吵架呢？"

小四也接口："我保证，那个苏大哥是个好人！"

雨凤对小四一凶。

"我管他是好人还是坏人！他是好人还是坏人关我什么事？我去挂号处，我把小五搬回去！"

雨凤说完，就打开房门，往外冲去，不料，竟一头撞在一个人身上。她抬头一看，撞到的人不是别人，赫然是让她受了一肚子冤枉气的云飞。

云飞愕然看着面有泪痕的雨凤，紧张起来。

"怎么了？发生什么事了？"

雨凤愣了一下，顿时爆发了。

"又是你！你为什么要跟着我？为什么要付医药费？为什么给小五换房间？为什么自作主张做你分外的事，为什么让我百口莫辩？"

云飞惊愕地看着激动的雨凤。雨鹃已飞快地跑过来。

"苏先生你别误会，她是在跟我发脾气！"就瞪着雨凤说，"我跟你说清楚，我不管你有多生气，小五好不容易有头等病房可住，我不会把她搬回那间'难民营'去！现在不是你我的尊严问题，是小五的舒适问题！"

雨凤为之气结。

"你……要我怎么办？"

"我对你已经没有误会了，只要你对我也没误会就好了！至于苏先生……"雨鹃抬头，歉然地看云飞，"可能，你们之间还有些误会……"

云飞听着姐妹两个的话，心里已经明白了。他看着雨凤，柔声地、诚挚地问："我们可不可以到外边公园里走走？"

雨凤在云飞这样的温柔下，惶然失措了。雨鹃已经飞快地把她往门外推，嘴里一迭连声地说："可以，可以，当然可以！"

结果，雨凤就糊里糊涂地跟着云飞，到了公园。

走进了公园，两人都很沉默。走到湖边，雨凤站住了，云飞就也站住了。雨凤心里，汹涌澎湃地翻腾着懊恼。她咬咬牙，回头盯着他，开口了："苏先生！我知道你家里一定很有钱，你也不在乎花钱，你甚至已经习惯到处挥霍，到处摆阔！可是我和你非亲非故，说穿了，就是根本不认得！你这样在我和我的妹妹弟弟面前，一次又一次地花钱用心机，你的目的到底是什么？你最好告诉我！让我在权利和义务之间，有一个了解！"

云飞非常惊讶，接着，就着急而受伤了。

"你为什么要说得这么难听？对，我家里确实很有钱，但是，我并不是你想象的纨绔子弟，到处挥金如土！如果不是在水边碰到你们这一家，如果不是被你们深深感动，如果不是了解到你们所受的灾难和痛苦，我根本不会过问你的事！无论如何，我为你们所做的一切，不应该是一种罪恶吧！"

雨凤吸了一口气。

"我没有说这是罪恶，我只是说，我承担不起！我不知道要怎样来还你这份人情！"

"没有人要你还这份人情，你大可不必有心理负担！"

"可是我就有！怎么可能没有心理负担呢？你是'施恩'的人，自然不会想到'受恩'的人，会觉得有多么沉重！"

"什么'施恩''受恩'，你说得太严重了！但是，我懂了，让你这么不安，我对于我的所作所为，只有向你说一声对不起！"

云飞说得诚恳，雨凤答不出话来了。

云飞想想，又说："可是，有些事情我会去做，我一定要跟你解释一下。拿小五搬房间来说，我知道，我做得太过分了，应该事先征求你们姐妹的同意。可是，看到小五在那个大病房里，空气又不好，病人又多，她那么瘦瘦小小，身上有伤，已经毫无抵抗力，如果再从其他病人身上传染上什么病，岂不是越住医院越糟吗？我这样想着，就不想耽误时间，也没有顾虑到你的感觉，说做就做了！"

雨凤听到他这样的解释，心里的火气，消失了大半。可是，有很多感觉，还是不能不说。

"我知道你都是好意，可是，我有我的尊严啊！"

"我伤了你的尊严吗？"

"是！我是在这样的教育下长大的，我爹和我娘，在我们很小的时候，就让我们了解，人活着，除了食衣住行以外，还有尊严。自从我家出事以后，我也常常在想，'尊严'这玩意，其实是一种负担。食衣住行似乎全比尊严来得重要，可是，尊严已经根深蒂固，像我的血液一样，跟我这个人结合在一起，分割不开了！或者，这是我的悲哀吧！"

云飞被这篇话深深撼动了，怎样的教养，才有这样的雨凤？尊严，不是每一个人都有"深度"来谈它，都有"气度"来提它。他凝视她，诚恳地说："我承认，我不应该自作主张，我确实没有考虑到你的心态和立场，是我做错了！我想……你说得对，从小，我家有钱，有一段时间，我的职业就是做'少爷'，使我太习惯用钱去摆平很多事情！可是，请相信我，我也从'少爷'的身份中跳出去过，只是，积习难改。如果，我让你很不舒服，我真的好抱歉！"

雨凤被他的诚恳感动了，才发现自己咄咄逼人，对一个多方帮助自己的人，似乎太严厉了。她不由自主，语气缓和，声音也放低了。

"其实，我对于你做的事，是心存感激的。我很矛盾，一方面感激，一方面受伤。再加上，我连拒绝的'资格'都没有，我就更加难过……因为，我也好想让小五住头等病房啊！我也好想给她喝鸡汤啊！"

云飞立刻好温柔地接口："那么，请你暂时把'尊严'忘掉好不好？请继续接受我的帮助好不好？我还有几百个几千个理由，要帮助你们，将来……再告诉你！不要让我做每件事之前，都会犹豫，都会充满了'犯罪感'好不好？"

"可是，我根本不认得你！我对你完全不了解！"

云飞一震，有些慌乱，避重就轻地回答："我的事，说来话长……我是家里的长子，下面还有一个弟弟……"

"你有儿女吗？"雨凤轻声问。事实上，她想问的是，你有老婆吗？

"哦！"云飞看看雨凤，心里掠过一阵痛楚，映华，那是心里永恒的痛。他深吸了一口气，坦白地说："我在二十岁那年，奉父母之命结婚，婚前，我从没有见过映华。但是，婚后，我们的感情非常好。谁知道，一年之后，映华因为难产死了，孩子也没留住。从那时候起，我对生命、爱情、婚姻全部否决，过了极度消沉的一段日子。"

雨凤没想到是这样，迎视着云飞那仍然带着余痛的眼睛，她歉然地说："对不起，我不该问的。"

"不不，你该问，我也想告诉你。"他继续说，"映华死后，家里一直要为我续弦，都在我强烈的抗拒下取消。然后，我觉得家庭给我的压力太大，使我不能呼吸，不能生存，我就逃出了家庭，过了将近四年的流浪生活，一直没有再婚。"他看着雨凤，"我们在水边相遇那天，就是我离家四年之后，第一次回家。"

雨凤脸上的乌云都散开了。

"关于我的事，不是三言两语说得完的！如果你肯接受我成为你的朋友，让时间慢慢来向你证明，我是怎样一个人，好不好？目前，不要再排斥我了，好不好？接受我的帮助，好不好？"

雨凤的心已经完全柔软了，她就抬头看天空，轻声地、商量地问："爹，好不好？"

云飞被她这个动作深深感动了。

"你爹，他一定是一个很有学问，很有深度的人！他一定会一迭连声地说：'好！好！好！'"

"是吗？"雨凤有些犹疑，侧耳倾听，"他一定说得好小声，我都听不清楚……"她忍不住深深叹息，"唉！如果爹在就好了，他不只有学问有深度，他还是一个重感情、有才华的音乐家！他热爱生命，热爱自然，他常常说，溪口那个地方像个天堂。是的，那是我们的天堂，失去的天堂。"

云飞震撼极了，凝视着她，心里一阵绞痛。展家手上的血腥，洗得掉吗？自己这个身份，藏得住吗？他大大一叹，懊恼极了。

"不知道为什么老早没有认识你爹，如果我认识，你爹的命运一定不会这样……对不起，我的'如果'论又来了！"

雨凤忍不住微微一笑。

云飞被这个微笑深深吸引。

"你笑什么？"

"你好像一直在对我说'对不起'。"雨凤就柔声地说，"不要再说了！"

云飞目不转睛地盯着她。

"我确实对你有好多个'对不起'，如果你觉得不需要说，是不是表示你对我的鲁莽，已经原谅了？"

雨凤看着他，此时此刻，实在无法矜持什么尊严了，她就又微笑起来。

云飞眼看那个微笑，在她晶莹剔透的眼睛中闪耀，在她柔和的嘴角轻轻漾开。就像水里的涟漪，慢慢扩散，终于遍布在那清丽的脸庞上。那个微笑，那么细腻，那么女性，那么温柔，又那么美丽！他不由自主地，就醉在这个笑容里了。心里朦胧地想着：真想，真想……永远留住这个微笑，不让它消失！展家欠了她一个天堂，好想，好想……还给她一个天堂！

云飞这种心事，祖望是怎样都无法了解的。事实上，对云飞这个儿子，他从来就没有了解过。他既弄不清他的思想，也弄不清他的感情，更弄不清他生活的目的，他的兴趣和一切。只是，云飞从小就有一种气质，他把这种气质称为"高贵"，这种气质，是他深深喜爱的，是云翔身上找不到的。就为了这种气质，他才会一次又一次原谅他，接纳他。在他离开家时，不能不思念他。可是，现在，他很迷糊，难道离家四年，云飞把他的"高贵"也弄丢了吗？

"我就弄不懂，家里那么多的事业，粮食店、绸缎庄、银楼……就算你要钱庄，我们也可以商量，为什么你都不要，就要溪口那块地？"他烦躁地问。

"如果我其他的都要，就把溪口那块地让给云翔，他肯不肯呢？"云飞从容地问。

祖望怔了怔，看云飞。

"你真奇怪，一下子你走得无影无踪，什么都不要，一下子你又和云翔争得面红耳赤，什么都要！你到底是怎么回事？我越来越不了解你了！"

云飞叹了口气。

"我跟你说实话，这次我回家，本来预备住个两三个月就走，主要是回来看看你和娘，不是回来和云翔争家产的！"

祖望困惑着。

"我一直没有问你，这四年，你在外面到底做些什么？"

"我和几个朋友，在上海、广州办了两家出版社，还出了一份杂志，叫作《新潮》，你听过吗？"

"没听过！"

"你大概也没听过，有个人名叫'苏慕白'？苏轼的苏，羡慕的慕，李白的白！"云飞再问。

"没听说过！我该认得他吗？他干哪一行的？"祖望更加困惑。

"他……"云飞欲言又止，"你不认得他！反正，这些年我们办杂志，出书，过得非常自在。"

"是你想过的生活吗？"

"是我想过的生活！"

"那么，你的意思是说，如果我对你的安排，不能让你满意，你就走了，是不是？"祖望有些担心起来。

"差不多。"

"你简直是在要挟我！"

云飞看着父亲，也很困惑地说："我也不了解你，你已经有了云翔，他能够把你所有的事业越做越大，那么，你还在乎我走不走？我走了，不是家里平静许多吗？"

"你说这个话，实在太无情了！"祖望好生气。

云飞不语。祖望背着手，在屋子里走来走去，心烦意乱，忽然站定，盯着他。

"你知道，溪口那块地是云翔整整花了两年时间，说服了几十家老百姓，给他们搬迁费，让他们一家家搬走！他这两年，几乎把所有的心力都投资在溪口，你何必跟他过不去呢？"

云飞心里一气，顿时激动起来。

"是啊！他说服了几十家老百姓，让他们放弃自己心爱的家园，包括祖宗的墓地！爹，你对中国人那种'故乡'观念应该是深有体会的！那么，你有没有想过，云翔到底用什么方式，让那些在这儿住了好几代的老百姓，一个个搬走？他怎会有这么大的力量？你想过没有？你问过没有？还是你根本不想知道？"

祖望被云飞这一问，就有些心惊肉跳了，睁大眼睛看他。

"所以，我看到你回来，才那么高兴啊！"

云飞不敢相信地看着父亲："你知道？对于云翔的所作所为，你都知道？"

"不是每件都知道，但是，多少会了解一些！我毕竟不是一个木头人。"

他咬了咬牙，"其实，云翔会变成这样，你也要负相当大的责任！在你走了之后，我以为，我只剩下一个儿子了，难免处处让着他，生怕他也学你一走了之！人老了，就变得脆弱了！以前那个强硬的我，被你们两个儿子全磨光了！"

云飞十分震动地看着祖望，没料到父亲会说出这样一番话来，这带给他非常巨大的震撼。父子两人片刻不语，只是深深互视。

片刻后，云飞开了口，声音里已经充满了感情。

"爹，你放心，我回来这些日子，已经了解了太多的事情，我答应你，我会努力在家里住下去，努力加入你的事业。可是，溪口那块地，一定要交给我处理！我们家，不缺钱，不缺工厂……让我们为后世子孙积点阴德吧！"

祖望有些感动，有些惊觉。可是，仍然有着顾忌。

"你要定了那块地？"

"是，我要定了那块地！"云飞坚决地说。

"你要拿它做什么？"

"既然给了我，就不要问我拿它做什么。"

"这……我要想一想，我不能马上答应你，我要研究研究。"

"我还有事，急着要出门……在你研究的时候，有一本书，不知道你愿不愿意看一看？"云飞说。

"什么书？"

云飞走向书桌，在桌上拿起一本书，递给祖望。祖望低头一看，封面上印着"生命之歌"。书名下，有几个小字："苏慕白著"。

祖望一震抬头。

云飞已飘然远去。

苍
天
有
泪

陆

SIX

欢笑是带给客人的, 眼泪是留给自己的; 当下就擦干眼泪, 心悦诚服地说:"是!"

待月楼中，又是一片热闹，又是宾客盈门，又是觥筹交错。客人们兴高采烈地享受着这个晚上，有的喝酒猜拳，有的掷骰子，有的推牌九。也有的醉翁之意不在酒，只为了雨凤雨鹃两个姑娘而来。

云飞和阿超坐在一隅，这个位子几乎已经变成他们的包厢，自从那晚来过待月楼，他们就成了待月楼的常客。两人都全神贯注地看着台上。

雨凤、雨鹃唱完了第一场，宾客掌声雷动。

台前正中，郑老板和他的七八个朋友正在喝酒听歌。金银花打扮得明艳照人，在那儿陪着郑老板说说笑笑。满桌客人喧嚣鼓掌，对雨凤雨鹃大声叫好，品头论足，兴致高昂。看到两姐妹唱完，一位高老板对金银花说："让她们姐妹过来，陪大家喝一杯，怎样？"

金银花看郑老板，郑老板点头。于是，金银花上台，揽住了正要退下的两姐妹。

"来来来！这儿有好几位客人，都想认识认识你们！"

雨凤、雨鹃只得顺从地下台，来到郑老板那桌上。金银花就对两姐妹命令似的说："坐下来！陪大家喝喝酒，说说话！雨凤，你坐这儿！"指指两位客人间的一个空位，"雨鹃！你坐这儿！"指指自己身边的位子，"小范！添碗筷！"

小范忙着添碗筷，雨凤雨鹃带着不安勉强落座。

那个色眯眯的高老板，眉开眼笑地看着雨凤，斟满了雨凤面前的酒杯。

"萧姑娘，我连续捧你的场，已经捧了好多天了，今天才能请到你来喝一杯，真不简单啊！"

"是啊！金银花把你们两个保护得像自己的闺女似的，生怕被人抢走了！哈哈哈。"另一个客人说完，高叫，"珍珠！月娥！快斟酒来啊！"

珍珠、月娥大声应着，酒壶酒杯菜盘纷纷递上桌。

云飞和阿超不住对这桌看过来。

高老板拿起自己的杯子，对雨凤说："我先干为敬！"一口干了杯中酒，把雨凤面前的杯子往她手中一塞，"轮到你了！干杯干杯！"

"我不会喝酒！"雨凤着急了。

"哪有不会喝酒的道理！待月楼是什么地方？是酒楼啊！听说过酒楼里的姑娘不会喝酒吗？不要笑死人了！是不是我高某人的面子不够大呢？"高老板嚷着，就拿着酒杯，硬凑到她嘴边去，"我是诚心诚意，想交你这个朋友啊！"

雨凤又急又窘，拼命躲着。

"我真的不会喝酒……"

"那我是真的不相信！"

金银花看着雨凤，就半规劝半命令地说："雨凤，今天这一桌的客人，都是桐城有头有脸的人物，以后，你们姐妹还要靠大家支持！高老板敬酒，不能不喝！"回头看高老板，"不过，雨凤是真的不会喝，让她少喝一点，喝半杯吧！"

雨凤不得已，端起杯子。

"我喝一点点好不好……"她轻轻地抿了一下酒杯。

高老板嚣张地大笑。

"哈哈！这太敷衍了吧！"

另一个客人接着大笑。

"怎么到了台下，还是跟台上一样玩假的啊！瞧，连嘴唇皮都没湿呢！"就笑着取笑高老板，"老高，这次你碰到铁板了吧！"

高老板脸色微变，郑老板急忙转圜。

"雨凤，金银花说让你喝半杯，你就喝半杯吧！"

雨凤看见大家都瞪着自己，有些害怕，勉勉强强伸手去拿酒杯。

雨鹃早已忍不住了，这时一把夺去雨凤手里的杯子，大声说："我姐姐是真的不会喝酒，我代她干杯！"就豪气地，一口喝干了杯子。

整桌客人，全都鼓掌叫好，大厅中人人侧目。

云飞和阿超更加注意了，云飞的眉头紧锁着，身子动了动，阿超伸手按住他。

"忍耐！不要过去！那是大风煤矿的郑老板，你知道桐城一向有两句话：展城南，郑城北！城南指你家，城北就是郑老板了！这个梁子我们最好不要结！"

云飞知道阿超说得有理，只得拼命按捺着自己。可是，他的眼光，就怎样都离不开雨凤那桌了。

一个肥胖的客人，大笑，大声地说："还是'哥哥'来得爽气！"

"我看，这'假哥哥'是动了真感情，疼起'假妹妹'来了！"另一个客人接口。

"哎！你不要搞不清楚状况了，这'假哥哥'就是'真妹妹'！'假妹妹'呢，才是'真姐姐'！"

胖子就腻笑着去摸雨鹃的脸。

"管你真妹妹，假妹妹，真哥哥，假哥哥……我认了你这个小妹妹，你干脆拜我做干哥哥，我照顾你一辈子……"他端着酒去喂雨鹃。

雨鹃大怒，一伸手推开胖子，大声说："请你放尊重一点儿！"

雨鹃推得太用力了，整杯酒全倒翻在胖子身上。

胖子勃然大怒，跳起来正要发作，金银花娇笑着扑上去，用自己的小手帕不停地为他擦拭酒渍，嘴里又笑又骂又娇嗔地说："哎哟，你这'干妹妹'还没认到，就变成'湿哥哥'了！"

全桌客人又都哄笑起来。金银花边笑边说边擦。

"我说许老板，要认干妹妹也不能这样随随便便地认！她们两个好歹是我待月楼的台柱，如果你真有心，摆他三天酒席，把这桐城上上下下的达官贵人都给请来，做个见证，我就依了你！要不然，你口头说说，就认了一个干妹妹去，未免太便宜你了，我才不干呢！"

郑老板笑着，立刻接口："好啊！老许，你说认就认，至于嫂夫人那儿嘛……"看大家，"咱们给他保密，免得又闹出上次'小金哥'的事……"

满桌大笑。胖子也跟着大家讪讪地笑起来。

金银花总算把胖子身上的酒渍擦干了，忽然一抬头，瞪着雨凤雨鹃，咬牙切齿地骂着说："你们姐妹，简直没见过世面，要你们下来喝杯酒，这么扭扭捏捏，碍手碍脚！如果多叫你们下来几次，不把我待月楼的客人全得罪了才怪！简直气死我了！"

姐妹俩涨红了脸，不敢说话。

郑老板就劝解地开了口："金银花，你就算了吧！她们两个毕竟还是生手，慢慢教嘛！别骂了，当心我们老许心疼！"

满桌又笑起来。金银花就瞪着姐妹二人说："你们还不下去，戳在这儿找骂挨吗？"

雨凤雨鹃慌忙站起身，含悲忍辱地，转身欲去。

"站住！"金银花清脆地喊。

姐妹俩又回头。

金银花在桌上倒满了两杯酒，命令地说："我不管你们会喝酒还是不会喝酒，你们把这两杯酒干了，向大家道个歉！"

姐妹二人彼此互看，雨凤眼中已经隐含泪光。

雨鹃背脊一挺，正要发话，雨凤生怕再生枝节，上前拿起酒杯，颤声说："我们姐妹不懂规矩，扫了大家的兴致，对不起！我们敬各位一杯！请大家原谅！"一仰头，迅速地干了杯子。

雨鹃无可奈何，愤愤地端起杯子，也一口干了。姐妹二人，就急急地转身退下，冲向了后台。两人一口气奔进化妆间，雨凤在化妆桌前一坐，用手捂着脸，立刻哭了。雨鹃跑到桌子前面，抓起桌上一个茶杯，用力一摔。

门口，金银花正掀帘入内，这茶杯就直飞她的脑门，金银花大惊，眼看闪避不及，阿超及时一跃而至，伸手干脆利落地接住了茶杯。

金银花惊魂未定，大怒，对雨凤雨鹃开口就骂："你们疯了吗？在前面得罪客人，在后面砸东西！你以为你们会唱两首小曲，我就会把你们供成菩萨不成？什么东西！给你们一根树枝子，你们就能爬上天？也不撒泡尿自己照照，不过是两个黄毛丫头，有什么可神气的！"

雨鹃直直地挺着背脊，大声地说："我们不干了！"

"好啊！不干就不干，谁怕谁啊？"金银花叫着，"是谁说要救妹妹，什么苦都吃，什么气都受！如果你们真是金枝玉叶，就不要出来抛头露面！早就跟你们说得清清楚楚，待月楼是大家喝酒找乐子的地方，你们不能给大家乐子，你要干我还不要你干呢！"她重重地一拍桌子，"要不要干？你说清楚！不干，马上走路！我那个小屋，你们也别住了！"

"我……我……我……"雨鹃想到生活问题，想到种种困难，强硬不起来了。

"你，你，你怎样？你说呀！"金银花大声逼问。

雨鹃咬紧牙关，拼命吸气，睁大眼睛，气得眼睛里冒火，却答不出话来。

站在门口的云飞，实在看不过去了，和阿超急急走了进来。

"金银花姑娘……"

金银花回头对云飞一凶。

"本姑娘的名字，不是给你叫的！我在和我待月楼的人说话，请你不要插嘴！就算你身边有个会功夫的小子，也吓唬不着我！"

雨凤正低头饮泣，听到云飞的声音，慌忙抬起头来。带泪的眸子对云飞一转，云飞心中顿时一紧。

金银花指着雨凤。

"你哭什么？这样一点点小事你就掉眼泪，你还能在江湖上混吗？这碗饭你要吃下去，多少委屈都得往肚子里咽！这么没出息，算我金银花把你们两个看走眼了！"

雨凤迅速地拭去泪痕，走到金银花面前，对她低声下气地说："金大姐，你别生气，我知道，你是一片好心，收留了我们，我们不是不知道感恩，实在是因为不会喝酒，也从来没有应酬过客人，所以弄得乱七八糟！我也明白，刚刚在前面，你用尽心机帮我们解围，谢谢你，金大姐！你别跟我们计较，这碗饭，我们还是要吃的！以后……"

云飞忍无可忍，接口说："以后，表演就是表演！待月楼如果要找陪酒的姑娘，桐城多得是！如果是个有格调的酒楼，就不要做没有格调的事！如果是个有义气的江湖女子，就不要欺负两个走投无路的人……"

云飞的话没有说完，金银花已经大怒，冲过去，指着他的鼻子骂："你是哪棵葱？哪头蒜？我们待月楼不是你家的后花园，让你这样随随便便地穿进穿出！你以为你花得起大钱，我就会让你三分吗？门都没有！"一拍手喊，"来人呀！"

阿超急忙站出来。

"大家有话好说！有话好说！"

金银花一瞪阿超。

"有什么话好说？我管我手下的人，关你们什么事？要你们来打抱不平？"

雨凤见云飞无端卷进这场争执，急坏了，忙对云飞哀求地说："苏先生，请你回到前面去，不要管我们姐妹的事，金大姐的教训都是对的，今晚，是我们的错！"

云飞凝视雨凤，忍了忍气，大步向前，对金银花一抱拳。

"金银花姑娘，这待月楼在桐城已经有五年的历史，虽然一直有戏班子表演，有唱曲的姑娘，有卖艺走江湖的人出出入入，可是，却是正正派派的餐厅，是一个高贵的地方，也是桐城知名人士聚会和宴客的场所。这样的场所，不要把它糟蹋了！姑娘您的大名，也是人人知道的，前任县长，还给了你一个'江湖奇女子'的外号，不知是不是？"

金银花一听，对方把自己的来龙去脉，全弄清楚了，口气不凡，出手阔绰。在惊奇之余，就有一些忌惮了，打量云飞，问："你贵姓？"

阿超抢着回答："我们少爷姓苏！"

金银花皱皱眉头，苦苦思索，想不出桐城有什么姓苏的大户，一时之间，完全摸不清云飞的底细。

云飞就对金银花微微一笑，不卑不亢地说："不用研究我是谁，我只是一个默默无名的人，和你金银花不一样。我知道我今晚实在冒昧，可是，萧家姐妹和我有些渊源，我管定了她们的事！我相信你收留她们，出自好意，你的侠义和豪放尽人皆知。那么，就请好人做到底，多多照顾她们了！"

金银花不能不对云飞深深打量。

"说得好，苏先生！"她眼珠一转，脸色立刻改变，嫣然一笑，满面春风地说，"算了算了！算我栽在这两个丫头手上了！既然有苏先生出面帮着她们，我还敢教训她们吗？不过呢……酒楼就是酒楼，不管是多么高尚的地方，三教九流，可什么样的人都有！她们两个又是人见人爱，如果她们自己不学几招，只怕我也照顾不了呢！"

雨凤急忙对金银花点头，说："我们知道了！我们会学，会学！以后，不会让你没面子了！"

"知道就好！现在打起精神来，准备下面一场吧！"她看雨凤，"给我唱得带劲一点，别把眼泪带出去！知道吗？干我们这一行，眼泪只能往肚子里咽，不能给别人看到的！"

雨凤听着，心中震动。是啊，已经走到这一步，打落牙齿也要和血吞。欢笑是带给客人的，眼泪是留给自己的；当下就擦干眼泪，心悦诚服地说："是！"

金银花走到雨鹃身边，在她肩上敲了一下。

"你这个毛躁脾气，跟我当年一模一样，给你一句话，以后不要轻易说'我不干了'，除非你已经把所有的退路都想好了！"

雨鹃也震动了，对金银花不能不服，低低地说："是！"

金银花再对云飞一笑。

"外面大厅见！"她转身翩然而去。

金银花一走，雨鹃就跌坐在椅子里。吐出一口长气。

"怄得我差点没吐血！这就叫作'人在屋檐下，不得不低头'！"

云飞就对姐妹二人郑重地说："我有一个提议，真的不要干了！"

"这种冲动的话，我说过一次，再也不说了！小四要上学，小五要治病，一家五口要活命，我怎样都该忍辱负重，金银花说得对，我该学习的，是如何在这种环境下生存下去！"雨鹃说。

云飞还要说话，雨凤一拦。

"请你出去吧！"她勇敢地挺着背脊，"如果你真想帮助我们，就让我们自力更生！再也不要用你的金钱来加重我们的负担了！那样，不是在帮我们，而是在害我们！"

云飞深深地看着雨凤，看到她眼里那份脆弱的高傲，就满心怜惜。虽然有一肚子的话想说，却一句都不敢再说，生怕自己说错什么，再给她另一种伤害。他只有凝视着她，眼光深深刻刻，心里凄凄凉凉。

雨凤迎视着他的眼光，读出了他所有的意思，心中怦然而动了。两人就这样默默地对视着，一任彼此的眼光，交换着语言无法交换的千言万语。

这天，小五出院了。

云飞驾来马车接小五出院，萧家五姐弟全体出动，七个人浩浩荡荡，把小五接到了四合院。马车停在门口，雨凤、雨鹃、小三、小四鱼贯下车，个个眉开眼笑。云飞抱着小五最后一个下车。

小五高兴地喊着："不用抱我，我自己会走，我已经完全好了呀！"说着，就跳下地，四面张望，"我们搬到城里来住了呀！"

云飞和阿超忙着把小五住院时的用具搬下车，一件件拎进房里去。

云飞看着那简陋的小屋，惊讶地说："这么小，五个人住得下吗？"

雨鹃一边把东西搬进去，一边对云飞说："大少爷！你省省吧！自从寄傲山庄烧掉以后，对我们而言，只要有个屋顶，可以遮风遮雨，可以让我们五个人住在一起，就是天堂了！哪能用你大少爷的标准来衡量呢！"

云飞被雨鹃堵住了口，一时之间，无言以对。只能用一种怆恻的目光，打量着这两间小屋。想不出自己可以帮什么忙。

小五兴奋得不得了，跑出跑进的，欢喜地嚷着："我再也不要住医院了！这儿好！晚上，我们又可以挤在一张大床上说故事了！"她爬上床去滚了滚，喊，"大姐，今天晚上，你说爹和娘的故事给我听好不好……"忽然怔住，四面张望，"爹呢？爹住哪一间？"

雨凤、雨鹃、小三、小四全体一怔，神情都紧张起来。小五在失火那晚，被烧得昏昏沉沉，始终不知道鸣远已经死了，住院这些日子，大家也刻意瞒着。现在，小五一找爹，姐弟几个全都心慌意乱了。

"小五……"雨凤凄然地喊，说不出口。

小五看着雨凤，眼光好可怜。

"我好久好久都没有看到爹了，他不到医院里来看我，也不接我回家……他不喜欢我了吗？"

云飞、阿超站在屋里，不知道该怎么帮忙，非常难过地听着。

小五忽然伤心起来，撇了撇嘴角，快哭了。

"大姐，我要爹！"

雨凤痛苦地吸口气："爹……他在忙，他走不开……他……"声音哽着，说不下去了。

"为什么爹一直都在忙？他不要我们了吗？"小五抽噎着。

雨鹃眼泪一掉，扑过去紧紧地抱住小五，喊了出来："小五！我没有办法再瞒你了……"

"不要说……不要说……"雨凤紧张地喊。

雨鹃已经冲口而出了："我们没有爹了，小五，我们的爹，已经死了！"

小五怔着，小脸上布满了迷惑。

"爹死了？什么叫爹死了？"

"死了就是永远离开我们了，埋在地底下，像娘一样！不会再跟我们住在一起了！"雨鹃含泪说。

小五明白了，和娘一样，那就是死了，就是永远不见了。她小声地、不相信地重复着："爹……死了？爹……死了？"

雨鹃大声喊着："是的！是的！爹死了，失火那一天，爹就死了！"

爹死了，和娘一样，以后就没有爹了。这个意思就是，再也没有人把她扛在肩膀上，出去牧羊了。再也没有人为她削了竹子，做成笛子，教她吹奏。再也没有人高举着她的身子，大喊："我的小宝贝！"再也没有了。小五张着口，睁大眼睛，呆呆地不说话了。

雨凤害怕，扑过去摇着小五。

"小五！小五！你看着我！"

小五的眼光定定的，不看雨凤。

小三、小四全都扑到床边去，看着愣愣的小五。

"小五！小五！小五……"大家七嘴八舌地喊着。

雨凤摇着小五，喊："小五！没有了爹娘，你还有我们啊！"

"小五！"雨鹃用双手稳住她的身子，"以后我是你爹，雨凤是你娘，我们会照顾你一辈子！你说话，不要吓我啊！我实在没办法再骗你了！"

小五怔了好半天，才抬头看着哥哥姐姐们。

"爹……死了？那……以后，我们都见不到爹了！就像见不到娘一样……是不是？那……爹会不会再活过来？"

雨凤雨鹃难过极了，答不出话来。

小四忽然发了男孩脾气，大声地说："是的！就和见不到娘一样！我们没有爹也没有娘了！以后，你只有我们！你已经七岁了，不可以再动不动就要爹要娘的！因为，要也要不到了！爹娘死了就是死了，不会再活过来了！"

小五看看小四，又看看雨凤雨鹃，声音里竟然有着安慰。

"那……以后，娘不是一个人睡在地下了，有爹陪她了，是不是？"

"是，是，是！"雨凤一迭连声地说。

小五用手背擦了擦滚出的泪珠，点头说："我们有五个人，不怕。娘只有一个人，爹去陪她，她就不怕黑了。"

雨鹃忍着泪说："是！小五，你好聪明！"

小五拼命用手擦眼泪，轻声地自语："我不哭，我不哭……让爹去陪娘，我不哭！"

小五不哭，雨凤可再也忍不住了，伸手将小五紧紧一抱，头埋在小五怀里，失声痛哭了。雨凤一哭，小五终于哇的一声，也大哭起来。小三哪里还忍得住，扑进雨鹃怀里，也哭了。雨鹃伸手抱着姐姐妹妹，眼泪像断线的珍珠，疯狂地往下滚落。只有小四倔强地挺直背脊，努力忍着泪。阿超忍不住伸手握住他的肩。

顿时间，一屋子的哭声，哭出了五个孤儿的血泪。

云飞看着这一幕，整颗心都揪了起来，鼻子里酸酸的，眼睛里湿湿的。死，就是永远的离别，是永远无法挽回的悲剧，没有人比他更了解其中的痛。怎么会这样呢？除了上苍，谁有权力夺走一条生命？谁有权力制造这种生离死别？他在恻恻之余，那种"罪恶感"就把他牢牢地绑住了。

云翔对萧家五姐弟的下落一无所知，他根本不关心这个，他关心的，是溪口那块地，是他念兹在兹的纺织厂。这天，当祖望把全家叫来，正式宣布，溪口的地，给了云飞。云翔就大吃一惊，暴跳如雷了。

"什么？爹？你把溪口那块地给了云飞？这是什么意思？"

祖望郑重地说："对！我今天让大家都来，就是要对每个人说清楚！我不希望家里一天到晚有战争，更不希望你们兄弟两个吵来吵去！我已经决定了，溪口交给云飞处理，不只溪口，钱庄的事，也都陆续移交给云飞！其余的，都给云翔管！"

云翔气急败坏，喊着："交给云飞是什么意思？爹，你在为我们分家吗？"

"不是！只要我活着一天，这个家是不许拆散的！我会看着你们兄弟两个，如何去经营展家的事业！纪总管会很公正地协助你们！"他走上前去，忽然很感性地伸出手去，一手握云飞，一手握云翔，恳切地说，"你们两个，都是我的儿子，是我今生最大的牵挂和安慰。你们是兄弟，不是世仇啊！为什么你们不肯像别家兄弟姐妹一样，同心协力呢！"

云飞见父亲说得沉痛，这是以前很少见到的，心里一感动，就诚挚地接口："我从来没有把云翔当成敌人，但是，他却一直把我当成敌人！我和云翔之间真正的问题，是在于我们两个做人处世的方法完全不同！

假若云翔能够了解自己做了多少错事，大彻大悟，痛改前非的话，我很愿意和他化敌为友！我从来没有忘记过他是我的弟弟，因为这已经成为我最深刻的痛苦！"

云翔被云飞这篇话气得快要爆炸了，挣开祖望的手，指着云飞大骂："你这说的是什么话？简直莫名其妙！什么大彻大悟，痛改前非？我有什么错？我有什么非？我有什么需要改善的地方？"

"你说这些话，就证明你完全不可救药了！"

云翔冲过去，一把抓住他胸前的衣服。

"你这个奸贼！在爹面前拼命扮好人，好像你自己多么善良，多么清高，实际上，你却用阴谋手段抢夺我的东西！你好阴险！你好恶毒……"说着，一拳就对云飞挥去。

云飞挨了一拳，站立不稳，摔倒在茶几上，茶几上的花瓶跌下，打碎了。

梦娴、齐妈、天虹全都扑过去搀扶云飞。天虹已经到了云飞身边，才突然醒觉，仓皇后退。

梦娴和齐妈扶起云飞，梦娴着急地喊："云飞！云飞！你怎样？"

云飞站起身，被打得头昏脑涨。

云翔见天虹的"仓皇"，更是怒不可遏，扑上去又去抓云飞，还要打。

天尧和纪总管飞奔上前，一左一右拉住他，死命扣住他的手臂，不许他动弹。

"有话好说，千万不要动手！"纪总管急促地劝着。

祖望气坏了，瞪着云翔。

"云翔！你疯了吗？你到底是怎么回事？吃错了药还是被鬼附身了？

对于你的亲兄弟，你都可以说翻脸就翻脸，说动手就动手，对于外人，你是不是更加无情了？怪不得大家叫你展夜枭！你真的连亲人的肉都要吃吗？"

云翔一听，更加暴跳如雷，手不能动，就拼命去踢云飞，涨红了脸怒叫："我就知道，你这个浑蛋，你这个小人，你去告诉爹，什么夜枭不夜枭，我看，这个'夜枭'根本就是你编派给我的，只有你这种伪君子，才会编出这种词来……"他用力一挣，纪总管拉不住，给他挣开，他就又整个人扑过去，挥拳再打，"从你回来第一天，我就想揍你了，现在阿超不在，你有种就跟我对打！"

云飞一连挨了好几下。一面闪躲，一面喊："我从没有在爹面前，提过'夜枭'两个字，你这个绰号由来已久，和我有什么关系？停止！不要这样……"

"我不停止！我不停止……"

"云翔！"祖望大叫，"你再动一下手，我就不认你这个儿子，我说到做到，我把所有的财产全体交给云飞……"

品慧见情势已经大大不利，就呼天抢地地奔上前。

"儿子啊，你忍一忍吧！你明知道老爷子现在心里只有老大，你何必拿脑袋瓜子去撞这钉子门？天不怪，地不怪，都怪你娘不好，不是出自名门……我们母子才会给人这样欺负，这样看不起呀……"

品慧一边哭，一边说，一边去拉云翔，孰料，云翔正在暴怒挥拳，竟然一拳打中了品慧的下巴，品慧尖叫一声跌下去，这下眼泪是真的流下。

"哎哟！哎哟！"

云翔见打到了娘，着急起来。

"娘！你怎样……打到哪里了？"

"我的鼻子歪了，下巴脱臼了，牙齿掉了……"品慧哼哼着。

天虹急忙过来扶住她，看了看，安慰着："没有，娘！牙齿没掉，鼻子也好端端的，能说话，大概下巴也没脱臼！"

品慧伸手死命地掐了天虹一下，咬牙。

"这会儿，你倒变成大夫啦，能说能唱啦！"

天虹痛得直吸气，却咬牙忍受着。

这样一闹，客厅里已经乱七八糟，花瓶茶杯碎了一地。

祖望看着大家，痛心疾首地说："我真不知道，我是造了什么孽，会弄得一个家不像家，兄弟不像兄弟！云翔，看到你这样，我实在太痛心了！你难道不明白，我一直多么宠你！不要逼得我后悔，逼得我无法宠你，逼得我在你们兄弟之中只选一个，好不好？"

云翔怔住，这几句话倒听进去了。祖望继续对他说："我会把溪口给云飞，是因为云飞说服了我，我们不需要纺织厂，毕竟，我们是个北方的小城，不产蚕丝，不产桑麻，如果要开纺织厂，会投资很多钱，却不见得能收回！"

"可是，这个提议，原来根本是云飞的！"云翔气呼呼地说。

"那时我太年轻，不够成熟！做了一大堆不切实际的计划。"云飞说。

云翔的火气又往上冲，就想再冲上去打人，纪总管拼命拉住他，对祖望说："那么，这个纺织厂的事，就暂时作罢了？"

"对！"

"我赞成！这是明智之举，确实，我们真要弄一个纺织厂，会劳师动众，搞不好就血本无归！这样，大家都可以轻松很多了！"

云翔怒瞪纪总管，纪总管只当看不见。祖望就做了结论："好了，现在，一切就这么决定，大家都不许再吵。"他瞪了云翔一眼，"还不扶你娘去擦擦药！"再看大家，"各人干各人的活儿去吧！"

云翔气得脸红脖子粗，一时之间却无可奈何，狠狠地瞪了云飞一眼，扶着品慧悻悻然走了。

云飞回到了自己房间，梦娴就拉着他着急地喊："齐妈，给他解开衣服看看，到底打伤了什么地方，以后，就算老爷叫去说话，也得让阿超跟着，免得吃亏！"

齐妈过来就解云飞的衣服："是！大少爷，让我看看……"

云飞慌忙躲开。

"我没事，真的没事！出去这几年，身子倒比以前结实多了。"

"再怎么结实，也禁不起这样拳打脚踢呀！你怎么不还手呢？如果他再多打几下，岂不是要伤筋动骨吗？"梦娴心痛得不知道怎么办才好。

"打架这玩意，我到现在还没学会！"云飞说着，就抬眼看着梦娴，关心地问，"娘，您的身体怎样？最近胃口好不好？我上次拿回来的灵芝，你有没有每天都吃呀？"

"有有有！齐妈天天盯着我吃，不吃都不行！"梦娴看着他，心中欢喜，"说也奇怪，在你回来之前，我的身体真的很不好，有一阵，我想我大概没办法活着见你了，可是，自从你回来之后，我觉得我一天比一天好，真的是人逢喜事精神爽，没错！"

"我真应该早些回来的，就是为了不要面对云翔这种火暴脾气，落个兄弟争产的情形，结果，还是逃不掉……"

梦娴伸手握住他。

"我知道，你留下来，实在是为难你了！但是，你看，现在你爹也明白过来了，总算能够公平地处理事情了，你还是没有白留，对不对？"

"我留下，能够帮你治病，我才是没有白留！"云飞看着她。

"如果你再帮我做件事，我一定百病全消，可以长命百岁！"梦娴笑了。

"是什么？"

"我说了你不要生气！"

"你说！"

"为我，娶个媳妇吧！"

云飞一怔，立刻出起神来。

齐妈忽然想起什么，走了过来。对云飞说："大少爷，你上次要我帮你做的那个小……"

云飞急忙把一根手指放在唇上，做眼色。

"嘘！"

齐妈识相地住口，却忍不住要笑。梦娴奇怪地看着二人。

"你们有什么秘密，瞒着我吗？"

"没有没有，只是……我认识了一个小姑娘，想送她一件东西，请齐妈帮个忙！"云飞慌忙回答。

"啊！姑娘！"梦娴兴奋起来，马上追问，"哪家的姑娘？多大岁数？"

"哪家的先别提了，反正你们也不认识。岁数嘛，好像刚满七岁！"

"七岁？"梦娴一怔。

齐妈忍不住开口了："我听阿超说，那个七岁的小姑娘，有个姐姐十九岁，还有一个姐姐十八岁！"

云飞跳了起来。

"这个阿超，简直出卖我！八字没一撇，你们最好不要胡思乱想！"

梦娴和齐妈相对注视，笑意，就在两个女人的脸上漾开了。

云翔也回到了他的卧室里。他气冲冲地在室内兜着圈子，像一只受了伤的、陷在笼子里的困兽，阴鸷、郁怒，而且蓄势待发。天虹看着他这种神色，就知道他正在"危险时刻"。可是，她却不能不面对他。她端了一碗人参汤，小心翼翼地捧到他面前。

"这是你的人参汤，刚刚去厨房帮你煮好，趁热喝了吧！"

云翔瞪着她，手一挥，人参汤飞了出去，落地打碎，一碗热汤全泼在她手上，她甩着手，痛得跳脚。他凝视她，阴郁地问："烫着了吗？"

她点点头。

"过来，给我看看！"他的声音，温柔得好奇怪。

"没有什么，不用看了！"她的身子往后急急一退。

"过来！"他继续温柔地喊。

"不！"

"我叫你过来！"他提高了声音。

她躲在墙边，摇头。

"我不！"

"你怕我吗？你以为我要对你做什么？"

"我不知道你要对我做什么，但是，我知道你恨我，我知道你现在一肚子气没地方出，我也知道，我现在是你唯一发泄的对象……我宁愿离你远一点！"

他阴沉地盯着她："你认为你躲在那墙边上，我拿你就没办法了吗？"

"我知道你随时可以整我，我知道我无处可躲……"她悲哀地说。

"那么，你缩在那儿做什么？希望我的腿忽然麻木，走不过去吗？"

她低头，看着自己被烫红的手，不说话。他仍然很温柔。

"过来！不要考验我的耐性，我只是想看看你烫伤了没有。"

她好无奈，慢慢走了过去。

他很温柔地拉起她的手，看着被烫的地方，慢悠悠地说："好漂亮的手，好细致的皮肤！还记得那年，爹从南边运来一箱菱角，大家都没吃过，抢着吃。你整个下午，坐在亭子里剥菱角，白白的手，细细的手指，剥到指甲都出血，剥了一大盘，全部送去给云飞吃！"

她咽了口气，低着头，一语不发。

他忽然拿起她的手来，把自己的唇，紧紧地压在她烫伤的地方。

她一惊，整个身体都痉挛了一下，他这个动作，似乎比骂她打她更让她难过。他没有忽略她的痉挛。放开了她的手，他用双手捧起她的脸庞，盯着她的眼睛，幽幽地问："告诉我，他到底有什么魔力，让你这样爱他？"

她被动地仰着头，看着他，默然不语。

"告诉我，我真的很想知道！如果我知道了，大概也就明白爹为什么会被他收服？"他用大拇指摸着她的面颊，"你在他头顶看到光圈吗？你迷恋他哪一点？"

她咬紧牙关，不说话。

他的声音依然是很轻柔的。

"最奇怪的，是他从来不在你身上用功夫，他有映华，等到映华死了，他还是凭吊他的映华，他根本不在乎你！而你，却是这样死心塌地的对他，为什么？告诉我！"

她想转开头，但是，他把她捧得紧紧的，她完全动弹不得。

"说话！你知道我受不了别人不理我！"

天虹无奈已极，轻声地说："你饶了我吧，好不好？我已经嫁给你了，你还在清算我十四岁的行为……"

他猛地一愣。

"十四岁？"骤然想起，"对了，剥菱角那年，你只有十四岁！难得你记得这么清楚！"

云翔一咬牙，将她的身子整个拉起来，用力地吻住了她的唇。他的脸色苍白，眼里燃烧着妒意，此时此刻的他其实是非常脆弱的。他弄不明白，为什么云飞一走四年，仍然活在每一个人心里，他用了全副精力还是敌不过那个对手！他有恨，有气，有失落……天虹，你的心去想他吧！你的人却是我的！他的吻，粗暴而强烈。

天虹被动地让他吻着，眼里，只有深刻的悲哀和无奈。

苍
天
有
泪

柒

SEVEN

云飞睁大眼睛，看着这样热情的雨凤，所有的勇气全体飞了。

"雨凤啊……我的心，真的是天知地知！"

云飞和阿超成了雨凤那个小院的常客。小三、小四、小五和这两个大哥哥，也建立起一份深深的感情。他们永远忘不掉落水那一幕，在三个孩子心中，云飞和阿超简直是两个英雄人物。自从失去了父亲，他们更把那份空虚下来的亲情，一股脑儿倾倒在云飞和阿超身上，对他们两个不只崇拜，还有依恋。他们两个也千方百计地照顾着三个孩子，雨凤和雨鹃看在眼里，感动在心里，根本没有丝毫怀疑这两个人的身份和来历。

这天，阿超背上背着弓箭，把一个箭靶搬进四合院的院子中。云飞跟在他身后，把手藏在背后，笑吟吟地走了进来。阿超就一迭连声地喊："小四！快来！我说今天要教你射箭，我把弓箭和箭靶都带来啦！"

阿超这一喊，小三、小四、小五全都奔进院中。小四兴奋得不得了，一直问："这个小院够不够长？我相信我可以射得很远！"

小三也兴致冲冲。

"我可不可以也试试？"

"哪有大姑娘练习射箭的？你别跟我抢！"小四叫着。

小五也去凑热闹："我也要试试！"

阿超好忙，一面摆箭靶，一面量距离，一面拿弓箭，一面喊着："不要忙！每一个人都可以试！好了，箭靶放在这儿，我们退后，先不要太远，如果射中了红心，我们再慢慢加长距离！"

"我第一个来，你们排队！"小四喊。

阿超带着小四射箭，两个女孩抻长脖子看。阿超握着小四的手，教着。

"脚底下要稳，这样，跨个骑马步，弓要拉得越满越好，瞄准是射箭最重要的事，这样瞄准，心里不要想别的事，一定要专心……"

房间门口，雨鹃走了过来，笑嘻嘻地伸头一看，就回头对雨凤说："你的苏公子又来报到了！他真是风雨无阻！这次是带了箭靶和弓箭来……花招还真不少！"

雨凤也伸头看看，心里涨满了喜悦，却故作不在乎的样子，说："都是小四，一天到晚缠着阿超教他武功，下个月就要去学校念书了，现在还没收心！"

雨鹃突然收住了笑。

"学功夫是一定要学的，小四和我一样，没有片刻忘记过我们身上的血海深仇，虽然现在学功夫，用得着的时候不知道是哪年哪月，但总比根本不学好！"

雨凤愣了愣。

"你跟他谈过报仇的事吗？"

"是！他是家里唯一的男孩子，我时时刻刻提醒他，他也时时刻刻提醒我！"

雨凤看着坚定的雨鹃，想着身上的血海深仇，谈到"报仇"，谈何容易！但是，雨鹃那颗报仇的心，那么强烈。把这种仇恨教育灌输给幼小的小四，是对还是不对呢？她有些困惑，就出起神来。

院中，小五一直够不着弓箭，急得不得了。

"轮到我没有？是不是轮到我了？"

云飞走到箭靶处，扶着箭靶，对阿超笑着说："阿超，你把着小五的手，让她放一箭试试！"

阿超就很有默契地说："好！小五！来，我们来射箭！"

小五兴奋得不得了，小手拉着弓，拼命使力。

阿超蹲着身子，扶着小五的手，"咻"的一箭射往箭靶。

云飞忽然惊叫："哎哟，哎哟，小五！你射到什么了？"

三个孩子全抻长脖子看。

"是什么？是什么？"小五问。

云飞举起一个小兔子。长得和烧掉的那个几乎一模一样。云飞就故作惊讶地喊："你差点射到一只小兔子！还好，它跳得快，跳到我手里来了！才没给你射伤！"

小五眼睛闪亮，几乎不能呼吸了，直奔过去，嘴里尖声喊着："小兔儿！我的小兔儿！"

云飞不想骗她，解释着："这个小兔儿虽然跟你那个不完全一样，但是，它们是一家人，你那个是姐姐，这个是妹妹！"

小五抓住小兔子看了看，移情作用就完全发挥了，飞快地摇头。

"不不！它就是我原来那个，它洗了澡，变得比较干净了！它就是我的小兔儿！"说着，就死命抱着小兔子，脸孔涨得红红的，飞奔进房，嘴里上气不接下气地喊："大姐！二姐！我的小兔儿回家了，它没有烧死，它在这儿……慕白大哥把它给我找回来了！"

雨凤雨鹃接住奔过来的小五。

"慢慢说！慢慢说！别摔了！"雨凤连忙喊。

"真的是你那个小兔儿呀？"雨鹃惊奇地看看小兔子。

雨凤站起身，不敢相信地看着云飞。

"你怎么做到的？你会变魔术吗？"她问。

云飞凝视着她，看到小五不注意，就低低说："这当然不是原来那一个，我在寄傲山庄的废墟捡到那个残缺的小兔子，回家央求我的老奶妈，帮我照样重新做的！"

雨凤太震动了，也太感动了，定睛注视云飞。

"你……你居然这样做！你知道这个小兔儿在她心中的分量，你……你这么有心，我简直不知道该怎样谢你。"

云飞心中一动，话里有话。

"不要谢我，我只希望有一天，你会了解我，不会怪我……"

雨鹃看看他们，伸手拉住小五，说："小五！我们出去看射箭，这房间真的太小了，挤不下我们两个了！"

小五兴奋地跑到院子里，向每一个人展示她的小兔儿。雨鹃走过去，跟三个弟妹笑着咬耳朵，大家一阵叽叽咕咕。

房中，雨凤和云飞相对注视，含情脉脉。

小五忽然在院中喊："慕白大哥，我昨天学了一个歌谣，我要念给你听！"

"我们一起念给你听！"小三说。

于是，小三、小四、小五同声念："苏相公，骑白马，一骑骑到丈人家，大姨子扯，二姨子拉，拉拉扯扯忙坐下，风吹帘，看见了她，白白的牙儿黑头发，歪歪地戴朵玫瑰花，罢罢罢，回家卖田卖地，娶了她吧！"

三个孩子念完，相视大笑，阿超和雨鹃也跟着笑。

云飞转头看雨凤，她的脸孔发红，眼睛闪亮。和云飞眼光一接触，她那长长的睫毛，立刻垂了下来，遮住了那对剪水瞳。这种"欲语还休"的神情，就让云飞整颗心都颤动起来，他情不自禁地悄悄伸手，去紧紧握住雨凤的手，雨凤缩了缩，终究让云飞握住，脸孔红得像天空的彩霞。

　　从这一天开始，云飞就常常带着雨凤姐弟，驾着马车出游了。

　　他们去了鸣远的墓地，祭拜父母。云飞也像雨凤一样，燃了香，对着鸣远夫妻的坟墓虔诚祝祷。他的神情那么真挚，眼神那么专注，好像有千言万语要对鸣远诉说。这种虔诚，使萧家五姐弟更加感动了。

　　他们也去探望了杜爷爷、杜奶奶。两位老人家看到小五已经活蹦乱跳，高兴得合不拢嘴。看到姐弟几个衣饰鲜明，知道雨凤雨鹃已经找到工作，直说是"老天有眼"。当雨凤姐妹拿出钱袋，要还钱的时候，杜爷爷才眉开眼笑地看着云飞说："人家苏先生，早就帮你们还给我了！"就对云飞打躬作揖，"你送那么多钱来，我实在过意不去呀！"

　　雨凤惊愕地看云飞。

　　"还有什么事，是你没有代我们想到的？"

　　云飞定定地看着雨凤，默然不语。

　　他们也一起去郊外野餐，放风筝。风筝是阿超做的，又大又轻，可以放得好高。小三、小四、小五，三个孩子难得有娱乐，抢成一团。雨鹃不甘寂寞，也跟着几个弟妹抢风筝，嘴里大喊着："我来放！我来放！你们的技术太差了！"

　　"阿超！给我！给我！"小四叫。

　　"给我！给我！"小三叫。

　　风筝在天空飘飘荡荡，大家都飞奔过去抢线团，不知怎的竟跑着撞成一堆，笑着全体滚倒在草地上，风筝断了线，随风飞去，越飞越远。小五仰头看着风筝，对着风筝大叫："风筝！回来呀……回来呀……"

雨鹃、阿超、小三、小四全笑成一团。

雨凤被这样的画面深深感动了，抬头看着云飞，充满感情地说："我觉得，我家失去的欢笑，又都慢慢地回来了！这些，都是你带给我们的！你千方百计地帮助我们，带我们出来玩，让我们忘记悲哀，我真的好感激！"

云飞听着这些话，心中波涛汹涌。许多秘密，无法开口，只是深深地、深深地看着她，恨不得把几千几万种心事，全部借一个注视说清楚。这样热烈的、深刻的眼光，里面又是柔情，又是歉疚，又是心痛，又是怜惜，还有深深切切的祈谅……这么复杂的眼光，像千丝万缕，像蚕儿作茧，就把雨凤密密地缠绕住了。

这天，他们回到溪口，重新来到瀑布下面，在这儿，他们第一次相遇。也是那天，寄傲山庄毁了，鸣远死了，他们五姐弟就告别了这个天堂。旧地重游，大家心里都有许许多多的回忆，不知是喜是悲。

落日的光芒洒在溪水上，闪耀着点点金光。

阿超、雨鹃带着小三、小四、小五故意走到溪水的下游去玩儿，把雨凤和云飞远远地抛在后面。

旧地重游，三个孩子有许多话要告诉雨鹃。小四指手画脚，讲当日落水时阿超和云飞如何相救。几个人在水边指指说说，越走越远。终于走得不见踪影了。

水边，剩下云飞和雨凤。

云飞动情地看着雨凤，落日的光芒，染在她的眉尖眼底，她脸上挂着彩霞，眼里映着彩霞，唇边漾着彩霞，整个人像一朵灿烂的彩霞。他面对着这份灿烂，觉得自己也化为轻烟轻雾，不知身之所在了。

"我永远无法忘记，我们第一次相见的那一幕！我还记得，那时你唱了一首歌，歌词里有好多个'问云儿'。"他说。

雨凤就轻轻地唱起来："问云儿，你为何流浪？问云儿，你为何飘荡？问云儿，你来自何处？问云儿，你去向何方……"她注视着云飞，"是不是这首？"

云飞盯着她，为之神往。

"是的……我好喜欢，我要告诉你一件事，我……"他鼓起勇气，脱口而出，"我还有一个名字，叫……'云飞'！"

雨凤完全没有疑虑，那个时代，每个人都有字有号有别名。她的心，就算纤细如发，也没有任何一丝丝，会把他和展家联想到一起。她坦荡荡地瞅着他。

"这么巧！是你的字？还是你的号？"就抛开了这个问题，两眼亮晶晶的，看进他的眼睛深处去，"你知道吗？那天，我正在唱歌，忽然听到马嘶，然后，我一抬头，就看到你骑着一匹马停在我面前，你盯着我，像是天神下凡……我没想到，你真的是我命中的天神……"这个表白，使她自己震动了，一阵害羞，说不下去了。

云飞太震动了，也太激动了，这是第一次，听到雨凤这么坦白地流露出真情。他的心就像鼓满风的帆船，一直驶进她心灵深处去了。他的眼光缠在她的脸上，再也移不开了！雨凤啊雨凤，从今以后，你是我生活的目的，生命的主题！他心中辗转地低语，刚刚鼓起的勇气已经消失，现在只有汹涌澎湃的热情翻翻滚滚而来，不可遏止。他低低地、眩惑地说："你不明白，你才是我命中的天神，注定要改变我一生的命运。我好害怕……我会抓不住你……"

雨凤扬着睫毛，眼光如水如酒，淹没着他。她轻轻地，吐气如兰："怎么会呢？你已经抓住我了……抓得牢牢的了……"

云飞再也无法克制自己，将她拉进怀中，他的唇，就忘形地印在她的唇上了。

溪水潺潺，鸟声啾啾，大地在为他们两个奏着乐章。落日将沉，彩霞满天，天空在为他们绘着彩绘。雨凤醉倒在云飞的怀里，此时此刻，世界是那么美好，所有的哀愁仇恨都离她远去。她什么都不想，心里只是单纯而虔诚地，一遍一遍低呼着他的名字，慕白，慕白，慕白！

云飞和雨凤这样的进展，当然瞒不过情同手足的阿超。阿超看他每天兴奋地为萧家做这做那，心里实在有些着急。这个"苏相公"，如果再不说明真相，恐怕就要变成"输相公"了。

这天，是小四第一天上学，两人准备了好多东西，一早就送到萧家小院来。在路上，阿超就一直看云飞，看来看去，终于忍不住，问："你预备什么时候才向人家坦白呀？"

云飞怔了怔，一脸的痛苦。

"我好几次都准备说，话到嘴边又咽下去了！我也知道不能再拖了，可是，心里总是毛毛的，就怕一说出口，就什么都完了！"

"但是，你不能一直这样骗下去。以前仗着四年没回来，认识我们的人不多，但是，现在大家都知道你回来了！待月楼里也有人在谈论你了，就连金银花也在打听你的来历！你迟早是瞒不下去的，如果别人告诉了她，你就惨了！"

云飞打了个寒战，悚然而惊。

"你说得对！一定要说了！但是，她知道我的真正身份以后，会不会就此不理我呢？这个赌注太大了！我真的有点害怕！"

"你总得面对现实呀！难道要这样糊里糊涂一辈子？她都没有问过你

家里有些什么人吗？"

"问过呀！都被我糊弄过去了！"

阿超不以为然地摇摇头。

"你好冒险！我都为你捏把冷汗！"

云飞一咬牙，下定决心。

"好！我说！今天就说！"

到了萧家，小四穿了一件簇新的学校制服，站在房内，手脚都不知道如何放。雨凤、雨鹃、小三、小五围着他转，看还缺少什么。云飞笑着说："哈！赶上了！来来来，小四，我给你准备了一套文房四宝，专门上学用的，很小巧，来，带着！"

阿超取下小四的书包，云飞把文房四宝放进去。阿超又交给他一个纸口袋。

"小四，这儿还有一点零嘴，我给你弄个小口袋装着！学校里大家都会带些吃的！你没有就不好！"

云飞又关心地说："钱呢？身上有没有钱？"就去掏口袋。

小四急忙说："大姐已经给我了，有了！有了！"

阿超仔细叮咛："还有一件很重要的事，第一天上学，有时候，会碰到一些会欺负人的同学，你不要表现得很怕的样子，你要很有种的样子，我不是教了你一点拳脚吗？必要的时候，露一露给他们看看……"

"阿超，你不要教他打架啊！"雨鹃警告地喊。

"我不是教他打架，我教他防身！"阿超说着，想想，很不放心，"这样吧！我送你去学校！边走边谈！"一面回头，对云飞看了一眼，示意他"要说就快"。

云飞有一刹那的怔忡，立即心事重重起来。

小四跟着阿超走了，一群人送到小院门口，挥手道别，好像英雄远征似的。终于，小四和阿超转过路角，看不见了。

云飞和雨凤的眼光一接。他怔了片刻，说："今天阳光很好，天气不冷不热，要不要也出去走走呢？"

雨鹃笑着，把雨凤往外面一推："快去吧！家里有我，够了！别辜负人家送文房四宝，也别辜负……"抬头看天空，"这么好的太阳！"

雨凤被推得一个趔趄，云飞慌忙扶住，两人相视一笑。雨凤的笑容是灿烂的，云飞却有些心神恍惚。

然后，两人就来到附近的金蝉山，山上有个著名的观云亭。高高地在山顶上，可以看到满天的云海，和满山的苍翠。

两人依偎在亭子里，面对着层峦叠翠，雨凤满足地深呼吸了一下，说："真好！小四也顺利上学了，待月楼的工作也稳定下来了。一切都慢慢地上了轨道，生活总算可以过下去了！当初，爹临终的时候，我答应他我会照顾弟妹，现在才对自己有一点点信心。"

云飞凝视她，要说的话还没说，先就心痛起来。

"待月楼的工作，绝对不是长久之计，你心里要有些打算。那个地方，龙蛇混杂，能够早一点脱离，就该早一点脱离！"

"那个工作，是我们的经济来源，怎么能脱离呢？"

云飞一把拉住她的手，握得紧紧的。

"雨凤，让我来照顾你们，好不好？"

"这个问题，我们已经讨论过了，不要再讨论了！"雨凤脸色一正。

"不不！以前我们虽然点到过这个问题，但是，那时和你还只是普通朋友，我只怕交浅言深让你觉得冒昧，所以也不敢提出任何具体的建议。可是，现在不一样了，现在，你是我最重视最深爱的人，我不愿意你一直在待月楼唱歌，想给你和你的弟妹一份安定的生活！"

雨凤专心地倾听，眼睛深得像海，亮得像星。

云飞提了一口气，鼓足勇气，继续说："但是，在我做具体的建议或是要求以前，我还有一些……有一些事……必须……必须告诉你！"

雨凤看云飞突然吞吞吐吐起来，心里顿时被一种不安的情绪抓住了，不知道为什么，她忽然觉得好害怕好害怕，就恐惧地问："你要告诉我的事，会让我难过吗？"

云飞一震，盯着雨凤。雨凤啊雨凤，岂止让你难过，只怕会带走你所有的欢笑！他怔怔地，竟答不出话来。他的这种神情使雨凤立刻怆恻起来。

"我知道了！是你的家庭，是吧？"她幽幽地问。

云飞一个惊跳，感到天旋地转。

"你真的知道？"

雨凤看他这种表情，更加肯定了自己的想法，觉得很悲哀。

"你想，我怎么可能不知道呢？你跟我交往以来，你从不主动跟我谈你的家庭，你的父母。我偶尔问起，你也会三言两语把它带过去，你根本不愿意在我面前谈你的家庭，这是非常明显的一件事情。所以，我早就知道你有难言之隐！"

"那么，你什么都知道了？你知道，我家是……是……"云飞紧张地看她。

"我知道你家是一个有名望、有地位、有钱有势的家庭！甚至，可能是官宦之家，可能是在桐城很出名的家庭！那个家庭一定不会接受我！"

云飞一愣。

"可能？你用'可能'两个字，那么，你还是不知道！你还是没有真正知道我的出身！"他又深吸了一口气，再度提起勇气，"让我告诉你吧！我家确实很有名，在桐城确实是大名鼎鼎的家庭，不过，我和这个家庭一直是格格不入的，我希望，你对我这个人已经有相当的了解，再来评定我其他的事……"

云飞住了口，盯着她，忽然害怕起来，就把她往怀里一搂，用胳臂紧紧地圈着她，热烈地看着她。

"雨凤，先诚实地回答我一个问题，你，爱我吗？"

雨凤一瞬也不瞬地看着他，被他的欲言又止惊吓着，又被他的热情震撼着。

她突然把面颊往他肩上紧紧一靠，激动地喊着："是的！是的！是的！是的！所以……如果你要告诉我的话会让我伤心，就请你不要说！最起码现在不要！因为……我现在觉得好幸福，有你这样爱着我、保护着我、照顾着我，我真的好幸福！我所有的直觉都告诉我，你要说的话会让我难过，我不要再难过了，所以，请你不要说，不要说！"

云飞震撼住了，紧紧地搂着她，心里矛盾得一塌糊涂。

"雨凤……你这几个'是的'，让我再也义无反顾了！今生，我为你活，希望你也为我坚强！你不知道你在我心里有多大的分量，自从在水边相遇，我心里从来没有放下过你的影子！我的生命里有过生离死别，我再也不要别离！至于我的家庭……"

雨凤抬起头来，热烈地盯着他，眼里，浓情如酒。

"你一定要说，就说吧！"

云飞睁大眼睛，看着这样热情的雨凤，所有的勇气全体飞了。

"雨凤啊……我的心，真的是天知地知！"

雨凤虔诚地接口。

"还有我知!"

云飞把雨凤紧紧一抱,什么话都说不出来了。

那晚,阿超和云飞在回家的路上,阿超很沉默。

"你怎么不问我,说了还是没说?"云飞有些烦躁地问。

"那还用问吗?我看你们的样子,就知道你什么都没说!如果你说了,雨凤姑娘还会那样开心吗?我就不懂你,到底要到什么时候才说?"

"唉!你不知道有多难!"云飞叹气。

"你一向做事都好果断,这次怎么这么难呢?"

"我现在才知道,情到深处,人会变得懦弱!因为太害怕'失去'了!"

谈到"情到深处",单纯的阿超,就弄不懂了。在阿超的生命里,还没有尝过这个"情"字。他看着云飞,对于他总是为情所困,实在担心。以前,一个映华要了他半条命,这个雨凤是他的幸福还是他的灾难呢?他想着萧家的姐弟五个,想着雨鹃对展家,随时随地流露出来的"恨",就代云飞不寒而栗了。

苍天有泪

捌

EIGHT

云飞是他的"天敌",他要赢他!他要打倒他!

展云翔生存的目的,就是打倒展云飞!

云翔郁闷极了。

一连好多天，他做什么都不顺心，看到天虹就生气。

怎么也想不明白，祖望为什么会把溪口的地给了云飞？他几年的心血、一肚子计划全部泡了汤！连纪总管也见风转舵，不帮他忙，反而附和着祖望。他那一口闷气憋在心里，差点没把他憋死。他知道纪总管老谋深算，说不定是以退为进，只好放下身段低声下气去请教他。结果，纪总管给了他一大堆警告：不能欺负天虹，不能对天虹疾言厉色，不能让天虹不快乐，不能让天虹掉眼泪……如果他都能做到，才会帮他。好像天虹的眼泪是为他流的，真是搞不清楚状况！他心里怄得要命，却不得不压抑自己，一一答应。纪家父子这才答应"全力协助"。要对天虹好，但是，那个天虹就是惹他生气！

这天，云翔要出门去，走到大门口，就发现天虹和老罗在那儿好热心地布施一个来化缘的老和尚。那个和尚敲着木鱼，嘴里念念有词，天虹就忙不迭把他的布施口袋装得满满的。云翔一看就有气，冲上前去大声嚷嚷："老罗，我说过多少次了，这和尚尼姑一概不许进门！怎么又放人进来？"忍不住对天虹一瞪眼，"你闲得没事做吗？"

和尚抬眼看见云翔，居然还不逃走，反而重重敲着木鱼，嘴里喃喃地念："一花一世界，一木一菩提，回头才是岸，去去莫迟疑！"

云翔大为生气，把和尚往外推去。

"什么花花世界，不提不提！走走！你化缘也化到了，还在这里念什么经？去去！去！"

和尚一边退出门去，一边还对云翔说："阿弥陀佛，后会有期！"

云翔怒冲冲地喊："谁跟你后会有期？不要再来了，知道不知道？"

和尚被推出门外去了。

云翔还在那儿咆哮："老罗！你注意一点门户，我今天还计划要去赌个小钱，你弄个光头上门是什么意思？"

"是是是！"老罗一迭连声认错。

天虹忍不住说："一个和尚来化缘，你也可以生一场气！"

"怎么不气？什么事都不做，一天到晚'沿门托钵'，还一副很有学问的样子，说些玄之又玄的话，简直和我家老大异曲同工，我听着就有气！他们会上门，就因为你老是给钱！"

"好了好了，我不惹你！"天虹听到这也扯上云飞，匆匆就走。

云翔看着天虹的背影，真是气不打一处来，还想追上去理论。幸好，天尧正好回来，一把拉住了云翔。

"你别找天虹的麻烦了！走！有天大的新闻要告诉你！包你会吓一大跳！"

"什么事？不要故弄玄虚了！"

"故弄玄虚？"天尧把他拉到无人的角落，盯着他，"想知道云飞在做些什么吗？想知道'待月楼'的故事吗？"

云翔看着天尧的脸色，立即明白天尧已经抓到云飞的小辫子了。不知怎的，他浑身的细胞开始跳舞，整个人都陷进莫名的亢奋里。

这晚，待月楼中，依旧灯烛辉煌，高朋满座。

　　云飞和阿超也依旧坐在老位子上，一面喝酒，一面全神贯注地看着姐妹俩的表演。这天，她们唱了一首新的曲子，唱得非常热闹。

　　"你变那长安钟楼万寿钟，我变槌儿来打钟……"

　　"打一更当当叮……"

　　"打二更叮叮咚……"

　　"打三更咚咚当……"

　　"打四更当当咚……"

　　"旁人只当是打更钟，"

　　"谁知是你我钟楼两相逢！"

　　"自己打钟自己听……"

　　"自己听来自打钟……"

　　"你是那钟儿叮叮咚……"

　　"我是那槌儿咚咚当……"

　　"没有钟儿槌不响……"

　　"没有槌儿不成钟……"

　　下面，两人就合唱起来："叮叮咚来咚咚当，咚咚当来当当咚，咚咚叮叮当当当，当当叮叮咚咚咚……"越唱越快，越唱越快，一片叮叮咚咚，咚咚当当的声音，缭绕在整个大厅里。

　　观众掌声如雷，疯狂叫好。云飞和阿超也跟着拍手，叫好，完全没有注意到待月楼的门口，进来了两个新的客人！那两人戳在门口，瞪着台上，惊奇得眼珠都快掉出来了！他们不是别人，正是云翔和天尧！

　　小范发现有新客人来到，急忙迎上前去。

　　"两位先生这边请！前边已经客满了，后边挤一挤好不好？"

　　云翔兴奋极了，眼睛无法离开台上，对小范不耐地挥挥手。

"不用管我们！我们不是来吃饭的，我们是来找人的……"

又有客人到，小范赶紧去招呼，顾不得他们两个了。

云翔看着正在谢幕的雨凤和雨鹃，震惊得不得了。

"这是萧家那两个姑娘吗？"

"据我打听的结果，一点儿也不错！"

"怪不得云飞会被她们迷住！带劲！真带劲！那个扮男装的是不是那天抢我马鞭的？"

"不错，好像就是她！"

"怎么想得到，那萧老头有这样两个女儿！简直是不可思议！那么，云飞迷上的是哪一个？"

"这个，我就不清楚了！"

云翔四面张望，忽然看到云飞和阿超了。

"哈哈，这下可热闹了！我浑身的寒毛都立正了，不是想打架，是太兴奋了！"指着，"看！云飞在那儿，我们赶快凑热闹去！"

天尧拉住他。

"慢一点！让我们先观望观望再说！"

雨凤雨鹃谢完了幕，金银花对姐妹俩送去一个眼色。两姐妹便熟练地下台来，走到郑老板那桌旁。和上次的别扭已经完全不一样，雨鹃自动地倒了酒，对全桌举杯，笑吟吟地说："我干杯，你们大家随意！"她举杯干了，就对那个胖子许老板妩媚地一笑，唱到他眼前去，"前面到了一条河，漂来一对大白鹅，公的就在前面走，母的后面叫哥哥……"唱完，就腻声说，"嗯？满意了吧？这一段专门唱给你听，这声'哥哥'我可叫了，你欠我三天酒席！"她掉头看郑老板，问，"是不是？"

"是是是！"郑老板笑着，伸手拉雨鹃坐下，喜爱地看着她，再看金银花，"这丫头，简直就是一个'小金银花'，你怎么调教的？真是越来越上道了！"

"你们当心哟，这个'小金银花'有刺又有毒，如果被她伤了，可别怪我没警告你们啊！"金银花笑着说。

一桌子的人，都大笑起来。

雨凤心不在焉，一直悄眼看云飞那桌。

金银花看在眼里，就对雨凤说："雨凤，你敬大家一杯，先告退吧！去帮我招呼招呼苏先生！"

雨凤如获大赦，清脆地应着："是！"

她立刻斟满了杯子，满面春风地笑着，对全桌客人举杯。

"希望大家玩得痛快，喝得痛快，听得痛快，聊得痛快！我先走一步，等会儿再过来陪大家说话！"她一口干了杯子。

"快去快回啊，没有你，大家还真不痛快呢！"高老板说。

在大家的大笑声中，雨凤已经溜到了云飞的桌上。

雨凤坐定，云飞早已坐立不安，盯着她看，心痛得不知道如何才好。

"看你脸红红的，又被他们灌酒了吗？"他咬咬牙，"雨凤，你在这儿唱一天，我会短命一天，我就不明白，为什么你到现在还不肯接受我的安排，离开这个地方？"

"你又来了！我和雨鹃，现在已经唱出心得来了，至于那些客人，其实并不难应付，金银花教了我们一套，真的管用，只要跟他们装疯卖傻一下，就混过去了！"

"可是，我不舍得让你'装疯卖傻'，也不舍得让你'混'。"

雨凤瞅着他。

"我们不要谈这个了，好不好？再谈下去，我会伤心的。"

"伤心?"云飞一怔。

"就是我们上次在山上谈的那个问题嘛,最近,我也想了很多,我知道我像个鸵鸟,对于不敢面对的问题,就一直逃避……有时想想,真的对你什么都不知道……"

话说到这儿,忽然有一个阴影遮在他们的头顶,有个声音大声地,兴奋地接口了:"你不知道什么?我对他可是熟悉得很!你不知道的事,我全体可以帮你弄清楚!"

雨凤觉得声音好熟,猛然抬头,赫然看到云翔!那张脸孔,是她变成灰、磨成粉、化成烟也忘不掉的!是每个噩梦里一再重复出现的!她大惊失色,这个震动实在太大,手里的杯子就砰然落地,打碎了。

云飞和阿超也大惊抬头,震动的程度不比雨凤小。云飞直跳起来,脸色惨白,声音颤抖。

"云翔!是你?"

云翔看到自己引起这么大的震动,太得意了。伸手重重地拍着云飞的肩。

"怎么?看到我像看到鬼一样,你反应也太过度了吧?"他盯着雨凤,"有这样的姑娘,你怎么一个人在这儿独乐乐,也不告诉我一声,让我们兄弟众乐乐不好吗?"

雨凤面如白纸,重重地吸着气,身子摇摇欲坠,似乎快要昏倒了。

"你们认识?你们两个彼此认识……"她喃喃地说。

云翔好惊愕,接着就恍然大悟了,怪叫着说:"我就说呢,萧家的姑娘也不过如此!有点钱就什么人都跟!搞来搞去,还是落到姓展的手里!原来……"他瞪着雨凤,伸手就去抬雨凤的下巴,"你根本不知道他是谁?哈哈哈哈!太好笑了……"

阿超看到云翔居然对雨凤动手，一跃而起，伸手就掐住了云翔的脖子。

"你住口！否则我让你永远开不了口！"阿超暴怒地喊。

"你反了吗？我好歹是你的主子，你要怎样？"云翔挣扎着。

天尧过去拉住阿超的胳臂，喊着："阿超！不得无礼，这儿是公共场合啊，你这样帮不了云飞，等到老爷知道他们兄弟两个为了唱曲儿的姑娘在酒楼里大打出手，你以为老爷还会偏着云飞吗？"

雨凤越听越糊涂，眼睛越睁越大，嘴里喃喃自语："兄弟两个……兄弟两个……"

这时，整个酒楼都惊动了，大家都围过来看。有的客人认识云翔，就议论纷纷地争相走告，七嘴八舌地惊喊："是展家二少爷！这展城南，居然也到郑城北的地盘上来了！"

雨鹃早已被雨凤那桌惊动，本来以为有客人闹酒，这是稀松平常的事了。心想有云飞阿超在，雨凤吃不了亏，没有太在意。这时，听到"展家二少爷"几个字，就像有个巨雷在她面前炸开。她跳起身子，想也不想就飞快地跑了过来，一看到云翔，她的眼睛就直了。

同时，郑老板、金银花都惊愕地跑了过来，金银花一眼看到阿超对客人动粗，就尖叫着说："哎哟，阿超小兄弟，你要是喜欢打架，也得出去打！这儿是待月楼，你敢砸我的场子，得罪我的客人！以后你就不要想进待月楼的大门了！"阿超见情势不利，只得放手。

云翔咳着，指着阿超。

"咳咳……阿超！你给我记着，总有一天，我要让你连自己是怎么死的都弄不清楚！"一抬头，他接触到雨鹃那对燃烧着烈火的眸子，"哟！这不是萧家二姑娘吗？来来来！"大叫，"小二！我要跟这位姑娘喝酒！

搬凳子来，拿酒来……"

云飞睁大眼睛看着姐妹两人，一时之间百口莫辩。心里又惊又急又怒又痛，这个场面根本不是说话的场合，他急急地看雨凤。

"雨凤，我们出去说话！"

雨凤动也不动，整个人都傻了。

"出去？为什么要出去？好不容易，这哥哥弟弟姐姐妹妹全聚在一块儿了，简直是家庭大团圆，干什么还要出去谈呢？"云翔对雨凤一鞠躬，"我来跟你好好介绍一下吧！在下展云翔，和这个人……"指着云飞，"展云飞是亲兄弟，他是哥哥，我是弟弟！我们住在一个屋檐底下，共同拥有展家庞大的事业！"

客人们一阵惊叹，就有好几个人上去和云翔打招呼。云翔一面左左右右招呼着，一面回头看着雨鹃。

"来来来！让我们讲和了吧！怎样？"

雨鹃端起桌上一个酒杯，对着云翔的脸泼了过去。

云翔猝不及防，被泼了满脸满头，立刻大怒，伸手就抓雨鹃。

"你给我过来！"

雨鹃反身跑，一面跑，一面从经过的桌子上端起一碗热汤，连汤带碗砸向云翔，云翔急忙跳开，已经来不及，又弄了一身汤汤水水。这一下，云翔按捺不住了，冲上前去，再追。雨鹃一路把碗盘砸向他。

客人躲的躲，叫的叫，场面一片混乱。金银花跺脚。

"这是怎么回事！来人啊！"

待月楼的保镖冲了进来，很快地拦住了云翔。

雨鹃就跑进后台去了。

雨凤看到雨鹃进去了，这才像大梦初醒般站了起来，跟着雨鹃往后台走。云飞慌忙拦住她，祈求地喊："雨凤，我们必须谈一谈！"

雨凤站住，抬眼看云飞。眼底的沉痛和厌恶，像是一千万把冰冷的利刃，直刺他的心脏。她的声音中滴着血，恨极地说："人间，怎么会有像你们这样的魔鬼？"

云飞大震，被这样的眼光和声音打倒了，感到天崩地裂。

雨凤说完，一个转身跟着雨鹃，飞奔到后台去了。

雨鹃奔进化妆间，就神情狂乱地在梳妆台上翻翻找找，把桌上的东西推得掉了一地，她顾不着掉落的东西，打开每一张抽屉，再一阵翻箱倒柜。雨凤跑进来，看到她这样，就呆呆地站在房中睁大眼睛看着。她的神志已经被展家兄弟砍杀得七零八落，只觉得脑子里一片零乱，内心里痛入骨髓，实在顾不得雨鹃在做什么。

雨鹃找不到要找的东西，又烦躁地去翻道具箱，一些平剧用的刀枪滚了满地。

雨鹃看到有刀枪，就激动地拿拿这样，又拿拿那样，没有一样顺手。她转身向外跑，喊着："我去厨房找！"

雨凤一惊，这才如梦初醒，伸手抓住了她，颤声问："你在做什么？"

"我找刀！我去一刀杀了他！"她两眼狂热，声音激烈，"机会难得，下次再见到他，不知道又是什么时候！我去杀了他，我给他偿命，你照顾弟弟妹妹！"说完，转身就跑。

雨凤心惊肉跳，拦腰一把抱住她。

"不行！你不许去……"

雨鹃拼命挣扎。

"你放开我，我一定要杀了他！我想过几千几万次，只要被我碰到他，我就要他死！现在，他在待月楼，这是上天给我的机会，我只要一刀刺进他的心脏，就可以给爹报仇……"

"你疯了？"雨凤又急又心碎，"外面人那么多，有一半都跟展家有关系，怎么可能让你得手？就是金银花也不会让你在待月楼里杀人，你根本没有机会，一点机会都没有……"

"我要试一试，我好歹要试一试……"雨鹃哀声大喊。

雨凤心里一阵剧痛，喊着："你别试了！我已经不想活了，你得照顾弟弟妹妹……"

雨鹃这才一惊，停止挣扎，抬头看雨凤。

"你说什么？"

"我不想活了，真的不想活了……"

雨鹃跺脚。

"你不要跟我来这一套，你不想活也得活！是谁在爹临终的时候答应爹要照顾弟弟妹妹？"她吼到雨凤脸上去，"我告诉你！你连不想活的资格都没有！你少在这儿头脑不清了！报仇，是我的事！养育弟妹，是你的事！我们各人干各人的！我走了！"她挣脱雨凤，又向门口跑。

雨凤飞快地追过去，从背后紧紧地抱住她。

"我不让你去！你这样出去，除了送死，什么便宜都占不到……你疯了！"姐妹两个正在纠缠不清，金银花一掀门帘进来了。看房间里翻得乱七八糟，东西散落满地，姐妹两个还在吵来吵去，生气地大嚷："你们姐妹两个，这是在干什么？"

雨鹃喘着气，直直地看着金银花，硬邦邦地说："金大姐，对不起，我必须出去把那个王八蛋杀掉！我姐和我的弟妹托你照顾了！你的大恩大德，我来生再报！"

金银花稀奇地睁大眼睛。

"嚯！你要去把他杀掉？你以为他是白痴？站在那个大厅里等你去杀？人家早就走掉了！"

雨鹃怔住。

"走掉了？"她回头，对雨凤跺脚大喊，"都是你！你拦我做什么？难道你不想报父仇吗？难道你对他们展家动了真情，要哥哥弟弟一起保护吗……"

雨凤一听雨鹃此话，气得浑身发抖，脸色惨白，瞪着雨鹃说："你……你……你这么说，我……我……"

雨凤百口莫辩，抬头看着房中的柱子，忽然之间，一头就对柱子撞去。金银花大惊，来不及阻拦，斜刺里一个人飞蹿过来，拦在柱子前面。雨凤就一头撞在他身上，力道之猛，使两人都摔倒于地。

金银花定睛一看，和雨凤滚成一堆的是云飞。阿超接着扑进门来，急忙搀起云飞和雨凤。

云飞被撞得头昏眼花，看着这样求死的雨凤，肝胆俱裂。心里是滚锅油煎一样，急得六神无主。还来不及说什么，雨凤抬眼见到他，就更加激动，眼神狂乱地回头大喊："雨鹃，你去拿刀，我不拦你了！走了一个，还有一个，你放手干吧！"金银花忍无可忍，大喊一声："你们可不可以停止胡闹了？这儿好歹是我的地盘，是待月楼！你们要杀人要放火要发疯，到自己家里去闹，不能在我这儿闹！"

金银花一吼，姐妹俩都安静了。

云飞就上前了一步，对金银花深深一揖。

"金银花姑娘，真是对不起，今晚的一切损失，我都会负担。我和她们姐妹之间，现在有很深很深的误会，不知道可不可以让我向她们解释一下？"金银花还没有回答，雨凤就急急一退。她悲切已极、痛恨已极地看着云飞，厉声地问："我只要你回答我一句，你姓展还是姓苏？"

云飞咬咬牙，闭闭眼睛，不能不回答。

"我告诉过你，我还有一个名字叫云飞……"

雨凤凄厉地喊："展云飞，对不对？"

云飞痛楚地吸了口气。

"是的，展云飞。可是，雨凤，我骗你是因为我不得不骗你，当我知道云翔做的那些坏事以后，我实在不敢告诉你我是谁，那天在山上，我已经要说了，你又阻止了我，叫我不要说……"

雨凤悲极地用手抱着头，大叫："我不要听你，不要见你！你滚！你滚！"

金银花大步走上前去，把云飞和阿超一起往门外推去。

"对不起！她们萧家姑娘的这个闲事，我也管定了！你，我不管你是苏先生还是展先生，不管你在桐城有多大的势力，也不管你什么误会不误会，雨凤说不要听你不要见你，就请你立刻离开我们待月楼！"

云飞还要挣扎着向里面走，阿超紧紧拉住了他，对他说："我看，现在你说什么，她们都听不进去，还是先回去面对家里的问题吧！"

云飞哪里肯依，可是，金银花怒目而视，门口保镖环侍，郑老板在外面踱步。一切明摆在面前，这不是谈话的时候。他无可奈何，心乱如麻，双眼哀伤地看着雨凤，茫然失措地被阿超拉走了。

云飞和阿超一去，金银花就走到两姐妹身边，把姐妹二人一手一个地拥住。

"听我说！今天晚上，为了你们姐妹两个，我关上大门不做生意了！闹成这个样子，我都不知道我的待月楼会不会跟着你们两个遭殃！这些也就不管了，我有两句知心话跟你们说，我知道你们现在心里有多恨，可是，那展家财大势大，你们根本就斗不过！"

雨鹃激动地一抬头。

"我跟他拼命，我不怕死，他怕死！"

"你这样疯疯癫癫，能报什么仇？拼命有什么用？他真要整你，有几百种方法可以做，管保让你活不成，也死不了！"

雨鹃昏乱地嚷："那我要怎么办？"

"怎么办？不怎么办！你们对展家来说，像几只小蚂蚁，两个手指头一捏，就把你们全体捏死了！不去动你们，去动你的弟弟妹妹可以吧？"金银花耸了耸肩，"我劝你们，不要把报仇两个字挂在嘴上了，报仇，哪有那么简单！"

雨凤听到"动弟弟妹妹"，就睁大眼睛看雨鹃，眼里又是痛楚，又是恐惧。

雨鹃也毛骨悚然了。

"唱本里不是有一句话吗？君子报仇，十年不晚！真要报仇，也不急在这一时呀！"金银花又说。

雨鹃听进去了，深深地看金银花。

"现在，最重要的，还是几个小的，是不是？你们姐妹要有个三长两短，让他们怎么办呢？所以，回去吧！今晚好好休息，明晚照样表演！暂时就当他们兄弟两个不存在，日子，还是要过下去，对不对？弟弟妹妹还是要穿衣吃饭，是不是？"

姐妹两个被点醒了，彼此看着彼此，眼光里都盛满了痛楚。然后，两人就急急地站起身来，毕竟是在大受打击之后，两人的脚步都跟跟跄跄踉踉的。

"我们快回去吧！回去再慢慢想……回去看着小三、小四、小五……"雨鹃沉痛地说，"要提醒他们小心……"

"是的，回去再慢慢想……回去看小三、小四、小五……"雨凤心碎地重复着。

姐妹俩就彼此扶持着，脚步蹒跚地向外走，一片凄凄惶惶。

金银花看着她们的背影，也不禁跟着心酸起来。

这晚，萧家小屋里是一片绝望和混乱。雨鹃在里间对小三、小四、小五警告又警告，解说又解说：苏大哥不是好东西，他是展家的大少爷，是我们的敌人，是我们的仇人，以后，要躲开他们，要防备他们……三个孩子眼睛瞪得大大的，满脸的困惑，没有人听得懂，没有人能接受这个事实！

雨凤站在外间的窗前，看着窗外，整个人已被掏空，如同一尊雕像。时间不知道过去了多久，雨鹃筋疲力尽地走了过来。

"他们三个，都睡着了！"

雨凤不动，也不说话。

"我已经告诉他们，以后见到那个苏……浑蛋，就逃得远远的，绝对不可以跟他说话，可是，他们有几百个问题要问，我一个也答不出来！我怎么说呢？原来把他当作是大恩人的人，居然是我们的大仇人！"

雨凤还是不说话。

"呃……我快要发疯了，仇人就在面前，我却束手无策，我真的会疯掉！弟弟杀人，哥哥骗色，这个展家怎么如此恶毒？"雨鹃咬牙切齿，握紧拳头。

雨凤神思零乱，眼光凄然，定定地看着窗外。雨鹃觉得不对了，走过去，激动地抓住她，一阵乱摇。

"你怎么不说话？你心里怎么想的，你告诉我呀！刚刚在待月楼，我说你对展家动了真情，你就去撞头……可是，我不能因为你撞头就不问你！雨凤！你看着我，你还喜欢那个苏……不是苏，是展浑蛋！你还喜欢他吗？"

雨凤被摇醒了，抬头看着雨鹃，惨痛地说："你居然这样问我！我怎么可能'还喜欢'他？他这样欺骗我，玩弄我！我恨他！我恨死他！我恨不得剥他的皮！吃他的肉！砍他，杀他……我……我……"

雨凤说不下去，突然间，她就一下子扑进雨鹃怀里，抱着她痛哭失声，边哭边说："我怎么办？我怎么办？我爱他呀！他是苏慕白……在水边救我，在我绝望的时候帮助我、保护我、照顾我……我爱他爱得心都会痛……突然间，他变成了我的仇人……怎么会这样？怎么会这样……"

雨鹃紧紧地抱着雨凤，眼中也含泪了，激动地喊："可是，你千万要弄清楚呀，没有苏慕白，只有展云飞！他就像《西游记》里的妖怪，会化身为美女来诱惑唐僧！你一定要醒过来，没有苏慕白！那是一个幻影，一个伪造的形象……知道吗？知道吗？"

雨凤哭着，哭得心碎肠断。

"他怎么可以这样残忍？展云翔杀了爹，但他摆明了坏，我们知道他是坏人，不会去爱他呀！这个苏……苏……天啊！我每天晚上想着他入睡，每天早上想着他醒来，常常做梦，想着他的家、他的父母亲人，害怕他们不会接受我……结果，他的家是……展家……"她泣不成声了。

雨鹃第一次听到雨凤这样的表白，又是震惊，又是心碎。

"我怎么会遇到这样一个人？我怎么会上他的当？他比展云翔还要可恶一百倍……现在，我该把自己怎么办？我心里煎熬着的爱与恨，快要把我撕成一片一片了！"

雨凤的头埋在雨鹃肩上，哭得浑身抽搐。

雨鹃紧拥着她，眼泪也纷纷滚落，此时此刻，唯有陪她同声一哭了。

就在雨凤雨鹃姐妹同声一哭的时候，云飞却在家里接受"公审"。

祖望已经得到云翔绘声绘色、添油加醋的报告，气得脸色铁青，瞪着云飞，气急败坏地问："云飞！你告诉我，云翔说的是事实吗？你迷上了一个风尘女子？每天晚上都在待月楼花天酒地！你还花了大钱，包了那个唱曲的姑娘，是不是？"

云飞抬头看着祖望，面孔雪白，沉痛地说："云翔这么说的？很好！既然他已经说得这么难听，做得这么恶劣，我再也不必顾及兄弟之情了！"他走向云翔，怒气腾腾地逼问，"你还没有够吗？你烧掉了人家的房子，害死了人家的父亲，逼得五个孩子走投无路，逼得两姐妹必须唱曲为生……现在，你还要糟蹋人家的名誉！你这样狠毒，不怕老天会劈死你吗？"

云翔暴怒，挑起了眉毛，老羞成怒地吼："你说些什么？那萧家的两个姑娘，本来就是不正不经的，专门招蜂引蝶，早就风流得出了名！要不然，怎么会一下子就成了待月楼的台柱？怎么会给金银花找到？怎么会说唱曲就唱曲？哪儿学来的？你看她们那个骚样儿，根本就是经验老到嘛……你着了人家的道儿，还在这里帮人家说话！"

云飞气得眼中冒火，死死地看着他。

"你真的一点良心都没有了？你说这些话，不会觉得脸红心跳？萧鸣远虽然死了，他的魂魄还在！半夜没人的时候，你小心一点！坏事做绝做尽，你会遭到报应的！"

云翔被云飞气势凛然地一吼，有些心虚，为了掩饰心虚，大声地嚷着："这……这算干吗？你自己在外面玩女人，你还有理！弄什么鬼神来吓唬我，你当我三岁小孩呀！什么鬼呀魂呀，你让他来找我呀！"

"你放心，他会来找你的！他一定会来找你的！"

"你浑蛋！我一天不揍你，你就不舒服……"

祖望往两人中间一插，又是生气又是迷惑。

"到底这是怎么一回事？我不要听你们兄弟吵架，我听腻了！云飞，你老实告诉我，你每天晚上都去了哪里？"

云飞看看祖望，再看梦娴，看着满屋子的人，仰仰头，大声说："对！我去了待月楼！对，我迷上了一个唱曲的姑娘！我一点都不觉得我有什么不可告人的地方！但是，你们要弄清楚，这个姑娘本来过着幸福快乐的生活，可是，云翔为了要他们的地，放火烧了他们的房子，烧死了他们的父亲，把她们逼到待月楼去唱歌！我会迷上这个姑娘，就是因为展家把人家害得那么惨，我想赎罪，我想弥补……"

大家都听傻了，人人盯着云飞。天虹那对黝黑的眸子，更是一瞬也不瞬地看着他。祖望深吸口气，眼神阴郁，严肃地转头看云翔。

"是吗？是吗？你放火？是吗？"

云翔急了，对着云飞暴跳如雷。

"你胡说！你编故事！我哪有放火？是他们家自己失火……"

"这么说，失火那天晚上，你确实在现场？"云飞大声问。

云翔一愣，发现说溜口了，迅即脸红脖子粗地嚷："我在现场又怎么样？第二天一早我就告诉你们了，我还帮忙救火呢！"

"对对对！我记得，云翔说过，云翔说过！"品慧急忙插嘴说。

祖望对品慧怒瞪一眼。

"云翔说过的话，一句也不能信！"

品慧生气了。

"你怎么这样说呢？难道只有云飞说的话算话，云翔说的就不算话？老爷子，你的心也太偏了吧！"

梦娴好着急，看云飞。

"你为什么要搅进去呢？我听起来好复杂，这个唱曲的姑娘，不管她是什么来历，你保持距离不好吗？"

云飞抬头，一脸正气地看着父母。

"爹，娘！今天我在这儿正式告诉你们，我不是一个玩弄感情，逢场作戏的人，我也不再年轻。映华去世已经八年，八年来，这是第一次我对一个姑娘动心！她的名字叫萧雨凤，不叫'唱曲的'，我喜欢她，尊重她，我要娶她！"

这像一个炸弹，满室惊动。人人都睁大眼睛瞪着云飞，连云翔也不例外。天虹吸了口气，脸色更白了。

"娘！你应该为我高兴，经过八年，我才重新活过来！"云飞看着梦娴。

品慧弄清楚了，这下乐了，忍不住笑起来。

"哎，展家的门风，是越来越高尚喽！这酒楼里的姑娘，也要进门了，真是新鲜极了！"

祖望对云飞一吼："你糊涂了吗？同情是一回事，婚姻是一回事，你不要混为一谈！"

云翔也乐了，对祖望胜利地嚷着："你听，你听，我没骗你吧？他每天去待月楼报到，据说，给小费都是一出手好几块银元！在待月楼吃香极了，我亲眼看到，酒楼里上上下下，都把他当小祖宗一样看待呢！天尧，你也看到的，对不对？我没有造谣吧！"

祖望被两个儿子弄得晕头转向，一下子接受了太多的信息，太多的震惊，简直无法反应了。

云飞傲然地高昂着头，带着一股正气，朗声说："我不想在这儿讨论我的婚姻问题，事实上，这个问题根本就言之过早！目前，拜云翔之赐，人家对我们展家早已恨之入骨，我想娶她，还只是我的一厢情愿，人家，把我们一家子都看成蛇蝎魔鬼，我要娶，她还不愿意嫁呢！"

梦婖和祖望听得一愣一愣的。云翔怪笑起来。

"爹，你听到了吗？他说的这些外国话，你听得懂还是听不懂？"

云飞抬头，沉痛已极。

"我今天已经筋疲力尽，没有力气再听你们的审判了，随便你们怎么想我，怎么生气，但是，我没有一点点惭愧，没有一点点后悔，我对得起你们！"他转头指着云翔，"至于他！他为什么会被人称为'展夜枭'？晚上常常带着马队出门，到底做了多少伤天害理的事？用什么手段掠夺了溪口大片的土地？为什么人人谈到他都像谈到魔鬼？展家真要以'夜枭'为荣吗？"他掉头看祖望，语气铿然，"你不能再假装看不到了！人早晚都会死，但是，天理不会死！"

云飞说完，转身大踏步走出房间。

祖望呆着，震动地看着云飞的背影。

天虹的眼光跟着云飞，没入夜色深处。

云翔恨恨地看着云飞的背影，觉得自己又糊里糊涂被云飞倒打一耙，气得不得了。一回头，正好看到天虹那痴痴的眼光跟着云飞而去，心里更是被乱刀斩过一样，痛得乱七八糟了。他不想再在这儿讨论云飞，一把拉住天虹，回房去了。

云翔一进房间就脱衣服、脱鞋子，一屁股坐进椅子里，暴躁地喊："天虹！铺床，我要睡觉！"

天虹一语不发，走到床边，去打开棉被铺床。

"天虹！倒杯茶来！"

她走到桌边去倒茶。

"天虹！扇子呢？这个鬼天气怎么说热就热？"

她翻抽屉，找到折扇，递给他。

他不接折扇，阴郁地瞅着她，一把抓住了她的手腕，将她拖到面前来。

"你不会帮我扇扇吗？"

她打开折扇，帮他拼命扇着。

"你扇那么大风干什么？想把我扇到房间外面去吗？"

她改为轻轻扇。

"这样的扇法，好像在给蚊子呵痒，要一点技术，你打哪儿学来的？"

天虹停止扇扇子，抬头看着他，眼光是沉默而悲哀的。他立刻被这样的眼光刺伤了。

"这是什么眼光？你这样看着我是干吗？你的嘴巴呢？被'失望'封住了？不敢开口了？不会开口了？你的意中人居然爱上了风尘女子，而且要和她结婚！你，到头来还赶不上一个卖唱的！可怜的天虹……你真是一个输家！"

她仍然用悲哀的眼光看着他，一语不发。

"你又来了？预备用沉默来对付我？"他站起身来，绕着她打转，眼光阴恻恻地盯着她，"我对你很好奇，不知道此时此刻，你心里到底是怎么一种感觉？心痛吗？后悔吗？只要不嫁给我，再坚持半年，他就回来了，如果他发现你还在等他，说不定就娶了你了！"

她还是不说话。他沉不住气了，命令地一吼："你说话！我要听你的感觉！说呀！"

她悲哀地看着他，悲哀地开口了。

"你要听，我就说给你听！"她吸口气，沉着地说，"你一辈子要和云飞争，争爹的欢心，争事业的成功，争表现、争地位、争财产……争我！可是，你一路输、输、输！今晚，你以为得到一个好机会可以扳倒他，谁知道，他轻而易举就扭转了局面，反而把你踩得死死的！你……"她学他的语气，"可怜的云翔，你才是一个输家！"

云翔举起手来，给了她一耳光。

天虹被这一耳光打得扑倒在桌子上。她缓缓地抬起头来，用更悲哀的眼神看着他，继续说："连娶我，都是一着臭棋，因为我在他心中居然微不足道！你无法利用我让他嫉妒，让他痛苦，所以，我才成了你的眼中钉！"

云翔喘着气，扑过去还想抓她，她一闪，他抓了一个空。她警告地说："如果你还要对我动手，我会去告诉我爹和我哥，当你连他们两个也失去的时候，你就输得什么都没有了！"

云翔瞪着天虹，被这几句话真正地震动了。他不再说话，突然觉得筋疲力尽。他乏力地倒上了床，心里激荡着悲哀。是的，自己是个输家，一路输输输！父亲重视的是云飞，天虹真正爱的是云飞，连那恨他入骨的萧家的两姐妹，都会对云飞动情！云飞是什么？神吗？天啊！他痛苦地埋着头，云飞是他的"天敌"，他要赢他！他要打倒他！展云翔生存的目的，就是打倒展云飞！但是，怎么打倒呢？

苍天有泪

玖

NINE

我好想好想那只披着人皮的狼啊！怎么办？怎么办？

云飞彻夜未眠，思前想后，真是后悔无比。怎样才能让雨凤了解他？怎样才能让雨凤重新接受他呢？他心里翻翻腾腾，煎煎熬熬，这一夜，比一年还要漫长。

天亮没有多久，他就和阿超驾着马车来到萧家门口。阿超建议，不要去敲门，因为愤怒的雨鹃绝对不会给云飞任何机会。不如在巷口转弯处等着，伺机而动。或者雨凤会单独出门，那时再把她拖上车，不由分说带到郊外去说个明白。如果雨凤不出门，小四会上学，拉住小四，先打听一下姐妹两个的情形再做打算。云飞已经心乱如麻，知道阿超比较理智，就听了他的话。

果然，在巷口没有等多久，就看到小四匆匆忙忙地向街上跑。

阿超跳下马车，飞快地扑过去，一手蒙住小四的嘴，一手将他整个抱起来。小四拼命挣扎，阿超已经把小四放进马车。

云飞着急地握住小四的胳臂，喊着："小四！别害怕，是我们啊！"

小四抬头看到云飞，转身就想跳下车。

"我不跟你讲话，你是世界上最坏的大坏蛋！"

阿超捉住了小四，喊："小四！你看看我们，这些日子以来，我们一起练功夫，一起出去玩，一起做了好多的事情，如果我们是大坏蛋，那么，大坏蛋也不可怕了，对不对？"

小四很困惑，甩甩头，激动地叫着："我不要跟你们说话，我不要被你们骗！你们是展家的人，展家烧了我们的房子，杀了我爹，是我家最大最大的仇人……"

云飞抓住他，沉痛地摇了摇。

"一个城里，有好人，有坏人！一个家里，也有不同的人呀！你想想看，我对你们做过一件坏事吗？有没有？有没有？"

小四更加困惑，挣扎着喊："放开我，我不要理你们！我今天连学校都不能去了，我还要去找大姐！"

云飞大惊："你大姐去哪里了？"

小四跺脚。

"就是被你害的！她不见了！今天一早，大家起床就找不到大姐了！二姐说就是被你害的！我们去珍珠姐那儿，月娥姐那儿，还有待月楼金大姐那儿，通通找过了，她就是不见了……小五现在哭得不得了……"

云飞脑子里，轰地一响，整颗心都沉进了地底。

"小四！想想看，她昨天晚上有没有说什么？"

"她和二姐说了大半夜，我只看到她一直哭，一直哭……"

云飞眼前，立即浮起雨凤用头撞柱子的惨烈景象。

"你们什么时候发现她不见的？她走了多久了？"

"二姐说，她只睡着了一下下，大姐一定是趁二姐睡着的时候走的……可能半夜就走了……"

云飞魂飞魄散了。

"小四！你先回去，在附近尽量找！我们用马车，到远一点儿的地方去找！"云飞喊着，急忙打开车门，小四跳下了车子。

"阿超！我们快走！"云飞急促地喊。

"去哪儿找？你有谱没有？"阿超问。

"去她爹娘的墓地！"

阿超打了个冷战，和云飞一起跳上驾驶座。不祥的感觉把两个人都包围得紧紧的。阿超一拉马缰，马车向前疾驰而去。

奔驰了二十里，他们到了鸣远的墓地，两人跳下车，但见荒烟蔓草，四野寂寂，鸣远和妻子的墓冷冷清清地映在阳光下，一片苍凉。他们四面找寻，根本没有雨凤的影子。

阿超说："她不在这里！你想想看，这儿离桐城有二十里，她又没有马，没有车，怎么会走到这么远的地方来？我也被你搞糊涂了，跟着你一阵乱跑！"

云飞在山头上跑来跑去，五内如焚。不住地东张西望，苦苦思索。

"怎么会不在这里呢？她受了这么大的打击，她这么绝望，这么无助……除了找寻爹娘之外，她还能找谁？"他忽然想了起来，"还有一个可能！寄傲山庄！"

两人没有耽误一分钟，跳上车，立刻向寄傲山庄狂奔。

没错，雨凤在寄傲山庄。

她从半夜开始走，那时，雨鹃哭累了，睡着了。她先去厨房找了一把最利的尖刀，放在衣服口袋里。然后，她就像一个游魂，一直走，一直走，一直走……在那黑暗的夜色里，在那不熟悉的郊野中，她一路跌跌冲冲，到底怎么走到寄傲山庄的，她自己也不明白。当她到达的时候，太阳已经升得很高。她一眼看到山庄那烧焦的断壁残垣，无言地、苍凉地、孤独地耸立在苍天之下，她的心立刻碎得像粉，碎得像灰了。她走到废墟前的空地上，对着天空直挺挺地跪下了。

她仰头向天，迎视着层云深处。阳光照射着她，她却感觉不到丝毫的温暖。她的手脚都是冰冷冰冷的，冷汗还一直从额上滚落。这一路的跌跌冲冲，早已撕破了她的衣服，弄乱了她的发丝，她带着一身的憔悴，满心的凄绝，跪在那儿，对着天空绝望地大喊："爹！我当初在这儿跪着答应你，我会照顾弟弟妹妹，可是，我现在已经痛不欲生了！如果你看到了这些日子我所有的遭遇、所有的经过，请你告诉我，我要怎样活下去？爹！对不起，我再一次跪在你面前向你忏悔，我是那么愚蠢，敌友不分，弄得自己这么狼狈，请你原谅我，我没有办法再照顾弟弟妹妹了，我要来找你和娘，跟你们在一起，我要告诉你们，你们错了，人间没有天堂，没有，没有……"

云飞和阿超，驾着马车奔来。

云飞一眼看到跪在废墟前的雨凤，又惊又喜又痛，对阿超喊着说："她果然在这儿，你先不要过来，让我跟她单独谈一谈！"

"是！你把握机会，难得只有她一个人！"阿超急忙勒住马车。

云飞跳下了车，直奔雨凤，嘴里，疯狂般地大喊着："雨凤……"

雨凤被这喊声惊动了，一回头，就看到云飞直扑而来。

"雨凤……雨凤……"云飞奔到雨凤面前，扑跪落地，一把抱住她，心如刀割，"快起来，跟我到车上去，这废墟除了让你难过之外，对你一点儿好处都没有！"

雨凤一见到云飞就眼神狂乱，她激烈后退，挣扎着推开他，崩溃地喊："我的天！我要疯了！为什么我走到哪里，你就走到哪里？"她的力道那么大，竟然挣脱了他，跌在一地的残砖破瓦里。她就像逃避瘟疫一样，手脚并用地爬开去，嘴里凄厉地喊，"不要碰我！不要碰我！"

云飞站起身来，急忙追上前去，把她从地上扶起来，激动地嚷："你这样糟蹋你自己，半夜走二十里路过来，一定没吃没睡，还要跪在这儿让日晒风吹，你要把自己整死吗？"

雨凤拼命挣扎，用力推开了他，昏乱地后退。

"我要怎么样是我的事，不要你管！你为什么不放掉我？为什么要跟着我？为什么？为什么？"

云飞大声喊："因为我喜欢你，因为我要你，因为我离不开你，因为我无法控制自己……因为我要娶你！"

雨凤又哭又笑，泪与汗，交织在脸孔上。她转脸向天空。

"爹！你听到了吗？他就是这样骗我，他就是这样把我骗得团团转！"

云飞激动极了。

"原来你在跟你爹说话，你有话跟你爹说，我也有话跟你爹说！"他也仰头向天，大叫，"萧伯伯！如果你真的在这儿，请你告诉她，我对她的心有没有丝毫的虚情假意？我瞒住我的身份，是不是出于不得已？是不是就是为了怕她恨我？在我和她交朋友的这一段时间，是不是我几次三番要告诉她真相，话到嘴边又说不出口？告诉她！我是怎样一个人，你告诉她呀！"天地茫茫，展云飞卷，除了风声，四野寂寂。

雨凤疯狂地摇头，眼睛里，闪耀着悲愤和怒火。

"我不要听你，你只会骗我，你还想骗我爹！你这个魔鬼，你走开！走开……不要来烦我……我恨你！我恨你……"

雨凤边说边退，云飞节节进逼。

"你冷静一点，你这样激动，我说的任何话，你都听不进去，你不听我解释，误会怎么可能消除呢？"他眼看她向一根倾圮的柱子退去，不禁紧张地喊："不要再退了，你后面有一根大木头，快要倒塌了……"

雨凤回头看看，已经退无可退，顿时狂怒钻心，脑子昏乱，尖锐地喊："你不要过来！不要碰我！你听到没有？不要过来！不要靠近我……"

云飞往前一冲，坚决地说："对不起，我一定要过来，我们从头谈起……"

他冲上来，就迅速地张开双手去抱她。

倏然之间，雨凤从口袋里抽出利刃，想也不想就直刺过去，嘴里狂喊着："我杀了你……"

云飞完全没有料到有此一招，还来不及反应，利刃已经从他的右腰，直刺进去。

雨凤惊慌失措地拔出刀来，血也跟着飞溅而出。

云飞怔住，抬起头来，睁大眼睛，不敢相信地瞪着她。

"当"的一声，雨凤手中的刀落地。她脸孔苍白如死，眼睛睁得比云飞的还大，也死死地瞪着云飞。

在远远观望的阿超，这时才觉得情况不对，赶紧跳下马车，扑奔过来。等他到了两人面前，一见血与刀，立即吓得魂飞魄散。

"天啊！"阿超大叫，一把扶住了摇摇欲坠的云飞，气急败坏地瞪着雨凤，"你做什么？你这是做什么？他这样一心一意地待你，你要杀他？"

云飞用手压住伤口，血像泉水般往外冒，他根本不看伤口，眼光只是一瞬也不瞬地盯着雨凤，里面闪着痛楚、迷惘和惊愕。

"你捅了我一刀？你居然捅了我一刀？"他喃喃地问，"你有刀？你为什么带刀？你不知道我会来找你，所以，你的刀绝不是为了对付我而准备的……"他心中一阵绞痛，惊得满头冷汗，"你为什么带刀？难道，预备自寻了断？如果我不及时赶到，你是不是预备一死了之？"

雨凤哪里还能回答，眼看着鲜血一直从云飞指缝中涌出，她脑子里一片空白，心中一片剧痛，痛得神志都不清了，她泪如雨下，泣不成声。

"我不是要杀你……我不是要杀你……你为什么要过来？"她昏乱地

看阿超，"怎么办？怎么办？"

阿超吓得心慌意乱，扶着云飞大喊："快上车去，我们去找大夫……"

云飞挣扎了一下，不肯上车，眼光仍然死死盯着雨凤，被自己醒悟到的那个事实惊吓着，震动地说："这么说，我代你挨了这一刀……"

"快走啊！"阿超扶着云飞，急喊，"不要再说了！"

云飞踉跄后退。

"不忙，我跟雨凤的话还没有谈完……"

阿超大急，愤然狂喊："雨凤姑娘，你快跟着上车吧！再谈下去他这条命就没有了！你一定要他流血到死，你才满意吗？"

雨凤呆呆地愣在那儿，完全昏乱了。

云飞这时已经支持不住，颓然欲倒。阿超什么都顾不得了，扛起他飞奔到马车那儿。云飞在他肩上，仍然挣扎地喊着："雨凤！你不能丢下雨凤……她手上有刀……她会寻死呀……"

阿超把云飞放进车里，飞跃而回，把雨凤也扛上了肩，脚不沾尘地奔回马车，把她往车上一推，对她急促地大喊："求求你，别再给我出事，车上有衣服，撕开做绷带，想办法把血止住，我来驾车！送他去医院！"

阿超跳上驾驶座，一拉马缰，大吼着："驾！驾……"

马车向前疾驶而去。

雨凤看着躺在座位上脸色惨白的云飞，心里像撕裂一样地痛楚着。此时此刻，她记不得他姓展，记不得他的坏，他快死了！她杀了他！这个在水边救她，在她绝望时支持她，爱护她的男人，这个她深爱的男人……她杀了他！她心慌意乱地四面找寻，找到一件衣服，就一面哭着，一面手忙脚乱地撕开衣服试图绑住伤口。但是，她不会绑，血又不断涌出，布条才塞过去，就迅速染红了。她没办法，就用布条按住伤口，泪水便点点滴滴滚落。

"天啊！怎么办？怎么办？"她惶急地喊。

云飞伸手去按住她的手。

"听我说……不要去管那个伤口了……我有很重要的话要告诉你……"

雨凤拼命去按住伤口："可是……我没办法止住血……怎么办？怎么办？"

"雨凤！"云飞焦急地喊，"我说不要管那个伤口了，你听我说，等会儿我们先把你送回家，你回去之后，不要跟任何人说这件事，如果瞒不住雨鹃他们，也要让他们保密……"他说着，伤口一阵剧痛，忍不住吸气，"免得……免得有麻烦……你懂吗？我家不是普通家庭，他们会小题大做的，你懂吗？懂吗？"

雨凤怎么听得进去，只是瞪着那个伤口，瞪着那染血的布条，泪落如雨，一句话都说不出来。

"听我说！"云飞伸手，摇了摇她，"我回家之后什么都不会说，所以你千万别张扬出来，我会和阿超把真相隐瞒住，不会让家里知道我受伤了……"

雨凤的泪，更是疯狂地坠落。

"你流这么多血，怎么可能瞒得住？"

云飞盯着她的眼睛，眼底，是一片温柔；声音里，是更多的温柔。

"没有很严重，只是一点小伤，等会儿到医院包扎一下就没事了，你放心……我向你保证，真的没有很严重！过两天，就又可以来听你唱歌了。"

雨凤"哇"的一声，失声痛哭了。

云飞握紧她的手，被她的痛哭搞得心慌意乱。

"你别哭，但是要答应我一件事，算是我求你！"

她哭着，无法说话。

"不可以再有轻生的念头，绝对绝对不可以……我可能这两天不能来看你，你别让我担心，好不好？不看在我面上，看在你弟弟妹妹面上，好不好？如果他们失去了你，他们要怎么办？"云飞的声音，已经变成哀求。

她崩溃了，哭倒在他胸前。他很痛，已经弄不清楚是伤口在痛，还是为了她而心痛。他也很急，有一肚子的话要说，很怕自己会撑持不住晕过去，他拼命要维持自己清醒，固执地说："答应我……请你答应我！"

雨凤好害怕，怕他死去，这个时候，他说什么她都会听他的。她点头。"我……答应你！"她哽咽着。

他吐出一口长气。

"这样……我就比较放心了，至于其他的事，我现在说不清楚，请你给我机会，让我向你解释……我并不是坏人，那天在亭子里，我差一点儿都告诉你了，可是，你叫我不要说，我才没说，真的不是安心欺骗你……"

雨凤看到手里的布条全部被血浸湿了，自己的血液好像跟着流出，连自己的生命都跟着流失。

车子驶进了城，云飞提着精神喊："阿超！阿超……"

阿超回头，喊着："怎样？你再撑一会儿，我马上送你去医院！"

"先送雨凤回去……"

"当然先送你去医院！"

云飞生气地叫："你要不要听我的？"

阿超无可奈何，只得把车子驶向萧家小院门口。

车子停了，雨凤慌乱地再看了一眼云飞，转身想跳下车。他看着她，好舍不得，握着她的手一时之间不曾松开。

她回头看他，泪眼凝注。千般后悔，万斛柔情，全在泪眼凝注里。

他好温柔好温柔地说："保重！"

雨凤眼睛一闭，一大串的泪珠扑簌滚落。她怕耽误了医治的时间，抽手回身，跳下车去。

阿超急忙驾车离去了。

雨鹃听到车声，从小院里直奔而出，一见到雨凤又惊又喜，"你到哪里去了？小三、小四都去找你了，我把小五托给珍珠，正预备去……"忽然发现雨凤一身血迹，满脸泪痕，大惊失色，惊叫，"你怎么了？你受伤了？"

雨凤向房里奔去，哭着喊："不是我的血，不是我！"

雨鹃又惊又疑，跟着她跑进去。雨凤冲到水缸旁边，舀了水就往身上没头没脑地淋去。雨鹃瞪大眼睛看着她，赶紧去拿了一套干净的衣服出来。

片刻以后，雨凤已经梳洗过了，换了干净的衣服，含泪坐在床上。面颊上，一点血色都没有。她幽幽地简单地述说了事情的经过。

雨鹃听着，睁大眼睛看着她，震惊着，完全无法置信。

"你就这样捅了他一刀？他还把你先送回家？"

雨凤拼命点头。

"你觉得那一刀严重吗？有没有生命危险？"

雨凤痛楚地吸气。

"我觉得好严重，可是，他一直说不严重，我也不知道真正情况是怎样。"

雨鹃又是震撼，又是混乱。

"你带了刀去寄傲山庄，你想自杀？"一股恐惧蓦然捉住了她，她一喨地站起身来，生气地喊，"你气死我了！如果你死了，你让我一个人怎么办？不是说好了一个报仇，一个养育弟妹吗？你这样做太自私了！"

"谁跟你说好什么？不过……我还活着呀！我没死呀！而且，我以后也不会再做这种事了！"雨凤痛定思痛地说。

雨鹃想想，心乱如麻，在室内走来走去。

"如果这个展云飞死了，警察会不会来抓你？"

雨凤惊跳起来，心惊胆战，哀求地喊："求求你，不要说'死'字，不会的，不会的……他一路都在跟我说话，他神志一直都很清楚，他还能安排这个，安排那个，他还会安慰我……他怎么会死呢？他不会！一定不会！"

雨鹃定定地看着她。

"你虽然捅了他一刀，可你还是爱着他！"

雨凤的心，一丝丝地崩裂，裂成数不清的碎片。

"我不知道！我不知道是爱还是恨，可是，我并没有要他死啊！平常，我连一只小蚂蚁都不杀的……可现在我会去杀人，我觉得我好可怕！我怎么会变成这样呢？"

雨鹃振作了一下，拍拍她的肩。

"不要那么自责，换作我，也会一刀子捅过去的！我觉得好遗憾，为什么捅的不是展云翔呢？不过，他们展家人不论谁挨了刀子，都是罪有应得！你根本不必难过！他会跑到寄傲山庄去挨你一刀，难道不是爹冥冥中把他带去的吗？"

雨凤打了一个冷战，这个说法让她不寒而栗。

"不会的！爹不会这样的！"

"我认为就是这样的！"雨鹃满屋乱绕，情绪激动而混乱，忽然站定，看着雨凤说，"不管这个展云飞的伤势如何，展家不会放过我们的！说不定，会把我们五个人都关到牢里去！我看，我们去找金银花商量一下吧！"

"可是……可是……他跟我说要我们保密，不要告诉任何人，说是张扬出去就会有麻烦……他还说，他和阿超会掩饰过去，不会让家里的人发现他受伤……"

雨鹃抬高眉毛。

"这可能吗？你相信他？"

"我相信他，我真的相信他。"雨凤含泪点头。

"可是，万一他伤势沉重，瞒不过去呢？"

"我觉得，他会千方百计瞒过去！"

"那万一他死了呢？"

雨凤的眼泪，又夺眶而出。

"你又来了，为什么一定要这样说呢？不会不会嘛……"

雨鹃还要说什么，小三和小四回来了，一见到雨凤就兴奋地奔进门来。"大姐！你去那里了？我们把整个桐城都找遍了！大庙小庙全都去了，我连鞋子都走破了！"小三喊。

雨凤看到弟妹，恍如隔世，一把搂住小三，痛楚地喊："对不起，对不起。"

小四忍不住报告："早上，慕白大哥……不，展浑蛋有来找你耶！"

雨凤心中一抽，眼泪又落下。

雨鹃忽然想起："我去把小五叫回来！"

一会儿，小五回来了，立即就冲进了雨凤怀里，尖叫着说："大姐！

大姐！我以为你和爹娘一样，不要我们了！"

小五一句话使雨凤更是哽咽不止，雨鹃想到可能已经失去她了，也不禁湿了眼眶。雨凤伸手将弟弟妹妹们紧紧搂住，不胜寒瑟地说："抱着我，请你们抱着我！"

小三、小五立刻将雨凤紧紧搂住。雨鹃吸了吸鼻子，伸手握紧雨凤的手。"无论如何，我们五个还是紧紧靠在一起，不管现在的情况多么混乱，我们先照旧过日子，看看未来的发展再说！最重要的，是你再也不可以钻牛角尖了！"

雨凤掉着眼泪，点着头，紧紧地搂着弟妹，想从弟妹身上找到支持住自己的力量。心里却在辗转呼号着："苍天啊！帮助我忘了他！帮助他好好活着！"

云飞和阿超回到家里的时候，已经是黄昏了。伤口缝了线，包扎过了，医生说是必须住院，云飞坚持回家，阿超毫无办法，只得把他带回家。一路上，两人已经商量好了如何"混进"家门。

马车驶进了展家庭院，一直到了第二进院落，阿超才把车子停在一棵隐蔽的大树下。他跳下车子，打开车门，小心翼翼地扶住云飞。云飞早已换了干净的长衫，身上的血迹全部清洗干净了。但是，毕竟失血太多，他虽然拼命支撑，仍然站立不稳，脸色苍白。阿超几乎是架着他往里走。他的头靠在阿超肩上，走得东倒西歪，嘴里有一句没一句地唱着平剧《上天台》，装成喝醉酒的样子。

老罗和几个家丁急忙迎上前来。老罗惊讶地问："怎么回事？"

阿超连忙回答："没事没事，喝多了！我扶他进去睡一觉就好了，你可别惊动老爷和太太！"

"我知道，我知道，我来帮忙！"老罗说，就要过来帮忙扶。

"不用了，我一个人来就行了，你忙你的去！"阿超急忙阻止，对家丁们挥手，"你们也去！人多了，反而碍手碍脚！"

"是！"老罗满面怀疑地退开。

阿超扶着云飞快步走进长廊。两个丫头迎上前来，伸手又要扶。

"去去去！都别过来，他刚刚吐了一身，弄脏我一个人就算了！"阿超说着，架着云飞就匆匆进房。

他们两个谁都没有注意，远远的一棵大树后面，天虹正隐在那儿，惊疑不定地看着他们，整个人都紧绷着。

好不容易进了房间，云飞就失去了所有的力气。阿超把他一把抱上了床，拉开棉被把他密密地盖住。

"总算把老罗他们唬过去了！"阿超惊魂稍定，一直挥汗，"以后，二少爷又可以说了，大白天就醉酒，荒唐再加一条。"低头看他，"你觉得怎样？"

云飞勉强地笑笑。

"大夫不是都说了，伤口长好，就没事了吗？"

阿超好生气。

"大夫不是这样说的，大夫说，刀子再偏半寸，你就没命了！说你失血过多，一定要好好休息和调养！现在我得去处理车上那些染血的脏衣服，你一个人在这儿有没有关系？"

"你赶快去，处理干净一点儿，别留下任何痕迹来！"云飞挥手说。

阿超转身要走，想想不放心。

"我把齐妈叫来，好不好？你伤成这样，想要瞒家里每一个人，我觉得实在不可能，何况，你还要换药洗澡什么的，我可弄不来，齐妈口风很紧，又是你的奶妈，我们可以信任她！"

"就怕齐妈一知道，就会惊动娘！"云飞很犹豫。

"可是，你还要上药换药啊！还得炖一点补品来吃才行啊！"

云飞叹气，支持到现在已经头晕眼花了，实在没有力气再深思了。

"好吧！可是，你一定要盯着齐妈代我保密……要不然，雨凤就完了……还有，叫丫头们都不要进房……"

"我知道，我知道，你就别操心了！"

阿超急急地走了。

云飞顿时像个气已泄尽的皮球，整个人瘫痪下来。闭上眼睛，他什么力气都没有了。

一声门响，天虹冒险进来，四顾无人，就直趋床边，她低头看他。云飞的苍白震撼了她。她惊恐地看着他，害怕极了，担心极了，低声问："云飞，云飞，你到底怎样了？你不是醉酒，你……"

云飞已经快要昏迷了，听到声音，以为是齐妈，就软弱地叮嘱："齐妈，千万别让老爷和太太知道……我好渴……给我一点水……"

天虹冲到桌前，双手颤抖地倒了一杯茶，茶壶和杯子都碰得叮当响。她奔回床边，扶着他的头，把杯子凑到他嘴边。云飞睁开眼睛一看，见到天虹，大吃一惊，差点儿从床上弹起来，把天虹手里的杯子都撞落到地上去了。

"天虹……你怎么来了？"

"我看到你进门，我不相信你醉了，我必须弄清楚你是怎么了？"

云飞有气无力地说："你出去，你快走！你待在这儿，被云翔知道了，你的日子更难过了，快走，不要管我，忘记你看到的，就当我醉了……"

天虹盯着云飞，心里又急又怕。忽然间，她什么都不管，就伸手一把掀开棉被，云飞一急，本能地就用手护住伤口，天虹激动地拉开他的手，看到染血的绷带。她立即眼前发黑，快晕倒了，喊："啊……你受伤了！你受伤了……"

云飞急坏了，低喊："求求你，不要叫……不要叫……你要把全家都吵来吗？"

天虹用手堵住了自己的嘴，激动得一塌糊涂。

"是云翔！是不是？云翔，他要杀你，是不是？是不是？"

"不是！不是！"云飞又急又衰弱。

这时，齐妈和阿超急急忙忙地进来，一看到天虹，齐妈和阿超都傻了。齐妈回过神来，就慌忙把天虹往门外推去。

"天虹小姐，你赶快回去，如果给人看到你在这儿，你就有几百张嘴，都说不清了！二少爷那个脾气，怎么会放过你，你在玩命呀！"

天虹抓着门框，不肯走。

"可是云飞受伤了，我要弄清楚是怎么回事……我要看看严重不严重，我不能这样就走……"

云飞忍着痛，喊："天虹，你过来！"

天虹跑回床边盯着他。他吸口气，看着她，真挚地说："我坦白告诉你，请你帮我保密……我受伤和云翔有间接关系，没直接关系，刺我一刀的是雨凤，那个我要娶的姑娘……这个故事太复杂，我没有力气说，我让阿超告诉你……请你无论如何紧守这个秘密，好吗？我现在无法保护雨凤，万一爹知道了，她们会遭殃的……我在这儿谢谢你了……"他说着，就勉强支撑起身子，在枕上磕头。

齐妈又是心痛又是着急，急忙压住云飞，哀求地说："你就省省力气吧！已经伤成这个样子了，还不躺着别动！"她抬头对天虹打躬作揖，

"天虹小姐！你快走吧！"

天虹震撼着。如此巨大的震动，使她连思考的能力都没有了。

阿超把她胳臂一拉。

"我送你出去！"

她就怔怔地、呆呆地、被动地跟着阿超出去了。

云飞虚脱地倒进床，闭上眼睛，真的一点儿力气都没有了。

雨凤神思恍惚地过了两天，觉得自己已经病了。

展家那儿一点消息都没有。云飞不知怎样，阿超也没出现，好在云翔也没再来。雨凤和雨鹃照常表演，可是，雨凤魂不守舍，怎样也没办法集中精神。站在台上，看着云飞空下的位子，简直心如刀绞。连着两天，姐妹俩只能唱《楼台会》，两人站在那儿边唱边掉泪。金银花看在眼里，叹在心里。

这晚，金银花到了后台，对姐妹俩郑重地说："关于你们姐妹俩的事，我和郑老板仔细地谈过了。你们或者不知道，这桐城的两大势力，一个是控制粮食和钱庄的展家，一个是大风煤矿的郑家，平常被称为'展城南，郑城北'。两家各做各的，平常井水不犯河水。现在，为了你们姐妹两个，郑老板已经交代下去，以后全力保护你们，这个风声只要放出去，展家就不敢随便动你们了！"

雨鹃有点怀疑。

"我觉得那个'展夜枭'是天不怕，地不怕的！"

金银花摇摇头。

"没有人是天不怕，地不怕的！何况他有爹有娘，还有个娇滴滴的老婆呢！总之，我要告诉你们的，就是不必怕他们了。以后，我猜他们也不敢随便来闹我的场！但是，你们两个怎样？"

雨鹃一愣。

"什么我们两个怎样？"

金银花加重了语气。

"你们两个要不要闹我的场呢？会不会唱到一半，看到他们来了，就拿刀拿枪地冲下台去呢？如果你们会这样发疯，我只有把丑话说在前面，你们就另外找工作吧，我待月楼不敢招惹你们！"

雨鹃和雨凤相对一看。

"我懂了，我答应你，以后绝对不在待月楼里面跟人家起冲突，但是，离开了待月楼……"

金银花迅速地接口："离开了待月楼，你要怎样闹，要杀人放火，我都管不着！只是，你们还年轻，做任何事情以前先想想后果是真的！这桐城好歹还有王法……"

雨鹃一个激动，愤怒地说："王法！王法不是为我们小老百姓定的，是为他们有钱有势的人定的……"

"哈！你知道这一点就好！我要告诉你的也是这一句，你会有一肚子冤屈，没地方告状，那展家可不会！你们伤了他一根寒毛，五百个衙门都管得着你！"金银花挑起眉毛，提高声音说。

雨鹃一惊，不禁去看雨凤。雨凤脸孔像一张白纸，一点血色都没有。她心里这才明白，云飞千叮咛万嘱咐要她守口如瓶，不是过虑。

"反正，我这儿是个酒楼，任何客人来我这儿喝酒吃饭，我都不能拒绝，何况是他们展家的人呢！所以，下次展家的人来了，管他是哥哥还是弟弟，你们两个小心应付，不许出任何状况，行不行？"

雨鹃只得点头。

金银花这才嫣然一笑，说："这就没错了……"她看着雨鹃，语重心长地说，"其实，要整一个人，不一定要把他杀死，整得他不死不活，自己又没责任，那才算本领呢！"

这句话，雨鹃可听进去了。整天整夜，脑子里就在想如何可以把人"整得不死不活，自己又没责任"。至于雨凤那份凄惶无助、担心痛楚，她也无力去安慰了。

夜里，雨凤是彻夜无眠的。站在窗子前面，凝视着窗外的夜空，她一遍又一遍祈祷：让他没事，让他好起来！她也一遍又一遍自言自语："不知道他怎么样了？流那么多血，一定很严重，怎么可能瞒住全家呢？但是，到现在还没有任何动静，大概他真的瞒过去了……那么深的一刀，会不会伤到内脏呢？一定痛死去……可是，他没有叫过一声痛……天啊……"她用手捧着头，衷心如捣，"我好想知道他好不好？谁能告诉我，他好不好？"

床上，雨鹃翻了一个身，摸摸身边，没有雨凤，吓得一惊而醒。

"雨凤！雨凤！"

"我在这儿！"

雨鹃透口气。

"你昨晚就一夜没睡，你现在又不睡，明天怎么上台？过来，快睡吧，我们两个都需要好好地睡一觉，睡足了，脑子才管用！才能想……怎样可以把人整得不死不活，又不犯法……"

雨凤心中愁苦。

"你脑子里只有报仇吗？"

雨鹃烦躁地一掀棉被。

"当然！我没有空余的脑子来谈恋爱，免得像你一样，被人家耍得团团转，到现在还头脑不清，颠三倒四！"

雨凤怔住，心脏立即痉挛起来。

雨鹃话一出口，已是后悔莫及，她翻身下床，飞快地跑过来，把雨凤紧紧一抱，充满感情地喊："我不是有意要刺激你，我是在代你着急啊！醒过来吧，醒过来吧！不要再去爱那个人了！那是一只披着人皮的狼啊！"

雨凤眼泪一掉，紧紧地依偎着雨鹃，心里辗转地呼号：我好想好想那只披着人皮的狼啊！怎么办？怎么办？

苍
天
有
泪

拾

TEN

———————

云飞的意识在涣散，心里剩下唯一的念头：

雨凤，我的戏演不下去了，我失误了，怎么办？谁来保护你？谁来照顾你？

这天早上，有人在敲院子的大门，小三跑去开门。门一开，外面站着的赫然是阿超。小三一呆，想立即把门关上，阿超早已顶住门，一跨步就进来了。

"我们不跟你做朋友了，你赶快走！"小三喊。

"我只说几句话，说完我就走！"

雨凤、雨鹃听到声音，跑出门来。

雨鹃一看到阿超，就气不打一处来，喊着说："你来干什么？我们没有人要跟你说话，也没有人要听你说话，你识相一点就自己出去！我看在你不是'元凶'的分儿上，不跟你算账！你走！"

"好好的一个姑娘，何必这样凶巴巴？什么'元凶'不'元凶'，真正受伤的人躺在家里不能动，人家可一个'凶'字都没用！"阿超摇头说。

雨凤看到阿超，眼睛都直了，也不管雨鹃怎么怒气腾腾，她就热切地盯着阿超，颤抖着声音急促地问："他，他，他怎样？"

"我们可不可以出去说话？"

"不可以！"雨鹃大声说。

雨凤急急地把她往后一推，哀求地看着她。

"我去跟他说两句话，马上就回来！"

雨鹃生气地摇头，雨凤眼中已满是泪水。

"我保证，我只是要了解一下状况，我只去一会儿！"

雨凤说完，就撂下雨鹃，转身跟着阿超急急地跑出门去。

到了巷子口，雨凤再也沉不住气，站住了，激动地问："快告诉我，他怎么样？严不严重？"

阿超心里有气，大声地说："怎么不严重？刀子偏半寸就没命了！流了那么多血，现在躺在那儿动也不能动，我看，就快完蛋了！大概拖不了几天了！"

雨凤听了，脸色惨变，脚下一软就要晕倒。阿超急忙扶住，摇着她喊："没有！没有！我骗你的！因为雨鹃姑娘太凶了，我才这样说的！你想，如果他真的快完蛋，我还能跑来跟你送信吗？"

雨凤靠在墙上，惊魂未定，脸色白得像纸，身子单薄得也像纸，风吹一吹好像就会碎掉，她喘息地问："那，那，那……他到底怎样？"

阿超看到她这种样子，不忍心再捉弄她了，正色地、诚恳地说："那天到圣心医院，找外国大夫缝了十几针，现在不流血了。可是他失血过多，衰弱极了，好在家里滋补的药材一大堆，现在拼命给他补，他自己也恨不得马上好起来，所以，有药就吃有汤就喝，从来生病没有这么听话过！"

雨凤拼命忍住泪。

"家里的人，瞒过去了吗？"

"好难啊！没办法瞒每一个人，齐妈什么都知道了，我们需要她来帮忙，换药换绷带什么的，齐妈不会多说话，她是最忠于大少爷的人。至于老爷，我们告诉他，大少爷害了重伤风，会传染，要他不要接近大少爷，他进去看了看，反正棉被盖得紧紧的，他也看不出什么来，就相信了！"

"那……他的娘呢? 也没看出来吗?"

"太太就难了, 听到大少爷生病, 她才不管传染不传染, 一定要守着他。急得我们手忙脚乱, 还好齐妈机灵, 总算掩饰过去了, 太太自己的身体不好, 所以没办法一直守着……不过, 苦了大少爷, 伤口又痛, 心里又急, 还不能休息, 一直要演戏, 又担心你这样, 担心你那样, 担心得不得了。就这样折腾, 才两天, 整个人已经瘦了一大圈……"

雨凤再也控制不住自己, 泪珠落下, 她急忙掏出手帕拭泪。阿超看到她流泪, 一惊, 在自己脑袋上敲了一记。

"瞧我笨嘛! 大少爷千叮咛万嘱咐, 要我告诉你, 他什么都好, 一点都不严重, 不痛也没难受, 过两天就可以下床了, 要你不要着急!"

雨凤听了, 眼泪更多了。

"还有呢, 大少爷非常担心, 怕二少爷还会去待月楼找你们的麻烦, 他说, 要你们千万忍耐, 不要跟他起冲突, 见到他就当没看见, 免得吃亏!"

雨凤点点头, 吸着鼻子。

"还好, 这两个晚上, 他都没来!"

"还有一件事很重要, 家里都知道你们姐妹了! 因为大少爷告诉老爷太太, 他要娶你! 所以, 万一有什么人代表展家来找你们谈判, 你们可别动肝火……他说, 没有人能代表他做任何事, 要你信任他!"阿超又郑重地说。

雨凤大惊。

"什么? 他告诉了家里他要娶我……可是, 我根本不要嫁他啊!"

"他本来想写一封信给你, 可是, 他握着笔手都会发抖……结果信也没写成……"

雨凤听得心里发冷，盯着他问："阿超！你老实告诉我，他是不是伤得很严重？"

阿超叹口气，凝视她，沉声说："刀子是你捅下去的，你想呢？"

她立刻用手蒙住嘴，阻止自己哭出来。

阿超看到她这个样子，一个冲动，说："雨凤姑娘，我有一个建议！"

她抬起泪眼看他。

"他有好多话要跟你说，你又有好多话要问，我夹在中间，讲也讲不清楚，不知道你愿不愿意见他一面？我把你悄悄带进去，再悄悄带出来，管保没有人知道！"

雨凤急急一退，大震抬头，激动地说："你到底把我想成什么人？我之所以会站在这儿，听你讲这么多，实在是因为我一时失手，捅了他一刀，心里很难过！可是，我今生今世，都不可能跟展家的人做朋友，更不可能走进展家的大门！我现在已经听够了，我走了！"说完，她用手蒙着嘴，转身就跑。

"雨凤姑娘！"阿超急喊。

雨凤不由自主，又站住了。

"你都没有一句话要我带给他吗？"

她低下头去，心里千回百转，爱恨交织，简直不知从何说起。沉默半晌，终于抬起头来。

"你告诉他，我好想念那个苏慕白，可是，我好恨那个展云飞！"她说完，掉头又跑。

阿超追着她喊："明天早上八点，我还在这儿等你！如果你想知道大少爷的情况，就来找我！说不定他会写封信给你。雨鹃姑娘太凶，我不去敲门，你不来我就走了！"

雨凤停了停，回头看了一眼。尽管阿超不懂男女之情，但是，雨凤眼中的那份凄绝，那份无奈，那份痛楚……却让他深深地撼动了。

所以，阿超回到了家里，忍不住对云飞绘声绘色地说："这个传话真的不好传，我差点儿被雨鹃姑娘用乱棍打死，好不容易把雨凤姑娘拉到巷子里，我才说了两句，雨凤姑娘就厥过去了！"

云飞从床上猛地坐起来，起身太急，牵动伤口，痛得直吸气。

"什么？你跟她说了什么？你说了什么？"

"那个雨鹃姑娘实在太气人了，我心里有气，同时，也想代你试探一下，这个雨凤姑娘到底对你怎样，所以，我就告诉她你只剩一口气了，拖不过几天了，就快完了！谁知道，雨凤姑娘一听这话，眼睛一瞪，人就厥过去了……"阿超说。

云飞急得想跳下床来。

"阿超……我揍你……"

阿超急忙更正。

"我说得太夸张了，事实上，是'差一点儿'就厥过去了！"

齐妈过来，把云飞按回床上，对阿超气呼呼地说："你怎么回事？这个节骨眼，你还要跟他开玩笑？到底那雨凤姑娘是怎样？"

阿超看着云飞，正色地、感动地叹了口气："真的差点儿厥过去了，还好我扶得快……我觉得，这一刀虽然是捅在你身上，好像比捅在她自己身上，还让她痛！可是……"

"可是什么？"云飞好急。

"可是，她对展家，真的是恨得咬牙切齿。她说有一句话要带给你：她好想念那个苏慕白，可是，她好恨那个展云飞！"

云飞震动地看着阿超，往床上一倒。

"哦，我急死了，怎样才能见她一面呢？"

第二天一早，雨凤实在顾不着雨鹃会不会生气，就迫不及待地到了巷子口。

她一眼看到云飞那辆马车停在那儿，阿超在车子旁边走来走去，等待着。她就跑上前去，期盼地问："阿超，我来了。他好些没有？有没有写信给我？"

阿超把车门打开。

"你上车，我们到前面公园里去说话！"

"我不要！"雨凤一退。

阿超把她拉到车门旁边来。

"上车吧！我不会害你的！"

雨凤还待挣扎，车上，有个声音温柔地响了起来。

"雨凤！上车吧！"

雨凤大惊，往车里一看，车上赫然躺着云飞。雨凤不能呼吸了，眼睛瞪得好大。

"你……你怎么来了？"

"你不肯来见我，只好我来见你了！"云飞软弱地一笑。

阿超在一边插嘴："他发疯了，说是非见你不可，我没办法，只好顺着他，你要是再不上车，他八成会跳下车来，大夫已经再三叮嘱，这伤口就怕动……"

阿超的话还没说完，雨凤已经钻进车子里去了。阿超一面关上车门，一面说："我慢慢驾车，你们快快谈！"阿超跳上驾驶座，车子踢踢踏踏向前而去。

雨凤身不由己地上了车。看到椅垫上铺着厚厚的毛毯，云飞形容憔悴地躺在椅垫上，两眼都凹陷下去了，显得眼珠特别地黑。唇边虽然带着笑，脸色却难看极了。雨凤看到他这么憔悴，整颗心已经都像扭麻花一样，绞成一团。他看到雨凤上了车，还想支撑着坐起身，一动，牵动伤口，痛得咬牙吸气。她立即扑跪过去，按住他的身子，泪水一下子就冲进了眼眶。

"你不要动！你躺着就好！"

云飞依言躺下，凝视着她。

"好像已经三百年没有看到你了……"他伸手去握她的手，"你好不好？"

雨凤想把自己的手抽回来，他紧握着不放。她闭了闭眼睛，泪珠滚落。

"我怎么会好呢？"

他抬起一只手来，拭去她的泪，歉声说："对不起。"

她立即崩溃了，一面哭着，一面喊："你还要这样说！我已经捅了你一刀，把你弄成这样，我心里难得快要死掉，你还在跟我说'对不起'，我不要听你说'对不起'，我承受不起你的'对不起'！"

"好好！我不说对不起，你不要激动，我说'如果'，好不好？"

雨凤掏出手帕，狼狈地拭去泪痕。

"'如果'我不是展云飞，'如果'我和你一样恨展云翔，'如果'我是展家的逃兵，'如果'我确实是苏慕白……你是不是还会爱我？"他深深切切地瞅着她。

雨凤柔肠寸断了。

"你说这些还有什么用？你的'如果论'全是虚幻的，全是不可能的，事实就是你骗了我，事实你就是展云飞……我……"她忽然惊觉，怎么？她竟然还和他见面！他是展云飞啊！她看看四周，顿时慌乱起来，"怎么糊里糊涂又上了你的车，雨鹃会把我骂死！不行，不行……"她用力抽出手，跳起来，喊，"阿超，停车！我要下车！"又看了云飞一眼，"我不能跟你再见面了！"

云飞着急，伸手去拉她。

"坐下来，请你坐下来！"

"我不要坐下来！"她激动地喊。

云飞一急，从椅垫上跳起来，伸手用力拉住她。这样跳动，伤口就一阵剧痛，他咬紧牙关，站立不住，踉跄地跌坐在椅子上，大颗大颗的汗珠从额上滚下。他挣扎忍痛，弯腰按住伤口，痛苦地说："雨凤，我真的会被你害死！"

她睁大眼睛看着他，跟着他吸气，跟着他冒出冷汗，好像痛的是她自己。

"你……你……好痛，是不是？"她颤声问。

"'如果'你肯好好坐下，我就比较不痛了！"

她扶着椅垫，呆呆地坐下，双眼紧紧地看着他，害怕地说："让马车停下来，好不好？这样一直颠来颠去，不是会震动伤口吗？"

"'如果'你不逃走，'如果'你肯跟我好好谈，我就叫阿超停车。"

她投降了，眼泪一掉："我不逃走，我听你说！"

阿超把马车一直驶到桐城的西郊，玉带溪从原野上缓缓流过。四周一个人影都没有，安静极了。阿超看到前面有绿树浓荫，周围风景如画，就把车子停下。把云飞扶下车子，扶到一棵大树下面去坐着，再把车上的毛毯抱过来，给他垫在身后。雨凤也忙着为他铺毛毯，盖衣服，塞靠垫。阿超看到雨凤这样，稍稍放心，他就远远地避到一边，带着马儿去吃草。但是，他的眼神却不时飘了过来，密切注意着两人的行动，生怕雨凤再出花样。

云飞背靠着大树，膝上放着一本书。他把书递到雨凤手中，诚挚地说："一直不敢把这本书拿给你看，因为觉得写得不好，如果是外行的人看了，我不会脸红。但是，你不同，你有很好的文学修养，你又是我最重视的人，我生怕在你面前，暴露我的弱点……这本书，也就一直不敢拿出来，现在，是没办法了！"

雨凤狐疑地低头，看到书的封面印着：生命之歌　苏慕白著。

"苏慕白？"她一震，惊讶地抬起头来。

"是的，苏慕白。这是我的笔名。苏轼的苏，李白的白，我羡慕这两个人，取了这个名字。所以，你看，我并不是完全骗你，苏慕白确实是我的名字。"

"这本书是你写的？"她困惑地凝视他。

"是的，你拿回去慢慢看。看了，可能对我这个人更加深一些了解，你会发现，和你想象的展云飞，是有距离的！"

她看看书，又看看他，越来越迷惘。

"原来，你是一个作家？"

"千万别这么说，我会被吓死。哪有那么容易就成'家'呢！我只是很爱写作而已，我爱所有的艺术，所有美丽的东西，包括音乐、绘画、写作、你！"

她一怔。

"你又来了，你就是这样，花言巧语的，把我骗得糊里糊涂！那么……"她忽然眼中闪着光彩，热盼地说，"你不是展云飞，对不对？你是他们家收养的……你是他们家的亲戚……"

"不对！我是展云飞！人，不能忘本，不能否决你的生命，我确实是展祖望的儿子，云翔是我同父异母的弟弟！"他沉痛地摇头，坦白地说，不能再骗她了。

雨凤听到云翔的名字，就像有根鞭子，从她心口猛抽过去，她跳了起来。

"我就是不能接受这个！随你怎么说，我就是不能接受这个！"

他伸手抓住她，哀恳地看着她。

"我今天没办法跟你长篇大论来谈我的思想，我的观念，我的痛苦，我的成长，我的挣扎……这一大堆的东西，因为我真的太衰弱了！请你可怜我抱病来见你这一面，不要和我比体力，好不好？"

她重新坐下，泪眼凝注。

"我真的不知道要怎么办才好。你把我弄得一团乱，我一会儿想到你的好，就难过得想死掉，一会儿想到你的坏，就恨得想死掉……哦，你不会被我害死，我才会被你害死！"

他直视着她，眼光灼灼然地看进她的内心深处去。

"听你这篇话，我好心痛，可是，我也好高兴！因为，你每个字都证明，你是喜欢我的！你不喜欢的，只是我的名字而已！如果你愿意，这一生你就叫我慕白，没有关系！"

"哪里有一生，我们只有这一刻，因为，见过你这一面以后，我再也不会见你了！"雨凤眼泪又掉下来了。

他瞪着她。

"这不是你的真意！你心里是想和我在一起的！永远在一起的！"

"我不想！我不想！"她疯狂地摇头。

他伸手捧住她的头，不许她摇头，热切地说："不要摇头，你听我说……"

"我不能再听你，我一听你，就会中毒！雨鹃说，你是披着人皮的狼，你是迷惑唐僧的妖怪……你是变化成苏慕白的展云飞……我不能再听你！"

"你这么说，我今天不会放你回去了！"

"你要怎样？把我绑票吗？"

"如果必要，我是会这样做的！"

她一急，用力把他推开，站了起来。他跳起身子，不顾伤口，把她用力捉住。此时此刻，他顾不得痛，见这一面好难！连阿超那儿，都说了一车子好话。他不能再放过机会！他搂紧了她，就俯头热烈地吻住了她。

他的唇发着热，带着那么炽烈的爱，那么深刻的歉意，那么缠绵的情意，那么痛楚的渴盼……雨凤瓦解了，觉得自己像一座在火山口的冰山，正被熊熊的火烧烤得整个崩塌。她什么力气都没有了，什么思想都没有了。只想，就这样化为一股烟，缠绕他到天长地久。

水边，阿超回头，看到这一幕，好生安慰，微笑地转头去继续漫步。一阵意乱情迷之后，雨凤忽然醒觉，惊慌失措地挣脱他。

"给人看见，我会羞死……"

他热烈地盯着她。

"男女相爱，是天经地义的事，没有什么需要害羞的！何况，这儿除了阿超之外，什么人都没有！阿超最大的优点就是，该看见的他会看见，该看不见的，他就看不见！"

"可是，当我捅你一刀的时候，他就没看见啊！"

"这一刀吗？他是应该看不见的，这是我欠你的！为了……我骗了你，我伤了你的心，我姓展，我的弟弟毁了你的家……让这一刀，杀死你不喜欢的展云飞，留下你喜欢的那个苏慕白，好不好？"

他说得那么温柔，她的心，再度被矛盾挤压成了碎片。

"你太会说话，你把我搞得头昏脑涨，我……我就知道不能听你，一听你就会犯糊涂……我……我……"

她六神无主，茫然失措地抬头看他，这种眼神使他心都碎了。他激动地再把她一抱。

"嫁我吧！"

"不不不！不行！绝对不行……"

她突然醒觉，觉得脑子轰地一响，思想回来了，意识清醒了，顿时觉得无地自容。这个人是展家的大少爷呀！父亲尸骨未寒，自己竟然投身在他的怀里！她要天上的爹，死不瞑目吗？她心慌意乱，被自责鞭打得遍体鳞伤，想也不想，就用力一推。云飞本来就忍着痛勉力支持，被她这样大力一推，再也站不稳，跌倒在地，痛得抱住肚子呻吟不止。

雨凤转头要跑，看到他跌倒呻吟，又惊痛不已，扑过来要扶他。

阿超远远一看，不得了！好好抱在一起，怎么转眼间又推撞在地？他几个飞蹿，奔了过来，急忙扶起云飞。

"你们怎么回事？雨凤姑娘，你一定要害死他吗？"

雨凤见阿超已经扶起云飞，就用手捂住嘴，哭着转身飞奔而去。她狂奔了一阵，听到身后马蹄嗒嗒，回头一看，阿超驾着马车追了上来。

云飞开着车门，对她喊："你上车，我送你回去！"

雨凤一面哭，一面跑。

"不不！我不上你的车，我再也不上你的车！"

"我给你的书，你也不要了吗？"他问。

她一怔，站住了。

"你丢下车来给我！"

马车停住，阿超在驾驶座上忍无可忍地大喊："雨凤姑娘，你别再折腾他了，他的伤口又在流血了！"

雨凤一听，惊惶、心痛、着急、害怕……各种情绪，一齐涌上心头，理智再度飞走，她情不自禁又跳上了车。

云飞躺着，筋疲力尽，脸色好白好白，眼睛好黑好黑。她跪在他面前，满脸惊痛，哑声喊："给我看！伤口怎样了？"

她低下头，去解他的衣纽，想查看伤口。他伸手握住她的手，握得她发痛，然后把她的手紧压在自己的心脏上。

"别看了！那个伤口没流血，这儿在流血！"

雨凤眼睛一闭，泪落如雨。那晶莹的点点滴滴，不是水。这样的热泪不是水，是火山喷出的岩浆，有燃烧般的力量。每一滴都直接穿透他的衣服皮肉，烫痛了他的五脏六腑。他盯着她，恨不得和她一起烧成灰烬。他们就这样相对凝视，一任彼此的眼光，纠纠缠缠，痴痴迷迷。

车子走得好快，转眼间，已经停在萧家小院的门口。

雨凤拿着书，胡乱地擦擦泪，想要下车。他紧紧地拉住她的手，不舍得放开。

"记住，明天早上，我还在巷子里等你！"

"你疯了？"她着急地喊，"你不想好起来是不是？你存心让我活不下去是不是？如果你每天这样动来动去，伤口怎么会好呢？而且，我明天根本不会来，我说了，我们不能再见面了！"

"不管你来不来，我反正会来！"

她凝视他，声音软化了，几乎是哀求地。

"你让我安心，明天好好在家里养病，不要这样折磨我了，好不好？"

他立刻被这样的语气撼动了。

"那么，你也要让我安心，不要再说以后不见面的话，答应我回去好好地想一想，明天，我不来，阿超也会来，你好歹让他带个信给我！"

她哀恻地看了他一眼，不置可否，挣脱了他的手，跳下车。

她还没有敲门，四合院的大门，就"哗啦"一声开了，雨鹃一脸怒气，挺立在门口。阿超一看雨鹃神色不善，马马虎虎地打了一个招呼，就急急驾车而去。

雨鹃对雨凤生气地大叫："你又是一大清早就不告而别，一去就整个上午，你要把我们大家吓死吗？"

雨凤拿着书冲进门，雨鹃重重地把门碰上，追着她往屋内走，喊着："阿超把你带到哪里去了？你老实告诉我！"

雨凤低头不语。雨鹃越想越疑惑，越想越气，大声说："你去跟他见面了？是不是？难道你去了展家？"

"没有！我怎么可能去展家呢？是……他根本就在车上！"

"车上？你不是说他受伤了？"

"他是受伤了，可是，他就带着伤这样来找我，所以我……"

"所以你就跟他又见面了！"雨鹃气坏了，"你这样没出息！我看，什么受伤，八成就是苦肉计，大概是个小针尖一样的伤口，他就给你夸张一下，让你心痛，骗你上当，如果真受伤，怎么可能驾着马车到处跑！你用用大脑吧！"

"你这样说太不公平了！那天，你亲眼看到我衣服上的血迹，你帮我清洗的，那会有假吗？"雨凤忍不住代云飞辩护。

小三、小四、小五听到姐姐的声音，都跑了出来。

"大姐！我们差一点又要全体出动，去找你了！"

小五扑过来，拉住雨凤的手。

"你买了一本书吗？"

雨凤把书放在桌上，小三拿起书来，念着封面："生命之歌，苏慕白著。咦，苏慕白！这不就是慕白大哥的名字吗？"

小三这一喊，小四、小五、雨鹃全都伸头去看。

"苏慕白？大姐，真有苏慕白这个人吗？"小四问。

雨鹃伸手抢过那本书，看看封面，翻翻里面，满脸惊愕："这又是怎么一回事？"

雨凤把书拿回来，很珍惜地抚平封面，低声说："这是他写的书，他真的还有一个名字，叫作苏慕白。"

雨鹃瞪着雨凤，忽然之间爆发了。

"嘿！他的花样经还真不少！这会儿又变出一本书来了！明天说不定还有身份证明文件拿给你看，证明他是苏慕白，不是展云飞！搞不好他会分身术，在你面前是苏慕白，回家就是展云飞！"她忍无可忍，对着雨凤大喊，"你怎么还不醒过来？你要糊涂到什么时候？除非他跟展家毫无关系，要不然，他就是我们的仇人，就是烧我们房子的魔鬼，就是杀死爹的凶手……"

"不不！你不能说他是凶手，那天晚上他并不在场，凶手是展云翔……"

雨鹃更气，对雨凤跳脚吼着："你看你！你口口声声护着他！你忘了那天晚上，展家来了多少人？一个队伍！你忘了他们怎样用马鞭抽我们，对爹拳打脚踢？你忘了展夜鸦用马鞭钩着我们的脖子，在那杀人放火的时刻，还要占我们的便宜？你忘了爹抱着小五从火里跑出来，浑身烧得皮开肉绽，面目全非……"

"不要说了，不要再说了……"雨凤用手抱住头，痛苦地叫。

"我怎么能不说，我不说你就全忘了！"雨鹃激烈地喊，"如果有一天，你会叫展祖望做爹，你会做展家的儿媳妇，做展夜鸮的嫂嫂，将来还要给展家生儿育女……我们不如今天立刻斩断姐妹关系，我不要认你这个姐姐！你离开我们这个家，我一个人来养弟弟妹妹！"

雨凤听到雨鹃这样说，急痛钻心，哭着喊："我说过我要嫁他吗？我说过要进他家的门吗？我不过和他见了一面，你就这样编派我……"

"见一面就有第二面，见第二面就有第三面！如果你不拿出决心来，我们迟早会失去你！如果你认贼作父，你就是我们的敌人，你懂不懂？懂不懂……"

姐妹吵成这样，小三、小四、小五全傻了。小五害怕，又听到雨鹃说起父亲"皮开肉绽"等话，一吓，"哇"的一声，哭了。

"我要爹！我要爹……"小五喊着。

雨鹃低头对小五一凶。

"爹！爹在地底下，被人活活烧死，喊不回来，也哭不回来了！"

小五又"哇"的一声，哭得更加厉害。

雨凤对雨鹃脚一跺，红着眼眶喊："你太过分了！小五才七岁，你就一点都不顾及她的感觉吗？你好残忍！"

"你才残忍！为了那个大骗子，你要不就想死，要不就去跟他私会！你都没有考虑我们四个人的感觉吗？我们四个人加起来，没有那一个人的分量！连死去的爹加起来，也没有那一个人的分量！你要我们怎么想？我们不是一体的吗？我们不是骨肉相连的吗？我们没有共同的爹，共同的仇恨吗……"

小四看两个姐姐吵得不可开交,脚一跺,喊着:"你们两个为什么要这样吵吵闹闹嘛?自从爹死了之后,你们常常就是这样!我好讨厌你们这样……我不管你们了,我也不要念书了,我去做工,养活我自己,长大了给爹报仇!"他说完,转身就往屋外跑。

雨凤伸手一把抓住了他,崩溃了,哭着喊:"好了好了,都是我的错!我不该偷偷跑出去,不该和他见面,不该上他的车,不该认识他,不该不该不该!反正几千几万个不该!现在我知道了,我再也不见他了,不见他了……请你们不要离开我,不要遗弃我吧!"

小五立刻扑进雨凤怀里。

"大姐!大姐,你不哭……你不哭……"小五抽噎着说。

雨凤蹲下身子,把头埋在小五肩上,泣不成声。小五拼命用衣袖帮她拭泪。

小三也泪汪汪,拉拉雨鹃的衣袖。

"二姐!好了啦,别生气了嘛!"

雨鹃眼泪夺眶而出,跪下身子把雨凤一抱,发自肺腑地喊:"回到我们身边来吧!我们没有要离开你,是你要离开我们呀!"

雨凤抬头,和雨鹃泪眼相看,什么话都说不出来。五个兄弟姐妹紧拥着,雨凤的心底是一片凄绝的痛,别了!慕白!她看着那本《生命之歌》,心里崩裂地喊着:你的生命里还有歌,我的生命里只有弟弟妹妹了!明天……明天的明天……明天的明天的明天……我都不会去见你了!永别了!慕白!

事实上,第二天云飞也没有去巷口,因为他没办法去了。

这天,云翔忽然和祖望一起来"探视"云飞。

其实，自从云飞"醉酒回家"，接着"卧病在床"，种种不合常理的事情，瞒得住祖望，可瞒不住纪总管。他不动声色调查了一番，就有了结论。当他告诉了云翔的时候，云翔惊异得一塌糊涂。

"你说，老大不是伤风生病？是跟人打架挂彩了？"

"是！我那天听老罗说，阿超把他带回来那个状况，我直觉就是有问题！我想，如果是挂彩，逃不掉要去圣心医院，你知道医院里的人跟我都熟，结果我去一打听，果然！说是有人来找外国大夫治疗刀伤，他用的是假名字，叫作'李大为'，护士对我说，还有一个年轻人陪他，不是阿超是谁？"

"所以呢，这两天我就非常注意他房间的情况，我让小莲没事就在他门外逛来逛去，那个齐妈和阿超几乎整天守在那儿，可是，今天早上，阿超和云飞居然出门了，小莲进去一搜，找到一段染血的绷带！"天尧接着说。

云翔一击掌，在房间里走来走去，兴奋得不得了。

"哈！真有此事？怎么可能呢？阿超整天跟着他，功夫那么好，谁会得手？这个人本领太大了，你有没有打听出来是谁干的，我要去跟他拜把子！"

"事情太突然，我还没有时间打听是谁下的手，现在证明了一件事，他也有仇家，而且，他千方百计不要老爷知道，这是没错的了！我猜，说不定和萧家那两个妞儿有关，在酒楼捧戏子，难免会引起争风吃醋的事！你功夫高，别人可能更高！"

"哈！太妙了！挂了彩回家不敢说！这里面一定有文章，一定不简单！你知道他伤在哪里吗？"

"护士说，在这儿！"纪总管比着右腰。

云翔抓耳挠腮，乐不可支。

"我要拆穿他的西洋镜，我要和爹一起去'问候'他！"

云翔找到祖望，先来了一个"性格大转弯"，对祖望好诚恳地说："爹，我要跟您认错！我觉得，自从云飞回来，我就变得神经兮兮，不太正常了！犯了很多错，也让你很失望，真是对不起！"

祖望惊奇极了，简直不相信自己的耳朵。

"怎么忽然来跟我讲这些？你不是觉得自己都没错吗？"

"在工作上，我都没错。就拿萧家那块地来说，我绝对没有去人家家里杀人放火，你想我会吗？这都是云飞听了萧家那两个狐狸精挑拨的，现在云飞被迷得失去本性，我说什么都没用。可是，你得相信我，带着天尧去收账是真的，要收回这块地也是真的，帮忙救火也是真的！我们毕竟是书香门第，以忠孝传家，你想，我会那么没水平，做那么低级的事吗？"

祖望被说动了，他的明意识和潜意识都愿意相信云翔的话。

"那么，你为什么要认错呢？"

"我错在态度太坏，尤其对云飞，每次一看到他就想跟他动手，实在有些莫名其妙！爹，你知道吗？我一直嫉妒云飞，嫉妒得几乎变成病态了！这，其实都是你造成的！从小，我就觉得你比较重视他，比较疼他。我一直在跟他争宠，你难道都不知道吗？我那么重视你的感觉，拼命要在你面前表现，只要感觉你喜欢云飞，我就暴跳如雷了！"

祖望被云翔感动了，觉得他说的全是肺腑之言，就有些歉然起来。

"其实，你弄错了，在我心里，两个儿子是一模一样的！"

"不是一模一样的！他是正出，我是庶出。他会念书，文质彬彬，我不会念书，脾气又暴躁，我真的没有他优秀。我今天来，就是要把我的心态，坦白地告诉你！我会发脾气，我会毛毛躁躁，我会对云飞动手，我会口出狂言，都因为我好自卑。"

"好难得你今天会对我说这一篇话，我觉得珍贵极了。其实，你不要自卑，我绝对没有小看你！只是因为你太暴躁，我才会对你大声说话！"祖望感动极了。

"以后我都改！我跟您道歉之后，我还要去和云飞道歉……他这两天病得好像不轻，说不定被我气的……"说着，就抬眼看祖望，"爹！一起去看看云飞吧！他那个'伤风'，好像来势汹汹呢！"

祖望那么感动，那么安慰。如果两个儿子能够化敌为友，成为真正的兄弟，他的人生夫复何求？于是，父子两个就结伴来到云飞的卧室。

阿超一看到云翔来了，吓了一跳，急忙在门口对里面大喊："大少爷！老爷和二少爷来看你了！"

云翔对阿超的"报信"不怀好意地笑了笑。阿超觉得很诡异，急忙跟在他们身后，走进房间。

云飞正因为早上和雨凤的一场见面，弄得心力交瘁，伤口痛得厉害，现在昏昏沉沉地躺着。齐妈和梦娴守在旁边，两个女人都担心极了。

云飞听到阿超的吼叫，整个人惊跳般地醒来，睁大了眼睛。祖望和云翔已经大步走进房。梦娴急忙迎上前去。

"你怎么亲自来了？"

齐妈立刻接口："老爷和二少爷外边坐吧，当心传染！"就本能地拦在床前面。

云翔推开齐妈。

"哎，你说的什么话？自家兄弟怕什么传染？"他直趋床边，审视云飞，"云飞，你怎样？怎么一个小伤风就把你摆平了？"

云飞急忙从床上坐起来，勉强地笑笑。

"所以说，人太脆弱，一点小病，就可以把你折腾得坐立不安。"

阿超紧张地往床边挤，祖望一皱眉头。

"阿超，你退一边去！"

阿超只得让开。

祖望看看云飞，眉头皱得更紧了："怎么？气色真的不大好……"他怀疑起来，而且着急，"是不是还有别的病？怎么看起来挺严重的样子？"

"我叫老罗去把朱大夫请来，给云飞好好诊断一下！"云翔积极地说。

梦娴不疑有他，也热心地说："我一直说要请朱大夫，他就是不肯！"

云飞大急，掀开棉被下床来。

"我真的没有什么，千万不要请大夫，我早上已经去看过大夫了，再休息几天，就没事了。来，我们到这边坐。"

云飞要表示自己没什么，往桌边走去。云翔伸手就去扶。

"我看你走都走不动，还要逞强！来！我扶你！"

阿超一看云翔伸手，就急忙推开祖望想冲上前去，谁知用力太猛，祖望竟跌了一跤，阿超慌忙弯腰扶起他。祖望惊诧得一塌糊涂，大怒地喊："阿超，你干吗？"

就在这电光石火之间，云翔已背对大家，遮着众人的视线，迅速地用膝盖用力地在云飞的伤处撞击过去。

云飞这一下痛彻心肺，跌落于地，身子弯得像一只虾子，忍不住大叫："哎哟！"

云翔急忙弯腰扶住他，伸手在他的伤处又狠狠地一捏，故作惊奇地问："怎么了？突然发晕吗？哪儿痛？这儿吗？"再一捏。

云飞咬牙忍住痛，脸色惨白，汗如雨下。

阿超一声怒吼，什么都顾不得了，扑过来撞开云翔，力道之猛，使他又摔倒在地。他直奔云飞，急忙扶起他。云翔爬起身，惊叫着："阿超，你发什么神经病？我今天来这儿，是一番好意，要和云飞讲和，你怎么可以打人呢？爹，你瞧，这阿超像一只疯狗一样，满屋子乱窜，把你也撞倒，把我也撞倒，这算什么话？"

祖望没看到云翔所有的小动作，只觉得情况诡异极了，抬头怒视阿超。大骂："阿超！你疯了？你是哪一根筋不对？"

齐妈紧张地扶住云飞另一边，心惊胆战地问："大少爷，你怎样了？"

云飞用手捧住腹部，颤巍巍地还想站直，但是力不从心。踉跄一下，血迹从白褂子上沁出，一片殷然。阿超还想遮掩，急忙用身子遮住，把云飞放上床。

云翔立刻指着云飞的衣服尖叫："不好！云飞在流血！原来他不是伤风，是受伤了！"

梦娴大惊，急忙伸头来看，一见到血，就尖叫一声晕倒过去。

齐妈简直不知道该先忙哪一个，赶紧去扶梦娴。

"太太！太太！太太"

祖望瞪着云飞，一脸的震惊和不可思议。

"你受了伤？为什么受伤不说？是谁伤了你？给我看……给我看……"

祖望走过去，翻开云飞的衣服，阿超见事已至此，无法再掩饰，只能眼睁睁让他看。于是，云飞腰间密密缠着的绷带全部显露，血正迅速地将绷带染红。祖望吓呆了，惊呼着："云飞！你这是……这是怎么回事啊……"

云飞已经痛得头晕眼花，觉得自己的三魂六魄都跟着那鲜红的热血流出体外，他什么掩饰的力量都没有了，倒在床上，呻吟着说："我不要紧，不要紧……"

祖望大惊失色，直着脖子喊："来人呀！来人呀！快请大夫啊！"

云翔也跟着祖望，直着脖子大叫："老罗！天尧！阿文！快请大夫，快请大夫啊……"

云飞的意识在涣散，心里剩下唯一的念头：雨凤，我的戏演不下去了，我失误了，怎么办？谁来保护你？谁来照顾你？雨凤……雨凤……雨凤……他晕了过去，什么意识都没有了。

苍天有泪

拾壹

ELEVEN

"为了她，赴汤蹈火，刀山油锅，我都不惜去做！何况是挨一刀呢？"

接着，展家是一阵忙乱。重重院落都灯火通明。

大夫来了好几个，川流不息地诊视云飞。丫头们捧着毛巾、脸盆、被单、水壶、药碗……穿梭不停地出出入入。品慧、天尧、纪总管都陆续奔进云飞房间，表示关切。在这一片忙碌和杂沓之中，只有一个人始终没有走进云飞的房间，那就是天虹。她像个不受注意的游魂，孤独地坐在长廊的尽头，惊吓地看着那些忙碌的人，却连询问一声都不敢。

云飞房中挤满了人。梦娴已经醒过来了，现在，目不转睛地看着云飞，无论怎样也不肯离开。云飞始终昏昏沉沉，醒了一下，又昏睡过去。大夫们给他包扎的包扎、上药的上药。几个大夫联合会诊，等他们诊断完毕，祖望、梦娴、品慧、纪总管、云翔、天尧都围上去，虽然各有心机，关心的程度是一样的。

"严重吗？大夫？"祖望急急地问。

"我们出去说话！"

大夫走出房，祖望、品慧、纪总管、天尧、云翔都跟了出去，站在门口说话。

"伤口已经有外国大夫缝过，应该不会裂开，现在又裂开了，情况就不好！我已经用金疮药给他包扎过了，希望不再流血。现在，我们要联合商量一个药方，赶快去抓药！"大夫说。

"快快快！去书房开药方！"祖望说。

一群人往书房走，阿超追了过来。

"大夫，药方开好给我，我去抓药！"

"你守着大少爷吧，我看他离不开你！抓药，让天尧去抓就好了！"云翔说。

阿超冲口而出："天尧去，只怕大少爷命要不保！"

云翔脸一板，怒瞪阿超，厉声地说："你说什么？天尧什么时候误过事？你一天到晚守着大少爷，怎么允许他受伤？跟你在一起，命才不保！"

梦娴也追出来了，看看阿超，心里有些明白，当机立断。

"阿超，你进去陪着他，我去拿药方！"

梦娴跟着大家走了，阿超才放心地退回房间，他着急地走到床前。

云飞痛楚地呻吟了一声，努力地睁开眼睛，有些清醒了。丫头们围在床前给他擦汗的擦汗，挥扇的挥扇。齐妈看到他睁眼，就急忙挥手，让丫头们出去。

"去去去！这儿有我侍候就好了！"

丫头捧着染血的毛巾衣物退出门去。

齐妈关好门窗，和阿超围到床前来。齐妈轻声地喊着："大少爷，人都走了，房里只有我和阿超，你觉得怎么样？"

云飞虚弱至极地看着阿超和齐妈，慢慢地恢复了意识。和意识一起醒来的，是对雨风的牵挂。他挣扎着说："我……不会死……我还得留着命……照顾雨风……"

齐妈和阿超听得好心酸，齐妈眼眶都湿了。云飞缓过一口气来，觉得伤口痛得钻心，整个人一点力气都没有，想到经过情形不禁咬牙："云翔，他好狠！我毕竟是他的哥哥，他却想置我于死地！"

阿超恨极，可是，也困惑极了。

"可是，怎么会泄露出去呢？我们这么小心，连太太都瞒过去了！"

"只怕是……天虹小姐！只有天虹小姐知道！"齐妈说。

云飞无力追究是谁泄露机密，好多话要交代阿超，提了半天气，才勉强提起精神来，说："你们听好，我不知道云翔到底了解多少，但是，他连我的伤口在什么地方都知道，我实在好害怕，不知道他在爹面前说些什么，不知道雨凤那儿有没有危险。现在，这样一来，我是真的不能去看她了！阿超，你要想办法保护她！"

"你好好地养病吧！现在操心任何事都没有用。雨凤姑娘那儿，我会随时去看的！你放心吧，现在，要担心的是你，不是雨凤啊！"阿超说。

一声门响，大家住口。

梦娴急急忙忙走进来，把药方塞进阿超手中。

"阿超，你赶快去抓药！"

阿超拿着药方，匆匆地说："这儿交给你们了，千万别让二少爷进门！我抓了药就回来！"

他不敢延误，快步而去。走到院子里，忽然有个人影蹿出来，飞快地拦住了他。他定睛一看，是神态惊惶的天虹。

"阿超，他怎样了？"她急切地问。

阿超已经认定是天虹泄密，义愤填膺，气冲冲地说："天虹小姐，你好狠啊！你告诉了二少爷，是不是？他假装好人，去扶大少爷，却把伤口撞裂，让他流血不止！一条命已经去了一大半了！你还问什么？"

天虹睁大眼睛，踉跄而退，退到回廊的椅子上，一屁股跌坐下来。

阿超也不管她，掉头而去了。

房里，梦娴看到云飞醒了，又是高兴、又是忧伤、又是焦虑、又是疑惑。摸索着在他床前坐下，心痛地看着他。

"云飞，你怎样？你要吓死娘啊！"

"对不起……"云飞衰弱地说。

"到底是谁这么狠，会刺你一刀？"

"娘！如果你不问，我会好感激。"

梦娴眼眶一红。

"为了那个萧雨凤，是不是？你为她而受伤？是不是？"

云飞闭上眼睛，默然不语。

梦娴一急。"你为什么不跟她散了？为什么要让自己受伤？"

云飞心中一痛，无力解释，长长一叹。

"娘，关于我的受伤，等我精神好一点儿的时候，我一定告诉你，好不好？但是，不要再说'散了'这种话，我不过是受了一点小伤，即使为她死了，我也不悔！"

梦娴怔住，看着他那苍白如死的脸色，看着他那义无反顾的坚决，她陷进巨大的震撼里，什么话都说不出来了。

梦娴对云飞的受伤是一肚子的疑惑，满心的恐惧。祖望也被这件事惊吓了，想到居然有人要置云飞于死地，就觉得心惊胆战，不可思议。在书房里，他严肃地看着纪总管和云翔，开始盘问他们，有没有知情不报？

"到底是怎么回事？谁要杀他？你们知道还是不知道？"

纪总管皱皱眉头，说："我们实在不知道他是怎么受伤的。只是……听说，云飞为了萧家两个姑娘，已经结下很多梁子了！这次受伤，我猜八成是争风吃醋的结果。据说云飞在外面很嚣张，尤其阿超，已经狂妄到不知道自己姓甚名谁的地步，常常搬出展家的招牌，跟人打架……"他趋前低声说，"老爷，你上次说，把钱庄交给云飞管，我就先把虎头街的钱庄拨给他管，前天一查账，已经短少了一千块！"

"是吗？"祖望困惑极了，"我觉得云飞不会这样！"

"是啊！我也觉得他不会！可是，他这次回来，真的变了一个人，你觉得没有？以前哪里会争这个争那个，现在什么都要争！以前对映华痴心到底，现在会去酒楼捧姑娘！以前最反对暴力，现在会跟人打架还挂彩……我觉得有点不对，你一点都不觉得吗？"纪总管说。

云翔接了口："总之，他现在受伤是个事实！他千方百计想要瞒住，也是一个事实！我就奇怪，怎么受了伤，居然不吭气！他一定在遮掩什么！"

祖望动摇了，越想越怀疑。

"真的有问题！大有问题！"他抬头看纪总管，"不管他是怎么受伤的，这个下手的人简直没把我们展家放在眼里！找出是谁，不能这样便宜地放过他！"

"是谁干的，阿超一定知道！"云翔说。

"可是，阿超不会说的！随你怎么问他，他都不会说的！"纪总管说。

天尧和云翔对看一眼。云翔打鼻子里哼了一声，是吗？阿超不会说吗？

阿超抓了药，一路飞快地跑回家。到了家门口的巷子里，忽然，一个人影悄然无声地从他身后蹿出，举起一根大棒子，重重地打在他的后脑勺上。他哼也没哼，就晕了过去。

"哗啦"一声，一桶冷水淋在他身上，他才醒了过来。睁眼一看，自己已经被五花大绑，悬吊在空中。他的手脚分开绑着，绑成一个"大"字形，上衣也扯掉了，裸着上身。他再定睛一看，云翔、天尧、纪总管正围绕着他打转，每个人都是杀气腾腾的。

云翔手里拿着一条马鞭，看到他睁眼，就对着他一鞭鞭挥下，喊着："你没想到吧！你也有栽在我手里的一天！平常连我你都敢动手！今天正好跟你算个总账！你以为有云飞帮你撑腰，我就不敢动你吗？现在，哈哈！一个成了病猫！一个成了囚犯！看你还怎么张狂！"

阿超知道自己中了暗算，扼腕不已。看看四周，只见到处都堆放着破旧家具，知道这儿是展家废弃的仓库，几年也不会有人进来。陷身在这儿，今晚是凶多吉少了。他明白了这一点，心里也就豁出去了，反正了不起是一死！尽管皮鞭像雨点般落下，打得他皮开肉绽，他只是睁大眼睛，怒瞪着云翔，一声也不吭。

纪总管往他面前一站，大声说："你今天识相一点，好好回答我们的话，你可以少挨几鞭！"就厉声问，"说！云飞是怎样受伤的？"

阿超一怔，这才明白过来，原来他们并不知道是谁刺伤了云飞，心里一喜，就笑了起来。

"哈哈！"

云翔怒不可遏。

"笑！你还敢笑！我打到你笑不出来！说！云飞是怎样受伤的！是谁动的手？说！"他举起鞭子，一鞭鞭抽了过来。

阿超头一抬，瞪着云翔，大声说："不就是你像暗算我一样，暗算他的吗？"

"胡说八道！死到临头你还要嘴硬！你说还是不说，你不说，我今天就打死你！"

阿超倔强地喊着："你可以打我，你可以暗算我，你可以去杀人放火，你可以对你的亲生哥哥下毒手，你什么事做不出来？"他掉头看天尧，大喊，"天尧，你今天帮着他打我，有没有想到，将来谁会帮着他打你？"

"你还想离间我和天尧？我打死你！打死你！打死你……"云翔怒喊，鞭子越抽越猛。

阿超仰头大笑。

"哈哈！以为你是个少爷，结果是条虫！"

"你说什么？你说什么！"

"从小，你跟我一起练武，现在，你不能跟我单打独斗，只能用暗算的，算什么英雄好汉？传出江湖，你就是一条虫！"

"天尧！给我一把刀！我要杀了这个狗奴才！"云翔气极，大喊。

"杀他？他值得吗？就是要杀他，也不需要你动手！"纪总管说。

"是啊！我们平常是放他一马，要不然他就算有十条命，也都不够我们杀的！"天尧接口。

阿超大叫："纪总管，天尧！不要忘了，你们也是奴才啊！我们之间所不同的，我有一个把我当兄弟的主子，而你们有一个把你们当傻瓜的主子……这个人……"他怒瞪云翔，"不仁不义，还是一个扶不起的阿斗，值得你们为他卖命吗？"

"我打死你！打死你！打死你……"云翔大喊，马鞭毫不留情地挥了过来。

阿超咬牙忍着，不一会儿全身就已经全是伤了，无力再和云翔斗口了。

"云翔！再打他就会厥过去了！我们还是把重点审出来吧！"天尧提高声音，"是谁让云飞挂彩的？快说！"

阿超抬头对天尧一笑。

"我已经告诉你们了，是云翔做的，你们不相信吗？"

云翔已经停鞭，一听，大怒，鞭子又挥了过去。

纪总管瞪着阿超，不愿打出人命，伸手阻止了云翔。

"今晚够了，你也打累了，我看，再打也没用，他一定不会说的，我们把他关在这儿，明天再来继续审他！先让他饿个两三天，看他能支持多久！"

云翔确实已经打累了，丢下马鞭，喘吁吁地对阿超挥着拳头咆哮："你就在这里慢慢给我想！我的时间长得很，明天想不起来，还有后天，后天想不起来，还有大后天！看你有多少天好熬！"

纪总管、天尧、云翔一起走了。阿超清楚地听到，门外的大锁"咔嗒"一声锁上了。

阿超筋疲力尽地垂下头去，痛得几乎失去知觉了。

时间不知道过去了多久，阿超的精神恢复了一些。抬起头来，他四面看了看，这个废弃仓库阴冷潮湿，墙角的火把像一把鬼火，照得整个房间阴风惨惨。他振作了一下，开始苦思脱困的办法。他试着挣扎，手脚上的绳子绑得牢牢的，无论怎样挣扎都挣不开。

"怎么办？大少爷会急死了！齐妈和太太不知道会不会想办法救我？但是，她们根本不知道我陷在这儿呀！药也丢了，大少爷没药吃，会不会再严重起来？"他想来想去，一筹莫展。

忽然，门外有钥匙响，接着，厚重的门被轻轻推开。

阿超一凛，定睛细看。只见一个纤细的人影，一闪身溜了进来。他再一细看，原来是天虹。

"天虹小姐？"他又惊又喜。

天虹一抬头，看到五花大绑遍体鳞伤的阿超，吓得几乎失声尖叫。她立刻用手蒙住自己的嘴巴，深吸口气，又拍拍胸口，努力稳定了一下自己才低声说："我来救你了，我要爬上去割断绳子，你小心！"

"你有刀吗？"

"我知道一定会需要刀，所以我带来了！"

天虹拖来一张桌子，爬上去割绳子。

"你也小心一点，别摔着了！"

"我知道！"

天虹力气小，割了半天才把绳索割断。阿超跌倒在地上，天虹急忙爬下桌子，去看他，着急地问："你怎样？能走还是不能走？"

阿超从地上站起来，忍痛活动手脚，一面飞快地问："你怎么会来救我？"

"你去抓药，我就一直在门外等你，想托你带一句话给大少爷，我看着你被他们打晕抓走，看着你被押到这儿来……我一点儿办法都没有，我必须等到云翔睡着才能偷到钥匙，所以来晚了……"她看到阿超光着上身，又是血迹斑斑的，就把自己的披风甩给他，"披上这个，我们快走！"

阿超披上衣服。两人急急出门去。

走到花园一角，天虹害怕被人撞见，对他匆匆地说："你赶快去守着大少爷，我必须马上回去！"

"是！"阿超感激莫名，诚挚地问，"你要我带什么话给大少爷？"

天虹看着他，苦涩而急促地说："我要你告诉他，我没有出卖他，绝对没有！关于他受伤，我什么都没有说过！要他相信我！"她顿了顿，凝视他，"你对他有多忠心，我对他就有多忠心。"

"我懂了！你快回去吧！今晚的事……谢谢。"阿超感动极了，想想，很不放心，"你回去会不会有麻烦？"

"我不知道。希望他没醒……我不能再耽误了……"她转身向里面走，走走又回头，百般不放心地加了一句，"阿超！照顾他！千万别让他再出事！"

阿超神色一凛，更加感动。

"我知道……你也……照顾自己！还有……现在，这个家真的是乱七八糟了，我都不知道自己能不能够保护好大少爷，如果随时要防暗算，那就太恐怖了！你假若有力量，帮帮大少爷吧！毕竟，现在和大少爷作对的三个人，都是你最亲近的人！"

天虹震动地看他，脸上的苦涩更深更重了。她点了点头，说了一句："只要我不是自身难保，我会的！"说完，就急忙而去了。

阿超回到云飞房间的时候，云飞、齐妈和梦娴正像热锅上的蚂蚁，急得不得了。阿超本来还想瞒住自己被打的事，但是，药也丢了，上衣也没了，浑身狼狈，怎样都瞒不住，只好简简单单，把经过情形说了一遍。

云飞一听，也不管自己的伤口，从床上撑起身子，激动地喊："他们暗算你？快！给我看看，他们把你打成怎样了？"

阿超披着天虹的那件披风，遮着身体，但是，脸上的好几下鞭痕是隐瞒不了的。

齐妈和梦娴都震惊已极地瞪着他，尤其梦娴，太多的意外，使她都傻住了。

阿超伸手按住云飞。

"你不要激动，你躺下来，千万不要再碰到伤口，我拜托拜托你！我的肉厚，身体结实，挨这两下根本不算什么……只是药丢了，我要去敲药铺的门，再去抓……"

他话没说完，云飞已一把拉下他的披风。他退避不及，伤痕累累的身子全都露了出来。

梦娴惊呼一声，齐妈抽口大气，云飞眼睛都直了。好半天，大家都没说话。

云飞咬咬牙痛楚地闭了闭眼睛说："他们居然这样对你！这还是一个家吗？这还有兄弟之情吗？天尧也这样，纪叔也这样！天尧和我们是一起长大的呀！我不能忍受了，趁这个机会，大家把所有的事都挑明吧！娘，你把爹请来，我要公开所有的秘密……"

阿超急忙劝阻。

"你沉住气好不好？你现在伤成这样，大夫再三叮咛要休息，你哪儿有力气来讲这么长的故事？何况老爷信不信还是一个大问题，即使信了，你认为就没事了吗？可能会有更多的问题！想想你再三要保护的人吧！再说，天虹小姐今晚冒险救我，如果泄露出去，她会怎样？那三个人，是她的爹，她的哥哥，和她的丈夫！不能说！什么都不能说！"

云飞被点醒了，是的，天虹处境堪怜，雨凤处境堪忧，投鼠忌器，什么都不能说！他又急又恨又无奈，痛苦得不得了。

"那……我们要怎样，完全处于挨打的地位吗？"

"我觉得，第一步是你们两个都得赶快把伤养好！大少爷，你就躺着别动，阿超，你到桌子这边来，我给你上药！"齐妈喊。

"对对对，你赶快先上药再说！"梦娴惊颤地说。

齐妈把阿超拉到桌子前面，倒了水来清洗着伤口。他的背脊上左一条右一条的鞭痕，条条皮开肉绽。齐妈一面擦拭着血迹，一面心痛地说："会疼吧？没办法，我想那马鞭多脏，伤口一定要消毒一下才好，你忍一忍！"

他忍着痛，居然还笑。

"你这像给我抓痒一样，哪有疼？"

梦娴捧着干净绷带过来，说："这儿还有干净的绷带和云飞的药，我想，金疮药都差不多，快给他涂上！"她一看到阿超的背，就觉得晕眩，脚一软跌坐在椅子里，"我的老天，怎么会下这样的毒手呢？这怎么办呢？这个家这样危机四伏，怎么办呀？"

"娘！"云飞在床上喊。

梦娴赶忙到床前来。云飞心痛地说："娘，你回房休息吧，好不好？"

"我怎能休息，你们两个都受伤了！敌人却是我们的亲人，防不胜防，云翔随时都可以来'问候'你一下，我急都急死了，怎么休息！"

阿超急忙安慰梦娴。

"太太，你放心，我以后会非常注意，不让自己受伤，也不让大少爷受伤！你想想看，家里有哪些人是我们可以信任的，最好调到门口来守门，不要让二少爷和纪家父子进门！"

"我看，我把我的两个儿子调来吧！别人我全不信任！"齐妈说。

"对了，我忘了大昌和大贵！"梦娴眼睛一亮。

齐妈猛点头。

"这样，就完全可以放心了，门口，有大昌大贵守着，门里，有我和阿超……即使阿超必须走开几步，也没关系了！"

云飞躺在床上，忍不住长叹："我们出去四年，跑遍大江南北，随处可以安居，从来没有受过伤，没想到在自己家里居然要步步为营！"

阿超没等药擦完，又跑回到云飞床边来，笑嘻嘻地说："我没有白挨打，有好消息要给你！"

"还会有什么好消息？"云飞睁大眼睛。

"他们拼命审问我，是谁对你下的手，原来他们完全不知道真相！所以，你要保护的那个人，还是安安全全的！"

云飞眉头一松，透了一口长气。

"还有，天虹姑娘要我带话给你，她没有出卖你，她什么都没说！"

云飞深深点头。

"我早就知道她什么都没说！真亏了她冒险去救你！齐妈，你要打听打听她有没有吃亏！"

"我会的！我会的！以后再也不会冤枉她了！"齐妈一迭连声地说。

"齐妈，你注意一下小莲，我觉得那丫头有点鬼鬼祟祟！"阿超说。

齐妈点头。梦娴忧心忡忡，看看云飞，又看看阿超，真是愁肠百结，说："现在，你们两个，给我好好养伤吧！谁都不许出门！"

"大少爷躺着就好，我呢，都是皮肉伤，毫无关系，我还是要出门的！就拿这抓药来说，我现在就要去……"

齐妈很权威地一吼："现在哪有药铺会开门？明天一早，大昌会去抓药，你满脸伤，还要往哪里跑？不许出去！"

阿超和云飞相对一看，两个伤兵，真是千般无奈。

云飞经过这样一闹，又快要虚脱了。闭上眼睛，他想合目养神，可是心里颠来倒去都是雨凤的影子。自己这样衰弱，阿超又受伤了，雨凤会不会在巷口等自己呢？见不到他，她会怎么想？他真是心急如焚，简直"度秒如年"了。

第二天一早，齐妈就把所有的事都照计划安排了。端了药碗，她来到云飞床前，报告着："所有的事我都安排好了，你不要操心。天虹那儿，我一早就去看过了，她过关了！她说，钥匙已经归还原位，要你们放心。"

云飞点头，心里松了一口气，总算天虹没出事。正要说什么，门外传来家丁的大声通报："老爷来了！"

云飞一震。齐妈忙去开门，阿超赶紧上前请安。

"老爷，早！"

祖望瞪着阿超看，阿超脸上的鞭痕十分明显。祖望吃惊地问："你怎么了？"

"没事！没事！"阿超若无其事地说。

"脸上有伤，怎么说是没事？怎么弄的？"祖望皱眉。

"爹！"云飞支起身子喊。

祖望就搁下阿超的事，来到床前，云飞想起身，齐妈急忙扶住。

"爹，对不起，让您操心了！"

"你躺着别动！这个时候，别讲礼貌规矩，赶快把身子养好，才是最重要的！"他看看云飞又看看阿超，严肃地说，"我要一个答案，你们两个到底是怎么回事？不要再瞒我了！"

"阿超和我是两回事，阿超昨晚帮我抓药回来，被人一棍子打昏，拖到仓库里毒打了一顿！"云飞不想隐瞒，坦白地说了出来。

"是谁干的？"祖望震惊地问。

"爹，你应该心里有数，除了云翔谁会这样做？不只云翔一个人，还有纪总管和天尧！我真没想到，我的家已经变成了一个暴力家庭！"

祖望的眉头皱得更紧了，生气地说："云翔又犯毛病了，才跟我说，要改头换面重新做人，转眼就忘了！"说着，又凝视云飞，"不过，阿超平常也被你宠得有点骄狂，常常作威作福，没大没小，才会惹出这样的事吧！"

云飞一听，祖望显然有护短的意思，不禁一愣。心中有气，正要发作，阿超走上前来，赔笑说："老爷！这事是我不好，希望老爷不要追究了！"

祖望看阿超一眼，威严地说："大家都收敛一点，家里不是就可以安静很多吗？"

云飞好生气。

"爹！你根本在逃避现实，家里已经像一个刑场，可以任意动用私刑，你还不过问吗？这样睁一眼闭一眼，对云翔他们一再姑息，你会造成大问题的！"

祖望也很生气，烦恼地一吼："我现在最大的问题就是你！"

云飞一怔。阿超和齐妈面面相觑，不敢说话。

"好！我已经知道云翔打了阿超！那么你呢？你肚子上这一刀，总不是云翔捅的吧？你还不告诉我真相吗？你要让那个凶手逍遥法外，随时再给你第二刀吗？"

云飞大急，张口结舌。祖望瞪着他，逼问："就是你这种态度，才害得阿超挨打吧？难道，你要我也审阿超一顿吗？"

云飞急了，冲口而出："如果我告诉你，这一刀是我自己捅的，你信不信呢？"

"你自己捅的？你为什么要自己捅自己一刀呢？"祖望大惊。

云飞吸口气，主意已定，就坚定地、肯定地、郑重地说："为了向一个姑娘证明自己心无二志！"

祖望惊奇极了，目不转睛地盯着他看。云飞迎视着他的目光，眼神那么坦白真挚，祖望不得不相信了。他睁大眼睛不可思议地说："这太疯狂了！但是，这倒很像你的行为！'做傻事'好像是你的本能之一！"他咽了口气，对这样的云飞非常失望，云翔的谗言就在心中全体发酵，"我懂了，做了这种傻事，你又想遮掩它！"

"是！请爹也帮我遮掩吧！"

"那个姑娘就是待月楼里的萧雨凤？她值得你这样做？"

云飞迎视着父亲的眼光，一字一句，掏自肺腑。

"为了她，赴汤蹈火，刀山油锅，我都不惜去做！何况是挨一刀呢？她在我心里的分量可想而知！爹如果肯放她一马，我会非常非常感激，请你给我一点时间，让我向你证明我的眼光，证明她值得还是不值得！"

祖望瞪着他，失望极了。

"好了！我知道了！"他咬咬牙，说，"我的两个儿子，云翔固然暴躁，做事往往太狠，可是，你也未免太感情用事了！在一个姑娘身上，用这种功夫，损伤自己的身子，你也太不孝了！"站起身来，他的声音冷淡，"你好好休养吧！"他转身向外走，走了几步又站住了，回头说，"云翔现在很想和你修好，你也不要拒人于千里之外，兄弟之间没有解不开的仇恨，知道吗？"说完，转身去了。

云飞怄得往床上一倒。

"简直是一面倒地偏云翔嘛！连打阿超这种事他都可以放过！气死我了……"他这一动，牵动了伤口，捧着肚子呻吟，"哎哟！"

阿超急忙蹿过来扶他，嚷着说："你动来动去干什么？自己身上有伤，也不注意一下！你应该高兴才对，肚子上这一刀总算给你蒙过去了，我打包票老爷不会再追究了！"

"因为他觉得不可思议，太丢脸了！"

"管他怎么想呢？只要暂时能够过关就行了！"他弯腰去扶云飞，一弯腰，牵动浑身伤口，不禁跟着呻吟，"哎哟，哎哟……"

齐妈奔过来。

"你们两个！给我都去躺着别动！"

主仆二人，相对一视。

"哈哈！没想到我们弄得这么狼狈！"阿超说。

云飞接口："人家是'哼哈二将'，我们快变成'哎哟二将'了！"

主仆二人，竟然相视而笑了。

第二天一清早，云翔就被纪总管找到他的偏厅来。

"救走了？阿超被人割断绳子救走了？怎么可能呢？谁会救他呢？"云翔气急败坏地问。

"所以，千万不要小看云飞的力量，这个家庭现在显然分为两派了，你有你的势力，他有他的势力！不要以为我们做什么他们看不见，事实上，他的眼线一定也很多，就连阿文那些人也不能全体信任！说不定就有内奸！"纪总管说。

"而且，今天一早，大昌大贵就进府了。现在，像两只虎头狗一样，守在云飞的房门口！小莲也被齐妈赶进厨房，不许出入上房！还不知道他们会对老爷怎么说，老爷会怎么想？"天尧接口。

云翔转身就走。

"我现在就去看爹，先下手为强！"

纪总管一把拉住他。

"你又毛躁起来了！你见了老爷怎么说？说是阿超摔了一跤，摔得脸上都是鞭痕吗？"

云翔一怔，愣了愣，转动眼珠看纪总管，惊愕地喊："什么？阿超脸上有鞭痕？怎么弄的？谁弄的？"

纪总管一笑，拍拍云翔的肩。

"去吧！自己小心应付……"

纪总管话没说完，院子里，家丁们大声通报："老爷来了！"

纪总管大惊，天尧、云翔都一愣。来不及有任何反应，房门已被拍得砰砰响。纪总管急忙跑去开门，同时警告地看了两人一眼。

门一开，祖望就大踏步走了进来，眼光敏锐地扫视三人："原来云翔在这儿！怎么？一早就来跟岳父请安了？"

纪总管感到祖望话中有话，一时之间乱了方寸，不敢接口。云翔匆促间也不知道该说什么，有点慌乱。

"爹怎么这么早就起床了？"

祖望瞪着云翔，恨恨地说："家里被你两个儿子弄得乌烟瘴气，我还睡得着吗？"

"我弄了什么？"

"你弄了什么？不要把我当成一个老糊涂好不好？我已经去过云飞那儿了……捉阿超、审阿超、打阿超，还不够吗？"他忽然掉头看天尧和纪总管，"你们好大胆子，敢在家里动用私刑！"

纪总管急忙说："老爷！你可别误会，我从昨晚起……"

祖望迅速打断，叹口气："纪总管！你们教训阿超，本来也没什么了不起，可是不要太过分了！如果这阿超心里怀恨，你们可以暗算他，他也可以暗算你们！任何事适可而止。这个屋檐底下，要有秘密也不太容易！"

纪总管不吭声了。

云翔开始沉不住气。

"爹！你不能尽听云飞的话，他身上才有一大堆的秘密，你应该去调查他怎么受伤，他怎么……"

祖望烦躁地打断了他。

"我已经知道云飞是怎样受伤的，不想再追究这件事了！这事就到此为止，谁都不要再提了！"

云翔惊奇。

"你知道了？那么，是谁干的？我也很想知道！"

"我说过，我不要追究，也不想再提了！你也不用知道！"

云翔、天尧、纪总管彼此互看，惊奇不解。

祖望就拍了拍云翔的肩，语重心长地说："昨天，你跟我说了一大篇话，说要和云飞讲和，说要改错什么的，我相信你是肺腑之言，非常感动！你就让我继续感动下去吧，不要做个两面人，在我面前是一个样，转身就变一个样！行吗？"

云翔立即诚恳地说："爹，我不会的！"

"那么，打阿超这种事情不可以再发生了！你知道我对你寄望很深，不要让我失望！"再看了屋内的三个人一眼，"我现在只希望家里没有战争，没有阴谋，每个人都能健康愉快地过日子，这不算是奢求吧！"

祖望说完，转身大步出门去。纪总管慌忙跟着送出去。

室内的云翔和天尧对看一眼。

"还好，你爹的语气，还是偏着你！虽然知道是我们打了阿超，可是并没有大发脾气，就这一点看，我们还是占上风！"天尧说。

云翔想想，又得意起来。

"是啊！何况，我还修理了他们两个！"他一击掌，意兴风发地说，"走着瞧吧！路还长得很呢！"

苍天有泪

拾贰

TWELVE

"她以为她是猫，想捉我这只老鼠！

她根本不知道，我才是猫，准备捉她这只老鼠！"

雨凤有两天没有去巷口，她已经下定决心不再和云飞见面了。好奇怪，云飞也没有来找她，或者，他卧病在床，实在不能行动吧！但是，阿超居然也没来。难道，云飞已经知道了她的决心，预备放弃她了？第三天，她忍不住到巷口去转了转，看不到马车，也看不到阿超，她失望地回到小屋，失魂落魄。于是，整天，她就坐在窗边的书桌前，聚精会神地看着那本《生命之歌》。这是一本散文集，整本书抒发的是作者对"生命"的看法，其中有一段这样写着：

> 我们觉得一样事物"美丽"，是因为我们'爱它'。花、鸟、虫、鱼、日、月、星、辰、艺术、文学、音乐、人与人……都是这样。我曾经失去我的至爱，那种痛楚和绝望，像是掉进一个深不见底的黑洞里，所有的光明色彩声音全部消失，生命剩下的只有一具空壳，什么意义都没有了……

她非常震撼，非常感动，就对着书出起神来，想着云飞的种种种种。

忽然间，有两把匕首，亮晃晃地往桌上一放。发出"啪"的一响，把她吓了一大跳，她惊跳起来，就接触到雨鹃锐利的眸子。她愕然地看看匕首，看看雨鹃，结舌地问："这……这……这是什么？"

雨鹃在她对面一坐。

"这是两把匕首，我去买来的！你一把，我一把！"

"要干什么？"雨凤睁大眼睛。

"匕首是干什么的，你还会不知道吗？你瞧，这匕首上有绑带子的环扣，我们把它绑在腰上，贴身藏着。一来保护自己，二来随时备战！"

雨凤打了个寒战。

"这个硬邦邦的东西，绑在腰上，还能跳舞吗？穿薄一点的衣服，不就看出来了吗？"

"不会，我试过了。这个匕首做得很好，又小又轻，可是非常锋利！如果你不愿意绑在腰上，也可以绑在腿上！这样，如果再和展夜鸮面对面，也不至于像上次那样，找刀找不到，弄了个手忙脚乱！"

雨凤瞪着雨鹃。

"你答应过金银花，不在待月楼出事的！"

"对呀！可是我也说过，离开了待月楼，我高兴做什么就做什么！你焉知道不会有一天，我跟那个展夜鸮会在什么荒郊野外碰面呢！"

"你怎么会跟他在荒郊野外碰面呢？太不可能了！"

"人生的事很难讲，何况，'机会'是可以'制造'的！"

雨鹃说着，就把匕首绑进衣服里，拉拉衣服，给雨凤看。

"你看！这不是完全看不出来吗？刚开始，你会有些不习惯，可是，带久了你就没感觉了！你看那些卫兵，身上又是刀，又是枪的，人家自在得很！来来来……"她拉起雨凤，"我帮你绑好！"

雨凤一甩手，挣脱了她，抗拒地喊："我不要！"

"你不要？你为什么不要？"

雨凤直视着她，几乎是痛苦地说："因为我做过一次这样的事，我知道用刀子捅进人的身体是什么滋味，我绝对不再做第二次！"

"即使是对展夜鸮，你也不做吗？"

"我也不做！"

雨鹃生气，跺脚。

"你是怎么回事？"

雨凤难过地摇摇头。

"我也不知道我是怎么回事，我只知道，我一定做不出来！自从捅了那个苏慕白一刀以后，我看到刀子就发抖，连切个菜我都会切不下去，我知道我不中用，没出息！我就是没办法！"

雨鹃提高声音，喊："你捅的是展云飞，不是苏慕白！你不要一直搞不清楚！"她走过去，一把抢走那本书，"不要再看这个有毒的东西了！"

雨凤大急，伸手就去抢。

"我已经不去巷口等他们了，我已经不见他了！我看看书，总不是对你们的背叛吧！让我看……让我看……"她哀恳地看着雨鹃，"我都听你的了，你不能再把这本书抢走！"

雨鹃废然松手。雨凤夺过了书，像是拿到珍宝般将书紧紧地压在胸口。

"这么说，这把匕首你决定不带了？"雨鹃气呼呼地看着她。

"不带了。"

雨鹃一气，过去把匕首抓起来。

"你不带，我就带两把，一把绑在腰上，一把绑在腿上！遇到展夜鸮，就给他一个左右开弓！"

雨凤呆了呆。

"你也不要走火入魔好不好？身上带两把刀，你怎么表演？万一跳舞的时候掉出来了，不是闹笑话吗？好吧！你一把，我一把，你带着，我收着！"

雨凤拿过匕首，那种冰凉的感觉使她浑身一颤。她满屋子乱转，不知道要将它藏在哪儿才好。

她把匕首收进抽屉里，想想不妥，拿出来放进柜子里，想想又不妥，拿出来四面张望，找不到合适的地方可藏，最后，把它塞在枕头底下的床垫下，再用枕头把它压着，这才松了口气。她收好了匕首，抬头看雨鹃，可怜兮兮地解释："我不要弟弟妹妹看到这个！万一小四拿来当玩具，会闯祸！"

雨鹃摸着自己腰上的匕首，一语不发。

第二天早上，萧家的五个姐弟都很忙。小三坐在院子中剥豆子。小四穿着制服，利用早上的时间，在练习射箭。小五缠在小四脚边，不断给小四喝彩、拍手、当啦啦队。雨鹃拿着竹扫把在扫院子。雨凤在擦桌子，桌上，躺着那本《生命之歌》。

有人打门，雨鹃就近开门，门一开，阿超就冲进来了。雨鹃一看到阿超，气坏了，举起扫把就要打。

"你又来做什么？出去！出去！"

阿超轻松地避开她，看着小四，高兴地喊："还没去上课？在射箭吗？小四，有没有进步？"

三个孩子看到阿超，全都一呆。小五看到他脸上有伤，就大声惊呼起来："阿超大哥，你脸上怎么了？"

阿超心中一喜。

"小五！你这声'阿超大哥'，算我没有白疼你！"他摸摸自己的脸，不在意地说，"这个吗？被人暗算了！"

雨凤看到阿超来了，整个脸庞都发亮了，眼睛也发光了，怕雨鹃骂她，躲在房里不敢出去。

雨鹃拿着扫把奔过来，举起扫把喊："跟你说了叫你出去，你听不懂吗？"

阿超抢过她的扫把一扔。

"你这么凶，快变成母夜叉了！整天气呼呼有什么好呢？不是跟自己过不去吗？"

"你管我？"雨鹃生气地大嚷，"你就不能让我们过几天安静日子吗？"

"怎么没有让你们过安静日子？不是好几天都没有来吵你们吗？可是，现在不吵又不行了，有人快要难过得死掉了！"

"让他去死吧！反正每天都有人死，谁也救不了谁！你赶快走！不要在这儿乱撒迷魂药了！"

阿超想进去，雨鹃捡起扫把一拦，不许他进去。

"你让一下，我有话要跟雨凤姑娘说！"

"可是，雨凤姑娘没有话要跟你说！"

"你是雨凤姑娘的代言人吗？"阿超有气，伸头喊："雨凤姑娘！雨凤姑娘！"

雨凤早已藏不住了，急急地跑了过来。

"你的脸……怎么了？"

"说来话长！被人暗算了，所以好几天都没办法过来！"

雨凤一惊。

"暗算？他呢？他好不好？"

"不好，真的不大好！也被人暗算了！"

"怎么一回事呢？被谁暗算了？你快告诉我！"雨凤更急。

"又是说来话长……"

雨鹃气呼呼地打断他。

"什么'说来话长'？这儿根本没有你说话的余地！带着你的'说来话长'滚出去！我要关门了！如果你再赖着不走，我就叫小四去通知金银花……"

阿超锐利地看雨鹃，迅速地接口："预备要郑老板派人来揍我一顿吗？"

"不错！你不要动不动就往我们家横冲直撞，你应该知道自己受不受欢迎！什么暗算不暗算，不要在这儿编故事来骗雨凤了，她老实，才会被你们骗得团团转……"

阿超瞪着雨鹃，忽然忍无可忍地爆发了。

"雨鹃姑娘，你实在太霸道，太气人了！我从来没看过像你这样蛮不讲理的姑娘！你想想看，我们对你们做过什么坏事？整个事件里的受害者，不是只有你们，还有我们！"忽然拉开上衣，露出伤痕累累的背脊，"看看这个，不是我做出来骗你们的吧？"

雨凤、雨鹃、小三、小四、小五全都大惊，小五大叫："阿超大哥，你受伤了！大姐！赶快给阿超大哥上药！"

"有人用鞭子抽过你吗？是怎么弄伤的？你有没有打还他？"小三急呼。

小四更是义愤填膺。

"你跟谁打架了？你怎么不用你的左勾拳和连环腿来对付他们呢？还有你的铁头功呢？怎么会让他们伤到你呢……"

三个孩子七嘴八舌，全都忘了和阿超那个不明不白的仇恨，个个真情流露。阿超迅速地穿好衣服，看着三个孩子，心中安慰极了，再四面看看，"这四合院里，现在只有你们吗？"

"是！月娥珍珠小范他们都是一早就去待月楼了。你快告诉我，你碰到什么事了？谁暗算了你？"雨凤好着急。

阿超咬牙切齿，一个字一个字地吐出来："展云翔！"

五个兄弟姐妹全都一震。雨鹃也被阿超的伤震撼了，定睛看他。

"你没有骗我们？真的？你背上的伤，是用什么东西伤到的？"

"我没有骗你们，背上的伤，是展夜鸮用马鞭抽的！"他一本正经地说。

"那……他呢？不会也这样吧？"雨凤心惊胆战。

"实在……说来话长，我可不可以进去说话了？"

雨鹃终于让开了身子。

阿超进了房。于是，云飞被暗算、自己被毒打、全家被惊动、祖望相信了云飞"自刺"的话，答应不再追究……种种种种，都细细地说了。雨凤听得惊心动魄，雨鹃听得匪夷所思，三个孩子一知半解，立刻和阿超同仇敌忾起来，个个听得热血沸腾，义愤填膺。

阿超挨的这一顿毒打，收到的效果还真不小，雨鹃那种剑拔弩张的敌意，似乎缓和多了。而雨凤，在知道云飞"伤上加伤"以后，她是"痛上加痛"，听得眼泪汪汪，恨不得插翅飞到云飞床边去。想到云飞在这个节骨眼，仍然帮自己顶下捅刀子的过失，让自己远离责任，就更是全心震动。这才知道，所谓"魂牵梦萦""柔肠寸断"，是什么滋味了。

当阿超在和雨凤姐弟畅谈受伤经过的时候，云飞也拗不过梦娴的追问，终于把自己受伤的经过坦白地告诉了母亲。梦娴听得心惊肉跳，连声喊着："什么？原来捅你一刀的是雨凤？这个姑娘太可怕了，你还不赶快跟她散掉！你要吓死我吗？"

"我就知道不能跟你说嘛，说了就是这种反应！你听了半天，也不分析一下人家的心态，也不想一想前因后果，就是先把她否决了再说！"

云飞懊恼地说。

"我很同情她的心态，我也了解她的仇恨和她的痛苦……可是，她要刺杀你呀！我怎么可能允许一个要刺杀你的人接近你呢？不行不行，我们给钱，我们赔偿他们、弥补他们，然后你跟他们走得远远的！我去跟你爹商量商量……"她说着就走。

云飞一急，跳下地来，伸手一拦。

"娘！你不要弄得我的伤口再裂一次，那大概就要给我办后事了！"

梦娴一吓，果然立即止步。

"你赶快去床上躺着！"

"你要不要好好听我说呢？"

"我听，我听！你上床！"

云飞回到床上。

"这件事情，我想尽办法要瞒住爹，就因为我太了解爹了！他不会跟我讲道理，也不会听我的解释和分析，他和你一样要先保护我，他会釜底抽薪！只要去一趟警察厅，去一趟县政府或者其他的单位，萧家的五个孩子全都完了！我只要一想到这个，我就会发抖。所以，娘，如果你去告诉爹，就是你拿刀子来捅我了！"

"哪有那么严重！你故意要讲得这么严重！"梦娴惊怔地说。

"就是这么严重！我不能让他们五个再受到丝毫的伤害！"他深深地看着梦娴，"娘！你知道吗？雨凤带着刀去寄傲山庄，她不是要杀我，她根本不知道我会去，她是发现我的真实身份就痛不欲生了！她是去向她爹忏悔、告罪，然后，预备一刀了断自己！如果我在她内心不是那么重要，她何至于发现我是展家的人就绝望到不想活了？她真正震撼我的地方就在这儿，不是她刺我一刀，而是我这个人主宰了她的生命！我只要一想到她可以因为我是展云飞而死，我就可以为她死！"

"你又说得这么严重！用这么强烈的字眼！"梦娴被这样的感情吓住了。

"因为，对我而言，感情就是这样强烈的！她那样一个柔柔弱弱的姑娘，可以用她的生命来爱……雨鹃，她也震撼我，因为她用她的生命来恨！她们是一对奇怪的姐妹，被我们展家的一把火烧出两个火焰一样的人物！又亮又热，又灿烂，又迷人，又危险！"

"对呀！就是'危险'这两个字，我听起来心惊胆战，她会捅你一刀，你怎么能娶她呢？如果做了夫妻，她岂不是随时可以给你一刀？"

云飞累了，沮丧了，失望地说："我跟你保证，她不会再捅我了！"

"我好希望你能够幸福！好希望你有个甜蜜的婚姻，有个很可爱的妻子，为你生儿育女……但是，这个雨凤，实在太复杂了！"

"没办法了！我现在就要这个'复杂'，要定了！但是……"他痛苦地一仰头，"我的问题是，她不要我！她恨死了展云飞！我的重重关卡还一关都没过！所以，娘，你先别为了我'娶她'之后烦恼，要烦恼的是怎样才能'娶她'！"

一声门响，两个人都住了口。

进来的是阿超。他的神色兴奋，眼睛闪亮。云飞一看到他，就整个人都紧张起来了。

"怎样？你见到雨凤了吗？不用避讳我娘了，娘都知道了！"

"我见到了！"

"她怎样？"云飞迫切地问。

"她又瘦又苍白，不怎么样！雨鹃姑娘拦着门，拿扫把打我，不让我见她，对我一阵乱吼乱叫，骂得我狗血淋头，结果……"

"结果怎样？"云飞急死了。

"我一气，就回来了！"

云飞瞪大眼睛，失望得心都沉进了地底。

"哎！你怎么这么没用？"

阿超嘻嘻一笑，从口袋中取出一张信笺，递了过去。

"对我有点信心好不好？做你的信差，哪次交过白卷呢？她要我把这个交给你！"

云飞瞪了阿超一眼，一把抢过信笺，急忙打开。

信笺上，娟秀的笔迹，写着四句话：

> 忆了千千万，恨了千千万，
>
> 毕竟忆时多，恨时无奈何！

云飞把信笺往胸口紧紧一压，狂喜地倒上床。

"真是一字千金啊！"

阿超笑了。

梦娴对这样的爱，不能不深深地震撼了。那个"复杂"，会唱歌、会编曲、会拿刀捅人、会爱会恨，还是"诗意"的、"文学"的，她到底是个怎样的姑娘啊！

这个姑娘，每晚在待月楼又唱又跳，娱乐佳宾。

这晚，待月楼依旧宾客盈门，觥筹交错。

在两场表演中间的休息时间，雨凤姐妹照例都到郑老板那桌去坐坐。现在，她们和郑老板的好友们，已经混得很熟了。在郑老板有意无意的示意下，大家对这两姐妹也有一些忌讳，不再像以前那样动手动脚了。

郑老板和他的客人们已经酒足饭饱，正在推牌九。赌兴正酣，金银花站在一边，吆喝助阵。雨凤、雨鹃两姐妹作陪，还有一群人围观，场面十分热闹。郑老板已经赢了很多钱。桌上的牌再度开牌，郑老板坐庄，慢慢地摸着牌面，看他的底牌。面上的一张牌是"虎牌"。所谓虎牌，就是十一点，牌面是上面五点，下面六点。

雨鹃靠在郑老板肩上，兴高采烈地叫着："再一张虎牌！再一张虎牌！"

"不可能的！哪有拿对子那么容易的！"高老板说。

"看看雨鹃这金口灵不灵？"郑老板呵呵笑着。他用大拇指压着牌面，先露出上面一半，正好是个"五点"！全场哗然。

"哈哈！不是金口，也是银口！一半已经灵了！"金银花说。

郑老板再慢吞吞地开下一半，大家都抻长了脑袋去看。

"来个四点，正好是瘪十！"许老板喊。

"四点！四点！"赌客们叫着。

"瘪十！瘪十！瘪十……"高老板喊。

大家各喊各的，雨鹃的声音却特别响亮，她感染着赌钱的刺激，涨红了脸兴奋地喊着："六点……六点……六点……一定是六点！虎儿来！虎儿来！虎儿到！虎儿到……"

郑老板看牌，下面一半，赫然是个"六点"。

"啪"的一声，郑老板把牌重重掷下，大笑抬头。

"真的是虎儿来，虎儿到！虎牌！"他看看其他三家，"对不起，通吃！"

桌上的钱，全部扫向郑老板。围观者一片惊叹声。

"郑老板，你今晚的手气简直疯了！"高老板说。

许老板输得直冒汗，喊："雨鹃，你坐到我旁边来，好不好？也带点好运给我嘛！"

金银花笑得花枝乱颤，说："雨鹃，你过去，免得他输了不服气！"

雨鹃看了郑老板一眼，身子腻了腻。

"我不要……人家喜欢看兴家的牌嘛！"

郑老板大笑，高兴极了，拍拍她的手背。

"你是我的福星，就坐这儿！"他把一张钞票塞进雨鹃的衣领里，"来，给你吃红！"

雨鹃收了钞票，笑着。

"下面一把，一定拿皇帝！"

"再拿皇帝，我们大家都不要赌了，散会吧！"许老板叫。

"好嘛！好嘛！那就拿个天牌好了！"雨鹃边笑边说。

郑老板被逗得开心大笑。

雨凤什么话都不说，安安静静地坐在那儿，看着雨鹃，一脸的难过。

大家又重新洗牌，正赌得火热，欢欢喜喜的时候，忽然，一个声音嚣张地响了起来："小二！小二！先给我拿一壶陈绍，一壶花雕来！那酱牛肉、腰花、猪蹄、鸡翅膀、鸭舌头、豆腐干、葱烤鲫鱼……通通拿来！快一点！"

所有的人都回头去看。只见，云翔、天尧，带着四五个随从，占据了一张大桌子，正在那儿呼三喝四。

雨鹃身子一挺，雨凤僵住。姐妹俩的脸孔都在一瞬间转白。

金银花警告地看了姐妹俩一眼，立即站起身来，眉开眼笑地迎向云翔："哟！今晚什么风，把展二爷给吹来了？赶快坐坐坐！"她回头喊，"小范，叫厨房热酒！珍珠、月娥，上菜啊！有什么就去给我拿什么上来，没有什么就去给我做什么！大家动作快一点，麻利一点！"

珍珠、月娥、小范一面高声应着，一面走马灯似的忙碌起来。

云翔看看金银花，看看郑老板那桌，大声地说："不知道可不可以请两位萧姑娘，也到我们这桌来坐一坐？"

郑老板眼光一沉。雨鹃和雨凤交换了一个注视。郑老板歪过头去看雨鹃。

"你怎么说？要我帮你挡了吗？"

雨鹃眼珠一转，摇摇头，很快地说："不用了。我过去！"

"不许闹事！"郑老板压低声音。

"我知道。"

雨鹃起身，雨凤立刻很不放心地跟着起身。

"我跟你一起去！"

郑老板抬头，对屋角一个大汉使了一个眼色，立即，有若干大汉不受注意地，悄悄地散立在云翔那桌的附近。

天尧眼观六路，耳听八方，对云翔低声说："伏兵不少，你收敛一点！"

云翔顿时莫名其妙地兴奋起来。

"唔，很好玩的样子！有劲！"

姐妹俩过来了，雨鹃已经理好自己纷乱的情绪，显得镇定而且神采奕奕。对云翔嘻嘻一笑，清脆地说："我老远就听到有鸟叫，叫得吱呀吱的，我还以为有人在打猎，猎到夜鸮还是猫头鹰什么的，原来是你展某人来了！"她伸手就去倒酒，抬眼看众人，"好像都见过面哦！几个月以前，寄傲山庄的一把火，大家都参加过，是不是？我敬各位一杯，祝大家夜里能够睡得稳，不会做噩梦！家宅平安，不会被一把野火烧得一干二净！"

雨鹃举杯一口干了，向大家照照杯子，再伸手去倒酒。

天尧和满桌的人，都惊奇地看着她，不知该如何反应。

云翔被这样的雨鹃吸引着，觉得又是意外，又是刺激，仰头大笑。

"哈哈！火药味挺重的！见了面就骂人，太过分了吧！我今晚可是来交朋友的！来来来，不打不相识，我们算是有缘！我倒一杯酒，敬你们姐妹两个！这杯酒干了，让我们化敌为友，怎么样？"他抬头，一口干了杯子。

雨凤瞪着他，尽管拼命努力克制着自己，仍然忍不住冲口而出："你为什么不在自己的树洞里好好地躲着，一定要来招惹我们呢？表示你很有办法，有欺负弱小的天才吗？对着我们姐妹两个摇旗呐喊一下，会让你成英雄吗？看着别人痛苦，是你的享受吗？"

云翔怔了怔，又笑。"哟，我以为只有妹妹的嘴巴厉害，原来这姐姐的也不弱！"他举杯对雨凤，嬉皮笑脸地，"长得这么漂亮，又会说、又会唱，怪不得会把人迷得神魂颠倒！其实，哥哥弟弟是差不多的，别对我太凶哟！嫂子！"

这"嫂子"二字一出，姐妹俩双双变色。雨凤还来不及说什么，雨鹃手里的酒，已经对着云翔泼了过去。

云翔早有防备，一偏身就躲过了，顺手抓住了雨鹃的手腕。

"怎么？还是只有这一招啊？金银花，你应该多教她几招，不要老是对客人泼酒！这酒嘛，也挺贵的，喝了也就算了，泼了不是太可惜吗？"

金银花急忙站起身，对雨鹃喊："雨鹃！不可以这样！"又转头对云翔，带笑又带嗔地说，"不过，你每次来，我们这儿好像就要遭殃，这是怎么回事？你是欺负咱们店小，还是欺负咱们没有人撑腰呢？没事就来我们待月楼找找麻烦，消遣消遣，是不是？"

另一桌上，郑老板谈笑自若地和朋友们继续赌钱。眼角不时瞟过来。

云翔仍然紧握住雨鹃的手腕，对金银花一哈腰，笑容满面地说："千万不要动火！我们绝对不敢小看待月楼，更不敢跑来闹事！我对你金银花或者是郑老板，都久仰了！早就想跟你们交个朋友！今晚，面对美人，我有一点儿忘形，请原谅！"

金银花见他笑容满面，语气祥和，就坐了回去。

雨鹃忽然斜睨着他，眼珠一转，风情万种地笑了起来。

"你抓着我的手，预备要抓多久呢？不怕别人看笑话，也不怕我疼吗？"

云翔凝视她。

"嘿！怎么突然说得这么可怜？我如果松手，你大概会给我一耳光吧？"雨鹃笑得好妩媚。

"在待月楼不会，我答应过金大姐不闹事。在什么荒郊野外，我就会！"

云翔抬高了眉毛，稀奇地说："这话说得好奇怪，很有点挑逗的意味，你不是在邀我去什么荒郊野外吧？"

"你哪里敢跟我去什么荒郊野外，你不怕我找人杀了你？"雨鹃笑得更甜了。

"我看你确实有这个打算！是不是？你不怕在你杀我之前，我先杀了你？"

雨凤听得心惊胆战，突然一唬地站起身来。

"雨鹃，我们该去换衣服，准备上场了！"

金银花慌忙接口："是啊是啊！赶快去换衣服！"

雨鹃站起身，回头看云翔，云翔就松了手。雨鹃抽回手的时候，顺势就在他手背上轻轻一摸。接着，嫣然一笑，转身去了。

云翔看着她的背影，心底，莫名其妙地兴奋起来。

两姐妹隐入后台，郑老板已经站在云翔面前，笑着喊："金银花！今晚，展二爷这桌酒记在我的账上，我请客！展二爷，刚刚听到你说想跟我交个朋友！正好，我也有这个想法。怎样？到我这桌来坐坐吧！有好多朋友都想认识你！"

云翔大笑，站起身来。

"好啊！看你们玩得高兴，我正手痒呢！"

"欢迎参加！"郑老板说。

天尧向云翔使眼色，示意别去，他只当看不见，就大步走到郑老板桌来，郑老板开始一一介绍，大家嘻嘻哈哈似乎一团和气。云翔落座，金银花也坐了回来，添酒添菜。小范、珍珠、月娥围绕，一片热闹。大家就赌起钱来。

雨凤和雨鹃回到化妆间，雨凤抓住雨鹃的手激动万分地说："你在做什么？勾引展夜鸮吗？这一着棋实在太危险，我不管你心里怎么想的，不管你有什么计划，你都给我打消！听到没有？你想想，那个展夜鸮是白痴吗？他明知道我们恨不得干掉他，他怎么会上你的当呢？你会吃大亏的！"

雨鹃挣开她的手，去换衣服，一边换，一边固执地说："不入虎穴，焉得虎子！"

雨凤更急了，追过来说："雨鹃！不行不行呀！你进了虎穴，会被吃得骨头都不剩，别说虎子了，什么'子'都得不到的！那个展夜鸮什么样的女人没见过，家里还有一个以漂亮出名的太太……他不会对你动心的，他会跟你玩一个'危险游戏'，弄不好你就赔了夫人又折兵！"

雨鹃抬头看她，眼睛闪亮，神情激动，意志坚决。

"我不管！只要他想玩这个'危险游戏'，我就有机会！"她四周看看，把手指压在唇上，"这儿不是谈话的地方，我们不要谈了，好不好？你不要管我，让我赌他一场！"

雨凤又急又痛又担心。

"这不是一场赌，赌，有一半赢的机会！这是送死，一点机会都没有！还有……"她压低声音说，"你跟郑老板又在玩什么游戏？你不知道他大老婆小老婆一大堆，年纪比我们爹小不了多少？你到底在想些什么？做些什么？"

"嘘！不要谈了！你怎么还不换衣服？来不及了！"

雨凤感到伤心、忧虑，而且痛楚。

"雨鹃，我好难过，因为……我觉得，你在堕落。"

雨鹃猛地抬头，眼神凌厉。

"是！我在堕落！因为这是一个很残酷的世界，要生存，要不被别人欺压凌辱，只能放弃我们那些不值钱的骄傲，那些叫作'尊严'什么的狗屁东西……为达目的不择手段！"

雨凤睁大眼睛看她，觉得这样的雨鹃好陌生。

"你觉得，如果爹还在世，他会允许我们堕落吗？"

"别提爹！别说'如果'！不要被你那个有'如果论'的人所传染！'如果'是不存在的！我们的爹也不存在了！但是……"她贴到雨凤耳边，低低地、阴沉沉地说，"那个杀爹的凶手却存在，正在外面喝酒作乐呢！"

雨凤激灵灵地打了个寒战。

雨鹃抬头一笑，眼中隐含泪光。

"你快换衣服，我们上台去，让他们乐上加乐吧！"

于是，姐妹俩压制住了所有的心事，上了台，唱了一段《梁山伯与祝英台》里的《十八相送》。照例把整个大厅唱得热烘烘。这晚的雨鹃特别卖力，唱作俱佳，眼光不住地扫向郑老板那桌，引得全桌哄然叫好。郑老板和云翔都不由自主地停止了赌钱，凝视着台上。

云翔大声喝彩，忍不住赞美："唱得真好，长得也真漂亮！身段好、声音好、表情好……唔，有意思！怪不得轰动整个桐城！"

郑老板微笑地盯着他。

"待月楼有这两个姑娘，真的是生色不少！可是，找麻烦的也不少，争风吃醋的也不少……"

云翔哈哈一笑，接口："有郑老板撑着，谁还敢老虎嘴里拔牙呢？"

郑老板也哈哈一笑。

"好说！好说！就怕有人把我当纸老虎呢！"

两人相视一笑，都明白了对方的意思。

台上的雨凤雨鹃唱完最后一段，双双携手再对台下鞠躬，在如雷的掌声中，退进后台去了。郑老板对金银花低语了一句，金银花就跟到后台去了。郑老板这才和云翔继续赌钱。

云翔的手气实在不错，连赢了两把，乐得开怀大笑。

雨凤雨鹃穿着便装出来了。

郑老板忙着招手："来来来！你们两个！"

姐妹俩走到郑老板身边，雨凤坐下。雨鹃特别选了一个靠着云翔的位子坐下。郑老板就正色地说："听我说，雨凤雨鹃，今天我做个和事佬，你们卖我的面子，以后和展家的梁子就算过去了！你们说怎样？"

两姐妹还没说话，金银花就接了口："对呀！这桐城，大家都知道'展城南，郑城北'几乎把一个桐城给分了！今天在我这个待月楼里，我们来个'南北和'！我呢，巴不得大家都和和气气，轮流在我这儿做个小东，你们开开心心，我也生意兴旺！"

郑老板笑了。

"金银花这算盘打得真好！重点在于要'轮流做东'，大家别忘了！"

满桌的客人都大笑起来，空气似乎融洽极了。云翔就笑嘻嘻地去看雨鹃。

"你怎么说呢？要我正式摆酒道歉吗？"

雨鹃笑看郑老板，又笑看云翔。

"这就为难我了！我要说不呢，郑老板会不高兴，我要说好呢，我自己会怄得口吐鲜血、一命呜呼……"

"有这么严重吗？"云翔问。

"怎么不严重！"雨鹃对着他一扬眉毛，就唱着小调，唱到他脸上去，"冤家啊……恨只恨，不能把你挫磨成粉，烧烤成灰！"

云翔被惹得好兴奋，伸手就去搂她。

"唱得好！如果真是你的'冤家'，就只好随你蒸啊煮啊，烧啊烤啊，煎啊炸啊……没办法了！"

大家都哄笑起来，雨鹃也跟着笑。郑老板就开心地说："好了！笑了笑了！不管有多大的仇恨，一笑就都解决了！金银花，叫他们再烫两壶酒来！我们今晚痛痛快快地喝一场！"

"再高高兴兴地赌一场！"云翔接口。

顿时间，上酒的上酒，洗牌的洗牌，一片热闹。

雨鹃在这一片热闹中，悄悄地将一张小字条，塞进云翔手中。在他耳边，低语了一句："回去再看，要保密啊！"

云翔一怔，看着风情万种的雨鹃，整个人都陷进了亢奋里。他哪里能等到回家，乘去洗手间的时候，就打开了雨鹃的字条，只见上面写着："明天午后两点，在城隍庙门口相候，敢不敢一个人前来？"

云翔笑了，兴奋极了。

"哈！这是一个'猫捉老鼠'的游戏！她以为她是猫，想捉我这只老鼠！她根本不知道，我才是猫，准备捉她这只老鼠！有意思！看看谁厉害！"

云翔回到桌上，给了雨鹃一个"肯定"的眼色。

雨凤看得糊里糊涂，一肚子的惊疑。

苍天有泪

拾叁

THIRTEEN

"分裂我们的，不是'仇恨'！是那两个人！一个哥哥，一个弟弟！"

这天深夜，回到家里，姐妹两个都是心事重重。雨鹃坐在镜子前面，慢吞吞地梳着头发，眼光直直地看着镜中的自己，眼神深不可测。雨凤盯着她，看了好久好久，实在熬不住，走上前去一把握住她的肩。

"雨鹃！你有什么计划？你告诉我！"

"我没有什么计划，我走一步算一步！"

"那……你要走哪一步？"

"还没想清楚！我会五六步棋同时走，只要有一步棋走对了，我就赢了！"

"如果你通通输了呢？"雨凤害怕地喊。

雨鹃好生气，把梳子往桌上一扔。

"你说一点好话好不好？"

雨凤一把拉住她，哀恳地喊："雨鹃！我们干脆打消复仇的念头吧！那个念头会把我们全体毁灭的！"

"你这是什么意思？"

雨凤抓着她的胳臂，激动地摇了摇。

"你听我说！自从爹去世以后，我们最大的痛苦不是来自于生活的艰难，而是来自我们的仇恨心，我们的报复心！我们一天到晚想报仇，但又没有报仇的能力和方法，所以，我们让自己好苦恼。有时，我难免会想，假若我们停止去恨，会不会反而解救了我们，给我们带来海阔天空呢？"

雨鹃迎视雨凤，感到不可思议，用力地说："你在说些什么？停止仇恨！仇恨已经根深蒂固地在我的血里、我的生命里！怎么停止？要停止这个仇恨，除非停止我的生命！要我不报仇，除非让我死！"

雨凤震动极了。雨鹃愤怒地质问："你已经不想报仇了，是不是？你宁愿把火烧寄傲山庄的事忘得干干净净，是不是？"

"不是！不是！"雨凤摇头，悲哀地说，"爹的死，正像你说的，已经烙在我们的血液里、生命里，永远不会忘记！可是，报仇是一种实际的行动，这个行动是危险的，是有杀伤力的，弄得不好，仇没报成，先伤了自己！何况，弟妹还小，任何鲁莽的行为都会连累到他们！我自己有过一次鲁莽的行为，好怕你再来一次！"

"你放心吧！我不会像你那样，弄得乱七八糟！"

"可是，你已经把自己变成了另外一个人！我看着你对郑老板送秋波，又看到你对那个展夜鹗卖弄风情，我都不知道你在做什么，只知道一件事，我快要心痛得死掉了，我不要我的妹妹变成这样！我喜欢以前那个纯真快乐的萧雨鹃！让那个雨鹃回来吧！我求求你！"

雨鹃眼中含泪了，激烈地说："那个雨鹃早就死掉了！在寄傲山庄着火的那一天，就被那把火烧死了！再也没有那个萧雨鹃了！"

"有的！有的！"雨凤痛喊着，"你的心里还有温柔，你对弟妹还有爱心！我们让这份爱扩大，淹掉那一份恨，我们说不定会得救，说不定会活得很好……"

"那个展夜鹗如此得意，如此张狂，随时出现在我们的面前，把我们像玩物一样地逗弄一番，我们这样忍辱偷生，怎么可能活得很好？"

"或者，我们可以换一个职业……"

"不要说笑话了！或者，我们可以去绮翠院！还有一条路，你可以嫁到展家去，用展家的钱来养活弟妹！"

雨凤一阵激动。

"你还在对我这件事怄气，是不是？我赌过咒、发过誓，说了几千几万次，我不会嫁他，你就是不信，是不是？"

"反正，我看你最后还是逃不出他的手掌心！你敢说你现在不爱他，不想他吗？"

"我们不要把话题岔开，我们谈的不是我的问题！"

"怎么不是你的问题？我们谈的是我们两个的问题！你有你的执迷不悟，我有我的执迷不悟，我们谁也劝不了谁！所以，别说了！"

雨凤无话可说了。姐妹俩上了床，两个人都翻来覆去，各人带着各人的执迷不悟，各人带着各人的煎熬痛楚，眼睁睁地看着窗纸被黎明染白。

早上，有人敲门，雨凤奔出去开门。门一开，她就怔住了。

门外，赫然站着云飞和阿超。

雨凤深吸口气，抬头痴望云飞，不能呼吸了，恍如隔世。他来了！他终于来了！

云飞注视她，低沉而热烈地开了口："雨凤！总算……又见到你了！"

雨凤只是看着他，眼里凝聚着渴盼和相思，嘴里却不能言语。

"你好吗？"云飞深深地、深深地凝视她，"不好，是吗？你瘦多了！"

雨凤的心，一阵抽搐，眼泪立刻冲进眼眶。

"你才瘦了，你……怎么又跑出来了？为什么不多休息几天？伤口怎样？"

"见到你，比在床上养伤，有用多了！"

雨鹃在室内喊："谁来了？"

雨鹃跑出来，在她身后，小三、小四、小五通通跟着跑了出来。小五一看到云飞，马上热烈地喊："慕白大哥，你好久没来了！小兔儿一直在想你呢！"

"是吗？"云飞走进门，激动地抱了抱小五，"小兔儿跟你怎么说的？"

"它说：慕白大哥怎么不见了呢？是不是去帮我们打妖怪去了！"

"它真聪明！答对了！"云飞看到小五真情流露，心里安慰极了。

小四一看到阿超，就奔了过去。

"小四！怎么没去上学？"阿超问。

"今天是十五，学校休息。"

"瞧我，日子都过糊涂了！"阿超敲了自己一下。

"我跟你说，那个箭靶的距离是真的不够了，我现在站在这边墙根，几乎每次都可以射中红心！这样不太刺激，不好玩了！"小四急急报告。

"真的吗？那我们得把箭靶搬到郊外去，找一个空地，继续练！现在不只练你的准确度，还要练你的臂力！"

"身上的伤好了没有？"小四关心地看他。

"那个啊，小意思！"

阿超就带着小四去研究箭靶。

小三跑到云飞面前，想和云飞说话，又有一点迟疑，回头看雨鹃，小声地问："可以跟他说话吗？到底他是苏大哥，还是展浑蛋？"

雨鹃一怔，觉得好困扰。还来不及回答，云飞已诚恳地喊："小三、小四、小五，你们都过来！"

小五已经在云飞身边了，小三和小四采取观望态度，不住看看雨鹃，看看云飞。

"我这些天没有来看你们，是因为我生病了！可是，我一直很想你们，一直有句话要告诉你们，不管我姓什么，我就是你们认识的那个慕白大哥！没有一点点不同！如果你们喜欢过他，就喜欢到底吧！我答应你们，只要你们不排斥我，我会是你们永远的大哥！"云飞真挚已极地说。

小三忍不住接口了："我知道，你是苏慕白，你写了一本书，《生命之歌》！大姐每天抱着看，还背给我们听！我知道你不是坏人！大姐说，能写那本书的人，一定有一颗善良的心！"

云飞一听，震动极了，回头去热烈地看雨凤，四目相接，都有片刻心醉神驰。

小四走到云飞身前，看他。

"我听阿超说了，你们都被暗算了！两个人都受了伤。你住在这样一个地方不是很危险吗？你的伤口好了没有？"

云飞好感动。

"虽然没有全好，但是已经差不多了！"

雨鹃看到这种状况，弟妹们显然没办法去恨云飞，这样敌友不分，以后要怎么办？她一阵烦恼，不禁一叹。

云飞立刻向她迈了一步，诚心诚意地说："雨鹃！就算你不能把我当朋友，最起码也不要把我当敌人吧！好吗？你一定要了解，你恨的那个人并不是我！知道寄傲山庄被烧之后，我的懊恼和痛恨跟你们一样强烈！这些日子跟你们交朋友，我更是充满了歉意，这种歉意让我也好痛苦！如果不是那么了解你们的恨，我也不会隐姓埋名。我实在是有我的苦衷，不是要欺骗你们！"

雨鹃好痛苦。事实上，听过阿超上次的报告，她已经很难去恨云飞了。但是，要她和一个展家的大少爷"做朋友"，实在是"强人所难"。

一时之间，她心里伤痛而矛盾，只能低头不语。

雨凤已经热泪盈眶了。

云飞看到雨鹃不说话，脸上依旧倔强，就叹了口气，回头看雨凤。

"雨凤！我们出去走走，好不好？有好多话想跟你谈一谈！"

雨凤眼睛闪亮，呼吸急促，跑过去握住雨鹃的手，哀求地问："好不好？好不好？"

"你干吗问我？"雨鹃一甩手，跑到屋里去。

雨凤追进屋里，拉住她。

"要不然，我回来之后，你会生气呀！大家都会不理我呀！我受不了你们大家不理我！受不了你说你们大家的分量赶不上一个他！"她痛定思痛，下决心地说，"我跟你说，我再见他这一次就好！许多话非当面跟他说清楚不可！见完这一次，我就再也不见他了。我去跟他了断！真的！"

雨鹃悲哀地看着她。

"你了断不了的！见了他，你就崩溃了！"

"我不会！我现在已经想清楚了，我知道我跟他是没有未来的！我都明白了！"

雨鹃叹了口气。

"随你吧！全世界都敌友不分，我自己也被你们搞得糊里糊涂！只好各人认自己的朋友，报自己的仇好了，我也不管了！"

雨凤好像得到皇恩大赦一般："那……我出去走走，尽快回来！"

雨鹃点头。雨凤就跑出去，拉着云飞。

"我们走吧！"

他们又去了西郊的玉带溪畔。

两人站在大树下,相对凝视,久久,久久。

云飞眼中燃烧着热情,不能自已,终于将她拥进怀中,紧紧地抱着。

"从来没有觉得日子这么难挨过!好想你,真的,好想好想你!"

她融化在这样的炙热里,片刻,才挣脱了他。

"你的伤到底怎样?阿超说你再度流血,我吓得魂都没有了!你现在跑出来,有没有关系?大夫怎么说?"

"如果我告诉你,我完全好了,那是骗你的!我还是会痛,想到你的时候,就痛得更厉害!不想到你的时候很少,所以一直很痛!"

她先还认真地听,听到后面,脸色一沉。

"难得见一面,你还要贫嘴!"

他脸色一正,诚恳地说:"没有贫嘴,是真的!"

她心中酸楚,声音哽咽。

"你这个人真真假假,我实在不知道你哪句话是真的,哪句话是假的,实在不知道应不应该相信!"

云飞激动地把她的双手合在自己手中。

"这些日子,我躺在床上想了很多很多事情。我好后悔,应该一上来就对你表明身份,不该欺骗你!可是,当时我真的不敢赌!好怕被你们的恨砍杀得乱七八糟,结果,还是没有逃过你这一刀!"

她含泪看他,不语。

"原谅我了没有?"他低声地问。

她愁肠百折,不说话。

"你写了二十个字给我,我念了两万遍。你所有的心事我都念得清清楚楚。"他把她的手拉到胸前，一个激动，喊，"雨凤，嫁我吧！我们结婚吧！"

她大大一震。

"你说什么？我怎么可能嫁你？怎么可能结婚？"

"为什么不可能？"

雨凤睁大眼睛看着他，痛楚地提高了声音。

"为什么不可能？因为你姓展！因为你是展家的长子，展家的继承人！因为我不可能走进展家的大门，我不可能喊你的爹为爹，认你的娘为娘，把展家当自己的家！你当初不敢告诉我你姓展，你就知道这一点！今天，怎么敢要求我嫁给你！"

云飞痛苦地看着她，迫切地说："如果我们在外面组织小家庭呢？你不需要进展家大门，我们租个房子，把弟弟妹妹们全接来一起住！这样行不行呢？"

"这样，你就不姓展了吗？这样，我就不算是展家的媳妇了吗？这样，我就逃得开你的父母和你那个该死的弟弟吗？不行！绝对不行！"

"我知道了，你深恶痛绝，是我这个姓！你认识我的时候，我姓苏，你希望我永远姓苏！"

"好遗憾，你不姓苏！"

云飞急了，正色说："雨凤，你也读过书，你知道，中国人不能忘本，天下无不是的父母。你不会爱一个不认自己父母的男人！如果我连父母都可以不认，我还值得你信赖吗？"

"我们不要谈信赖与不信赖的问题，这个问题离我们太遥远了！坦白说，我今天再跟你见这一面，是要来跟你做个了断的！"

"什么？了断？"他大吃一惊。

"是啊！这真的是最后一次见你了！我要告诉你，并不是我恨你，我现在已经不恨了！我只是无可奈何！在你这种身份之下，我没有办法跟你谈未来，只能跟你分手……"

"不不！这是不对的！"他急切地打断了她，"人生的道路，不能说走不通就停止不走了！我和你之间没有'了断'这两个字，已经相遇，又相爱到这个地步，如何'了'？如何'断'？我不跟你了断，我要跟你继续走下去！"

她着急，眼中充泪了。

"哪有路可走？在你受伤这段日子里，我也想过几千几万遍了！只要你是展家人，我们就注定无缘了！"她凝视着他，眼神里是万缕柔情千种恨，声音里是字字血泪、句句心酸，"不要再来找我了，放掉我吧！你一次一次来找我，我就没有办法坚强！你让我好痛苦，你知道？真的真的好痛苦……真的真的……我不能吃，不能睡，白天还要做家事，晚上还要强颜欢笑去唱歌……"

云飞好心痛，紧紧地把她一抱。

"我不好，让你这么痛苦，是我不好！可是，请你不要轻易地说分手！"

她挣开了他，跑开去，眼泪落下。

"分手！是唯一的一条路！"

他追过去，急促地说："不是唯一的！我还有第三个提议，我说出来，你不要再跟我说'不'！"

她看着他。

"我们到南方去！在我认识你之前，我已经在南方住了四年，我们办杂志、写文章，过得优游自在。我们去那儿，把桐城所有的是是非非全体忘掉！虽然生活会苦一点，但是，就没有这些让人烦恼的牵牵绊绊了！好不好？"

雨凤眼中闪过一线希望的光，想一想，光芒又隐去了。

"把小三、小四、小五都带去吗？"

"可以，大家过得艰苦一点而已。"

"那……雨鹃呢？"

"只要她愿意，我们带她一起走！"

雨凤激动起来，叫："你还不明白吗？雨鹃怎么会跟我们两个一起走呢？她恨都恨死我，气都气死我，我这么不争气，会爱上一个展家的人！现在，还要她放弃这个我们生长的地方，我们爹娘所在的地方，跟你去流浪……这怎么可能呢？如果我跟她开口，她会气死的！"

"你离不开雨鹃吗？"他问。

雨凤震惊地、愤怒地一抬头，喊着："我离不开雨鹃！我当然离不开雨鹃！我们五个，就像一只手掌上的五个手指头！你说，手指头哪个离得开哪一个？你以为所有的兄弟姐妹都像你家一样彼此仇恨、钩心斗角，恨不得杀掉对方吗？"

"你不要生气嘛！"

"你这么不了解我，我怎能不生气？"

"那……这也不成，那也不成，你到底要我怎么办？我急都快被你急死了，所有的智慧都快用完了！"

她低下头去，柔肠寸断了。

"所以我说，只有一条路。"

"你在乎我的身份更胜于我这个人吗？"

"是。"

"你要逼我和展家脱离关系？"

"我不敢。我没有逼你做什么，我只求你放掉我！"

"我爹说过一句话，无论我怎样逃避，我身体里仍然流着展家的血液！"

"你爹说得很对，所以，我们只能到此为止了！"

"不可能到此为止的！你虽然嘴里这样说，你的心在说相反的话，你不会要跟我'了断'的！你和我一样清楚，我们已经再也分不开了！"

"只要你不来找我……"

"不来找你？你干脆再给我一刀算了！"

雨凤跺脚，泪珠滚落。

"你欺负我！"

"我怎么欺负你？"

"你这样一下子是苏慕白，一下子是展云飞，弄得我精神分裂，弄得雨鹃也不谅解我，弄得我的生活乱七八糟，弄得我不知道该怎么办，现在，你还要一句一句地逼我……你要我怎样？你不知道我实在走投无路了吗？"

云飞紧紧地抱住她，把她的头紧压在自己肩上，在她耳畔，低低地说："对不起！对不起！我这么'爱你'，真是对不起！我这么'在乎你'，真是对不起！我这么'离不开你'，真是对不起！我这么'重视你'，真是对不起……最大最大的对不起，是我爹娘不该生我，那么，你就可以只有恨，没有爱了！"

雨凤倒在他肩上，听到这样的话，她心志动摇、神魂俱碎，简直不知身之所在了。

雨凤弄得颠三倒四，欲断难断。雨鹃也不见得好到哪里去。

这天下午，云翔准时来赴雨鹃的约会。

庙前熙熙攘攘，人来人往，十分热闹。

云翔骑了一匹马，踢踢踏踏而来。他翻身下马，把马拴在树上。大步走到庙前，四面张望，不见雨鹃的人影。他走进庙里，上香的人潮汹涌，也没看到雨鹃。

"原来跟我开玩笑，让我扑一个空！我就说，她怎么会有这么大的胆子约我单独会面？"

云翔正预备放弃，忽然有个人影从树影中跃出来，往他面前一站。

云翔定睛一看，雨鹃穿着一身的红，红衫红裤黑靴子，头上戴了一顶红帽子，艳光四射，帅气十足，令人眼睛一亮。

雨鹃灿烂地笑着。

"不简单！展二少爷，你居然敢一个人过来！不怕我有伏兵把你给宰了？看样子，这展夜鸮的外号，不是轻易得来的！"

云翔忍不住笑了。

"哈！说得太狂了吧？好像你是一个什么三头六臂的妖怪一样，我会见了你就吓得屁滚尿流吗？你敢约我，我当然会来！"

"好极了！你骑了马来，更妙了！这儿人太多，我们去人少一点的地方，好不好？"

"你敢和我同骑一匹马吗？"

"求之不得！是我的荣幸！"雨鹃一脸的笑。

"嘴巴太甜了，我闻到一股'口蜜腹剑'的味道！"云翔也笑。

"怕了吗？"雨鹃挑眉。

"怕，怕，怕！怕得不得了！"云翔忍俊不禁。

两人走到系马处，云翔解下马来，跳上马背，再把雨鹃捞上来，拥着她，他们就向郊外疾驰而去。

到了玉带溪畔，四顾无人，荒野寂寂。云翔勒住马，在雨鹃耳边吹气，问："这算不算是'荒郊野外'了？"

"应该算吧！我们下来走走！"

两人下马，走到水边的草地上。

雨鹃坐下。用手抱着膝，凝视着远方。

云翔在她身边坐下，很感兴趣地看着她，不知道她下面要出什么牌。

不料雨鹃静悄悄地坐着，眼睛定定地看着前方，半晌，毫无动静。

云翔奇怪地仔细一看，她的面颊上竟然淌下两行泪。他有些惊奇，以为她有什么高招，没料到竟是这样楚楚可怜。她看着远方，一任泪珠滚落，幽幽地说："好美，是不是？这条小溪，绕着桐城，流过我家。它看着我出生，看着我长大。看着我家的生生死死，家破人亡……"她顿了顿，叹口气，"坐在这儿，你可以听到风的声音、水的声音、树的声音，连云的流动好像都有声音。我很小的时候，我爹就常常和我这样坐在荒野里，训练我听大自然的声音，他说，那是世界上最美丽的歌。"

云翔惊奇极了。这个落泪的雨鹃，娓娓述说的雨鹃，对他来说既陌生又动人。

雨鹃抬眼看他，轻声地说："有好久了，我都没有到郊外来听大自然的声音了！自从寄傲山庄烧掉以后，我们家所有的诗情画意就一起烧掉了！"

云翔看着她，实在非常心动，有些后悔。

"其实，对那天的事，我也很抱歉。"

她可怜兮兮地点点头，拭去面颊上的泪，哽咽着说："我那么好的一个爹，那么'完美'的一个爹，你居然把他杀了！"

"你把这笔账，全记在我头上了，是不是？"

她再点点头，眼光哀哀怨怨，神态凄凄楚楚。

"让我慢慢来偿还这笔债，好不好？"他柔声问，被她的样子眩惑了。

"如果你不是我的杀父仇人，我想，我很可能会爱上你！你又帅气，又霸气，够潇洒，也够狠毒……正合我的胃口！"

"那就忘掉我是你的杀父仇人吧！"他微笑起来。

"你认为可能吗？"她含泪而笑。

"我认为大有可能！"

她靠了过来，他就把她一搂。她顺势倒进他的怀里，大眼睛含泪含怨又含愁地盯着他。他凝视着她的眼睛，一副意乱神迷的样子。然后，他一俯头，吻住她的唇。

机会难得！雨鹃心里狂跳，一面虚与委蛇，一面伸手，去摸藏在靴子里的匕首。她摸到了匕首，握住刀柄正预备抽刀而出，云翔的手飞快地落下，一把紧紧扣住她的手腕。她大惊，还来不及反应，他已经把她的手用力一拉，她只得放掉刀柄。他把她的手腕抓得牢牢的，另一只手伸进去抽出她靴子中那把匕首。

他盯着她，放声大笑。

"太幼稚了吧！预备迷得我晕头转向的时候给我一刀吗？你真认为我是这么简单，这么容易受骗的吗？你也真认为，你这一点点小力气就可以摆平我吗？你甚至不等一等，等到我们更进入情况，到下一个步骤的时候再摸刀？"

雨鹃眼睁睁看着匕首已落进他的手里，机会已经飞去，心里又气又恨又无奈又沮丧。但，她立即把自己各种情绪都压抑下去，若无其事地笑着说："没想到给你发现了！"

"你这把小刀，在你上马的时候，我就发现了！"

他看看匕首，匕首映着日光，寒光闪闪。刀刃锋利，显然是个利器！他把匕首一下子抵在她面颊上。

"你不怕我一刀划过去，这张美丽的脸蛋就报销了？"

她用一对水汪汪的大眼睛瞅着他，眼里闪着大无畏的光，满不在乎。

"你不会这么做的！"

"为什么？"

"那就没戏好唱了，我们不是还有'下一个步骤'吗？何况，划了我的脸实在不怎么高超，好像比我还幼稚！"

他忍不住哈哈大笑了。

"我劝你，以后不要用这么有把握的眼光看我，我是变化多端的，不一定吃你这一套！今天算你运气，本少爷确实想跟你好好地玩一玩，你这美丽的脸蛋呢，我们就暂时保留着吧！"

他一边说着，用力一摔，那把匕首就飞进河水里去了。

"好了！现在，我们之间没那个碍事的东西，可以好好地玩一玩了！"

"嗯。"她风情万种地瞅着他。

他再度俯下头去，想吻她。她倏然推开他，跳起身子。他伸手一拉，谁知她的动作极度灵活，他竟拉了一个空。

她掉头就跑，嘴里咯咯笑着，边跑边喊："来追我呀！来追我呀！"

云翔拔脚就追，谁知她跑得飞快。再加上地势不平，杂草丛生，他居然追得气喘吁吁。

她边跑边笑边喊："你知道吗？我是荒野里长大的！从小就在野地里跑，我爹希望我是男孩，一直把我当儿子一样带，我跑起来比谁都快！

来呀，追我呀！我打赌你追不上我……"

"你看我追得上还是追不上！"

两人一个跑，一个追。

雨鹃跑着跑着，跑到系马处，忽然一跃上了马背。她一拉马缰，马儿如飞奔去。她在马背上大笑着，回头喊："我先走了！到待月楼来牵你的马吧！"说着，就疾驰而去。

云翔没料到她还有这样一招，看着她的背影心痒难搔。又是兴奋，又是眩惑，又是生气，又是惋惜，不住跺脚咬牙，恨恨地说："怎么会让她溜掉了？等着吧！不能到手，我就不是展云翔！"

雨鹃回家的时候，雨凤早已回来了。雨鹃冲进家门，一头的汗，满脸红红的。她直奔桌前倒了一杯水，就仰头咕嘟咕嘟喝下。

雨凤惊奇地看她："你去哪里了？穿得这么漂亮？这身衣服哪儿来的？"

"金银花给我的旧衣服，我把它改了改！"

雨凤上上下下地看她，越看越怀疑。

"你到什么地方去了？"

"郊外！"

"郊外？你一个人去郊外？"她忽然明白了，往前一冲，抓住雨鹃，压低声音问，"难道……你跟那个展夜鸮出去了？你昨晚鬼鬼祟祟的，是不是跟他订了什么约会？你和他单独见面了，是不是？"

雨鹃不想瞒她，坦白地说："是！"

雨凤睁大了眼睛，伸手就去摸雨鹃的匕首，摸了一个空。

"你的匕首呢？发生什么事了？告诉我！"

雨鹃拨开她的手。

"你不要紧张，什么事都没有发生！"

"那……你的匕首呢？"

"被那个展夜鸮发现了，给我扔到河里去了！"

雨凤抽了口气，瞪着她，心惊胆战。

"你居然单枪匹马去赴那个展夜鸮的约会，你会吓死我！为什么要去冒险？为什么这么鲁莽？到底经过如何，你赶快告诉我！"

雨鹃低头深思着什么，忽然掉转话题，反问雨凤："你今天和那个苏慕白谈得怎样？断了吗？"

"我们不谈这个好不好？"雨凤神情一痛。

"他怎么说呢？同意分手吗？"雨鹃紧盯着她。

"当然不同意！他就在那儿自说自话，一直要我嫁给他，提出好多种办法！"

雨鹃凝视了雨凤好一会儿，忽然激动地抓住她的手，哑声地说："雨凤，你嫁他吧！"

"什么？"雨凤惊问，不相信自己的耳朵。

雨鹃热切地盯着她，眼神狂热。

"我终于想出一个报仇的方法了！金银花是对的，要靠我这样花拳绣腿，什么仇都报不了！那个展夜鸮不是一个简单的敌手，他对我早已有了防备，我今天非但没有占到便宜，还差一点儿吃大亏！我知道，我是真的没有办法了！"她摇了摇雨凤，"可是，你有办法！"

"什么办法？"雨凤惊愕地问。

"你答应那个展云飞，嫁过去！只要进了他家的门，你就好办了！了解展夜鸮住在哪里，半夜，你去放一把火，把他烧死！就算烧不死他，好歹烧了他们的房子！打听出他们放金银财宝的地方，也给他一把火，让他尝一尝当穷人的滋味！如果你不敢放火，你下毒也可以……"

雨凤越听越惊，沉痛地喊："雨鹃，你知道你在说什么吗？"

"我知道！我在教你怎么去报仇！好遗憾，那个展云飞爱上的不是我，如果是我，我一定会利用这个机会！既然他向你求婚，你就将计就计吧！"

雨凤身子一挺，挣脱了她，连退了好几步。

"不！你不是教我怎样报仇，你是教我怎样犯法，怎样做个坏人！我不要！我不要！我们恨透了展夜鸮，因为他对我们用暴力，你现在要我也同流合污吗？"

"在爹那样惨死之后，你脑子里还装着这些传统道德吗？让那个作恶多端的人继续害人，让展家的势力继续扩大，就是行善吗？难道你不明白，除掉展夜鸮，是除掉一个杀人凶手，是为社会除害呀！"雨鹃悲切地说。

"我自认很渺小，很无用，'为社会除害'这种大事我没有能力，也没有魄力去做！雨鹃，你笑我也罢，你恨我也罢，我只想过一种平静平凡的生活，一家子能够团聚在一起，就好了！我没有勇气做你说的那些事情！"

雨鹃哀求地看着她。

"我不笑你，我也不恨你！我求你！只有你有这个机会，可以不着痕迹地打进那个家庭！如果我们妥善计划，你可以把他们全家都弄得很惨……"

雨凤激烈地嚷："不行！不行！你要我利用慕白对我的爱去做伤害他的事，我做不出来！我一定一定做不出来！这种想法，实在太可怕了，太残忍了！雨鹃，你怎么想得出来？"

雨鹃绝望地一掉头，生气地走开。

"我怎么想得出来？因为我可怕，我残忍！我今天到了玉带溪，那溪水和以前一样清澈，倒映着展夜鸮的影子，活生生的！而我们的爹，连影子都没有！"

她说完，冲到床边，往床上一躺，睁大眼睛，瞪着天花板。

雨凤走过去，低头看着她，痛楚地说："看！这就是'仇恨'做的事，它不只在折磨我们，它也在分裂我们！"

雨鹃眼睛眨也不眨，有力地说："分裂我们的，不是'仇恨'！是那两个人！一个哥哥，一个弟弟！他们以不同的样子出现在我们面前，带给我们同样巨大的痛苦！你的爱，我的恨，全是痛苦！展夜鸮说得很对！哥哥弟弟都差不多！"

雨凤被这几句话震撼了，一脸凄苦，满怀伤痛，什么话都说不出来了。

苍天有泪

拾肆

FOURTEEN

"我现在才知道，腹背受敌是什么滋味！"

"我可老早就知道，爱恨交织是什么滋味了！"

不管日子里有多少无奈，生活总是要过下去。

这晚，待月楼的生意依然鼎盛。姐妹俩准备要上台，正在化妆间化妆。今晚，两人把《小放牛》重新编曲，准备演唱；所以，一个打扮成牧童，一个打扮成娇媚女子，两人帮彼此化妆，搽胭脂抹粉。

门帘一掀，金银花匆匆忙忙走进来，对雨凤说："雨凤，你那位不知道是姓苏还是姓展的公子好久没来，今天又来了！还坐在左边那个老位子！我来告诉你一声！"

雨凤的心脏一阵猛跳，说不出是悲是喜。

"我前面去招呼，生意好得不得了！"金银花走了。

雨鹃看了雨凤一眼，雨凤勉强藏住自己的欣喜，继续化妆。

门帘又一掀，金银花再度匆匆走进，对雨鹃说："真不凑巧，那展家的二少爷也来了！他带着人另外坐了一桌，不跟他哥哥一起！在靠右边的第三桌！我警告你们，可不许再泼酒砸杯子！"

雨鹃愣了愣，赶紧回答："不会的！那一招已经用腻了！"

金银花匆匆而去。

雨凤和雨鹃对看。

"好吧！唱完歌，你就去左边，我就去右边！"雨鹃说。

"你还要去惹他？"雨凤惊问。

"不惹不行，我不惹他，他会惹我！你放心吧，我自有分寸！"

雨凤不说话，两人又忙着整装，还没弄好，门帘再一掀，金银花又进来了。

"我跟你们说，今晚真有点邪门！展祖望来了！"

"啊？"雨凤大惊。

"哪个展祖望？"雨鹃也惊问。

"还有哪个展祖望？就是盛兴钱庄的展祖望！展城南的展祖望！展夜鸮和那位苏公子的老爹，这桐城鼎鼎有名的展祖望！"金银花说。

姐妹两个震撼着，你看我，我看你。

"那……那……他坐哪一桌？"雨凤结舌地问，好紧张。

"本来，兄弟两个分在两边，谁也不理谁。这一会儿，老爷子来了，兄弟两个好像都吓了一大跳，乱成一团。现在，一家子坐在一桌，郑老板把中间那桌的上位让给他们！"

雨凤、雨鹃都睁大眼睛，两人都心神不定，呼吸急促。

金银花瞪着姐妹两个，警告地说："待月楼开张五年，展家从来不到待月楼，现在全来了！看样子，都是为你们姐妹而来！你们给我注意一点，不要闹出任何事情，知道吗？"

雨凤、雨鹃点头。

金银花掀帘而去了。

姐妹两个睁大眼睛看着彼此。雨凤惶恐而抗拒地说："听我说！唱完歌就回来，不要去应酬他们！"

雨鹃挑挑眉，眼睛闪亮："你在害怕！你怕什么？他们既然冲着我们而来，我们也不必小里小气地躲他们！他们要看，就让他们看个够！来吧，我们赶快把要唱的词对一对！"

"不是唱《小放牛》吗？"

"是《小放牛》! 可是歌词还是要对一对! 你怎么了? 到底在怕什么?"

雨凤心不在焉, 慌乱而矛盾。

"我怕这么混乱的局面, 我们应付不了啊!"

雨鹃吸口气, 眼神狂热。

"没有什么应付不了的! 打起精神来吧!"

祖望是特地来看雨凤的。自从知道云飞为了这个姑娘居然自己捅了自己一刀, 他就决定要来看看, 这个姑娘到底是何方神圣, 有这么大的魅力? 在他心底, 对云飞这样深刻的爱也有相当大的震撼。如果这个姑娘真有云飞说的那么好, 或者, 也能说服他吧! 他是抱着半信半疑的态度来的, 和他同来的还有纪总管。他却再也没有料到, 云飞带着阿超在这儿, 云翔带着天尧也在这儿! 这个待月楼到底有什么魔力, 把他两个儿子都吸引过来了? 他心里困惑极了。

三路人马汇合在一处, 好不容易才坐定了。祖望坐在大厅中, 不时四面打量, 惊讶着这儿的生意兴隆, 宾客盈门。云飞和云翔虽然都坐了过来, 云飞是一副坐立不安的样子, 云翔是一脸"唯恐天下不乱"的样子。纪总管、天尧、阿超都很安静。

珍珠和月娥忙着上菜上酒, 金银花在一边热络地招呼着: "难得展老爷子亲自光临, 咱们这小店也没什么好吃的! 都是粗菜, 厨房里已经把看家本领都拿出来啦! 老爷子就凑合着将就将就!"

祖望四面打量, 心不在焉地客套着。

"好地方! 好热闹! 经营得真好!"

"谢谢, 托您的福!"

"您请便, 不用招呼我们!"

"那我就先忙别的去，要什么尽管说！月娥，珍珠！侍候着！"

"是！"月娥、珍珠慌忙应着。

金银花就退到郑老板那一桌上去，和郑老板低低交换了几句对话。

云飞脸色凝重，不时看台上，不时看祖望，心里七上八下，说不出地担心。

云翔却神采飞扬，对祖望夸张地说："爹！你早就应该来这一趟了！现在，几乎整个桐城都知道这一对姊妹花，拜倒石榴裙下的也大有人在……"他瞄了云飞一眼，话中有话，"为了她们姐妹争风吃醋，动刀动枪的也不少……"再瞄了云飞一眼，"到底她们姐妹的魅力在什么地方，只有您老人家亲自来看了，您才知道！"

云飞非常沉默，皱了皱眉，一语不发。

音乐响起，乐队开始奏乐。

客人们已经兴奋地鼓起掌来。

祖望神情一凛，定睛看着台上。云飞、云翔、阿超等人也都神情专注。台上，扮成俊俏牧童的雨鹃首先出场，一亮相又赢得满场掌声。云翔忙着对祖望低低介绍："这是妹妹萧雨鹃！"

雨鹃看着祖望这一桌，神态自若，风情万种地唱着："出门就眼儿花，咿得嘿咿得咿呀嘿！用眼儿瞧着那旁边的一个女娇娃，咿得咿呀嘿！头上戴着一枝花，身上穿着绫罗纱，杨柳似的腰儿一纤纤，小小的金莲半拃拃，我心里想着她，嘴里念着她，这一场相思病就把人害煞，咿得咿呀嘿！咿得咿呀嘿！"

雨凤扮成娇滴滴的女子出场，满场再度掌声如雷。雨凤的眼光掠过中间一桌，满室一扫，掌声雷动。她脚步轻盈，纤腰一握，甩着帕子唱："三月里来桃花儿开，杏花儿白，木樨花儿黄，又只见芍药牡丹一齐儿开放，咿得咿呀嘿！行至在荒郊坡前，见一个牧童，头戴着草帽，身穿着蓑衣，口横着玉笛，倒骑着牛背，口儿里唱的都是莲花儿落，咿得咿呀嘿！"

姐妹两个又唱又舞，扮相美极，满座惊叹。连祖望都看呆了。

云飞坐正了身子，凝视雨凤。雨凤已对这桌看来，和云飞电光石火地交换了一个注视。云翔偏偏看到了，对祖望微笑低声说："看到了吗？正向老大抛媚眼呢！这就是云飞下定决心要娶回家的那个萧雨凤姑娘了！"

祖望皱眉不语。

台上一段唱完，客人如疯如狂，叫好声、鼓掌声不断，场面热闹极了。

"唱得还真不错！这种嗓子，这种扮相，就连北京的名角也没几个！在这种小地方唱也委屈她们了，或者，她们可以到北京去发展一下！"祖望说。

云飞听出祖望的意思，脸色铁青。

"你不用为她们操心了，反正唱曲儿，只是一个过渡时期，总要收摊子的！"

云翔接口："当然！成了展家的媳妇儿，怎舍得还让她抛头露面？跟每一个客人应酬来应酬去，敬茶敬酒！"

祖望脸色难看极了。他见到雨凤了，美则美矣，这样抛头露面，赢得满场青睐，只怕早已到处留情。

云飞怒扫了云翔一眼。云翔回瞪了一眼，便掉头看台上，一副幸灾乐祸的样子。

台上的雨凤雨鹃忽然调了一转，开始唱另外一段："天上梭罗什么人儿栽？地上的黄河什么人儿开？什么人把守三关口？什么人出家他没回来？咿呀嘿！什么人出家他没回来？咿呀嘿！"雨鹃唱。

"天上的梭罗王母娘娘栽，地上的黄河老龙王开！杨六郎把守三关口，韩湘子出家他没回来！咿呀嘿！韩湘子他出家呀没回来！咿呀嘿！"雨凤唱。

"赵州桥什么人儿修？玉石的栏杆什么人儿留？什么人骑驴桥上走？什么人推车就压了一道沟？咿呀嘿！什么人推车就压了一道沟？"雨鹃唱。

"赵州桥鲁班爷爷修，玉石的栏杆圣人留，张果老骑驴桥上走，柴王爷推车就压了一道沟！咿呀嘿！柴王爷推车就压了一道沟！咿呀嘿！"

姐妹两个唱作俱佳，风情万种，满座轰动。祖望也不禁看得出神了。

姐妹两个唱着唱着，就唱到祖望那桌前面来了。

雨凤直视着祖望，不再将视线移开，继续唱："什么人在桐城十分嚣张？什么人在溪口火烧山庄？什么人半夜里伸出魔掌？什么人欺弱小如虎如狼？咿呀嘿！什么人欺弱小如虎如狼？咿呀嘿！"

这一唱，展家整桌，人人变色。

祖望大惊，这是什么歌词？他无法置信地看着两姐妹。

云飞的脸色顿时变白了，焦急地看着雨凤。可是，雨凤根本不看他，她全神都贯注在那歌词上，眼睛凝视着祖望。

云翔也倏然变色，面红耳赤，怒不可遏。

阿超、纪总管和天尧更是个个惊诧。

金银花急得不得了，直看郑老板。郑老板对金银花摇头，表示此时已无可奈何。

雨凤唱完了"问题"，雨鹃就开始唱"答案"。雨鹃刻意地绕着祖望的桌子走，满眼亮晶晶地闪着光，一段过门之后，她站定了，看着祖望，看着云翔，看着纪总管和天尧，一句一句，清楚有力地唱出来："那展家在桐城十分嚣张，姓展的在溪口火烧山庄！展夜鸮半夜里伸出魔掌，展云翔欺弱小如虎如狼！咿呀嘿！展云翔欺弱小如虎如狼！咿呀嘿！"一边唱着，还一边用手怒指云翔。

大厅中的客人，从来没有看到这样的"好戏"，有的人深受展家欺凌，在惊诧之余，都感到大快人心，就爆出如雷的掌声和疯狂叫好声。大家纷纷起立，为两姐妹鼓掌。简直达到群情激昂的地步，全场都要发疯了。

云翔勃然大怒，一拍桌子，站起身来就大骂："浑蛋！活得不耐烦，一定要我砸场子才高兴，是不是？"

天尧和纪总管一边一个，使劲把他拉下来。

"老爷在，你不要胡闹！给人消遣一下又怎样？"纪总管说。

祖望脸色铁青，他活了一辈子，从来没有受过这么大的侮辱。他拂袖而起。

"纪总管，结账，我们走人了！"

雨凤雨鹃两个已经唱完，双双对台下一鞠躬，奔进后台去了。

金银花连忙过来招呼祖望，堆着一脸的笑说："这姐妹两个，不知天高地厚，老爷子别跟她们计较！待会儿我让她们两个来跟您道歉！"

祖望冷冷地抛下一句："不必了！咱们走！"

纪总管在桌上丢下一张大钞。云翔、天尧、云飞、阿超都站了起来。祖望在前，掉头就走。云翔、纪总管、天尧赶紧跟着走。

云飞往前迈了一步，对祖望说："爹，你先回去，我随后就到！"

祖望气极了，狠狠地看了云飞一眼，一语不发，急步而去了。

远远地，郑老板对祖望揖了一揖，祖望冷冷地还了一揖。

祖望走了，阿超看看云飞。

"这个时候留下来，你不计后果吗？"

"不计后果的岂止我一个？"云飞一脸的愠怒，满心的痛楚。如果说，上次在寄傲山庄的废墟，雨凤给了他一刀。那么此时此刻，雨凤是给了他好几刀，他真的被她们姐妹打败了。

雨凤雨鹃哪有心思去想"后果"，能够这样当众羞辱了展祖望和展夜鸮，两个人都好兴奋。

回到化妆间，雨鹃就激动地握着雨凤的手，摇着，喊着："你看到了吗？那个展夜鸮脸都绿了！我总算整到他了！"

"岂止展夜鸮一个人脸绿了，整桌的人脸都绿了！"雨凤说。

"好过瘾啊！这一下，够这个展祖望回味好多天了！我管保他今天夜里会睡不着觉！"雨鹃脸颊上绽放着光彩。这是寄傲山庄烧掉以后，她最快乐的一刻了。

门口，一个冷冷的声音接口了："你们很得意，是吗？"

姐妹俩回头，金银花生气地走进来。

"你们姐妹两个，是要拆我的台吗？怎么那么多花样？变都变不完！你们怎么可以对展老爷子唱那些乱七八糟的东西？"

雨鹃背脊一挺。

"我没有泼酒，没有砸盘子，没有动手！他们来听小曲，我们就唱小曲给他听！这样也不行吗？"

"你说行不行呢？你指着和尚骂贼秃，你说行不行？"

"我没有指着和尚骂贼秃，我是指着贼秃骂贼秃！从头到尾，点名点姓，唱的全是事实，没有冤他一个字！"

"嘿！比我说的还要厉害，是不是这意思？"金银花挑起眉毛，稀奇地说。

"本来嘛，和尚就是和尚，有什么该挨骂的？贼秃才该骂！他们下次来，我还要唱，我给他唱得街头巷尾人人会唱，看他们的面子往哪儿搁！"

金银花瞪着雨鹃，简直啼笑皆非。

"你还要唱！你以为那个展祖望听你唱着曲儿骂他，听得乐得很，下次还要再来听你们唱吗？你们气死我！展祖望第一次来我们这儿，居然给你们碰了这样一鼻子灰！你们姐妹两个谁想出来的点子？"

"当然是雨鹃嘛，我不过是跟着套招而已。"雨凤说。

一声门响，三个女人回头看，云飞阴郁地站在门口，脸色铁青。阿超跟在后面。

"我可以进来吗？"他的眼光停在雨凤脸上。

雨凤看到云飞，心里一虚，神情一痛。

金银花却如获至宝，慌忙把他拉进去。

"来来来！你跟她们姐妹聊一聊，回去劝劝老爷子，千万不要生气！你知道她们姐妹的个性就是这样的！记仇会记一辈子，谁教你们展家得罪她们了！"

金银花说完，给了雨凤一个"好好谈谈"的眼光，转身走了。

雨鹃看到云飞脸色不善，雨凤已有怯意，就先发制人地说："我们是唱曲的，高兴怎么唱就怎么唱！你们不爱听，大可以不听！"

云飞径自走向雨凤，激动地握住她的胳臂。

"雨凤，雨鹃要这么唱，我不会觉得奇怪，可是，你怎么会同意呢？你要打击云翔没有关系！可是，今天的主角不是云翔，是我爹呀！你明明知道他今天到这儿来，就是要看看你！你非但不帮我争一点面子，还做出这样的惊人之举，让我爹怎么下得来台！你知道吗？今晚，受打击最大的，不是云翔，是我！"

雨凤身子一扭，挣脱了他。

"我早就说过，我跟展家注定无缘！"

云飞心里，掠过一阵尖锐的痛楚，说不出来有多么失望。

"你完全不在乎我！一点点都不在乎！是不是？"

雨凤的脸色惨淡，声音倔强。

"我没有办法在乎那么多！当你跟展家纠缠在一起的时候，当你们坐在一桌父子同欢的时候，当你跟展云翔坐在一起哥哥弟弟的时候，你就是我的敌人！"

云飞闭了闭眼睛，抽了一口冷气。

"我现在才知道，腹背受敌是什么滋味！"

"我可老早就知道，爱恨交织是什么滋味了！"雨凤冷冷地接口，又说，"其实，对你爹来讲，这不是一件坏事！就是因为你爹的昏庸，才有这么狂妄的展云翔！平常，一大堆人围在他身边歌功颂德，使他根本听不到也看不见，我和雨鹃决定要他听一听大众的声音，如果他回去肯好好地反省一下，他就不愧是展祖望！否则，他就是……他就是……"她停住，想不出合适的形容词。

"就是一只老夜鸮而已！"雨鹃有力地接口。

云飞抬眼，惊看雨鹃。

"你真的想砍断我和雨凤这份感情？你连一点同情心都没有吗？"

雨鹃忍无可忍，喊了起来："我同情，我当然同情，我同情的是我被骗的姐姐，同情的是左右为难的苏慕白！不是展云飞！"

云飞悲哀地转向雨凤。

"雨凤，你是下定决心不进我家门了，是不是？"

雨凤转开头去，不看他。

"是！我同意雨鹃这样唱，就是要绝你的念头！我跟你说过好多次，你就是不要听！"

云飞定定地看着她，呼吸急促。

"你好残忍！你甚至不去想我要面对的后果！你明知道在那个家庭里，我也处在挨打的地位，回去之后，我要接受最严厉的批判！你一点力量都不给我，一点都不支持我！让我去孤军奋战，为你拼死拼活！而你，仍然把我当成敌人！我为了一个敌人在那儿和全家作战，我算什么！"

雨凤低头，不说话。

云飞摇了摇头，感到心灰意冷。

"这样爱一个人，真的好痛苦！或者，我们是该散了！"

雨凤吃了一惊，抬头。

"你说什么？"

云飞生气地、绝望地、大声地说："我说，我们不如'散了'！"

他说完，再也不看雨凤，掉头就走。阿超急步跟去了。

雨凤大受打击，本能地追了两步，想喊，喊不出来，就硬生生地收住步子，一个踉跄地跌坐在椅子里，用手痛苦地蒙住了脸。

雨鹃走过去，一句话都没说，只是把她的头紧紧地拥在怀中。

云飞带着满心的痛楚回到家里，他说中了，他是"腹背受敌"。因为，家里正有一场风暴在等着他！全家人都聚集在大厅里，祖望一脸的怒气，看着他的那种眼光，好像在看一个怪物！他指着他，对他咆哮地大吼："我什么理由都不要听！你跟她散掉！马上一刀两断！你想要把这个姑娘娶进门来，除非我断了这口气！"

云翔好得意，虽然被那两姐妹骂得狗血淋头，但是，她们"整到"的竟是云飞！这就是意外之喜了。梦娴好着急，看着云飞一直使眼色，奈何他根本看不到。他注视祖望，不但不道歉，反而沉痛地说："爹！你听了她们姐妹两个唱的歌，你除了生气之外，一点反省都没有吗？"

"反省？什么叫反省？我要反省什么？"

"算我用错了字！不是反省，最起码，也会去想一想吧！为什么人家姐妹看到你来了，会不顾一切临时改歌词，唱到你面前去给你听！她们唱些什么，你是不是真的听清楚了？如果没有家破人亡的深仇大恨，她们怎么会这样做？"

云翔恼怒地往前一跨步。"我知道，我知道，你又要把这笔账转移到我身上了！那件失火的事，我已经说过几百次，我根本不想再说了！爹，现在这个情况非常明显嘛，这对姐妹是赖上我们家了！她们是打赤脚的人，我们是穿鞋的人，她们想要什么明白得很！姐姐呢，是想嫁到展家来当少奶奶！妹妹呢，是想敲诈我们一笔钱！"

纪总管立刻接口："对对对！我的看法跟云翔一样！这姐妹两个都太有心机了！你看她们唱曲儿的时候，嘴巴要唱，眼睛还要瞟来瞟去，四面招呼，真的是经验老到！这个待月楼，我也打听清楚了，明的是金银花的老板，暗的根本就是郑老板的！这两姐妹，显然跟郑老板也有点不干不净……"

云飞厉声打断："纪叔！你这样信口开河，不怕下拔舌地狱吗？"

纪总管一怔，天尧立刻说："这事假不了！那待月楼里的客人都知道，外面传得才厉害呢！郑老板对她们两个都有意思，就是碍着一个金银花！反正，这两个姐儿绝对不简单！就拿这唱词来说吧！好端端地唱着《小放牛》，说改词就改词，她们是天才吗？想想就明白了！她们姐妹早就准备有今晚这样的聚会了！一切都是事先练好的！"

纪总管走过去，好心好意似的拍拍云飞的肩。

"云飞！要冷静一点儿，你知道，你是一只大肥羊呀，整个桐城，不知道有多少大家闺秀想嫁你呢！这两个唱曲的怎会不在你身上用尽功夫呢？你千万不要着了她们的道儿！"

云飞被他们这样左一句右一句，气得快炸掉了。还来不及说什么，祖望已经越听越急，气急败坏地叫："不错！纪总管和云翔天尧分析得一点都不错！这姐妹两个太可怕了！自古就有'天下最毒妇人心'这种词，说的就是这种女人！如果她们再长得漂亮，又有点才气，会唱曲什么的，就更加可怕！云飞，我一直觉得你聪明优秀有头脑，怎么会上这种女人的当！我没有亲眼看到还不相信，今天是亲眼看到了，说她们是'蛇蝎美人'也不为过！"

云飞怒极，气极，悲极。

"好吧！展家什么都没错！是她们恶毒！她们可怕！展家没有害过她们，没有欺负过她们，是她们要害展家！要敲诈展家！"他怒极反笑了，"哈哈！我终于明白了，为什么我用尽心机也没有办法说服雨凤嫁给我，因为展家是这副嘴脸，这种德行！人家早已看得清清楚楚，我还在这里糊糊涂涂！雨凤对了，只要我姓展，我根本没有资格向她求婚！"

品慧看到这种局面，太兴奋了，忍不住插嘴了。

"哎哟！我说老大呀，你也不要这样认死扣，你爹已经气成这样子，你还要气他吗？真喜欢那个卖唱的姑娘，你花点钱，买来做个小老婆也就算了……"

祖望大声打断："小老婆也不可以！她现在已经这么放肆，敢对着我的脸唱曲儿来骂我，进了门还得了？岂不是兴风作浪，会闹得天下大乱吗？我不许！绝对不许！"

"哈哈！哈哈！"云飞想着自己弄成这样的局面，就大笑了起来。

梦娴急坏了，摇着云飞："你笑什么？你好好跟你爹说呀！你心里有什么话，你说呀！让你爹了解呀……"

"娘，我怎么可能让他了解呢？他跟我根本活在两个世界里！他的心智已经被蒙蔽，他只愿意去相信他希望的事，而不去相信真实！"

祖望更怒，大吼："我亲眼看到的不是事实吗？我亲耳听到的不是事实吗？被蒙蔽的是你！中了别人的'美人计'还不知道！整天去待月楼当孝子，还为她拼死拼活，弄得受伤回家，简直是丢我展祖望的脸！"

云飞脸色惨白，抬头一瞬也不瞬地看着祖望，眼里闪耀着沉痛已极的光芒。

"爹，这就是你的结论？"

祖望一怔，觉得自己的话讲得太重了，吸了口气，语气转变。

"云飞，你知道我对你寄望有多高，你知道这次你回家，我真的是欢喜得不得了，好想把展家的一番事业让你和云翔来接管，来扩充！我对你的爱护和信任，连云翔都吃醋！你不是没感觉的人，应该心里有数！"

"我从不怀疑这一点！"云飞眼神一痛。

"那你就明白了，我今天反对萧家的姑娘，绝对是为了你好，不是故意跟你唱反调！现在，我连她的出身都可以不计较，但是，人品风范、心地善良、礼貌谦和以及对长辈的尊重……总是选媳妇的基本要求吧！"

"我没有办法和你辩论雨凤的人品什么的，因为你已经先入为主地给

她定罪了！我知道，现在你对我非常失望！事实上，我对这个家也非常
失望！我想，我们不要再谈雨凤，她是我的问题，不是你们的问题！我
自己会去面对她！"

"你的问题！就是我们大家的问题！"

"那不一定！"他凝视祖望，诚挚而有力地说，"爹，等你气平的时
候想一想，人家如果把我看成一只肥羊，一心想进我家大门，想当展家
的少奶奶，今晚看到你去了还不赶快使出浑身解数来讨你欢喜？如果她
们像你们分析的那样厉害，那样工于心计，怎么会编出歌词来逞一时之
快！如果她希望你是她未来的公公，她是不是巴结都来不及，为什么她
们会这样做？"

祖望被问倒了，睁大眼睛看着云飞，一时无言。

云翔眼看祖望又被说动了，就急急地插进嘴来："这就是她们厉害的
地方呀，这叫作……叫作……"

"欲擒故纵！以退为进！"纪总管说。

"对对对！这就是欲擒故纵，以退为进！厉害得不得了！"云翔马
上喊。

"而且，这是一着险棋，语不惊人死不休，一定可以达到'引起注
意'的目的！"天尧也说。

云飞见纪总管父子和云翔像唱双簧般一问一答，懒得再去分辩，对
祖望沉痛地说："我言尽于此！爹，你好好想一想吧！"

云飞说完，转身就冲出了大厅。

从这天开始，一连好儿天，云飞挣扎在愤怒和绝望之中。在家里，
他是"逆子"，在萧家，他是"仇人"，他的情绪低落到了极点，简直不

知道该如何自处。他无法面对父亲和云翔，也不要再见到雨凤。

每天早上，他都出门去。以前，出门就去看看雨凤，现在，出门也不知道该去哪儿。只好去祖望交给他的钱庄里收收账，管理一下。不管理还好，一管理烦恼更多。

这天早上，云飞和阿超走在街道上。

阿超看着他，建议说："我跟你说，我们去买一点烧饼油条生煎包，赶在小四上学以前送过去！有小三、小四、小五在一起说说笑笑，雨鹃姑娘就比较不会张牙舞爪，那么，你那天晚上跟人家发的一顿脾气，说不定就化解了！"

"你的意思好像是说，我那天晚上不该跟雨凤发脾气！"云飞烦躁地说。

"我就不知道你发什么脾气！人家情有可原嘛！她们又没骂你，骂的全是二少爷！谁叫你跟二少爷坐一桌一副'一家人'的样子！你这样一发脾气，不是更好像你和二少爷是哥哥弟弟手足情深吗？"

云飞心烦意乱，挥手说："你不懂！你没有经历过这种感情，你不了解！她如果心底真有我，她就该把我放在第一位，就该在乎我爹对她的印象，就该在乎我的感觉，她通通不在乎，我一个人在乎未免太累了！"

"我是不了解啊！那么，你是真要跟她'散了'吗？既然真要'散了'，干吗回到家里又为她和老爷大吵？"

云飞更烦躁。

"所以我说你不懂！感情的事，就是这样'剪不断，理还乱'的！"

"你不要跟我转文，一转文我就没辙了！好吧，现在我们去哪里？买不买烧饼油条呢？去不去萧家呢？"

"买什么烧饼油条？就算在她身上用几千几万种功夫，她还是不会感动，她还是把我当成敌人！去什么萧家？当然不去！"

阿超仔细看他。

"不去？那……我们干吗一直往萧家走？"

云飞站住，四面看看，烦乱地说："我们去虎头街，把账收一收！"掏出记事本看了看，"今天，有三家到期的账，我们先去……这个贺伯庭家！"说着就走。

"这么早，去办公啊？"阿超跟上前去。

"这虎头街的业务真是一团乱，全是收不回的呆账，真不知道要怎么办才好！走吧！今天好好地去办点事！跑他一整天！"

阿超抓了抓头，很头痛的样子。

"要去办公……那，你身上带的钱够不够？"

"我是去收账，又不是去放款，要带什么钱？"

"你收十次账有八次收不到！想想昨天吧，你就把身上的钱用得光光的，送江家的孩子去看病，给王家的八口之家买米，帮罗家的女儿赎身，最离谱的是赶上朱家在出殡，你把身上最后的钱送了奠仪！这样收账，我是很怕！"

"那是偶然一次，你不要太夸张了，也有几次很顺利就收到了！像顾家……"

"那是因为你把他们的利息减半，又抹掉零头！我觉得，这虎头街的烂摊子，你还是交还给纪总管算了！他故意把这个贫民窟交给你管，有点不安好心！"

"交还给纪总管？那怎么行？会被他们笑死！何况，在我手里，这些人还有一些生路，到了云翔和纪总管手里，不知道要出多少个萧家！"

"那么，决定去贺家了？"

"是!"

"可是，你现在还是往萧家走啊!"

云飞一个大转身，埋着头往前飞快地走。

"笨! 习惯成自然!"

阿超叹口大气，无精打采地跟在他后面。

苍
天
有
泪

拾伍

FIFTEEN

雨凤的脸就绽放着光彩，好像已经得到皇恩大赦一般。云飞也眼睛闪亮，喜不自胜了。

云飞不再出现，雨凤骤然跌落在无边的思念和无尽的后悔里。

日出，日落，月升，月落……日子变成了一种折磨，每天早上雨凤被期待烧灼得那么狂热。风吹过，她会发抖，是他吗？有人从门外经过，她会引颈翘望，是他吗？整个白天，门外的任何响声，都会让她在心底狂喊：是他吗？是他吗？晚上，在待月楼里，先去看他的空位，他会来吗？唱着唱着，会不住看向门口，每个新来的客人都会引起她的惊悸，是他吗？是他吗？不是，不是，不是……一次又一次的失望，使她陷进一种绝望里。他不会再来了，她终于断了他的念头，粉碎了他的爱。她日有所思夜无所梦，因为，每个漫漫长夜，她都是无眠的。当好多个日子在期待中来临，在绝望中结束，她的心就支离破碎了。她想他，她发疯一样地想他！想得整个人都失魂落魄了。

云飞不知道雨凤的心思。每天早上，白天，晚上……都跟自己苦苦作战，不许去想她，不许去看她，不许往她家走，不许去待月楼，不许那么没出息！那么多"不许"，和那么多"渴望"，把他煎熬得心力交瘁。

这天早上，云飞和阿超又走在街道上。

阿超看看云飞，看到他形容憔悴，神情寥落，心里实在不忍，说："一连收了好多天的账，一块钱都没收到，把钱庄里的钱倒挪用了不少，这虎头街我去得真是倒胃口，今天换一条路走走好不好？"

"换什么路走走？"云飞烦躁地问。

"就是习惯成自然的那条路！"阿超冲口而出。

云飞一怔，默然不语。阿超再看他一眼，大声说："你不去，我就去了！好想小三、小四、小五他们！就连凶巴巴的雨鹃姑娘，几天没跟她吵吵闹闹，好像挺寂寞的样子，也有点想她！至于雨凤姑娘，不知道好不好？胖了还是瘦了？她的身子单薄，受了委屈又挨了骂，不知道会不会又想不开？"

云飞震颤了一下。

"我哪有让她受委屈？哪有骂她？"

"那我就不懂了，我听起来就是你在骂她！"

云飞怔着，抬眼看着天空，叹了一口长气。

"走吧！"

"去哪里？"阿超问。

云飞瞪他一眼，生气地说："当然是习惯成自然的那条路！"

阿超好生欢喜，连忙跨着大步领先走去。

当他们来到萧家的时候，正好小院的门打开，雨凤抱着一篮脏衣服走出大门，要到井边去洗衣服。

她一抬头，忽然看到云飞和阿超迎面而至。她的心立刻狂跳了起来，眼睛拼命眨着，只怕是自己眼花看错了，脸色顿时之间就变得毫无血色了。是他吗？真的是他吗？她定睛细看，只怕他凭空消失，眼光就再也不敢离开他。

云飞好震动，震动在她的苍白里，震动在她的憔悴里，更震动在她那渴盼的眼神里。他润了润嘴唇，好多要说的话，一时之间全部凝固。结果，只是好温柔地问了一句废话："要去洗衣服吗？"

雨凤眼中立刻被泪水涨满，是他！他来了！

阿超看看两人的神情，很快地对云飞说："你陪她去洗衣服，我去找小三、小五，上次答应帮她们做风筝，到现在还没兑现！"他说完，就一溜烟钻进四合院去了。

雨凤回过神来，心里的委屈就排山倒海一样地涌了上来。她低着头，紧抱着洗衣篮，往前面埋着头走，云飞跟在她身边。两人默默地走了一段，她才哽咽地说："你又来干什么？不是说要跟我'散了'吗？"话一出口她就后悔了。好不容易把他盼来了，难道要再把他气走吗？可是，她就是管不住自己。

他凝视她，在她的泪眼凝注下读出许多她没出口的话。

"散，怎么散？昨晚伤口痛了一夜，睡都睡不着，好像那把刀子还插在里面没拔出来，痛死我！"他苦笑着说。

雨凤一急，所有的矜持都飞走了。

"那……有没有请大夫看看呢？"

云飞瞅着她。

"现在不是来看大夫了吗？"

她瞪着他，不知道是该生气还是该欢喜。

云飞终于叹口气，诚恳地、真挚地、坦白地说："没骗你，这几天真是度日如年，难过极了！那天晚上回去跟家里大吵了一架，气得伤口痛、头痛、胃痛，什么地方都痛！最难过的还是心痛，因为我对你说了一句绝对不该说出口的话，那就是'散了'两个字。"

雨凤的眼泪像断线珍珠一般，大颗大颗地滚落，跌碎在衣襟上了。

两人到了井边，她把要洗的衣服倒在水盆里。他马上过去帮忙，用辘轳拉着水桶吊水上来。她看到他打水，就丢下衣服，去抢他手中的绳子。

"你不要用力，等下伤口又痛了！你给我坐到一边去！"

"哪有那么娇弱！用点力气，对伤口只有好没有坏！你让我来弄……"

"不要不要！"她拼命推开他，"我来，我来！"

"你力气小，那么重的水桶，我来！我来！"

两个人抢绳子，抢辘轳，结果，刚刚拉上的水桶打翻了，泼了两人一身水。

"你瞧！你瞧！这下越帮越忙！你可不可以坐着不动呢？"她喊着，就掏出小手帕，去给他擦拭。

他捉住了她忙碌的手，仔细看她。

"这些天，怎么过的？跟我生气了吗？"

她才收住的眼泪立刻又掉下来，一抽手，提了水桶走到水盆边去，把水倒进水盆里，坐下来拼命搓洗衣服，泪珠点点滴滴往水盆里掉。

云飞追过来，在她身边坐下，心慌意乱极了。

"你可以骂我，可以发脾气，但是，不要哭好不好？有什么话，你说嘛！"

她用手背拭泪。脸上又是肥皂又是水又是泪，好生狼狈。他掏出手帕给她。她不接手帕，也不抬头，低着头说："你好狠心，真的不来找我！"

一句话就让他的心绞痛起来，他立刻后悔了。

"不是你一个人有脾气，我也有脾气！你一直把我当敌人，我实在受不了！可是……熬了五天，我还不是来了！"

她用手把脸一蒙，泪不可止，喊着："五天，你不知道五天有多长！人家又没有办法去找你，只有等，等，等！也不知道要等到哪一天？时间变得那么长，那么……长。"

他睁大眼睛，一瞬也不瞬地看着她，简直不知身之所在了，他屏息地问："你有等我？"

她哭着说："都不敢出门去！怕错过了你！每晚在待月楼，先看你有没有来……你，好残忍！既然这样对我，就不要再来找我嘛！"

"对不起，如果我知道你在等我，我早就像箭一样射到你身边来了，问题是，我对你毫无把握，觉得自己一直在演独角戏！觉得你恨我超过了爱我……你不知道，我在家里，常常为了你和全家争得面红耳赤，而你还要坍我的台，我就沉不住气了！真的不该对你说那两个字，对不起！"

雨凤抬眼看了他一眼，泪珠掉个不停。他看到她如此，心都碎了，哀求地说："不要哭了，好不好？"

他越是低声下气，她越是伤心委屈。半晌，才痛定思痛，柔肠寸断地说："我几夜都没有睡，一直在想你说的话，我没有怪你轻易说'散了'，因为这两个字，我已经说了好几次！只是，每次都是我说，这是第一次听到你说！你说完就掉头走了，我追了两步，你也没回头，所以我想，你不会再来找我了！我们之间就这么完了。然后，你五天都没来，我越等越没有信心了，所以现在看到了你，喜出望外，好像不是真的，才忍不住要哭。"

这一篇话，让云飞太震动了，他一把就捧起她的脸，热烈地盯着她。

"是吗？你以为我不会再来找你了！"

她可怜兮兮地点点头，泪盈于睫，说得"刻骨铭心"。

"我这才知道，当我对你说我们'到此为止'，我们'分手'，我们'了断'，是多么残忍的话！"

云飞放开她的脸，抓起她的双手，把自己的唇紧紧地贴在她的手背上。一滴泪从他眼角滑落，滚在她手背上，她一个惊跳。

"你……哭了？"

云飞狼狈地跳起来，奔开去，不远处有棵大树，他就跑到树下去站着。雨凤也不管她的衣服了，身不由己地追了过来。

云飞一伸手把她拉到自己面前，用手臂圈着她，用湿润却带笑的眸子瞅着她。

"我八年没有掉过泪！以为自己早就没有泪了！"

她热烈地看着他。

"你刚刚说的那些话，对我太重要了！为了这些话，我上刀山，下油锅……都值得了！我没有白白为你动心、白白为你付出！"

雨凤这才祈谅地，解释地说："那晚临时改词，是我没有想得很周到，当时，金银花说你们父子三个全来了，我和雨鹊就乱了套……"

他柔声地打断。

"别说了！我了解，我都了解。不过，我们约法三章，以后，无论我们碰到多大的困难，遇到多大的阻力，或者我们吵架了，彼此生气了，我们都不要轻易说'分手'！好不好？"

"可是，有的时候，我很混乱呀！我们对展家的仇恨那么根深蒂固，我就是忘不掉呀！你的身份对我们家每个人都是困扰！连小三、小四、小五每次提到你的时候，都会说'那个慕白大哥……不不，那个展浑蛋'，我每次和雨鹊谈到你，我都说'苏慕白怎样怎样'，她就更正我说'不是苏慕白！是展云飞'，就拿那晚来说，你发脾气掉头走了，我追在后面想喊你，居然不知道该叫你什么名字……"

他紧紧地盯着她。

"那晚，你要叫我？"

她拼命点头。

"可是，我不能叫你云飞呀！我叫不出口！"

他太感动了，诚挚而激动地喊："叫我慕白吧！有你这几句话，我什么都可以放弃了！我是你的慕白，永远永远的慕白！以后想叫住我的时候，大声地叫，让我听到，那对我太重要了！如果你叫了，我这几天就不会这么难过，每天自己跟自己作战，不知道要不要来找你！"他低头看她，轻声问，"想我吗？"

"你还要问！"她又掉眼泪。

"我要听你说！想我吗？"

"不想，不想，不想，不想……"她越说越轻，抬眼凝视他，"好想，好想，好想。"

云飞情不自禁，俯头热烈地吻住她。

片刻，她轻轻推开他，叹口气。

"唉！我这样和你纠缠不清，要断不断，雨鹃会恨死我！但是，我管不着了！"就依偎在他怀中，什么都不顾了。

白云悠悠，落叶飘飘，两人就这样依偎在绿树青山下，似乎再也舍不得分开了。

当云飞和雨凤难分难解的时候，阿超正和小三、小五玩得好高兴。大家坐在院子里绑风筝，当然是阿超在做，两个孩子在帮忙，这个递绳子，那个递剪刀，忙得不亦乐乎。终于，风筝做好了，往地上一放，阿超站起身来。

"好了！大功告成！"

"阿超大哥，你好伟大啊！你什么都会做！"小五是阿超的忠实崇拜者。

"风筝是做好了，什么时候去放呢？"小三问。

"等小四学校休假的时候！初一，好吗？我们决定初一那天全体再去郊游一次！像以前那样！小三，我把那两匹马也带出来，还可以去骑马！"

小五欢呼起来。

"我要骑马！我要骑马！我们明天就去好不好？"

"明天不行，我们一定要等小四！"

"对！要不然小四就没心情做功课！考试就考不好，小四考不好没关系，大姐会哭，二姐会骂人……"

雨鹃从房里跑出来。

"小三，你在说我什么？"

小三慌忙对阿超伸伸舌头。

"没什么！"

雨鹃看看阿超和两个妹妹。

"阿超！你别在那儿一厢情愿地订计划了，你胡说两句她们都会认真，然后掰着手指头算日子！现在情况这么复杂，你家老爷大概恨不得把我们姐妹都赶出桐城去！我看，你和你那个大少爷还是跟我们保持一点儿距离比较好！免得下次你又遭殃！"

阿超看着雨鹃，纳闷地说："你这个话，是要跟我们划清界限呢？还是体贴我们会遭殃呢？"

雨鹃一怔，被问住了。

阿超凝视着她，话锋一转，非常认真而诚挚地说："雨鹃姑娘！我知道我只是大少爷身边的人，说话没什么分量！可是我实在忍不住，非跟你说不可！你就高抬贵手，放他们一马，给他们两个一条生路吧！"

"你在说些什么？你以为他们两个之间的阻力是我吗？你把我当成什么？砍断他们生路的刽子手吗？你太过分了！"雨鹃勃然变色。

"不要生气，不要生气！你最大的毛病，就是动不动就生气！我知道他们之间，真正的阻力在展家，但是，你的强烈反对，也是雨凤姑娘不能抗拒的理由！"

雨鹃怔着，睁大眼睛看着阿超。

他就一本正经地、更加诚挚地说："你不知道，我家大少爷对雨凤姑娘这份感情，深刻到什么程度！他是一个非常非常重感情的人！他的前妻去世的时候，他曾经七天七夜不吃不喝，几乎把命都送掉。八年以来，他不曾正眼看过任何姑娘，连天虹小姐对他的一片心他都辜负。自从遇到你姐姐，他才整个醒过来！他真的爱她，非常非常爱她！不管大少爷姓不姓展，他会拼掉这一辈子来给她幸福！你又何必一定要拆散他们呢？"

雨鹃被撼动了，看着他，心中竟有一股油然而生的敬佩。半晌，才接口："阿超！你很崇拜他，是不是？"

"我是个孤儿，十岁那年被叔叔卖到展家，老爷把我派给大少爷，从到了大少爷身边起，他吃什么我吃什么，他玩什么我玩什么，他念什么书我念什么书，老爷给大家请了师父教武功，他学不下去，我喜欢，他就一直让我学……他是个奇怪的人，有好高贵的人格！真的！"

雨鹃听了，有种奇怪的感动。她看了他好一会儿。

"阿超，你知道吗？你也是一个好奇怪的人，有好高贵的人格，真的！"

阿超被雨鹃这样一说，眼睛闪亮，整个脸都涨红了。

"我哪有？我哪有？你别开玩笑了！"

雨鹃非常认真地说："我不开玩笑，我是说真的！"想了想，又说，"好吧！雨凤的事，我听你的话，不再坚持就是了！"就温柔地说，"进来喝杯茶吧！告诉我一些你们家的事，什么天虹小姐、你的童年，好像很好听的样子！"

阿超有意外之喜，笑了，跟她进门去。

这真是一个奇妙的转机。

当雨凤洗完衣服回来，发现家里的气氛好极了，雨鹃和阿超坐在房里有说有笑，小三和小五绕着他们问东问西。桌上不但有茶，还有小点心。大家吃吃喝喝的，一团和气。雨凤和云飞惊奇地彼此对视，怎么可能？雨鹃的剑拔弩张，怎么治好了？雨鹃看到两人，也觉得好像需要解释一下，就说："阿超求我放你们一马，几个小的又被他收得服服帖帖，我一个人跟你们大家作战，太累了，我懒得管你们了，要爱要恨，都随你们去吧！"

云飞和雨凤真是意外极了。雨凤的脸就绽放着光彩，好像已经得到皇恩大赦一般。云飞也眼睛闪亮，喜不自胜了。

大家正在一团欢喜的时候，金银花突然气急败坏地跑进门来。

原来，这天一早，就有大批的警察气势汹汹地来到待月楼的门口，把一张大告示往待月楼门口的墙上一贴。好多路人都围过来看告示。黄队长用警棍敲着门，不停地喊："金银花在不在？快出来，有话说！"

金银花急忙带着小范、珍珠、月娥跑出来。

黄队长用警棍指指告示。

"你看清楚了！从今晚开始，你这儿唱曲儿的那两个姑娘，不许再唱了！"

"不许再唱了是什么意思？"金银花大惊。

"就是被'封口'的意思！这告示上说得很明白！你自己看！"

金银花赶紧念着告示：

> 查待月楼有驻唱女子，名叫萧雨凤、萧雨鹃二人，因为唱词荒谬，毁谤仕绅，有违善良民风。自即日起，勒令'封口'，不许登台……

她一急，回头看黄队长："黄队长，这一定有误会！打从盘古开天地到现在没听说有'封口'这个词，这唱曲的姑娘你封了她的口，叫她怎么生活呢？"

"你跟我说没有用，我也是奉命行事！谁叫这两个姑娘得罪了大头呢？反正，你别再给我惹麻烦，现在不过只是'封口'而已，再不听话，就要'抓人'了！你这待月楼也小心了！别闹到'封门'才好！"

"这'封口'要封多久？"

"上面没说多久，大概就一直'封'下去了！"

"哎哎，黄队长，这还有办法可想没有？怎样才能通融通融？人家是两个苦哈哈的姑娘，要养一大家子人，这样简直是断人生路……而且，这张告示贴在我这大门口，你叫我怎么做生意呀？可不可以揭掉呢？"

"金银花！你是见过世面的人！你说，可不可以揭掉呢？"黄队长抬眼看看天空，"自己得罪了谁，自己总有数吧！"

金银花没辙了，就直奔萧家小屋而来。大家听了金银花的话，个个变色。

雨鹃顿时大怒起来。

"岂有此理！他们有什么资格不许我唱歌？嘴巴在我脸上，他怎么

'封'？这是什么世界，我唱了几句即兴的歌词，就要封我的口！我就说嘛！这展家简直是混账透顶！"说着，就往云飞面前一冲，"你家做的好事！你们不把我们家赶尽杀绝是不会停止的，是不是？"

云飞太意外，太震惊了。

"雨鹃！你不要对我凶，这件事我压根儿就不知道！你生气，我比你更气！太没格调了！太没水平了！除了暴露我们没有涵养、仗势欺人以外，真的一点儿道理都没有！你们不要急，我这就回家去，跟我爹理论！"

金银花连忙对云飞说："就麻烦你向老爷子美言几句。这萧家两个姑娘，你走得这么勤，一定知道她们是有口无心的，开开玩笑嘛！大家何必闹得那么严重呢？在桐城，大家都要见面的，不是吗？"

阿超忙对金银花说："金大姐，你放心，我们少爷会把它当自己的事一样办！我们这就回去跟老爷谈！说不定晚上，那告示就可以揭了！"

雨凤一早上的好心情全部烟消云散，她愤愤不平地看向云飞。

"帮我转一句话给你爹，今天封了我们的口，是开了千千万万人的口！他可以欺负走投无路的我们，但是，如何去堵悠悠之口？"

雨鹃怒气冲冲地再加了两句。

"再告诉你爹，今天不许我们在待月楼唱，我们就在这桐城街头巷尾唱！我们五个，组成一支合唱队，把你们展家的种种坏事唱得他尽人皆知！"

阿超急忙拉了拉雨鹃："这话你在我们面前说说就算了，别再说了！要不然，比'封口'更严重的事还会发生的！"

雨凤打了个寒战，脸色惨白。

小三、小五像大难临头般，紧紧地靠着雨凤。

云飞看看大家，心里真是懊恼极了，好不容易让雨凤又有了笑容，又接受了自己，好不容易连雨鹃都变得柔软了，正是"柳暗花明又一村"的时候，家里竟然给自己出这种状况！

他急切地说："我回去了！你们等我消息！无论如何不要轻举妄动！好不好？"

"轻举妄动？我们举得起什么？动得起什么？了不起动动嘴，还会被人'封口'！"雨鹃悲愤地接口。

金银花赶紧推着云飞。

"你快去吧！顺便告诉你爹，郑老板问候他！"

云飞了解金银花的言外之意，匆匆地看了大家一眼，带着阿超急急地去了。

回到家里，云飞直奔祖望的书房。一进门，就看到云翔、纪总管、天尧都在，正拿着账本在对账。云飞匆匆一看，已经知道是虎头街的账目。他也无暇去管纪总管说些什么，也无暇为那些钱庄的事解释，就义愤填膺地看着纪总管，正色说："纪叔！你又在出什么主意？准备陷害什么人？"

"你这说的是什么话？"纪总管脸色一僵。

祖望看到云飞就一肚子气，"啪"的一声，把账本一合，站起身就骂："云飞！你连基本的礼貌都没有了吗？纪叔是你的长辈，你不要太嚣张！"

"我嚣张？好！是我嚣张！爹！你仁慈宽厚，有风度，有涵养，是桐城鼎鼎大名的人物，可是你今天对付两个弱女子，居然动用官方势力，毫不留情！人家被我们逼得走投无路，这才去唱小曲，你封她们的口，等于断她们的生计！你知道她们还有弟弟妹妹要养活吗？"

祖望好生气，好失望。

"你气急败坏地跑进来，我以为发生了什么大事，以为钱庄有什么问题需要商量！结果，你还是为了那两个姑娘！你脑子里除了'女色'以外还有没有其他的东西？你每天除了捧戏子之外，有没有把时间用在工作和事业上？你虎头街的业务弄得一塌糊涂！你还管什么待月楼的闲事！"

云飞掉头看纪总管。

"我明白了！各种诡计都来了，一个小小的展家像一个腐败的朝廷！"他再看祖望，"虎头街的业务我改天再跟你研究，现在，我们先解决萧家姐妹的事，怎样？"

云翔幸灾乐祸地笑着。

"爹！你就别跟他再提什么业务钱庄了！他全部心思都在萧家姐妹身上，哪里有情绪管展家的业务？"

云飞怒瞪了云翔一眼，根本懒得跟他说话。他迈前一步，凝视着祖望，沉痛地说："爹！那晚我们已经谈得很多，我以为你好歹也会想一想，那两个姑娘唱那些曲，是不是情有可原？如果你不愿意想，也就罢了！把那晚的事一笑置之，也就算了！现在，要警察厅去贴告示，去禁止萧家姐妹唱曲，人家看了会怎么想我们？大家一定把我们当作是桐城的恶势力，不但是官商勾结，而且为所欲为，小题大做！这样，对展家好吗？"

天尧插嘴："话不是这样讲，那萧家姐妹每晚在待月楼唱两三场，都这种唱法，展家的脸可丢大了，那样，对展家又好吗？"

"天尧讲得对极了，就是这样！"祖望点头，气愤地瞪着云飞说，"她们在那儿散播谣言，毁谤我们家的名誉，我们如果放任下去，谁都可以欺负我们了！"

"爹……"

"住口！"祖望大喊，"你不要再来跟我提萧家姐妹了！我听到她们就生气！没把她们送去关起来，已经是我的仁慈了！你不要被她们迷得晕头转向，是非不分！我清清楚楚地告诉你，如果你再跟她们继续来往，我就不认你这个儿子！"

祖望这样一喊，惊动了梦娴和齐妈，匆匆忙忙地赶来。梦娴听到祖望如此措辞，吓得一身冷汗，急急冲进去拉住祖望。

"你跟他好好说呀！不要讲那么重的话嘛！你知道他……"

祖望对梦娴一吼："他就是被你宠坏了！不要帮他讲话！这样气人的儿子，不如没有！你当初如果没有生他，我今天还少受一点气！"

云飞大震，激动地睁大眼睛，不敢相信地看着祖望，许多积压在心里的话就不经思索地冲口而出了。

"你宁愿没有生我这个儿子？你以为我很高兴当你的儿子吗？我是非不分，还是你是非不分？你不要把展家看得高高在上了！在我眼里，它像个充满细菌的传染病院！姓展，你以为那是我的骄傲吗？那是我的悲哀，我的无奈呀！我为这个，付出了多少惨痛的代价，你知道吗？知道吗？"

祖望怒不可遏，气得发昏了。

"你混账！你这是什么话？你把展家形容得如此不堪，你已经鬼迷心窍了！自从你回来，我这么重视你，你却一再让我失望！我现在终于认清楚你了，云翔说得都对！你是一个假扮清高的伪君子！你沉迷，你堕落，你没有责任感，没有良心，我有你这样的儿子，简直是我的耻辱！"

这时，品慧和天虹，也被惊动了，丫头仆人，全在门口挤来挤去。

云飞瞪着祖望，气得伤口都痛了，脸色惨白："很好！爹，你今天跟我讲这番话，让我彻底解脱了！我再也不用拘泥自己姓什么，叫什么了！我马上收拾东西离开这儿！上次我走了四年，这次，我是不会再回来了！从此之后，你只有一个儿子，你好好珍惜吧！因为，我再也不姓'展'！"

品慧听出端倪来了，兴奋得不得了，尖声接口："哟！说得像真的一样！你舍得这儿的家产吗？舍得溪口的地吗？舍得全城六家钱庄吗？"

梦娴用手紧紧抓着胸口的衣服，快无法呼吸了，哀声喊："云飞！你敢丢下我，你敢再来一次！"

云飞沉痛地看着梦娴。

"娘！对不起！这个家容不下我，我已经忍无可忍了！"他再看祖望，"我会回来把虎头街的账目交代清楚，至于溪口的地，我是要定了！地契在我这里，随你们怎么想我，我不会交出来！我们展家欠人家一条人命，我早晚要还他们一个山庄！我走了！"

云飞说完，掉头就走。

梦娴急追在后面，惨烈地喊："云飞！你不是只有爹，你还有娘呀！云飞……你听我说……你等一等……"

梦娴追着追着，忽然一口气提不上来，眼前一黑，她伸手想扶住桌子，拉倒了茶几，一阵乒乒乓乓。她跟着茶几一起倒在地上。

齐妈和天虹从两个方向扑奔过去，跪落于地。

齐妈惊喊着："太太！太太！"

"大娘！大娘！"天虹也惊喊着。

云飞回头看到梦娴倒地不起，魂飞魄散。他狂奔回来，不禁痛喊出声："娘！娘！"

梦娴病倒了。

大夫诊断之后，对祖望和云飞沉重地说："夫人的病本来就很严重，这些日子是靠一股意志力撑着。这样的病人最怕刺激和情绪波动，需要安心静养才好！我先开个方子，只是补气活血，真正帮助夫人的恐怕还是放宽心最重要！"

云飞急急地问："大夫，你就明说吧！我娘有没有生命危险？"

"害了这种病，本来就是和老天争时间，过一日算一日，她最近比去年的情况还好些，就怕突然间倒下去。大家多陪陪她吧！"

云飞怔着，祖望神情一痛。父子无言地对看了一眼，两人眼中都有后悔之色。

梦娴醒来的时候，已经是黄昏了。她悠悠醒转，立即惊惶地喊："云飞！云飞！"

云飞一直坐在病床前，着急而悔恨地看着她。母亲这样一昏倒，萧家的事，他也没有办法兼顾了。听到呼唤，他慌忙扑下身子。

"娘，我在这儿，我没走！"

梦娴吐出一口大气来，惊魂稍定，看着他，笑了。

"我没事，你别担心，刚刚只是急了，一口气提不上来而已。我休息休息就好了！"

云飞难过极了，不敢让母亲发觉，点了点头，痛苦地说："都是我不好，让你这么着急，我实在太不孝了！"

梦娴伸手，握住他的手，哀恳地说："不要跟你爹生气，好不好？你爹……他是有口无心的，他就是脾气比较暴躁，一生起气来会说许多让人伤心的话，你有的时候也是这样！所以，你们父子两个每次一冲突起来就不可收拾！可是，你爹，他真的是个很热情、很善良的人，只是他不善于表达……"

母子两个正在深谈，谁都没有注意到，祖望走到门外正要进房。他听到梦娴的话，就身不由己地站住了，伫立静听。

"他是吗？我真的感觉不出来，难道你没有恨过爹吗？"云飞无力地问。

"有一次恨过！恨得很厉害！"

"只有一次？哪一次？"

"四年前，他和你大吵，把你逼走的那一次！"

云飞很震动。

"其他的事呢？你都不恨吗？我总觉得他对你不好，他有慧姨娘，经常住在慧姨娘那儿，对你很冷淡。我不了解你们这种婚姻，这种感情。我觉得，爹不像你说的那么热情，很多时候，我都觉得他很专制、很冷酷。"

"不是这样的！我们这一代的男女之情，和你们不一样。我们含蓄、保守，很多感觉都放在心里！我自从生了你之后，身体就不太好，慧姨娘是我坚持为你爹娶的！"

"是吗？我从来就不知道！你为什么要这样呢？感情不是自私的吗？"

"我们这一代，不给丈夫讨姨太太就不贤慧。"

"你就为了要博一个贤慧之名吗？"

"不是。我是……太希望你爹快乐。我想，我是非常尊重他，非常重视他的！丈夫是天，不是吗？"

门外的祖望听到这儿，非常震动，情不自禁地被感动了。

云飞无言地叹了口气。梦娴又恳求地说："云飞，不要对你爹有成见，他一直好喜欢你，比喜欢云翔多！是你常常把他排斥在门外。"

"我没有排斥他，是他在排斥我！"

"为了我，跟你爹讲和吧！你要知道，当他说那些决裂的话，他比你更心痛，因为你还年轻，生命里还有许多可以期待的事，他已经老了，越来越输不起了。你失去一个父亲，没有他失去一个儿子来得严重！在他的内心，他是绝对绝对不要失去你的！"

梦娴的话深深地打进了祖望的心，他眼中不自禁地含泪了。他擦了擦湿润的眼眶，打消要进房的意思，悄悄地转身走了。

他想了很久。当晚，他到了云飞房里，沉痛地看着他，努力抑制了自己的脾气，伤感地说："我跟大夫已经仔细地谈过了，大夫说，你娘如果能够拖过今年，就很不错了！云飞……看在你娘的分儿上，我们父子二人休兵吧！"

云飞大大地一震，抬头凝视他。

祖望叹口气，声音里充满了怆恻和柔软，继续说："我知道，我今天说了很多让你受不了的话，可是，你也说了很多让我受不了的话！好歹，我是爹，你是儿子！做儿子的，总得让着爹一点，是不是？在我做儿子的时候，你爷爷是很权威的！我从来不敢和他说'不'字，现在时代变了，你们跟我吼吼叫叫叫我也得忍受，有时候就难免暴躁起来。"

云飞太意外了，没想到祖望会忽然变得这样柔软，心中，就涌起歉疚之情。

"对不起，爹！今天是我太莽撞了！应该和你好好谈的！"

"你的个性，我比谁都了解，四年前我不过说了一句'生儿子是债'！你就闷不吭声地走了！这次，你心里的不平衡一定更严重了。我想，我真的是气糊涂了，其实……其实……"他碍口地说，"有什么分量，能比得上一个儿子呢？"

云飞激动地一抬头，心里热血沸腾。

"爹！这几句话，你能说出口，我今天就是有天大的委屈也咽下去了！你的意思我懂了，我不走就是了。可是……"

祖望如释重负，接口说："萧家两个姑娘的事，我过几天去把案子撤了就是了！不过，已经封了她们的口，总得等几天，要不然警察厅当我们在开玩笑！她们两个这样指着我的鼻子骂了一场，惩罚她们几天，也是应该的！"

"只要你肯去撤案，我就非常感激了，早两天、晚两天都没关系。无论如何，我们不要对两个穷苦的姑娘，做得心狠手辣、赶尽杀绝……"

"我能做到的，也只有这样了，我撤掉案子，并不表示我接受了她们！"祖望皱皱眉头，"我不想再听她们和展家的恩怨，如果她们这样记仇，我们就只好把她们当仇人了！就算我们宽宏大量不把她们当仇人，也没办法把她们当朋友，更别说其他的关系了！"

"我想，我也没办法对你再有过多的要求了！"

"还有一件事，撤掉了案子，你得保证，她们两个不会再唱那些攻击展家的曲子！"

"我保证！"

"那就这么办吧！"他看看云飞，充满感性地说，"多陪陪你娘！"

云飞诚挚地点下头去。

图书在版编目（CIP）数据

苍天有泪：全二册 / 琼瑶著 . —长沙：湖南文艺出版社，2018.6
ISBN 978-7-5404-8640-2

Ⅰ . ①苍… Ⅱ . ①琼… Ⅲ . ①言情小说—中国—当代 Ⅳ . ① I247.5

中国版本图书馆 CIP 数据核字（2018）第 068559 号

上架建议：畅销·小说

CANGTIAN YOU LEI：QUAN ER CE
苍天有泪：全二册

作　　者：琼　瑶
出 版 人：曾赛丰
责任编辑：薛　健　刘诗哲
监　　制：毛闽峰　李　娜
特约监制：何琇琼
版权支持：戴　玲
特约策划：李　颖　张园园　赵中媛　张　璐　杨　祎
特约编辑：王　静
营销编辑：杨　帆　周怡文
装帧设计：利　锐
封面插画：季智清
出版发行：湖南文艺出版社
　　　　　（长沙市雨花区东二环一段 508 号　邮编：410014）
网　　址：www.hnwy.net
印　　刷：北京鹏润伟业印刷有限公司
经　　销：新华书店
开　　本：860mm×1200mm　1/32
字　　数：478 千字
印　　张：20
版　　次：2018 年 6 月第 1 版
印　　次：2018 年 6 月第 1 次印刷
书　　号：ISBN 978-7-5404-8640-2
定　　价：90.00 元（全二册）

若有质量问题，请致电质量监督电话：010-59096394
团购电话：010-59320018